上海图书馆馆藏文献丛刊

古今笔记故事

原名《古今情海》

【民国】曹绣君　编　　金　歌　点校

上海科学技术文献出版社
Shanghai Scientific and Technological Literature Press

图书在版编目（CIP）数据

古今笔记故事 / 曹绣君编；金歌点校．—上海：上海科学技术文献出版社，2020
（上海图书馆馆藏文献丛刊）
ISBN 978-7-5439-8092-1

Ⅰ．①古…　Ⅱ．①曹…②金…　Ⅲ．①故事—作品集—中国
Ⅳ．①I247.81

中国版本图书馆 CIP 数据核字 (2020) 第 058753 号

策划编辑：张　树
责任编辑：杨怡君
封面设计：留白文化

古今笔记故事
GUJIN BIJI GUSHI
[民国] 曹绣君　编　金　歌　点校
出版发行：上海科学技术文献出版社
地　　址：上海市长乐路 746 号
邮政编码：200040
经　　销：全国新华书店
印　　刷：常熟市人民印刷有限公司
开　　本：889×1194　1/32
印　　张：21
字　　数：545 000
版　　次：2020 年 5 月第 1 版　2020 年 5 月第 1 次印刷
书　　号：ISBN 978-7-5439-8092-1
定　　价：88.00 元
http://www.sstlp.com

例　言

一，本编搜罗诸书不下数百种，大半孤本。自周秦汉魏以迄前清，随时甄录；其数见不鲜者，概从割爱。

一，本编不拘朝代，不次先后，特区门类，以便阅者。

一，本编共一千二百数十则，悉标示原书，以资考证。其有未审出处者，不敢羼入。

一，本编虽贞淫并列，而于通志及各府州县志中《列女传》，所收尤多。江河日下，女界沉沉，用此讽劝，或可小补。

一，所采各书，本编必详分句读，以省爱读诸君之脑力。

一，秘籍无穷，耳目有限。本编广行荟采，仍多遗珠之憾。海内藏书家，如有珍籍愿让，或可借钞者，极为欢迎，拟作续集之选刊。

目 录

卷一 情中贞（上）

卷二　情中贞（下）

卷三　情中烈（上）

卷四　情中烈（下）

卷五　情中义

卷六 情中谐

卷七　情中侠

卷八 情中豪

卷九 情中爱

卷十　情中痴

卷十一　情中私

卷十二　情中缘

卷十三　情中灵

卷十四　情中化

卷十五　情中媒

卷十六　情中感

卷十七　情中幻

卷十八　情中正

卷十九　情中憾

卷二十　情中仇

卷二十一　情中报

卷二十二　情中累

卷二十三　情中妒

卷二十四　情中淫

卷二十五　情中浪

卷二十六　情中神

卷二十七　情中鬼

卷二十八 情中妖

卷二十九　情中外

卷三十　情中通

卷三十一　情中迹

卷三十二　情中案

卷　一

情中贞（上）

夫天也可背乎

《唐书·李德武妻裴传》：裴字淑英，安邑公矩之女，以孝闻乡党。德武在隋，坐事徙岭南，时嫁方逾岁，矩表离婚。德武谓裴曰："我方贬，无还理，君必俪他族，于此长诀矣。"答曰："夫，天也，可背乎？愿死无他。"欲割耳誓，保姆持不许。夫姻媢岁时朔望，裴致礼惟谨。居不御熏泽，读《烈女传》，见述不更嫁者，谓人曰："不践二庭，妇人之常，何异而载之书。"后十年，德武未还，矩决嫁之，断发不食；矩知不能夺，听之。德武更娶尔朱氏，遇赦还，中道闻其完节，乃遣后妻，为夫妇如初。

汝欲妻母耶

《元史·列女传》：脱脱尼雍吉剌氏，有色，善女工。年二十六，夫哈剌不花卒，前妻有二子，皆壮无妇，欲以本俗制收继之，脱脱尼以死自誓。二子复百计求遂，脱脱恚且骂曰："汝禽兽行，欲妻母耶？若死，何面目见汝父地下！"二子惭惧谢罪，乃析业而居。三十年以贞操闻。

禽鸟且有雄死不再群者

《汾阳县志》：皇甫氏，西河人，姜凤举妻，天性纯淑，动遵母教。归姜氏，事舅姑，得妇道。夫早亡，哀毁逾礼。既服阕，人多婉辞劝再嫁，氏泣曰："禽鸟且有雄死不再群者，可以人而不如鸟乎？况舅姑垂老，一息幼冲，忍弃之耶！"于是事舅姑益尽孝，教子读书成立，始终一节。泰定间旌表。

平生喜说李氏断臂事

《无锡县志》：顾氏，蒋南式妻，忠文公重珍母也。父母奇穷，氏幼育于外家。一日，父母绝食，女剪发贻其父，鬻百钱以给炊，家自是稍苏，人以为孝感。归蒋而寡，重珍才十岁。贵家慕之，属姻党求焉，顾怒叱去。亲授重珍经书。平生喜说李氏断臂事，谓妇人当如此也。所居仅容膝，而内外区别，凛然不可越。贫甚，或乞重珍为子，不听。或欲以女赘重珍者，田庐毕具，顾曰："藐孤所以得长，诸父力也，岂可去之？"辞焉。重珍年四十，举进士第一人，迎养于京邸。

此亦为其夫耳

《尧山堂外纪》：李妙惠，扬州女，嫁与同里举人卢某为妻。卢以下第发愤，与其友下帷西山寺中，禁绝人事，久无家音。成化二十年，有与同名者死京城，乡人误传卢死，父母信之。居无何，岁大饥，维扬以北，家不自给。父母怜李寡贫，欲夺其志，强之不可。临川盐商谢能博子启，闻其美且贤也，効币请婚，李自缢者再，公姑患之。时李之父在外郡，训乡学，李母偕邻妪劝谕殷勤，防闲愈密。李日夜哀泣，闻者为之堕泪，既知势不可解，乃勉从焉，缄书与父诀，词甚惨。及归谢家，抗志益笃。谢之继母，亦扬州人，与李有瓜葛，李即跪请，愿延斯须之命，终身为主母执役，因坚侍母傍，不去。谢故饶婢妾，未及凌犯。居数日，李复恳请为尼，母姑唯唯，度还乡无复之耳，于时启船先发，而母及李继之。至京口，舟泊金山寺下，母偕上寺酬醮，有笔墨在方丈，李取题壁间云：

一自当年折凤凰，至今消息两茫茫。
盖棺不作横金妇，入地还从折桂郎。
彭泽晓烟归宿梦，潇湘夜雨断愁肠。
新诗写向金山寺，高挂云帆过豫章。

款其后曰“扬州卢某妻李氏题”。卢后会试登甲榜，捷音至扬州，父母乃知子存，然无及矣。

弘治元年，纂修宪庙实录，差进士姑苏杜子开，来江右采事未报，复使卢促之。过家，知妻已嫁，恐伤父母不敢言，然亦未忍别议，遂行。道出镇江，登金山，见寺壁题，不觉气噎。问之寺僧，曰：“先有姑息过此，留题去矣。”卢录其诗以去。至江右，密筹之徐方伯，方伯曰：“咸艘逾千，孰从觇察。纵得之，声亦不雅，盍以计取乎？”乃选台吏最黠者一人，谕以其故，令熟诵前诗，驾小艇，沿盐船上下歌而过之。越三日，忽闻船中女声，启窗唤曰：“此诗从何得来？”吏前致卢命，李大惊曰：“扬州卢举人，其死已久，尔欺我也。”吏备述如所谕语，叩父母及妻名，一一不爽。李遂掩泣曰：“真我夫矣！始吾闻歌已疑之，恨未有间。今日商偶往娼院，母亦过邻舟，故得问汝。汝归可善为我辞。”因密致之约，挥手曰去去。吏归报其主，依期舟来，遂接李至公馆，夫妻欢会如初。商赀俱付母主其出入，母转以委李，及商归，简视，历历分明，封志完固，叹曰：“关羽昔逃归汉，曹公不追，而曰彼各为其主。此亦为其夫耳，贞妇也！可置之。”时弘治二年也。

恰似哑人食苦瓜

《福安县志》：卓氏，穆洋郑由妻，年十八，归由，未二十而寡。无子，取伯氏子珙为嗣，教训成立。临终为口语告其子孙曰：“吾年十八便守寡，恰似哑人食苦瓜，世上无人似我苦。”一生守志誓无瑕，年七十六。其后孙郑之悌、郑寀俱登第。

爪折尚不可何况其他

《松江府志》：翠娥秀，姓李氏，赵之娼女也。既笄，以处子适镇守松江管军副万户薛彻都为小妇，居数年无子。彻都卒，秀年二十五，服丧过哀，固护指甲，示无他志。父母劝改适，对曰："爪折尚不可，何况其他。"护之愈严。薛彻都子世爵，事之如母。秀复脱簪珥，作道装，益明其志。年逾八袠，爪长尺余终。

何面目见地下人

《深州志》：杜氏，刘衍光妻，年十六，适衍光。未一载，光病笃，杜哀毁绝饮食。及亡，翁姑以其少且无子，议嫁之，因欲自尽，家人严防不得死。劝之，辄掩泣谢曰："妇人失身，何面目见地下人？古多烈女，我岂不能效耶！死，毕吾事矣，救我徒相苦也。"自是防之愈密，劝者不绝口，意乃稍回，止啗粗粝、服艰辛，以奉其舅姑。凿壁为龛，纳夫木主其中，朝夕奉祀，荐蔬果，三十年无倦。

割耳全贞

《元史·列女传》：王氏，成都李世安妻也。年十九，世安卒，夫弟欲收继之，王氏不从，引刀断发。复自割其耳，创甚。亲旧惊叹，为医疗，百日乃愈，状上旌焉。

为文祭夫

《畿辅通志》：乔氏，赵光裕妻，保定人。光裕没，氏悲号气绝。既而念遗孤无托，矢志守节。教督二子，长子弘猷入泮，氏为文以祭其夫，有云："蓝袍在躬，喜看孤儿之入泮；黄流奠地，聊酬嫠妇之和丸。"闻者韪之。

待此水干时吾即嫁也

《山西通志》：朱氏，生员宋朝妻。朝殁无嗣，遗幼女二，氏年二十。及葬，牵二女哭曰："微二女，吾不复生。待二女长，吾决以死报地下。"自是足不出户，惟事织纴以供薪水。诸大家闻氏美，欲争娶之，密遣媒妪亲识，朝夕劝诱，竟莫之夺。其后伯姒王又乘间以言进，刺耳之语，纷纷不已。氏令婢辈掘坑院心，纳以大瓮，令注水其内，家人皆怪其所为。氏晨兴沐浴更衣，悉召素所劝嫁者，环左右，氏焚香誓告于天曰："吾誓不嫁，若等以私人之馈而谋夺吾志。吾今与若约：待此水干时，吾即嫁也，其待之。"誓毕，令婢盖石版于瓮口，仍覆之以土，厚三尺许，携二女大哭于室。众皆啧啧而散。诸大家闻之，亦皆意沮。氏与二女萧然一室，惟勤织纺以毕婚配，苦节六十余年。

妾知守妾志尔

《元史·列女传》：霍氏二妇，尹氏、杨氏，夫家郑州人。至元间，尹氏夫耀卿殁，姑命其更嫁，尹氏曰："妇之行，一节而已。再嫁而失节，妾不忍为也。"姑曰："世之妇皆然，人未尝以为非，汝独何耻之有？"尹氏曰："人之志不同，妾知守妾志尔。"姑不能强。杨氏夫显卿继殁，虑姑欲其嫁，即先白姑曰："妾闻娣姒，犹兄弟也，宜相好焉。今姒既留，妾可独去乎？愿与共修妇道，以终事吾姑。"姑曰："汝果能若是，吾何言哉。"于是同处二十余年，以节孝闻。又有邠州任氏，乾州田氏，皆一家三妇俱少寡，誓不他适，戮力蚕桑，以养舅姑，事闻，并命褒表。

吾已与孙郎婚矣

《镇江府志》：杨氏女，丹阳人，许配孙垕。垕病瘵死，杨白父母奔丧，至则垕方浴尸待殓，杨亦解衣就浴。浴毕，谓其从婢曰：

“吾已与孙郎婚矣，若归语两老人，勿以吾为念。”其父母舅姑，皆不许，杨哭曰：“苟勿从吾言，今日即与孙郎俱逝矣。”乃许之，用女红自食，六十余年。

陌上桑歌

崔豹《古今注》：邯郸女子姓秦名罗敷，为邑人千乘王仁妻，仁为赵王家令。敷出采桑于陌上，赵王登台，见而悦之，因置酒欲夺焉。敷弹筝，作《陌上桑》之歌以自明，赵王乃止。

其一解云：

日出东南隅，照我秦氏楼。秦氏有好女，自名为罗敷。
罗敷喜蚕桑，采桑城南隅。青丝为笼系，桂枝为笼钩。
头上倭堕髻，耳中明月珠；缃绮为下裙，紫绮为上襦。
行者见罗敷，下担捋髭须；少年见罗敷，脱帽着帩头；
耕者忘其犁，锄者忘其锄。来归相怨怒，但坐观罗敷。

其二解云：

使君从南来，五马立踟蹰。使君遣吏往，问是谁家姝。
秦氏有好女，自名为罗敷。罗敷年几何？二十尚不足，
十五颇有余。使君谢罗敷，宁可共载不？罗敷前致辞：
使君一何愚！使君自有妇，罗敷自有夫。

其三解云：

东方千余骑，夫婿居上头。何用识夫婿？白马从骊驹，
青丝系马尾，黄金络马头；腰中鹿卢剑，可值千万余。
十五府小吏，二十朝大夫，三十侍中郎，四十专城居。
为人洁白质，鬑鬑颇有须；盈盈公府步，冉冉府中趋。
坐中数千人，皆言夫婿殊。

我听尔哭心已碎矣

《苏州府志》：黄氏，吴江人，凌士奎妻。奎没，黄年二十，方娠，哭过哀，姑慰之云："汝有身，毋致损伤也。"黄稍自禁。未几生男，名曰哀儿，每凄风苦雨，抱儿哭柩前，声甚惨切，夜则寝柩侧。姑曰："尔哭适然，然我听尔哭，心已碎矣。"黄暗自流血，不敢出声，形容日削。姑亡，黄年已四十，哀儿亦长。家贫，欲鬻儿以买棺，又不忍。邻里悯其节孝，闻于官，为赙其丧。嘉靖三十六年，年七十有二，士夫欲请旌表，黄固辞曰："不再嫁，妇道之常。姑亡仍不能厝，何旌之有！"

我邓家妇何归乎

《明史·烈女传》：汤慧信，上海人，通《孝经》《列女传》，嫁华亭邓林。林卒，妇年二十五，一女七岁。邓族利其居，迫使归家，妇曰："我邓家妇，何归乎？"族知不可夺，贸其居于巨室。妇泣曰："我收夫骨于兹土，与同存亡，奈何弃之！"欲自尽，巨室义而去之。妇寻自计曰："族利我财耳。"乃出家资尽畀族人，躬绩纴以给。岁大水，居荒野沮洳中，其女适人者，操舟来迎，不许；请暂憩舟中，亦不许，曰："守此六十年，因巨浸以从汝父，所甘心焉，复何往？"母女方相牵未舍，水至，汤竟溺死。

里人为之罢庆贺

《雄县志》：胡氏，刘凤妻，胡节妇之女也。年十九，夫亡，子宗银，甫三月。胡素闻母训，通《孝经》大义，及此，愿死以从。母谕不可，乃止，曰："忘夫非贞也，弃子非慈也，背亲非孝也。吾如吾母，可矣！"遂闭门纺绩，养姑教子。每当令节，辄不饮食。里人闻其哭声，咸为之罢庆贺。孀居五十余年，宗银不肖，贫窭尤甚。有司以闻，诏旌其闾。

柏舟之操不可夺也

《朝野佥载》：沧州弓高邓廉，妻李氏女，嫁未周年而廉卒。李年十八，守志设灵几，每日三上食，日临哭，布衣蔬食六七年。忽夜梦一男子，容止甚都，欲求李氏，睡中不许。自后每夜梦见，李氏竟不受，以为精魅，书符咒禁，终莫能绝。李氏叹曰："吾誓不移节，而为此所挠，盖吾容貌未衰故也。"乃援刀截发，麻衣不濯，蓬发不理，垢面灰身。其鬼乃谢李氏曰："夫人柏舟之操，不可夺也。"自是不复梦见。郡守旌其门闾，至今尚有"节妇里"。

母养儿兮苦复苦

《海宁县志》：董氏，朱俊妻。归三载，夫亡，遗孤鉴，初在襁褓。氏勺水不入口，以宗戚力劝，始强食，哭不绝声。有司表其节，编修戴大宾为诗曰：

望夫归，夫归定何时？
儿啼夫不闻，妻哭夫不知。
此身不惜化为石，汝儿无母当怨谁？
芳草年年青，吁嗟夫兮归不归。
儿勿哭，儿哭伤母心。
汝翁弃汝去，汝母爱汝不敢嗔。
何日儿当言？何日儿当步？
母养儿兮苦复苦。
吁嗟儿兮！若作潘郎负阿母。

引绳束发

《唐书·贾直言妻董传》：直言坐事，贬岭南，以妻少，乃诀曰："生死不可期，吾去可亟嫁，无须也。"董不答，引绳束发，封以帛，使直言署，曰："非君手不解。"直言贬二十年，乃还，署帛宛然，及汤沐，发堕无余。

有如此肉

《清河县志》：田氏，张吉妻。归吉甫五月，流贼至境，吉被贼杀。田在母家闻之，归以首触地，死而复苏。人劝慰之，氏曰："夫死于贼，我生何为？"时氏方妊，姑指其腹谓曰："幸有子，夫不死矣。尔遽死，复何望？"乃不求死。逾五月，生子恒。后复有言嫁者，氏啮左股肉自啖曰："妇有二心，有如此肉！"遂不敢复言。恒又夭没，家益贫苦，所守益坚。

强活二十余年

《建昌府志》：生员毛诗女，名配英，广昌人。议配何中德，未于归而德亡，女曰："盟而背之，俗女子耳，我岂忍耶！"遂归何，坐卧一室，行不逾阈，衣缟茹素，苦节自甘。事德嫡母及生母无间言，德生母病，汤药亲尝，旦夕吁天，愿以身代。既卒，会嫡病亦如之，及病急，慨然曰："吾强活二十余年，为一线未续耳。叔氏并举二儿，吾抚之十龄，庶几自立。二姑殁，吾何以生为哉？"遂绝粒不食而死。

非窦公何以有今日

《神异录》：窦建德常发邺中一墓，无他物。开棺见妇人，颜色如生，姿容绝丽，年可二十余，衣服形制，非近世者，候之似有气息，乃收还军。养之三日而能言，云我魏文帝宫人，随甄皇后在邺，死葬于此，命当更生，而我无家属可以申诉，遂至幽隔，不知今乃何时也。说甄后见害事，了了分明。建德甚宠爱之。其后建德为太宗所灭，帝将纳之，乃具以事白，且辞曰："妾幽闭黄泉，已三百载，非窦公，何以得有今日，死乃妾之分也。"遂饮恨而卒，帝甚伤之。

天乎亡矣吾谁与归

《徐州志》：谭氏，徐州指挥谭师伋女。幼许本州李三省，以十五岁于归，贞淑婉嫕，娴《内则》，及诸女红，中馈丝枲织纴之事，事舅姑备物尽志，得欢心。三省肄业虎闱，氏攻苦茹淡，手拮据以佐之，穷昕夕不辍，曰："无以内事累外，庶使专心卒业耳。"时已举二子，长崇本，次崇香。三省忽抱疾一年，氏心忡忡，恍焉若失，进匕箸药饵，蓬垢不饰，愁容欲啼。已度三省，病日甚，泣曰："天乎亡矣，吾谁与归！"遂自裁，姑觉而救之。三省昏迷中闻泣声隐隐，徐甦，询知，抱氏大恸曰："而何自苦！既不忍于我，何忍于堂上白头、膝边黄口乎？能体吾心，吾方瞑也。"言讫而逝。氏曰："妾薤露之躯，何苦独留人世！"绝饮数日，必同死乃已。众戚及母谕之不得，舅姑曰："吾二人耄年风烛，旦暮不能自保，乌能视二子之成？必若是以死为快，孰若吾两人早死之为快。"应言以首触三省棺甚力。氏乃前慰，稍稍回心进勺水；又久之，始就食。

时年二十有五，鐍户垂幌，言不出阃，足不逾阈，亲族不轻一面。躬釜锜之任，以治舅姑饔飧。督臧获，力稼穑，以备供具，倍于曩时。会强宗之黠桀亡赖者，利其他适以自润，每于舅姑前怂恿再四，姑亦怜其苦节，微讽之。氏痛哭剪发，刺面血淋淋滴衣襟，姑遂不复言，而黠者敛容退矣。后三年，翁亡，起卧同姑，处家日艰窘，给甘旨尤劳瘁。逾年姑病，氏忧惶不知所出，夜分搏颡礼斗，祈以身代。姑临绝，叩颡于床乌乌云："无以报孝妇，愿来世为妇妇耳。"姑亡，二子渐成立，遣从塾师受经，每夜篝灯荧然，机杼声与咿唔相应。尝语本香曰："我丧而父，内外老幼，萃于一身，极艰难困苦以有今日，毋废学以堕先人。"二子受母训益自励，本充郡弟子员，香亦卒业成均。后崇香历监时上疏陈母节，下有司覆奏行旌。

独腕尼

《情史类略》：播州宣尉杨应龙叛，赣兵杨烱阵亡。讣至家，妻柳氏，殓其衣帽，自缢者屡，皆为人觉不死。豪家儿慕其姿色，争委禽焉，柳不可；姑利厚资，潜许之。万历庚子六月，豪家来娶，姑逼使升舆，柳大诟曰："奴子无知犯我！我岂为狗彘行！"豪怒，自入牵其手，柳佯曰："姑徐徐，俟我更衣行耳。"乃跪向天曰："吾不幸夫死，吾腕为人污矣！"即引利刃断去其腕，豪惊遁。自此祝发为比丘尼。

碎聘物

《凤阳府志》：胡氏，年十七，归欧信。未几而信死，姑管氏，亦蚤岁孀居。姑、妇相依，以染为活，日刈黄蒿，夜亲染瓮。姑怜其少，语曰："无以我累新妇。"氏泣曰："妇所以不死者，姑老无子也。今方孕三月，苍天有知，使得生男，庶几欧氏有后。"一日刈蒿回，见榼罍，心知是聘物也，即提向门外碎之。姑信其不可夺，乃益亲爱。后生子谦，谦子经，俱读书卒业。天顺二年，邀旌表，年八十七而卒。

纪岁珠

《春在堂随笔》：吴牧驺太守仰贤，手录所为诗一册见示，内有《纪岁珠》一首，序云："歙人某，娶妇甫一月，即行贾。妇刺绣易食，以其所余，岁置一珠，以彩丝系之，曰'纪岁珠'。夫归，妇没已三载，启箧得珠，已积二十余颗。"余谓此妇幽贞自守，而"纪岁珠"之名，亦新艳可传，惜不得其姓氏也。

宁死不从

《宋史·列女传》：谢泌妻侯氏，南丰人，始笄，家贫，事姑孝谨。盗起，焚里舍，杀人，远近逃避。姑疾笃，不能去，侯号泣姑侧。盗逼之，侯曰："宁死不从。"盗刃之，仆沟中，贼退渐苏，见一箧在侧，发之，皆金珠。族妇以为己物，侯悉归之。妇分其一以谢，侯辞曰："非我有，不愿也。"后夫与姑俱亡，子幼，父母欲更嫁之，侯曰："儿以贱妇人，得归隐居贤者之门，已幸矣，忍去而使谢氏无后乎？宁贫以养其子，虽饿死，亦命也。"

侍小花

《海州志》：侍小花，民家女，年十六，许嫁某。某亡，往守丧持服，剪发自誓，苦守不二。洪武间，采访使上其事，所司以其年未五十，不合例。时黄岩徐宗实为兵部侍郎，奉使两淮，上言曰："随事处中，始为合义；守文执一，岂曰得宜"云云。廷论韪其言，下郡旌之。

禽兽之行吾岂为乎

《三国·魏志·曹爽传》注：皇甫谧《列女传》曰："爽从弟文叔妻，谯郡夏侯文宁之女，名令女。文叔早死，服阕，自以年少无子，恐家必嫁己，乃断发以为信。其后，家果欲嫁之，令女闻，即复以刀截两耳。居止常依爽，及爽被诛，曹氏尽死，令女叔父上书与曹氏绝婚，强迎令女归。

时文宁为梁相，怜其少执义，又曹氏无遗类，冀其意沮，乃微使人讽之。令女叹且泣曰："吾亦思之，许之是也。"家以为信，防之少懈，令女于是窃入寝室，以刀断鼻，蒙被而卧。其母呼与语不应，发被视之，血流满床席。举家惊惶，奔往视之，莫不酸鼻。或谓之曰："人生世间，如轻尘栖弱草耳，何至辛苦乃尔！且夫家夷灭已尽，守此欲谁为哉？"令女曰："闻仁者不以盛衰改节，义者不以存亡易心。曹氏前盛之时，尚欲保终，况今衰亡，何忍弃之！禽兽之行，吾岂为乎？"司马宣王闻而嘉之，听使乞子，字养为曹氏后，名显于世。

不饮他水

《温州府志》：陈氏女名盼，瑞安陈德升女，幼许配邻家子。既而邻子有盗行，女不肯嫁。父母欲令改适，不从。邻子死，家人委曲劝谕，终不听。独居一室，室后有一井，朝夕自汲，不饮他水，盖示志也。弘治间，纂修实录，事闻，史氏论曰："知夫之无行而不嫁者，守身之义也；夫死而终不嫁者，爱夫之仁也。"

我心熬得如铁

《休宁县志》：程氏，东村吴以琳妻，吏目吴鳌母，通判吴成器祖母也。鳌生八十日，琳亡。程年二十九，翁姑老且贫，饬改适。程折蒋草示人曰："此草能复活乎？妾类此草，只待枯耳。"日治圃，夜绩纴，口受子《孝经》。初名子鳌，及有孙，又呼为铁，曰："我心熬得如铁。"卒年七十三，郡邑旌表其墓。

割鼻不嫁

皇甫谧《列女传》：梁夏文生妻者，沛国刘景宾之女，名娥。生一女而寡，娥誓不再嫁。父以配同郡衡氏，逼迫入门，娥谓衡氏曰："妾闻妇人不改嫁。越义失节，妾所不为，君可见遣。"衡氏曰："相取有媒礼，何遣之有。"衡氏妻服未阕，娥因数之曰："君衰麻在身，犯礼纳室，虽颜之厚，奈相鼠何！妾必死不为君妻，相留不知辱乎？"奋衣而出。衡氏不敢强留。父复以许临淮倪氏，强扶上船，娥以刀割耳鼻曰："所以不死者，老姑在堂、孤女尚幼故耳。"执义终身。

空房夜夜闻啼乌

《太平县志》：洪氏女，许字戴南塘子。未嫁，戴子病，其父遣婢往视汤药，因而有娠。及洪于归，至中途，戴子死。从者皆尼其行，洪不可，竟归戴，服丧服，抚婢生子如己出。既长，教以义方，卒至成立。尝赋诗曰："谁谓妾无夫？中途弃妾身先殂。谁谓妾无子？侧室生儿继夫嗣。儿读书，妾辟纑，空房夜夜闻啼乌。儿今成名妾不嫁，良人瞑目黄泉下。"

吾当以头与之

《处州府志》：夏氏名淑荣，徐伯龙妻。元季，夫死于贼，夏年二十一，贼党有宋茂四者，欲强娶之。夏闻，叹曰："夫被杀，尚未之报，今反胁我。"遂引刀断髻，掷地曰："吾头可断，吾身不可辱。复来，吾当以头与之。"贼不敢犯。自是不茹荤酒，事姑育幼，三十余年，节操益坚。寿六十卒。洪武间，刘诚意为之传。至嘉靖间，御史舒汀表其门。

吾既庙见岂不为妇乎

《宁波府志》：祝氏名清，鄞人，生有淑德。年二十三，归张谷宝为继室。时夫已疾革，仅扶持成礼，期月而卒。初谷宝娶傅氏，无子，纳二妾，长马，生子遂孙；次李，生子康孙。李性悍妒，待傅氏无礼，日攻其短，傅氏以愤懑卒。及清至，李假主父遗命，立己为嫡，俾清为媵，凡资产悉据有之。清善遇马氏，鞠育其子如己出。久之，李与族氏诱曰："汝名虽嫁，实则女也。年少日长，如孤苦何？"清正色曰："吾既庙见，岂不为妇乎？吾不幸命也，惟安吾命而已，何暇知他事乎？"诱者遂止。清苦自守，寿八十五卒。

无子何害

《畿辅通志》：宣氏，谢贤妻，河间府人。年二十六，夫亡，无子。姑谓曰："吾老矣，汝未有出，勿自误也。"宣曰："妇人事夫，一而已，无子何害？况夫之得死，以妇能事亲也。今妇又弃姑，何颜见于地下！”痛哭几绝，卒苦守终身。

只履击王头

《耳目记》：唐滕王极淫，诸官妻美，无或能免，诈言妃唤，即行无礼。时典签崔简妻郑氏初到，王遣唤，欲不去，惧王之威，去则被辱。郑曰：“昔愍怀之妃，不受贼党之逼。当今清泰，敢行此事邪？”遂入。至中门外小阁，王在其中。郑入，欲逼之，郑大叫。左右曰：“王也。”郑曰：“大王岂作如是？必家奴耳！”取一只履，击王头，破面流血。妃闻而出，郑氏乃得还。王大惭，旬日不视事。

连婉娘

《闽通志》：连氏名婉娘，福宁州人，父悌，以适同里黄坦。年二十，坦亡，子铧生不能言。婉娘誓无他志。或讽之曰：“青年守节，所赖者子耳。今子复哑，守之何益？”婉娘泣曰：“吾之所以不从夫死者，以有姑与子耳。若弃姑与子而他适，是禽兽之行，吾岂忍为！正统十三年，建寇犯邑境，婉娘尽输粟以饷师，奉姑携子，避地南金城，盗息而后返。姑殁，毕丧葬。延师教铧学书，以代口语。既长，为娶妇，生孙子澄，宗祀赖以不绝。年七十余终。

此心终不亏

《萧山县志》：徐氏名清源，儒士周大器妻，年十九，归大器。七年，夫亡，氏哭踊不食，几绝者再。其母故饿其儿啼于前，乃抱儿曰：“吾为尔延一息耳。”既葬夫，并营己圹，以示不二。蓬垢蔬食，苦鞠遗孤。手写夫像悬于室，值望日，题其像曰：“此月有时缺，此心终不亏。愿将今夜月，常与我心随。”哭奠甚哀。凡遇婚嫁庆贺，则潸潸泪下，宗人咸为感泣。后子长，家业渐隆，亲戚前为寿，辄恚不见。终身寝不解衣，足不逾阈。年六十三而终。

死易耳立孤难

《青州府志》：王氏，周绪庆妻，安丘人，邑诸生一栋孙女也。事姑郑，曲尽孝养。夫亡，氏年二十五，乘间自缢者三，勺水不入口。时方有遗腹，姑日夜防守之，劝曰："死易耳，立孤难。汝夫无子，汝幸有身，汝死，不绝汝夫后乎?"氏感悟，遂不死。弥月生子懋非，不归宁三十年，绩纺训子，食饩于庠。

不堪金谷水

《丽情集》：太常博士郑还古寓东，即与柳将军同巷。郑调西都，柳设宴饯行，出家妓歌乐以送。有第三妓娇美，郑眷恋不已，柳谓曰："此沈真真，本良家女，颇能文辞。请赋词以定情，候博士拜命，即当送贺。"还古赋云："冶艳出神仙，清声胜管弦。词轻白苎曲，歌揭彩云篇。未拟生裴秀，何妨乞郑玄?不堪金谷水，横过坠楼前。"柳大喜，俾真真拜谢。郑至京，旋拜伊阙令，得重疾，驰书告柳。柳即送真真赴约，及嘉祥驿，闻还古物故而还。柳嗟叹，遂使别居，真真守节终身。

八日复苏

《南宫县志》：曹氏，程登元妻，农家女也。年二十，夫亡，姑苏氏寡居，相依为命。有田十数亩，为恶叔程庆、程佃所夺。隆庆六年，二叔私受里人张延芝金，许嫁曹，曹与姑皆莫之知也。一日，二叔姑偕二媒过其居，厉色谓曹曰："更衣更衣，叔已嫁汝!"曹闻，与姑相抱痛哭不解。众共拽之，曹啮姑衣，为众拽落其二齿。扶而升车，曹披发跌坠车下数四，御者不敢行。二叔姑以索缚曹，置车箱中，叔子登第（车）策马行。车至延芝家，出之，死矣。众惊悚，舁归，八日复苏。县令乔岩闻之，系诸谋者，悉加罪。给曹米帛，署榜其门。

忍死事舅姑

《元史·列女传》：丁氏，新建郑伯文妻也。大德间，伯文病将没，丁氏与诀曰："妾自得侍巾栉，誓与偕老。君今不幸，疾若是，脱有不讳，妾当从。但君父母已老，无他子妇侍养，妾苟复自亡，使君父母食不甘味，则君亦不瞑目矣。妾且忍死以奉其余年，必不改事他人，以负君于冥冥也。"伯文卒，丁氏年二十七，居丧哀毁。服既除，父母屡议夺嫁之，丁氏每闻，必恸哭曰："妾所以不死者，非苟生有他志也；与良人约，将以事舅姑耳。今舅姑在堂，固无恙，妾可弃去而不信于良人乎？"父遂止、舅姑常病，丁氏夙夜护视，衣不解带；及死，丧葬尽礼。

胡催莲

《泾县志》：胡氏女催莲，幼许字张香都朱御，生而端慧。年十八，未嫁，御亡，即衰绖往奠，抚棺擗踊，死而复苏。总笄、丧服，偕一婢楼居，兄弟往视不面。一夕，梦御坐水中，觉即亲往发视，果大水溢棺，乃大哭曰："吾初誓与汝偕葬，以汝母在，故忍死，今当践初志。"以首触棺几绝，御母力止之。越五年，御母病剧，女衣不解带者三月，告天刲股以疗。又十年，御母殁，绝粒凡九日。时五丧并举，女以一身承之，观者莫不堕泪。邻居不戒火，延及其居，女结衣束带，以待火至。忽大风返火，所居楼独存。年六十令终。其婢女安贞，亦跣足蓬鬓，誓不匹偶。乡人奇之。有司赐帛给米，特疏建坊立祠祀焉。

盗不侵犯贞妇家

《建昌府志》：游氏，别驾游秩宗女。生而慧，幼随兄读书，凡《孝经》《论语》，及《葩诗》《妇则》诸书，无不诵记，遇事所触，辄能引证。父善病，氏年仅十三，朝夕父侧，调治药饵，虽臧获满前，不一假手。宗族乡党，无不以孝女称之。及笄，嫁同邑黎闻甫。闻甫蚤失所怙，倚命惟祖，迨氏于归，不数年而祖翁又殁。遗孤在抱，堂上有七十祖姑，一切家事，悉以付氏。无何，闻甫以数艰，郁郁成疾死。氏年二十三，茕茕靡恃，痛绝欲死，水浆不入口者七日。父谓曰："尔死诚是。顾尔夫终鲜兄弟，母子相依为命，尔死，祖姑谁养？藐孤又谁任？孰若教子成名，俾尔夫未酬之愿，得伸于后日，不尤愈于徒死乎？"氏乃节哀顺变，敬养祖姑，啜水茹荼，历数十年如一日。教子永年，补弟子员，食饩有声。

未几，祖姑谢世，氏孑身操持。恒以其余周齐贫乏，淑德徽音，遐迩传播。一日，盗劫其家，及知姓氏，相惊悔曰："此向时饥与粥、寒与衣者，胡忍取之!"遂出境兽散。后被获，供吐如前语。

吾宁有死不受辱

《情史类略》：朱少姬，名葵，字心阳，其先姑苏人。母梦人以犀钗投其怀，感而孕，乃小字犀。生四岁，父客宛洛间不返，母又善疾，值岁饥，展转乃徙之携（槜）李。有富人王姓者，与其母故中表，稍周贷之。已而，富人又以赀入京，贫益甚。母利人金，卖为俞家姬，故又名俞葵。时姬年十二，玉肤花貌，风骨媚人。喜闭户焚香鼓琴，为哀风之音，闻者莫不凄绝。

久之，乃入武林。闽郑翰卿，方侨居西湖，夏日偕友人陈伯孺，坐长堤绿阴中，见小艇载红妆者，知为葵，招与语，悦之；葵亦慕郑名士，遂与俱归。陈伯孺赠葵诗云：

相逢刚道不魂销，抱得云和曲未调。
莲子有心张静婉，柳枝无力董妖娆。
春风绮阁流苏帐，夜月高台碧玉箫。
莫忆西陵松柏下，断肠只合在今宵。

居月余，葵缱绻不舍，郑乃出犀簪为赠。葵见之，曰："此吾母梦征也。或者其天乎？"郑乃出重赀聘之。

葵既嫁，遂屏去艳饰，亲劳作，工女红。与郑居吴山之麓，且半载，值月妓周丽卿者，以他事被逮，周恐，匿不出。翰卿与杭守令皆雅交，乃以二绝为之从臾，卒得脱。诗云：

> 不扫蛾眉黯自伤，谁怜多病老徐娘？
> 腰肢剩有梅花瘦，刺史看时也断肠。
> 妾住朱楼垂柳边，闲人湖上逗春烟。
> 使君打鸭浑闲事，一夜鸳鸯飞上天。

及翰卿携家入苕溪，俞之假父，素无赖，窥郑逆旅，乃募恶少数十人，邀诸途，夺姬归，閟之幽室中。葵断发矢曰："吾宁有死，不受辱！"人卒不敢犯之。翰卿鸣之当道，檄下二令君杂治之。令曰："曩君为它人居间，乃有'打鸭''惊鸳鸯'语，不意遂成奇谶。"因捕治诸恶少，寘之法而断葵归郑。其判词云：

> 俞氏，良妇也，隶籍三吴，愿得好逑而偕老；郑卿，才士也，倾赀十斛，将携淑女以御归。何期枭獍之无良，几致凤鸾之失偶。相如涤器，临邛令甚耻之；襄王行云，巫峡梦不虚也。凌霄琰气，幸逢合浦之珠；向日葵心，堪并章台之柳。鸳鸯谐波面之欢，行堪比翼；鬼蜮潜水中之影，敢复含沙！任将一片云帆，携作八闽春色。苏长公原自风流，只借数言为三尺；韩夫子岂长贫贱，用联双璧以百年。

后十年，葵生三子，皆韶秀。徐兴公寄之诗云："秋叶何须倩作媒？画堂红拂肯怜才。荥阳公子遗鞭过，湘浦佳人解珮来。绣户星稠盃合卺，玉闺春蚤镜安台。只缘十斛明珠换，掌上于今有蚌胎。"蓼庵高太史曰："朱小姬，义不受辱，卒归郑生，身名俱完，可谓贞妇矣。"

阴骘台

《临清州志》：施氏，诸生胡椿妻。年二十七，夫亡，秉持大节，教子以忠厚，宁拙勿巧。平居不奉佛，曰："子孙，祖德之遗耳，佛岂能佑我哉?"作课儿诗云：

延师率子拜灵前，片竹封来泪黯然。
孑立四孤痴性懒，孀居七载苦心坚。
已愁世业将难继，又恐诗书失后传。
汝辈不能成父志，誓无相见及黄泉。

岁饥，尝出粟活村人。村人辇土为筑一台，名曰"阴骘"。年七十三终，遗戒"勿延浮屠、但赒贫族"。

抚孤与从死孰优

《金乡县志》：韩氏，庠生李汝重妻。年十八，归汝重，夫妇相敬如宾。重得瘵疾不起，氏进饮食药饵，不遑寝息。疾笃，祈以身代。及亡，欲相从地下。戚属咸谓曰："抚孤与从死孰优?李氏一线之脉，在襁褓中，与尔俱亡，慎无轻易!"氏求死不得，呕血襄事。子稍长，督令力学，先业赖以不堕。历四十九年，足不逾阈，笑不见龈，至老弥峻。学使旌其门。

我藩篱自固

《延平府志》：梁氏，延平卫指挥佥事张瑄妻。瑄病笃，度不起，梁方娠三月，瑄谓曰："我身后事，未卜如何，汝自为计。"梁仰天垂泣，誓曰："纵不生男，此身决不登他门!"及瑄亡，梁年二十七，生子胜，矢志益坚。闺门谨肃，亲戚邻妪罕见其面。贵豪某觊之，遣人负竹篱数束至其家，语之曰："奉以固藩篱。"梁喻其意，叱之曰："我藩篱自固，不须此竹。亟负归，待汝主殁后，自固藩篱耳。”贵豪闻之大愧。后胜袭父职，梁年六十余卒。

怀夫余发以殓

《安庆府志》：郑氏，名崇德，怀宁人，断事方法妻。七岁能诵《孝经》。归方，尝论永乐靖难师起，郑叹曰：“妇道、臣道，一也。委身事人，时艰而背之，何以明贞？”法正色曰：“妇人识能尔尔。”及法被逮，至皖江，自沉，尸不获。郑年二十九，取余发退甲笥之。迎姑侍养，抚二子懋、恕，守节四十余年。郡守广武王公疏于朝，会郑疾将诀，命囊所藏夫余发退甲，纳怀中以殓。

泣受遗言

《浙江通志》：叶氏，慈溪人，归鄞之史简。简为县从事，尉受赇，杖平民，简悯之。尉大怒，杖简，归数日死。叶氏年二十五，四壁萧然，惟弱子幼女。未几，子亦死，日夜抱幼女悲泣曰：“天乎、天乎！夫何使我至于此极耶！”夫死时方妊，嘱曰：“若生女，当嫁；果男也，幸谨视之。”叶氏泣受遗言。后果得男，于是毅然自守。邻保咸谓曰：“汝家若是，褓中儿，宁可恃耶？”叶氏誓死不听。子既长，俾从师读书。晚岁生产浸饶，益务俭约。育养孤女数人，各令有归。寿八十六而卒。尝训其子曰：“读书以行己为先，操笔作文辞，务得圣贤本旨。”故其子愈自刻厉，为端士。后孙、曾三世为宰辅，封至冀国夫人。

若戚恶能守耶

《建宁县志》：杨氏女，周坪保人。年十六，许配在城李奇雍。雍病，氏请于父母，欲往视，不可，泣曰：“愿一侍刀匕，死且无憾。”遂往。朞月而雍殁，未成妇也。父母兄弟欲嫁之，以死自誓。有老妪以微言挑之，阖扉哭曰：“不谅！挠我不休，岂以我为惮一死耶？”遂自经，以救免。自是无敢复言。

居恒未尝有戚容，伯氏奇璧教其女，问曰："婶以何不戚？"曰："若戚恶，能守耶？"奇璧大奇之，诫其妇曰："汝等善成其志。"其妇亦能体璧意，与相得甚欢。久之，乃得璧次子宏为雍后，杨亲课宏读，补邑庠生。宏早夭，杨勉宏妻黄氏，抚育二子。黄亦能砥节孝养。郡守旌之。

吾节妇妇也

《延平府志》：陈氏，胡贵妻，沙县人。年十六归胡，二载而夫亡，子宗旺，甫一岁。众撼之，陈曰："背夫弃子，岂人道乎？"秉节育旺。旺长，娶于姜。正统间，避寇上府，姜年二十五，旺殁于途，子斯佑三岁。或讽姜，姜曰："吾节妇妇也，忍使孤子之孤，父他人乎？"寇平，携佑归葺旧业。佑娶吴，生二子而佑又亡，长子敏瓒七岁，次子敏璋三岁，吴年二十五。日夜勤苦，综理家务，督瓒力学致显荣，璋亦克成其家。

何出此不祥语

《光泽县志》：危道娘，邑人陈宗妻。宗幼鞠于姑，为姑子，姑抚之不异己出，宗奉姑亦如亲母。宗既娶危，病革，语危曰："吾疾决不起，吾姑将无所托，汝能代我终养乎？"危曰："君何出此不祥语？万一不讳，何待君嘱付耶！"既而宗亡，危哀毁几不欲生，事姑益谨。姑欲遣其嫁，危具道夫语，誓不食言。姑年八十有五而卒，丧葬尽礼。

生身何罪与君相遇

《北史·列女传》：泾州贞女兕氏者，嫁彭老生为妻，聘币既毕，未及成礼。兕氏率行贞淑，居贫常自舂汲，以养父母。老生辄往逼之，女曰："与君礼命虽毕，二门多故，未及相见，何由不禀父母，擅见陵辱？若苟行非礼，正可身死耳。"遂不肯从。老生怒而刺杀之，取其衣服。女尚能言，临死谓老生曰："生身何罪，与君相遇？我所以执节自固者，宁更有所邀，正欲奉给君耳。今反为君所杀，若魂灵有知，自当相报。"言终而绝。

老生持女珠璎，至其叔宅以告叔。叔曰："此是汝妇，奈何杀之？天不佑汝！"遂执送官。太和七年，有司劾以死罪，诏曰："老生不仁，侵陵贞淑。原其强暴，便可戮之。而女守礼履节，殁身不改。虽处草莱，行合古迹。宜赐美名，以显风操。其标墓旌善，号曰'贞女'。"

卷 二

情中贞（下）

李真童为女道士

《青楼集》：李真童者，张奔儿之女也，十余岁，即名动江浙，色艺无比，举止温雅，语不伤气，绰有闺阁风致。达天山检校浙省，一见遂属意焉。周旋三岁，达秩满赴都，且约明年相会。李遂为女道士，杜门谢客，日以焚诵为事。至期，达授诸暨州同知，备礼取之。后达没，复为道士，节行愈励云。

适际其难何节之有

《海澄县志》：石氏，李任禄妻。夫死，遗孤世奇方九岁，氏佣十指教之，小过必惩。迨成进士，入中秘，以母老乞归，终养乡里。欲以母苦节上闻，母愀然谓其子曰："妇事夫，犹臣事君，适际其难，故尔，何节之有？且汝幸通籍于朝，天之报我不薄矣。若复受旌，人将谓以庶常之母故也。汝其求庶人妻之苦节者，以阐潜德可耳。"会有疏荐其子者，并及母节，乃得旨，敕本县月给白米一石，为母膳。时年九十二，又二年卒。

贞女不假人以色

刘向《列女传》：贞姬者，楚白公胜妻也。白公死，其妻纺绩不嫁。吴王闻其美，且有行，使大夫持金百镒、白璧一双，以聘，以辎軿三十乘迎之，将以为夫人。大夫致币，白妻辞曰："白公生时，妾得幸充后宫，执箕帚，掌履衣，拂枕席，托为妃匹。白公不幸而死，妾愿守其坟墓，以终天年。今王赐金璧之聘，夫人之位，非愚妾之所愿闻也。且夫弃义从欲者，污也；见利心死者，贪也。夫贪污之人，王何以为哉？妾闻之，忠臣不借人以力，贞女不假人以色，岂独事生若此哉？于死者亦然。妾既不仁，不能从死，今又去而嫁，不亦太甚乎！"遂辞聘不行。吴王贤其节义，号曰"贞姬"。

妾心已死

《扬州府志》：阙氏、马氏，皆江都人。阙适管贤，马适管哲，同母兄弟，二妇事姑至孝。贤病亡，阙年二十六，遗襁褓孤又失明，父母欲夺其志。阙曰："妾心已死，但身存耳。非姑老子幼，则索吾泉下矣。"未几，哲亦夭，马年二十一，无出。姑曰："尔年差少，再适可也。"马泣曰："姒为伯守，我独背夫，何面目存天地间耶？"娣姒相与纺绩养姑，姑终，丧祭尽礼。太守陈贞，奏旌其门。

见者惊为人腊

《宁化县志》：金氏，主簿黄美金妾，兵马司指挥黄恩官母也。万历三十四年，以皇太孙生，上圣母徽号，加恩在内臣工，恩官嫡母邹氏，获赠孺人。恩官复具疏陈情，乞恩旌母苦节，其略曰：

"臣生母，系京卫指挥金见之女。年十六，归臣父黄美金。生臣三岁而臣父病笃，乃谓嫡母邹曰："必嫁金氏，彼年少，难待子长也。"臣生母闻之，悲恸拜下曰："所不与嫡字而子者，鬼神殛之。"臣父口称"难难"而目遂瞑。生母绝水浆者七昼夜，臣嫡母谕之曰：'子幼，予既耄，汝又绝食，子谁依乎？激一时之性以绝宗，何忍！’于是始进水浆。哀毁骨立，见者惊为人腊。自是不离嫡母左右，燃灯辟纑，夜分不寐；呴植微躯，爱劳兼笃，赖以成身，皆生母之力也。但臣一介孤寒，未能自达宸聪，致母苦节久淹。此臣所椎心泣血，不得不哀鸣于君父之前者也。”

于是奉旨下礼部，特加敕一道，敕曰：“人子以菽水致亲一日，孰与国宠致亲千禩乎？故表节于彤管龙章，而委照于蓉城马鬣，则荣名未有既也。尔金氏力兼劳瘁，味餍蓼荼，践夫临诀之言，毕已立孤之志。天禄用酬于寡鹄，陈情可悯乎慈乌。是用赠尔为文林郎孺人，虽死犹生，转宵为旦。夫抚孤如金氏者多矣，致身通显如恩官者，又不可数计也。乃遭逢锡类之恩，特叨加敕之荣，此孝子所腐心虔祷而未可得者也，可无志乎？”

求尽吾心而已

《潮阳县志》：吴氏，侍御郑文奎弟文参妻也。归未数年而参死，吴氏年二十五，未有子，抱幼女而哭。人曰：“夫人不幸无子，是天不欲延郑祀也，奈何自苦如此？”吴氏曰：“恶，是何言也！夫忠臣不以国无长君，而废其节；烈女不以家无适嗣，而弃其贞。凡以求尽吾心而已。今妾生为郑妇，死为郑鬼，复何疑者？若必有为而为，非所闻也。”立嗣子，抚教之，孝养舅姑，辑睦妯娌，抱节守义，三十余年如一日，卒年五十七。君子谓吴氏无忝为妇之道矣。

不辱吾门

《广德州志》：应氏，潘奕三妻，忠义里人。宋衰时，官军渡河，奕三九世祖，尝具牛酒犒军，督军者，题其坊曰“忠义里”。应年二十归奕三，二十三生一女，二十四而奕三亡。姑悯其少，命之嫁，应曰：“再嫁非妇行，吾宁死，不辱吾门。”姑曰：“汝无子，焉守？曰：“有儿则守，无儿则嫁，我志云何？”姑曰：“富而守节易，如窘何？”曰：“绝纫辟纑，可以裳衣；摘蔬拾薇，可以果腹，吾甘焉。”姑不能夺。顷之，其母亦言嫁如姑，应拊膺曰：“天乎！乾坤茫茫，独不能容吾身，必欲使我委身沟壑？”母赧然出，于是不复更议。应事姑孝，姑死，哭几绝。非有故，不出阃，邻妇罕见其面。年九十一，双瞳炯然，行弗曳杖。

奉身若临深履薄

《潮阳县志》：邱员，峡山人也，小字宜正。正者“贞”也，员以自命。尝以质诸父逊，逊心异之。年十九，归吴克绍。明年，绍死。员时方有身，姑怜其少，且遗腹不卜男女，因从容微讽之，以觇其志。员泣曰：“姑老矣，绍方恨弗克终养，妇又去，姑将谁倚？且妇人从一而终，即不幸生女，亦守死而已，讵忍辄萌他志，以羞地下人？”于是姑知妇志坚不可夺。顷之，娩身得男，竟续吴祀。员温柔敬顺，承姑之欢，奉身若临深履薄，至老勿替。呜呼！员盖无愧于其字者。

千岁茯苓

《劝戒四录笔记》：岭南患大痳疯，虽骨肉，不与同居，防沾染也。南海有巨室子某，年甫十五六，翩翩似璧人，忽患是疾，另构山寮居之，家人间日省视焉。其所聘室，系邑中巨姓女，父母欲另字人，女泣曰：“未婚而婿撄恶疾，女之命可知。且从一而终，妇人之道也，义不能他适。与其养老闺帏，贻父母忧，不如相依于凄风苦雨中，少尽为妇之道，以毕余生，儿之愿也。”坚请再四，誓之以死，父母不能夺其志，遂卒归某氏为妇。未几，女亦沾染成笃疾，空山之中，形影相吊，闻者伤之。

一夕，明月在天，四山清绝，露坐松间石上，其夫抚之曰：“以卿丽质，而狼戾至此，我之罪也。”女则毅然作色曰：“早知有今日，其何敢怼。”正在凄然相对间，忽见溪中有一物，翻波浴浪，似兔而小。趋视之，窜入松林而没。女拔头上簪，志其处，明日发土视之，则千岁茯苓也。知为仙品，剖而分食之，甘香沁人心脾，不觉宿疴顿失，疮痏全消。其父母闻而往视，不啻一对玉人，相映于芦簾丛薄间，喜而迎之归，重为合卺成礼。莫不叹为贞节之报。此事闻谢澧浦太史兰生，目睹云。

绝粒四十四日不死

《徽州府志》：节妇姓谢氏，祁门李应时妻也，父讳宝甫。聘后，应时业病痿，父母悔之，谢氏矢靡他，卒归李氏。归后，应时病日剧，手足痹，不能举，一切卧起食饮、栉沐抑搔，至溲溺诸琐委，悉节妇躬之，罔昼夜有懈。如是者，盖七年所。嘉靖辛卯，应时卒，节妇年才二十有五，恸几绝，趣并治衣衾，虚圹右，誓以死殉。姻党持之严，不获死。逾时又万方解之，不听，曰："若等未谙理道，言不当我心。我将就从兄裁焉。"

从兄者，盖布衣谢显惟仁氏，笃行学古人也。节妇一日如母氏家，则肃惟仁至，问死所宜。惟仁怃然，徐谓之曰："从一以终，义也。死以取义，何问焉？第汝祖姑及舅姑在，咸老矣，奈何？若能养，李氏子瞑矣。"节妇悟，始忍死竭力就养云。乃姑夙抱末疾，祖姑更性厉甚，家人事之无当意者。会岁常歉，家益落，节妇日勤丝枲，操井臼，备尝荼苦，委折将顺，冀博其欢心。乡人为之语曰："新妇孝，病姑好；新妇顺，严姑驯。"

已而相继卒，节妇哀毁如礼，又黾勉有无。营葬之间，舅怜其嫠苦，且无子也，欲令复醮。节妇即引刀断其指，曰："所不终者，有如此指。"舅知不可夺，潸然慰之。时舅既鳏，益老益病，事之难，视二姑且百倍。节妇顾事之益谨，朝夕治具，已布几上，乃请御，已则肃立堂楹间。诸娣姒每旁视之，相谑语曰："嗟！学生子，又侍先生矣。"盖谓其恭谨状如此。病甚，至手捧其唾咦，或溲恶时污床笫，躬为蠲涤，无难色。如是者又累三年卒，丧之如二姑。

既襄事，则以告惟仁曰："未亡人祇奉兄教，勉事大人。不幸咸弃背我，我愿从夫子地下，繄今日可矣。"惟仁曰："信也。抑犹有母在，忍耶？"谢氏唯唯。寻丧母，及朞，问如初。惟仁曰："事居送往，女力殚矣。即不死，无负李氏子也。"谢氏毅然曰："否否。间所言，礼则然也，今何独异耶？"乃嘉靖己酉岁初之五日，晨兴，衰绖（绖）遍辞其家人，禁不粒食，积四十四日不死。其时形虽羸而神爽，炯然自若。妇女有慕义来唁者，犹盥洗出见，从容款语如平时。后乃引绳以绝。娣姒检所断指并殓，生气凛凛焉。

三十年命妇仍处子

《右台仙馆笔记》：徽人程姓者，以赀雄其乡累世矣。生一子，少而痴顽。及长，混混无所知，其家以二仆守之，饥饱寒燠，悉二仆为之节度。或不受教，则痛笞之，乃帖然服。其术若御牛马然，远近皆知，无与语昏者。

程氏故有质剂之肆，在无锡。有汪氏者，世为之主会计。汪有女，与程子年相若也。汪叟乃慨然曰："吾家自祖父以来，皆主程氏。今程翁有子，无女之者，吾何惜一弱女子，不以酬其数世之恩谊乎？"使人达其意于程。程初辞焉，汪固以请，程恐重违其意，乃聘为子妇。及成婚，纁雁之仪，牢羞之费，颇极晖备。青庐既启，将行交拜之礼，而程氏子蹩躠蹁跹，竟不成拜。已而入室，顾视室中罗屏绣幕，非平昔所寝处，则大惊，叫嚣东西，隳突南北，无能近之者。不得已，仍命二仆推挽以去。女自此独处终身矣。

舅姑语之曰："吾子非人类也，苦我新妇，幸善自爱。"次日，即割家赀巨万与之。逾年，以兄弟之子一人为之嗣。而女甚贤达，上事舅姑，下抚嗣子，旁遇姊姒，皆无间言。舅姑益善之。因为子纳赀得官，女遂受四品之服。与夫异室而处者三十年，虽为命妇，仍处子也。程氏子先卒，女又十数年乃卒。晚岁年齿既高，行辈又长，家中事悉禀命焉。女善料事，并能知人，事无巨细，经女处分，悉中窾郤。

程氏子虽迷惘终身，然仪状端整，肥白如瓠，中年以后，须髯甚美，望之若丛祠中塑神像者然。且自程氏子之生也，其家日益饶衍，候时转物，无不得利。程氏子死，稍稍衰矣。然则此夫此妇，其亦有自来与？余少时馆于休宁汪氏，汪与程有连，故得闻其详。余诗集中有《女萝行》一篇，为汪女赋也。

此吾家也又安归

《吴江县志》：凌氏女，同里人，许字徐应化。化夭，女泣请父母临其丧，不许，抚膺曰："儿徐妇也，禁儿行，将何为？"不得已，强听一往，即易衰绖，伏尸哭极哀，水浆不入口者数日。保姆趣之归，女曰："此吾家也，又安归？"久之，化父死，化母独与女居。岁大祲，斗米钱二百，女以其力作养化母。化母失明，女屡舐之乃明。自童归徐，以讫于老，饮食卧起必依化柩。直指以闻，诏旌表。

手闭两耳

王思任《屠节妇传》：屠节妇汪者，山阴青湖之孙女，而会稽故儒士屠守政妻也。少静颖，通经史大义，幼曾割股疗父。十四岁，归屠清白家，奁既不腆，屠境又寒甚。节妇以十指佐读，屠之毛羽将丰，而忽摧落。是时节妇年十九，方有身，再三欲殉。舅姑曰："不可。无论我二人赖尔终于事，若生男，即尔夫复活也。尔殉则杀尔子，又绝尔夫，我两人亦遂死。黄泉之下，徒使一家夷灭，无谓也。"节妇曰："诺。"

未几，果生男。天不厌祸，逾三岁，遗腹子又殇。节妇绝而复苏曰："天乎！未亡人今可以死矣。"舅姑则又曰："不可。我两人日益老，近且病，翁媪互医药，手足不便，良苦。人生无子，复无媳，不如死。若欲死，我两人请先之，不忍见也。"于是节妇喟然曰："天乎！未亡人欲死不得，且不敢也。"于是乎有继嗣之命，节妇攻苦厉勤，撙节教养，朝上堂，夕下帏。鸡猪米盐之事，无弗亲也；师友臧获之任，无弗摄也。舅姑病笃，药饵、巫祷之举，无弗竭也；及舅姑没，窀穸松槚之役，无弗专也。

事既毕，而嗣子思诰，亦渐成立，为诸生。向使微节妇，二老人且不知死所，而守政之泽，亦终斩已。节妇，其节而才者邪？

先是，节妇年方少，他尊长或怜之，语微讽，节妇急以手闭两耳。葬舅姑后，即室斗室，穴一窍以通食。悬大士像，相对诵课五十年。今已七十矣，仍处室室中未出也。

历七十年如一日

《宁海县志》：吴氏，西隅董世梧妻，曹州倅思维母也，性淑慎克家。年二十七，夫亡。或讽曰："遥遥岁月，夏簟冬缸，非易度也。"吴按剑自矢曰："海可枯，石可烂，而心不可转。"傲冰霜七十年如一日。邑令旌其庐，思维亦膺岁选，对大廷。

抚叔成立

《严州府志》：叶氏，徐应裕妻，淳安人。适应玉（裕）二载，裕亡。氏年十七，抚棺悲号，气绝复苏。逾月产遗腹子，寻殇，泣曰："我忍死须臾，为此块肉耳。今且绝望，生欲何为！"即引刀自割。姑夺刀泣曰："若舅先背，止存孤叔二岁，而吾且衰瘠不可知。如线一脉，实赖汝。倘天祚徐，存舅嗣，即汝夫瞑目时也，徒死何为？"叶勉从命，以抚叔成立。既婚，即不与家事。姑病，亲尝药汤以进。姑没，哀号迫切，两目丧明。年八十三终，茹苦六十七年，艰苦万状。万历四十年，直指郑继芳，疏其事旌表。

感盗却鬼

《如皋县志》：吴氏，蒋一阳妻，年十七，归一阳。阅二岁，方娠而蒋亡；又阅月，曾祖姑及王舅相继俱丧。氏尽鬻其产，半举三丧，半以奉姑饘粥。弥月，生子鸣惊。值岁饥，盗入其室，氏拥姑抱孤，诉其艰苦，盗感泣去。未几姑殁，墟莽间，鬼火夜青，且渐逼。氏语鬼曰："吾初心，死不易也。"鬼辄哭有声，自兹遂绝。既服阕，恶族利其产，谋嫁之，诬以讼，旋得白。虑伤其孤，迁学宫傍，择学行俱优者，与缔姻，藉以教其子。脩脯不给，仍绩纴佐之。鸣惊卒为诸生，有声黉序。县令李衷纯，请于学使，赉以粟帛，旌其门。

汝母不复生矣

《丰县志》：董太学，望云女。云无子，笃爱女；女纯孝，亦能顺父意。及笄，适处士刘永光，相永光，养翁姑，悉惬夫志，馈问其父无虚日。及父殁，夫亦亡，氏哀号，语三孤运隆等曰："吾不能终事吾父，又不能终事汝父，汝母不复生矣。"运隆急白太翁，太翁泣语氏曰："儿死，赖有妇抚孤。妇死，我耄老，安能为汝成立诸子？且妇果死，老人不忍见，有与俱死耳。"言讫呜咽，泪如雨下。少长皆泣，氏大恸，强慰翁，茹荼集蓼，教三子终其身。

斯为贪虚花丧实果乎

《黟县志》：卢氏女，字敬姬，黟之顺化里人，邑庠生之俊姑。父元祥善贾，家素封。氏生而端静，不妄言笑。年十四，许聘邑人许永源。十六，永源殇，女欲往，父不可。女含泪不敢啼，绝粒不食。诸姆劝曰："人生如树，为烈女，虚花也。一夫一妇，偕老百年，实果也。何乃贪虚花、丧实果乎？且若未归，从父命，匪失节。伤父母心，反不孝。"女曰："女之择配，媒妁议之，父母主之，犹婴投胎。既一言定盟，犹婴之出腹。幸而父母无恙，顾我鞠我，固大幸；不幸而父母即世，亦长为其家之孤哀子。其可因父母亡，而谓他人父、他人母耶？"诸姆相与窃笑之，曰："姑迟之，俟其自悔。”

女自是不事容饰，足不缠，衣不择，独处堂北，步不逾中门。五尺奴，勿之役；女尼女巫，一切勿接。族有喜事，非诸父母兄嫂寿，勿往；弟侄新婚，遣小鬟致庆。终身如一日，年七十卒。

玉之洁不可涅

《海宁县志》：马氏，黄冈孙率祖妻。年十七，夫亡，苦守；遗孤既娶，复夭，又抚其孙成立，历节五十余年。或欲上其事于有司，氏正色谢绝，时论高之。宗伯董其昌赞曰：“珩璜为饰，幽兰为佩。玉之洁，不可涅；兰之香，不可绝。斯与古今之贞妇寿母，垂嫔则而称女宗者，同根而共节。虽君王筑台，犹非所屑，又何有于官司之绰楔？”

寝所红光

《安庆府志》：罗氏女，小字引贞，望江人。许聘方自宣，甫问名而自宣殁。女年十六，闻讣，百计求死。母集姑姊，卫之小楼，女忽从檐甓坠楼晕死。一家惊哭，舁入房，卧数日方起。时自宣家方作佛事，女密令小婢馈茶，嘱其暗记道路居址。夜同小婢潜出，抵方，触自宣灵前晕死。诸父追至，哭劝女回，女跪泣曰：“愿永守自宣灵。不可，幸赐佩刀。”诸父痛哭去，女遂留终丧。除纺绩外，一切不问。扫除密室，朝夕诵佛经，邻妇辄夜见其寝所有红光，惊为火发。苦志二十年，崇祯元年，与生母话别，无疾而终。一方咸闻空中有天乐声。

逾垣而出

《辍耕录》：中书平章阔阔歹之侧室高丽氏，有贤行。平章死，誓勿贰适。正室子拜马朵儿赤，悦其色，欲妻之而不可得。乃以其父所有大答纳环子，献于太师伯颜——此物盖伯颜所属意者。伯颜喜问所欲，遂白前事。伯颜特为奏闻，奉旨命拜马朵儿赤收继小母高丽氏。高丽氏夜与亲母，逾垣而出。

何忍以一身事两主

《江行杂录》：徽宗北狩，四太子请王婉容，为粘罕子妇。上遣之，曰："好事新主。"及行，大哭曰："何忍以一身事两主!"就舆中以衣刀自刎。太子曰："南宋大臣，未有如此者。"择地葬之，志碑曰"贞妇冢"。

合欢枕不合欢矣

《武进县志》：胡氏女，父世定，幼许字宜兴吴云。世定客死，未几，云患癞疾，亦亡。女闻欲奔丧，或阻之曰："古节烈妇如某某，皆已嫁者，不闻未嫁者也。"女曰："存亡易心，与禽兽无异。"取向所制合欢枕，藏其一于笥，持其一赴吴，亲纳于棺，拊椓长号。殓毕，留事云母，及云庶祖母，朝夕织纴，给膳羞，数十年如一日。

毋谓儿孱弱不能也

《武进县志》：陆卿鹄女，大司马完学女孙。幼知书，许字同邑庠生赵烛远。烛远年十七，病妖（殀），女闻，绝食数日。父母慰之，女曰："小敛而服，古制也，已迟矣。"卿鹄曰："女也，妇耶?"女恸哭，必往赵乃生。鹄不许，佯谓："吾再遣仆走京师，姑待汝大父命。"女怏怏月余。

司马札归劝谕，女答大父书，洒洒千言，矢不移贰。里中求蹄（缔）姻者踵至，女长跪父母前曰："刎颈割鼻，毋谓儿孱弱不能也。"鹄曰："吾当全尔志，俟诹吉以行。"女曰："何待吉!"拜辞父母，遂往赵。及柩，易缞绖。一日病甚，有女尼讽披缁可以延生，许之；忽曰："误矣！昔已捐生，今复恋生披缁耶?"越数日死。时崇祯癸未正月二十三日也。

口号书衿

《新昌县志》：梁氏，棠墅人，幼聪慧，粗涉书史。字生员王茂芝，相敬如宾。生子升甫三岁，茂芝年二十五，赴省试，病剧舁归。梁氏日夜号泣，愿以身代，卒不起。氏死守不二，父母微讽之，辄大恸，入妆阁，书口号于衿云：

蛾眉薄命剩孤身，霜着松筠不改贞。
父母错将儿女爱，恐无完璧报良人。

自是屏绝铅华，事姑尽孝，勤纺绩以供甘旨。姑失跌伤足，极痛楚，氏扶掖抚摩，拭抹臭秽，叩祷神祇。历十余年，姑忽起，行坐如旧。人以为节孝所感。

愿为尔父守百代

《南宫县志》：白氏，钱芳声妻，孝廉冲寰女也。芳声病亡，遗二子器、嚣俱幼。白年二十三，淑慎端庄，朝夕抄读《孝经》，以古烈女自期，孝事孀姑，教子读书，严督不懈。辛巳岁大荒，甲申遇寇变，贫窭益甚，氏纺绩织纴，以供膏火。越三载，二子俱入泮。顺治甲午，白年五十二，病危。二子请医，白曰："吾孀居三十年，未尝识男子面，今不欲改也。"二子不敢请。越数日，病益危，呼二子至榻前，嘱曰："尔欲孝母，勿忘尔父；尔欲孝母，勿忘尔书。吾岂徒为尔父守百年？亦愿为尔父守百代也。"言讫而卒。

斗麦自磨而食

《扬州府志》：王氏，通州沈士翔妻，年十七归士翔，二十生子逢。士翔从父贾于吴，耗父资于平康，父怒，杖杀之，弃其尸而返。氏不知，日望其夫。越三年乃知，欲以身殉，会姑李氏病，子逢四龄，姑曰：“新妇好抚此儿，吾目乃瞑耳。”王时年二十五，姑殁，苦节自励。继姑憎王母子，百计诱之更适，以淫媟图置王帷中，觊动之。王屏去，则又窘之百端，月给麫麦数斗，俾自磨而食。后继姑死，翁又娶张氏，待妇稍宽。翁没，张更适，王谨守如故。年五十有三卒，巡抚旌其门。

守身止完本分

《元氏县续志》：智氏，周彦约妻，智应魁妹，周名远母。年十八，适彦约，次年生名远。未满月，彦约从叔客辽阳，七年方回。入门父子不识，席未暖，复走辽阳，十五年无音耗。或云辽阳失守，已死；或云尚在，竟莫知其所终。氏昼则自耕种，穿井灌园，夜则纺织，冬夏无间。既勤女红，兼苦农事。三尺之童，不令入门。家渐殷实，为儿娶媳生孙，又为孙娶妇，生曾孙。历五十余年，年七十有奇。其子念母艰辛一世，欲图旌表。氏闻，动色严戒曰：“妇人守身，止完本分。有何异行，敢烦动上官？吾但期无忝所生，非希名也。”言毕大哭。

与亡人相隔数粒微尘耳

《魏县志》：张氏，生员房攸芋妻。芋早死，无子，单户无依，所遗产悉以办丧，仅余地十亩，而芋冢存焉。氏躬亲耘耔，倦则憩冢旁，饮食必先馈奠，然后敢食。一日，其弟来省视，见氏鹄面鹑衣，汗沾禾土，泣下沾襟，前劝曰：“房氏鲜伯叔兄弟，生无以养，死无以葬。惟力自恃，万有不虞，奈何？”氏挥锄于地，指冢泣曰：“我与亡人相隔者，数粒微尘耳。汝去，勿复言。”从此岁累不登。兵戈四起，氏益茕茕饥苦，凡历三十余年卒。

敢不为其难者

《金溪县志》：周氏，庠生廷梓女，年十九，归李名郁。年二十，郁以饮椒致病，殆不起。氏方有身七月，泣问夫曰："养姑与死孰难？"曰："养姑不易。"又问曰："抚孤与死孰难？"曰："抚孤难。"氏曰："敢不为其难者！"郁曰："若是，吾瞑目矣。"闻者莫不泪下。姑刘年八十，疾几于废，而饮食未衰，氏奉几奉杖，十年如一日。姑死尽哀，逾年亦卒。

君知死期独不知我心

《信丰县志》：吴氏，诸生曹鼎光妻，年十七于归，伉俪甚笃。一日方栉，夫戏问曰："镜中男子影谁也？"氏正色曰："非君而谁？何言之妄也！"夫曰："如吾死，则别有一男子影矣。"氏恚而矢之。阅二年，夫果死，氏抚棺恸曰："君知死期，独不知我心也！"乃悬夫像，坐卧其侧。翁姑寻继丧，事伯姒如母。知伯氏贫，日辟纑以助给，虽乱离日迫，亦相随不移。卒以忧瘁而没。

可以见夫面矣

《歙县志》：黄氏，潭渡人，北岸吴念祖妻，光禄卿宗尧孙妇也。归吴三日而夫病，氏刲股以进，祷天自代。越五日，夫亡，氏尽变其衣饰以殓。殓毕，抽白刃，自枕柩前。孀姑急持之，泣谓曰："汝死，孰与事姑？"氏拜且恸曰："祖翁死忠，翁死孝，妾顾不可死烈乎？"姑大恸，欲与俱死，氏乃收泪，勉从姑命。断发毁容，与姑同榻，历四十六年。姑没尽哀，葬毕，喟然曰："吾可以见夫面矣。"趺坐三日而逝。

儿终不二志

《歙县志》：潘氏女，许字邵村张氏子。张子殇，女誓毕生不嫁。岁戊戌，风闻采女江南，江南闺娃年十三以上，无不嫁者。女祖谓女曰："以吾爱诸孙，则不若汝。然遍邑中，无不嫁者，势不能留汝，盍遵结褵命矣？"潘曰："儿终不二志也。无已，其归张乎？”祖走告张，张踌躇难之，而女车已到门。先是车行在道，女恐张父母不纳，又恐祖绐己也，经村落，必停车伫问，是张之里闬而后入。既归，趋妇事，遂得不嫁，以处女终身。

皇天何不许我死

《宣城县志》：杨氏，唐凤腾妻。年二十一，夫亡，昼夜号痛，勺水不入口，以头触柱，脑骨几碎。死而复苏，乃闭户自经，绳绝；复经，又绝，仰天大恸曰：“皇天何不许我死！”乃置夫柩于寝室，坐卧流涕，三年如一日。丙戌患寇，家人劝之避，曰：“不可，无之而非寇也。”贼首有知杨节妇者，相戒无犯。偶步卒误入其门，隐隐闻剑戟声，遂骇怖而去。子曰功，亦以孝友闻。

肠已断矣

《苏州府志》：王氏，长洲人，生而婉顺，父母怜爱之。许字史洽，翁为贫诸生，不能娶媳，洽因赘焉。王虽依父母居，而事翁及继姑，必尽心力。甫二年，翁殁，王脱簪珥，具棺殓，擗踊哀毁。每遇节忌，哭祭如礼。戚里咸称其孝。

翁有遗逋，纷然交责。王以针黹所积，渐次相偿，未尝上遗继姑之忧。无何，姑信谗，仇视洽。洽每叹曰：“为人子而不得乎亲，奚以生为？”王事姑益谨，冀得少解。而洽郁郁不少安，计无复之，竟自溺于馆舍井中。王闻变奔哭，绝而复苏。洽之从父某，虑王必为己累，倥偬中遽议改嫁。王抢地呼天，欲碎首阶下，议者辟易。父母泣慰曰：“汝无子而从死，则汝夫为馁鬼矣。若立嗣以延宗祧，不逾于身殉乎？”因议父族子勇为子，年六岁，鞠育教诲，逾于己出。继姑甘旨无缺，而自食粗粝，姑亦为之感动。而王念其夫，每对食，辄哽咽不下。一日孤欲授经，因出洽所存败簏检遗书，王见书号恸，伏簏不能起。父母急迎医视之，医曰：“肠已断，宁有生理？”水浆不入口，数日而死，年三十四。时康熙二十六年十二月也。

天不欲吾夫有后矣

《苏州府志》：赵氏，昆山农家女，年十六，适胡藻时。逾年而夫殁，号恸几绝。姑慰云："新妇方有身，当为宗祀计。"寻产女，赵叹曰："天不欲吾夫有后矣？"自是家益贫。其父母怜女年少，与姑媒，令再嫁，氏闻之绝食。既而知已许某姓，即扃户自经。姑觉，排闼解救得苏，泣曰："新妇无子，宜死；年少，宜死；异日姑百岁后无依，宜死；姑有季叔，奉养无须妇，宜死。"言已，闭目不语。母与姑百端劝慰，终不听。

某姓者，讼之官，官命成其志，依母以居。母又恨其不从命也，一椽之外，略无顾恤。女泣曰："只此足矣。"纺绩自给，寒暑昼夜无间，十指俱裂。又念孀姑不获奉养，时进甘旨、衣履；姑病，归侍汤药三阅月，卒不起。叔赤贫，氏拮据殡葬。女长，配士人子某，亦赤贫，女又患咯血。氏辛苦四十年，竟以忧死。

百年怀抱竟如斯

《宜兴县志》：秦氏，汤溪令秦延默女。年八岁，随父任所，对署中古柏吟诗云："松柏春不花，寒天亦常碧。"人以为谶。父母早亡，效《蓼莪》体，作诗四章。归汤振商，生子女各一。振商苦读病亡，氏年二十，作哭夫诗云："三载唱随今已矣，百年怀抱竟如斯！"闻者悯之。子思孝稍长，口授《四书》经史，作训子诗曰："聪明不可恃，力学当以勤。意气不可施，与人当以诚。"是以思孝学行，为士林推重。事翁士望、姑陈氏，孝敬弗懈。积郁成疾，年三十九而没。著有《依桂》《纫兰》二稿行世。

媳去子真死矣

《宜兴县志》：诸生周南女，幼许字胡锦子兆祥。将嫁，兆祥以勤读致病死。女闻讣，欲往，父母不可。女泣曰：“身既许胡，岂可以生死败盟。”父母不能留，遂缟衣赴丧次，拊棺恸哭，惨动行路。锦夫妇婉谕令归，女叩头流血曰：“大人何不爱子耶？媳去，子真死矣！”锦夫妇感其言，听止焉。代胡操家，内外井井，凡事识大体。以处女终于胡。

吾宁可复事他人

《定远县志》：徐氏女，名纯懿，定远人也，少许字冯廷栋。年十四，廷栋夭讣至，女号哭，誓以死殉。父母百计防之，仅得免。已而欲归冯，冯不可，女擗踊不食，曰：“吾宁可复事他人哉！”父母漫应之曰：“吾成汝志可耳。”自是却铅华，髽而衣衰。既葬，则除之。

逾年，盗入其室，室尽空，母亦遂亡；父少有羸疾，至是转剧。有弟两人，长者髫龄，幼者在哺。女日夕视汤药，色养惟谨；抚弱弟，综理家事，内外毖饬。父殁，鞠两弟成立，有声庠序间。家日益康，弟于事虽细，必受成于姊而后行。其所以训迪两弟者，亲师乐群，蹈礼秉义，殆若陶、孟之母。两娣，亦事之如姑。宗党莫不奉为女师焉。

转思之固不宜死

《无为州志》：武氏，谢邦瑜妻。姑早亡，瑜哀毁成疾，丧毕，始亲迎。合卺之夕，瑜唾而见血，氏敛衽端肃而前曰：“君疾未痊，岂可婚？完君家室，虽父母之愿，然保其身，亦人子孝亲之大也。请异处，以待君调摄，可乎？”邦瑜从之，阅月而病愈剧。氏吁天，愿以身代，侍汤药不解带。

年余而邦瑜竟没，氏痛绝复苏数四，然犹处子也。或劝改节，不从，乘间投缳，以救免。既苏，曰：“天不欲我死耶？然我转思之，固不宜死。姑亡矣，翁又垂暮，而叔方孩提，我死，其若后嗣何？是以一节之小而绝吾宗也。”因哭告于姑与夫之灵曰：“我将抚幼叔，俟其稍有成立，乃从地下耳。”逾年而翁又丧，氏以弱龄抚幼叔，饮食之，教诲之。稍长，择己妹为之室，生子。宗族咸悯其节，上其事于州守，旌表其门。

以是为赵女之笄耳

《无为州志》：吴氏，庠生傅扬声妻，侍郎吴光义第三女。扬声儒而贫，为州弟子员，有隽声。早夭，氏年二十二，欲以身殉，以姑老，忍死事之。姑、妇居一室，寝食一器，时则相向而泣，母时逆之，十不一应，如是三十年。薄田数亩，不足给食，其父时周给之，亦不多取。

崇祯中，寇至州，母忧之曰：“女孤，独何恃?”父曰：“渠大有恃在。”母怪问之，曰：“人恃人，渠恃鬼神。”先时，氏袖中常有物，无片时离。或问之，曰：“锁钥耳。”母令婢验之，则一帕里，绵绳长十余尺。因问所用，氏色惨，不遽对，徐言：“时事至此，一寡女子，猝有不测，以是为赵女之笄耳。”父抚之而恸。及父避地南中，氏亦奉姑而南。姑卒，久之，诸族长咸心敬之，告诸庙，以扬声从昆弟扬勋之子于业为嗣。

三十年老寡妇

《余杭县志》：马氏，明经董宗原母。宗原父士奇，早夭，止遗宗原，方在抱。有老姑，家无担石。崇祯辛巳，岁大祲，氏日勤针纴，获升斗以供朝夕。未几，邻室火，延及其居，氏孑身负姑挈子以出；复入，以身庇夫棺，号于天曰：“吾力不能负棺，愿与俱烬也!”天忽返风，火灭而氏屋独免。继遭兵革。

原渐长，将易他业，氏曰：“汝父临殁，握汝手示我，惟以读书为言。辛苦备尝，以得有今日，岂可背父言？汝勿以饥寒为忧。”遂赁房后瘠地一畦，躬理瓜蔬，劳瘁佣作，易米以给，卒能训其子有成。宗原六试棘闱不售，氏抚膺大恸曰："吾三十年老寡妇，富贵何所求？但欲子一第，以报亡人于地下耳！今不久且死，无复望矣。"嗣后中夜，每闻饮泣声。一夕，无疾，坐床上，握子臂，长吁而卒。

晚节愈严

《太平县志》：林氏女，名月汀，生而端静，邻里罕识其面。年十六，许配邱茂匡。未几，匡殁，讣闻，泣告父母曰："愿归邱氏。"家人力沮，勿得行，遂坚卧不起，欲自尽。父母许其在家执丧，于是易素服，尽散其首饰衣裳，终必欲归邱而后已。父母乃修祭具，与偕往奠，至则抚棺哀动，极其悲惨。须臾柩裂，见匡面色如生，随告邱母曰："畴昔梦郎至，其肩有瘢，且谕以临终失物所在。"邱母曰："诚有是。"因检其物，适如所梦无异。遂拜别父母，誓不还归。命设寝于柩侧，巾栉盘飧，无异事生；及邱父母养生送死之礼，无不尽。

晚节愈严，非至亲不得通。年五十，不茹荤。一日病卧，忽有雀自窗隙入踞枕上，令婢以手挥之，雀复集如故。次日，衔一小鱼吐席上。其弟悟，劝进腥食，疾遂愈。事闻，疏请旌表。

先是，有许婢者，绍兴人。年十三，郡中丞王士琦，纳为婢媵。婢思归不已，令仆送还原籍，且厚赀以赠之。仆利其赀，私鬻于女之舅氏。婢泣欲投水，适女父殁于内家，女赴葬，婢一见，愿事之。或谓："彼节妇也，事之何为？"婢自矢甘终身焉，竟与俱归。中丞知其仆鬻许婢也，欲究之；后闻其从林女，乃止。

吾志若移视此发

《宁化县志》：罗氏，徐家山徐寿隆妻。寿隆性笃孝，罗与同志。不数年，隆母殁，隆哀毁过礼，不三月遂死。罗放声一号而绝，比苏，或慰解之，罗曰："无扰我，我哀绝，徐徐自生耳。"自是，每恸每绝以为常。

翁福宁泣叹曰："妇存，犹吾儿也；妇死，吾乃无生矣。"涕泛（汍）澜不止。其兄世瞻，泣语之曰："汝翁年高，如夫以哀死，知母而不知父，愚孝耳。汝又从之，是重夫以不孝。两孤方龀，若弃之，又不慈。慈孝两失，贤妇不为也。勉之!"罗氏曰："诺。"遂辍泣莅事。翁有田十数亩，仅给衣食。族小觊觎之，谋夺妇志，将不利于其孤。罗截发以矢曰："吾志若移，视此发。欲侵我孤，亦视此发。"族小乃息。

初罗氏之哭夫也，死者数矣，乃天鉴其节，得不死，寿且八十有二。

悟情守贞自誓

《钱泳杂记》：悟情女士，姓翁氏，扬州人。其姊云卿，为和希斋大司空侧室。和殁后，云卿殉节。时悟情年十五六，同在京师，亲见其事，忽悟曰："人生富贵功名，一死便了，又何必作葵藿之倾心、杨花之飘荡耶?"乃慨然出京，相依京口骆佩香夫人，以守贞自誓。嘉庆甲子十月，余偶过丹徒见之，悟情状如男子，意气豪放。善吹箫，能填词，尤娴骑射，上马如飞。一时名公卿，皆敬其为人，真奇女子也。后出家为比丘尼，赵瓯北先生有诗赠之。

卷　三

情中烈（上）

一马不被二鞍

《元史·衣氏传》：衣氏，汴梁儒士孟志刚妻。志刚卒，贫而无子，有司给以棺木。衣氏给匠者曰："可宽大其棺，吾夫有遗衣服，欲尽置其中。"匠者允之。是夕，衣氏具鸡黍祭其夫，举家所有，悉散之邻里及同居王媪，曰："吾闻一马不被二鞍，吾夫既死，与之同棺共穴可也。"遂自刭死。

睡鞋为殃

朱象贤《闻见偶录》：亳州太和县村家女段氏，年十七，姿容美丽。嫁夫名马小，贫无以自活，假居岳家。有富人翟连者，见其色而慕焉，托马小邻人张邱，以重资诱之。小惑，微言于氏，氏唾之，小惭而退，并还所受于连。而连之慕仍未已也，复托张邱谋，邱因潜入段氏卧内，窃其睡鞋与连。氏觉，愤怒，以为玷己，立即刎颈死。时雍正四年四月十七日也。有司上闻，饬将翟连、张邱等置之法，而旌烈焉。

报仇不成而死

《玉堂闲话》：南中有大帅，世袭爵位，然颇恣横。有善歌者，与其夫自北而至，颇有容色。帅闻而召之，每入辄与其夫偕至，更唱迭和，曲有余态。帅欲私之，妇拒不许。帅密遣人害其夫，而置妇于别室，多其珠翠，以悦其意。逾年，往诣之，妇亦欣然接待，情甚婉娈。及就榻，妇忽出白刃于袖中，擒帅而欲刺之。帅掣肘而逸，妇逐之，适有二奴居前，阖其扉，由是获免。旋遣人执之，已自断其颈矣。

无奈我何

《平湖县志》：丙戌五月二十日，兵劓白寇至张豹烈家，其妻俞氏与妯娌匿丛竹中。诸妇惊悸，竹摇。兵持炬照之，执俞，俞投以簪珥。兵意不满，欲挟之去，不从，以刀链击之，牵出墙。氏力跃堕堑，兵复迫之，攀树呼曰："若不速杀，终无奈我何也！"兵怒，斫之，仆地乃去。时一婢伏树杪熟视，趋下拥之，气微属，呼痛者再，遂绝。

狗盗乃欲辱人

《唐书·樊彦琛妻魏传》：魏，扬州人。彦琛病，魏曰："公病且笃，不忍公独死。"彦琛曰："死生常道也。幸养诸孤，使成立。相从而死，非吾取也。"彦琛卒，值徐敬业难，陷兵中。闻其知音，令鼓筝，魏曰："夫亡不死，而逼我管弦，祸由我发。"引刀斩其指。军伍欲强妻之，固拒不从，乃以刃拟其颈曰："从我者不死。"魏厉声曰："狗盗乃欲辱人！速死，吾志也。"乃见害，闻者伤之。

啮棺成穴

《辍耕录》：傅氏，绍兴诸暨人，年十八，适同里章瑜。瑜为苛吏所迫，死道上，讣至，傅氏匍匐抱尸归，号泣三日夜，不忍入椋。尸有腐气，犹依尸呵琀，日冀复苏。既入棺，至啮其棺成穴。及葬，投其身圹中，母强挽以出。制未百日，母欲敚志，语闻，遂大恸，连日不食。母嘱侍婢谨视之，阅数日，绐婢："吾当浴，若辈理沐具俟予。"既而失所在。明日，婢汲井，见二足倒植井中，乃傅氏也。

杨铁崕维桢常赞之曰："余读古节妇事，至青陵台及祝英台氏，以为后无继者。世道降也久矣！今瑜妻乃尔，谓世降德薄者，吾信欤？夫妇与君臣等，世之称臣子者，独不能以瑜妻之义于夫者，义其君欤？噫！"

丑丑不丑

《元史·胡烈妇传》：阚文兴妻王氏，名丑丑，建康人也。文兴从军漳州，为其万户府知事，王氏与俱行。至元十七年，陈吊眼作乱，攻漳州，文兴率兵与战，死之。王氏被掠，义不受辱，乃绐贼曰："俟吾葬夫，即汝从也。"贼许之，遂脱，得负尸还，积薪焚之，火既炽，即自投火中死。至顺三年，事闻，赠文兴侯爵，谥曰"英烈"，王氏曰"贞烈夫人"，有司为立庙祀之。

道在妇人

《福安县志》：己未，倭侵隆中，一妇人缢死于树，人认为国元妻郭氏也。又一妇，年可二十上下，上裸体，下裩带箍束未脱，跪僵于床，死事不可晓，人言必是拒骂者。陈世瑾瘗之，赞曰："丈夫失道，道在妇人。树中之经，其事或真。床上之刀，未讯其因，幸未脱衣，不失其身。"时有临其尸者，以为阮氏。

一门殉义

《元史·闵本传》：本授集贤侍讲学士。明兵薄京师，本谓其妻程氏曰："国事至此，敢爱六尺躯苟活哉！"程氏曰："君能死忠，我尚有爱于君乎？"遂各缢焉。二女，长真真，次女女，见本死，呼天号泣，亦自缢于其旁。

我从夫地下耳

《明外史·福清李广妻传》：广妻卢佳娘，成婚甫十月，广暴卒，卢恸绝复苏。见广口鼻出恶血，悉餂食之。既殓，哭辄僵仆。家人相与宽譬，但曰："我从夫地下耳。"积五六日，家人防懈，潜入寝室自经。后其县有游政妻倪氏，殉夫亦然。

日惨风凄山色冷

《云南通志》：永昌人谢定妻王氏，年十四，通文艺，能诗对。成化二年，定除四川开县尹，王以翁姑春秋高，劝定终养。定不听，竟独往，有二子，亦弗携去。久不通音问，王周旋劳瘁，日夜纺绩，得菽水以事翁姑，历九年如一日。定父常扶杖出北门，望儿去路，且拜且泣曰："安得吾儿从此来乎？"见者酸心。

无何，遣二孙往迎定官邸，定方沉酣，宠妾相继毒杀二子。讣至，王与姑哭绝，王藉救得甦，姑竟死。翁惫甚，粪秽在床席间，王手运不厌。所居皆颓垣破壁，见者无不泣下。翁怜妇辛苦，邀亲邻劝之嫁，乃作诗曰："云鬓如蓬久不梳，纺麻直至日将晡。人皆谓我嫁郎去，我去嫁郎饥舅姑。"

翁没，拮据以襄丧葬，庐墓一月。既除服，曰："吾事已毕。"乃用土坯砌户，七日不食而死。亲戚邓氏子，买棺殡之。是时谢族无人矣，定亦不知所终。其所作绝命词，不复全记，终有云：

翁姑日夜相熬煎，嗟怨错教儿做官。
三旬九食腹未饱，一夜十起身难眠。
翁常思儿出北门，望阙哀哀放哭声，
日日唤儿儿不见，携杖归来泪满襟。
翁驱二子往探父，亲姑邓母挽不住。
谁知夫宠异乡妾，寻将二子用毒治。
凶问传来至永昌，姑闻气绝回仙乡，

翁归泣声震天地，彝伦大变遭非殃。
妾扶姑柩埋荒冢，日惨风凄山色冷。

又曰："泣翁归兮无儿葬，泣姑亡兮为孙丧。天地为愁兮人心惶惶，草木为悲兮猿鹤伤。"

丐　女

《金壶浪墨》：邳州女子丁氏，年十六，从母丐之淮。尝独行过李荣门，荣曰："少艾如此，何丐为？从我，不患不温饱。"女正色曰："我有姑家。"遂行。乐（荣）绐曰："止。汝母安往？吾昨令浣衣，曷为不来？"女曰："与我将去。"荣诱入，挑之不从，与之不受，闭诸室而强之，女乃大号。荣怒，塞绵于口，挞之垂死，夜缚以石，投诸泮池。明旦，或从池畔过，见有人浮水上，近之，女也，而石系如故，大惊而呼。荣之邻识是石也，白官逮荣，论罪如律。士夫立石女墓，请祀节烈，而厚恤其母还邳。

天河生曰："史载烈女，大率世家巨族居多，安有搜采及于乞丐者乎？即此见吾乡先进之厚焉。海内懿行，湮没不著者夥矣。肉食者鄙，直谓蓬荜中无淑女，风尘中无杰士耳，呜乎！"

无阳不能独立

《辽史·耶律术者妻萧氏传》：萧氏小字讹里本，国舅孛董（堇）之女。性端悫，有容色，自幼与他女异。年十八归术者，谨裕贞婉，娣姒推重之。及居术者丧，极哀毁。既葬，谓所亲曰："夫妇之道，如阴阳表里，无阳则阴不能立，无表则里无所附。妾今不幸失所天，且生必有死，理之自然。术者早岁登朝，有才不寿，天祸妾身，罹此酷罚，复何依恃？傥死者可见则从，不可见则当与俱。"侍婢慰勉，竟无回意，自刃而卒。

茉莉花杀烈妇

《晋江汪烈妇传》：妇，诸生杨希闵妻。年二十三，夫死无子，欲自经，家人防之谨。度不得间，闻茉莉有毒，能杀人，多方求之。家人不知其故，日供数百朵。逾月，其家人为亡者斋祭，妇自撰祭文，辞甚哀。夜五鼓，防者稍怠，取所积花煎饮之，天明死。

仙人渡危坐

《辍耕录》：郭氏，天台人，嫁为某卒妻，殊有姿色。千夫长李某，心慕焉，会卒远戍，李日至卒家，百计调之。郭氏毅然不可犯，夫归，具以白之。一日李过卒家，卒忆前事，怒形于色，亟持刃出，而吏已脱走。诉于县，案议持刃杀本部官，罪当死，置之狱中。郭氏躬往馈食，闭户业绩纺，以资衣食。

久之，有叶押狱者，尤有意于郭氏，乃顾视其卒，日饮食之，情若手足，卒感激入骨髓。忽传有五府官来，盖斩决罪囚者。叶报卒知，卒谓郭氏曰："我死有日。此叶押狱未有妻，汝可嫁之。"郭氏曰："汝以我色致死，我又能再适以求生乎？"既归，持二幼儿痛泣而言曰："汝父行且死，汝母死亦在旦夕。我儿无所倚，终必死于饥寒。今将卖汝以活生命，汝归他人家，非若父母膝前，毋仍自娇痴为也。"其子女颇聪慧，解母语意，抱母而号，引裾不肯释手。遂携二儿，召人与之，行路亦为之堕泪。

富室有怜之者，纳其子女，赠钱三十缗。郭氏以二之一，具酒馔，携至狱门，愿与夫一再见，叶听入。哽咽不能语，既而曰："君扰叶押狱多矣，可用此少答之。又有钱若干，可收取自给。我去一富家执作，为口食计，恐旬日不及见君也。"饮泣而别，走至仙人渡溪水中，危坐而死。是水极险恶，竟不为冲激倒仆。人有见者，报之县，往验得实，皆惊异失色。为具棺敛葬之，表其墓曰"贞烈"。宣抚使廉得其事，原卒之情，释之。富家遂还其子女，卒亦终身誓不再娶。

风卷落花愁

《辍耕录》：宋末，岳州徐君宝妻，被虏来杭，居韩靳（蕲）王府。自岳至杭，数千里，虏数欲犯之，而终以计巧脱。盖某氏有令姿，主者弗忍杀之也。

一日，主者怒甚，将即强焉。度不可脱，乃谓曰："俟我祭谢先夫，然后乃为君妇，未晚也，君奚怒焉？"虏笑而许之。遂严妆焚香，祝毕，取笔题《满庭芳》一阕于壁上，赴池水死。其词云：

> 汉上繁华，江南人物，尚遗宣政风流。彩牕朱户，十里烂银钩。一旦刀兵齐举，旌旗拥百万貔貅。长驱入歌台舞榭，风卷落花愁。　　清平三百载，典章文物，埽地俱休。幸此身未北，犹客南州。破镜徐郎安在，空惆怅、相见无繇。从今后梦魂千里，夜夜岳阳楼。

杭徐子祥，与韩府君相邻，尚闻父老嗟悼之，及见所书词，故能言其详。某氏，余偶忘其姓。

保全阖邑儒家

《汝州志》：丁氏，董英妻，坊廓里诸生丁亨女。正德辛未，流贼猖獗，聚众号四十万，破宝丰。丁避密室，贼猝至，碎其户径入，欲携之去。氏大骂曰："狗贼，勿无状！我士人妻，岂受汝狗贼辱乎？"贼犹婉乞，欲其必从。氏愈怒，挺立，以所持剪刀刺贼。贼出匕首，掠其颈，氏以两手迎刀，自断其颈。贼怒未已，仍以大刀劈氏额，脑涂于地。

众卒悉惊，报贼首赵燧。燧方与群贼聚饮，大声曰："我自山东起兵以来，今七年矣，未闻有此。"遂统群贼亲往吊之，具牲醴、作祭文罗拜，赠白金五锭，以资殓葬。索元恶王昌，枭首于宣化坊下。遂下令，凡士夫之家，不许擅入，犯者立斩。以故阖邑儒家，俱得保全。

手握中衣

《莱州府志》：小二姐，平度州人，大使孙伯光女，年十四，美姿容。邻居恶少李太朴慕之。一日，父母雨阻田间，朴知，持刃夜逾垣，潜入其室，欲污之。二姐号泣、大骂，不从。朴以絮塞其口，强之，女执益坚，刃割颈已断，而手握中衣，固不可解。事闻，命所司树坊旌其门。

山鸣三昼夜

《明外史·列女传》：林端娘，瓯宁人，许字陈廷策。闻廷策讣，寄声曰："勿殓，吾将就死。"父曰："而虽许，未纳币也，何往？"对曰："既许矣，何币之问？"父谨防之，曰："奚所不可死？"父曰："婿家贫，无以周身。"曰："身也乎哉？"曰："婿家贫，孰为标名？"曰："名也乎哉？"遂往。哭奠毕，自克死期，理帛自经，三拱而绝。陈故家青阳山，山下人曰："妇将死时，山鸣三昼夜。"

肠在水缸下

《青州府志》：常维女小课儿，博兴人，年十六，姿容秀丽。正德间，流贼倡乱，父母虑女为贼所掠，觇望于外，家掘一窖藏女，留祖常富守家。贼猝至，执祖将杀，女从窖中跃出，抱祖以身求代。贼释其祖，执女行，欲污之，不从。刀裂其面，嚼齿大骂；断其臂，及两足，骂不绝口，遂支解，剖其心。贼退，父母收其尸埋之。是夜，寝未瞑，仿佛见女告曰："我有肠一段，在水缸下，如何不埋？"明早，果于其处得肠尺余，埋之。县尹以全城冒赏，遂泯上闻，讫不获伸。太仆卿顾释，作传表之。

刀穿左右颊

《博平县志》：南郭佣妇，不知其姓氏。与夫居南郭，贫无执业，为人操浣濯以给衣食。正德辛未，邑城被寇，见妇，欲犯之，妇不从。寇挺刃示之，曰：“从我否？”妇不为动，曰：“宁死不汝从也。”寇曰：“汝不从我，汝试张口。”妇张口待刺，寇刺刃入口，穿其右颊，曰：“从吾否？”妇流血淋漓，亦不为动，曰：“速杀我，不汝从也！”寇又刺其口，穿其左颊，妇遂僵。寇犹挺刃睥睨之，旁有一寇嗤之曰：“人间更无妇女耶？彼妇血污若此，汝更欲何为？”寇犹怒，欲杀之，嗤者曰：“谅彼已不活矣，何乃尔耶！”寇乃敛刃去，得不死。及寇退疮愈，复治佣业，后不知所终。

陡门可作首阳

《宣城县志》：陡门妇，不知何氏女，居陡门中。正德三年，邑大旱，妇从夫行乞金宝圩，至陡门所，夫约曰：“若居此，吾得食，当还饲汝。”去数日不返。圩人唐甲者，悦其貌，邀与俱归，妇不可；遣妻孥招之，坚不往；与之食，终亦不食。无何，饥困，就饮于河，蹶而死。里人贡汝成为之传。

吾舍儿死肯从贼耶

《开封府志》：宁氏，郾城人，曹恕妻。正德七年，赵璲作乱，杀掠至郾城，宁与同村妇女数十辈，避丘木中。贼执少艾四人，三人上马，宁独绐曰：“待我送归怀中儿，即从汝。”贼持刀迫之，宁投儿污池中，亟趋庙，欲自缢，阖门不及，贼提髻以出。宁诟之曰：“吾舍儿死，肯从贼耶！”贼怒，劈其头，骂愈厉。既死，贼欲刳其腹。有棠老，跪泣乞完其尸。贼去，乡人出其儿，得不死；日暮，宁亦苏。

从三闾大夫游

《明外史·列女传》：石门丐妇，湖州人，莫详其姓氏。正德中，湖大饥，妇随其夫及姑，走崇德石门市乞食。三人偶相失，妇有色，市人争挑之，与之食，不顾；诱之财，亦不顾。寓东高桥上，不复乞食者二日，伺夫与姑皆不至。聚观者益众，妇乃从桥上，跃入水中以死。市人皆惊惜之。

伊来唤我

《博平县志》：程氏，齐之鼎妻，性聪慧，善读书。夫患疫死，氏伏尸痛哭，昼夜不离柩侧，绝粒数日。姑馈食，阳受之；姑出，即以饲犬。母家闻之，迎归劝曰："女少年，宜自爱。"氏忽云："伊来唤我。"盖指其夫也。遂回夫家，伏尸痛哭。盥洗妆束，洁服上堂，谒舅姑，再拜。舅姑惊疑，亦不谓其遽死也。是夜即自经。

断臂犹取瓦

《济南府志》：萧台人彭朝女，为贼所执，不屈。贼怒，断其一臂而死。臂投屋上，犹手取一瓦，久而不释。

狗彘不若何圣公也

《徽州府志》：宋程叔清女，歙县人。始方腊来寇，举家避地于城南。女年十七，父母计曰："我等处此，不幸则死。独此女年色方盛，万一辱于贼，何以见族党?"乃呼谓曰："吾州之俗，尤以淫为讳。尔良家女也，足未尝出闺阃，贼傥以兵胁尔，当奈何?"女曰："儿岂从贼者？必不可，当以死拒之。"

明日，散处东塘山中，女适为贼所遇。贼好谓曰："吾以尔归圣公，毋忧不富贵。"女曰："尔辈欺天害人，狗彘之不若，何圣公也!"贼胁以刃，曰："不从吾言，必杀若。"女曰："我知有官府，不知有贼。”贼先断其髻，益以好言诱之，女且唾骂。贼知不可屈，刀乱下，溃其尸，乃去。有二儿隐旁大石下，备窥见本末，为其家言之，皆悲喜。因葬东塘山中。罗郢州颂为作传。

三尸绕门

《明史·列女传》：庄氏，海康吴金童妻。成化初，广西流寇掠乡邑，庄随夫避新会，佣刘铭家。铭见庄氏色，欲犯之，屡诱不从，乃令其党梁狗，同其夫入海捕鱼，推没水死。越三日，庄见夫不还，求之海滨，尸浮岸侧，手足被缚，肿腐莫可辨。庄以衣识之，归携女赴水，抱夫尸而没。翌日，三尸随流绕铭门，去而复还。士人感异，共殡祭之，然莫知铭杀也。后梁狗泄言，有司并捕拷，处以极刑。

尸行百步

《郧阳县志》：寇氏，郭以旗妻。流贼突至，夫妇携子匿山中，逻贼获之，将杀其夫与子。氏给贼曰：“此吾兄也，汝无害，吾从汝。”贼信而舍之。郭去，氏度夫行且远，遂骂贼，贼惜其姿，不校。氏以石击中贼面，流血，贼怒杀之，头落地，尸行百步，遇石不能上而仆。伏莽之人皆见之。

三世节烈

《徽州府志》：程烈女，名关贞，歙程禧义女也。古溪王鹗早死，妻方氏年二十四，抚孤廷用，聘关贞为妻。正德七年，流言宸濠选嫔，禧义仓卒以女归。时廷用随祖文义商外，未醮，明年俱死于盗。程父母怜女，劝之改嫁，女执不徒（徙）。居数年，劝之益力，女与父母绝，脱簪珥，买门前地一畦。尝与姑理蔬，曰：“他日与姑同葬于此，死不恨矣。”

嘉靖四年，父母绐之归，阴许媒氏。女觉，脱身逖之姑所，泣告于姑。姑亦悯其少，劝之嫁，女从容谓姑曰："姑孀无嗣，有妾在，日为姑炊爨，夜敛衾温足，顾不可耶？"姑固谕之，女益自痛苦，诘朝具汤水奉姑，出为姑浣衣曝日中，嘱姑干时收之，意度如平时。入卧内自经。有烟气冲出屋上，熠熠有光，里中惊谓失火走救，乃程烈女死，远近异之。方氏守节年六十四卒，其祖姑张氏亦中年守节，今九十一。郡守何公题其门曰"三世节烈"，给米恤之。

蛙入寝所

《常山县志》：郑氏女，名纯英，象湖璜之女也，许聘石桥汪璇。璇往临安，溺死桐江，时成化甲辰四月也。先期，女梦一少年，以衣求缀，女怒，厉声叱之使退。既觉，怀狐疑，不自释。比梳洗间，有蛙跳入寝所，家人怪之，具纸钱送诸水；旋复立于妆台，又禳之如初。女益疑，兼以梦告诸姑姊，恍惚如有失。

越五日，讣至，悲痛哽咽，谢妆服，废饮食，若无意于人世。父母使婢探之，但云"死好"。父母譬之曰："汝未归汪，情若路人，何关休戚而言死？"女复私谓婢曰："父母之言，不其悖哉！自纳彩、问名，所天已定，何必成礼而后亲？今乃以路人目之，此吾所以重吾悲而不能已也。"父母知其意，防守甚严，屡自尽不得。夜乃佯狂，大呼鬼神，群婢惊避，遂缢而死。璇柩归，舟经其门，回旋不肯进。璜率其弟侄出吊，告以女死之故，舟始行。

我岂汝卖者

《广东通志》：景泰己巳讨叛之后，水军得一少女于香山小榄。将犯之，不从；劫以兵刃，不顾。舟还次新会东亭驿，将鬻之，女曰："愿一死。"军怒，欲兵之，曰："听卖乎？无触我刀。"女曰："我岂汝卖者？人亦岂能卖我哉！"人曰："赎汝送还家也。"不听，引颈敛发受刀。观者莫不泣下。邑人为买棺，葬于邑西象山。成化间，丁宰访其事，始知女萧氏，名乌头娘。

上衣青下衣白

《旌德县志》：戴氏，戴万女，任永祉妻。祉年十六，为诸生。氏归逾年，祉以痘死，氏号哭晕地，自缢者三。屡救不即死，绝水浆四日。伯翁守翰曰："叔已长矣，俟其育子，以存夫祀。不愈斩夫后耶？"氏然之。奉姑倍谨。服阕，上衣青，下衣白。妯娌问故，则曰："青事舅姑，白事吾夫。"历十一载，叔永祺生子，定嗣七日，氏中夜缢死。

吾母受污吾宁就死

《徽州府志》：程烈女，婺源城西人，年十八而嫁。一日归宁，适里有强暴汪子良，欲私其母，女大骂曰："贼奴！忍为禽兽之行？吾母受污，吾宁就死。"子良大恚，因欧（殴）踣之，引绳勒其咽。女未即死，犹捽之，含糊骂不绝声。以水灌口，又不死，爪血濡缕。益束缚之，覆以浴杆，压以巨石，遂死。以藁裹尸，焚为灰烬，扬之于野。复以危言震撼其母，秘之。不数日，母亦惊悸死。时郡厅前夜有闻悲号声，如怨诉者，以白太守孙遇。遇曰："得无有冤死不伸，如梧丘鹄亭之鬼乎？"未几，御史行县询其略，俾遇覆治之，子良伏罪，遇为文祭之。

忍从汝乱耶

《明外史·列女传》：陈旺妻唐氏，汝阳人，随其夫以歌舞逐食四方。正德三年，秋旺携妻及女环儿、幼侄成儿，至江夏九峰山。有史聪者，亦以傀儡为业，见妇、女皆艳丽，而旺且老，因绐旺出求食，至青山，夜杀之。明日，聪独返，携其妇、女、幼侄，入武昌山吴王祠。越日，持利刃胁唐氏。氏曰："汝杀吾夫，吾不能杀汝以复仇，忍从汝乱耶？"遂遇害。贼裹以席，置荆棘中。明日，徙蓑衣团。又数日，贼迫环儿，临以刃。詈曰："汝贼也！杀我父母，吾恨不能报仇，肯从贼为狗彘行乎？”詈声振林木。贼亦杀之，瘗粪中而去。其年冬至，贼被酒，成儿夜潜出告官，擒于葛店市，伏诛。

死为河神

《冷庐杂识》：倪烈妇，仁和王通甫女也。年十七，嫁东里倪德昌，三月而寡，谨事舅姑不衰。阅八年，舅姑以家贫，欲嫁之，阴纳聘，行有期矣。先一日，乃告之。妇佯诺，即晚，检半臂一、耳环一，以与姑曰：“是犹足为数日养。”夜半投于河。迟明，父至，述夫妇同梦女归，以死告；且谓上帝命为河神，无苦也。共相骇愕。里中哗传太平桥河，有尸被发蒙面，上下衣密缝，视之则妇也。凡溺者，男覆女仰，而妇尸独覆，人莫不异之。此道光八年四月事也。九年，诏旌其门，里人为葬于栖霞山下。赵茂才之琛，题其华表云：

碧水冷银瓶，祠近岳家追孝媛；
青山标石碣，墓邻孙氏聚贞魂。

何面目与君共立

《四川总志》：李氏，守将马邈妻。炎兴元年冬十一月，邓艾深入阴平，径达江油，邈不为备。一日阅军，天甚寒，邈归私室，与妻拥炉。妻曰：“近闻边关告急，君豫然，何也？”邈曰：“天子听信黄皓，溺于酒色，吾意祸不远矣。魏兵至日，吾必降。”李氏唾面曰：“君为男子，先怀不忠不义之心，虚受国家爵禄，吾何面目与君共立乎？”邈默然。忽报邓艾已入门，邈大惊，忙出降。李氏闻之，遂自缢死。艾问其故，邈实告，艾怜其贤，具棺葬之。静轩诗曰：“可怜巴蜀多名将，不及江油李氏贤。”

月云双烈

《罗源县志》：石氏二女，长曰月华，次曰云英，徐公里潮格人，皆有姿色，涉猎书史。早失父母。五代季，处州青巾贼作乱，二女被俘。长曰："吾宁死而已，不受若辈辱也。"即投于渊。次亦从之。

一之为甚其可再乎

《晋书·列女传》：吕纂妻杨氏，弘农人也，美艳有义烈。纂被吕超所杀，杨氏与侍婢十数人，殡纂于城西。将出宫，超虑赍珍物出外，使人搜之。杨氏厉声责超曰："尔兄弟不能和睦，手足相屠，我旦夕死人，何用金宝？"超惭而退。又问杨氏玉玺所在，杨氏怒曰："尽毁之矣！"超将妻之，谓其父桓曰："后若自杀，祸及卿宗。"桓以告杨氏，杨氏曰："大人本卖女与氐，以图富贵。一之为甚，其可再乎？"乃自杀。

时吕绍妻张氏，亦有操行。年十四，绍死，便谓为尼。吕隆见而悦之，欲秽其行，张氏曰："钦乐至道，誓不受辱。"遂升楼，自投于地，二胫俱折，口诵佛经，溘然而死。

方涛作征诗启

《冷庐杂识》：湖州太湖滨绿葭湾，吴烈女，以贫故，养于夫家。夫曰李时新，佐父九皋，治肆事于湖北，女独与姑居。姑与疏族李大炮通，时来饮酒，使女给事左右。女不肯，姑怒，抶女无完肤。大炮与姑媒，并污之，以塞其口。姑于是为好言诱女曰："大炮有恩于汝夫，汝善事之。汝夫归，以汝为能报德也。"因出金跳脱与之曰："此大炮所赠。"女取而掷之地。

时六月六日，俗必食馎饦。姑与大炮共为馎饦，使女炊，女不肯炊，姑乃自炊之。炊熟，大炮与姑食，邀女共食，女不肯。大炮强灌之，则走而啼。傍晚，女浴于室，大炮从暗中突出，欲走，门已闭，遂自后窗投于水。邻妪救之起，微有气，至夜半苏，复自投于水，竟死。族人以大炮逼奸致死报县，乌程令庄有仪，素不解事，县人谓之“胡涂”者也。检验时，姑坚执大炮无逼奸事，竟以失足落水完案。时乾隆三十六年也。

越二年，震泽县盗案发，大炮论实坐斩，众愤稍泄，而逼奸之案已结，无可翻，烈女不得邀旌典。至道光三十年，里人乃具呈当事，请旌于朝。归安方焘作征诗启，以表彰之，有“千寻雪浪，净涤淤泥；一片冰心，朗昭河汉”之句。

血痕入土

《莱州府志》：贫女王氏，平度州人。相传从夫秦友来，筑朱毛城，负畚插（锸）裹粮以随。夫亡，乞棺营葬，剖心以殉。时人哀之，筑台祀之。下有小姑河，沙土至今尽赤，传为剖心血痕。

子血题诗

《吉安府志》：曾氏，旷维祯妻，庐陵敖城人。至正壬辰，红巾盗至，曾携男学礼走避，为贼所执，欲污之，不从，乘间刃其子，以血题诗于壁曰：

泾渭能分浊与清，妾身岂肯堕风尘！
孤儿未必更他姓，一女何当事二人。
白刃自伤心似铁，黄泉要见骨如银。
深山落日猿啼处，过客闻之亦怆神。

遂自刎。按《辍耕录》载蔺氏，与此略同，而无夫名。

百问无一言

《灊山县志》：黄千金，山谷八世侄孙女也，父德全。女七岁，随王父双溪渡江抵瀔；九岁，通《孝经》《列女传》诸书。许聘邑诸生张大中。性严静端正，不轻言笑，见者为之肃然。母李氏尝私责曰：“待人甚厉，是何女子气象？”女曰：“此正女子气象耳。”

一日侍王父侧，王父偶忆桥悬事，叹曰：“桥家父子，赫赫豪杰，亦丘墟矣。”女曰：“桥悬踞此城，何遂为人所破？”曰：“为孙周所诱也。”女变色曰：“无忠节者，不可谓豪杰。”王父惊曰：“小女子乃知论人耶！”双溪因尝语人曰：“生女似千金，吾门必有光。”

德祐初，大中暴死，女闻，哀毁几绝。后二年，邑人多求聘者，父微叩女，女不可。父曰：“汝未执巾栉于人，何自苦？恐非终身计。”女号泣而退，父不忍复言。明年，父殁，宗戚请其母，母复申父言。女垂泣哽咽良久，曰：“母不欲女生耶？”抱父神主痛哭，闭寝室不出，母叩户不应。以簪刺其目，流血满床席。母破户入，百问无一言，七日不食而死。

吾心亦若是水

《德化县志》：黄桃娘，清泰里人，姿美而淑。年十六，适陈得琛。期年，琛以役，死于外。讣至，黄恸哭恒绝。既殡，誓不独生。母怜其年少无子，舁归，冀改图。氏度不能免，一日托澣衣，出前溪畔，视水清莹澄澈，乃叹曰：“吾心亦若是水，但恐为泥滓所浊，今得死所矣！”遂投焉。乡人莫不为之流涕。

甘心瞑目

《滁州志》：何氏，罗汀妻。至正三年，汀家贫卖饼，何贤智且美，躬炽炉涤器不耻。时丞相脱脱家人陈威，依势横逆，悦何氏，百谋不遂。一日，缓颊说汀，与出游牟利。汀以语何氏，何泣戒汀，指姑老为辞，汀不，竟去。威途收汀，格杀之，汀佯死沉江，跃数次乃没。居三年，耗绝。何既送姑终，日日望汀归。忽陈至，备述汀病死，瘗石州，因归其赀，以示无他。何痛哭欲绝。

时大乱，孤身零丁，有欲妾之者，力拒不许。值郭子兴据滁，部下欲私之，何不从，忧恨作《悲笳六拍》见志。每思访汀死根由，不得。后避红巾捣磨寨之难，不得已，卒归威。明初，陈携何徙涿，生二子。一夕梦遇汀，云："汝后游园见池鼋，即我冤可雪也。"何氏竟不解，惟心识之。偶暇日，威戏曰："汝归吾久，尚忆罗否？"何佯言曰："人亡即爱亡矣。"

后同游园槛，忽见鼋堕池中，跃不起，威醉失笑。何因忆梦，怪问之，惟笑不答。何百计餂之，具得其状，威不疑。适御史行部且至，乃夜杀二子逃出，诉之御史。收威置极刑，籍其家，半给何养，辞不受，曰："妾忘夫事仇，辱身戕义，何面目生？"乃设汀位招魂，祭奠成礼，遂书赞于怀而自杀。人得其赞于怀中，赞曰："夫出不幸，妾终相随。曰节曰义，庶几匪亏。曰仇已复，曰冤已雪。甘心瞑目，贞贞烈烈。千载而下，以愧不洁。

血磨不灭

《宋史·列女传》：谭氏妇赵氏，吉州永新人。至元十四年，江南既内附，永新复婴城自守。元兵破城，赵氏抱婴儿，随其舅姑，同匿邑校中。为悍卒所获，杀其舅姑，执赵欲污之，不可。临之以刃，曰："从我则生，不从则死。"赵骂曰："吾舅死于汝，吾姑亦死于汝，吾与其不义而生，宁从吾舅姑以死耳！"遂与婴儿同遇害。血渍于礼殿两楹之间，入砖为妇人与婴儿状，久而宛然如新。或讶之，磨以沙石不灭；又煅以炽炭，其状益显。

此其所以能守死

《滦阳消夏录》：青县农家少妇，性轻佻，随其夫操作，形影不离，恒相对嬉笑，不避忌人，或夏夜并宿瓜圃中，皆薄其冶荡。然对他人则面如寒铁，或私挑之，必峻拒。后遇劫盗，身受七刃，犹诟詈，卒不污而死，又皆惊其贞烈。

老儒刘君琢曰："此所谓'质美而未学'也。惟笃于夫妇，故矢死不二。惟不知礼法，故情欲之感，介于仪容；燕媟之私，形于动静。"辛彤甫先生曰："程子有言：'凡避嫌者，皆中不足。'此妇中无他肠，故坦然径行，不自疑。此其所以能守死也。彼好立崖岸者，吾见之矣。"先姚安公曰："刘君正论，辛君有激之言也。"

后其夫夜守豆田，独宿团焦中，忽见妇来，燕婉如平日，曰："冥官以我贞烈，判来生中乙榜，官县令。我念君不欲往，乞辞官禄，为游魂，长得随君。冥官哀我，许之矣。"夫为感泣，誓不他偶。自是昼隐夜来，几二十载。儿童或亦窥见之。此康熙末年事，姚安公能举其姓名居址，今忘矣。

尔乃欲污我耶

《苏州府志》：张氏，太仓张百夫女，赘夫周某半年。至正中，义兵元帅贪，百夫谋刺之，事泄，诛其家。张年十七，有殊色，械武陵桥，将斩之。帅子诱之曰："能从我，活命。"妇怒曰："有父母死而我独生乎？"又曰："苟从我，当葬汝夫及父。"妇益怒曰："我惟知死耳，他无望也。"帅子拔刀磨其颈曰："汝不从，断汝首，啖汝肉。"妇骂曰："不义贼！尔父既杀吾父，尔乃欲污我耶！"顾所亲者曰："我有金，其葬我父母，祔妾夫侧。"帅子度不可胁，愤而杀之。

我年与汝母等

《松江府志》：诸氏，华亭人，王子温妻。子温性疏纵，处贫，以女工给其服膳。至正丙申，王与敬兵焚劫松江，温欲挈氏逃难，氏流涕曰："事迫矣！岂可以一妇人累而身耶？第去，我自为计。"子温遂挥涕而逃。妇与邻妪，避于南城陋室中。顷之，贼入，邻妪皆为所污。至妇，妇怒骂曰："吾父为吏，人皆称其廉；吾夫，儒者。我年与汝母等，岂从汝贼求活耶！"贼掣刃剖其腹曰："且看母腹中何物。"肠胃尽出，骂不绝口。

卷　四

情中烈（下）

恨我一女子不能断汝头

《宋史·烈女传》：徐氏，和州人闳中女也，适同郡张弼。建炎三年春，金人犯维扬，官军望风奔溃，多肆掳掠。执徐，欲污之，徐瞋目大骂曰："朝廷畜汝辈以备缓急，今敌犯行在，既不能赴难，又乘时为盗。恨我一女子，不能断汝头，以快众愤。肯为汝辱以苟活耶？第速杀我！"贼惭恚，以刃刺之，投江中而去。

掠发伸颈请受刃

《金华府志》：陈氏女，年十九，未字。宣和辛丑，官军捕寇，所过抄掠。女被执，植白刃于女傍，曰："从我则以汝为妇，否则死。"女色不为动，掠发伸颈请受刃，头堕地转动，血逆流而面如生，目怒视不瞑。观者愕然，啧啧惊叹。时百鸟哀鸣，浮云昼瞑，白日无光，狂风振林木。陈龙川为之传。

虚墎右以待

《徽州府志》：鲍氏名真，歙潭渡黄伯寿妻。伯寿父铉，死淮扬间，往求其尸。二姑相继死，鲍脱簪珥襄事。家贫甚，仅一婢自随。无何，伯寿亦死于外，鲍大恸曰："天乎！翁丧已矣，夫又死无嗣。妾即死，谁复为归夫者？”乃卖婢得金，分其半，属夫兄仕，归夫丧；以其半市地为埒，虚右以自待。夫骨将至，密制长衫，服而纫之，掩户自尽，以家人救免，遂绝粒不食。与诸妯娌拜诀，咸垂涕止之，鲍略不为动，数日死。

吾绝弦于斯乎

《元史·烈女传》：陈淑真，富州陈璧之女。璧故儒者，避乱移家龙兴。淑真七岁，能诵诗鼓琴。至正十八年，陈友谅寇龙兴，淑真见邻姬仓皇来告，乃取琴坐牖下弹之。曲终，泣然流涕曰：“吾绝弦于斯乎？”父母怪问之，淑真曰：“城陷必遇辱，不如早死。”明日贼至，其居临东湖，遂溺焉。水浅不死，贼抽矢胁之上崖，淑真不从，贼射杀之。

夫妻恩爱此时休

《辍耕录》：越嵊县剡溪胡氏，讳妙端，适同邑祝某。至正庚子春，为苗獠掳至金华县，将妻之。义不受辱，乘间啮指血题诗壁上，赴水而死。时三月廿四日也。獠帅服其节，为立庙祀之，邑人咸曰“烈女庙”。诗曰：“弱质空怀漆室忧，搜山千骑入深幽。旌旗影乱天同惨，金鼓声淫鬼亦愁。父母劬劳何日报？夫妻恩爱此时休。九泉有路还归去，那个云边是越州？”

吾若畏死岂留此耶

《台州府志》：陶宗媛，儒士杜思纲后妻。先是，思纲娶沈氏，生一子名勤，而沈氏亡；继娶宗媛，生一女，居四载而思纲殁。宗媛坚志守节，经十八年，奉七十老姑，视沈子如已出，毕其婚姻。至正二十七年丁未，方国珍遁；九月壬寅，明师入城，火焰烛天。宗媛居姑丧，忍死护其柩，不忍他适，为乱兵所执，迫胁之，宗媛曰：“我若畏死，岂留此耶？任汝杀我，以从姑地下耳。”兵怒，剸刃于胫，深入三寸余，不见血而死。频死时，无他言，谁（惟）念子勤不置。

惟知从夫而已

《辍耕录》：刘氏，冀之衡水人，通古文《孝经》《小堂（学）》诸书。适同郡曹泰财。红巾陷河朔，因避兵聊城村。贼掩至，大掠，见刘居群人中特妍整，持刀驱之行。刘曰："吾妇人，惟知从夫而已，不从贼也。"贼欲移其心，乃盛陈金玉珠玑，且用锦绣衣服被其身，刘裂碎之。强拥上马，堕地者数四。贼怒，绳其颈，就马上曳之。刘以手爪地，以头触石流血，骂贼不绝声，遂遇害。

掷袖中双鞋

《吉水县志》：周氏，钱瑛妻。瑛奉其祖与母，避贼庐陵，贼执其祖缚之。瑛闻，奔诉，乞以身代，贼并系之。祖孙争相代死，贼怜，俱释之。其母于他处亦被执，瑛妻周氏，伏丛薄中遽出，谓贼曰："乞舍姑而缚我。"贼熟视良久，解其姑而缚氏。氏既就缚，掷袖中双鞋与姑，诀曰："妇无用此矣。"既行，视姑稍远，骂贼，不行，遂死之。

生死同科

《常熟县志》：某人妻本贵族，失其姓氏，读书通文翰。元末兵乱，某父母与妻皆遭掠。某闻，以身赎父母归。兵欲污其妻，遂杀某。妻佯曰："当焚我夫，我即从汝。"兵方纵火，妻潜以钉画瓦上云："吾夫吾夫，乃遭无辜。感君大孝，以全舅姑。吾为之妻，其心如何？乘此烈焰，生死同科。"书毕，投火中。兵急挽之，已焦烂矣，遂戮其尸。

此好事何哭为

《明外史·烈女传》：程氏，扬州胡尚絅妻。尚絅婴危疾，妇刲腕肉啖之，不能咽而卒。妇号恸不食二日。时怀孕四月，或曰："得男可延夫嗣，徒死何为？"答曰："吾亦知之。倘生女，未免苟活数月耳。"因复食。弥月，果生男，明年殇，即前谢翁姑曰："媳不能常侍奉，有娣姒在，无悲也。"复绝食。

越二日，其姑抚之曰："尔隔父母家二百里，若不俟面诀乎？"妇曰："可急迎之。"日饮米渖一匙以待。迨十二日，父母遣幼弟至，妇曰："是即可白我志。"自是滴水不入口。姑向之泣，则曰："儿若再嫁则当哭。此好事，何哭为！"徐检奁中簪珥，令办后事，以其余散家人，并邻妪尝过问者。复自卜曰："十八九日皆良，吾当逝。向曾刲肉救夫，夫不可救，以灰和之置床头，附吾左腕以示全归。"遂卒。

今日得为杜氏鬼矣

《四川总志》：刘氏，宜宾人，杜高宾妻。宾溺死，誓欲从，曾救免。乃密以夫故巾袜系肘，间以毒和饼食之。姑惊视，犹持半饼手中，厉声曰："今日得为杜氏鬼矣！"言讫而绝，年二十有五。

好妇人好妇人

《台州府志》：卢氏，黄岩人，名津奴，赵叔民妻，有容色，涉猎书史。洪武十九年，叔明被诬，殁于京师；明年，籍没其家。卢闻官军至，即欲与子同饮药死，既而曰："汝年方七岁，万一得生，未可知。我宁就死，义不受辱。"遂题诗壁上，饮药仆地而绝。官军入门，见壁上诗：叹曰："好妇人，好妇人，我回朝说去。"人咸称"赵烈妇"云。

明朝娘死别

《上虞县志》：陈氏，徐万选妻。幼警敏，知书能诗，然以为非女子事，不自表见。年二十，适万选。选力学病羸死，家人环哭，忽不见氏，亟呼之，已扃户自经，救之，移日始苏。自是绝饮食，父母急迎归，奄奄不起。一日，遣人抱其子付姑，口占诗送曰："今日儿生离，明朝娘死别。儿长娘不知，娘面儿安识？"遂瞑目，年二十六。

愿执巾帚以事将军

《宋史·烈女传》：詹氏女，芜湖人。绍兴初，年十七。淮寇号"一窠蜂"破县，女叹曰："父子俱无生理，我计决矣。"顷之，贼至，欲杀其父兄，女趋而前拜曰："妾虽窭陋，愿执巾帚以事将军，赎父兄命。不然，父子并命，无益也。"贼释父兄缚，女麾手使亟去："无顾我，我得侍将军，何所憾哉？"遂随贼行数里。过市东桥，跃身入水死。贼相顾骇叹而去。

从不从皆死无宁先死

《如是我闻》：遂堂先生言，有调其仆妇者，妇不答，主人怒曰："敢再拒，棰汝死！"泣告其夫，方沉醉，又怒曰："敢失志，且剸刃汝胸！"妇愤曰："从不从皆死，无宁先死矣。"竟自缢。官来勘验，尸无伤，语无证，又死于夫侧，无所归咎，弗能究也。然自是所缢之室，虽天气晴明，亦阴阴如薄雾，夜辄有声如裂帛，灯前月下，每见黑气摇漾似人影，即之则无。如是十余年，主人殁乃已。未殁以前，昼夜使人环病榻，疑其有所见矣。

吾今乐死而苦生

《徽州府志》：吴氏，名和英，歙王村吴玉女也，适浯村朱汪为妻。汪病，家故窭，吴脱簪珥为医费，吁天自代，夫竟死。吴视敛毕，即入室沐浴，易衣裳，潜以所蓄砒服之，辞诀舅姑，复遍拜妯娌，嘱之供养。家人惶骇求解毒之药，强之饮，吴推去不饮曰："夫死无子，吾何用生？吾今乐死而苦生，若辈乃逼我以苦耶？"邻族聚观者，皆嗟叹泣下。吴神色自如，静卧而逝。

天涯难住两人身

《广州府志》：文苏清，邑庠黄兼倩妻。清四五岁时，读书识字，即能为诗，复善风鉴，皆不学而知。其所为诗，有"恰似岭云飞不动，天涯难住两人身"之句，常自哦之。每开镜自照，辄涓涓泪下，人问之，不应。清无兄弟，父欲置妾，清曰："父相无子，虽多庶母，何益？"询其故，又不答。或偶言人之寿夭穷通，往往皆中，人益奇之。

及适黄，甫浃晨，数数归宁。父母诮其不惮烦，清曰："吾与父母别，不久矣。"未几有娠。数月，会端午，其夫欲出观竞渡，清止之曰："君有水厄，不宜往。"夫不从，清曰："命也夫！"夫果舟覆溺死。清归告其父母曰："吾向有哦诗，人多不解，我亦不语人。今方有身而死，'两人身'之诗，此其应也。"父母严卫之，氏坐床上，一叹而绝。人皆作为诗歌挽之。

如此烈女子实所未见

《庆都县志》：刘氏，名金容，荆城村民刘廷福之女。福早逝，容适本村农家。其家不善，容如莲花在污泥中，纤尘不染。恶少马廷柱者，容中表姊夫也，居且邻，慕而图之。久不可得，恚甚，言于妻曰："不获，必杀之。"盖柱素业屠，挟党辈污里中少妇甚众。

一日，金容翁姑出游，夫隶于官，值日当早起。柱侦知，俟其夫出，氏方乳子，扉未及扃，柱持刀入室，展转求之不得，扼喉几死。柱曰："天将明，不从，死吾手。"氏大骂曰："杀便杀，终不从也！”柱怒，断其颈。时年二十有七，隆庆辛未春二月十五日也。夫泣诉于官，未鞫问，会柱兄廷梁，亦惧祸首告，遂捕之，置于法。柱曰：“吾淫人多矣，死不为枉。但如此烈女子，实所未见。”

秋叶儿

《五台县志》：曲大保女，名秋叶，生而颀皙，性娟静。万历十七年，岁值大祲，女年十七，随母就食五台，寄居生员安崇德家。崇德见女殊色，以母所居东舍三楹僦之。女见同院，意甚不乐，欲隔以居，父曰：“暂留，俟再卜。”因乏食，代为人牧牛。

一日，大保恐牛众践人田禾，携妻子同驱而出，独女在家。崇德瞰其独处，从门外扬秽言以蔑女曰：“女身大如许，尚处子耶？”女闻，计难与之较，俟母回语之。崇德以女佯不知也，复用言挑之，因掷梨房内，女遂大哭。适母回，见地遗一红封，发之则梨也。女恚曰：“拾此秽物何事？姑留原所，以待父归。”因哽咽曰：“此地吾固不愿居，今不速移不可。”母问故，以告，母反不信。崇德母欲掩子过，亦在旁云：“必无是，毋长舌。”女心愤之。

后父母三人，复驱牛出，崇德又至，挑女如前，女严辞正色拒之。崇德骂曰：“汝愬若母，能奈我何？使人闻之，河水不能涤也。”女益愤。值母回，入见女哭，始信。女见父母贫懦，力不能去，难自全，乃宛转绐母曰：“家明日无粮，可往贷他所。”母不悟，甫出门而女已阖门自缢矣。因讼官，置崇德于法。

不令汝曹独死

《汝宁府志》：进士尚际明，妻王氏，素明决，识大体，称于乡党。贼袭城，登陴大噪，际明逸去。王谓众妾樊氏、徐氏、张氏曰：“汝曹为士夫姬，不应受辱。令汝曹投缳，恐贼入不能急绝。可速抱薪来，我为汝举火，必同焚，不令汝曹独死也。”乃手燃床第，火大炽而自赴焉，三妾随之，四人俱烬。闻者酸鼻。

照墙七女子

《青州府志》：照墙七女子，皆蒙阴人。丁贼陷城去后，县治照墙左右，有杀死七女，多垂发及笄者，无人识认。暴尸数日，从教谕命吴远珠瘗之。凡女子之被杀者，皆不屈之烈女也，因无姓名，但称之曰“照墙七女子”。

安能以残肱事他人

《黄州府志》：熊氏女，许字刘康。康遘疾且笃，女啮左股肉欲遗之，为幼弟误弃。复刲寸许，父母遣啖康，康稍瘥，越月仍死。女闻讣绝粒，父母力劝，乃曰：“不令我哭吊于刘，终不生。”于是偕之往，触棺摧毁。是夜自缢者再，康母救解，泣谕之曰：“汝与吾子，未谐伉俪，何必乃尔？”女曰：“以肱食之，即身事之矣，安能以残肱事他人乎？”举家遂防守益密。女呼父母与康母曰：“请许我终身，乃可。”康母喜诺，女佯起栉沐，拜康灵，入室闭户，触柱壁而死。遂合葬康穴，有司奏表其门。

烈妇之头

《武进县志》：杨氏，诸生徐安远妻。崇祯间，安远奉父叔美挈妻及妾蕙香，同避乱太湖，男女二舟分处。美遭兵，身被数枪，安远痛哭，同赴水死。蕙香睇前舟，呼曰：“事急矣！”跃入湖死。杨随之，贼遽登舟止之。杨不从，贼操刀相向，杨即引颈就刃断其喉。贼叹曰：“烈妇也！”悬头于树，大书曰“烈妇之头”，相率奠祭，罗拜而去。

女中荆聂

《松江府志》：陈氏，苏州吴江士人张士柏妻。士柏死，年二十三，矢志自守。里豪徐洪，觇知氏有容色，贿士柏兄有筠，谋纳为妾，与俞媪设计劫之致家。氏守死不可犯，洪怒，以予其奴。奴痞而秃，使逼之，氏求死益力。其中表徐道隆闻变，告其父陈翁，乃得归。讼于县，县令章日炌，纳洪赂，枉其词。氏引刀自刺，日炌使隶批颊箝指，下之狱。会推官刘鸣行县，得出。

时巡按路振飞，行部松江，乃与父奔控。既投牒，即引刀自刎，血殷然洒地，遂绝。振飞大惊悼，出俸金厚殓之。时崇祯丙子四月二日。殡于东禅寺，郡人士皆具椒醑，为诗文奠之。董文敏题其旌曰“女中荆聂”。路公捕洪置于法，寻上其事，建坊旌之。日炌斥去，未几死。诸与洪同谋者，相继登鬼箓。沈因仲正宗记其事。

裸体受屠

《如是我闻》：奇节异烈，湮没无传者，可胜道哉?!

姚安公闻诸云台公曰：明季避乱时，见夫妇同逃者，其夫似有腰缠。一贼露刃追之急，妇忽回身屹立，待贼至，突抱其腰。贼以刃击之，血流如注，坚不释手。比气绝而仆，则其夫脱去久矣。惜不得其名姓。

又闻诸镇番公曰：明季，河北五省皆大饥，至屠人鬻肉，官弗能禁。有客在德州、景州间，入逆旅午餐，见少妇裹（裸）体伏俎上，绷其手足，方汲水洗涤，恐怖战悚之状，不可忍视。客心悯恻，倍价赎之，释其缚。助之着衣，手触其乳，少妇艴然曰：“荷君再生，终身贱役，无所悔。然为婢媪则可，为妾媵则必不可。吾惟不肯事二夫，故鬻诸此也。君何遽相轻薄耶!”解衣掷地，仍裹（裸）体伏俎上，瞑目受屠。屠者恨之，生割其股肉一脔，哀号而已，终无悔意。惜亦不得其姓名。

节娥投江

《宋史·烈女传》：郝节娥，嘉州娼家女。生五岁，母娼苦贫，卖于洪雅良家为养女。始笄，母夺而归，欲令世其娼。娥不乐娼，日逼之，娥曰："少育良家，习织作组紃之事，又辄精巧，粗可以给母朝夕。欲求此身，使终为良，可乎?"母益怒，且棰且骂。洪雅春时，为蚕丛祠娼，与邑少年期，因蚕丛具酒，邀娥娼与徐往。娥见少年，仓皇惊走，母挽捽不使去。不得已，留坐中，时时顾酒食辄唾，强饮之，则呕秽满地，少年卒不得侵。凌暮归，过鸡鸣渡，娥度他日必不可脱，阳渴求饮，自投于江以死。乡人谓之"节娥"云。

繐帐前埋大缸

《明外史·烈女传》：蒋氏，丹阳姜士进妻。幼颖悟，喜读书。弟文止，方就外傅，夜归，辄以饼饵啖之，令诵日所授书，悉能记忆。久之，遂能文。归士进数年，士进病瘵死，妇以金和酒饮之，并饮盐卤。其父侦知，奔救免，不食者十二日。父启其齿，饮之药，复不死。

礼部尚书宝，士进从父也，知妇嗜读书，多置古图记于其寝所，令读刘向《烈（列）女传》，妇许诺，然家人备之益谨。一日，妇命于繐帐前掘坎，埋大缸贮水，笑谓家人："吾将种白莲于此。此花出泥淖无所染，令亡者知予心耳。"于是，日纂辑不懈。书将成，防者稍不戒，则濡首缸中死矣。为文脱稿即毁，有上宝书，辞极酸怆，亦不传。所存《烈女传》及哭夫文四篇，梦夫赋一篇，皆窃而得之者。嗣御史闻于朝，榜其门曰"文章贞节"。

初，其父见女能文，以李易安、朱淑贞比之，辄颦蹙曰："易安更嫁，而淑贞不慊其夫。虽能文，大节已亏矣。"其幼时志操已如此。

良家女岂若偶耶

《宋史·烈女传》：谭氏，英州真阳县人，曲江村士人吴琪妻也。绍兴五年，英州饥，观音山盗起，攻剽乡落。琪窜去，谭不能俱，与其女被执。谭有姿色，盗欲妻之，谭怒骂曰："尔辈贼也！我良家女，岂若偶耶！"贼度无可奈何，害之。同时有南雄李科妻谢氏，囚于虔盗中数日，有欲犯之，谢唾其面曰："宁万段，不汝徇也！"盗怒，剉之而去。

湘娥衣带诗

《宝庆府志》：杜小英，小字湘娥，武冈女子。为大兵掳至小姑山，为诗数绝，系于衣带，投水而死。尸逆流至洞庭，浮数日，颜色如生，衣带不解。或曰辰州人。衣带系诗云：

去乡漂泊已经春，今日含羞到汉城。
忽听将军搜索令，教人争敢惜余生。
征帆闻说到双姑，血枕啼魂怯夜乌。
早入江波葬鱼腹，不留冰骨辱为俘。
当年画阁惜如珍，野犴而今也逐人。
寄语爷娘休睠恋，入江犹是女儿身。
平生经历不堪题，此际浮沉理总齐。
河伯有心怜薄命，将身流向洞庭西。
顾影江干只独悲，永辞鸾镜委蛾眉。
朱门空许谐秦晋，死去相逢总不知。

绿衣妇

《凤阳府志》：绿衣妇，不知其姓。有自贼营逃回者，见一妇衣绿衣，在贼营，举止若大家女。贼方饮，以语挑之，不应；继以淫谑，遂大骂。贼仍笑引满杯奉妇，妇拂袖掷之。贼怒，拉出，磔其尸。

赵五娘之妇道不足法耶

《溧水县志》：武艾，蒲村庠生武可偁长女，年十六。侍父母孝，工织纴。女工之暇，则读《女论语》，旁及《琵琶记》《古木兰诗》。母曰："女学宜习，《琵琶》剧也，乌用？"艾曰："记中赵五娘之妇道，不足法耶。"母颔而听之。武为诗礼望族，女子多习训教，而艾尤慧。乙酉，蔓兵至村，艾与幼妹橘并被执，以骂兵受刃，伤项、臂，赴水，救起得苏。艾伺隙，以带自缢死。

儿去矣

《武昌府志》：刘氏，江夏危宁埜妻，年二十六。值献贼屠楚，宁埜走失，刘抱子随母与姑，入恩武村。贼追至，见刘欲辱之，刘绐曰："吾羞野合，后将相从。"贼强之上马，刘度不免，复绐之曰："军中不能携幼子，吾与母姑及子一别。"乃从容哺其子，寻拜其母与姑，作上马状，路傍有一塘，停泓不可测，回顾曰："儿去矣。"遂赴水死。

其如女心何

《和州志》：王氏女，西十都人，幼许字黄孝廉孙景茂。逾数年，景茂贫且疾，女父因背前盟，私许富室杨姓。及杨纳采，女从嫂方氏贺曰："姑喜矣。"女曰："有一女而二许者乎？"方曰："不闻黄子贫且疾耶？"女曰："命也。贫病何憾？"自是却饮食。父母曲谕之，若罔闻也。

景茂亦质其事于郡太守，女泣谓母曰："女思今日庭质，洵难为辞。先本以女许黄，而欲女曰'无之'，其如女心何？后以许杨氏，而女乃曰'无之'，其如父母何？"遂绝粒不起。家人日夜守，不得死。一日，忽起曰："死亦良难。"且自进粥，手澣所着衣，仍同母宿。母喜，即不深防。夜半，乃潜起，觅缳不可得，偶获一盒络，遂经死。

尔辈牝犬耳

《明外史·列女传》，六安烈女，不知其姓氏。崇祯中，流贼见其美，将犯之，以帕蒙其头，辄坏之曰："毋污吾发。"以锦衣被其体，又掷之曰："毋污吾身。"强拥诸马上，投地大骂，请死。贼怒刃之，既而叹曰："真烈女也！"谓他妇曰："尔辈牝犬耳。呼之即来，不愧此女耶？"

黄泉同归

《福清县志》：何玉宋，化南里古洋人。父早丧，其母已许东瀚林洪熼，未嫁，熼亡。女年十八，闻讣即与母诀。母泣曰："尔遽忍舍寡母耶？"因昼夜伺守之。女密制一朱鞋，绣并蒂莲于上。从妹搜其箧，得之，欷歔泣曰："吾服此长寐耳。"又为母制鞋数十，母曰："何用许多？"曰："恐儿不能更制也。"悲涕哀吟，五阅月，佯告母曰："儿今不死矣。"强饮食，言笑如平常，母不为备。一日，服亲有吉事，劝母往贺，乃以所制母鞋，并绝命诗一首，封贮一箧，以遗母，遂投缳而死。诗曰："儿生十八秋，举止无人识。黄泉愿同归，白日何太急？"林迎其丧，与洪熼合葬焉。天启间事。

吾宁死于家

《宋史·列女传》：林老女，永春人，及笄未婚。绍定三年夏，寇犯邑，入山避之。猝遇寇，欲污之，不从。度不能脱，给曰："有金帛埋于家，盍同取之？"甫入门，大呼曰："吾宁死于家，决不辱吾身！"贼怒，杀之。越三日，面如生。

凌波妇

《曹县志》：凌波妇者，不知何人。戊子，贼入东门，尚未至西北。居人疑信未定，遥见一女，姿貌绝伦，神色仓皇，凌波直渡，众惊疑不敢问。有一人怜而入援之，妇厉声曰："吾虞贼辱，觅静地以死，汝何为者，乃欲吾生？是亦贼也！苟非贼，即勿前。"其人惭而退，回视已灭顶矣。

担水人妻

《曹县志》：担水人妻者，不知其姓。顺治元年，高兵渡河，刘汉杰掠二妇，夹坐饮酒。俄有担水者，迁延入门，长跪哀告曰："座右者，小人妻也。以将军之威，何求不得，安用此村妇？倘肯见还，死不忘德。"贼不许，复叩头恳。贼怒，立斩之。其妇戟手大骂曰："吾所以不死者，图与夫再聚也。既杀吾夫，吾岂独生！"直前批其面。贼笑而慰之，骂愈剧，贼亦杀之。

用袋盛身投水

《云南通志》：某氏女，昆明人，许配魏升，未嫁。会升以罪戍腾冲，女意欲归而偕往，然不敢言。其父母不忍，谋为升另娶而别嫁其女，有成说矣。女乃潜制一布袋，届期走水滨，用袋盛身，自内束其口，投水死。举家觅之不得，姻家将讼，尸寻浮出，渔者见之，事乃明。姓氏不传。

遭时至此岂忍偷生

《夔州府志》：张氏，巫山下里人也，生于明崇祯间。父士魁，为邑吏，邑人皆爱之。氏其季女，性聪慧，美容姿，工刺绣，善洞箫。幼许聘何氏子，将及笄，何氏子因病，跛其一足，寻又遭父母之丧。既娶，家日贫，氏敬执妇道。

里中轻薄儿语曰："张氏女，故尤物也，岂甘为跛鳖妻耶？"语闻于其夫，何氏子自揣残疾，疑为妇所厌，恶声厉色，日加焉。氏顺受之，无怨，执箕帚益恭。

丁亥岁，寇乱，夫妇潜避于东北之豆子寨。辛卯，刘体纯连营过江，纵兵分掠，攻破寨。何氏子不能行，坠岩而死，氏被掳。至营，时刘踞坐高阜，旁设烈火数十炉，煅赤铁以备炮烙；札利刃数十副，以截腰斩手；小刀铁钩以剔目、拔舌、断筋；植大橛用以披剥。酷形惨烈，见者心胆俱丧；叫号之声，振动山谷。氏面不改色，惟背坐掩泣。

有甲将，见氏色殊丽，欲得以为妻，刘许之。甲将趋至促行，氏以头触地，誓死不从。刘面谕曰："彼吾将也，尔为之妇，不愈于民间耶？"氏拒益力。刘佯以刃恐之，即引颈就戮。刘置刃叹曰："我驰戎马间数十年，仅见此妇。"乃改容谢曰："今不强尔，且释尔归。邑中男妇，尽使随去。"氏曰："少年寡妇，去将谁依？"刘曰："留尔不从，释尔不去，尔欲云何？"氏曰："遭时至此，岂忍偷生？倘蒙矜怜，容自尽足矣。"刘曰："听便。"氏遂拭泪，从容起就营傍空室中，解带自缢。刘具棺衾厚葬之。时方乱，无知者。康熙间，有司闻而表焉。

誓不受辱

《宋史·列女传》：张晋卿妻丁氏，郑州新郑人。靖康中，与晋卿避金兵于大隗山。金兵入山，为所得，挟之鞍上。丁自投于地，戟手大骂，连呼曰："我死即死耳，誓不受辱于尔辈！"复挟上马，再三骂不已，卒乃举梃纵击，遂死杖下。

吾来生报父德耳

《烟雨楼文集·城中女子传》：嘉庆季年，民大疫，呕泄霍乱相随属，中者立死。久之，得治法：以针针其背，见血而活；非是，无免者。

城中女子，年十六七矣，罹其灾，父急召医针之。医至，女不可；强之，必不可，曰："我有死而已，岂有女子而袒背示医人者？”病革，父长跪涕泣，固哀之。女亦长跪涕泣，叩头谢曰：“我来生报父德耳，今无庸望我生也。”遂死。

徐子曰：“吾闻之汤君耕吾。汤君向谓余，当传之。是时髣髴道女子姓名甚悉，余诘其里居，与其父何如人，未报，寻相忘。今汤君亦卒矣。夫死生呼吸之际，而不可夺志如是耶！充其志之所至，忠孝节烈，极庸众人惊愕歌泣之行，奚难焉？古所传烈妇人舍生而取义者，必其污辱甚袒背万万。为病故袒背，抑所谓寻常者耳，况其在死生呼吸间耶？且不可，庸非奇女子哉！”

脱足缠缢墓上

《南皮县志》：高氏，吴茂才妻，河间府人。茂才年二十九，始娶高，高甫十七。执妇道甚谨，茂才遘痞疾卧床，高昕夕进饘粥、除粪污，逾年不怠。茂才知不可起，执高手曰：“吾不起，命也。愿汝早得佳偶，以答汝劳。”高曰：“如君言，是贰妾也。君逝，当与俱耳。”吴每言及，高即却走。

后茂才卒，殓葬毕，高哀毁不食者累日。父母与氏舅谋，欲夺其志。卜日将嫁，闻于高，谩应曰：“如命。请得絮酒炙鸡，致辞于亡者。”舅曰：“贫无以备。”请楮钱瓣香，曰：“亦无以备。”妇恐疑而阻之，遂往墓侧，哭尽哀。墓前有树，仅拱把，脱足缠就缢死，跪而向墓，面色如生。

不自杀何以雪耻

《常熟县志》：张氏，朱一鸿妻，汝东之女。年二十三，归一鸿。鸿不善治生，贫甚，为村中童子师，朝夕不给。张或日一粥，或屑麦杂菜食之，闭户纺绩，寒暑无怠。一鸿归，相对晏如也。

久之益困。一鸿有姊，嫁诸生宗家相，哀其穷，为授一廛，居塘头镇。一鸿复远馆出，借织于邻。有恶少年宗周者，悦其色，为俚语挑之曰：“有妻若此，忍令其困极耶？”张闻之，惭甚，亟移织他所。周忽夜撼其门枢，张呼邻，邻亦呼，乃止。明日，周操豚酒，袖多金以啖邻，邻曰："惟少年意，不敢忤。"是夜二鼓，周挟刃入室，径拥持之。张号泣疾呼，发被面，头触瓶盎尽碎，周错愕而去。

张誓曰："不自杀，何以雪耻！"遂积薪卧其上，火之，延烧及屋。邻救火，火息，挽张出，肩背焦烂，遍体烟焰犹蓬蓬然。顷之少苏，谓一鸿曰："我得即死为幸。"凡医药水浆，皆抗不受，宛转十六日，以死。县丞胡某，捐俸殡殓。时万历二年六月二十四日，张年三十三。有司上其事于朝，置周于法，建祠予祭。严文靖来吊赙，赵文毅为之传。

今为周郎死矣

《明史·列女传》：项氏女，秀水人，国子生道亨女，许字吴江周应祁。精女工，解琴瑟，通《列女传》，事祖母及母极孝。年十九，闻周病瘵，即持斋，日焚香礼佛，默有所祝。侍女辈窃听，微闻"以身代"语。一日，谓乳媪曰："未嫁而婿亡，当奈何？"曰："未成妇，改字无害。"女正容曰："昔贤以一剑许人，犹不忍负，况身乎？"

及讣闻，父母秘其事，然传吴江人来，女已喻。祖母嘱其母入视，女留母坐，色甚温，母释然去。夜伺诸婢熟睡，独起，以素丝约发，衣内外悉易以缟，而纫其下裳。检衣物当劳诸婢者，名标之，列之床上。大书于几曰："上告父母，儿不得奉一日欢，今为周郎死矣。"遂自缢。两家父母从其志，竟合葬焉。

杨桃儿

《归德府志》：杨桃儿，德文女也。嘉靖元年，山东王堂贼流入境内，四散剽掠。桃儿年十六，为男子状，随兄世威避至邯郸。遇贼，世威与其弟世宠，力战死。贼获桃儿，见其色美，知其非男，欲献之。贼首逼上马，桃儿大骂曰："斩首贼杀我兄，恨不割汝万段，尚复何为！"以头抢地求死。贼强逼之，桃儿挝贼一目坠地。众贼忿怒，乱砍之，比死，骂不绝口。有司奏闻旌表。

置毒衣衽

《河南府志》：薛氏，阌乡人，生有丽质而贤。及笄，适生员陈所见。所见亡，氏方弱龄，誓不再嫁，乡人求聘，固拒之。或劝曰："有子则守，常也。尔无子，自苦若是，何也？"答曰："有子则守，无子则死。吾所不即死者，为姑在堂。吾将终其天年，以报吾夫于地下耳，岂忘死哉？"居无何，家益困乏，姑不忍其苦，竟受诱者贿，强委禽焉。氏度无可奈何，佯许之，而阴置毒于衣衽间，入舆，至中途而死。发其丧，衣服袜履，皆以针线贯缝之，牢不可解。有司上状，诏旌其门。

小厢儿

《河南府志》：小厢儿，张廷仁女，幼许聘王自选，举止端凝，天性刚烈。年十四未嫁，自选以事被系死。女欲殉之，父母不与往。欲受他聘，女侦知，泣曰："儿固王郎身也。"志益坚，不可夺。一日，投僻室自缢死。父母舁归王，与自选合葬。嘉靖十九年，邑令上其事，立祠祀之，碑其墓以表彰焉。

坠楼人

《槐西杂志》：余督学闽中时，院吏言：雍正中学使，有一姬堕楼死，不闻有他故，以为偶失足也。久而有泄其事者曰：

姬本山东人，年十四五，嫁一窭人子。数月矣，夫妇甚相得，形影不离。会岁饥，不能自活，其姑卖诸贩鬻妇女者，与其夫相抱泣彻夜，啮臂为志而别。夫念之不置，沿途乞食，兼程追及贩鬻者，潜随至京师，时于车中一觌面。幼年怯懦，惧遭诃詈，不敢近，相视挥涕而已。既入官媒家，时时候于门侧，偶得一睹，彼此约勿死，冀天上人间，终一相见也。后闻为学使所纳，因投身为其幕友仆，共至闽中，然内外隔绝，无由通问，其妇不知也。一日病死，妇闻婢媪道其姓名籍贯、形状年齿，始知之。时方坐笔捧楼上，凝立良久，忽对众备言始末，长号数声，奋身投下死。学使讳言之，故其事不传，然实无可讳也。

大抵女子殉夫，其故有二：一则搘柱纲常，宁死不辱，此本乎礼教者也；一则忍耻偷生，苟延一息，冀乐昌破镜，再得重圆，至望绝势穷，然后一死以明志，此生于情感者也。此女不死于贩鬻之手，不死于媒氏之家，至玉玷花残，得故夫凶问而后死，诚为太晚。然其死志，则久定矣。特私爱缠绵，不能自割。彼其意中，固不以当死不死为负夫之恩，直以可待不待为辜夫之望。哀其遇，悲其志，惜其用情之误则可矣；必执《春秋》大义，责不读书之儿女，岂与人为善之道哉！

等死耳死火不辱

《明史·列女传》：项淑美，淳安人，适方希文。希文好蓄书，杭州不守，大帅方国安溃兵掠江浒，数百里无宁宇，希文避山间，载书以往。会幼子病疹，希文出延医，淑美与一妪一婢处。是夕，乱兵突至，纵火肆掠。婢挽美衣，欲与俱出，正色叱曰："出则死于兵，不出死于火。等死耳，死火不辱。"时妪已先去，见火炽，复入呼曰："火至，奈何弗出?"淑美不应，急取书堆左右，高与身等，坐其中，须臾火迫尽焚，遂死。贼退，希文归，则余烬旋而成堆，若护其骨者。一恸，灰即散，乃收骨瘗先兆。

先是，有慈溪王氏，归同里方姓。甫逾月，火起，延及其屋。夫适他出，氏坚坐小楼不下，遂被焚。骸骨俱烬，惟心独存。夫归，捧之长号，未顷即化。

洞庭妇人

《苏州府志》：洞庭妇人，少年美丽。为倭所掠，前过独板桥，妇畏缩未登。一倭引其手，犹不肯举步；又一倭前后扶曳，侧足而进。至桥心，妇两手坚握倭臂，号呼，踊而堕水。二倭为所牵，力不能展，俱溺死。一乡民夫妇，相携而奔。遇倭至，避匿渡僧桥下破船内。倭搜得之，杀其夫，妇叫骂不从。傍一倭提妇发，一倭执刀示将杀状。妇瞋目骂益厉，竟为腰斩，掷尸河下而去。其夫中刃未绝，得不死，收葬妇，终身不娶。名氏俱不传。

此我殓装

《婺源县志》：李氏女，名娇云，休宁流口李鹏时女。许聘婺源沱川余坡，将归，坡亡。讣闻，娇云痛绝不食，寝不能兴者累日，母强起之。一日，出青莲白绣鞋，示其妹曰："此吾殓装也，他日好为我服之。"逾年，父母欲纳他聘，女遂自尽，年二十一。

我倡女张凤奴也

《宝符传》：天兴元年，北兵攻城，矢石之际，忽见一女子呼于城下曰："我倡女张凤奴也，许州被俘至此。彼军不日去矣，诸君努力坚守，无为所欺也。"言竟，投濠而死。朝廷遣使驰祭于西门。正大、天兴之际，妇人节义可知者数人耳。凤奴事，别史录之，盖有所激云。

卷　五

情中义

吾知丧吾妻而已

《宋史·刘庭式传》：庭式未第时，议娶乡人之女，既约，未纳币，庭式乃及第。女以病丧明，女家躬耕贫甚，不敢复言。或劝纳其幼女，庭式笑曰："吾心已许之矣，岂可负吾初心哉！"卒娶之。生数子后死，庭式丧之，逾年不肯复娶。轼问之曰："哀生于爱，爱生于色。今君爱何从生，哀何从出乎？"庭式曰："吾知丧吾妻而已。吾若缘色而生爱，缘爱而生哀，色衰爱弛，吾爱亦忘，则凡扬袂倚都市、目挑而心招者，皆可以为妻也耶。"轼深感其言。

娶盲女

《厚德录》：华阴吕君举进士，聘里中女行。既中第，妇家言曰："吾女故无疾，既聘而后盲，敢辞。"吕君曰："既聘而后盲，君不为欺，又何辞？"遂娶之。生五男，皆中进士；其一人，丞相汲公是也。

不愿屈法申恩

《隋书·兰陵公主传》：公主字阿五，高祖第五女也，适河东柳述。初，晋王广欲以主配其妃弟萧玚，高祖初许之。后遂适述，晋王因不悦；及述用事，弥恶之。高祖既崩，述徙岭表，炀帝令主与述离绝，将改嫁之。公主自誓以死，不复朝谒，上表请免主号，与述同徙。帝大怒曰："天下岂无男子？欲与述同徙耶！"主曰："先帝以妾适于柳家，今其有罪，妾当从坐，不愿陛下屈法申恩。"帝不从。主忧愤而卒，时年三十二。临终上表曰："昔共姜自誓，著美前诗；息妫不言，传芳往诰。妾虽负罪，窃慕古人。生既不得从夫，死乞葬于柳氏。"帝览之愈怒，竟不哭，乃葬主于洪渎川，资送甚薄。朝野伤之。

吾请先君死

《宋史·赵卯发传》：卯发字汉卿，通判池州。大兵渡江，池守王起宗弃官去，卯发摄州事为守，乃置酒会亲友与饮诀，谓其妻雍氏曰："城将破，吾守臣，不当去，汝先出走。"雍氏曰："君为命官，我为命妇。君为忠臣，我独不能为忠臣妇乎？"卯发笑曰："此岂妇人女子之所能也。"雍氏曰："吾请先君死。"卯发笑止之。明日，乃散其家资，与其弟侄仆婢，悉遣之。二月，兵薄池，卯发晨起，书几上曰："君不可叛，城不可降。夫妻同死，节义成双。"又为诗别其兄弟，与雍盛服同缢，从容而死。

宁彼负儿儿不负彼

《旌德县志》：朱氏名璧枝，许字任氏子。任氏子未娶而先纳妾，父怒曰："是尚可与女耶？"将渝盟。女知，剪发自誓，父不获已，仍归任。归三日而妾生子，朱曰："吾子也。"居二载，夫亡。父往唁，告女曰："任子之负若深矣。若善自爱，何所不可容？"女曰："宁彼负儿，儿不负彼。"父怒骂曰："騃女子，乃为轻薄儿阏恤一生！"欲携之归，即逃匿不出。食贪（贫）力作，抚妾所生子终其身。郡守以闻于朝，下礼部，未报而卒。

吾夫瘦小不可食

《元史·李仲义妻刘氏传》：刘氏名翠哥，房山人。至正二十年，县大饥，平章刘哈剌不花兵乏食，执仲义，欲烹之。仲义弟马儿，走报刘氏。刘氏遽往救之，涕泣伏地，告于兵曰："所执者，是吾夫也。乞矜怜之，贷其生。吾家有酱一瓮，米一斗五升，窖于地中，可掘取之，以代吾夫。"兵不从。刘氏曰："吾夫瘦小不可食，吾闻妇人肥黑者味美，吾肥且黑，愿就烹，以代夫死。"兵遂释其夫而烹刘氏。闻者莫不哀之。

杜十娘再世

《枣林杂俎》：万历乙卯，楚掾某，狎姑苏妓陈氏，倾橐，姆厌之。陈私留掾，身托疾他避，求里中豪贷掾，得嫁之，而所携橐颇饶，毫不累掾也。归楚后，同掾谒选，北道鄱阳湖。同舟徽人窥陈色艺，许掾千金。掾以情告陈，陈叹曰："君装薄，姑进其千金可耳。"俄千金具，别掾，更登徽人舟。望掾帆发，渐不复见，拊膺嗟喟，投水死。明年，掾还渡湖中，感陈设祭，俄风晦舟没。

富不易妻

《隋唐嘉话》：太宗谓尉迟公曰："朕将嫁女与卿，称意否？"敬德谢曰："臣妇虽鄙陋，亦不失夫妻情。臣每闻说古人语：富不易妻，仁也。臣窃慕之，愿停圣恩。"叩头固让，帝嘉之而止。

为地下相见之证

《襄阳府志》：陈氏光化，生员孔世熙妻。适熙二年，生子永清，方在抱而熙病革，谓陈曰："吾不起矣。汝善择所配，吾不汝恨。"陈大戚，剪发系熙臂曰："以此发为地下相见之证。"世熙殁，家贫，既免丧，父兄欲嫁之。陈誓不至父兄家，勤纺绩以具翁姑之养。永清稍长，择师教之。及翁殁，事继姑王氏以孝闻。

寒香晚翠

《嘉兴府志》：高氏名寒香，李氏名晚翠，并海盐张宁妾，年皆十四五，相继事宁。三年，宁疾革，嘱嗣子嫁二妾。既殁，嫡妻刘，令二妾释服，且告之故。二妾大恸曰："贱妾受主恩有年，恨不能即死，敢有他志耶?"相与剪发誓志，屏居一楼，三十九年，家人罕见其面。宁素不事生产，身后益落，二妾茹荼饮蘖，甘之如饴。嘉靖中，诏旌表。宁女名恒清，适海宁卫指挥姚麟，亦早寡，著贞节焉。

忠义乃在平康

《枣林杂俎》：苏妓某，当乙酉国变，语所善客以死事，俱狎笑之。中秋，买棹召客泛太湖，皎月空明，觞鹚首甚适。忽顾影感叹，置觞，投深流处，不及救。

行将取信于地下耳

《临汾县志》：刘氏，襄陵人。父巅，兵马指挥。刘生而贞静柔淑，暨长，归解琮。琮病革，呼刘曰："幼子其善抚之。吾固知若心必不二，但吾恒见世之妇人，怀恩于燕婉之时，哀感于永诀之日，靡不指誓天日。迨恩减哀忘，无弗变者。吾岂诚保若哉?"刘泣曰："是何言欤！今日言，固无益，行将取信于地下耳。"琮殁，年二十九，刘年亦如之，誓死自坚。孝养翁疾，无异琮之在日；抚育诸孤，皆克成立。

卧冰不死

《元史·列女传》：张义妇，济南邹平人。年十八，归里人李伍。伍与从子零，戍福宁，未几死戍所。张独家居，养舅姑父母。

舅姑病，凡四刲股肉不懈；及死，丧葬无遗礼。既而叹曰："妾夫死数千里外，妾不能归以葬者，以舅姑、父母在，无所仰故也。今不幸父母、舅姑已死，而夫骨终暴弃远土。使无妾则已，妾在，敢爱死乎？"乃卧积冰上，誓曰："天若许妾取夫骨，虽寒甚，当得不死。"逾月，竟不死。乡人异之，乃相率赠以钱。大书其事于衣以行。

行四十日，至福宁，见零，问夫葬地，则榛莽四塞，不可识。张哀恸欲绝，夫忽降于童，言动无异生时，告张死时事甚悲，且指示骨所在处。张如其言，发得之，持骨祝曰："尔信妾夫耶？入口当如冰雪，黏如胶。"已而果然。官义之，上于大府，使零护丧还，给钱使葬，仍旌门，复其役。

佛奴皈佛

《辍耕录》：汪佛奴，歌儿也，姿色秀丽。嘉兴富户濮乐闲，以中统钞一千锭，娶为妾。一日，桂花盛开，濮置酒，佛奴奉觞。濮有感于中，潸然堕泪。佛奴请问其故，濮曰："吾老矣，非久于人世者。汝宜善事后人。"佛奴亦泣下，誓无二志，人莫之信。既而濮果死，佛奴独居尼寺，深藏简出，操行洁白，以终其身。

彼此誓不嫁娶

《摭青杂说》：建炎庚戌岁，建州贼范汝为，因饥荒，啸聚至十余万。时朝廷以边境多故，未遑致讨。次年春，有关西人吕忠翊，受福州税官，方之任。道过建州，有女十七八岁，为贼徒所掠。汝为有族子，名希周，本士人，年二十五六，犹未娶。吕监女为希周所得，希周知为宦家女，颜色清丽，性情柔和，遂卜日，合族告祖备礼，册为正室。

是冬，朝廷命韩郡王统大军讨捕，吕氏谓希周曰："妾闻贞女不事二夫，君既告祖成婚，则君家之妇也。孤城危逼，其势必破，君乃贼之亲党，其能免乎？妾不忍见君之死。”引刀将自刎，希周急止之，曰：“我陷贼中，原非本心，无以自明，死有余责。汝衣冠女儿，掳劫在此，为大不幸。大将军将士皆北人，汝既属同方，或言语相合，骨肉宛转相通，可再生也。”吕氏曰：“果然，妾亦终身无再嫁理。但恐为军将所掳，势不再辱，惟一死耳。”希周曰：“吾万一漏网，亦终身不娶，以答汝今日之心。”

先是，吕监与韩郡王有旧，韩过福州，辟吕监为提辖官，同到建州。十余日，城破，希周不知所之。吕氏见兵势甚盛，急就荒屋自缢。吕监巡视之次，适见之，使人解下，乃其女也。良久方苏，具言所以，父女相见，且悲且喜。事定，吕监随韩帅归临安，将改嫁女。女不欲，父骂曰：“汝恋贼耶？”吕氏曰：“彼名贼，实君子也。但为宗人所逼，不得已而从之。在贼中，常与人作方便。若有天理，其人必不死。儿今且奉道在家，亦足娱事二亲，何必嫁也。”

绍兴壬戌岁，吕监为封州将领。一日，广州使臣贺承信，以公牒到将领司，吕监延于厅上。既去，吕氏谓吕监曰：“适来者何人？”吕监曰：“广州使臣。”吕氏曰：“言语趋走，宛类建州范氏子。”监笑曰：“勿妄言。彼自姓贺，与汝范氏子无涉。”吕氏嘿然而止。

后半载，贺承信以职事，复至吕监厅事。吕监时或延以酒食，熟问其乡贯出身。贺羞愧曰：“某建州人，实姓范。宗人范汝为，首叛逆，某陷在贼中。既大军来讨，城破，举黄旗招安。某恐以贼人宗族，一并诛夷，遂改姓贺，出就招安。后拨在岳承宣军下，收杨么时，某以南人便水，常在先锋，每战某尤尽力，主将知之。贼平后，初任和州指使，后受广州指使。”吕监又问曰：“令孺人何姓，初娶、再娶乎？”范泣曰：“在贼中时，掳得一官员女为妻。是冬，城破，夫妻各分散逃，且约苟全性命，彼此勿嫁娶。某后又在信州，得见老母，今不曾娶，只有母子二人，并一爨妾而已。”语讫，悲泣失声。吕监感其恩义，亦为泣下，引人中堂见其女，留住数日。事毕，令随希周归广州。后一年，吕监解满，迂道之广州，待希周任满，同赴临安。

臣殉君妻殉夫

《元史·郑玉传》：玉字子美，歙县人。大明兵入徽州，被拘囚。久之，亲戚朋友，携具饷之，则从容为之尽欢，且告以必死状。其妻闻之，使语之曰："苟死，吾其相从地下矣。"玉使谓之曰："若果从吾死，吾其无憾矣。"明日，具衣冠北向再拜，自缢而死。

奴非碌碌市门女也

李绍闻《云间杂志》：杨玉山，松之商人也。性爱小妓，积丹帕数十以为帐，号"百喜帐"。南京有女妓曰张小三者，稚齿雅容，不肯就门户，曰："能妻我，当与之谐。"杨以税事入京，闻而恳求之，捐数十金，乃成婚。逾月，欲随还家，曰："奴固誓之矣，今不归君为妾，复何归乎？"杨妻妬，不敢许，约以半载为期。及去，妓守志不渝，父母无如之何。数寄声杨所，杨感其诚，岁四五至，至必留旬日，所赠遗以千万计，往来如家焉。

久之，赀日剸削；既二十年，田产为一空。男女未婚，薪水且不给，而日受妻子怨言，怏怏悔叹，两目皆为失明。妓怪其久而不来，使使谂焉，盲矣。乃扁舟下江，直造杨氏之庐，登堂拜主母，捧杨首大恸曰："主君贫困，职我之由。妾当为君婚嫁，君幸无苦。"悉出向所赠珠玑器具，以为资妆，嫁其二女；又出仪物设筵之费，为二子纳室。

留侍汤药者一年，杨终郁郁以死，妓又脱簪珥殡之，守其柩不去。妻亦哀悯其志，语之曰："姊院中衣食自丰，何为困此，与我同辛苦？"妓谢曰："奴非碌碌市门女也。少有不污之誓，与主君交往廿载，名虽风尘，身固不异杨氏之少房也。且主君为我而死，何忍背之？愿从主母侧，执庖湢之劳，殁且不悔。”闻者莫不叹异。

既免丧，其父母强之归，不从。讼诸礼曹，移牒逮之，急不得已，泣别其灵而去。后卒不面一男子，考终于旧院。

不愧香名

《随隐漫录》：韩香，南徐娼也，色艺冠一时。与大将叶氏子交，闭门谢客，将终身焉。叶父恚，授牒有司，集官军于射圃，中者妻之。一老卒中，香欣然同归，谓曰：“夫妇有礼，若买羊沽酒，召亲故以成礼。”宾至酒行，香以所赍金帛，高下献之。入更衣，久不出，自刎矣。

燕子楼

《长庆集》：徐州张尚书建封，有爱妓关盼盼，善歌舞，雅多风态。尚书既殁，彭城旧第中有小楼名燕子，盼盼念旧爱不嫁，居是楼十余年。有诗三首，其一云：

楼上残灯伴晓霜，独眠人起合欢床。
相思一夜情多少？地角天涯未是长。

其二：

适看鸿雁岳阳回，又睹玄禽逼社来。
瑶瑟玉箫无意绪，任从珠网任从灰。

其三：

燕子楼中思悄然，北邙松柏锁愁烟。
自埋剑履歌尘绝，红袖香消二十年。

余爱其诗，和之云：

满窗明月满簾霜，被冷香消拂卧床。
燕子楼中更漏永，秋宵只为一人长。

今春有客洛阳回，曾到尚书墓上来。
见说白杨堪作柱，争教红粉不成灰？

锦带罗衫色似烟，几回欲着即潸然。
自从不舞《霓裳曲》，迭在空箱十二年。

又赠绝句讽之：

黄金不惜买蛾眉，拣得如花四五枝。
歌舞教成心力尽，一朝身去不相随。

盼盼得诗，反复读之，泣曰："自我公薨背，妾非不能死。恐千载之下，以我公重色，有从死之妾，是玷我公清范也。"乃答白公诗曰："自守空房敛恨眉，形同春后牡丹枝。舍人不会深人意，讶道泉台不去随。"旬日不食而死。

奈何累新妇

《明外史·烈女传》：王氏女，昆山人，太仆卿宇之孙，诸生述之女。许字侍郎顾章志孙同吉。未几吉亡，女即去饰，衣白布澣衣至父母前，不言亦不泣，若促驾行者。父母有难色，念女至性不可夺，使妪告吉父绍芾，吉父母扫庭内待之。女既至，拜柩而哭，敛容见吉父母，有终焉之意。吉母李，含泪谓之曰："儿不幸早亡，奈何累新妇！"女闻称"新妇"，泪簌簌下，交于颐，遂留执妇道不去。早晚跪奠柩前，视二老眠食外，辄自屏一室，虽至戚，遣女奴候视，一皆谢绝，曰："吾义不见门以外人。"

后李病，女左右服勤，十昼夜不休。一日李病剧，女入候床前，出视药灶，往来再三，卒卒似有所为。群婢窥之，而莫得其迹。李既进药，则睡觉而病立间，呼女曰："向饮我者何药？乃速愈如是！"欲执其手劳之，女缩手有难进之色。李怪，起视，已断一指煮药中矣。群婢惊而前曰：“吾等固疑有异，果然耶！”李叹曰：“吾以天夺吾子，常忧老无所倚。今妇不惜支体以疗吾疾，岂不胜有子耶？”为流涕久之。人皆称“贞孝女”云。

卿犹处女也

《广东通志》：黄氏，秦建义妻，香山诸生黄考功仲女。赋性柔淑，少娴姆仪。年及笄，将归义，义久病肺，两兄与母谋曰：“乘病而娶，事非所宜。万一病不可知，奈何？”母以为然。及期来迎，母坚执不许。父不知所出，乃语其诸从侄女，询氏意，以为从违。氏泣以告诸姊妹曰：“为女幸不永离父母，夫岂忍言？但已许人，未可更虑也。”由是归秦，恪恭妇道，躬侍汤药，无少懈容。越四十日，义病将革，执氏手诀曰：“卿处女也，慎勿固执，勉事新人。”氏以死自誓，义乃气绝。氏执丧，哀毁骨立。历数载，母欲夺其志，氏数投缳，以救得不死。氏夫遗产殊薄，老益困，父考功常周给其衣食，经理其祀飨。氏年六十三，趺坐而逝。

论义不论情

《长兴县志》：周氏女，受姚光裕聘，未笄，闻姚死，号恸不欲生。父母解之曰：“若识郎面乎？谁依而守也？”女颠仆，首抢地曰：“论义不论情。”百计觅死。父母度无可如何，卜期以归，亲党白衣冠送之，哭声震野。女怡然就道，为文祭姚生，词甚哀。高墉深扃，父母罕睹其面。斗室中奉两木主，一祀姚生亡母，一祀姚生。蔬食十余年，每食必祭。甲午秋，出其织纴之积，厚葬姚生于唐兴山。归请立嗣，曰：“吾事毕矣。”一恸呕血而死。万历二十八年旌之。

破镜见志

《海宁县志》：徐氏，诸生查懋功妻。夫亡，年十九，破镜见志，苦节终身。茅鹿门坤作《半镜赞》曰：“嗟彼镜兮圆如月，半面照之光如缺。一以寘于夫之怀，一以留为娘之玦。生同衾兮死同穴，千秋之下化作双龙剑兮，雌雄相随共超忽。呜呼！世之所谓婺宿之精兮，予载书之名不灭。”

观察刘宪龙作《破镜行》云：

君不见一声旅雁叫孤雏，带月飞来影自疎；
又不见芜原城头返哺乌，飞归提提鸣呜呜。
人生节孝当如此，烈妇闻之泣不止。
忆昔当年嫁与君，频望妆楼祝镜神：
愿作松萝千岁古，与君双棲共一身。
讵知变化不须臾，白日黄泉路忽殊。
闭玉埋香宁复旦，夜台寂寞谁相愉？
几番欲葬青丘草，回首高堂不敢道。
无夫有媳应同死，有母无儿仗谁老？
可怜此恨无人说，哭把菱花对君折。
从今罢却黄金妆，寸心暗誓南楼月。
为君养兮清温，为君守兮名节。
宜将黄鸽（鸟）故雄心，甘让柏舟之往烈！

四方迦陵鸟

陈继儒《杨幽妍别传》：幽妍，小字胜儿。生母刘行一在南院，负艳声。早岁落籍，去嗣陈氏。陈之姨董四娘，挈往金阊，习吴语，遂善吴歌。董笑曰：“是儿甫八岁，如小燕新莺，不知谁家郎，有福死此雏手？”陈殁，抚于杨媪。媪奇严，课书、课绣、课弹棋，妙有夙解，不督而能。女兄弟多方狡狯，嘲弄狎侮，终不能勾其一粲也。

庚申，杨媪避难吴越，载幽妍与俱，年已破瓜矣。薄幸难嫁，有心未逢，俯首叩膺，形于咏叹。一日，遇张圣清于秀林山之屯云馆，郡妓满前，席纠无主，独幽妍兀坐匡床，旁无转瞩，掠鬟掩袖，笑而不言，私祷云："侬得耦此，生死可矣。"圣清才高笔隽，骨采神恬，造次将迎，绸缪熨贴，人莫觉其为廉察使子也。舟中载图史弦索，悉付小青衣排当。小青衣能射主人意中事，兼工竹笛。圣清曰："此西方迦陵鸟，以迦陵呼之。"每携入竹屿花溪，递作新弄，而最不喜平康狭邪之游，谓："此辈与须头奴大腹长鬣贾相征逐，岂邪魔入我心腑？"至是与幽妍，目成久之。明日，遂合镜于舟次焉。

于时溽暑，昼则布席长林，暮则移桡别渚。疎簾清簟，萦绕茶烟；翠管朱弦，淋漓酒气。幽妍自谓十五岁以前，未尝经此韵人韵事，即圣清亦曰："世岂有闺中秀、林下风，具足如胜儿者乎？"昵熟渐久，绝不杂狎语媟词。两人交相怜，亦复交相重，曰："曩过秀州，草庵外闻老尼经声，跃然抱出世之想。自惭绊缚，不能掣鞲奋飞。今睨君串珠缠臂，持戒精严，同心如兰，愿言倚玉。十年不死，请事空王。宿羽流莺，实闻此语。"圣清饮涕而谢之。

七月，应试白下，幽妍送别清溪，注盼捷音。屈指归信，并尔杳然。及重九言旋，而幽妍先驱渡江去矣。自此低迷憔悴，瘵疾转深，腰减带围，骨见衣表，微谓人曰："吾生平不解相思病何许状，亦不识张郎何许人。今见杨家儿大可怜，始知张郎能使人病，病者又能愿为张郎死。郎不顾，立枯为人腊矣。"圣清闻之，遣急足往视，幽妍开缄捧药，涕泗泛（氿）澜。

媪凶忍，闭绝鱼雁，消息不通。幽妍典簪珥赂侍儿，属桃叶渡闵老作字以达意焉。扃鐍斗室，不见一人，即王孙贵游剥啄者，指刀绳自矢而已。媪怒益甚，挞詈无人理，取死数四，救而复苏。不得已，复载之东来。圣清侦状，义不负心。有侠客徐内史，就中为调人，弹压悍媪，无得故悬高价，杀此铁石儿。媪唯唯，圣清乃纳聘迎为小妇，稽首廉察公，逡巡如女士，且觊宜男，弗诘责也。

比入室，病甚，犹强起熏香浣衣，劈笺涤砚。圣清手书唐人百绝句，授之读，皆上口，又稚能领略大义。每诵离肠断魂之句，掩抑不自胜，真解语花也。病中解脱，了无布容，佛号喃喃，手口颇相续。忽索镜自照，不觉拍儿恸哭曰："胜儿薄命，遂止于斯。"又好言谓圣清曰："君自爱，切勿过为情痴，旁招呵笑。妾如有知，当转男子身以报君耳。"又曰："妾命在呼吸，偃大人新宅不祥，盍移旧郡医疗之？"

逼岁除，圣清归侍椒觞，别去。幽妍惙惙喘益促。侍儿问有何语传寄郎君，但瞪目搥胸，不复成声矣。盖壬戌腊月二十七日也。圣清奔入城，且号且含敛，延僧修忏，撤荤血者兼旬。选地于龙华里葬焉，结茆庵，祀文殊如来，偿其始愿。雕刻紫檀主，置座隅，或怀之出入，衣袖衾裯间，食寝必祝，祝必啼，啼曰："吾欲采不死药，乞返魂香，起幽妍于地下而不可得。又欲金铸之，丝绣之，倩画师写照而未必肖也。何如征传眉道人为逝者重开生面乎？"未几亦病死。

汝岂人耶

《情史类略》：洞庭叶某，商于大梁，眷一妓冯蝶翠者，罄其赀，迨冻馁，为磨佣。久之，冯骑驴过其处，叶适在街头晒麦。冯下驴走小巷中，使驴夫召叶。叶辞以无颜相见，强而后至，冯对之流涕曰："君为妾至此乎？"出白金二百两授叶云："以此具礼更衣，来访吾母。"如言而往，冯私以五十金赠之曰："行矣，勉为生计。"叶恋恋不舍，随罄其金，仍佣于磨家。岁余，邂逅如初。冯谓叶："汝岂人耶？"要之抵家，重与十镒，且云："囊倾矣，倘更留，必缢死，以绝君念。"叶感激，遂将金去，买布入陕，换褐利倍，又贩药至扬州数倍。贸易三载，货盈数千，乃以其千，取冯归老焉。

咸叹立孤之难

《武昌府志》：孙氏，江夏诸生郭惟一妻，事舅姑尽孝。天启辛酉，惟一以哭父死，氏年二十余，方妊。伯氏欲以其子为弟后，氏曰："遗腹生女，立嗣未晚也。"无何，伯遣其仆，伪为妇人，潜入氏家伺动静，将赂稳婆，当娩时杀氏及儿。为家人捕得，告以情，氏自是防闲益峻。逾月，将产，独阖寝户，生子炳，咬脐拭血，置炳于床，就枕。久之，姊氏叩门不启，闻儿啼声，急排户入，见血满地，氏卧床无声，强饮以汤得苏。会同里有毛姓者，生女，与炳同日。伯氏因以女易子为词构讼，至刺血辨真伪。惟一几不祀，人咸叹立孤之难。初，氏有庶出幼叔金藩，生母欲不举，氏代抚之。后成立为名士，炳亦成诸生。

背夫不义

《宁晋县志》：司氏，明末孝廉段嘉谟子，生员履吉妻。年十四，归段，事孀姑，克尽妇道，相夫有礼。越五年，履吉应顺天试，殁于京师。讣闻，司悲绝仆地，勺水不纳。既而念孀姑垂老，两女幼，骨又未归，又强起视息。及榇归，族众利其产，议速葬而遣氏嫁。氏察知，佯曰："葬夫于野，不便往守墓，且四时祭扫，妇人频出郊外不可。妾将殡夫子于舍旁，晨夕省奠实便。"众知不能夺，议乃沮。继又徐遣媒氏诱之，氏曰："背死夫不义，弃孀姑不孝，舍二女不慈。我不忍为不义、不孝、不慈之人。如不我容，惟死而已。"遂不敢复言。姑后病瘫痪，不能起，氏奉侍药饵、起坐扶持，昼夜不离左右。三年，姑死，破产治丧事，与夫并葬祖兆。自十九岁孀居，历节五十余年，年七十卒。

就义盖愆

《钱泳杂记》：阳湖有刘王氏者，甚美丽。嫁某氏子，十七而寡；再嫁刘氏，不一年，刘又没。其族人又欲嫁之，王大哭曰："吾再醮已无面目，安能三醮耶!"遂自经死。时无为吴盘斋为县令，验其尸得实，遂将所逼人置之法。惟王氏虽烈，是再醮妇，于例不能请旌，乃赋一诗刻诸墓上云："分钗劈凤已联年，就义何妨晚概（盖）愆。鸠以换巢难择木，鹤经别调任更弦。也同豫让传千古，莫恨苏章有二天。究胜世间长乐老，几回生敬又生怜。"

弃将谁归

《扬州府志》：洪钺，字廷武，如皋人，幼聘范存静女。范女得痿疾，卧床第不起，恃嫂为之盥栉。存静欲辞钺婚，越坚不从，曰："女虽废，吾妇也，弃将谁归?"固请娶之。两家居相近，其嫂每晨至，为姑妆而后去，两家习而安之。逾年，生子瓛，甫三日，范氏疾忽愈，步履无恙。后连举五子。

夫妇伦也病废命也

《凤阳府志》：戚昂，家世力农，昂独起文墨，授京卫经历。一白解户监守冤成状，一消军士脱巾祸，其才识有大过人者。子杰，登进士，志操廉介，历铨衡十二载，归橐无资。少聘花氏女，未婚而瞽。及登进士，妇家请易婚，杰曰："夫妇，伦也；病废，命也。吾如不娶，彼将安归?"遂执不易。

白头花烛

《秋灯丛话》：淮安程启元之父，商于京，与刘某订姻焉。后刘为蒲州守，因事削职，程亦以懋迁不利，家遂落，且寻卒。时启元尚幼，及年稍长，无从得刘耗，训蒙课侄，矢志不娶。年已六十矣，始闻刘女寄居天津尼舍，针黹自给。前此豪门贵族，欲委禽者屡矣，女皆斥绝之。至是，程访得而白之官。天津令某公，为之鼓乐合卺于政事堂，并助资归里。两江制府艳其事，具奏请旌，报可，疏中有云："订丝萝于黄口，谐花烛于白头。"盖刘亦年五十九云。

莺莺燕燕

《随隐漫录》：钱唐范十郎二女，俱为云间富民陆氏妾，长曰莺莺，早世；次曰燕燕，与群妾等。陆病且贫，货所居，栖墓庐，群妾散，燕燕独不忍去十余年；陆死，自鬻以葬焉。

汪怜怜

《辍耕录》：汪怜怜，湖州角妓也。涅古伯经历，常属意焉。汪曰："君若不弃寒微，当以侧室处妾。鼠窃狗偷，妾决不为此态。"涅乃遣媒妁、备财礼娶之。经三载死，汪髡发尼寺。时公卿士夫，有往访之者，汪故毁其身形，以绝狂念，卒老于尼。

千万人中两人耳

《辍耕录》：吴兴赵公碧澜，宋宗室也，老而益贫。二妾方少艾，虑无以安其心，因遣之去，咸弗肯嫁，数献肴酒，致殷勤焉。公于卒也，覆诸水曰："慎勿再见。昔吾割情忍爱以去尔，尔弗我忘，只搅我心耳。"既而各与其父母俱至，泣而言曰："妾家每岁请给，足可养赡。愿执事终身，为尼以报主恩。"公遂复留之。他日公死，果如所言。公有寡女，复资育之。四明黄伯成先生玠，尝有诗曰：

感之以诚感必深，应之以真应必捷。
真情一合了弗离，听我长歌碧澜妾。
碧澜亦是诸王孙，世殊事异老且贫。
少陵尚爱燕玉暖，况是当时真贵人？
春衣典尽春寒峭，二妾朱颜正姝好。
忍将罗带拆同心，懊恨浮生头白早。

珠钿翠靥幸仅存，此时犹及嫁夫君。
十二楼头燕子去，挥手不可留仙裙。
去妾相悲两相约，既去犹烦送肴酌。
主君讵忍覆弃之，见此翻令心绪恶。
一心专天天得知，忍着主衣还事谁？
遂携衾幞与俱来，后君死者当为尼。
碧澜堂下双溪水，使客往来岂知此？
不愿新欢恋旧恩，千万人中两人耳。

杨爱爱

苏子美《爱爱集》：爱爱姓杨氏，本钱唐倡家女，年十五，尚垂鬟，性善歌舞。幼学胡琴数曲，遂能缘其声以通其调。泛舟西湖，采荷香，为金陵少年张逞所调，遂相携潜遁于京师。逞家雄于财，雅亦晓音律，岁时嬉游，以犊车同载，故銮辂之幸，琳馆之辟，虽远必先，虽喧必前，京都伟丽之观，无不及也。

逾二年，逞为父捕去，不及与爱别，留于巷中舍，与予家相邻。一日，人传逞死，或往慰问其所，爱怆然泣下曰："必是虚语。若果然，亦不愿他从。故乡道远，出非以礼，必不能自还，当死此舍。"自尔素服蔬膳，日呱呱而泣，不复亲近乐器。里之他妇，欲往见之，即反关不纳。好事有力者，百计图之，终不可及。爱姿体纤素艳发，不类人间人。后三年，念逞之勤，感疾而死。小婢子锦儿，今尚在，出其手绣香囊缬履数物，皆郁然而新。

高义妇

《浙江通志》：高义妇，余姚烛湖人。初许嫁里人张氏子，已而张子瞽，其家使媒来曰："吾子不幸瞽，爱女惟改所归。"父母将诺，女涕泣曰："男女通名，祸福无改。命之所遭，义无离贰。今夫不幸瞽，我遂弃之，而彼卒以瞽受冻馁，我何面目立人世耶？"

父母悟，卒归于张，养夫以终老。乡闾高其行，号曰“义妇”。

夫死我可再嫁乎

《容城县志》：王璟妻李氏，夜被盗，恐伤其夫，冒刃先出，击死复苏。贼将戮其夫，氏伏其身，愿代死，贼乱击之，血流满地。贼退，或谓：“汝何不惧?”氏曰：“妇人之生，赖有夫耳。我死，夫得再娶；夫死，我可再嫁乎?”乡里称其贤。

女独不能代夫死乎

《彰德府志》：杨氏，许王世昌为妻。世昌兄世隆，坐事系狱，论死。世昌念兄嫡长，宗祀不可乏主，请以身代。杨谋于父母曰：“女生为王氏妇，死为王氏鬼。夫能代兄死，女独不能代夫死乎?愿申诉，以代夫死。”父母许其赴京陈请，夫得免死，诏表其门曰“义妇”。

舍我安得妻

《苍溪县志》：张氏，许配黎某，未笄，黎某失明，将罢婚。张哭曰：“既盟而后盲，皆我命所致。舍我则彼安得妻?若强改嫁，当即自缢。”父不能强，从之。

岂有妻鬻其夫者

《婺源县志》：吴氏，名娇，董村人。幼端静寡言，不喜艳饰。适平盈方岳甫蒙。岳甫常从匪类为狎邪游，氏每切谏，不听。一日，岳甫群聚夜饮，同席有方八郎者，衔宿怨，乘岳甫夜归，与其徒方细学，系之僻地，遂死于桥下。氏次早惊闻岳甫死，奔号恸绝，于是遍吁当道。

八郎故饶于财，凡所以诱氏、害氏而营脱其辟者，无所不至。氏身藏利刃以御之，袖银筋以防鸩毒，竟不能害，必欲抵八郎于死而后已。尝赴虞司理鞫，司理微讽之曰："汝茹苦陈冤，已数十载，远近皆知汝之节义，而心可白，而夫目亦可瞑矣。曷若令八郎厚恤于汝，宽其狱乎？"氏号呼曰："天乎！世有夫鬻其妻者，岂有妻鬻其夫者哉？"司理语塞。后氏以病亡，八郎终幸免大辟。

夫妻躬自刈获

《扬州府志》：李氏，江都人，进士王玉藻妻，中丞李公植女也。李家云中，自布政见衡始迁于扬，生子九人，六子显于朝。氏生于华胄，而自处若荆布。幼知书明大义，既佐夫成进士，尤以忠孝相规切。

明末，国事抢攘，玉藻躬履行间，氏尽脱簪珥以佐军兴，勉夫曰："无以家为念也。"逮玉藻归里，要津多故交，每以书招之，氏不以家贫劝之仕。有田一顷，夫妻躬自刈获。尝题其柱曰："羊求谊洽蓬芽润，梁孟心谐杵臼香。"人莫不多其知义安贫，能成夫志也。子方岐，克遵母训焉。

劝夫置妾

《宝应县志》：汤氏，处士乔出尘妻。归三年不孕，劝出尘置妾。或曰："姑待之。"氏曰："余为乔氏妇，俾乔氏无嗣，为乔氏罪人，可乎？"出尘既娶妾，又多不孕，孕又女，以故数易妾。当置妾时，氏为治簪珥帷帐之属，张筵召宾客，鼓吹甚盛。凡数十年，遇诸妾无诟詈语。有许氏妾生子演，出尘年已四十有八。汤氏卒，演年十一，日夜泣不休。处士孙枝蔚程邃，赋诗美之。久之，出尘欲稍稍优礼许氏，俾臧获易称谓。许不可，泣曰："不敢忘大母。"其感恩之深如此。

碎罢婚书

《海盐县志》：李云卿，明千户胄子。查氏者，家素封，以卿世秩，结为婚媾。未几鼎革，卿家破，查父悔盟，诱卿至家，勒书罢婚，卿不得已听焉。查父袖纸示妻，方展读，其女在后，掣纸碎之曰："缔婚父实为主，奈何以盛衰改移？女惟一死以谢李！"父大怒曰："为汝计终身，返逆我，非我女也！"遂驱女出户，女泣别归李。越数日，查母潜遣婢饷鱼肉，女弗纳曰："既为贫家妇，分甘淡泊，安用此？"日以女红自给，无几微尤怨，寻遘疾死。卿感之，终身不娶。

吾夫获生万死无憾

《休宁县志》：王氏，三槐里女，适西门汪养粹，事翁姑至孝。粹遘疾危笃，氏刲股以进，粹有起色。时值盛暑，创溃，惧有秽气触夫，时以汤沃臂，遂大腐不可疗。夫病痊，而氏殆矣。自知不起，乃叩天曰："吾夫获生，万死无憾。惟祈堂上茀禄无他也。"遂没，年二十八。县令旌之。

天鉴女心

《仙居县志》：林氏，郡丞应麒女。临海钱樗为子灼求婚，既成言，而灼病痿，四体挛缩，勿能动履。樗遗书使更配，麒不忍。逡巡十载，女生二十四年矣，灼病如故。时樗别驾襄阳，麒谪泰安判，又遗书促之。麒以书示其子元挺，告其女，使自择。女让之曰："弟读书有年，未之闻乎？昔不病而今病，吾命也。"遂卧床，勺水不入七日。

或劝之曰："尔未嫁，何适不可？"女曰："人之所贵者，心。心既许矣，身又别属，自念得无愧乎？吾必归钱，若相迫，死耳。"家人知莫夺，乃许治装归灼，女始食。于是，灼病忽霍，遂卜吉成礼，束带出见客，容色既泽，倍于常人，莫不曰："天鉴女心，为是福报也。"

卷　六

情中谐

涕泣女吴

《林居漫录》：安肃郑范溪洛有女，国色也。选郎蒋遵箴请娶之，郑弗允。会郑求总督宣大，江陵许之，而蒋托故不推（准），乃强委禽焉，曰：老先生欲掌北门之管，遵箴愿补东床之缺。”郑不得已从之。于归之日，郑与夫人咸抱其女而泣，江陵闻之曰：“范溪可谓涕泣而女于吴。”闻者绝倒。

尼嫁士人

《驹阴冗记》：饶州有尼，嫁士人张生。乡人戴宗吉，为诗贻之曰：“短发蓬松绿未匀，袈裟脱却着红裙。于今嫁与张郎去，羸（赢）得僧敲月下门。”闻者称快。

月下招邻僧闲话

《拊掌录》：许义方之妻刘氏，以端洁自许。义方尝出，经年始归，语其妻曰：“独处无聊，得与邻里亲戚往还乎？”刘曰：“自君之出，惟闭门自守，足未尝履阈。”义方咨叹不已，又问何以自娱，答曰：“惟时作小诗以适情耳。”义方欣然，命取诗观之，开卷第一篇题云：月夜招邻僧闲话。

仿春秋

《清波杂志》：元祐间，敏求斋有《冶游春秋》。陈生与宋门一娼狎，一日会饮于曹门，用《春秋》文题于壁曰："春正月，会吴姬于宋。夏四月，复会于曹。"或继其文，戏曰："秋饥，冬大雪，公薨。"可为大笑。

富春坊火

《清波杂志》：成都富春坊，群倡所聚。一夕遗火，有人揭一绝曰："夜来烧了富春坊，可是天工忒肆行？只恐夜深花睡去，高烧银烛照红妆。"

耕馀凿旧

《群居解颐》：元和初，有达官中外亲而为婚者，先已涉溱洧之嫌。就礼吉夕，傧相则有清和张仲素，宗室李程。女家索催妆诗，仲素朗吟曰："舜耕馀草木，禹凿旧山川。"程久之乃悟，曰："张九张九，舜禹之事，吾知之矣。"

赠妾诗

《冷斋夜话》：有人年七十方买妾，馔客。东坡过之，遂乞诗。坡问妾年，曰三十，乃戏曰："侍者方当而立岁，先生已是古稀年。"

独不见建义井者乎

《韦居听舆》：周益公夫人妬，有媵，为公盼，夫人縻之庭。公过之，当暑，媵以渴告，公以熟水酌之。夫人窥于屏曰："好个相公，为婢取水。"公笑曰："独不见建义井者乎？"

波斯妇

《鸡肋篇》：广州绕耳穿穴，带环至二十余枚，家家以篾为门，食槟榔吐地如血。北人嘲之曰："人人皆吐血，家家尽篾门。"

吊丧妻

《笑史》：解学士尝吊友人丧悍妻，入门曰："恭喜。"继曰："四德俱无，七出咸备，呜呼哀哉，大吉大利。"

秃疮天子跛足皇后

《五代史·杨光远传》：光远为人病秃折臂，不通文字，然有辩智，以谋乱见杀。光远既病秃，而妻又跛其足，人为之语曰："自古岂有秃疮天子、跛足皇后邪？"相传以为笑。

春　色

《随园诗话》：广东珠娘，无一可者。余偶与龙文弟上其船，意致索然。问何姓名，龙文笑曰："皆名春色。"余问："何以有此美名？"曰："春色恼人眠不得。"

偷闲学拜年

《涂说》：有惧内而下跪者，或改《千家诗》一首，嘲之曰："云淡风轻近夜天，傍花随柳跪床前。时人不识予心怕，将谓偷闲学拜年。"

溺爱不明

《息影偶录》：陆通明世居洞庭山，有吴某往来颇狎。一日，陆内人临蓐，吴询男女，陆曰："昨生一女，已溺之矣。"吴曰："先生极明，此事欠通。"陆讶之，吴曰："岂不闻溺爱者不明耶？"

妓　谑

《馀墨偶谈》：阳少南孝廉游某县，与女校书某狎，时女雏年。越数载，重至其地，阳已于思，女亦颀而长矣。一日与友访之，阳戏之曰："女儿家日近男子，故易长矣。"女辗（輾）然，捋其须曰："虬须公，殆亦日近女儿而易老耶？"相与一笑。语虽诙谐，实足令人猛省。

为臣妻先放大脚事

《桐阴清话》：奏疏中有足发噱者。康熙中，左都王熙疏禁女子缠足，首云："为臣妻先放大脚事。"

老僧最惧内

《桐阴清话》：祇园上人，招余辈小集。或问：坐中何人最惧内？众未及答，祇园曰："惟老僧最惧内。"众讶之，笑曰："惟惧内，故不敢娶耳。"一坐粲然。

名士是何物值几文钱

《渔矶漫钞》：妓者刘元，齿亦不少，而佻达轻盈，目睛闪闪。曾有一过江名士，与之同寝，面向里帷，不与之接。拍其肩曰："汝不知我为名士乎？"元转面曰："名士是何物？值几文钱耶？"相传以为笑。

牛姓喜联

《两般秋雨盦》：纪文达善谐谑。有天津牛太守，为子娶妇，纪与中表，送喜联云：

绣阁团圆同望月；
香闺静好正弹琴。

初尚不觉也，既而来贺，指之曰："吾用尊府典故，何如？"

纽扣诗

《坚瓠丁集》：解大绅见女人衣上，用数重纽扣，作诗谑之曰：

一幅鲛绡剪素罗，美人体态胜姮娥。
春心若肯牢关锁，纽扣何须用许多？

忠孝娘

《稗史类编》：有士人，年老而纳二宠。托友命名，友以忠娘、孝娘名之。其人曰："忠孝诚美，然以名妾则非称。"友曰："有出处，孝当竭力，忠则尽命。"

素　娥

《北窻琐语》：杭州妓者，多鬻身鹾客。一妓号素娥，为歙商所据。吾乡黄南谷过之，见壁上小像，书曰："淡红衫子淡红裙，淡淡梳妆淡点唇。只为一身都是淡，将来付与卖盐人。"（按：此诗或作钱鹤滩所题，杭州或作扬州。）

阴阳生

《近事琐言》：闽中一医姓阴，其妻阳氏，人谓之"颠倒阴阳"，又戏称其子为"阴阳生"。

河东狮吼

《桐阴清话》：茅小山豫官河东道，素惧内，张棠村太守为诗戏之，有"借问茅山老道士，河东狮吼近如何"之句，殊雅切。

巴家富

《岩下放言》：李学卿党，长女适巴长卿。巴氏贫甚，处之恬然。其妹适富家邹氏，尝笑之。长女作诗云：

谁道巴家窘，巴家十倍邹。
池中罗水马，阶下列蜗牛。
燕麦储无数，榆钱散不收。
夜来添骤富，新月挂银钩。

破瓜无元

《辍耕录》：一人娶妻，已破瓜无元。袁可作《如梦令》赠之云："今夜盛排筵宴，准拟寻芳一遍。春去已多时，问甚红深红浅。不见不见，还你一方白绢。"

卷　耳

《群居解颐》：韦庆本两耳卷，朝士多呼为"卷耳"。一日女选为妃，长安令杜松寿贺之，因曰："仆固知足下女必得妃。"庆本曰："何也？"松寿乃自摸其耳而卷之曰："《卷耳》，后妃之德也。"

嫁娶谑词

《坚瓠戊集》：康熙壬申仲冬，讹传采选绣女，邑中愚民，纷然嫁娶，花轿盈街，鼓吹聒耳。犹忆唐明皇词云："莫倚倾国貌，嫁取个有情郎。彼此当年少，休负好风光。"今事成俄顷，不无以倾城之貌，而误适匪类；然年少有情，则今古同揆也。

滑稽生作《两同心》谑词云：

天使遥临，小民惶惑。年庚帖才出寒门，花灯轿已来香陌。趁今宵日吉时良，嫁个娇客。　　那管门楣非匹，便谐琴瑟。一枝花银烛摇红，三杯酒金尊凝碧。倩鳞鸿探问梅香，夜来消息。

宪示森严，民疑莫释。乏妆奁借口匆忙，无聘礼委（乘）时仓卒。感皇恩女嫁男婚，向平累毕。 顿使皮箱净桶，价高什百。呼掌礼数遍追求，唤喜娘多方寻觅。看年来节届秋冬，稳婆忙迫。

夫人裙带

《清波杂志》：蔡卞之妻七夫人，王荆公女也，颇知书。蔡卞每有国事，先谋之床笫，然后宣之庙堂。时执政语曰："吾辈日奉行者，皆其咳吐馀也。"蔡拜相家宴，伶人喝曰："右丞今日大拜，都是夫人裙带。"中外传以为笑。

君子有三畏

《唐语林》：中宗朝，裴炎常言人妻有三可畏：年少之时，视之如生菩萨，安有人不畏生菩萨耶？及儿女满前，视之如九子母，安有人不畏九子母耶？至五十、六十，薄施妆粉，或青或黑，视之如鸠盘荼，安有人不畏鸠盘荼耶？

息夫人诗

《古夫子（于）亭杂录》，孙相国廷铨，题息夫人庙诗曰："无言空有恨，儿女粲成行。"以诙谐出之，令人绝倒。

确 对

《归田录》：梅圣俞以诗知名，三十年终不得一馆职；晚年预修《唐书》，书成未奏而卒，士大夫莫不叹惜。其初受敕修书也，语其妻曰："吾今修书，可谓胡孙入布袋矣。"妻曰："君于仕宦，何异鲇鱼上竹竿邪？"闻者皆谓确对。

糟糠妾

《野语》：计孝廉东，故贫士。尝置一妾，晨夕设食，唯粗粝而已。夫人谑曰："古有糟糠之妇，不闻糟糠之妾，奈何？"

我自哭亡妾耳

《宋书·刘怀慎传》：怀慎子德愿，性麤率，为世祖所狎侮。上宠姬殷贵妃薨，葬毕，数与群臣至殷墓，谓德愿曰："卿哭贵妃，若悲，当加厚赏。"德愿应声便号恸抚膺擗踊，涕泗交流。上甚悦，以为豫州刺史。又令医术人羊志哭殷氏，志亦呜咽。他日有问志："卿那得此副急泪？"志时新丧爱姬，答曰："我尔时自哭亡妾耳。"志滑稽，善为谐谑，上亦爱狎之。

一肚皮不合时宜

《调谑编》：东坡一日退朝，食罢，扪腹徐行，顾谓侍儿曰："汝辈且道是中何物？"一婢遽曰："都是文章。"坡不以为然。又一人曰："满腹都是机械。"坡亦未以为当。至朝云，乃曰："朝士一肚皮不合时宜。"坡捧腹大笑。

茶亦能病人

范公偁《过庭录》：刘贡父知长安，妓有茶娇者，以色慧称，贡父惑之，事传一时。贡父被召造朝，茶远送之，贡父为夜宴痛饮，有别诗曰："画堂银烛彻霄（宵）明，白玉佳人唱《渭城》。唱尽一杯须起舞，关河风月不胜情。"至阙，永叔直出道者院，去城十五里迓贡父。贡父适病酒未起，永叔曰："何故未起？"贡父曰："自长安路中，亲识留饮，颇为酒病。"永叔戏之曰："贡父，非独酒能病人，茶亦能病人矣。"

娶重婚妇

《坚瓠集》：三山萧轸登第后，榜下娶再婚之妇。同舍生以《柳梢青》词戏之云："挂起招牌，一声喝采，旧店新开。熟事孩儿家怀，老子毕竟招财。　　当初合下安排，又不是豪门买呆。自古道、正身替代，现任当差。"

以我姓伍故相弄耳

《封氏闻见录》：杨伯博任山南县丞，其妻陆氏，名家女也。县令朱某，妇姓伍。偶诸官妇会席，既相见，县令妇问赞府夫人何姓，答曰"姓陆"；次问主簿夫人，答曰"姓戚"。县令妇勃然入内。诸夫人不知所以，欲回。朱闻之，入问其妇，妇曰："赞府夫人云姓陆，主簿夫人云姓戚，以吾姓伍，故相弄耳。其余夫人，赖我不问；若问，必曰姓八、姓九矣。"朱大笑曰："人各有姓，岂相弄耶！"令妇复出主宴。

天使其然

《启颜录》：山东人娶蒲州女，多患瘿，其妻、母项瘿甚大。成婚数月，妇家疑婿不慧，妇翁置酒，盛会亲戚，欲以试之，问曰："某郎在山东读书，应识道理。鸿鹤能鸣，何意？"曰："天使其然。"又曰："松柏冬青，何意？"曰："天使其然。"又曰："道边树有骨骴，何意？"曰："天使其然。"妇翁曰："某郎全不识道理，何因浪住山东？"因以戏之曰："鸿鹤能鸣者，颈项长；松柏冬青者，心中强；道边树有骨骴者，车拨伤，岂是天使其然？"婿曰："请以所闻见奉酬，不知许否？"曰："可言之。"婿曰："虾蟆能鸣，岂是颈项长？竹亦冬青，岂是心中强？夫人项下瘿如许大，岂是车拨伤？"妇翁羞愧，无以对之。

众鸟欣有托

《中兴间气集》：唐名妓李秀兰，善滑稽。尝与诸贤会乌程开元寺，知河间府刘长卿有阴疾（谓疝气），谓之曰："山气日夕佳。"长卿曰："众鸟欣有托。"举坐大笑，论者两美之。

正烧着大云寺门

《群居解颐》：信州有一女子，落拓贫窭，好歌，善饮酒，居常衣食甚迫。有人乞与州图，因浣染为裙，墨迹不落。会邻人过之，出妓设酒，良久，一婢惊云："娘子误烧裙。"其人遽问损处，婢曰："正烧着大云寺门。"

管夫人

《词话》：赵承旨与管夫人，伉俪相得，倡和甚多。一日，赵欲纳姬，以一曲调管夫人云：

> 我为学士，你做夫人。岂不闻陶学士有桃叶、桃根，苏学士有朝云、暮云？我便多娶几个吴姬越女何过分？你年纪也过四旬，只管占住玉堂春。

管亦以一曲答之云：

> 你侬我侬，忒煞情多，情多处热似火。把一块泥捏一个你、塑一个我，将他来一齐打破，用水调和，再捏一个你，再塑一个我。我泥中有你，你泥中有我。和你生同一个衾，死同一个椁。

调笑甚工。

歌妇嘲僧

《全唐诗话》，洛阳歌妇杨苎萝，聪慧有才思，杨凝式甚怜之。

时有讲经僧云辨在座，忽檐前蜘蛛垂丝而下，正对芒萝与僧前。杨笑谓芒萝：试嘲得著，师奉绢五匹。芒萝应声嘲云："吃得肚婴撑，寻思绕寺行。空中设罗网，只待杀众生。"辨体充肠大，故云。杨见诗绝倒大笑，叫"和尚将绢来"；辨谈且笑，奉之如数。

烟蓑乘夜护花台

《坚瓠癸集》：闽中陈成玉瓒，善谑。友人周行可续弦，谑以诗云："十分春色海棠开，云雨漫天暗里来。可是东君勤爱惜，烟蓑乘夜护花台。"行可多须，故嘲之云。

你小便小也是个老爷

《坚瓠广集》：吴妓张好儿，婉丽且慧。一日，人挟之游，客杜君者，见即诮曰："他老便老，也是个小娘。"杜本无籍，借太医院籍，入赀为吏目，张应声曰："你小便小，也是个老爷。"众皆鼓掌。

嘲李端端

《云溪友议》：崔涯者，吴楚之狂生也，与张祜齐名。每题一诗于娼肆，无不诵之于衢路，誉之则车马继来，毁之则杯盘失错。

嘲一妓曰：

> 虽得苏方木，犹贪玳瑁皮。
> 怀胎十个月，生下昆仑儿。

又曰：

> 布袍破袄火烧毡，纸补箜篌麻接弦。
> 更着一双皮屐子，纥梯纥榻出门前。

又嘲李端端诗曰：

黄昏不语不知行，鼻似烟囱耳似珰。
独把象牙梳插鬓，昆仑山上月初生。

端端得此诗，忧心如病。使院饮回，遥见二子蹑屐而行于道旁，再拜战惕曰："端端只候三郎六郎，伏望哀之。"又重赠一绝句粉饰之，于是大贾居（巨）豪，竞臻其户。或戏之曰："李家娘子，才出墨池，便登雪岭。何期一日，黑白不均?"红楼以为娼乐，无不畏其嘲谑。

祐、涯久在维扬，天下晏清，篇词纵逸，贵达钦惮，呼吸风生，颇畅此时之意也。赠端端诗曰：

觅得黄骝鞁绣鞍，善和坊里取端端。
扬州近日浑成错，一朵能行白牡丹。

又杂嘲二首：

二年不到宋家东，阿母深居僻巷中。
含泪向人羞不语，琵琶弦断倚屏风。

又：

日暮追来画阁中，百年心事一宵同。
寒鸡鼓翼纱窗外，已觉恩情逐晓风。

郭素学王轩

《侍儿小名录》：王公远轩，因游苎萝邨，问西施遗迹，留诗石上曰：

岭上千峰秀，江边细草春。
今逢浣溪石，不见浣溪人。

题毕，见一女子，素衣琼珮，谓轩曰："妾自吴宫还越国，素衣千载无人识。当时心比金石坚，今日为君坚不得。"轩知其意，又贻诗曰：

佳人去千载，溪山久寂寞。
野水浮白烟，岩花自开落。
猿鹤旧清音，风月闲楼阁。
无语立斜阳，幽情入天幕。

西子曰："诗美矣，未尽妾之所寄也。"乃答诗曰：

高花云外晓相怜，幽鸟两中啼不歇。
红云飞过大江西，从此人间怨风月。

既暮已散，期来日会于水滨。翌日轩往，西子已在焉。自是留逾月乃归。

有郭素者，闻其事，亦留诗泉石间，寂无所遇。进士朱泽嘲之曰："三春桃李本无言，苦被残阳鸟雀喧。借问东邻效西子，何如郭素学王轩？"

米　言

陆灼《艾子后语》：燕里季之妻，美而荡，私其邻少年。季闻而思袭之，一旦伏而觇焉，见少年入室而门扃矣，因起叩门。妻惊曰："吾夫也，奈何？"少年顾问："有牖乎？"妻曰："此无牖。""有窦乎？"妻曰："此无窦。""然则安出？"妻目壁间布囊曰："是足矣。"少年乃入囊，悬之床侧，曰："问及则给以米也。"

启门纳季，季遍室中，求之不得。徐至床侧，其囊累然而见，举之甚重，诘其妻曰："是何物？"妻惧甚，嗫嚅久之，不能答，而季厉声呵问不已。少年恐事露，不觉于囊中应曰："吾乃米也。"季因扑杀之，及其妻。艾子闻而笑曰："昔石言于晋，今米言于燕乎？"

只写姊夫生可也

《敝帚斋馀谈》：戚畹李文全，今慈圣太后之同产，故武清候（侯）炜之长子也。生长富贵，未尝就外傅。有长婿曰钱振民，故戚畹安昌伯承宗之裔孙，袭职锦衣带俸指挥使。一日，具篚筐，馈其长子名诚铭者，适为文全所见。索刺观之，则称“制眷弟”，盖钱时方丁艰也。阅之大怒，碎其刺，笞其仆而遣之。钱出不意，急往谢罪，且问名帖何以见毁。乃云：“汝不过吾长婿，安能制其小舅，乃作尔称耶？”钱心知其憨矣，乃谢曰：“是诚误。但此后当改何称？”文全徐思之，曰：“只写‘姊夫生’可也。”一时传以为笑。

谁是阿奴他

《馀墨偶谈》：父母为儿女联婚，相攸则易，窥妇则甚难也。每有趁未纳采以前，强其母率女，往婿家答拜者。女儿幼小，似知似不知也。戚某初议婚时，某友戏成绝句，调之云：

> 女儿娇小貌如花，妆罢随娘往婿家。
> 拜罢姑嫜拜姊妹，不知谁是阿奴他。

“他”字叶韵，颇得女郎口吻。

一韵对

《坚瓠辛集》：边尚书贡，继妻胡氏，能通书义。廷（边）实多侍姬，胡尝反目。一日宴客，客举令曰：“讨小老嫂［恼］。”廷（边）实不能对，胡以片纸书“想娘狂郎忙”，云：“何不以此对之？”坐客大笑。

秀才张妓

《坚瓠续集》：“秀才张”者，教坊妓也，颇能引文调词，而举止亦闲雅，遂获此号。尝至琴川，钱方伯馆之；比至锡山，秦封君亦属意焉。一日，秦公燕客，戏之曰："汝往来琴川、锡山，于钱、秦二公之间，事齐乎？事楚乎？"张方举鱼，笑曰："鱼我所欲也，熊掌亦我所欲也。"一座称赏。

梧州竹枝

《馀墨偶谈》：马少莲茂才，粤西人，性风雅，工诗。暇时喜作狭邪游，每遇妓女，褒之则声价忽增，贬之则杯盘失措，大有崔涯狂士风。尝作《梧州竹枝》数十首，极嬉笑怒骂之致。中有一首云：

> 六寸圆肤软似绵，抛将罗袜坐床前。
> 高翘脚指多灵动，夹住煤头好吃烟。

读之，不禁失笑。后闻个中人，习以为常，非此款客不为亲，真恶作剧矣。

花么凤

《馀墨偶谈续集》：浙江陆定笙别驾，家有美童，姓花，小名凤儿。解吟工书，善谈笑，身弱不胜衣，人戏以"么凤"呼之，凤亦漫应。或有相诮者，凤曰："此亦甚雅，百年后名倘不朽，得与叶小鸾作佳偶，亦所深幸。"其诙谐之趣如此。

嘲老人娶少妇

《坚瓠集》：浙中有年六十三，娶十六岁女为继室者，人嘲之曰：

> 二八佳人七九郎，婚姻何故不相当？
> 红绡帐里求欢处，一朵梨花压海棠。

陈后山《诗话》，亦载绝句云：

偎他门户傍他墙，年去年来来去忙。
采得百花成蜜后，为他人作嫁衣裳。

又王雅宜七十娶妾，许高阳嘲之曰：

七十做新郎，残花入洞房。
聚犹秋燕子，健亦病鸳鸯。
戏水全无力，衔泥不上梁。
只烦神女意，为雨傍高唐。

五 似

《裴子语林》：桓温自以雄姿风气，是司马宣王、刘越石一辈器。有以比王大将军者，意大不平。征苻健还，于北方得一巧作老婢，乃是刘越石妓女，一见温入，潸然而泣。温问其故，答曰："官家甚似刘司空。"温大悦。即出外整衣冠，又入，呼问："我何似司空？"婢答曰："眼甚似，恨小；面甚似，恨薄；须甚似，恨赤；形甚似，恨短；声甚似，恨雌。"宣武于是弛冠解带，不觉惛然而睡，不怡者数日。

此事岂可使卿有勋耶

《世说新语》：元帝皇子生，普赐群臣。殷洪乔谢曰："皇子诞育，普天同庆，臣无勋焉，而猥颁厚赉。"中宗笑曰："此事岂可使卿有勋耶？"

兄妹相谑

《诚斋杂记》：子瞻有小妹，善词赋，敏慧多辩。其额广而如凸，子瞻尝戏之曰："莲步未离香阁下，梅妆先露画屏前。"妹即应声云："欲叩齿牙无觅处，忽闻毛里一声传。"以子瞻多须髯，遂亦戏答之。时年十岁，闻者莫不绝倒。

便是皇后也少那两块不得

《轩渠录》：范直方师厚，性极滑稽。尝赴平江会，太守郑滋德象，问营妓之妍丑于师厚，师厚以王蕙、赵芷对。德象云："赵芷非不佳，但面上顴骨高耳。"师厚云："南方妇人，岂有无顴骨者？便是钱大王皇后，也少他两块不得。"

必为人呼作白猴耳

《玉泉子》：白敏中为相，尝欲以前进士侯温为女婿，且有日矣。其妻卢氏曰："身为宰相，愿求为婿者多矣。己既姓白，又以侯氏儿为婿，必为人呼作'白猴'耳。"敏中为之止焉。

酒楼题壁

《行都纪事》：雪川月河莫氏，称望族。尝言：某祖在大观间在上庠，以《春秋》驰声。尝至一酒楼饮，壁间其题字云："春王三月，公与夫人会于此楼。"盖轻薄子携娼妓饮于此所题耳。莫即援笔题其下云："夏大旱，秋饥，冬雨雪，公薨。君子曰：'不度德，不量力，其死于饥寒也，宜哉。'"见者无不大笑。

鳏夫续娶登车妇诗

《馀墨偶谈续集》：有鳏夫，续娶登车妇。况雨人（树）以集词名诗一律，戏之云：

双双燕语柳初新，灼灼花娇点绛唇。
青玉案温初有赠，红罗绸暖默含颦。
换巢鸾凤瑶台月，并蒂芙蓉锦帐春。
琴调相思引芳兴，两同心莫话前姻。

不见阿婆三五少年时

《调谑篇》：大通禅师者，操律高洁，人非斋沐，不敢登堂。东坡一日挟妙妓谒之，大通愠见于色，公乃作《南柯子》一首，令妙妓歌之，大通亦为解颐。公曰："今日参破老僧禅矣。"其词云：

> 师唱谁家曲？宗风嗣阿谁？借君拍板与门槌，我也逢场作戏莫相疑。　溪女方偷眼，山僧莫睫眉。却愁弥勒下生迟，不见阿婆三五少年时。

卷　七

情中侠

凶首未悬何颜从夫地下

《永明县志》：蒲氏名素嫦，给谏之女，新喻丞子徐濂妻。性仁孝，克修妇道。翁以穷措大领恩选辟，二上公车，蒲悉倾妆奁，资其往返。事继姑，待夫异母弟，尽诚。年二十二，生一女。夫偶与里豪睚眦相角，竟被伤而殒。氏痛绝求死，屡解不从，忽泣而叹曰："凶首未悬，何颜从夫地下！"日夜哀号，思得甘心焉。仇竟畏罪自刎。蒲遂守节终身。有司嘉其行檄表焉。屡遇乱离，卒保无恙，虽奇男子，何以加焉！

大呼捕贼

《唐书·段居贞妻谢传》：谢字小娥，洪州豫章人。居贞本历阳侠少年，重气节。娶岁余，与谢父同贾江湖上，并为盗所杀。小娥赴江流，伤脑拆足，人救以免。转侧丐食至上元，梦父及夫告所杀主名，离析其文为十二言，特问内外姻，莫能晓。陇西李公佐，隐占得其意曰："杀吾父者，必申兰；若夫，必申春。试以是求之。"小娥泣谢。

诸申乃名盗亡命者也，小娥诡服为男子，与佣保，杂物色。岁余，得兰于江州，春于独树浦。兰与春，从兄弟也。小娥托佣兰家，日以谨信自效，兰寖倚之，虽苞苴，无不委小娥。见所盗段谢服用故在，益知所梦不疑。出入二期，伺其便。他日，兰尽集群偷酾酒，兰与春醉卧庐。小娥闭户，拔佩刀斩兰首，大呼捕贼，乡人墙救禽春，得赃千万。其党数十，小娥悉疏其人上之官，皆抵死，乃始自言状。刺史张锡嘉其烈，白观察使，使不为请，还豫章。人争聘之，不许，祝发事浮屠道，垢衣粝饭终身。

奇女子

《金壶遯墨》：军兴以来，豪杰之士，摩厉戎马间，建功立名，人才辈出。而世间奇女子，不愿以闺帏终老，若予所闻杜氏女者，乃亦以勇略著于时。

杜名宪英，河南人。父为名诸生，藏书数千卷，幼从少林学拳法，技击绝精。及生女，爱若掌珠，尽以藏书及拳击进退诸法授之。女亦聪颖，自辑古今兵事为一编，藏之枕中。父病，戒之曰：“吾晚得汝，不及为汝订姻事。汝母年老，须自具特识，参决可否。百年事重，勿似人间小儿女，羞涩不言也。”遂卒。

母自外家见两生，一周一郑，才品相类，皆内亲也，密商于女。女叹曰：“文武兼备，世罕其人矣。郑当以文学进，而无大成就；周福较厚，特武功耳。”母曰：“河决年荒，盗贼四起，武亦良善。”遂字于周。既嫁，伉俪甚笃。逾年，粤贼北犯开封，以大队攻城，而游骑四出掳掠，开、归间嚣然不宁。

周集邻村二百人，夫妻分为二队，领之。二人者，又各分其队为二，二正二奇。贼至，初见数十人，易之，直扑女阵。女佯败退，至丛林间，周突起大呼于林东，贼方错愕，其西路铳炮又作，山坳木杪，旗帜飞扬，不可数计，贼大惊溃。距丛林四里许，故有破庙，庙中伏兵伺贼过，复噪而出，仓皇追杀，如宰鸡鹅。女纵骑独追骑马贼酋，战数合，顾女而笑，女亦笑，乘间以长枪刺其腰，伤胁坠马，愤而大吼曰：“左山虎三十年骁勇，岂意死于女子，为兄弟笑哉！"

时众贼去已远，日已近暮，鸣金收队，而周生穷追不止。侦者谓马陷泥淖，蹶而被执。察其众，合少四人。女怒，率二十骑飞驰，救之不及，贼已缚生入营矣。女乃返视山虎，创不深，犹可支拄，急取创药傅之，亲裹其伤。又馈以酒食，而置毒其中，殷殷然劝餐者再，且曰："吾谓君泛常贼，今乃识为英雄矣。阵上不能相让，君合谅我。"扶之上马，使人送之，距贼营里许而后返。山虎归营，极赞女贤，不恨而转感之，以故释周生缚，使掌簿籍，得不杀。明日，山虎毒发死。村人请于女曰："纵之归而又置毒，何也？"女曰："饮我之刃而虚言慰之，其感激可暂不可常，久而念怨，终杀吾夫。使之逾时而亡，则他贼不复措意矣。"皆服曰："非所及也。"

女候生三年不归，杜母又殁，乃以钱数万，买得一婢，阔面长身，膂力甚壮，教以武事，从己出游阜城连镇间，密访周生消息不得，又由皖北间道至江南。一日，泊舟江港，有富室子弟，结商人赍赀贩运，而冒为士人赴试杭州者，系缆于女舟之左。岸上一僧，宽衣大笠，趺（趺）坐击木鱼，别以短杖担衣钵，置之身旁，目眈视女，转视群商，久之，太息去，远闻觱栗数声。

已而岸上有二三士人，散步徘徊，群商方欲结纳士人，为偷漏关税计，揖而邀之舟中，煮茗闲话。各通姓名里贯已，士人纵论天下事，杂以文字科名语、农商语、兵语、青楼谐谑语。群商于买卖经纪外，瞪目不能发一辞。士人曰："我辈一见如故，意气亟相得。公等果将赴试者耶？"一商曰："实不相欺，薄有赀货，前途关卡多，仰藉大力芘荫，得免税金，抵浙必厚报也。"士人曰："饮啄前定，萍水因缘，此小事，何论报乎？"拱而别，注目女舟。

群商返舟喜甚，各以言女相调笑，亦目女。时婢在后舱假寐，女怒自语曰："身死财丧之不知，犹窃视人家闺眷耶！"商闻大惊，密语久之，疑女为盗船，长跽请救。女哂曰："吾船无盗。适与君等共语船中，及向之跌坐岸上者，乃真盗也。君等家拥巨资，日处醉梦中，不见天日，岂知世路险巇哉！”众诺诺。又曰：“处世需才，即兵戈扰攘中，挟赀远行，亦非大有才者不可。苟自度无其具，宁坐闺中弄稚子，毋以买命钱空饵虎狼也。今身死财丧之不知，犹窃视人家闺眷耶？”商曰：“且为奈何？”女呼婢出曰：“此吾前锋燕支将军也。诸君畏怯者，请避岸上，否则安卧以待，慎勿露声影。吾二人尽力当之，视诸君时命何如耳。”

及夜，又闻觱栗声甚近，女曰：“是矣。”群商不敢出，亦不能卧，急闭舱门，灭火屏息，团缩榻上。时下弦残月初出，繁星丽空，略辨人影，两岸芦苇风瑟瑟作声。女念：迎斗，彼众我寡，不易制胜，不如待其来，出不意以刺之。与婢约曰：“昏夜不便，彼此以髻上明珠映月光为记。”未几，贼果先登商舟，前二人不可识，其第三人，显然僧也，昂首四顾，遽夺商船门。女手利剑，径前刺之，应手而仆。其二人大叫曰：“上！”则竞趋女舟，女挥剑旋绕如练，婢手双铁椎，自女后突出，光耀上下如球。贼方避剑，不虞婢椎之出也，左右扑刺落水死。鏖斗方急，商船后舱呼贼至，婢跃登篷顶，左臂适中贼枪，忍痛弃椎，易刀连斫之，贼亦负痛狂奔，东西窜去。于是发火四照，船头篷顶，皆血渍。诸商闻言，始出谢，人人面如土色。女叱之去，使婢裹创卧，而独坐待旦以备之。

明日，将解缆，逆风大作。及午，有楼船数十，自上游乘风而来，亦泊港外。诸商大惊，谓贼众复仇至。探之，始知某营总兵官王姓，帅师巡缉盗贼者也。军士先诘商船，诸商曰：“赴试。”曰：“赴试何以载货？毋乃盗乎？”商曰：“我非盗，乃遇盗幸免者耳。”次诘女船，女未及答，商曰：“是则杀贼救吾属命者。”军士见两女子，无一男丁，群商又不类士子状，疑其踪迹，琐琐盘诘。女怒曰：“何必多言！我乃手杀左山虎之中州杜宪英也，问我何为？”语未毕，忽一人自楼船跃而登女舟，问曰：“杜家英娘何在？”女茫然无以应。其人又曰：“英娘不识我乎？”女目之，方面伟躯，貌似相识，而鬑鬑有须矣。其人曰："我即河南周生，与卿为伉俪者也。今帅兵缉盗过此，不意遇卿。"女犹不敢遽应，周乃曰："卿不忆嵩山射虎时耶？"女曰："弓衣金弹何在？"周曰："置之洛水犀腹中。"盖当［时］闺中隐语。

问答既合，女不觉泣下曰："妾为君子，力已至矣！幸神明垂佑，相见于此。顾何以不周而王也？"周乃告以被虏后，说贼投降，主将王公爱之，使从己姓，授守备，从征江皖，历保今职，赏花翎，赐勇号，且以提督记名矣。周问女何时渡江，婢为何人，女言未半，诸商请见军门叩首船头，谓受夫人活命恩，愿以五百金为寿。女坚不受，谢之去，属"以后此小心，不能复遇我矣"。诸商皆感泣。周生既了巡缉事，即日引疾解官，携妻偕隐嵩山，读书、种菜以为乐。婢归，适某千总，勇过其夫。所称郑生者，以秀才终。

岂有弃夫而能久安于吾者

《山斋客谭》：康熙甲寅，耿逆倡乱浙东，群盗所至蚁聚。天兵南伐凯还，一蒙古助战兵，寓钱江民家，掠有诸全一妇，甚嬖之。其夫向久物色，始得之。向哀祈备至，兵颇怜之，已和价许其赎矣。及令妇还，不从，且深匿焉。兵不胜怒，掷价还之。夫无已，号恸而去，妇又从内骂之。兵乃呼妇曰："曷从吾往识家游乎？且避汝夫之复来。"妇欣然从之。登一山，委蛇入深处，境甚荒寂，兵拔剑数之曰："不义牝，宁有弃夫而能久安于吾邪？"遂杀之，弃其尸于磵以归。

云　娘

《秋灯录》：密云汪参将，广陵人也。有仆王忠，常往来酒肆李家，久之相善，李以女云娘归焉，年十八矣。汪解任，将还维扬，呼忠谋备舆具，并所以载云娘者。云曰："主之行李甚壮，取道河北，征途不靖。请效军人装，执弓矢以戒不虞，可乎？”汪闻而异之，召云娘至，授五石弓，折之如断梗。凡易数弓，悉不称意，顾谓忠曰：“须取我家弓来。”遂腰箙插矢，乘骏马以从。

时岁在乙卯，群盗塞路。行至一荒原，云纵马而前，遥见十余骑，拥尘突至，飞矢拂云袖。云挥袖矢落，又一矢到，云随手承之，即彀而发，骑骇反奔，中项仆地；又以箙中出矢毙一骑，余皆散遁。由是参将抵家，无匕箸之失。

云貌殊艳，参将子一见心动，欲狎之。云曰：“妾下走陋质，不意为公子怜，然有忠在，何忍及此？无若遣忠而纳以礼，我乃从。”公子喜过望，遂厚给忠，云指示令去。公子治吉席，将为小星催妆。云易戎服，掣所佩刀出，立堂上，责公子曰：“尔家忝建高才，不能出奇报国，偶遇萑苻，茶焉胆栗。妾以一妇人，奋卫长途，迄于安吉，所以报公子者，至矣。乃恣行不义，玷我贞素耶？”遽以刀拟公子，且前且却曰：“有追我者，我即斩其头，如河北盗矣！”公子惊悚丧魄。云娘行及门，门外已有碧衣奴控马以待，遂驰去，永不复返。

燕市旅舍，有卢陵贡生述其故事云。

陆员外赠妾柬

《枣林杂俎》：嘉兴梅溪里李明岳无子，平湖陆员外嗣端澄源赠以燕姬，柬曰：

> 北地佳人，盈盈甫笄；东方才士，鬑鬑有须。割我下陈，侍卿中幄。鹅柳之长条初折，梅溪之远黛方新。红拂善相，李郎庶几俊眼；黄衫侠客，霍女间是奇缘。拜姑嫜身乍分明，叙姊妹心休见别。豪岂同于换马，喜或媲于乘龙。晓发棠舟，只合漫歌河畔柳；夕开油壁，想应欢见画中人。陈媛咏旧宫诗，我不更逢山下；杜老赋《新婚别》，君其倦问水滨。聊采微芹，以充合卺；愿言种玉，用慰推云。

王忆香

《金壶遯墨》：《癸甲摭谈》载扬州朱九妹，年二十，才色双绝，兼善书算。贼得之，献于秀清，宠爱备至。朱私誓不与俱生，暗以砒霜毒之，未遂而死。近闻金陵李氏女，选入伪宫，藏寸许小刀于髻内，伺秀清被酒酣睡，直刺其喉。秀清适转身，误中左肩，立呼左右剥女皮，悬竿焚之。烈哉闺阁之英也！独秦淮妓女王忆香者，为伪都督施姓所得，佯为欢笑，醉以酒，抽刃杀之，而自经于后楼，则尤为罕见者矣。

王介人还妾

《枣林杂俎》：乙酉九月，梅溪里王翃买妾张氏，盖难妇也。明年丙戌夏，还其故室，作《满庭芳》词，题帕赠之：

> 九月冷衾，三春香袖，客游多负蛾眉。一魂［灯］自守，掩抑待归期。私惜闲情半枕，宵征肃、星影相宜。　残酒，柔声附耳，片刻倩郎陪。窥窗今未几，旋伤迁次，对眼看离。念堂前去燕，故垒重栖。珍重红楼小帕，沾馀屑、檀气维闻。新词与能将好梦，寄我数行啼（题）。

贷钱赎故人女

《宁波府志》：丰有俊，字宅之，稷四世孙。尝游钱塘，登青楼，见一小娼，疑故人女，累目之，女亦悟。酒罢，女羞涩良久，曰："君识妾否？"诘之，果故人女。有俊曰："某所以留者，以坐间不得问也。宜各寝，必有以处汝。"时有俊仅有钱八千，更贷二百千赎之，为择良士嫁焉。

备奁具嫁名士女

《辍耕录》：沈仲说，姑苏人，年四十，未有子。其妻邹氏，候其他适，为置一少年貌美之妾。及归，命出拜，将以奉枕席。仲说询其乡贯、祖父来历，始不肯言，询之再四，乃泣而言曰：“妾范复初女也。父丧家贫，老母见鬻于此。”仲说恻然泪下，因嘱妻曰：“此女父，吴中名士，乃吾故人，岂可以为妾？当如己子视之。”即寻其母，使择婿，仲说备奁具嫁之。邦人称之，至今不置。

九十万钱赐原夫

《闻见前录》：王荆公知制诰，吴夫人为买一妾，荆公见之曰：“何物女子？”曰：“夫人令执事。”安石曰：“汝谁氏？”曰：“妾之夫为军大将，部米运失舟，家资尽没，犹不足，又卖妾以偿。”公愀然曰：“夫人用钱几何得汝？”曰：“九十万。”公呼其夫，令为夫妇如初，尽以钱赐之。

矢以死白夫冤

《光泽县志》：李氏，孝廉何本盛媳，有谟妻也。本盛继母生四弟，皆剽悍。盛登贤书，选州守，未任殁。继母弟谋毒有谟，啖以粥，寘毒其中，方咽而毒作，奔归，嗔目语氏曰：“吾中毒，今已矣。而年少子幼，冤何由雪？”语讫而死。氏抚膺哀痛，矢以死白夫冤。愬诸上官，匍匐辛苦，阅十余年不得报。有谟精魂，时随号泣，氏志益坚。值中丞朱某廉明，亲鞫，立歼三凶。有谟自此寂然。氏奉姑益孝谨，诲子其晃，弱冠补弟子员。崇祯间旌表。

胡子妻

《寄闲斋杂志》：胡子，忘其姓名，石氏老仆也。须多绕颊，人以“胡子”称之。娶妻某氏，微有姿。一少年悦之，求与之狎，氏不拒。胡子自外归，适见之，大怒，将持刀并杀之。两人惊起，叩头乞命，胡子忽转念曰：“罪不至死，而连杀两人，得毋太忍？我若以妇赠彼，虽日与人私，亦与我不涉矣。”乃以刀指少年，喝曰：

“汝愿以彼为妻，即领之去，我便饶汝；若不欲，请尝我刃。”少年泣拜从命。妻尚有留恋之色，胡子持刀逐之，始涕泣随少年去。

袍中皆箔金

《女侠传》：董国度，字元卿，饶洲（州）人。宣和六年进士第，调莱州胶水部。会北兵动，留家于乡，独处官所。中原陷，不得归，弃官走村落，颇与逆旅主人相得。怜其羁穷，为买一妾，不知何许人也，性慧解，有姿色。见董贫，则以治生为己任，罄家所有，买磨驴七八头，麦数十斛。每得面，自骑入市鬻之，至晚，负钱以归。如是三年，获利益多，有田宅矣。

董与母妻隔别滋久，消息杳不通，居常戚戚，意绪无聊。妾叩其故，董嬖爱已深，不复隐，为言：“我故南官也，一家皆在乡里，身独漂泊，茫无归期。每一想念，心乱欲死。”妾曰：“如是，何不早告我？我兄善为人谋事，旦夕且至，请为君筹之。”旬日，果有客，长身虬髯，骑大马，驱车十余乘，过门。妾曰：“吾兄至矣，出迎拜。”使董相见，敛姻亲之礼。留饮至夜，妾始言前事，以属客。

是时虏令：凡宋官亡命，许自陈；匿不言而被首者，死。董业已泄漏，又疑两人欲图己，大悔惧，乃绐曰：“无之。”客忿然，怒且笑曰：“以女弟托质数年，相与如骨肉，故冒禁欲致君南归，而见疑如此。倘中道有变，且累我。当取君告身与我以为信，不然，天明执告官矣。”董益惧，自分必死，探囊中文书悉与之，终夕涕泣，一听于客。

客去，明日控一马来曰：“行矣。”董请妾与俱，妾曰：“适有故，须少留，明年，当相寻。吾手制一衲袍赠君，君谨服之。惟吾兄为首所向，若返国，兄或举数十万钱相赠，当勿取。如不可却，则举袍示之。彼尝受我恩，今送君归，未足以报德，当复护我去。万一受其献，则彼责已塞，无复顾我矣。善守此袍，无失也。”董愕然，怪其语不伦，且虑邻里知觉，辄挥涕上马。疾驰到海上，有大舟临解维，客挥使登楫而别。舟遽南行，略无资粮道路之费，茫不知所为。舟中奉使惟谨，具食，不相问讯。

才达南岸，客已先在水滨，邀诸旗亭相劳苦，出黄金二十四两，曰："以是为太夫人寿。"董忆妾语，力辞之。客曰："不可，赤手还国，欲与妻子饿死耶？"强留金而出，董追还之，示以袍。客曰："吾智果出彼下，吾事殊未了。"咄咄而去。董至家，母、妻、二子，俱无恙。取袍示家人，缝绽处黄色隐然，折视之，满中皆箔金也。逾年，客果携妾而至，偕老焉。

破镜重圆

《本事诗》：陈太子舍人，徐德言之妻，后主叔宝之妹，封昌乐公主，才色冠绝。时陈政方乱，德言知不相保，谓其妻曰："以君之才容，国亡，必入权豪之家，斯永绝矣。倘情缘未断，犹冀相见，宜有以信之。"乃破一镜，各执其半，约曰："他日必以正月望日，卖于都市，我当在，即以是日访之。"

及陈亡，其妻果入越公杨素之家，宠嬖殊厚。德言流离辛苦，仅能至京，遂以正月望日访于都市。有苍头卖半镜者，大高其价，人皆笑之。德言直引至其居，设食，具言其故，出半镜以合之，仍题诗曰：

镜与人归去，镜归人不归。
无复嫦娥影，空留明月辉。

陈氏得诗，涕泣不食。素知之，怆然改容，即召德言，还其妻，仍厚遗之。闻者无不感叹，仍与德言、陈氏偕饮，令陈氏为诗，口占一绝云：

今日何迁次？新官对旧官。
笑啼俱不敢，方验做人难。

遂与德言归江南，竟以终老。

手刃渠魁

《寄闲斋杂志》：毕韬文（著），歙人。父守蓟丘，战死，尸为贼虏。著夜率精锐入贼营，手刃其渠，舆父尸还，葬于金陵，赋诗纪事，时二十许女子也。后为昆山王圣开室，挈之舌耕，寓居镇北熊家宅。工画美人、兰、菊，所著诗名《织楚集》。

卖饼妻

《全唐诗话》：宁王宪贵盛，宠妓数十人，皆绝艺上色。宅左有卖饼者，妻纤白明媚，王一见属目，厚遗其夫，取之，宠惜逾等。岁余，因问之："汝复忆饼师否？"默然不对。因呼使见之，其妻注视，双泪垂颊，若不胜情。时王座客十余人，皆当时文士，无不凄异。王命赋诗，王右丞维诗先成：

> 莫以今时宠，宁亡旧日恩？
> 看花满目泪，不共楚王言。

坐客无敢继者，王乃归饼师以终其志。

飞剑取头

《守一斋笔记》：彭城张悔堂，官关东时，有仆胡三者，常自徐往来其间。一日行至直隶某集，宿一店，屋三楹，中隔一壁。夜半，店主人叩门曰："有客至。"胡三启户复睡，睡醒，忽见灯光如昼，因破壁窥之，一美少年偕一美妇人，对饮。有顷，妇曰："吾欲了此事矣。"少年劝止之，妇眦裂曰："生天地间，遇此等优为之而不为，何以为人！"遂拔首上簪，向外掷之，则红光一道去如箭，风声怒号，瞬息间，红光自牕中来，一利剑刺人头，血淋淋。妇人拾其剑，依然簪也。向腰间取一青囊，覆人头，头化为水。胡三大惊殒。俄鸡声三唱，店主人急以姜汤灌之苏，述其所见，而二客杳然。越数日，胡三行至某邑，哄传某村人某，殴母垂毙，是夜五更，忽作大风，而逆子无头矣。计之，正所见美妇人飞剑取头时也。张贯之为予言。

李香假母

《板桥杂记》：李贞丽者，李香之假母，有豪侠气，尝一夜博输千金立尽，与阳羡陈定生善。香年十三，亦侠而慧，从吴人周如松受歌，“玉茗堂四梦”，皆能妙其音节，尤工琵琶。与雪苑侯朝宗善，阉党阮大铖欲纳交于朝宗，香力谏止，不与通。朝宗去后，有故开府田仰，以重金邀致香，香辞曰：“妾不敢负侯公子也。”卒不往。盖前此大铖恨朝宗，罗致，欲杀之，朝宗逃而免，并欲杀定生也。

定生大为锦衣冯可宗所辱，云间才子夏灵胥作《青相篇》，寄武塘钱漱广，末段云：

二十年来事已非，不开画阁锁芳菲。
那堪两院无人到，独对三春有燕飞。
风弦不动新歌扇，露井横飘旧舞衣。
花草朱门空后阁，琵琶青冢恨明妃。
独有青楼旧相识，蛾眉零落头新白。
梦断何年行雨踪？情深一调留云迹。
院本伤心正德词，乐府销魂教坊籍。
为唱当时乌夜啼，青衫泪满江南客。

观此，可以尽曲中之变矣，悲夫！

还作老妪

《诚斋杂记》：娄逞，东阳女子，变服为丈夫，能弈，又解文义，仕至扬州从事。后事发，始作妇人服，语曰：“有如此技，还作老妪。”

还上襄王玳瑁筵

唐孟启《本事诗》：李相绅镇淮南，张郎中又新罢江南郡，素与李构隙。时于荆溪遇风，漂没二子，悲戚之中，复惧李之仇己，投长笺自首谢。李深悯之，复书曰：“端溪不让之词，愚罔怀怨；荆浦沉沦之祸，鄙实悯然。”既厚遇之，殊不屑意。张感涕致谢，释然如旧，交与张宴饮，必极欢醉。

张尝为广陵从事，有酒妓，尝好致情，而终不果纳。至是二十年，犹在席，目张，悒然如将涕下。李起更衣，张以指染酒，题诗盘上，妓深晓之。李既至，张持杯不乐，李觉之，即命伎歌以送酒，遂唱是词曰：

> 云雨分飞二十年，当时求梦不曾眠。
> 今来头白重相见，还上襄王玳瑁筵。

张醉归，李令妓夕就之。

春风一曲杜韦娘

唐孟启《本事诗》：刘尚书禹锡，罢和州，为主客郎中、集贤学士。李绅罢镇在京，慕刘名，尝邀至第中，厚设饮馔。酒酣，命妙伎歌以送之，刘于座上赋诗曰：

> 鬟髻梳头宫样妆，春风一曲杜韦娘。
> 司空见惯浑闲事，断尽江南刺史肠。

李因以妓赠之。

出力乃在游娼

《名山藏·列女记》：戴纶客京师，从娼邵金宝游。后为京营参将，坐仇鸾事下狱，念家数千里外，独身下狱，无可寄委，使人持橐中金三千，委邵而嘱之曰："余生死不可知，顾狱中无以为衣食，惟子之所费。吾死，其赢者尽子金也。"邵策纶日费，以其余结欢权门贵公子，益市少妓，得钱辗转布置。贵公子得纶金赀，竟出纶。

纶系狱十余年，复官建昌游击，而邵提金还纶，更四千有奇。纶益德邵，与俱之官。纶妻自家中来，为高座坐邵，委身下拜，命侍女强持之，勿令答。居旬日，语纶曰："夫子陷于难，妾不能出力。为夫子出力，乃在故游娼。妾不能为夫子妻，妾归矣。邵与夫子居，惟夫子念之。"垂涕而别。

危急中污人不能为

《滦阳消夏录》：献县史某，佚其名，为人不拘小节，而落落有直气，视龌龊者蔑如也。偶从博场归，见村民夫妇、子母相抱泣，其邻人曰："为欠豪家债，鬻妇以偿。夫妇故相得，子又未离乳，当弃之去，故悲耳。"史问："所欠几何？"曰："三十金。""所鬻几何？"曰："五十金，与人为妾。"问："可赎乎？"曰："券甫成，金尚未付，何不可赎？"即出博场所得七十金授之，曰："三十金偿债，四十金持以谋生，勿再鬻也。"

夫妇德史甚，烹鸡留饮。酒酣，夫抱儿出，以目示妇，意令荐枕以报。妇颔之，语稍狎，史正色曰："史某半世为盗，半世为捕役，杀人曾不眨眼。危急中污人妇女，则实不能为。"饮啖讫，掉臂径去，不更一言。

半月后，所居村夜火。时秋获方毕，家家屋上屋下，柴草皆满，茅檐秫篱，斯须四面皆烈焰。度不能出，与妻子瞑坐待死，恍惚闻屋上遥呼曰："东岳有急牒，史某一家并除名。"剨然有声，后壁半圮，乃左挈妻、右抱子，一跃而出，若有翼之者。火熄后，计一村之中，爇死者九。邻里皆合掌曰："昨尚窃笑汝痴，不意七十金，乃赎三命。”余谓此事见佑于司命，捐金之功十之四，拒色之功十之六。

沈小霞

《情史类略》：锦衣卫经历沈錬，以攻严相得罪，谪戍保安。时总督杨顺、巡按路楷，皆嵩客，受世蕃指：“若除吾疡，大者侯，小者卿。”顺因与楷合策，捕诸白莲教，窜錬名籍中，当斩，籍其家。顺以功荫一子锦衣千户；楷候选五品卿寺。顺犹怏怏曰：“相君薄我赏，犹有不足乎？”取錬三子杖杀之，而移檄越，逮公长子诸生襄。至则日掠治，困急且死。会顺、楷被劾，卒奉旨逮治，而襄得末减，问戍。

襄之始来也，止一爱妾从行。及是，与妾俱赴戍所。中道，微闻严氏将使人邀而杀之，襄惧欲窜，而顾妾，不能割。妾曰：“君一身，沈氏宗祧所系，第去，勿忧我。”襄遂绐押者曰：“城市有年家某，负吾家金钱，往索可得。”押者恃妾在，不疑，纵之去，久不返。押者往某家询之，云未尝至。还复叩妾，妾把其襟大恸曰：“吾夫妇患难相守，无顷刻离。今去而不返，必汝曹受严氏指，戕杀吾夫矣。”观者如市，不能判。

闻于监司，监司亦疑严氏真有此事，权使寄食尼庵，而立限责押者迹襄。押者物色不得，屡受笞，乃哀恳于妾，言“襄实自窜，毋枉我”，因以间亡命去。久之，嵩败，襄始出讼冤，捕顺、楷抵罪，妾复相从。襄号小霞，楚人江进之，有《沈小霞妾传》。

剑　侠

《啸亭杂录》：余友毕补垣云，粤西永宁州有陈氏者，家巨富。尝饮于州署，席间有伟丈夫闯然至，衣服鲜美，年甚髫稚，与州牧款洽。陈异其人，讯诸州牧，牧曰：“此李氏子，至州已三载，惟以交纳官吏为事，未详实其世族。”陈有少女，欲赘李为婿，倩州牧为媒，李慨允之，惟约曰："每月有数夕出会客，莫相阻。"陈允之。既赘，每夕出，终夜不返，所招徕者，皆峨冠奇服、相貌傲丑之辈。陈叟颇悔，既赘之，无如何也。

吴中有叶氏子，少无赖，好剑术。有老妪，能以剑为双丸纳口中，又能使人以白刃击其肩背，无血迹，曰："此麻姑避剑法也。"叶受其术，出游于外。时王师征缅甸，转饷至楚南沅州，一夕忽失银数百鞘。守吏大惊，责胥隶捕缉，终日笞挞。有老胥曰："银至数百鞘，非一人所能持。如其夥众，声应喧沓，何以守者无所闻见？必有异。"因号泣路旁。叶氏子适至沅，异而问之，老胥告以故。叶怜其老，曰："吾为觅之。"因赴滇黔物色，终不得。

一日之永宁，遇李生于途，诧曰："此小李将军也，奚至此？"问诸路人，曰："此陈氏赘婿也。"叶遂至陈宅，告楚中失帑事。陈亦讶，曰："数日前婿颇暴富，未审所自，岂即盗官项耶？"叶曰："夜中令汝女细询之。"陈叟告其女。晚间，李生至，入户见妻色凄然，曰："此必有异。"究诘之，女战栗无人色，长跽以谢。李生疑有他故，拔壁上剑将斩之，叶自窗跃入曰："不可害良家女！泄其机者，某也。"李嗒然弃剑曰："吾兄奚至此？吾事败矣，不可久居。"叶忿然责之曰："吾侪以义为重，岂可盗官家物遗祸于人，以遭天谴？"李生曰："诺。兄速回楚，官帑保无遗失，吾亦弃此而他徙矣。"叶辞陈叟归，李生亦以其日弃家去，不知所之。

是夜，沅库得所失鞘，封印如故。叶既归吴，物色者愈众。叶曰："布衣而享妖异之名，其祸足以杀身。"因辞父母，之点苍山学道，至今未归。

召母归女

《唐书·罗珦传》：珦子让，字景宣，以文学蚤有誉，举进士、宏辞、贤良方正，皆高第，为咸阳尉。父丧，几毁灭。服除，布衣粝饭，不应辟署十余年。有仁惠名。或以婢遗让者，问所从，答曰："女兄九人，皆为官所卖，留者独老母耳。"让惨然，为焚券，召母归之。

贱吏不敢辱娘子

《宁波府志》：韶之父升，为郡小吏，给事通判厅，勤谨无失。岁满当代，不听去。后通判至，复留用之，因致丰饶。夫妻俱年五十，无子。其妻资遣之，往临安置妾。既得妾，察之，有忧色，且以麻束发，外以綵饰之。问之，泣曰："妾故赵知府女也，家四川。父没家贫，故鬻妾以为归葬计耳。"即送还之。其母泣曰："计汝聘财，犹未足以给归费，且用破矣，将何以酬汝？"徐曰："贱吏不敢辱娘子，聘财尽以相奉。"且闻其家尚不给，尽以囊中赀与之，遂独归。妻迎问之曰："妾安在。"告以其故，且曰："吾思之，无子，命也。我与汝周旋久，若有子，汝岂不育，必待他妇人乃育哉？"妻亦喜曰："君设心如此，行当有子矣。"明年生韶。

还　妾

《青州府志》：李汝英，字超寰，寿光人，举天启甲子乡试，学有源本。析箸，以丰让其兄；乐施予，宗戚待以举火。邑令李侯死于官，给棺木含殓。原聘苏氏女，以疮疾议绝，卒娶，恩礼有加焉。尝置妾，已纳聘，知为大使黄氏女，退还不取宜，邑人义之。训两子，先后成进士。

募银赎人妻

《涿州志》：赵引昌，涿鹿卫总旗官。后贫，以赶脚为生。有鬻妻青楼者，绐以归宁，雇昌驴行数里，妻觉有变，掷身驴下，窘甚。昌以好言，愿送至京，急奔报国寺，遇千总安洪宇等，叩首募银赎归，夫妻團聚。

荆十三娘

《北梦琐言》：唐进士赵中行，家居温州，以豪侠为事。至苏州，旅舍支山禅院。有一女商荆十三娘，为亡夫设大祥斋，因慕赵，遂同载归扬州。赵以义气，耗荆之财，殊不介意。其友人李正郎第三十九，有爱妓，妓之父母夺与诸葛殷，李怅怅不已。时诸葛殷与吕用之幻惑高大尉骈，恣行威福，李惧祸，饮泣而已。偶话于荆娘，荆亦愤惋，谓李三十九郎曰："此小事，吾能为郎仇之，但请过江于润州北固山，六月六日正午时待我。"李亦依之。至期，荆氏以囊盛妓及其父母之首，归于李。复与赵同入浙中，不知所止。

谁能保妇女不遭患难

《如是我闻》：献县捕役樊长，与其侣捕一剧盗，盗跳免，縶其妇于官店。（捕役拷盗之所，谓之官店，实其私居也。）其侣拥之调谑，妇畏棰楚，噤不敢动，惟俛首饮泣，已缓结矣。长突见之，怒曰："谁无妇女？谁能保妇女不遭患难落人手？汝敢如是，吾此刻即鸣官！"其侣慑而止。时雍正四年七月十七日戌刻也。长女嫁为农家妇，是夜为盗所劫，已褫衣反缚，垂欲受污，亦为一盗呵而止，实在子刻，中间仅仅隔一亥刻耳。次日，长闻报，仰面视天，舌挢不能下也。

娄江妓

《情史类略》：嘉靖间娄江，有孙太学者，与妓某善，誓相嫁娶，为之倾赀。无何，孙丧妇，家益贫落，亲友因唆使讼妓。妓闻之，以计致孙，饮食之，与申前约，以身委焉。孙故不善治产，妓所携簪珥，不久复费尽。妓日夜勤辟纑以奉之，饘粥而已。如此十余年，孙益老成悔过。选期已及，自伤无赀，中夜泣。妓审其诚，于日坐辟绩处，使孙穴地得千金，皆妓所阴埋也。孙以此得选县尉，迁按察司经历。宦橐稍润，妓遂劝孙乞休，归享小康，终其身。

京师兵官

侯甸《西樵野记》：明洪武初，吴人姜子奇，娶妇三载，值大军过吴扰乱，子奇挟妻出避，仓皇间，因失其妻，乃为兵官携归京邸。子奇流落四方者累年，后迤逦至京行乞。有高门一妇人，见之而泣，贻以酒馔，又以布囊裹熟米一斗与之，子奇不敢仰视而去。翌日，此妇在门，又见子奇行乞，适主人不在，呼与相见、共话。为主母所侦，即令人追之，简其乞囊中，有金钗一对、书一封。候其夫还，以告。兵官启封视之，乃题诗一律云：

夫留吴越妾江东，三载恩情一旦空。
葵藿有心终向日，杨花无力暂随风。
两行珠泪孤灯下，千里家山一梦中。
每恨当年罹此难，相逢难把姓名通。

兵官见诗大悼，即时遣还，仍赐钱米以给其归。子奇夫妇泣谢而去，伉俪复合。

真个销魂

《乐府纪闻》：故宋驸马杨震，有十姬，皆绝色，名粉儿者尤胜。一日招詹天游饮宴，尽出诸姬佐觞。天游寓意粉儿，口占《浣溪纱》一词，有“不曾真个也消魂”之句，杨遂以粉儿赠之，曰：“请天游真个消魂也。”

丁　生

《池上草堂笔记》：天津有丁生者，家贫读书，聘妻未娶。岳家甚富，见婿贫，有悔意，因使人邀丁至家，以盛馔相待。丁素豪饮，见酒不辞，不觉至醉。岳某语之曰："吾女有残疾，不足以奉箕帚，愿以千金为篝火之资。子成名后，可另娶佳人。请即写离婚书。"丁素性傲，且醉，慨然曰："卖妻吾所不为，千金何足以动吾心？人何患无妻子！尔既不愿，请即作离婚书。"岳某大喜，遂呈纸笔，丁乘醉一挥而出。道遇同窗某，邀至家，询其何往，告以故，某大为不平，丁夷然置之。

某家素丰，因令媒妁往议婚，其岳某以为门户相当，即允之。某定期迎娶，前数日告丁曰："尔之弃妻，吾已娶之。吾与尔交最密，何可不我贺？"丁素旷达，且曰："吾已离婚，即同陌路，何害？"迨合卺之期，丁往贺。某邀丁视新妇，颜色甚丽，丁颇心动，然已无如何，乃入席痛饮。某复与诸客殷勤相劝，遂至沉醉，昏睡不知人事。某命人送丁卧新床，反锁其门。

丁至五更始醒，见已卧洞房，新妇凝妆坐待，大惊，急开门，门已锁，大声疾呼。某开锁而入，谓丁曰："尔已与新妇成婚，可携归矣。"丁力矢天日，某曰："此吾意也。尔岳如有言，吾当与之构讼。"时新妇亦知系故夫，遂偕丁同归。某倩人往其岳某家告知，岳某甚惭，不敢有他说。后丁与某同举孝廉。全人婚姻，其功甚大，此举尤有豪杰举动，天之报善人也宜矣，惜未传其姓名。

赠 妓

《瑞桂堂暇录》：有士人访一妓在阃府侍宴，候稍久，遂赋一词寄之云：

> 春风捏就腰儿细，系的粉裙儿不起。从来只向掌中看，怎忍在烛花影里？　　酒红应是铅华褪，暗蹙损眉峰双翠。夜深沉一搦绣鞋儿，靠那个屏风立地？

词至，为阃帅所见，喜其词语清丽，明日呼士人来，竟以此妓与之。

昆仑奴

《说渊·昆仑传》：唐大历中有崔生者，其父为显僚，与盖代之勋臣一品者熟。生时为千牛，其父使往省一品疾，一品命妓轴簾，召生入室。生少年，容貌如玉，拜传父命，一品忻然爱慕，命坐与语。时三妓人，艳皆绝代，居前，以金瓯贮绯桃而擘之，沃以甘酪而进，一品遂命衣红绡妓者，擎一瓯与生食。生赧不食，一品命绡妓以匙进之，生不得已而食，妓哂之，遂辞去。一品曰："郎君暇，必相访，无间老夫也。"命红绡送出院。时生回顾，妓立三指，又反掌者三，然后指胸前小镜子，云"记取"，余更无言。

生归，达一品意，返学院，神迷意夺，语减容沮，恍然凝思，日不暇食，但吟诗曰："误到蓬莱顶上游，明珰玉女动星眸。朱扉半掩深宫月，应照琼芝雪艳愁。"左右莫能究其意。

时家有昆仑奴磨勒，顾瞻郎君曰："心中有恨，何不报老奴？"生曰："汝辈何知，而问我襟怀间事？"磨勒曰："但言，当为郎君释解。"生骇异，且告之，磨勒曰："小事耳，何自苦耶！"生又白其隐语，勒曰："有何难会。立三指者，一品宅中有十院歌妓，此乃第三院耳。返掌三者，数十五指以应十五之数。胸前小镜，于十五夜，月圆如镜，令郎来耳。"生大喜，谓曰："何计而能导我？"磨勒笑曰："后夜乃十五夜，请深青绢两疋，为郎君制束身之衣。一品宅有猛犬，守歌妓院门外，非常人不得辄入，入必噬杀之。其警如神，其猛如虎，即曹孟海州之犬也，非老奴不能毙此犬。今夕当为郎君挝杀之。"遂携链椎而往，食顷而回曰："犬已毙，固无碍耳。"

夜三更，与生衣青衣，遂负而逾十重垣，乃入歌妓院内。至第三门，锈户不扃，金缸微明，惟闻妓长叹而坐，若有所俟，但吟诗曰："深谷莺啼恨阮郎，偷来花下解珠珰。碧云飘断音书绝，空倚玉箫愁凤凰。”侍卫皆寝，邻近阒然，生遂缓缓搴簾而入。良久，验是生，姬跃下榻，执手曰：“知郎君颖悟，必能默识，所以手语耳。又不知郎君有何神术而能至此？”生具告磨勒之谋，姬曰：“磨勒何在？”曰：“簾外。”遂召入，以金瓯酌酒而饮之。

姬白生曰：“某家本居朔方，主人拥旄，逼为姬仆。不能自死，尚且偷生，虽绮罗珠翠，如在桎梏。贤爪牙既有神术，何妨为脱狴牢？所愿既申，虽死不悔。”生愀然不语，磨勒曰：“娘子意既坚确，此亦小事耳。”姬甚喜。磨勒请先为姬负其囊橐妆奁，如此三复焉，然后曰：“恐迟明。”遂负生与姬，飞出峻垣十余重。一品家之守御，无有警者，遂归学院而匿之。

及旦，一品家方觉，又见犬已毙。一品大骇曰：“此必侠士挈之，无更声闻，徒为祸患耳。”姬隐崔生家二载，因花时驾小车游曲江，为一品家人潜志认，遂白一品。一品异之，召崔生诘其事，惧不敢隐，遂言奴磨勒。一品曰：“他事不问，某须为天下人除害。”命甲士五十人，严持兵仗，围崔生院，使擒磨勒。磨勒持匕首飞出高垣，瞥若翅翎，疾同鹰隼，攒矢如雨，莫能中之，顷刻之间，不知所向。后一品悔惧，每夕多以家童持剑戟自卫，如此周岁方止。后十余年，崔家有人见磨勒卖药于洛阳市，容颜如旧。

不欲遽恐拾钗人

《瑞桂堂暇录》：简池刘先祖，号后溪，朱文公高弟。平生好施，不顾家有无，来谒者皆周之。一日晨坐暖阁，夫人方梳沐，有旧友来访，令夫人出阁，迎士人者进。夫人遂挈沐具，偶遗金钗一，公适起入内。夫人从窗隙中，见士人拾所遗钗入怀未稳，公将出，夫人掣公衣袖止之。少顷，公乃出。客退，问其故，夫人曰：“偶遗小钗，彼方收之未稳，士以贫得之，可少济，不欲遽恐之。”公与夫人，俱贤如此。

此仳离之章也

《旌德县志》：王牙，东阳人，乳名婆应。遇蔡姓者，鬻其妻以偿债，券成，夫妇相对，黯然魂销。牙叹曰："此仳离之章也。"捐数金为赎其妻，乃去。年五十八，始举子，名宗保，亦好义有父风。

天理人心

《宜兴县志》：吴应期，邑诸生。除夕散步河侧，遇商人夫妇号恸，问之，曰："某贩缯为生，昨宵遇盗，衣囊一空，无以卒岁，是以悲耳。应期曰："无须然，我能为汝计。"引归，济以四十金。商人曰："某赤贫，作何券以抵此银？"应期曰："尔泛舟江湖，四海为家，即有券，吾能索尔于芦花明月间乎？尔有此意，但书四字于屏间，曰'天理人心'足矣。"商人拜书而去。人或诮其愚，应期曰："遇人之急则周之，我非放债取息，何愚之有！"一日，于家园得窖金二千两，出语乡人曰："汝等有急，悉来告我，我昨日得横财。"乡人持券踵其门，数日而尽。卒未有偿者，应期不与校也。

为择婿嫁之

《苏州府志》：张晓初，吴县人，无子息，求良家女。有女妁来言：某二女，皆有貌，惟所择。既以厚赀娶之，见其举止，疑焉。叩，其父乃教官，殁，丧不能归，售女备行李。晓初悯焉，欲返之，则已发，乃令妻善抚，为择婿嫁之。晓初后生子习，举进士。

岂可令坐客不欢

《江宁府志》：武晌，号橙墩，溧水人，家金陵。富而好学，能仗义。有族人负一王孙千金，王孙禁之别室，而邀晌饮，佯令仆泄其语。晌投袂起曰："族人被禁索逋，而晌高坐欢饮，岂有人理乎？

即代偿，亦易易，且何见辱之深也！”乃纵其族人去，归谋诸妇，尽假其簪珥之属，以与王孙曰：“此可直八百金，余续完纳。”闻者义之。

晌有妾苏氏，善持家。尝宴客，失金杯一只，诸仆惊索。苏氏曰：“无容觅，已收入矣。”客去，谓晌曰：“杯实亡去。然公平日好客任侠，岂可以一杯之故，而令坐客不欢乎？”晌善其言。

卷　八

情中豪

白头宫女说当年

《秋灯录》：禾人董姓老人，京都人也。其妻乃明季宫人，因闯贼犯门，逃窜民间，得自从人。董老挈之南来，入籍嘉兴，今老矣，然能言明季宫中事。

崇祯帝每晨起盥漱，四宫女捧紫金盆四，镶以八宝，一初盥手，径二尺；一漱口，径一尺；一浴面，径四尺；一再洗手，径一尺五寸。盥毕栉发，宫女与帝栉发者为最尊，称“管家婆”。栉毕，冠带朝天，乃易便服，御早膳，罗列丈余。宫中皆丰美其食，唯心所欲，顷刻即至，日费三千金为例。至于燕会，无不上寿，先皇后，次太子，次诸妃，次诸王，次宫女，次诸宦官，亦有尊卑次序，自皇后以下，皆行朝拜礼。爵用玉或金，或金嵌珠宝，每爵容升许，副之以匜，皆八宝镶成，极其工巧。饮馔之物，极天下之珍品，每宴以十数万元计。

元宵放灯，真珠灯有高大四五尺者，珠皆颗重分许。华盖飘带，皆众宝所成。带下复缀以小珠灯，大尺许者，四十九盏。宫中数殿，殿各有数灯，虽与正殿稍杀，然贵重则不异也。自殿陛甬道，回旋数里，悉有石栏。栏有莲椿（桩），（椿）桩各置琉璃灯，约数万盏。遇宫中成群嬉戏，触坠十余盏，顷即宦官易去矣。冬天处处设炉，合宫之中，约有数千具，皆金银为之。

至于皇后，甚尊而甚劳。晨先起请安，俟帝起，又请安行礼。晚必令宫女至帝所设拜具，继至而拜，俟帝卧，然后辞去。敕免，则不至矣。若帝入正宫，必须迎拜唯谨。若妃子、宫女辈，则甚逸乐。皇后平居，则选能诗画、博弈、弹射、蹴踘等艺，及工丝竹、歌唱者，约三十余人，自随。帝则方巾朱履，随意往来，语言嬉笑，与常人同。宫人食不隔宿，衣不见水，金珠盈囊，服饰不记其数。迨宫闱大变，乱窜而出，无敢有所携者。

回首当年，如同一梦；今日至此，悲感何极！遂流涕不能复言。

翠　妃

《坚瓠已（乙）集》：宸濠内宠甚盛，有紫妃者，居紫竹宫，衣紫；素妃者，居素英宫，素妆；翠妃者，居绿英宫，饰次绿。翠能吟善书，尤被宠幸。宫四壁，皆列巨鉴，光莹晶明。每与宴狎，鉴中诸影，妖媚百出。又于阳春书院，迭石成山，握（掘）地数十亩，为大池。夏时芰荷芬馥，濠与诸妃，尽日宴乐。宫娥靓妆绡衣，浮小画艇，歌《采莲曲》，沿池荡漾。时摘花果，进以侑酒。翠妃尝咏梅花云：

> 绣针刺破纸糊窗，引透寒梅一线香。
> 蝼蚁也知春色好，倒拖花片上东墙。

甚为濠所赏。后事败，翠妃为一知县掠去。又有趣妃，为舒国裳芬所得。

袖里香

《钗小志》：唐玄宗为太子时，爱妾号鸾儿，多从中贵董逍遥微行，以轻罗造梨花散蕊，裛以月麟香，号“袖里春”，所至暗遗之。

一钗直百七十万

《小名录》：东昏侯潘淑妃，小字玉儿。帝为潘起神仙永寿玉殿，又为莲花贴地上，令潘妃行，曰“步步生莲花”。尝市琥珀钗一只，直百七十万。

同昌公主

《杜阳杂编》：咸通九年，同昌公主出降，宅于广化里。赐钱五百万贯，仍罄内库宝货，以实其宅。至于房栊户牖，无不以珍异饰之。又以金银为井栏、药臼、食柜、水槽、釜铛、盆瓮之属，仍镂金为笊篱、箕筐，制水精火齐、琉璃玳瑁等床，悉楮以金龟银鳌。又琢五色玉器为什合，百宝为圆案。又赐金麦银米共数斛，此皆太宗庙条支国所献也。

堂中设连珠之帐，却寒之簾，犀簟牙席，龙罽凤褥。连珠帐，续真珠为之也。却寒簾，类玳瑁，斑有紫色，云却寒之鸟骨所为也，未知出自何国。又有鹧鸪枕，翡翠匣，神丝绣被。其枕以七宝合成，为鹧鸪之状。翡翠匣，积毛羽饰之。神丝绣被，绣三千鸳鸯，仍间以奇花异叶，其精巧华丽，绝代无比。其上缀以灵粟之珠，如粟粒，五色辉焕。又带蠲忿犀，如意玉。其犀圆如弹丸，入土不朽烂，带之令人蠲忿怒。如意玉类桃实，上有七孔，云通明之象也。

又有瑟瑟幕，纹布巾，火蚕绵，九鸾钗。其幕色如瑟瑟，阔三丈，长一百尺，轻明虚薄，无以为比。向空张之，则疎朗之纹，如碧丝之贯真珠，虽大雨暴降不能湿溺，云以鲛人瑞香膏傅也。纹布巾，即手巾也，洁白如雪，光软特异，拭水不濡，用之弥年，不生垢腻。二物称得之鬼谷国。火蚕绵，云得之炎洲，絮衣一袭用一两，稍过度，则熇蒸气不可近也。

九鸾钗，上刻九鸾，皆九色，上有字曰“玉儿”，工巧妙丽，殆非人工所制，有自金陵得者，以献公主，酬之甚厚。一日昼寝，梦绛衣奴授语云："南齐潘淑妃取九鸾钗。"及觉，具以梦中之言言于左右。洎公主薨，其钗亦亡其处。韦氏异其事，遂以实话于门人，或有云：玉儿，即潘淑妃小字也。

逮诸珍异，不可具载。自两汉至皇唐，公主出降之盛，未之有也。公主乘七宝步辇，四面缀五色香囊，囊中贮辟寒香、辟邪香、瑞麟香、金凤香，此香异国所献也，仍杂以龙脑金屑。刻镂水精、玛瑙、辟尘犀为龙凤花，其上仍络以真珠、玳瑁，又金丝为流苏，雕轻玉为浮动。每一出游，则芬馥满路，晶荧照灼，观者眩惑其目。是时中贵人买酒于广化旗亭，忽相谓曰："坐来香气，何太异也？"同席曰："此非龙脑耶？"曰："非也。余幼给事于嫔御宫，故常闻此。未知今日何由而致？"因顾问当垆者，遂云公主步辇夫，以锦衣换酒于此也。中贵人共视之，益叹其异。

凤毛金帐

《林下诗谈》：齐凌波以藕丝连螭锦作囊四角，以凤毛金饰之，实以辟寒香，以寄钟观玉。观玉方寒夜读书，一佩而遍室俱暖，芳香袭人。凤毛金者，凤凰颈下有毛若绶，光明与金无二，而细软如丝。遇春必落，山下人拾取，织为金锦，名凤毛金。明皇时，国人奉贡，宫人多以饰衣，夜中有光。惟贵妃所赐最多，裁衣为帐，灿若白日，上笑曰："胜于飞燕、合德明珠多矣。"

炀　帝

颜师古《大业拾遗记》：大业十二年，炀帝将幸江都，命越王侑留守东都。宫女半不随驾，争泣留帝，言"辽东小国，不足以烦大驾，愿择将征之"，攀车留惜，指血染鞅。帝意不回，因戏飞白题二十字，赐守宫女云："我梦江都好，征辽亦偶然。但存颜色在，离别只今年。"

车驾既行，师徒百万前驱。大桥未就，则命云屯将军麻叔谋，浚黄河入汴堤，使胜巨舰。叔谋御命甚酷，以铁脚木鹅，试彼浅深，鹅止，谓浚河之夫不忠，队伍死冰下。至今儿啼闻人言“麻胡来”，即止，其讹言畏人皆若是。

帝离都旬日，幸宋何妥所进车。车前只轮高广，疏钉为刃，后只轮庳下，以柔榆为之，使滑劲不滞。使牛御马（车名）自都抵汴郡，日进御女车，车辂垂鲛绡网，杂缀片玉鸣铃，行摇玲珑，以混车中笑语，冀左右不闻也。长安贡御车女袁宝儿，年十五，腰肢纤堕，騃憨多态，帝宠爱之特厚。时洛阳进合带迎辇花，云得之嵩山坞中，人不知名，采者异而贡之。会帝驾适至，因以“迎辇”名之。花外殷紫，内素腻菲芬，粉蕊心深红，跗争两花，枝干烘翠，类通草，无刺，叶圆长薄。其香气秾芬馥，或惹襟袖，移日不散，嗅之令人不多睡。帝令宝儿持之，号曰“司花女”。

时诏虞世南草征辽，指挥德音敕于帝侧，宝儿注视久之。帝谓世南曰：“昔传飞燕可掌上舞，朕常谓儒生饰于文字，岂人能若是乎？及今得宝儿，方昭前事，然多憨态。今注目于卿，卿才人，可便嘲之。”世南应诏为绝句曰：

> 学画鸦黄半未成，垂肩亸袖太憨生。
> 缘憨却得君王惜，长把花枝傍辇行。

上大悦。

至汴，帝御龙舟，萧妃乘凤舸，锦帆彩缆，穷极侈靡。舟前为舞台，台上垂蔽日簾，簾即蒲泽国所进，以负山蛟睫，幼莲根丝，贯小珠间睫编成，虽晓日激射，而光不能透。每舟择妙丽长白女子千人，执雕板，镂金楫，号为“殿脚女”。一日，帝将登凤舸，凭殿脚女吴绛仙肩，喜其柔丽，不与群辈齿，爱之甚，久不移步。绛仙善画长蛾眉，帝色不自禁，回辇召绛仙，将拜婕妤。适值绛仙下嫁为玉工万群妻，故不克谐。帝寝兴罢，擢为龙舟首楫，号曰“崆峒夫人”。由是殿脚女争效为长蛾眉，司宫吏日给螺子黛五斛，号为“蛾绿”。螺子黛出波斯国，每颗值十金。后征赋不足，杂以铜黛给之，独绛仙得赐螺黛不绝。帝每倚簾视绛仙，移时不去，顾内谒者云：“古人言秀色若可餐，如绛仙，真可疗饥矣。”因吟《持檝篇》赐之曰：“旧曲歌桃叶，新妆艳落梅。将身旁轻檝，知是渡江来。”诏殿脚女千辈唱之。

旹越溪进耀光绫，绫纹突起，有光彩。越人乘樵风舟，泛于石帆山下，收野茧缫之。缫丝女夜梦神人告之：禹穴三千年一开，汝所得野茧，即江淹文集中壁鱼所化也。丝织为裳，必有奇文。织成，果符所梦，故进之。帝独赐司花女洎绛仙，它姬莫预。萧妃恚妬不怿，由是二姬稍稍不得亲幸。

帝尝醉游诸宫，偶戏宫婢罗罗者。罗罗畏萧妃，不敢迎帝，且辞以有程姬之疾，不可荐寝。帝乃嘲之曰：

个人无赖是横波，黛染降颅簇小蛾。
幸得留侬伴成梦，不留侬住意如何？

帝自达广陵，宫中多效吴言，因有侬语也。

帝昏湎滋深，往往为妖祟所惑。尝游吴公宅鸡台，恍惚间与陈后主相遇，尚唤帝为殿下。后主戴车纱皂帻，青绰袖长裾，绿锦纯缘紫纹方平履，舞女数十许，罗侍左右。中一女迥美，帝屡目之，后主云：“殿下不识此人耶？即丽华也。每亿桃叶山前，乘战舰与此子北渡，尔时丽华最恨，方倚临春阁，试东郭㕙紫毫笔，书小研红绡作答江令‘璧月’句未终，见韩擒虎跃青骢车，拥万甲，直来冲入，殊煞风景，以至今日。”俄以绿文测海蠡，酌红梁新酿劝帝。帝饮之甚欢，因请丽华舞《玉树后庭花》。丽华白后主，辞以“抛掷岁久，自井中出来，腰肢依巨，无复往时姿态”。帝再三索之，乃徐起终一曲。后主问帝：“萧妃何如此人？”帝曰：“春兰秋菊，各一时之秀也。”后主复诵诗十数篇，帝不记之，独爱《小窗》诗，及《寄侍儿碧玉》诗。《小窗》云：

午醉醒来晚，无人梦自惊。
夕阳如有意，偏傍小窗明。

《寄碧玉》云：

离别肠应断，相思骨合销。
愁魂若飞散，凭仗一相招。

丽华拜求帝一章，辞以不能。丽华笑曰："尝闻'此处不留侬，会有留侬处'，安可言不能？"帝强为之操觚曰：

见面无多事，闻名尔许时。
坐来生百媚，实个好相知。

丽华捧诗，赪然不怿。后主问帝："龙舟之游乐乎？始谓殿下致治在尧舜之上，今日复此逸游。大抵人生，各图快乐，曩时何见罪之深邪？三十六封书，至今使人怏怏不悦。"帝忽悟，叱之云："何今日尚目我为殿下，复以往事讯我邪！"随叱声，恍然不见。

帝幸月观，烟景清朗。中夜，独与萧妃起临前轩，帘栊不开，左右方寝。帝凭妃肩说东宫时事，适有小黄门映蔷薇丛调宫婢，衣带为蔷薇罥结，笑声吃吃不止。帝望见腰肢纤弱，意为宝儿有私。帝披单衣，亟行擒之，乃宫婢雅娘也。回入寝殿，萧妃诮笑不知止，帝因曰："往年私幸妥娘时，情态正如此。此时虽有性命，不复惜矣。后得月宾，被伊作意态不彻，是时侬心，不减今复对萧娘情态。曾效刘孝绰为《杂忆》诗，常念与妃，妃记之否？"萧妃承问，即念云：

忆睡时，待来刚不来。
卸妆仍索伴，解佩更相催。
博山思结梦，沉水未成灰。

又云：

忆起时，投签初报晓。
被惹香黛残，枕隐金钗袅。
笑动上林中，除却司晨鸟。

听之咨嗟，云："日月遄逝，今来已是几年事矣？"妃因言："闻说方外群盗不少，幸帝图之。"帝曰："侬家事，一切已托杨素了。人生能几何？纵有他变，侬终不失作长城公，汝无言外事也。"

帝尝幸昭明文选楼，车驾未至，先命宫娥数千人，升楼迎侍。微风东来，宫娥衣被风绰，直泊肩项。帝睹之，色荒愈炽，因此乃建迷楼，择下俚稚女居之，使衣轻罗单裳，倚槛望之，势若飞举。又爇名香于四隅，烟气霏霏，常若朝雾未散，谓"为神仙境，不我多也"。楼上张四宝帐，帐各异名，一名散春愁，二名醉忘归，三名夜酣香，四名延秋月，妆奁寝衣，帐各异制。

帝自达广陵，沉湎失度，每睡须摇顿四体，或歌吹齐鼓，方就一梦。侍儿韩俊娥，尤得帝意，每寝必召，令振耸支节，然后成寝，别赐名为"来梦儿"。萧妃常密讯俊娥曰："帝体不舒，汝能安之，岂有他媚？"俊娥畏威，进言："妾从帝自都城来，见帝尝在何妥车，车行高下不等，女态自摇，帝就摇怡悦。妾今幸承皇后恩德，侍寝帐下，私效车中之态以安帝耳，非他媚也。"他日，萧后诬罪去之，帝不能止。暇日登迷楼忆之，题东南柱二篇云："黯黯愁侵骨，绵绵病欲成。须知潘岳鬓，强半为多情。"又云："不信长相忆，丝从鬓里生。闲来倚楼立，相望几含情？"

殿脚女自至广陵，悉命备月观行宫，由是绛仙等，亦不得亲侍寝殿。有郎将自瓜州宣事回，进合欢水果一器，帝命小黄门以一双驰骑赐绛仙，遇马急摇解，绛仙拜赐不然，因附红笺小简上进曰："驿骑传双果，君王宠念深。宁知辞帝里，无复合欢心。"帝省章不悦，顾黄门曰："绛仙如何来辞怨之深也？"黄门惧，拜而言曰：

“适走马摇动，及月观，果已离解，不复连理。”帝意不解，因言曰：“绛仙不独貌可观，诗意深切，乃女相也，亦何谢左贵嫔乎？”

帝于宫中，尝小会为拆字令，取左右离合之意。时杳娘侍侧，帝曰：“我取‘杳’字为‘十八日’。”杳娘复解“罗（羅）”字为“四维”，帝顾萧妃曰：“尔能拆朕字乎？不能，当醉一杯。”妃徐曰：“移左画居右，岂非‘渊’字乎？”时人望多归唐公，帝闻之不怿，乃言：“吾不知此事岂为非圣人邪？”

于是，奸蠹起于内，盗贼攻于外。直阁裴虔通、虎贲郎将司马德勤等，引左右屯卫将军宇文化及，将谋乱，因请放官奴分道上下，帝可奏，即宣诏云：“门下寒暑迭用，所以成岁功也；日月代明，所以均劳逸也。故士子有游息之谈，农夫有休劳之节。咨尔髦众，服役甚勤，执劳无怠，埃壒溢于爪发，虮虱结于兜鍪。朕甚悯之，俾尔休番，从便亿戏，无烦方朔滑稽之请，而从卫士递上之文，朕于侍从之间，可谓恩矣。”

玉台盘

《钗小志》：南唐孙晟，官至司空。每食不设几案，使众妓各执一器，环立而侍，号“玉台盘”。

赐独孤妃龙角钗

《杜阳杂编》：大历中，日林国献龙角钗，类玉而绀色，上刻蛟龙之形，精巧奇丽，非人所制，上因赐独孤妃。与上同游龙舟池，有紫云自钗上而生，俄顷满于舟楫。上命置之掌内，以水喷之，遂化为二龙，腾空东去。

御前应制多女流

《太平清话》：钱塘为宋行都，男女尚抚（妩）媚，号“笼袖骄民”。当思陵上太皇号，孝宗奉太皇寿，一时御前应制，多女流也。

棊为沈姑姑，演史为张氏、宋氏、陈氏，说经为陆妙静、妙慧，小说为史惠英，队戏为李端娘，影戏为王润卿，皆宫中一时慧黠之选也。两宫游幸聚景、玉津内园，各以艺呈，天颜喜动，则赏赉无算。

粉腻衣香金凤凰

《云仙杂记》：周光禄诸妓，掠鬓用郁金油，傅面用龙消粉，染衣以沉香水。月终，人赏金凤凰一只。

名士风流

《泾林杂记》：唐伯虎，名寅，字子畏。才高气雄，藐视一世，而拓落不羁，弗修边幅，每遇花酒会心处，遂忘形骸。其诗画特为时珍重，锡山华虹山学士，尤所推服。彼此神交有年，尚未觌面，唐往茅山进香，道出无锡，计返棹时，当往诣华倾倒。晚泊河下，登岸闲行，偶见乘舆东来，女从如云，有丫鬟貌尤艳丽。唐不觉心动，潜尾其后，至一高门，众拥而入。唐凝盼怅然，因访居民，知是华学士府。

唐归舟，神思迷惑，展转不寐，中夜忽生一计，若梦魇状，被发狂呼。众惊起问故，唐曰："适梦中，见一天神，朱发獠牙，手持金杵：'进香不虔，圣帝见谴，令我击汝。'持杵欲下。予叩头哀乞再三，云：'姑且恕尔。可只身持香，沿途礼拜，至山谢罪，或可幸免，不则祸立降矣。'予惊醒战悚，今当遵神教，独往还愿，汝辈可操舟速回，毋溷乃公为也。"即微服持包伞登岸，奋然疾行而去，有追随者，大怒逐回。

潜至华典中，见主柜者，卑词降气，曰："小子吴县人，颇善书，欲投府上写帖，幸为引进。"即取笔，书数行于一纸授之。主者持进白华，呼之入见，仪表俊伟，字画端楷，颇有喜色。问平日习何业，曰："幼读儒书，颇善作文。屡试不得进学，流落至此，愿备书记之末。”公曰：“若尔，可作吾大官伴读。”赐名“华安”，送至书馆。

安得进身，潜访前所见丫鬟，云名桂华，乃公所素宠爱者，计无所出。居久之，偶见郎君文义有未安处，私加改窜，或为代作。师喜其徒日进，持文夸华，华曰：“此非孺子所及，必倩人耳。”呼子诘之，弗敢隐。因出题试安，援笔立就，举文呈华，手有枝指。华阅之，词意兼美，益喜甚，留为亲随，俾掌文房，凡往来书劄，悉令裁复，咸当公意。

未几，主典者告殂，华命安暂摄，出纳惟慎，毫忽无私。公欲令即代而嫌其未婚，难以重托，呼媒为择妇。安闻，潜乞于公素所知厚者，曰：“安蒙忘分提拔，复谋为置室，恩同天地。第不欲重费经营，或以侍儿见配可耳。”所知因为转达，华曰：“婢媵颇众，可令自择。”安遂微露，欲得桂华。公初有难色，而重违其意。择日成婚，另饰一室，供帐华侈。合卺之夕，相得甚欢。

居数日，两情益投，唐遂吐露情寔，云：“吾唐解元也，慕尔姿容，屈身就役。今得谐所愿，此天缘也。然此地岂宜久羁？可潜遁归苏，彼不吾测，当图偕老耳。”女欣然愿从，遂买小舟乘夜遄发。天晓，家人见安房门封锁。启视室中，衣饰细软，俱各登记，毫无所取。华沉思莫测其故，令人遍访，杳无形迹。

年余，华偶至阊门，见书坊中坐一人，形极类安，从者以告华，令物色之。唐尚在坊持文翻阅，手亦有枝指。仆尤骇异，询问何人，旁云：“此唐伯虎也。”归以告华，遂持刺往谒。唐迎，坐定，华审视再三，果克肖；茶至而指露，益信为安无疑。奈难以直言，踌躇未发。唐命酒对酌，半酣，华不能忍，因缕述安去来始末以探之，唐但唯唯；华又云：“渠貌与指，颇似公，不识何故？”唐又唯唯，而不肯承。华愈狐疑，欲起别去，唐曰：“幸少从容，当为公剖之。”酒复数行，唐命童秉烛前导，入后堂，请新娘出拜，珠珞重遮，不露娇面。拜毕，唐携女近华，令熟视之，笑曰：“公言华安似不佞，不识桂华，亦似此女否?”乃相与大笑而别。华归，厚其装奁赠女，遂缔姻好云。

题九迷诗

《常新录》：史凤，宣城妓也，待客以等差，甚异者，有迷香洞、神鸡枕、锁莲灯；次则鲛红被、传香枕、八分羹。各有题咏，咏迷香洞云：

洞口飞琼佩羽霓，香风飘拂使人迷。
自从邂逅芙蓉帐，不数桃花流水溪。

神鸡枕云：

堪羡鸳鸯久共栖，锦衾角枕斗芳菲。
巫山有梦忘侵晓，鸡亦留连不肯啼。

锁莲灯云：

灯锁莲花花照罍，翠钿同醉足台巍。
残灰剔罢携纤手，也胜金莲送却回。

传香枕云：

韩寿相从何处传？枕边芬馥恋婵娟。
休疑粉黛加铤刃，玉女旃檀侍佛前。

下则不相见，以闭门羹待之，使人致语曰：“请公梦中来。”冯垂客于凤，罄囊有铜钱三十万，尽纳之，得至迷香洞，题九迷诗于照春屏而归。

元顺帝

《元氏掖庭记》：顺帝乘龙船，泛月池。池上起浮桥三处，每处分三洞，洞上结彩为飞楼，楼上置女乐。桥以木为质，饰以锦绣，九洞不相直达。每遇上巳日，令诸嫔妃祓于内园迎祥亭漾碧池。池用纹石为质，以宝石镂成，奇花繁叶，杂砌其间，上构紫云九龙华盖，四面施帏，帏皆蜀锦为之。跨池三桥，桥上结锦为亭，中匾“结鸾”，左匾“凝霞”，右匾“承霄”，三亭雁行相望。又设一横桥，接乎三亭之上，以通往来。祓毕，则宴饮于中，谓之“爽心宴”。池之旁有潭曰香泉，至此日则积香水以注于池。池中又置温玉狻猊、白晶鹿、红石马等物，嫔妃浴澡之余，则骑以为戏，或执兰蕙，或击球筑，谓之“水上迎祥之乐”。唯淑姬戈小娥，体白而红，着水如桃花含露，愈增妍美。帝曰：“此夭桃女也。”因呼为“蹇桃夫人”，宠爱有加焉。

丽嫔张阿玄，性号机敏。顺帝或视朝退，即与诸嫔嬉游后宫，常曰：“百岁光阴，等于驰电，日夜为乐，犹不满十万，况其间疾病相侵，年寿难必，如白云有期，富贵皆非我有矣，何为自苦，虚度一生？”于是长歌大舞，自暮达旦，号曰“遣光”。诸嫔贵妃，百媚其前，以求容悦。阿玄乃私制一昆仑巾，上起三层，中有枢转，玉质金枝，纫彩为花，团缀于四面；又制蜂蝶杂处其中，行则三层摩运，百花自摇，蜂蝶欲飞，皆作钻蕊之状。又置飞琼流翠之袍，趋步之际，飘缈若月宫仙子。帝见之，指谓众嫔曰：“张嫔气宇清越，服帝子云霓之服。”

玄为帝制绣丝绞布之裘，雪迭三山之履，以进。帝服其裘，穿其履，冠春阳一线巾。巾乃方士所进，云是东海长生公所服，帝珍重之，作宝光楼以藏焉，至是始出服之，顾谓宫人曰：“使朕服此，不食不饥，遨游台岛间，得与金仙羽客为侣，视弃天下如土块耳。”内竖梁行进曰：“陛下冠服，不异神仙。海池琼宇，亦壶岛之匹也。即令逍遥日游，犹足为乐，何必远有所慕哉！”帝于是自称玉宸馆珮琼花第一洞烟霞小仙，以玄为太素仙妃，程一宁为太真仙妃，就于万岁山筑垣，状如天台赤城，亦号紫霓城，建玉宸馆，迭石为琼花洞以居焉。

宫人凝香儿者，本官妓也，以才艺选入宫，遂充才人。善鼓瑟，晓音律，能为翻冠飞履之舞：舞间，冠履皆翻覆飞空，寻如故，少顷复飞，一舞中屡飞屡复，虽百试不差。帝尝中秋夜，泛舟禁池，香儿着琐里缘蒙之衫——琐里，夷名产，撒哈剌蒙茸如毡毾，但轻薄耳，宜于秋时着之，有红、绿二色，至元间进贡。帝又命工以金笼之妆，出鸾凤之形，制为十大衫，香儿得一焉。又服玉荷花蕊之裳——于阗国乌玉河生花蕊草，采其蕊织之，为锦香儿。以小艇荡漾波中，舞婆娑之队，歌弄月之曲，其词云：

蒙衫兮蕊裳，瑶环兮琼珰。
泛予舟兮芳渚，击予楫兮徜徉。
明皎皎兮水如镜，弄蟾光兮捉娥影。
露团团兮气清，风飕飕兮力劲。
月一轮兮高且圆，华彩发兮鲜复妍。
愿万古兮每如此，予同乐兮终年。

帝复置酒于天香亭，为赏月，饮香儿，复易服趋亭前，为昂鸾缩鹤之舞，帝大悦，以为昔人《霓裳羽衣》，不是逮也。

京城北三十里有玉泉山，山半为吕公岩，夏月，帝常避暑于北山之下，曰："西湖者，其中多荷蒲菱芡。"帝以文梓为舟，伽南为楫，刻飞鸾翔鹢饰于船首，随风轻漾。又作采菱小船，缚彩为棚，木兰为桨，命宫娥乘之，以采菱为水戏。时香儿亦在焉，帝命制《采菱曲》，使篙人歌之，遂歌《水面剪青》之调曰：

伽南楫兮文梓舟，泛波光兮远夷犹。
波摇摇兮舟不定，扬予袂兮金风竞。
棹歌起兮纤手挥，青角脱兮水潆洄。
归去来兮乐更谁？

篙人歌之，声满湖上。天色微曛，山衔落日，帝乃周游荷间，取荷之叶，或以为衣，或以为盖，四顾自得，每至忘归。

暖 手

《开元天宝遗事》：岐王少惑女色，每至冬寒，手冷不近火，惟纳于妓怀中，揣其肌肤，称为“暖手”。

你莫思量我

《古今词话》：谢希孟者，陆象山门人也。少豪俊，与妓陆氏狎，象山屡责之，希孟但敬谢而已。他日，复为妓造鸳鸯楼，象山又以为言，希孟谢曰：“非特建楼，且为作记。”象山喜其文，不觉曰：“楼记云何？”即占首句云：“自逊抗机云之死，而天地英灵之气，不钟于男子，而钟于妇人。”象山默然，知其侮己也。一日，希孟在妓所，恍然有悟，不告而行。妓追送江浒，悲恋而啼，希孟毅然取领巾，书一词与之云：

> 双桨浪花平，夹岸青山锁。你自归家我自归，说着如何过？　我断不思量，你莫思量我。将你从前与我心，付与他人可。

其词勇决，真象山门下之利根也。

锦帐二十里

《因话录》：睦州刺史柳齐物，少而俊迈，家富于财，因调集至京师。有名娼陈娇如者，姿艺俱美，柳诣之，悦焉。陈云：“第下锦帐二十里，即奉事终身。”本易其言，戏之耳。翌日，遂如数载锦帐以行。陈大惊，且赏其奇持，竟纳入柳氏之家，执媵仆之礼，为中表所推。明皇在人间，尝闻娇陈之名，访知，乃召入宫，涕泣称痼疾且老，上知其不可强也，命之归。

半年靡金钱数百万

《癸辛杂识》：淳祐间，吴妓徐兰擅名一时。吴兴乌墩镇，有沈承务者，家巨富，慕其名，遂驾大舟往游焉。徐知其富，初则馆之别室，开宴命乐，极其精腆；至次日，复以精缣制新衣一袭奉之。至于舆台，各有厚犒。如此兼旬日，未尝略有需索。沈不能自已，以白金五百星，并彩缣百匹，馈之。凡留连半年，靡金钱数百万而归。于是徐兰之声，播于浙右，豪侠少年，无不趋赴。其家虽不甚大，然堂馆曲折华丽，亭榭园池，无不具至。以锦缬为地衣，乾红四紧纱为单食销金帐幔，侍婢执乐音十余辈，金银、宝玉器玩、名人书画、饮食受用之类，莫不精妙，遂为三吴之冠。

后死，葬于虎丘，太学生边云遇作墓铭云："此亦娼中之贵者。"其后如富沙之唐媚、魏辈（华）、苏翠，京口邢蕊、韩香，越之杨花、缪翠，皆以色艺称。士大夫之不自检者，往往为其所污，屡见之于白简云。

杀千金五花马

《青楼集》：元时歌妓顺时秀，姓郭氏，字顺卿，行第二，人称之曰"郭二姐"。恣态闲雅，杂剧为闺怨最高，驾头、诸旦本亦得体。刘时中以"金簧玉管，凤吟鸾鸣"，拟其声韵。平生与王元鼎密，偶有疾，思得马版肠充馔，元鼎杀所乘千金五花马，取肠以供，都下传为佳话。时中书参政阿鲁温，尤属意焉，因戏语曰："我比元鼎何如？"对曰："参政，宰相也；元鼎，才人也。燮理阴阳，致君泽民，则学士不及参政；嘲风弄月，惜玉怜香，则参政不如学士。"参政付之一笑而罢。

春锦园

《垄起杂事》：张士信守湖州，饰二美姬以进士诚，起香桐、芳蕙二馆以居之；又选三吴良家女八十余人，充内使。时宫阙未备，就于府后起重楼邃阁数十间，以为闺闱之所，名之曰"春锦园"。

宋　郊

钱世昭《钱氏私志》：宋相郊居政府，上元夜在书院内读《周易》，闻其弟学士祁，点华灯，拥歌妓，醉饮达旦，翌日，谕所亲令诮让云："相公寄语学士，闻昨夜烧灯夜燕，穷极奢侈。不知记得某年上元，同在某州学内，吃齑煮饭时否？"学士笑曰："却须寄语相公：不知某年同某处吃齑煮饭，是为甚底？"

是厕耳

《裴子语林》：刘实诣石崇，如厕，见有绛纱帐大床，茵蓐甚丽，两婢侍饰香囊，遽反走，即谓崇曰："向误入卿室内。"崇曰："是厕耳。"实更往，向乃守厕婢，所进锦囊，实筹良久不得，便行出。［谓］崇曰："贫士不得如此厕。"乃如他厕。

诸妓走马楼

《唐书·许敬宗传》：敬宗营第舍华僭，至造连楼，使诸妓走马其上，纵酒奏乐自娱。嬖其婢，因以继室，假姓虞。子昂烝之，敬宗怒黜虞，奏斥昂领外，久乃表还。

芳尘粘雨

王嘉《拾遗记》：石虎起楼高四十丈，集诸羌于楼上。时亢旱，舂杂宝异香为屑，使数百人楼上吹散之，名曰"芳尘台"。上有铜龙，腹容数百斛酒，使人于楼上嗽酒，风至望之如露，名曰"粘雨台"，用以洒尘。

玄　宗

郑处诲《明皇实录》：玄宗幸华清宫，新广汤池，制作宏丽。安录山于范阳，以白玉石为鱼龙凫雁，仍为石梁及石莲花以献，雕镌巧妙，殆非人功。上大悦，命陈于汤中，又以石梁横亘汤上，而莲花才出于水际。上因幸华清宫，至其所，解衣将入，而鱼龙凫雁，皆若奋鳞举翼，状欲飞动。上甚恐，遽命撤去，其莲花至今犹存。又尝于宫中置长汤屋数十间，环回甃以文石，为银镂漆船，及白香木船，置于其中。至于楫橹，皆饰以珠玉。又于汤中垒瑟瑟及沉香为山，以状瀛洲方丈。

上将幸华清宫，贵妃姊妹，竞饰车服，为一犊车，饰以金翠，间以珠玉，一车之费，不啻数十万贯。既而重甚，牛不能引，因复上闻，请各乘马。于是竞购名马，以黄金为衔笼，组绣为障泥，共会于国忠宅，将同入禁中。炳炳照烛，观者如堵，自国忠宅至于城东南隅，仆御车马，纷纭其间。国忠方与客坐于门下，指而谓客曰："某家起于细微，因缘椒房之亲，以至于是。吾今未知税驾之所，念终不能致令名，要当取乐于富贵耳。"由是骄奢僭侈之态纷然，而昧处满持盈之道矣。

太平公主玉叶冠，虢国夫人夜光枕，杨国忠锁子帐，皆稀代之宝，不能计其直。

饮酒不尽斩美人

刘义庆《世说新语》：石崇每要客燕集，常令美人行酒，客饮酒不尽者，使黄门交斩美人。王丞相与大将军尝诣崇，丞相素不能饮，辄自勉强，至于沉醉。每至大将军，固不饮，以观其变，已斩三人，颜色如故，尚不肯饮。丞相让之，大将军曰："自杀伊家人，何预卿事。"

北路鱼南路徐

《南史·徐羡之传》：绲子君蒨，字怀简。幼聪朗，好学，尤长丁部书，问无不对，善弦歌。为梁湘东王镇西咨议参军，颇好声色，侍妾数十，皆佩金翠、曳罗绮，服玩悉以金银。饮酒数升便醉，而闭门尽日酣歌，每遇欢谑，则饮至斗。有时载伎肆意游，荆楚山川，靡不毕践，朋从游好，莫得见之。时襄阳鱼弘，亦以豪侈称，于是府中谣曰："北路鱼，南路徐。"然其服翫，次于弘也。

君蒨辩于辞令，湘东王尝出军，有人将妇从者，王曰："才愧李陵，未能先诛女子；将非孙武，遂欲驱战妇人。"君蒨应声曰："项籍壮士，犹有虞兮之爱；纪信成功，亦资姬人之力。"君蒨文冠一府，特有轻艳之才，新声巧变，人多讽习，竟卒于官。

妾媵数百

《周书·李迁哲传》：迁哲，字孝彦，安康人也。累世雄豪，为乡里所率服。性复华侈，能厚自奉养，妾媵至有数百，男女六十九人。缘汉千余里间，第宅相次，姬人之有子者，分处其中，各有僮仆、侍婢、奄阍守之。迁哲每鸣笳导从，往来其间，纵酒饮燕，尽生平之乐。

百余婢手擎饮食

《钗小志》：武帝尝降王武子家，武子供馔，并用琉璃器，婢子百余人，皆绫罗袴褶，以手擎饮食。

卷　九

情中爱

羹污朝衣

《后汉书·刘宽传》：宽温仁多恕，虽在仓卒，未尝疾言遽色。夫人欲试宽令恚，伺当朝会，装严已讫，使侍婢奉肉羹，翻污朝衣。婢遽收之，宽神色不异，乃徐言曰："羹烂汝手。"其性度如此，海内称为长者。

比肩人

《诚斋杂记》：海盐陆东美妻朱氏，有容止，夫妻相重，寸步不相离，时人号为"比肩人"。后死合葬，冢上生梓树，同根二身相抱而合成一树，每有双雁，常宿于上。孙权封其里曰"比肩"，墓曰"双梓"。后子弘与妻张氏，亦相爱慕，吴人又呼为"小比肩"。

苏娘愿得谢郎衣

《钗小志》：苏紫蔚爱谢耽，咫尺万里，靡由得亲，遣侍儿假耽之恒着小衫，昼则私服于内，夜则拥之而寝。耽知之，寄以诗曰："苏娘一别梦魂稀，来借青衫慰渴饥。若使闲情重作赋，也应愿得谢郎衣。"谢亦取女袒服衷之。后为夫妇。

我爱你白头乌肉

《丹午杂记》：钱牧斋尝曰："老夫领学前朝，取其宽；袖依时样，取其便。"或笑曰："公可谓两朝领袖矣。"又尝戏谓柳如是曰："我爱你乌个头发白个肉。"柳曰："我爱你白个头发乌个肉。"当时传以为笑。

见妻如宾

《晋书·何曾传》：曾性至孝，闺门整肃，自少及长，无声乐嬖幸之好。年老后，与妻相见，皆整衣冠，相待如宾，己南向、妻北向，再拜上酒。酬酢既毕，便出。一岁如此者，不过再三焉。

卿　卿

《妆楼记》：王安丰妇"卿"安丰，安丰曰："妇人卿婿，礼不为敬，后勿复尔。"妇曰："亲卿爱卿，是以卿卿。我不卿卿，谁复卿卿？"

菩萨看麻胡

《漫笑录》：毗陵有成郎中，宣和中为省官，貌不扬而多髭。再娶之夕，岳母陋之曰："我女女菩萨，乃嫁一麻胡。"命成作诗。成乃操笔大书云："一床两好世间无，好女如何得好夫？高卷珠簾明点烛，试教菩萨看麻胡。"其女亦安分随缘，和鸣偕老，儿女成行，各以寿终。

始知天下有丈夫

《晋书·羊皇后传》：后讳献容，洛阳败，没于刘曜。曜僭位，以为皇后，因问曰："吾何如司马家儿？"后曰："胡可并言。陛下开基之圣主，彼亡国之暗夫，有一妇一子及身三耳，不能庇之。贵为帝王，而妻子辱于凡庶之手。遣妾尔时实不思生，何图复有今日？妾生于高门，常谓世间男子皆然。自奉巾栉以来，始知天下有丈夫耳！”甚爱宠之，生曜二子而死，伪谥“献文皇后”。

一生辜负看花心

《本事诗》：张又新郎中，与杨虔州齐名友善。杨妻李氏，即鄘相之女，有德无容，杨未尝介意，敬待特甚。张常语杨曰：“我少年成美名，不忧仕矣。唯得美室，平生之望斯足。”杨曰：“必求是，但与我同好，必谐君心。”张深信之。

既婚，殊不惬心，杨以笏触之曰：“君何太痴。”言之数四。张不胜其忿，回应之曰：“与君无间，以情告君，君误我如是，何谓痴？”杨历数求名从宦之由，曰：“岂不与君皆同耶？”曰：“然。然则我得丑妇，君讵不闻我邪？”张色解，问：“君室何如？”曰：“特甚。”张大笑，遂如初。张既成家，乃作诗曰：“牡丹一朵直千金，将谓从来色最深。今日满阑开似雪，一生辜负看花心。”

下床答拜

《后汉书·樊英传》：英教授颍（颍）州，陈寔少从英学。常有疾，妻遣奴婢拜问，英下床将答拜。寔怪而问之，英曰：“妻，齐也，共奉祭祀，礼无不答。”其恭谨若是。

张古人妻

《金史·张潜传》：潜幼有志节，慕荆轲、聂政为人。年三十，始折节读书，时人高其行谊，目曰“张古人”。后客崧山，从仲振受《易》。年五十，始娶鲁山孙氏，亦有贤行。夫妇相敬如宾，负薪拾穗，行歌自得，不知其贫也。

寄　衣

《辍耕录》：洞庭刘氏，嫁叶正甫。叶久客都门，因寄衣，侑以诗云："情同牛女隔天河，又喜秋来得一过。岁岁寄郎身上服，丝丝是妾手中梭。剪声自觉和肠断，线脚那能抵泪多！长短只依先去样，不知肥瘦近如何？"

此真梁鸿妻也

皇甫谧《高士传》：梁鸿，字伯鸾。势家慕其高节，多欲女之，鸿并不受。同县孟氏有女，肥丑而黑，力举石臼。择对不嫁，父母问其故，女曰："欲得贤如梁伯鸾者。"鸿闻而聘之。始以妆饰入门，七日而鸿不与语，妻乃下请。鸿曰："吾欲求衣褐之人，可与隐深山者。今衣绮缟、傅粉墨，岂鸿所愿哉？"妻曰："以观夫子之志耳。妾自有隐居之服。"乃更为椎髻，着布衣，操作而前。鸿大喜曰："此真梁鸿妻也！"字之曰德耀，名孟光。欲相与入霸陵山中，以耕织自食。初至吴，依皋伯通庑下，为人赁舂，妻具食，举案齐眉。伯通异之，曰："彼佣能使其妻敬之如此，非常人。"乃舍之于家。

相公怜玉腕

《吟牕叙录》：李愿家一姬，名真珠，自为女宝，后为牛僧儒侍妾，有殊色。卢肇至，僧孺奇其文，延于中寝，会真珠沐发，方以手捧其髻，插金钗于两鬓间。僧孺曰："何妨一咏？"肇曰："知道相公怜玉腕，故将纤手整金钗。"

为公子点筹

《寄闲斋杂志》：校书许玉珍，字宝如，燕人，眉目轩爽，举止大方，盖巾帼而具须眉气者。浙西吴公子，挟重赀入都，输部捐郡佐之职，客中多暇，时游狭邪。或引至玉珍所，一见悦之，遂移寓其家，日与之昵，两情浃洽，有终身之订。

公子年甫冠，美姿容，躭饮好博，而性豪爽，一掷数十金，不少吝。诸狭少闻其名，群就之博，公子数负，未匝月，千金之装，行将告罄，而博犹未已。玉珍忧之，欲为公子操必胜术，展转久之，思得一计。先命人沽酒市脯，然后饰貌整衣，出拜诸客，就案旁斜坐，为公子点筹。公子喝雉呼卢，连负数掷。玉珍计橐中之金，不足以偿博负，含笑而起，敛衽向客曰："公子输矣，妾请代为一掷。"客许之，乃出五十金为注。约既定，让客先掷，或枭或雉，错见于盆。次及玉珍，徐向盆中取骰，低鬟微笑曰："愿赐全绯。"轻轻一掷，六子皆绯。众见之，无不愕然。玉珍敛骰徐起，口称如愿，向客言曰："妾幸掷全绯，案上之银，愿诸贵人悉赐焉。"客皆诺之。玉珍命侍儿尽取以入，统计之，不下三千金也。已而酒炙纷陈，共相欢饮。席将散，玉珍曰："妾已治具，愿诸贵人来日早集。"客皆应曰："诺。"

明日，客果早来。玉珍命侍儿布席，海错山珍，咸烹饪有法。酒三行，玉珍手捧巨觞，从容对客曰："妾今日邀诸贵人饮酒者，为吴公子戒赌也。请公子先饮此觞。"公子受而饮之。玉珍复遍觞诸客。徐起入内，捧一巨匣出，置于几上，向假母敛衽再拜曰："玉珍受母抚养恩，愧无以报，请以匣中五百金，为母终养之资。"假母闻之，骇甚，且悲甚，持金而泣，不能成语。玉珍又向客万福曰："妾今为吴公子妾，不可复与诸贵人相见矣。"言讫，翩然而入。酒未阑，骊驹已先在门；俟客散，即偕公子南还。

抵家后，公子不复博，惟时时至玉珍房，与之敲棋花下，饮酒月中而已。甫半载，公子选授某郡别驾，将携玉珍之任。玉珍染疾不能行，公子为之延医召巫，迟发者两月余，疾终不瘳。既卒，公子检其遗物，于奁中得绣囊一，启视之，中有骰子六枚，面面皆绯，盖昔时一掷三千者也。公子见之，号恸几绝，厚殡葬之，终身不复置妾。

市鱼三斩

《名山藏·臣林记》：戚继光贫时，妻市鱼三斩之，朝进首，午进尾。问有余，则曰："亡。"继光意臑在腹，具阴自奉也，心嗛之。暮乃以鱼腹进，曰："妾佚君劳，君良妾苦，礼也。"继光泪且谢。

甘　后

王嘉《拾遗记》：蜀先主甘后，沛人也。生于微贱，里中相者云："此女后当极贵，位极宫掖。"及长，体貌特异。年至十八，玉质柔肌，态媚容冶。先主召入，致白绡帐中，于户外望者，如月下聚雪。河南献玉人，高三尺，乃取玉人置后侧，昼则讲说军谋，夕则拥后而玩玉人。常称玉之所贵，比德君子，况为人形，而可不玩乎？甘后与玉人洁白齐润，观者殆相惑乱，嬖宠者非惟嫉甘后，亦妬玉人也。

红泪揾罗巾

《槐西杂志》：

去去复去去，悽恻门前路；行行重行行，辗转犹含情。
含情一回首，见我窗前柳。柳北是高楼，珠箫半上钩。
昨为楼上女，箫下调鹦鹉；今为墙外人，红泪沾罗巾。
墙外与楼上，相去无十丈，云何咫尺间，如隔千重山？
悲哉两决绝，从此终天别！别鹤空徘徊，谁念鸣声哀？
徘徊日欲晚，决意投身返。手裂湘裙裾，泣寄藁砧书。
可怜帛一尺，字字血痕赤。一字一酸吟，旧爱牵人心。
君如收覆水，妾罪甘鞭棰。不然死君前，终胜生弃捐。
死亦无别语，愿葬君家土；傥化断肠花，犹得生君家。

右见《永乐大典》，题曰“李芳树刺血诗”，不著朝代，亦不详芳树始末，不知为所自作，如窦元妻诗；为时人代作，如焦仲卿妻诗也。世无传本，余校勘《四库》，偶见之，爱其缠绵悱恻，无一毫怨怒之意，殆可泣鬼神，令馆吏录出一纸，久而失去。今于役滦阳，检点旧帙，忽于小箧内得之。沉湮数百年，终见于世，岂非贞魂怨魄，精贯三光，有不可磨灭者乎？陆耳山副宪曰：“此诗次韩蕲王孙女诗前，彼在宋末，则芳树必宋人。”以例推之，想当然也。

温都监女

《野客丛谈》：坡公之谪惠州也，惠有温都监女超超，颇有色。年十六，不肯嫁人，闻坡公至，甚喜，谓人曰：“此吾婿也。”每夜闻坡讽咏，则徘徊窗外。坡觉而推窗，则其女逾墙而去。坡物色之，温具言故，坡曰：“吾当呼王郎与子为姻。”未几，坡过海，不谐。及坡回惠日，其女已死，葬沙滩之侧。坡怅然赋孤鸿，调寄《卜算子》云：“缺月挂疎桐，漏断人初静。时见幽人独往来，缥缈孤鸿影。 惊起却回头，有恨无人省。拣尽寒枝不肯栖，寂寞沙洲冷。”借鸿为喻，非真言鸿也。“拣尽寒枝不肯栖”，谓少择偶不嫁；“寂寞沙洲冷”，指葬所也。此词盖惠州白鹤观所作。或云黄州作，属意王氏女，非也。

王巧儿

《青楼集》曰：王巧儿，歌舞颜色，称于京师。陈云峤与之狎，王欲嫁之，其母密遣其流辈开喻曰：“陈公之妻，乃铁太师女，妬悍不可言。尔若归其家，必遭凌辱矣。”王曰：“巧儿一贱娼，蒙陈公厚眷，得侍巾栉，虽死无憾。”母知其志不可夺，潜挈家僻所，陈不知也。

旬日后，王密遣人谓陈曰：“母氏设计置我某所，有富商约某日来，君图之，不然，恐无及矣。”至期，商果至，王辞以疾，悲啼宛转。饮至夜分，商欲就寝，王抚其肌肤皆损，遂不及乱。既五鼓，陈宿构忽刺罕赤闳，缚商，欲赴刑部处置。商大恐，告陈公曰："某初不知，幸寝其事，愿献钱二百缗，以助财礼之费。"陈笑曰："不须也。"遂厚遗其母，携王归江南。陈卒，王与正室铁，皆得守其家业，人多所称述云。

认取姑苏沈五娘

《槐西杂志》：侍姬沈氏，余字之曰"明玕"，其祖长洲人，流寓河间，其父因家焉。生二女，姬其次也。神思朗彻，殊不类小家女。常私语其姊曰："我不能为田家妇，高门华族，又必不以我为妇，庶几其贵家媵乎？"其母微闻之，竟如其志。

性慧黠，平生未尝忤一人。初归余时，拜见马夫人，马夫人曰："闻汝自愿为人媵，媵亦殊不易为。"敛衽对曰："惟不愿为媵，故媵难为耳。既愿为媵，则媵亦何难？"故马夫人始终爱之如娇女。尝语余曰："女子当以四十以前死，人犹悼惜。青裙白发，作孤雏腐鼠，吾不愿也。"亦竟如其志，以辛亥四月二十五日卒，年仅三十。

初仅识字，随余检点图籍，久遂粗知文义，亦能以浅语成诗。临终以小照付其女，口诵一诗，请余书之曰："三十年来梦一场，遗容手付女收藏。他时话我生平事，认取姑苏沈五娘。"泊然而逝。

方病剧时，余以侍值圆明园，宿海淀槐西老屋，一夕恍惚两梦之，以为结念所致耳。既而知其是夕晕绝，移二时乃苏，语其母曰："适梦至海淀寓所，有大声如雷霆，因而惊醒。"余忆是夕，果壁上挂瓶，绳断堕地，始悟其生魂果至矣，故题其遗照有曰："几分相似几分非，可是香魂月下归？春梦无痕时一瞥，最关情处在依稀。"又曰："到死春蚕尚有丝，离魂倩女不须疑。一声惊破梨花梦，恰记铜瓶坠地时。"即记此事也。

真凤歌

《青楼集》：真凤歌，山东名妓也，善小唱。彭庭坚为沂州同知，确守不乱，真恃机辨圆转，欲求好于彭。一日大雪，彭会客，深夜方散，真托以天寒不回，直造彭室，彭竟不辞，繇是情好甚密。

南都妓

《泾林杂记》云：太仓监生张某，嘉靖壬子应试南都，与院妓情好甚昵。张约倘得中式，当为赎身，妓亦愿从良，盟誓颇坚。妓复接一徽友，富豪拟于陶朱，先用重赀，买得字眼，悬于汗巾角上，饮酒沉醉，归寝，将汗巾置枕席中，天明忘取而去。妓检点床褥得之，发其封，重迭印记甚密。妓素识字，知为关节也，谨藏于箧中。薄暮，徽友复来，觅汗巾不得，愿出厚赏。妓坚讳不露，佯令女奴辈遍索室中，竟无形影，悒悒而回。妓遣仆呼张至，举字眼授之。张如式书卷中，遂得登科，因取妓为妾。后生一子，主家政，与张谐老焉。

王采薇

《寄闲斋杂志》：毗陵闺秀王采薇，系进士艺山女，有才色，适今兵部郎中孙渊如（星衍），伉俪甚笃。渊如为诸生时，采薇以疾卒，年只二十余也。渊如哭之哀，誓不再娶，并检其遗诗，寿之梨枣，名《长离阁集》。卷中佳句颇多，如："一院露光团作雨，四山花影下如潮。"为袁简斋太史所赏。奉贤汪讱轩（元桐）尝题其集，兼寄渊如云：

弄笔摊书最可怜，清词字字雅堪传。
吟将碎露疏林句，不数襄阳孟浩然。
佳人难得自堪悲，奉倩神伤亦太痴。

总使百年同白首，雪泥鸿爪不多时。

马琼琼

瞿佑《寄梅记》：朱端朝，字延之，宋南渡后，肄业上庠。与妓马琼琼者往来，久之情爱稠密，马屡以终身之托为言，朱虽口诺，而心不诺之，盖以妻性严谨，不敢主盟，非薄幸也。

端朝文华富赡，琼琼知其非久于白屋者，遂倾心事之，凡百资用，皆为办给。时秋试获捷，琼琼大出犒赏。及春闱省试，复中优等，以策语过激，遂置下甲，注受南昌尉。琼琼恳曰："妾风尘卑末，荷君不弃。今幸荣登仕版，行将云泥隔绝，忍使妾之一身，终沦弃乎？倘获脱此业缘，永执箕箒，受赐于君，诚不浅浅。君内政虽严，妾自能小心承顺。且妾箱箧稍充，若与力图去籍，亦未为难。"

端朝曰："去籍易耳，但内子非能容人者，设能相容，何待今日？既汝中心诚恳，沮之则近无情，从之则虞有辱。容先入数语探之，如其不从，亦无策矣。"因乘间谓其妻曰："我久居学舍，急于干禄，岂得待数年之阙？近得一官，实出妓子马琼琼所赐。其人柔顺恭谨，今欲委身于外。若脱彼风尘，此亦仁人酬德之事也。"其妻曰："君意已决，亦复何辞？"端朝喜出望外，即以报琼，于是宛转脱琼琼籍，挈之归家。既至门，与正室一见如故。端朝藉其所携，家道稍丰，因整理一区，中间东、西二阁，东居正室，而琼琼处于西阁。

如是三载，阙期已满，迓吏前至。端朝以路远俸薄，不肯携累，乃单骑赴任。将行，置酒相宴，因属曰："此去，或有家信，二阁合书一缄，复书亦如之。"既到南昌，半载，乃得家信，止东阁有书，而西阁则无之。端朝亦不介意，复书中但谕东阁以宽容之意。琼琼闻书至，不及见，疑之，请于东阁，东阁言颇不顺。西阁乃密遣一仆以往，端朝开缄，绝无一字，止见雪梅扇面而已，后写一词，名《减字木兰花》云：

雪梅妬色，雪把梅花相抑勒。梅性温柔，雪压梅花怎起头？　芳心欲诉，全仗东君来作主。传语东君，早与梅花作主人。

端朝详味词意，知为东阁所抑，自是坐卧不安，每思弃官归隐，盖以侥幸一官，皆西阁之力，不忘本也。后竟托疾解绶。既抵家，而二阁相与出迎，深怪其未及尽考，忽作归计，叩之不答。旋命置酒，会二阁而言曰："我羁身千里，所望二阁在家和顺，使居官少安。昨见西阁所寄梅扇后词云云，读之使人不遑寝食，吾安得不归哉？"东阁乃曰："君且与妾判断此事。据词中所说，梅雪是非安在？"端朝曰："此非口舌所能剖判。"因索纸笔作《浣溪沙》一阕云：

梅正开时雪正狂，两般幽宠孰优长？且宜持酒细端详。　梅比雪花多一出，雪如梅蕋少些香。天公非是不思量。

自后二阁欢会如初，而端朝亦不复出仕矣。

抚松采药终其身

《如皋县志》：马氏，幼娴《内则》，晓大义。年十七，归冒起宗，事祖姑沙氏，曲得其欢。沙病革，氏衣不解带，为之调汤药，濯厕牏，百日余不倦。事舅姑亦如之，人咸称孝妇。宗由行人迁南考功，出为衮西高肇衡永道，所至皆廉洁，氏实佐理之。及监左宁南军于襄阳，时献贼张甚，襄汉阽危，或讽之以病辞，氏不可曰："君素以贞忠自矢，奈何为苟免计乎？"叱驭行。至军，殚力王事。逾年，得请归，氏相与抚松采药终其身。及宗殁，抚育幼子，益加爱养。年八十有七，无疾而逝。子襄，奉母不仕，称纯孝。

莫教儿女衣芦花

《苏州府志》：大场农家妇，失其姓氏，举止修整，姿容艳佚。家贫，罄装具佐夫，日与里媪习田间劳苦，无难色。媪怜其勤，执手慰藉，则敛容谢曰："儿家乐此不疲，且非是无以奉舅姑也。"如是者十余年，竟以竭作故，病瘵死。死之前一日，忽向其夫索笔砚。夫故不识一字，即诣邻家持至，妇见叹曰："谢此已久，何期今日遂成长别耶？"起题一绝云："当年二八过君家，刺绣无心但绩麻。今日对君无别语，莫教儿女衣芦花。"语意凄婉，不愧风雅。其生平晓义命，雅自韬晦，亦可矜矣。

般般丑

《青楼集》云：般般丑，姓马、字素卿，善词翰，达音律，驰名江湘间。时有刘廷信者，南台御史刘廷翰之族弟，俗呼曰黑刘五，落魄不羁，工于笑谭。天性聪慧，至于词章，信口成句，而街市俚近之语，变用新奇，能道人所不能道。与马氏各相闻而未识，一日相遇于道，偕行者曰："二人请相见。"曰："此刘五舍也，此即马般般丑也。"见毕，刘熟视之，曰："名不虚传。"马氏亦含笑而去。自是往来甚密，所赋乐章极多。

金篦刺目

《青楼集》：樊事真，京师名妓也，周仲宏参议嬖之。周归江南，樊饮饯于齐化门外。周曰："别后善自保持，毋贻他人之诮。"樊以酒酹地而言曰："妾若相负者，当刳一目以谢君。"亡何，有权豪子来，其母既迫于势，又利其财，樊始毅然，终不获已。后周至京师，樊语曰："别后非不欲保持，卒为豪势所逼。昔日之誓，岂徒设哉？"乃抽金篦，刺左目，血流盈地。周为之骇然，因欢好如初。好事者编《金篦刺目》杂剧行于世。

李师师

《贵耳集》：道君幸李师师家，偶周邦彦先在焉，知道君至，匿于床下。道君自携新枨一颗，云江南初进来，遂与师师谑语。邦彦悉闻之，檃括成《少年游》云：

> 并刀如水，吴盐胜雪，纤手破新枨（橙）。锦幄初温，兽烟（香）不断，相对坐调笙。　　低声问向谁家（行）宿，城上已三更。马滑霜浓，不如休去，直是少人行。

李师师因歌此词，道君问谁作，师师奏云："周邦彦词。"道君大怒，坐朝语蔡京云："开封府有监税周邦彦者，闻课税不登，如何京尹不按发来？"蔡京罔知所以，奏云："容臣退朝，呼京尹叩问，续得复奏。"京尹至，蔡以御前圣旨谕知，京尹云："惟周邦彦课增羡。"蔡云："上意如此，只得迁就。"将上，得旨："周邦彦职事废弛，可日下押出国门。"

隔一二日，道君复幸李师师家，不见师师；问之，知送周监税。道君方以邦彦出国门为喜，既至不遇，坐久，至更初始归，愁眉泪睫，憔悴可掬。道君怒云："汝从何往？"师师奏："臣妾万死，知周郑彦得罪，押出国门，略致一杯酒相别，不知得官家来。"道君问曾有词否，李奏云："有《兰陵王》词。"道君云："唱一遍看。"李奏云："容臣妾献一觞，歌此词为官家寿。"曲终，道君大喜，复召为大晟乐正。后官至大成乐府待制。

当时李师师家，有二邦彦，一周美成，一李士美，皆为道君狎客。

各留不尽之情

《槐西杂志》：同郡某孝廉未第时，落拓不羁，多来往青楼中，然倚门者视之，漠然也。惟一妓名"椒树"者，（此妓佚其姓名，此里巷中戏谐之称也。）独赏之曰："此君岂长贫贱者哉？"时邀之狎饮，且以夜合资供其读书。比应试，又为捐金治装，且为其家谋薪米。孝廉感之，握臂与盟曰："吾傥得志，必纳汝。"椒树谢曰："所以重君者，怪姊妹惟识富家儿。欲人知脂粉绮罗中，尚有巨眼人耳。至白头之约，则非所敢闻。妾性冶荡，必不能作良家妇。如已执箕帚，仍纵怀风月，君何以堪？如幽闭闺阁，如坐囹圄，妾又何以堪？与其始相欢合、终致仳离，何如各留不尽之情，作长相思哉？"后孝廉为县令，屡招之不赴。中年以后，车马日稀，终未尝一至其署，亦可云奇女子矣。使韩淮阴能知此意，乌有鸟尽弓藏之憾哉！

毋忘贫贱凄凉味也

《句容县志》：陈氏，襁褓失怙，及笄失恃。年十六，归张熙明。其家素凉薄，上有孀母，下有稚弟，明每当食而叹。陈见之，叩其故，曰："吾闻乐羊子拾遗金于道，其妻诮之，是无夫也。列御寇拒郑人之粟，其妻怒之，是无妇也。吾欲得协志联德之耦，劳则均劳，逸则共逸，是以叹耳。"陈曰："妾虽不肖，尝闻先世之遗训矣，君何相畜之浅也！君耕于前，妾锄于后，何不可者？若能自致青云，综括民务，亦能为君助理，不敢自后。倘遇无妄之世，值意外之虞，固能死君也。君何相畜之浅也！"明拍案而起曰："有是哉，吾妇也！"自是一意下帷，业日上，名日起，选入成均。游子不归，缾罍将罄，陈以十指供堂上之奉无匮焉。

卯辰之岁，明连第，作令粤。陈侍姑率子子驹，及媳胡氏，就养于粤，晨起庀家务，勤相夫子，恒相劝诫曰："无忘贫贱凄凉味也。"

玉笛宫词

《元氏掖庭记》：程一宁，元顺帝宠妃也。未得幸时，尝于春夜登翠鸾楼，倚栏弄玉龙之笛，吹一词云：

兰径香销玉辇踪，梨花不忍负春风。
绿窗深锁无人见，自碾朱砂养守宫。

帝忽于月下闻之，问宫人曰："此何人吹也?"有知者对曰："程才人所吹。"帝虽知之，未召也。

及后夜，帝复游此，又闻歌一词曰：

牙床锦被绣芙蓉，金鸭香消宝帐重。
竹叶羊车来别院，何人空听景阳钟?

又继一词曰：

淡月轻寒透碧纱，窗屏睡梦听啼鸦。
春风不管愁深浅，日日开门扫落花。

歌中音语咽塞，情极悲怆。帝因谓宫人曰："闻之使人能不悽怆！深宫中有人愁恨如此，谁得知乎?"遂乘金根车至其所。

宁见宝炬簇拥，遂趋出叩头俯伏，帝亲以手扶之曰："卿非玉笛中自道其意，朕安得至此?"乃携手至柏香堂，命宝光天禄厨设开颜宴，进兔丝之膳，翠涛之酒；雩仙乐部坊，奏鸿韶乐，列朱戚之舞，鸣睢之曲。笑谓宁曰："今夕之夕，情圆意聚。然玉笛卿之三青也，可封为'圆聚侯'。"自是宠爱日隆，改楼为奉御楼，堂为天怡堂。

此女歌值千金

《开元天宝遗事》：宫妓永新者，善歌，最受明皇宠爱。每对御奏歌，则丝竹之声，莫能遏。帝尝谓左右曰："此女歌值千金。"

服砒愈癞

《情史类略》：陈寿，分宜人，聘某氏。未成婚而寿得癞疾，其父令媒辞绝，女泣不从，竟归寿，以己恶疾不敢近，女事之三年不懈。寿念恶疾不可瘳，而苟延旦夕以负其妇，不如死，乃私市砒欲自尽。妇觇知之，窃饮其半，冀与俱殒。寿服砒，大吐而癞顿愈，妇一吐不死。夫妇偕老，生二子，家道日隆。

蜀娼能文

《齐东野语》：蜀娼类能文，盖薛涛之遗风也。陆放翁客自蜀，挟一妓归，蓄之别室，率数日一往。偶以病少疎，妓颇疑之，陆作词自解，妓即韵答之云：

> 说盟说誓，说情说意，动便春愁满纸。多应念得脱空经，是那个先生教底？　不茶不饭，不言不语，一味供他憔悴。相思已是不曾闲，又那得工夫咒你。

又一妓，述送行词云：

> 欲寄意，浑无所有，折尽市桥官柳。看君著上征衫，又相将放船楚江口。　后会不知何日？又是男儿，休要镇长相守。苟富贵毋相忘，若相忘有如此酒。

丽　娟

《洞冥记》：汉武帝所幸宫人，名丽娟，年十四，玉肤柔软，吹气胜兰。不欲衣缨拂之，恐体痕也。每歌，李延年和之于芝生殿，唱《回风》之曲，庭中花皆翻落。置丽娟于明离之帐，恐尘垢污其体也。帝常以衣带缚丽娟之袂，闭于重幙之中，恐随风而去也。丽娟以琥珀为佩，置衣裾里，不使人知，乃言骨节自鸣，相与为神怪也。

不知卿堪作夫人否

《晋书·山涛传》：初涛布衣、家贫，谓妻韩氏曰：“忍饥寒，我后当作三公，但不知卿堪作夫人否耳。”及居荣贵，贞慎俭约，虽爵同千乘，而无嫔媵。

笑服新衣

《小名录》：桓冲性俭素，尝浴后，其妻送以新衣，冲怒促持去。其妻曰：“衣不经新，何由得故？”冲笑而服之。

自为小君剪裁

《云仙杂记》：李绅为相时，俗尚轻绡，染蘸碧为妇人衣，绅自为小君剪裁。

真诗家语

赵德麟《侯鲭录》：元祐七年正月，东坡先生在汝阴州，堂前梅花大放，月色鲜霁。先生王夫人曰：“春月色胜如秋月色，秋月色令人凄惨，春月色令人和悦。何如召赵德麟辈来，饮此花下？”先生大喜曰：“吾不知子能诗耶，此真诗家语耳！”

卷　十

情中痴

古田倡

《夷坚志》：陈筑字梦和，莆田人。崇宁初登第，为福州古田尉，惑邑倡周氏。周能诗，赠筑绝句曰："梦和残月到楼西，月过楼西梦已迷。唤起一声肠断处，落花枝上鹧鸪啼。"首句盖寓"筑"字也，又《春晴》诗曰："瞥然飞过谁家燕，蓦地香来甚处花？深院日长无个事，一瓶春水自煎茶。"后与筑作合欢红绶带，自经于南山极乐院。从者知之，共排闼救解，二人皆活。已而事败，筑失官去。周至绍兴初犹在，既老且丑，门户遂冷落云。

双　燐

《金壶遯墨》：同治元年春，养疴于秦邮之仲氏庄。仲君敬夫，为说双燐事甚奇。

东台某镇，有女子依兄以居，兄常贾于外，邻少慕之，私结盟焉。一日，兄自外归，邻少方匿女室，仓皇乘间而逃。兄追之弗及，返而诘女，继以捶楚。女不堪其虐，及夜，自经死。邻少闻之，涕泣不食，越日晨出，久不归，其父访之，死于河矣。父为请于女兄，愿得女柩而合葬焉。兄不可，且曰："若不教子，污辱我门第，今掩覆之不暇，犹欲彰之，贻后人笑乎？"乃俟邻少既葬，故远之而葬女于河东，相距半里许。葬后数日，暮行者，忽见燐火自邻少墓出，惨碧如将烬灯。方注视间，女墓上亦有燐火，冉冉而升，渐行渐近，已而相为追逐，上下盘旋，如弄丸然。久之，同入女墓，明日又入邻少墓。如是者三十余年乃灭，予为作《双燐歌》云。

卜嘉会

《玉堂闲话》：泾州书记薛昌绪，为人迂僻，与其妻相见，必有礼容：先命女仆通传，往来数四，可之，然后秉烛造室。至于高谈虚论，茶果而退。或欲诣房帏，其礼亦然。尝曰："某以继嗣事重，辄欲卜其嘉会，必候请而可之。"

妨少年戏笑

《北齐书·徐之才传》：之才妻，魏广阳王妹，之才从文襄求得为妻。和士开知之，乃淫其妻，之才遇见而避之，退曰："妨少年戏笑。"其宽纵如此。

水出高原

《湘山野录》：安鸿渐有滑稽才而惧内。妇翁死，哭毕，孺人呼入幕，诟之曰："汝哭何以无泪？"渐曰："以帕拭干。"妻戒曰："来日早临，定须见泪。"渐唯而出。来日，以宽巾湿纸置于额，大叩其颡而恸。恸罢，其妻又呼入，窥之，惊曰："泪出于眼，何故额流？"渐曰："仆但闻自古水出高原。"

田令人武恭人

《墨庄漫录》：王将明后房曰"田令人"者，颜貌殊伦，真国色也。靖康改元，正月，将明死，田自都携一婢，窜至亳州，居逆旅中。郡知之，为拘管数月，其家遣人迎归。蔡元长后房曰"武恭人”，亦妙丽不凡。元长岭谪表，武在京师，为一使臣姓孙人所畜，乃携孙窜至南京，亦为郡所拘。七月，开封差人擒之，送入京师。时予适在二郡，皆见之。

却　要

《三水小牍》：观察使李庾之女奴，名却要，美容止，善辞令。李有四子，长曰延禧，次曰延范、延祚、廷祐，所谓大郎、二郎、三郎、五郎也，咸欲烝之而不得。尝遇清明之夜，大郎遇之于樱桃花影中，乃持之求偶，却要取茵席授之，绐曰：“可于厅中东南隅相待。”又遇五郎，握手不可解，曰：“可于厅中西北隅相待。”四郎皆持所授茵席，各趋一隅，心虽讶之而不敢发。顷却要燃炬，豁扉照之曰：“阿堵贫儿，争敢向这里觅宿处！”四子各弃所携，掩面而走，自是不敢失敬。

佳目得一足矣

《淮海集》：娼有眇一目者，贫不能自赡，乃计谋与母西游京师。或止之曰：“京师，天下之色府也。若两目，犹恐往而不售，况眇一目，其瘠于沟中焉！”娼曰：“谚有之：‘心相怜，马首圆。’以京师之大，岂知无我丽者？”遂行抵梁，舍滨河逆旅。居一月，有少年从数骑出河上，见而悦之，为留饮宴，明日复来，因大嬖。取置别第中，谢绝姻党，身执爨以奉之。娼饭，少年亦饭；娼疾不食，少年亦不食。嗫嚅伺候，曲得其意，唯恐或不当也。有书生嘲之，少年忿曰：“自余得若人，还视世之女子，无不余一目者。夫佳目，得一足矣，又奚以多为！”

痴是不痴不痴是痴

《槐西杂志》：先太夫人乳母廖媪言：四月二十八日，沧州社会也，妇女进香者如云。有少年于日暮时，见城外一牛车向东去，载二女皆妙丽，不类村妆，疑为大家内眷，又不应无一婢媪，且不应坐露车。正凝思闲，一女遗红帕于地，其中似裹数百钱，女及御者皆不顾。少年素朴愿，恐或追觅为累，亦未敢拾，归以告母，谯诃其痴。越半载，邻村少年为二狐所媚，病瘵死。有知其始末者，曰："正以拾帕、索帕，两相调谑媾合也。"母闻之，憬然悟曰："吾乃知痴是不痴，不痴是痴。"

黄妓骗诗

《苏谈》：吴中陈体方，以诗名。有妓黄秀云，性黠慧，喜诗，谬谓体方曰："吾必嫁君，然君家贫，乞诗百篇为聘。"体方信之，苦吟至六十余章，情致清婉，传诵词林。秀云利于得诗，本无意于体方也。人笑其老耄被绐，而体方欣然以为奇遇。

长桥月短桥月

《名姬传》：淳熙初，行都角妓陶师儿，与荡子王生狎，甚相眷恋，为恶姥所间，不尽绸缪。一日，王生拉师儿游西湖，惟一婢一仆随之。寻常游湖者，逼暮即归，是日，王生与师儿有密誓，特故盘桓。比夜达岸，则城门锁，不可入矣。王生谓仆曰："月色甚佳，清泛不可？"再市酒殽，复游湖中，迤逦更阑，举舟倦寝。舟泊净慈寺藕花深处，王生、师儿，相抱投入水中。舟人惊救，不及而死。都人作《长桥月，短桥月》以歌之。其所乘舟，竟为弃物，经年无敢登者。

居无何，值禁烟节序，士女阗沓，舟发如蚁。有妙年者，外方人也，登丰乐楼，目击画舫纷纭，起夷犹之兴，欲买舟一游。会日已停午，虽莲舫、渔艇，亦无泊崖者。上前，弃舟在焉。人有以王、陶事告者，妙年笑曰："大佳大佳，政欲得此。"即具杯馔入舟，遍游西湖，曲尽欢而归。自是人皆喜谈，争求售之，殆无虚日，其价反倍于他舟。

不知东方之既白

《辍耕录》：毗陵倪元镇有洁癖。一日，眷歌姬赵买儿，留别业中，疑其不洁，俾之浴。既登榻，以手自顶至踵，且扪且嗅。扪至阴，疑有秽气，复俾浴。凡再三，东方既白，不复作巫山之梦，徒赠以金。赵或自谈，闻者绝倒。

花如解语还多事

《铁崖集》：杨维桢，钱塘娼家女，貌美而哑者。教以琵筝、箜篌，及七盘舞蹈之伎，靡不精审。既笄，貌益扬，艺益工。京师有大木贾过焉，求见，即大喜，倍价聘之。左右曰："娼以声取悦，哑而倍价以聘，何过愚？"贾笑曰："妇类以长舌败人之家，内谗寝而后家可长。予聘无长舌，不聘工歌。"遂挟之归京师。贾侍姬百十人，闻哑娼至，皆掩口胡卢之。未几，哑娼宠颛房，贾一饮食，非哑娼不甘。哑娼亦心自语曰："不聋哑，不枭娜，侈然自隆重。"宴享非尊右不居，服饰非珍珠不御。诸姬虽心忌，又咸德其不能言皂白于主，故又心幸之。

醉 妆

《北梦琐言》：蜀主衍裹小巾，其尖如锥；宫妓多衣道服，簪莲花冠，施脂粉，号"醉妆"。衍作《醉妆》词云："这边走，那边走，只是寻花柳。那边走，这边走，莫厌金杯酒。"又尝宴于怡神亭，自执板歌《后庭花》《思越人》曲。

如此凉人何

《世说新语》：荀奉倩妻曹氏，有艳色。妻尝病，奉倩恒以冷身熨之。妻亡，人吊，不哭而伤神。未几，奉倩亦卒。

何处得此二痴物

《槐西杂志》：景州李西厓，言其家一佃户，最有胆。种瓜亩余，地在丛冢侧，熟时恒自守护，独宿草屋中，或偶有形声，亦恬不为惧。一夕，闻鬼语嘈杂，似相喧诟，出视则二鬼冢上格斗，一女鬼痴立于旁。呼问其故，一人曰："君来大佳，一事乞君断曲直。天下有对其本夫调其定婚之妻者耶？"其一人语亦同。佃户呼女鬼曰："究竟汝与谁定婚？"女鬼腼觍良久曰："我本妓女。妓家之例，凡多钱者，皆密订相嫁娶。今在冥途，仍操旧术，实不能一一记姓名，不敢言谁有约，亦不敢言谁无约也。"佃户笑且唾曰："何处得此二痴物！"举首则三鬼皆逝矣。

又小时闻舅祖陈公，（讳颖孙，岁久失记其字号，德音公之弟，庚子进士，仙居知县秋亭之祖也。）说亲见一事曰：亲串中有殁后妾改适者，魂附病婢，灵语曰："我昔问尔，尔自言不嫁，今何负心？"妾殊不惧，从容对曰："天下有夫尚未亡，自言必改适者乎？公此问先愦愦，何怪我如是答乎？"二事可互相发明也。

自寻鬼趣

何光远《鉴诫录》：传言鬼神所凭，有时而信，故黄熊入梦，不为无神；豕立而啼，显彰有鬼。蜀有曹孝廉，第十九，名晦。因游彭州，导江苏灌口，谒李冰相公庙。睹土塑三女，俨然而艳，遂指第三者祝曰："愿与小娘子为冥婚，终身不媾凡庶矣。"遂呵卦子掷之，相交而立。良久，巫者度语曰："相公请曹郎，留着体服一事，以为言定。"曹遂解汗衫，留于女座。巫者复取女红披衫与之，曰："望曹郎保惜此衣。后二纪，当就姻好。"曹亦深信，竟不婚姻，纵遇国色，视之如粪土也。

至癸未岁却二十年，乃自沐浴，俨然衣冠，俟神之迎也。是日至暝，车马甚盛，骈塞曹门，同街居人，竞来观瞩。至二更，邻人见曹升车而去，莫知其由；及晓视之，曹已奄然矣。议者以华岳灵姻，咸疑谬说；苎萝所遇，亦恐妖称。今曹公冥婚，目验其异。於戏，自投鬼趣，不亦痴乎！

笑春红

《蜀普录》：阆州参军黄涉婢，曰笑春红，死，涉念之，泪洒犀簾，至皆损坏。

两少年争嬖一老妪

《情史类略》：余曾见阊门一老妪，年近六十矣，甲、乙二少年，争嬖之。妪夫死，甲为嫔（殡），颇有费。事毕，欲迎妪归，妪即沽酒与乙为别。乙涕泣不已，去遂自缢。天下事，尽有不可解者。

拉　花

《姑妄言之》：丁御史芷溪言，曩在天津，遇上元，有少年观灯，夜归遇少妇甚妍丽，徘徊歧路，若有所待，衣香髻影，楚楚动人。初以为失侣之游女，挑与语不答；问姓氏里居，亦不答。乃疑为幽期密约，迟所欢而未至者，计可以挟制留也。邀至家少憩，坚不肯，强迫之同归。柏酒粉团，时犹未彻，遂使杂坐妻妹间，联袂共饮。初甚腼觍，既而渐相调谑，媚态横生，与其妻妹互劝酬。少年狂喜，稍露留宿之意，则微笑曰：“缘蒙不弃，故暂借君家一卸妆，恐火伴相待，不能久住。”起解衣饰，卷束之，长揖径行，乃社会中拉花者也。（秧歌队中作女妆者，俗谓之“拉花”。）少年愤恚，追至门外，欲与斗。邻里聚问，有亲见其强邀者，不能责以夜入人家；有亲见其唱歌者，不能责以改妆戏妇女，竟哄笑而散。此真侮人反自侮矣。

安得以媳为戏

潘子恒《滁妇传》：溧阳马一龙者，新领解，北上过滁阳，抵宿，见店主当垆妇丽甚，马为之销魂荡思，乃前揖主人曰："若妇美而艳，自是将来贵人，何不许我？我将介蹇修求之，可乎？"主人曰："客痴矣，此我媳也，何得妄言！"马遂因酒狂，宛转哀恳。主人复笑曰："若备礼财黄金千两，吾许从公。"盖以马行李萧然，故诳之耳。马欣诺，与盟而退。

明日辞主人，行十余里，向关津，乃解鞍踟蹰。遇公车，必揖于前曰："余溧阳马一龙也。适在邸有一诖误，非千金不解，公辈念同袍，能解囊假数金乎？"时公车四方凑集，且闻马奇才、新举首，无不愿纳交进。于是不数日，千金数满矣。马牵金、率舆从，还过店主进金，请妇行。主人乃大笑曰："向我戏若耳，岂真有若事，而以千金卖媳者耶？"马未答，而其媳从内靓妆而出，拜主人曰："既为翁媳，翁安得以媳为戏？自此何面目复为翁媳乎？请从客行，践翁之盟。"时马仆从甚都，一拥而去，莫敢谁何。主人惟有骇叹而已。

鸳鸯新冢

李诩《娇红记》：申纯，字厚卿，祖汴人也，随父寓成都，天姿卓越，杰出世表。宣和间，荐而不第，郁郁不自胜。家居月余，因适邻郡，谒母舅王通判。舅引生至中堂拜妗，因呼其子善父出拜，年七岁矣。再命侍女飞红，呼娇娘来。良久，飞红附耳语妗，以娇未妆辞，妗怒曰："三哥家人也，出见何害？"又令他侍女促之。顷刻，娇自左掖出拜，双鬟绾绿，色夺图画，朱粉未施，而天然莹洁。生见之，不觉自失。叙礼竟，娇因立妗右，生熟视，目摇心荡，不自禁制。妗笑曰："三哥远来劳苦，宜就舍少息。"因室之于堂之东，去堂二十余步。

生归馆后，功名之心顿释，日夕惟慕娇娘而已。舅、妗皆以生久不相见，款留备至；生亦幸其相留，冀得乘间致款曲于娇也。平常出入舅家，周旋堂庑，虽时与娇晤，未敢妄语相及。久之，察其动静言笑举止，如有猜疑不足之状，知其赋情特甚，求所以达意，而未能得便。一夕，娇晚绣红窗下，倚床视茶（荼）蘼花，久不移目。生轻步蹑其后，娇不知也，因浩然长叹。生低声问曰："尔何叹也？将有思乎？"娇不答，良久乃曰："兄何自来此？日晚矣，春寒逼人，兄觉之乎？"生应曰："春寒固也。"娇正视逡巡引去，生亦归舍。自后时同歌笑，生言稍移邪，娇则凝眸正色，若不可犯。生以为娇年幼不谙情事，因不介意。

一日，舅有他甥至，开宴，申生预坐。酒半，妗起酌酒，劝他甥，娇时立妗后。次令洁觞酌生，生力辞，妗曰："子量素洪，独不能一开怀乎？"生言矢志功名，且病久不复能饮。妗未答，娇参语曰："三兄似不任酒力矣，姑止此。"妗因索水涤觞，娇乃引去。自此生复留意。一夕，娇独坐于堂侧惜花轩内，生偶至，见娇凭阑无语。时槛中有牡丹数本，欲开未放，生还取笔，挥二绝以戏之曰：

香惹沉烟透粉墙，绛罗轻卷映朝阳。
芳心一点千重束，肯念凭栏人断肠。

娇姿艳质不胜春，何意无言恨转深？
惆怅东君不相顾，空留一片惜花心。

娇得诗，巡檐展诵未毕，忽闻妗语，娇乃藏之袖中，趋归堂中。生怅恨，殆无以为怀，因作一绝，题于堂西之绿窗上，诗曰："日影萦阶睡正醒，篆烟如缕午风平。玉箫吹断《霓裳》调，唯识鸾声与凤声。"

后二日，舅他出，娇窥生不在，直入卧室，见西窗题句，踌躇玩味，知生之属意有在，乃濡笔和韵，以寄意焉，诗曰：

春愁压梦苦难醒，日迥风高漏正平。
魂断不堪初起处，落花枝上晓莺声。

生归见所和诗，飞动逾常，然言语相挑，或对或否，乍昵乍违，莫测其意。

一日，舅妗开宴，自午至暮。酒散，舅妗起归舍，生独危坐堂中，欲即外舍。俄而娇至筵所，抽左髻细钗，匀博山理余香。生因曰："夜分人寝矣，安用此？"娇曰："香贵长存，安可以夜深弃之。"生曰："篆灰有心足矣。"娇不答，乃行近堂阶，开簾仰视，月色如昼。因呼侍女小慧、画月侍侧，乃顾生曰："月至此，夜几许？"生亦起下阶，瞻望星汉曰："织女将斜矣。"因曰："月白风清，如此良夜何？"娇曰："东坡钟情何厚也？"生曰："情有甚于此，东坡安足厚也。"娇曰："于我何独无之？"生曰："诚然，则佳句所谓'压梦'者，何谓耶？"娇因促步逼生曰："织女、银河何在也？"生见娇之骤近，恍然自失，未及即对。俄闻户内妗问娇寝未，娇乃遁去。次日，生忆昨夕事，自疑有获，然每思遇事多参商，愈不自足，乃作《减字木兰花》词，以记之曰：

春宵陪宴，歌罢酒阑人正倦。危坐中堂，倏见仙娥出洞房。　　博山香烬，素手重添银漏永。织女斜河，月白风清良夜何？

次日晨起，生入揖妗。既出，遇娇于堂西小阁中。娇时对镜画眉［未终］，生前谓曰："兰煤，灯烬邪，烛花也？"娇曰："灯花耳，妾用意积之。"生曰："愿以一半丐我，书家信。"娇令生分半，生举手油污其指，因请娇曰："子宜分赠，何重劳客耶？"娇曰："既许君矣，岂惜此？"遂以指分煤之半以赠生，因牵生衣，拭指污处，曰："缘兄得此，可作无事人邪？"生笑曰："敢不留以为质。"娇因变色曰："妾无他意，君何戏我！"生见娇色变，恐妗知之，因趋出。珍藏所分之煤于枕中，因作《西江月》词以记之曰：

试问兰煤灯烬，佳人积久方成。殷勤一半付多情，油污不堪自整。　　妾手分来的的，郎衣拭处轻轻。为言留取表深诚，此约又还未定。

自后，生心摇荡特甚，不能顷刻少置，伏枕对烛，夜肠九回，思欲履危道以窥娇心而未得。一日暮春小寒，娇方拥炉独坐，生自外折梨花一枝入来，娇不起顾生，生乃掷花于地。娇惊视，徐起，以手拾花，询生曰："兄何弃掷此花也？"生曰："花洎盈晕，知其意何在，故弃之。"娇曰："东皇故自有主，夜屏一枝，以供玩好足矣，兄何索之深也。"生曰："已荷重诺，无悔。"娇笑曰："将何诺？"生曰："试思之。"娇不答，因谓生曰："风差劲，可坐此共火。"生欣然即席，与娇偶坐，相去仅尺余。娇因抚生背曰："兄衣厚否？恐寒威相逼也。"生怅然曰："能念我寒，不念我断肠耶？"娇笑曰："何事断肠，妾当为兄谋之。"生曰："无戏言。我自遇子之后，魂飞魄扬，竟夕不寐。汝方以为戏，足见子之心矣。予见子言语态度，非无情者；及予有深言，则子变色以拒我。谅孱缪之迹，不足以当雅意。一言之后，余将西骑矣。"娇因慨然良久曰："君疑妾矣，妾敢无言。妾知兄心旧矣，岂敢固自郑重以要君也？但恐不能终始，其如后患何？妾亦数月来，诸事不复措意，寝梦不安，饮食俱废，君所不得知也。"因长吁曰："君疑甚矣。异日之事，君任之。果不济，当以死谢君。"生曰："子果有志，何以策我？"娇未及答，舅自外至，生因起出迎舅，娇乃反室。

又越两日，生凌晨起，揽衣向堂西绿窗立，背面视屋檐；娇亦起，在隔簾内理妆矣。生诵东坡诗曰："为报邻鸡莫惊觉，更容残梦到江南。"娇闻之，自窗内呼生曰："君有乡闾之念乎？"生因窥窗语娇曰："衷肠断尽，惟有归耳。"娇曰："君果诳妾耶！既无意于妾，何前委罪之深也？"生因笑曰："予岂无意？第被子苦久矣。

然则若何谋之?”娇曰:“此间人众,无可容计。由东轩达熙春堂,透荼蘼架,君寝室外有小窗。今日若晴霁,君自寝所逾窗度荼蘼架,至熙春堂下。此地人罕花密,当与君会也。”生闻之欣然自得,惟俟日暮,得谐所愿。

至晚,不觉暴雨大作,不果所期。生惆怅不已,作《玉楼春》词曰:

晓窗寂寂惊相遇,欲把芳心深意诉。低眉敛翠不胜春,娇转樱唇红半吐。　　匆匆已约欢娱处,可恨无情连夜雨。枕孤衾冷不成眠,挑尽残灯天未曙。

生晨起会娇于妗所,因共至中堂,以夜所缀词示之。娇低声笑曰:“好事多磨,理固然也。然妾既许君矣,当别图之。”是日,生侍舅从邻家饮,至暮醉归,且思娇早间“别图”之言,疑娇之不复至也,又沉醉睡熟。娇潜步至窗外,低声呼生者数次,生不之觉,娇怅恨而回。又疑生之诳己也,直欲要以盟誓,生剪缕发书盟言于片纸付娇,娇亦剪发设盟以复于生。虽极意慕恋,然终无便可乘。

一日,生得家书,以从父晋,纳粟补阆州武职,以生习弓马,令归侍行。娇潸然,作诗送行,诗曰:

绿叶阴浓花正稀,声声杜宇劝春归。
相如千里悠悠去,不道文君泪湿衣。

生得诗,和韵以复,诗曰:

密幄重帷舞蝶稀,相如只恐燕先归。
文君为我坚心守,且莫轻抛金缕衣。

生终以娇“绿叶阴浓”之语为疑,又成一词,寄《小梁州》以示娇,词曰:

惜花长是替花愁,每日到西楼。如今何况抛离去也,关山千里,目断三秋。谩回头。　　殷勤分付东园柳,好为管枝柔。又恐重来绿成阴也，青梅如豆，辜负梁州，恨愁愁。

娇知生之疑己，亦以《卜算子》词复之。

从父以他故，不果行，生居家，行住坐卧，饮食起居，无非为娇兴念，沉思成病。因以去就医，至舅家数日，无便与娇一语，至于饮食俱废。舅妗皇皇，医卜踵至，俱云劳思所致，终不能知生之心。数日病小愈，一日舅出报谒，生因强步至外庑。方伫立，俄而娇至，生骇然。娇曰："偶左右皆他往，妾得间来问兄病耳。"生回顾无人，因前牵娇衣，欲与娇语。娇曰："此广庭也，十目所视。宜即兄室。"生与之俱及门，忽双燕争泥坠前，娇因舍生趋视。俄舅之侍女湘俄（娥）突至娇前，娇大骇，生乃引去。至暮复会中堂，娇谓生曰："非燕坠，则湘俄（娥）见妾在君室矣，岂非天乎？"

一日，娇寻便至生室，谓曰："向日熙春堂之约，妾尝思之，夜深院静，非安寝之地。自前日之路，足达妾寝。二婢当以计遣其大者，小慧不足畏也。夜分君来，妾开窗以待。"生曰："固善也，不亦危乎？"娇变色曰："事至若此，君何畏？人生如白驹过隙，复有钟情如吾二人者乎？事败，当以死继之！"生曰："若然，何恨！"是夜将半，生乃逾外窗，绕堂后数百步，至荼縻架侧，乃求门不得。生颇恐，久之得路，至熙春堂，堂广夜深，寂无人影，大恐，因疾趋入。见娇方开窗倚几而坐，衣红绡衣，下白丝裳，仰首向月，若重有忧者，不知生之已至也。生因推窗而入，娇忽见生，且惊且喜曰："君何不告，骇我甚矣！"乃与娇并坐，须臾，即携手入帷，解衣并枕。两情既合，娇啼百态，不觉流丹渍生衣袖。娇剪其袖而收之曰："留此为他日验。"有顷，鸡声催晓，虬漏将阑，娇令生归室，因嘱曰："此后日间相遇，幸无以前言为戏。"因自占《菩萨蛮》词赠生云：

夜深偷展窗纱绿，小桃枝上留莺宿。花嫩不禁抽，春风卒未休。　　千金身已破，脉脉愁无那。特地祝檀郎，人前口谨防。

生亦口占答之：

绿窗深竚倾城色，娇花蕊展秋波溢。一笑入罗帏，春心不自持。　　雨云情散乱，弱体羞还颤。从此问云英，何须上玉京。

自后，生夜必潜至娇室，凡月余，无有知者。岂期欲火所迷，俱无避忌。舅之侍女曰飞红，曰湘娥，皆有所觉，所不知者，娇之父母而已。娇亦厚礼红等，欲使缄口，红辈亦未之敢发。

俄而，生以父书促归。既归，则寝食俱废，乃托人微言于父母，遣女媒求娶娇为妇，而私嘱媒致书于娇，略云：

前日佳偶，倏尔旬余。松竹深盟，常存记忆，自抵侍下，无一息不梦想洛浦之风烟也。家事经史，非惟不复措意，纵一勉强，不知所以为怀。天启其衷，冰人遄往，未审舅妗雅意若何？倘不弃庸陋，则张生之于莺莺，乌足道哉！好事在兹，喜不自制，幸相与谋之。新霜在候，善加保卫。

媒得书即往，殷勤致命，舅曰："三哥才俊洒落，加以历练老成，老夫得此佳婿，深所愿也。但朝廷立法，内兄弟不许成婚，似不可违。前辱三哥惠访，留住数月，甚能为老夫分忧。老夫亦有愿婚之意，而于条有碍，以此不敢成言。"媒氏再三宛转，终不能得。次日，妗再置酒款待媒妁，娇侍立于侧，知亲议不谐，心怀悒怏。酒散，适娇至媒前剔灯，媒因私语娇曰："子非厚卿之私人乎？厚卿有手书，令我致子。"娇竦然，微言应，泪坠言下。媒为之改颜，遂探书授娇。娇收置袖中，未敢展视，妗起，娇亦随妗入室。次早，媒再请于舅，且以言迫之。舅怒曰："此无不可，第以法禁甚严，欲老夫罪戾也？"媒知其不就，因告归。舅又命妗酌酒，与媒为别。娇因侍立，私语媒曰："离合缘契，乃天为之也。三兄无事宜来，妾年且长，岁月有限，无以姻事不谐为念。"因出手书，令媒持归，以复于生。

媒既归，道舅不允之由，遂以娇书与生。生展视，乃新词《满庭芳》一阕云：

> 簾影筛金，簟纹织水，绿阴庭院清幽。夜长人静，消得许多愁？记得当时月下，小窗外情话绸缪。因缘浅，行云去后，目断楚天秋。　　殷勤红一叶，传来密意，佳好新求。奈百端间阻，恩爱成休。应是朱颜薄命，难消受俊雅风流。须相念重寻旧约，休忘杜家秋。

生览诵数遍，殊不胜情，每对花玩月，不觉泪下。

初，生与成都府角妓丁怜怜最善。怜敏惠殊俊，常得帅府顾盼，生方妙年秀丽，怜怜尤见倾慕。生自秋回里，怜怜屡遣人招生，生托故不往。至是，生之友人陈仲游，亦豪家子，见生每置恨于临风对月之间，因拉生至怜怜家。怜怜喜甚，杯酒话款曲，生但面壁，略不致意。怜怜怪之，委曲询生，终不言。怜怜意其碍于仲游也，乃留之竟夕，令其女弟侍仲游寝，而自荐于生，切切诘生所以不见答之故。生乃具道与娇相遇之情，怜怜问曰："娇娘谁家女也？"生曰："新任眉州王通判之女也。"怜怜又问其质若何，生具述之。怜怜因沉思良久曰："若此，岂非小字莹卿者乎？"生愕然曰："尔何由知之？"怜怜曰："向者帅府幼子求婚，不以门第高下为念，但欲殊色，常捐数千缗，命画工于近地十郡间，伺隙绘人家美女，凡得九人，此其一也。色莹肌白，眼长而媚，爱作合蝉髻，时有忧怨不足之状。常至帅府见之，因记其姓字，果是否？"生曰："子所言，如亲见其人矣。"怜怜曰："宜子之视我若土壤。妾常恨不见其人，今后至彼，愿以旧鞋丐我。"生诺之。

次日抵家，因追念怜怜"天上人"之语，再期杳杳，伤感成疾，困卧累日。父母惊异，询生得病之由，生乃托以梦寐怪异，将不能免，必须求善能驱役鬼神者，作法禳之。父乃命良巫祈祝，生密赂巫令向父母言：此为鬼神所凭，必当远避，不然，生死未判。父母闻巫言，大惊惧，以为诚然，于是议令生往舅家。先期使报，舅妗许之。娇时在父母旁，闻生有来期，喜慰特甚，生亦随觉病差，父母以为得计。

生至舅居，遇娇于秀溪亭，暨叩寒暄，即欲入谒舅妗。娇止之曰："今日邻家王寺丞宅，邀往天宁玩赏牡丹，至晚方归。姑止此少息。"乃并坐亭上，娇因谓生曰："君来此何为也？"生疑其言，乃曰："日月未久，何故相忘？自相离之后，坐不安席，寝不着枕。中间请命严君，冀谐媒妁，而天不从人，竟辜宿望。春花秋月，风台雪榭，无一而非牵情惹恨之处。百计重来，以践旧约。今子言若是，予失计甚矣。"娇媿谢曰："君心果尔，妾何以谢君？"因相与欢，移时同步入室。生至其旧馆，向时所书诗词，濡染如新，怅然自失，复作《鹧鸪天》词，以记之云：

> 甥馆睽违已来年，重来窗儿尚依然。仙房长拥云烟瑞，浮世空惊日月迁。　　浓淡笔，长短编，旧吟新诵总愁牵。春风与我浑相识，时遣流莺奏管弦。

至晚，舅妗归，生拜谒甚恭。舅问生曰："闻三哥微恙，想二竖子遁矣。"生谢曰："惟舅怜之，庶得逃免。再造之赐，没齿不忘。"舅妗劳勉之，生就室。

自后与娇情意周洽，逾于平昔。住数月，生因忆丁怜怜言，丐履于娇。娇询生曰："安用敝履为哉？"生不以实告，娇不许。舅之侍女飞红者，颜色虽美，而远出娇下，惟双弯与娇无异，常互鞋而行；其写染诗词，与娇相埒，殆亦尤物也。以妗性妬，未常得宠。时常出入，谑浪善应对，生虽不与语，必求事以与生言。娇则清丽瘦怯，持重少言，徘徊顾盼，令人魂魄俱飞扬。每见生与红语，似有不足之意，及是渐狎，娇尤疑焉。生既求娇鞋不获，一日娇昼寝，生偶至其侧，因窃鞋趋出。方及寓室，以他事去，未曾收拾，飞红适尾生后，见鞋，疑娇所与，因收之，生罔知。及归索鞋，毋有也，因怏怏，遂作《清平乐》词云：

> 尖尖曲曲，紧把红绡蹙。朵朵金莲夺目，衬出双钩红玉。
> 华堂春睡深沉，拈来绾动春心。早被六丁收拾，芦花明月难寻。

及暮，娇问生索鞋，生曰："此诚我盗去，然随已失之，谅子得之矣。"娇乃止，盖飞红拾归以付娇也。

然娇以此，愈疑生私通于红矣。一日，见红与生戏于窗外，扑蝴蝶，因怒诟红。红颇憾之，欲以拾鞋事告妗，未有间也。红后遇望日，众出礼舅妗，娇在焉。飞红因谓娇所履之鞋，扬言谓生曰："此即子前日所遗之鞋也。"娇变色，亟以他事语舅妗，会舅妗亦不闻。娇乃大怨望生，自后非中堂相遇，不复见生。女红诸事，略不措意；幽怨之心，沦浃心髓。生亦无以自明。一日，踪步后园，适于花下见鸾笺一幅，生取而视之，乃《杏花天》词也：

> 花低莺踏红英乱，春心困顿成愁懒。杨花梦断楚云平，空惹起情无限。　伤心渐觉成牵绊，奈愁绪寸心难绾。深诚无计寄天涯，几欲问梁间燕。

生披味良久，意谓娇词，而疑字颇不类，因携回，至几上，欲询娇而未果。

西窗有金笼，养鹦鹉甚驯。抵暮，娇过其侧，戏以红豆掷之，鹦鹉忽言曰："娇娘子何打我也？"生闻之，亟出招娇，娇不至，生力挽之，方入生室。正疑思不言，忽见案上花笺，因取视之，良久目视生不语。生曰："子何时所作也？"娇不答，生又曰："何故不言？"娇亦不应。生力究之，娇曰："此飞红词也。君自彼得之，何必诈妾？"生力辨，娇并无一言，徘徊良久，长吁，竟拂衣起去，亦不交一言。凡月余，生不能直其事。一夕径造娇室，左右寂然，惟见窗上有绝句一章云：

灰篆香难烬，风花影易移。
徘徊无限意，空作断肠诗。

生察诗，知娇之为己也，乘间语娇曰："再会以来，荷子厚爱，视前时有加焉。迩日形似之间，不能不为子所弃，何今昔异志乎？"娇初不言，生再诘之，娇潸然涕曰："妾自遇君之后，常恐为日不足。今者君弃妾耳，妾何敢弃君。抑君者既自有主，何必妾望矣？"生曰："苟有二心，有如此日。"因指天自誓，以明无他，娇曰："君偶遗鞋，飞红得之；飞红偶遗词，君且得之。偶然之事何多耶？妾不敢怨君，幸爱新人，无以妾为念。"生仰天太息曰："有是哉！吾怪迩日见子若有忧者，人之情态，岂难识哉？子若不信，当剪发大誓于神明之前。"娇乃回笑曰："果然否？"生曰："何害？"娇曰："若然，后园鱼池，正与明灵大王祠相望，此神叩之无不响应，君可同妾诀誓。"生曰："如命。想明灵大王，亦知予心之无他也。"

次早，与生俱游后园，临东池遥望大王之祠，誓其词累千百。誓毕，携手而归，恩情有加焉。生自此亦不复与飞红一语。红察之，因大憾。一日，生因纵步至后园牡丹丛畔，遇娇，遂携手过别圃。飞红亦自后潜至，见生与娇并行，促返语妗曰："天气晴暄，后园牡丹盛开，能一观否？"妗命红侍行，至则瞥见生与娇并行亭畔，左右俱无人。妗因大疑，呵阿娇，生乃狼狈反室，怅惘不已。知为飞红所卖，无以自释，强作一词《渔家傲》，写其悒怏云：

情若连环终不解，无端招引旁人怪。好事多磨成又败，应难挨。　　相看冷眼谁瞅睬？镇日愁眉如敛黛。阑干倚遍无聊赖，但愿五湖明月在。权宁耐，终须还了鸳鸯债。

越二日，生自觉无颜，乃告归，妗亦不留之。娇夜出，潜与生别曰："天乎！得非命与？相会未期，而有是事，妾独奈何哉？兄归，善自逍遣，求便再来，无以疑间，遂成永弃，使他人得计也。”因泣下沾襟，生亦掩泣。父母以生久废书史，令生温习旧业。生与兄纶，虽朝夕共学，而思娇之念，无时可蠲。夜则与兄异榻而寝，惆恨之言，或形于梦寐。至七月中旬，舅以眉州任满，道经申生之门，因留宿于生家者累日。此时舅挈家以行，娇寓生家，与母不离跬步，兼飞红、湘娥诸侍女杂然左右，生与娇欲一言不可得。居三日，舅命戒行，车马喧阗，送者络绎于道。妗与娇各登车，诸侍女相随先后。生亦乘马相送，伺隙搴簾挽车与娇语旧。娇泪下如雨，不能答，徐曰："遇君之后，一日为别，尚不能堪，况动是三年，远及千里？一日思君之切，安保其再能见君乎？但恐妾则骨化形销，君将乘鸾跨凤矣。"生曰："明灵大王在彼，吾誓不为也。"娇曰："若然，妾荷君之恩，死且不朽。"乃于袖中出香珮一枚，上有金销团凤，以真珠百粒，约为同心结，赠生曰："睹物思人可也。得暇可求便一来，毋以地远为辞。"言未毕，仙车催动，目送不及。

生别舅妗归室，晨窗夕灯，学业几废，间为词章，无非寄恨。及八月，与兄俱就秋试毕，即欲言归，兄再四挽留，生不得已从之。逾数日，生与纶俱在高选。次年，又与兄纶同及第，兄纶授绵州绵山县主簿，生以弓箭授洋州司户。舅闻二甥皆及第，因大喜，遣人致书，且询所除何官；如瓜期未及，能以来否。生得书，与兄谋，欣然治行。诣舅任所，既至毕见，问劳尽礼。妗终以前疑，馆生于厅事。

一日晨谒妗，妗未起，忽遇娇于堂侧。时且早，左右俱未起，娇亟趋语生曰："别兄久矣，思念未尝少息。喜君近取高第，但薄命之人，不能执箕帚为恨耳。兄不弃远来，何幸得此？妾与飞红有隙，君所知也。今吾母老，飞红方用事，跬步无所求便。兄至已十日矣，妾不能与兄一叙畴昔者，坐此故也。妾每见兄必晨昏入谒，已七日晨起以俟兄至，而兄每入必晚。今非兄早至，妾安能与兄一语也。"生曰："我见事变如此，终日兀坐，苦不备言。方欲于一二日间，图为归计，缘未及与子一语，故未忍去。今既若此，留亦何益?”娇曰：“妾以兄故，屈事飞红，尚未得其欢心。自今以往，益顺承之，万一得其回意，则可与兄复如昔日。能少留月余?”因出袖中黄金二十两曰：“兄可留此，如有用度或衣服敝垢，可用修治也。果有可谋，虽僻处鬼室，亦何害!”顷之，人渐众，生遂出。

自秋及冬，岁将暮矣，慕恋之心，终无以自遣。所居室东，有修竹数竿，竹外有亭。前任州官，有子妇美而少，因得暴疾，葬于亭中，精诚不泯，常出为祟。一夕，生方掩关而坐，将及二鼓许，忽闻窗外步履声。生以其兵吏夜起，不以为怪。顷之叩窗甚急，生出视，则见娇娘独立窗下，曰：“君何不启？候君久矣。”生不知妖，欣然与之入室曰：“子何以得此来?”答曰：“舅妗熟睡，无有知者，故来相就，将旦告去。”嘱生曰：“此后妾必夜至，兄无事，不必至中堂。或偶相遇，不必以言相问，恐为人所觉也。妾或与君遇，君宜引去不对，则人将谓君无心于妾，庶可释疑。”生诺，遂去。自后妖夜必至，凡月余，人莫知之。

娇自生再至，益屈事红，锦绣珠玉，惟红所欲，呼之为“红娘子”。红见娇之厚己，渐释旧憾，与娇稔密，娇给之愈厚。时小慧年已长，语娇曰：“娘子贵人，飞红贱者，奈何以贵事贱?”娇因叹曰：“我之遇申生，尔之所知也。红与我有隙，屡窘挠我，所以不自爱而屈事之者，为生计也。”因吟诗一绝云：

> 雨勒春寒花信迟，痴云碍月夜光微。
> 披云却雨凭谁力？花月开圆共待时。

吟毕，因泣下。慧曰：“娘子禀性聪明，爱身如玉。今既委千金之体于申生，若弃敝屣而又下事飞红，丧尽名分，此妾所大不晓者。况娘子文辞华瞻（赡），苟求婚姻，岂不能得一申生？且申生一第之后，视娘子颇似无情，今虽在此，意亦落落，娘子何自苦执如此?”娇曰：“尔勿言。天下岂复有钟情如申生者乎？必不负我。”

慧知娇心已固，乃亦谄事飞红。红感娇之情，喟然谓娇曰："娘子近日，憔悴特甚。若重有所思者，何不与红一言？红受娘子之恩厚矣，苟有所使，当以死报。"娇但流涕不言，红固叩之，乃曰："我之遇申生，尔所知也，他何言？"红曰："此易事。夫人终日于小楼看经，堂室之事，娘子主之，果有所图，敢不唯命！"娇郑重谢之，自此红常与娇求生，然生自遇妖之后，遂以为真娇之来，累十余日，不入中堂；间或遇娇，则远自引避。其精神昏倦，终日倦卧，娇亦疑之。至晚，遂令小慧及红房下小婢兰兰，夜出伺生起处。慧与兰兰同至生室，因窗内灯明，穴而窥之，见生与一女子对坐，颜色态度，与娇无异，因私相叹骇。归室，则见娇与红并坐于室。慧曰："娘子适至生室乎？"娇曰："我自遣尔去，我二人坐此，未尝动，尔安得妄言。"慧、兰同声曰："适来申生与女子对坐，绝似娘子。若此，则彼为何人？"娇、红大骇。良久，红曰："旧闻此地多鬼魅，得无是乎？宜其待娘子䙝然也。"因欲与慧、兰等，再出穷之，以夜深而止。

明晨，娇诈以妗命召生，再四方来。小慧前导，至后室，见娇独坐，生彷徨欲去，娇即前挽生袖曰："君且勿去，将有事语君。"生不得已，乃坐。娇曰："妾之待兄亦至矣，一旦若是，岂平昔所望于兄者？"生不答。娇又曰："兄每夕所遇者何人？"生曰："无之。"娇曰："不必隐讳。"生谓诈己，乃左右顾盼，切切曰："子令我勿言，何窘我也？"娇曰："妾有何事，令君勿言？"生大骇曰："左右有人乎？"娇曰："无之。"娇又曰："妾自别君之后，迄今将两月矣。兄此来，妾亦何便得与君款密？何尝嘱君勿言？"生曰："子何反复也？子自前月以来，每夜必至我室，嘱我勿言，惧飞红辈生衅也。子今乃复云尔，何故？"娇曰："妾实未尝一出。君之所居穷僻，闻其中多鬼，必怪物化形，以惑君耳。妾自屈事飞红之后，已得其欢心，日夕使人招兄不至；纵一来，与兄言，兄又不答。将谓兄有异心，夜来使小慧、兰兰伺兄起处，乃见一女子，形状如妾，与兄对坐。此非鬼而何？故今日召兄实之耳。君不信，则召红证之。”乃潜使人呼红。红至，谓生曰：“郎君何弃娘子也？”因具道昨夕事。生骇然，汗下浃背，罔知所出，乃谢曰：“非子眷眷不忘，则我将死于鬼祟矣。”因大恐，不敢出。

红乃以生为鬼所惑告妗，妗曰：“安有是理？”红欲实其言，至一更许，令生且出，生惧不敢往。红曰：“第往彼，妾将有为也。”因戒生曰：“今夜二鼓，妾与妗来观，君勿言其妖，似娘子也。”生勉强许之。至二鼓初，鬼果来，生虽与对坐，股栗未宁，红与妗已至，果见一妇人。妗欲细视，红惧其事发露，因大抚窗趣入，鬼果不见。

生初闻娇言，且信且疑，及是，生方大悟。妗因询生曰：“适为何人？”生愧谢曰：“不知其鬼也，愿妗救我。”于是妗与红谋，移生入中堂。舅知之，广求名师符水，以与生饮，生后卧病累日，寻亦向安。自尔，生起居皆在宅内，娇亦不以向日相弃，合意欢恋如平日，或至生室，妗亦不知也。生连夕追思鬼惑之事，深得娇、红之救，已乃作《望江词》以谢之，词云：

> 从前事，今日始知空。冷落巫山十二峰，朝云暮雨竟无踪，一觉大块空。　　花月地，天意巧为容。不比寻常三五夜，清辉香影隔簾栊，春在画堂中。

又两月余，妗以病死，娇哀毁殊甚，几不堪处。生见舅家事纷纭，乘间告归，娇因谓生曰：“昔日之别，不谓复有今日，幸欣再会。奈何罹此祸变，哀毁之中，不暇与兄款曲。暂归，宜再来也。”因长吁曰：“数年之间，送兄者屡矣。知此别后，当复如何？”生无言，但掩泣为别。明日，辞舅归。至家中，父母闻妗之亡，皆惊动嗟泣。

明年六月，舅满任回，再过生门，留宿数日。自妗之死，飞红专宠于舅，因宛转为娇媒，曰：“夫人不幸先逝，善父年少，家事无人主持，何不拉三哥同归经理？且其瓜期未及也。”舅欣然欲拉生去，生父不欲。生闻之喜，乘间嘱红俾舅再三拉之。舅如言，力与生父言，父不得已，乃令生行，遂同到舅家。住两月，舅即为再调计，谓生曰：“家中事绪繁多，小儿幼失恃，三哥不妨在此维持，俟有赴官，当竭力助行。”生诺之，舅遂行。生厚赂舅之左右，莫不欢悦。生因与娇绝无间隔，院宇深沉，簾幙掩映，玉枕相藉，朱栏共倚，举简飞觞，曲尽人间之乐。

逾半载，舅再调利州倅以归，见生经理其家，事事有伦，知生才干有余，又妙年高第，前程未可量，遂悔向日背亲之谋，间使红委曲问生。一夕，生方与娇坐，红趋至曰：“郎君、娘子，平昔之愿谐矣，敢不拜贺？”娇询之，红具言其故。娇曰：“天果不违人耶！”因大喜忘寐。是夕，红反命于舅，遂遣媒之生家，生父母亦允，聘有日矣。

丁怜怜者，自生别后，久之入帅府。西院所画美人，犹在壁上，怜怜仰视久之。帅子问曰：“天下果有此妇人乎？”怜怜曰“有”，因指娇像曰：“此画尚未尽其一二也。”帅子喜曰：“我将求婚此女。”怜怜曰：“闻此女久有外遇，恐非全身。”帅子曰：“得妇如此，幸矣，此不足问。”怜怜悔失言，力解不获。帅子遂令亲信恳告其父，求婚于王。王时倅眉州未回，故无言及此者。逮王再调归家，需次之日，帅遂遣媒求婚。王初拒之再四，帅逼以威势，赂以货财，不得已，遂许之。娇夜持帅书，至生室告曰：“前日姻约复败矣。帅子求婚，家君迫于权要，许之矣。兄何以为计？”生曰：“事在他日，当徐图之。”

娇自是见生愈密，然一相遇，则惨惨不乐。平生善歌，每作哀怨之音，则闻者动容，或至流涕。虽与生至相得，未尝对生一歌。生或潜听，娇觉之，则又中辍，生每以为嫌。至是，乃自歌《一丛花》云：

世间万事转头空，何物似情浓？新欢共把愁眉展，怎知道新恨重逢。媒妁无凭，佳期又悮，何处问流红？　　欲歌先咽意忡忡，从此各西东。愁怕到黄昏，窗儿外疎雨泣梧桐。仔细思量，不如桃李，犹解嫁东风。

歌未终，黯然泪下。生平生嗜好有不能致者，娇广有金玉，售以遗生。一夕家宴罢，至就寐，生被酒未卧，娇秉烛侍侧。生问曰："迩来眷我益厚也?"娇曰："始者妾谓可托终身于君，今既不如所愿。事兄，盖有日矣，虽尽此身，尚何足以谢?"生大感恸。

居数日，娇忽卧病，不得与生会者二月。一日舅出谒，生厚赂左右，欲一见娇，左右扶娇至生室之侧，生迎与相见，呜咽不已。良久，娇乃曰："妾病不能扶持，生愿不谐，死亦从兄也。"语竟，倚生之怀。左右惊扶而入，久之方醒。生自此作事颠倒，语言无实，目前所为，旋踵而忘，舅甚怪之。秋八月，帅子纳币请期，舅许之。娇因他事怒小鬟绿英，绿英乘间以娇平日所为之事，从实告舅。舅怒，审实于红，红绐曰："小娘子读书知礼，岂不知失身为大辱？且重厚少言，爱身若珠玉，择地而行，相公所知也。况申生功名到手，举动不忘堂庑之间，不谓之人不敢人，未尝与娇一语戏狎。倘有是事，妾岂不知？细人之言，未宜深信。且亲期在近，不宜自彰也。"舅方宠任飞红，信其言，不复再问。

申生度势不可留，乃告娇曰："今日之事，舅知之矣，行计不可缓也。子亲期去此止两月，勉事新君，吾与子从此决矣。"娇怒曰："兄丈夫也，乃不能谋一妇人！事已至此，更委之他人，君忍心乎？妾身不可再辱，既以与君，则君之身也。"因掩面大恸。生方去留未决，俄得家书，报父有疾，遣仆马促回，生不得已，入谒舅告别。娇闻之出，立舅后，不能出半语。舅曰："子归后，府君无恙，宜再来。"生辞曰："重会未可知，舅善自爱。"舅因呼娇出别生，闻语洒泪不能止，惧父见之不敢前，背面遁去，再四呼之不来，生遂别舅而归。

娇自生去，日夜悲泣，未尝览镜。近半月，病愈甚，红乃潜书促生来，使与为诀。生得书，以无故，不敢告父母，乃夜遁。泊舟岸下，冀一见娇后即归，盖虑父母之知，必获重责。明日，舅送旧太守出郊外，红乃与娇私出，上生舟。娇孰（执）生手，恸曰："天祸薄命，不能相从。兄今青云万里，宜择佳配，共享荣华。妾向时与兄拥炉，谓事不济，当以死谢。妾不敢背此言。兄气质孱薄，常多病，善调养，毋以妾为念。"因出断袖还生曰："谢兄厚恩，复思此景，其可再得乎？"哭愈恸，红亦泪下。久之，红惧有他变，诈语娇曰："相公将至矣，宜速登岸。"娇含泪口占一绝为别云：

合欢带上真珠结，个个团圆又无缺。
当时把向掌中看，岂意今朝千古别。

生悲不能和，一揖而别。

娇佳期已迫，乃托感疾佯狂，蓬头垢面，以求绝婚。父迫之，娇引刀自截，左右救之，得不殒，因绝食数日不能起。红委曲开谕曰："娘子平日俊快，岂不谙晓世事？帅家富贵极矣，子弟端方，俊拔殆过申生，娘子何苦如是耶？且媒者言，彼之欲得娘子，甚如饥渴，娘子何自弃也？况申生归后，亦已议亲贵族，彼盖亦绝念于此矣。"因图帅子之貌以献曰："得婿如是，亦可无恨。"娇曰："事至此矣，吾志不易也。"红又诈为娇旧遗生香珮，结以破环只钗，谓生遣遗娇，因言已结他姻之意以相绝。娇见之，泣下曰："相从数年，申生之心，我岂不知者？彼闻我有他故，特为此以开释我耳。"因取香珮谛审，觉其虚，因曰："我固知申生不如是也。我始以不正遇申生，终又背而之他，则我之淫荡甚矣。既不克其始，又不有其终，人谓我何？红娘子爱我厚矣，幸勿多言，我固不爱一身以谢申生也。"遂不复言。舅闻而亦怜之，业已无可奈何，遣红辈百端为之开释，终莫能悟。娇遂吟诗二首，寄与生永别云：

如此钟情古所稀，吁嗟好事到头非。

汪汪两眼西风泪，犹向阳台作雨飞。

月有阴晴与圆缺，人有悲欢与会别。
拥炉细语鬼神知，拚把红颜为君绝。

间隔数日，娇竟以忧卒。

生方接来诗，而讣音随至，茫然自失，对景伤怀，独坐则书空咄咄，若与人语。因赋《忆瑶姬》词，以弔娇娘。生兄纶见词不祥，因再三慰解，终不能堪。又于壁上题诗一绝，以别父母。简娇所赠香罗帕，自缢于书牕间，为家人所觉，救免。兄纶与生之素识，皆来劝解曰："大丈夫志在四方，弟少年高科，青云足下，而甘死儿女子手中耶？况天下多美妇人，何必是？"生色变气逆，不能即对，徐曰："佳人难再得。"因回顾二亲，叮咛曰："二哥才学俱优，妙年取功名，且及瓜期，前程万里，显亲扬名，光大门户，承继宗祧，一夔足矣。惟大人割不忍之恩。"又顾兄纶曰："双亲年高，纯不孝，不能酬罔极之恩，惟兄念之。"自是神思昏迷，不思饮食，日渐尫羸，竟奄奄不起。父母大恸，即日驰书告舅。

舅得书，飞红辈知之，举家号泣。舅因呼红，痛责之曰："往时问汝，汝何不实告？稔成事变，以至于此，皆汝之咎。"红不能对，因伏地请罪。久之，舅意稍解，乃曰："事已如此，不可及矣。两违亲议，亦老夫之罪也。"因痛自悔，又谓红曰："生前之愿，既违之矣，与之死后姻缘可也。我今复书，举娇柩以归于生家。"乃合葬于濯锦江边。葬毕，红告归，抵家之明日，因与小慧过娇寝所，恍惚见娇与生在室，相对笑语。红仓皇告舅，舅复偕往寝所物色之，则无有矣。惟见壁间有词一阕云：

莲闺爱绝，长向碧瑶深处歇。华表来归，风物依然人事非。　月光如水，偏照鸳鸯新冢里。黄鹤催班，此去何时再得还？

舅见此词，不觉胸怀益增哀悼。所留字迹，半浓半淡，寻亦灭去。舅与红辈皆惊异云。

具冕服行礼

《唐书·李齐运传》：齐运进至礼部尚书，以妾为妻，具冕服行礼，士人嗤之。

最是五更留不住

《南唐近事》：韩熙载，北人，仕江南，致位通显。不防闲婢妾，有北齐徐之才风。侍儿往往私客，客赋诗有云“最是五更留不住，向人枕畔着衣裳”之句，熙载亦不介意。

裸身绕妇父三匝

《晋书·王忱传》：忱性任达不拘，末年尤嗜酒，一饮连月不醒，或裸体而游。每叹三日不饮，便觉形神不相亲。妇父常有惨，忱乘醉吊之，妇父恸哭，忱与宾客十许人，连臂被发裸身而入，绕之三匝而出。其所行多此类。

卷十一

情中私

纳定哥为娘子

《金史·贵妃定哥传》：定哥姓唐括氏，有容色，崇义节度使乌带之妻。海陵旧尝有私，侍婢贵哥与知之。乌带在镇，每遇元会、生辰，使家奴葛鲁葛温诣阙上寿，定哥亦使贵哥候问海陵，及两宫太后起居。海陵因贵哥，传语定哥曰："自古天子亦有两后者，能杀汝夫以从我乎？"贵哥归，具以海陵言告定哥，定哥曰："少时丑恶，事已可耻。今女儿已成立，岂可为此！"海陵闻之，使谓定哥："汝不忍杀汝夫，我将族灭汝家。"定哥大恐，乃以子乌答补为辞曰："彼常侍其父，不得便。"海陵即召乌答补为符宝祗候。定哥曰："事不可止矣。"因乌带醉酒，令葛温葛鲁缢杀乌带，天德四年七月也。海陵闻乌带死，诈为哀伤，已葬乌带，即纳定哥宫中为娘子。

母逝我梁

《齐东野语》：会稽富人马生，以入粟得官，号"马殿干"。有姬美艳能歌，时出侑酒，梁县丞者，因与目成，马殂，姬遂归梁。一日觞客，陈无损益之在座，酒酣举杯，嘱梁曰："有俪语奉上。"即唱曰："昔居殿干之家，爰丧其马；今入县丞之室，母逝我梁。"

一坐呼笑，而主人怃然。未几，梁亦死。人尤无损之戏，然闻者亦可以警也。

新　台

《金壶戏墨》：河督某公，阅工至王营，诸厅咸侍。有妇人，诉称“夫为千总，性好爬灰，虐待妻子”等语，傍舟大呼，巡捕官呵斥而去。某公不解所谓，询诸厅官，皆以其事甚亵，难于措词。内有捐班一人，遽言“翁媳”二字，意将疏解其故。独里河同知于君曰：“此无他，即新台故事耳。”某公恍然，归语幕友曰：“居官当用读书人，诚然。若质实言之，殊不雅驯矣。”后以他事黜千总。

梁意娘

《梁意娘本传》：五季周时，潇湖梁公女，名意娘。与李生有姑表亲，李往来甚熟。因中秋玩月，与意娘潜通，恋恋不去。久之事露，舅怒逐之，繇是阻隔三霜。时遇秋日，意娘寄歌曰：

花花叶叶落纷纷，终日思君不见君。
肠欲断兮肠欲断，泪珠痕上更添痕。
我有一寸心，无人共我说。
愿风吹散云，诉与天边月。
携琴上高楼，楼高月华满。
相思弹未终，泪滴琴弦断。
人道湘江深，未抵相思半；
江深终有底，相思无边岸。
君在湘江头，妾在湘江尾；
相思不相见，同饮湘江水。
梦魂飞不到，所欠惟一死。
入我相思门，知我相思苦。
长相思兮长相思，短相思兮无尽极。

早知如此绊人心，悔不当初莫相识。

李生得歌悲咽，因托人进公曰：“令爱才华，贤甥文藻，天生佳偶，幸未议婚。公不若妻之，以塞外议。”公乃许焉。

盈 盈

《默记》：《达奚盈盈传》，晏元献家有之，盖唐人所撰也。盈盈者，天宝中贵人之妾，姿艳一时。会贵者病，有官千牛者，受父命往问，遂为盈盈所私，匿于其室，甚久。千牛父索之，甚急。明皇闻之，诏大索京师，无所不至，而不见其迹。因问近往何处，其父言贵人病，尝往问。诏且索贵人之室，盈盈谓千牛曰：“今势不能自隐矣，出亦无甚害。”千牛惧得罪，盈盈因谓曰：“第不可言在此。若上问何往，但云所见人物如此，所见帘慕屏帏如此，所食物如此，势不繇己，决无患矣。”

既出，明皇大怒，问之，对如盈盈言，上笑而不问。后数日，虢国夫人入内，明皇戏谓曰：“何久藏少年不出耶？”夫人亦大笑而已。此传晏元献手书，藏其甥杨文仲家。其间叙妇人姿色及情好曲折甚详。

偷 香

《晋书·贾充传》：贾午，太尉充少女。韩寿字德真，南阳堵阳人，魏司徒暨曾孙，美姿貌，善容止，贾充辟为司掾。充每燕宾客，其女辄于青璅中窥之，见寿而悦焉，问于左右：“识此人否？”有一婢说寿姓字，云是故主人。女大感想，发于寤寐。婢后往寿家，且说女意，并言其女光丽艳逸，端美绝伦。寿闻而心动，便令为通殷勤。婢以白女，女遂潜修音好，厚相赠结，呼寿夕入。寿劲捷过人，逾垣而至，家中莫知。惟充觉其女悦畅，异于常日。

时西域有贡奇香，一着人则经月不歇，帝甚贵之，惟以赐充，及大司马陈骞。其女密盗以遗寿，充寮属与寿燕处，闻其芬馥，称之于充。自是充意知女与寿通，而其门阁严峻，不知所由得入，乃夜中佯惊有盗，因使循墙以观其变。左右白曰无余异，惟东北角，如狐狸行处，充乃考问女之左右，共以状对。充秘之，遂以女妻寿。寿官至散骑常侍、河南尹。

才子佳人应有此

《晁采传》：大历中，有晁采者，小字试惊，女子中之有文者也。与母独居，深娴翰墨，丰姿艳体，映带一时。有尼常出入其家，言采美丽，为天下冠，不施丹铅，眉目如画。尝见其夏月着单衫子，右手攀竹枝，左手持兰花，扇案膝上，注目水中游鱼，低讽《竹枝》小词，若黄莺学啭，真神仙中人也。性爱看云，故其室名“窥云室”，馆名“期云馆”。一日，兰花始发，其母命赋之，采即应声曰：“隐于谷里，显于澧浔。贵比于白玉，重匹于黄金。既入燕姬之梦，还鸣宋玉之琹。”其敏慧若此。

少与邻生文茂，笔札周旋，每自誓言，当为伉俪。及长而散去，犹时时托侍女通殷勤。茂尝春日寄以诗曰：

晓来扶病镜台前，无力梳头任髻偏。
消瘦浑如江上柳，东风日日起还眠。

又曰：

旭日曈曈破晓霾，遥知装罢下芳阶。
那能化作桐花凤，一集佳人白玉钗。

采得诗，因遣侍儿，以青莲子十枚寄茂，且曰：“吾怜子也。”茂曰：“何以不去心？”侍者曰：“正欲使君知其心苦耳。”茂持啖未竟，坠一子于盆，水中有喜鹊过，恶污其上，茂遂弃之。明蚤，有并蒂花开于水面，如梅英大，茂因喜曰：“吾事济矣！”取置几头，数日始谢，房亦渐长。剖之，各得实五枚，如所来数。茂即书其异，托侍女以报采。采持阅，大喜曰：“并蒂之谐，此其征矣。”因以朝鲜茧帋，作鲤鱼函，两面俱画鳞甲，腹下令可以藏书，遂寄茂以诗曰：

花笺制叶寄郎边，的的寻鱼为妾传。
并蒂已看灵鹊报，倩郎早觅买花船。

荏苒至秋，屡通音问，而欢好无繇。偶值其母有姻席之行，采即遣人报茂。茂喜极，乘月至门，遂酬愿焉。晨起振衣，两不忍别，采因自剪鬓发赠茂，且曰："好藏青鬓，早缔白头也。"茂归，藏于枕畔，兰香芳烈，馥郁动人，因以诗寄之曰：

几上金猊静不焚，匡床愁卧对斜曛。
犀流金镜人何处？半枕兰香空绿云。

绸缪之后，又复无机可乘。

时值杪秋，金风淅沥，采无聊之极，因遣侍儿以诗寄茂曰：

枕簟生凉夜漏馀，梦中恍惚觉来初。
魂离不得空成病，面见无繇浪寄书。
窗外江村钟响绝，枕边梧叶雨声疏。
此时最是无君处，肠断寒猿定不如。

茂答曰：

忽见西风起洞房，卢家何处郁金香？
文君未见先成渴，颛顼初逢已自伤。
怀梦欲寻愁落叶，忘忧将种恐飞霜。
惟应分付青天月，共听床头漏渐长。

自兹以后，契阔弥深。采郁抱中怀，遂凋素质。母察其异，苦询侍儿，侍儿因微露其情。母叹曰："才子佳人，自应有此。然古多不偶，吾今当为成之。"因托斧柯，以采归茂。

春思满红船

《名媛诗归》：福州守吴君者，江右人。有女未笄，甚敏慧，玉色秾李，父母钟爱，携以自随。秩满还朝，候风于淮安之版闸。邻舟有江（太）原江商，亦隽（携）一子，名情，生十六年矣，雅态可绘，敏辨无双。其读书处，正与女窗相对，女数从隙中窥之，情亦流盼，而无缘致意。偶侍婢有濯锦船舷者，情赠以果饵，问小娘子许适谁氏，婢曰："未也。"情曰："读书乎？"曰："能。"情乃书难字一纸，托云："偶不识此，为我求教。"女郎得之微哂，一一细注其下，且曰："岂有秀才而不识字者？"

婢还以告，情知其可动，为诗以达之曰：

> 空复清吟托袅烟，樊姬春思满红船。
> 相逢何必蓝桥路，休负沧波好月天。

女得诗，愠曰："暂尔萍水，那得便以艳句撩人？"欲白父笞其婢，婢再三恳，乃笑曰："吾为诗骂之。"乃缄小碧笺以酬曰：

> 自是芳情不恋春，春光何事惨闺人？
> 淮流清浸天边月，比似郎心向我亲。

生得诗大喜，即令婢返命，期以今宵启窗虔候。女微哂曰："我闺帏幼怯，何缘轻出？郎君岂无足者耶？"

生解其意，候人定，蹑足登其舟。女凭阑待月，见生已跃然，携肘入舟，喜极不能言。既而各有南柯之适，风便月明，两舟解缆，东西殊途，顷刻百里。江翁晨起，觅其子不得，以为必登溷，坠死淮流。返舟求尸，茫如捕影，但临渊号恸而去。天明，情披衣欲出，已失父舟所在。女惶迫无计，藏之榻下，日则分饷羹食，夜则出就枕席。如此三日，生耽于美色，殊不念父母之离邈也。

其嫂怪小姑不出，又馔兼两人，伺夜窥觇，见姑与小男子，切切私语。白其母，母恚不信，身潜往视，果然。以告吴君，吴君搜其舱，得情榻下，拽其发以出，怒目龃龉，砺刃其颈，欲下者数四。情忽仰首求哀，容态动人。吴君停刃叱曰："尔为何人？何以至此？"生具述姓名，且曰："家本晋人，阀阅亦不薄。昨者猖狂，实贤女所招。罪俱合死，不敢逃命。吴君熟视之，久曰："吾女已为尔所污，义无更适之理。尔宜为吾婿，吾为尔婚。"情拜泣幸甚。

吴乃命情潜足挂舵下，呼人求援，若遭溺而幸免者，庶不为舟人所觉。生如戒，吴君令篙者掖之，佯曰："此吾友人子也。"易其衣冠，抚字如子。抵济洲，假巨室，华筵召摈（傧）相，大讲合婚之义。舟人悉与宴，了不知其所繇。既自京师返旆，延名士以训之，学业大进。又遣使诣太原，访求其父。父喜，赍珍聘至楚，留宴累月，乃别。情二十三领乡荐，明年登进士第，与女归拜翁姑，会亲族，携家之官。初为南京礼部主事，后至某郡太守。

兰蕙联芳

《联芳楼记》：吴郡富室有姓薛者，至正初，家于阊门外，以鬻米为业。二女兰英、蕙英，皆敏秀能诗，父于宅后建楼居之，名曰"兰蕙联芳楼"。适承天寺僧，善水墨，乃以粉灰四壁，邀请绘兰、蕙于上。登者，蔼然如入春风之室。二女日夕吟咏不辍，有诗数百首，号《联芳集》，好事者往往传诵。

时会稽杨铁崖，制《西湖竹枝词》，和者百余家，镂板书肆。二女见之，笑曰："西湖有竹枝曲，东吴独无竹枝曲乎？"乃效其体，作《苏台竹枝词》十章，曰：

姑苏台上月重圆，姑苏台下水潺潺。
月落西边有时出，水流东去几时还？

馆娃宫中麋鹿游，西施去泛五湖舟。
香魂玉骨归何处？不及真娘葬虎丘。

虎丘山上塔层层，静夜分明宝佛灯。
约伴烧香寺中去，自将钗钏施山僧。

门泊东吴万里船，乌啼月落水如烟。
寒山寺里钟声早，渔火江枫恼客眠。

洞庭馀柑三寸黄，笠泽银鱼一尺长。
东南佳味人知少，玉食无繇进上方。

荻芽抽笋楝花开，不见河豚石首来。
早起腥风满城市，郎从海口贩鲜回。

杨柳青青杨柳黄，青黄变色过年光。
妾似柳丝易憔悴，郎如柳絮太颠狂。

翡翠双飞不待呼，鸳鸯并宿几曾孤？
生憎宝带桥头水，半入吴江半太湖。

一緺凤髻绿如云，八字牙梳白似银。
斜倚朱门翘首立，往来多少断肠人。

百尺高楼倚碧天，阑干曲曲画屏连。
侬家自有苏台曲，不去西湖唱采莲。

铁崖见其稿，手题二诗于后曰：

锦江只见薛涛笺，吴郡今传兰蕙篇。
文采风流知有日，连珠合璧照华筵。

难弟难兄并有名，英英端不让琼琼。
好将笔底春风句，谱作瑶筝弦上声。

自是名播远迩，咸以为班姬、蔡女复出，易安、淑真而下，不足论也。

其楼下瞰官河，舟楫皆经过焉。昆山有郑生者，亦甲族，其父与薛素厚，生与贩抵郡泊舟楼下，依薛为主。薛以其通家子弟，往来无间也。生青年韶秀，性复温和，夏月于船头澡浴，二女在窗隙窥见嫪生之具，以荔枝一双投下。生虽会其意，然仰视飞甍峻宇，缥缈霄汉，自非身具羽翼，莫能至也。既而更深漏静，月堕河清，万籁俱寂。生立船舷，若有所俟，忽闻楼窗哑然有声，顷刻则二女以秋千绒索，垂一竹兜坠于前，生乃乘之而上。

既见，喜极不能言，相携寝室，尽缱绻之意焉。兰口占诗于生曰：

玉砌雕阑花两枝，相逢恰是未开时。
娇姿未惯风和雨，分付东君好护持。

蕙亦吟云：

宝鼎香销烛影低，枕屏摇动锦帷垂。
风流好似鱼游水，才过东来又向西。

生至晓乘之而下，自是无夕不会。二女吟咏颇多，不能尽记，生耻无以答。一夕，见女书匣内，有剡溪玉叶笺，遂濡毫题一诗于上曰：

误入蓬莱顶上来，笑蓉芍药两边开。
此身得似偷香蝶，游戏花丛日几回。

二女得诗喜甚，藏之箧笥。

一夕，中夜之后，郑生怅然曰：“我本羁旅江河，托迹门下。今日之事，尊人罔知，一日事迹彰闻，恩情间阻，则乐昌之镜，或恐从此而分；延平之剑，不知何时再合也。”因哽咽泣下。二女曰：“妾久处闺闱，粗通经史，非不知钻穴可丑、韫匮可佳也。然而秋月春花，每伤虚度，云情水性，失于自持。曩者偷窥宋玉之容，自献卞和之璧，感君不弃，肯赐俯从，虽六礼之未行，谅一言之已定。方欲永同欢爱，奈何遽生阻疑？妾虽女子，计之审矣。他日机事彰闻，亲庭谴责，若从妾所请，则终奉箕箒于君家；如不遂所图，则求我于黄泉之下，必不再登他门也。”生闻言，不胜感激。

未几，生之父以书督生归家。女之父见其盘桓不去，亦颇疑之。一日登楼，于箧中得生所为诗，大骇，然事已至此，无可奈何。顾生年少标致，门户亦正相敌，乃以书抵生之父，喻其意。生父如其所请，仍命媒氏通二姓之好，问名纳采，赘以为婚。生年二十有二，长女年二十，幼女年十八矣。

鹣鹣白鹄

《琅嬛记》：姚氏女月华，与杨子名达者相爱。月华少失母，忽梦月轮坠于妆台，觉而大悟，不习而能。生未尝读书，自此搦管成篇，词意双妙。时随父寓于扬子江，端午，有龙舟之戏。月华出看，达见其素腕牵裳，结五色丝于跳脱，鬒发如漆，玉凤针簪，巧笑美盼，容色艳冶。达神魂飞荡，因制曲序其邂逅，名曰《泛龙舟》。

一日，月华见达《昭君怨》诗，爱其“匣中纵有绫花镜，羞向单于照旧颜”句，情不能已，遂私命侍儿乞其旧稿。杨出于非望，立缀艳体诗，以致其情。自后遂各以尺牍往来。月华每得达书，有密语，皆伏读数过，烧灰入醇醪饮之，谓之欸中散。

一日，达饮于姚氏，酒酣假寐，月华私命侍儿送合欢竹钿枕，温凉草文席，皆其香阁中物也。达虽心荡，亦无可奈何，怅然而归。次日，达奏笺，送不律、隃麋致谢。二女侍在侧，问曰：“不律、隃麋，何也？”曰：“楚谓之聿，吴谓之不律，燕谓之弗，皆笔名也。汉人有墨，名曰龙麋。”

月华巧于丹青，然以自娱，人不可得而见。是日，适画芙蓉匹鸟图成，遂以赠答。达见其约略浓淡，生态逼真，爱玩不释，觅银庄纸，裁书谢之。月华复以洒海刺文履赠达曰：“为郎作履，凡履霜雪，则应履而解，乃西蕃物也。”又贻诗曰：

金刀剪紫绒，与郎作轻履。
愿化双仙凫，飞来入闺里。

盖达与月华，虽文翰相通，而终未一睹。至是见诗，心醉若狂，乃赂女侍，而得一会焉。自是往来无间，凡久会，谓之大会；暂会，谓之小会。又大会，谓之鹣鹣会；小会，谓之白鹇会。

欢恰正浓，忽其父有江右之迁，已买舟于水畔，彼此仓皇，无计可缓，遂怏怏而别。月华思念，为之减食，乃效徐淑休（体）缀成一词以寄达，曰：

妾生兮不辰，盛年兮逢屯。寒暑兮心结，夙夜兮眉颦。
循环兮不息，如彼兮车轮。车轮兮可歇，妾心兮焉伸？
杂沓兮无绪，如彼兮丝棼。丝棼兮可理，妾心兮焉分？
空闺兮岑寂，妆阁兮生尘。萱草兮徒树，兹忧兮岂泯？
幸逢兮君子，许结兮殷勤。分香兮剪发，赠玉兮共珍。
指天兮结誓，愿为兮一身。所遭兮多忤，玉体兮难亲。
忘餐兮减寝，带缓兮罗裙。菱鉴兮慵启，博炉兮焉熏？
整袜兮欲举，塞路兮荆榛。逢人兮欲语，鞈匝兮顽嚣。
烦冤兮凭胸，何时兮可论？愿君兮见察，妾死兮何瞋！

达读之，乌咽不胜。后达复至其旧院，惟见双燕交飞、落花满地而已。整装向江右，踪迹之，而竟不可得。每为友道及，辄呜呜泣下云。

非今日几虚作一世人

《清尊录》：狄氏者，家故贵，以色名动京师，所嫁亦贵家。明艳绝世，每灯夕，及西池春游都城，士女欢集，自诸王邸第，及公侯戚里、中贵人家，帟慕车马相属，虽歌妹舞姬，皆饰珰翠、佩珠犀，览镜顾影，人人自谓倾国。及狄氏至，靓妆却扇，亭亭独出，虽平时妬悍自炫者，皆羞服，至相忿诋，辄曰："若美如狄夫人邪？乃敢凌我！"其名动一时如此。然狄氏资性贞淑，遇族游群饮，澹如也。

有滕生者，因出游，见之骇慕，丧魄归。悒悒不聊，乃访狄氏所厚善者。或曰："尼慧澄与之习。"生过尼，厚遗之，日日往。尼愧谢问故，生曰："极知不可，幸万分一耳。不然，且死。"尼曰："试言之。"生以狄氏告，尼笑曰："大难、大难！此岂可动耶？"具道其决不可状。生曰："然则有所好乎？"曰："亦亡有。唯旬日前，属我求珠玑颇急。"生大喜曰："可也。"即索马驰去，俄怀大珠二囊，示尼曰："值二万缗，愿以万缗归之。"尼曰："其夫方使北，岂能遽辨（办）如许偿邪？"生亟曰："四五千缗，否则千缗、数百缗皆可。"又曰："但可动，不愿一钱也。"

尼乃持诣，狄氏果大喜，玩不已。问须直几，尼以万缗告，狄氏惊曰："是才半值耳。然我未能辨（办），奈何？"尼因屏人曰："不必钱，此官人欲祝事耳。"狄氏曰："何事？"曰："雪失官耳，夫人弟兄夫族，皆可为也。"狄曰："持去，我徐思之。"尼曰："彼事急，且投他人，可复得耶？姑留之，明旦来问报。"遂辞去，且以告生，生益厚饷之。

尼明日复往，狄氏曰："我为营之，良易。"尼曰："事有难言也。二万缗物，付一秃媪，而客主不相问，使彼何以为信？"狄氏曰："奈何？"尼曰："夫人以设斋来院中，使彼若邂逅者，可乎？"狄氏赪面摇手曰："不可。"尼愠曰："非有它，但欲言雪官事，使彼无疑耳。果不可，亦不可强也。"狄氏乃徐曰："后二日，我亡兄忌日，可往。然立语，亟遣之。"尼曰："固也。"尼归及门，生已先在，语之具道本末，拜之曰："仪秦之辨（辩），不加于此矣。"

及期，尼为斋具，而生匿小室中，具酒肴俟之。哺时，狄氏严饰而至，屏从者，独携一小侍儿，引狄氏内室而坐，见尼曰："其人来乎？"曰："未也。"呗祝毕，尼使童子主侍儿，引狄氏至小室，搴簾见生，及饮具，大惊欲避。生出拜，狄氏答拜，尼曰："郎君欲以一卮为夫人寿，愿勿辞。”生固颀秀，狄氏颇心动，睇而笑曰：“有事第言之。”尼固挽使坐，生持酒劝之。狄氏不能却，为釂卮，即自持酒酬生。生因徙坐，拥狄氏曰：“为子且死，不意果得子。”拥之即帏中，狄氏亦欢然，恨相得之晚也。比夜散去，犹徘徊顾生，挈其手曰：“非今日，几虚作一世人。夜当与子会。”自是夜，辄开垣门召生，无阙夕，所以奉生者靡不至，惟恐丝毫不当其意也。

数月，狄氏夫归。生小人也，阴计已得狄氏，不能弃重赂，伺其夫与客坐，遣仆入白曰：“某官尝以珠直二万缗卖第中，久未得值，且讼于官。”夫愕眙入诘，狄氏语塞，曰：“然。”夫督取还之。生得珠，复遣尼谢狄氏：“我安得此？贷于亲戚以动子耳。”狄氏虽恚甚，终不能忘生。夫出，辄召与通。逾年夫觉，闲之甚，狄氏以念生病死。

新儿故儿

《明史·张宁杲传》：有京师人张龙者，弘治中举进士，为人邪媚无赖，与诸中贵往来。尝与邻妇私通，强纳为妾。其夫愤投中贵为厮养，欲修怨。龙乃置酒中贵家，篚金帛，携妾往拜。酒半，膝前请曰：“龙今为公新儿，定胜公故儿，何靳此妇，不以与儿邪？”中贵笑许之，其夫乃止。

造物弄人

《阅微草堂笔记》：郑苏仙言，有约邻妇私会，而病其妻在家者。夙负妻家钱数千，乃遣妻赍还，妻欣然往。不意邻妇失期，而其妻乃途遇强暴，尽夺衣裙簪珥，缚置秫丛，皆客作流民，莫可追诘。其夫惟俛首太息，无复一言，人亦不知邻妇事也。后数年，有村媪之子，挑人妇女，为媪所觉，反复戒饬，举此事以明因果，人乃稍知。盖此人与邻妇相闻，实此媪通词，故知之审。惟邻妇姓名，则媪始终不肯泄，幸不败焉。

穿其裙见其私足矣

《赵后外传》：后所通宫奴燕赤凤者，雄捷能超楼阁，兼通昭仪。十月五日，宫中故事：上灵女朝（庙），吹埙击鼓，连臂踏歌“赤凤凰为谁来”（《赤凤皇来》曲）。昭仪曰：“赤凤为姊来，宁为他人乎？”后怒，以杯掷昭仪裙曰：“鼠子能噬人乎？”昭义曰：“穿其裙，见其私，足矣，安在噬人乎？”帝微闻其事，以问昭仪，昭仪曰：“以汉家火德，故以帝为赤凤。”帝信之，大悦。

私幸营妓

《见闻搜玉》：司马温公为定武从事，同幕私幸营妓，尝会僧舍，公迫之，妓逾墙而走。公戏之曰：“年去年来来去忙，暂偷闲卧老僧房。惊回一觉游仙梦，又逐流莺过粉墙。”

卷十二

情中缘

玉簪重合

《诚斋杂记》：汾阴女子吴淑姬，未嫁夫亡。未亡时，晨兴靧面，玉簪坠地而折。已而夫亡，其父以其少年，欲嫁之，女誓曰："玉簪重合则嫁。"居久之，见士子杨子冶诗，讽而悦之，使侍儿用计，觅得一卷。心动欲与之合，启奁视之，簪已合矣，遂以寄子冶，结为夫妇焉。

不忘丐夫

《夷坚志》：邓州晁氏，大族也。相传云，自汉以来，居南阳，刘先主尝从贷钱数万缗，诸葛孔明作保，立券犹存其家。建炎二年，邓民残于胡兵，或俘或死，晁氏男女数百人，皆囚以北。至汾州青灰山，为红巾邵伯邀击，尽失取掠而去。晁安宅之妻某氏，并其女及乳母，皆为邵之党王生所得。张丞相宣抚陕蜀，邵举军来降，王生为右军小将，与晁妇同处于阆中。阆有灵显王庙，妇与乳妪，以月二日往焚香。妪视道上一丐者病，以敝帋自蔽，形容甚悴，谛观之，以告妇曰："有丐者，绝类吾十一郎。"遣询其乡里姓行，果安宅也。

妇色不动，令妪持金钗与之，约十六日复会，且戒无易服。及期相见，又与金二两，曰：“以其半诣宣抚司投牒，其半买舟置某所以待我。”安宅既通诉，宣抚下军吏逮王生，会王出猎，妇携己所有直数千缗，与妪及女，赴安宅舟，顺流而下。王生家赀巨万，一钱不取也。王晚归，不见其妻，而追牒又至，视室中之藏皆在，喟然曰：“素闻渠为晁家妇，今往从其夫，理之常也。”了不以介意。晁氏夫妇，离而复合如初。

妇人不忘故夫于丐中，求之古烈女可也，惜逸其姓氏。王虽武夫，盖亦知义理，可喜者。

幼子认母

《异苑》：宋吕相，河南人。娶永兴女为妻，生子乳哺中，舅姑怒逐之。后相携幼子过永兴，见群妇同游，幼子牵一妇号泣。相回顾久之，认是幼子母，相与复为夫妇焉。

弹到伤心指半柔

《枣林杂俎》：赵昌龄云，长安镇某人，读书临平山中。昼值歌伎，作歌伎诗，矜（吟）诵不已。俄，缟丽叩门，询之，曰秦娥，留坐，叹其佳咏。某媿谢求和，秦娥即吟曰：

歌侧云鬟尚带羞，声声犹唱《八甘州》。
歌来无力眉常敛，弹到伤心指半柔。
肠断花前丝续怨，魂销月下梦陪愁。
惹人无赖轻归去，今夜谁能伴锦裯？

某戏请伴，笑许之。拉往其处，室具俱白。宿数夕，送之曰：“如念我，可时至也。”某自此诗思日进，秘不示人。

宿世冤家五年夫妇

《画墁录》：彭汝砺，饶州人，治平状元，熙宁中为江西运判，妻宁氏。适有曾氏子监洪州盐米仓，卒于官，其妻宋氏有色。彭意欲纳之，而方服，未暇也；后十二年，竟如初志。宋氏有姿色，彭委顺不暇。或曰："宋氏中间曾归一朝官，而彭不知。"绍圣中，彭典九江，病革将逝，命索笔。人以为必有偈颂，乃曰："宿世冤家，五年夫妇。从今而往，不打这鼓。"投笔而逝。

瑶台第一妃

黄蛟起《西神丛话》：张士诚之败也，将聚美人珍宝，闭关焚之。美人有八，其中最丽而慧者，曰徐姬，号"瑶台第一妃"，乘离觞诀别时，偕一老妪挟珍奇而遁。过泰伯之唐庄，日莫，欲宿邹氏。氏乃寡母，妪告以故，母曰："吾儿年二十，家贫未婚。若能为吾儿妇，则可相蔽；不然，当速去，毋为我累。"姬不得已而诺，即夕匹耦，然怀孕已三月矣。子长，冒邹姓，以母资起家。姬晚刱大宅，号曰"徐堂"。

梦中蹑鞋插花

《夷坚志》：孙巨源、李邦直，少时同习制科。熙宁中，孙守海州，李为通判倅。厅与郡圃接，孙季女常游圃中，李望见，目送之。后每出，闻其声，辄下车便旋。邦直妻韩夫人，于牖中窥见屡矣，诘其故，李以实告。一夕，梦至后圃见孙女，踵之，不可及；亟追之，蹑其鞋，且以花插其首。不觉惊寤，以语韩夫人。韩大恸曰："簪花者，言定之象。鞋者，谐也。君将娶孙氏，吾死无日矣！"李曰："思虑之极，故入于梦，宁有是？"

未几，韩果卒。李徐令媒者请于孙公，孙怒曰："吾与李同砚席交，年相若，岂吾季女偶耶？"李不敢复言。已而孙还朝，为翰林学士，得疾将死。客见之，孙以女未出适为言，客曰："今日士大夫之贤，无出李邦直，何不以归之？"曰："奈年不相匹。"客曰："但得所归，安暇他问。"未及绸缪而孙亡，其家竟以女嫁之。后封鲁郡夫人。邦直作巨源墓志曰："三女，长适李公彦，二在室。"盖作志时未为婿也。邦直行状，晁无咎所作，实再娶孙氏云。

醉中生子

《西溪丛话》：杨氏，华世桢侧室，孝廉祖勤之大母也。世桢少豪侈，壮尚未有子，乃弃千金产，置媵妾为似（嗣）续计。氏年长矣，退任扫除之事，不敢荐席。世桢一夕大醉，误认他宠，幸之，遂有娠，生椿枝。世桢愠甚，犬豕畜之。氏亦屏弃爨室，备尝艰苦，三十年不得望见颜色。然氏安为固然，但勤纺织。椿枝既长，亦躬耕力作，铢积寸累，始得娶妇。而世桢终不以为子，居其母子于宅北败屋中，未尝割一丝半镪也。世桢殁，并无他子。椿枝挟微赀，贾四方，家业大起。生六子，孙、曾二十人，祖勤成乡进士，余皆明一经。氏寿考至百有一岁。

禽鸣得偶

《枣林杂俎》：海盐沈某贫亡赖，听野鸟啁鸣，各效之，酷肖，人因以侑酒。有徽贾挈之姑苏，偶鸣于线店中。富子遣僮市线，久不至，诃之曰："肆主听人禽鸣，故迟我，我非迟也。"富人问所为禽鸣者，述其状，亟召试之，大悦，留家监所。有空舍，素多鬼，以寝之。明旦未起，家监扶户入，沈某犹鼾也，曰："夜有白衣人，谓尽以遗物相付。"家监大骇，坎室中窖金，俱镌沈某及富人女名。盖富人亡子，止一女，遂以婿沈。

此妇当大贵

吕道生《定命录》：唐马周，少孤贫。为博州助教，以嗜酒忤刺史达奚，拂衣至京。停于卖䭔（䭔）媪肆数日，祈觅一馆地，媪乃引致于中郎将常何之家。代何草封事称旨，太宗询知周所为，即日召见，拜监察御史。媪之初卖䭔（䭔）也，李淳风、袁天罡，常遇而异之，皆窃云："此妇当大贵，何以在此？"及马公既贵，竟取为妻。数年内，马公拜相，媪为夫人。

门前一株倒枣树

刘敬叔《异苑》：临海乐安章汛（泛），年二十余死，经日未殡而苏。云：被录天曹，天曹主者，是其外兄，料理得免。初到时，有少女子同被录送，立住门外，女子见泛事散，知有力助，因涕泣，脱金钏三只，及臂上杂宝，托泛与主者，求见救济。泛即为请之，并进钏物，良久，出语泛云："已谕秋英，亦同遣去。"秋英即此女之名也，于是俱去。足痛疲顿，殊不堪行。会日亦暮，止道侧小窟，状如客舍，而不见主人。泛共宿嬿接，更相问，女曰："我姓徐，家吴县乌门，临渎为居，门前倒枣树即是也。"明晨各去，遂并活。

泛先为护军府吏，请假出都，经吴，乃至乌门，依此寻索，得徐氏舍。与主人叙阔，问秋英何在。主人云："女初不出入，君何知其名？"泛因说昔日神魂相见之繇，但不及寝嬿之事。始秋英之醒也，先曾叙述，至是泛语与合，主人乃命侍婢数人，递出试泛。泛曰："非也。"及令秋英见之，则如旧识。徐氏谓天意，遂以妻泛，生子名曰天赐。

何惜一女

刘义庆《世说新语》：周浚作安东时，行猎，值暴雨，过汝南李家。李氏富足，而男子不在。有女名络秀，闻外有贵人，与一婢于内椎猪羊，作数十人口食，事事精办，不闻有人声。密觇之，独见一女子，状貌非常。浚因求为妾，父兄不许。络秀曰："门户殄瘁，何惜一女。若连姻贵族，将来或大益。"父兄从之。生伯仁兄弟。

血衲何在

《情史类略》：南安萧某，少失怙恃。妇陈氏，抱子七月矣，而叔暴狠怀私诟辱，兼欲鬻其夫妇，以省食指。因事加大斧击某，左臂破裂，血满衣衲。知不能容，别妇出亡，割衲分藏其半，为异日会征。遂适襄郢间，业制盆桶诸木器糊口，飘零愤恚，久益忘家。妇倚办女工自食，毁面贞守。子渐长，又阏于叔，不令读书，则躬任课教，或窃附邻儿师讲业。儿亦奋激，攻苦如饴。二十一成乡荐，起家某县令。嘉靖甲午，擢楚少参，建牙郢上。以失父故，常抱惨戚，顿欲挂冠，云游觅父。忽夏月，太夫人隔簾窥见堂下制器匠，偏袒作努，臂露伤痕，疑之。令童子问匠何处人，曰南安，因悉其避叔弃妻子出亡始末，复问汝血衲何在。匠大惊曰："太夫人何繇知？"即出持衲，合太夫人所藏如一，于是登堂大恸，趋呼其子："匠，汝父也！"退而舞拜膝下，解衣进觞，欢溢百城。

定婚店

杜复言《续玄怪录》：杜陵韦固，少孤，思早娶妇，多歧，求婚不成。贞观二年，将游清河，旅次朱（宋）城南店。客有以前清河司马潘昉（昉）女为议者，来日期于店西龙兴寺门。固以求之意切，且（旦）往焉。斜月尚明，有老人倚巾囊，坐于阶上，向月简书。觇之，不识其字，固问曰："老父所阅者何书？固少小苦学，字书无不识者，西国梵字，亦能读之。唯此书目所未觌，如何？"老人笑曰："此非世间书，君何得见！"固曰："然则何书也？"曰："幽冥之书。"固曰："幽冥之人，何以到此？"曰："君行自早，非某不当来也。凡幽吏，皆主生人之事。今道途之行，人鬼各半，自不辨耳。"固曰："然则君何主？"曰："天下之婚牍耳。"固喜曰："固少孤，常愿早娶，以广后嗣。尔来十年，多方求之，竟不遂意。今者，人有期此，与议潘司马女，可以成乎？"曰："未也。君之妇，适三岁矣。年十七，当入君门。”

固问囊中何物，曰：“赤绳子耳，以系夫妇之足。虽仇敌之家，贵贱悬隔，天涯从宦，吴楚异乡，此绳一系，终不可逭。君之脚，已系于彼矣，他求何益！”曰：“固妻安在？其家何为？”曰：“此店北卖菜家妪女耳。”固曰：“可见乎？”曰：“妪陈姓，常抱之来，卖菜于是。能随我行，当示君。”及明，所期不至，老人卷书揭囊而行，固逐之。入米市，有眇妪抱三岁女来，敝陋亦甚，老人指曰：“此君之妻也。”固怒曰：“杀之可乎？”老人曰：“此人命当食大禄，因子而食邑，庸可杀乎？”老人遂隐。固磨一小刀，付其奴曰：“汝素干事，能为我杀彼女，赐汝万钱。”奴曰：“诺。”明日，抽刀入菜市中，于众中刺之而走。一市纷扰，奔走获免。问奴曰：“所刺中否？”曰：“初刺其心，不幸才中眉间耳。”

后求婚，终不遂。又十四年，以父荫，参相州君，刺史王泰。俾摄司户掾，专鞫狱，以为能，因妻以女。可年十六七，容色华丽，固称惬之极。然其眉间，常贴一花钿，虽沐浴闲处，未尝暂去。岁余，固逼问之，妻潸然曰：“妾郡守之犹子也，非其女也。畴昔父曾宰宋城，终其官，时妾在襁褓。母、兄次殁，唯一庄在宋城南，与乳母陈氏居，去店近，鬻蔬以给朝夕。陈氏怜，不忍暂弃，三岁时，抱行市中，为狂贼所刺，刀痕尚在，故以花子覆之。七八年间，叔从事卢龙，遂得在左右，以为女，嫁君耳。”固曰：“陈氏眇乎？”曰：“然。何以知之？”固曰：“所刺者固也。”乃大奇之，因尽言之，相敬愈加。后生男鲲，为雁门太守，封太原郡太夫人。知阴骘之定，不可变也。宋城宰闻之，题其店曰“定婚店”。

夫妇易履

《尧山堂外纪》：宋末时，彭城程万里，尚书程文业之子也，年十九，以父荫补国子生。时元兵日逼，万里献战守和三策，以直言忤时宰，惧罪潜奔江陵。未及汉口，为虏将张万户所获，爱其材勇，携归兴元，配以俘婢——统制曰“忠”之女也，名玉娘。忠守嘉定，城破，一门皆死，惟女仅存。成婚之夕，各述流离，甚相怜重。

越三日，玉娘从内出见万里，面有泪痕。知其怀乡，乃劝之，曰：“观君才品，必非久居人下者。何不早图脱网，而自甘仆隶乎？”万里不答，心念此殆万户遣试我也，妇人必不及此。明日，以玉娘之言告万户。万户怒，欲挞玉娘，其妻解之乃止。玉娘全无怨色，万里愈疑。是晚，玉娘复以为言，词益苦。及明，万里复告之，万户乃鬻玉娘于人为妾，而许万里以别娶。万里至是，始自恨负此忠告，然已无及矣。玉娘临行，以绣鞵一只，易其夫旧履怀之，以为异日萍水之券。

自是，万里为主人委任不忌，竟以其间，窃善马南奔。至临安，值度宗方立，录用先世苗裔，万里上书自陈，补福清尉，历官闽中安抚使。宋亡，全城归元，加升陕西行省，参知政事。兴元，陕所辖也，于是密遣仆，往访绣鞵之事。

玉娘初被鬻，自缝其衣，死不受污辱。久之，因乞为尼，居昙花庵。仆踪迹至庵，出绣鞵玩弄，有尼方诵经，睹鞵惊骇，亦出鞵质之，相合。仆知是玉娘，跪致主命，欲迎至任所。尼谓仆曰：“鞵履复合，吾愿毕矣。我出家已二十余年，绝意尘世。寄语郎君，自做好官，勿以我为念。”仆曰：“主翁念夫人之义，誓不再娶，夫人不必固辞。”尼不听，竟入内。仆使老尼传谕再四，终不肯出。仆不得已，以鞵履双双，归报万里。乃移文本省，檄元兴府官吏，具礼迎焉。夫妇年各四十余矣，玉娘自谓齿长，乃为夫广置姬妾，得二子。

芙蓉屏

李祯《芙蓉屏记》：至正辛卯，真州崔有生名英者，家极富，少工书画。以父荫补浙江温州永嘉尉，携妻王氏赴任。道经苏州之图山，泊舟少憩，买牲酒赛于神庙。既毕，饮于舟中。舟人见其饮器皆金银，遂起恶念。是夜，沉英水中，并婢仆杀之，谓王氏曰："尔知所以不死者乎？我次子尚未有室，今有事往杭州，一两月俟归，与汝成亲。汝既吾家人，无恐。"言讫，席卷所有，而以新妇呼王。王佯应之，勉为经理，曲尽殷懃。舟人私喜得妇，渐稔熟，不复防闲。

将月余，值中秋节，舟人盛设酒肴，雄饮痛醉。王氏俟其睡沉，轻身上岸。行二三里，忽迷路，芦草菰蒲，一望无际。王既艰步履，又虑寻蹑，于是尽力狂奔。久之，东方渐白，遥望林中有屋宇，急往投焉。候启其门，乃一尼院。院主问王来故，王绐之曰："妾真州人也，舅宦游江浙，挈家皆行，抵任，而良人殁矣。孀居数年，舅以嫁永嘉崔尉为妾，正室悍戾，棰辱万端。近者解官，舟次于此，因中秋赏月，命妾取金杯酌酒，不料失水坠江，必欲置之死地，遂逃生至此。"尼曰："娘子既不敢归舟，家乡又远，孤苦一身，将何所托？"王惟涕泣而已。尼曰："此间僻在荒滨，人迹不到。娘子若舍爱离痴，悟身为幻，披缁削发，就此出家，禅榻佛灯，晨飡暮粥，且随缘以度岁月，岂不胜于为人宠妾，受今世之苦恼，而结来世之仇雠乎？"王拜谢曰："是所志也。"遂落发佛前，立法名慧圆。王故习诗书，不期月间，悉究内典，大为院主所礼，遇事必咨而后行。而王宽和柔善，人皆爱之。每日于白衣大士前，礼百余拜，密诉心曲，虽隆冬盛暑，弗替。既罢，即身居奥室，人罕见其面。

岁余，忽有人至院，留斋而去。明日，将芙蓉一幅来施老尼，张于素屏。王见之，识为英笔，因询其所自。院主曰："近有檀越布施。"王问檀越姓名，今住甚处，以何为生。曰："同县，顾阿秀兄弟，以操舟为业。人颇道其劫掠江湖间，未知诚然否。"王又问："亦尝往来此中乎？"曰："少到耳。"即默识之，乃援笔题于屏上曰：

少日风流张海笔，写生不数黄筌。芙蓉画出最鲜妍。岂知娇艳色，翻抱死生冤。　粉绘凄凉馀幻质，只今流落谁怜？素屏寂寞伴枯禅。今生缘已断，愿结再生缘。

其词盖《临江仙》也，尼皆不晓其所谓。

一日，忽在城有郭庆春者，以他事至院，见画与题，悦其精致，买归为清玩。适御史大夫高公纳麟，退居姑苏，多慕书画。庆春以屏献之，公置于内馆，而未暇问其详。忽有人卖草书四幅，字格类怀素，而清劲不俗，问之，即其手笔。其貌非庸碌者，询其乡里姓名，蹙额对曰："英姓崔，字俊臣，世居真州，以父荫补永嘉尉，挈累赴任，不自慎重，为舟人所图，沉英水中，家财妻妾，不复顾矣。幸幼时习水，潜泅波间，度既远，遂登岸，投民家，举体沾湿，身无一钱。赖主翁见怜，易衣赐食，复赆而遣之。英遂陈告于平江路，今听候一年，杳无消耗，惟卖字以度日，非敢谓善书也。"公闻其语，深悯之，曰："如斯且亦无奈。留吾西塾，训诸孙写字可乎？"英幸甚。

公延入内馆与饮，英忽见屏间芙蓉，泣然垂泪。公恠，问之。曰："此舟中失物之一，英手笔也，何得在此？"又诵其词，复曰："英妻所作。"公曰："何以辨识？"曰："识其字画。且词意有在，真拙妇所作无疑。"公曰："若然，当为子任捕盗之责，子姑秘之。"乃馆英于门下。明日，密召庆春问之。庆春云买自尼院，公即使宛转诘尼，得于何人，谁所题咏。数日报实，公遣人说院主，托夫人命，召慧圆，院主不许。慧圆闻之，深欲一出，或可藉此复雠，尼不能拒。公命舁至，俾夫人与同寝处，问其家世之详。王饮泣以实告，且白题芙蓉事，曰："盗不远矣，惟夫人转以告公。倘得缚盗以报夫君，某死且不朽。"而未知其夫之故在也。夫人以语公，公属夫人善视之，略不与英言。

公廉得顾居址，出没之迹，未敢轻动，惟使夫人阴劝王畜发，返俗服。又半年，进士薛理溥化为监察御史，按郡。溥化，高公旧日属吏，知其敏手也，且语溥化掩捕之，敕牒及家财尚在，惟不见王氏下落。穷讯之，则曰："诚欲留配次男，不期乘间逃去，莫知所往。"溥化遂置之极典，而以原赃给英。

英将辞公赴任，公曰："待与足下作媒，娶而后去，非晚也。"英谢曰："糟糠之妻，同贫贱久矣。今不幸流落他方，存亡未卜。万一天地垂怜，尚冀相见。别娶之言，非所愿也。"公凄然曰："足下高谊如此，天必有以相佑，安敢苦强？容奉饯，然后起程。"翌日开宴，群僚毕集，公举杯告众曰："老夫今日为崔县尉了今生缘。"客莫喻。公使呼慧圆出，则英之故妻也。夫妇相持大恸，不意复得相见于此。公道始末，且出芙蓉屏示客，方知公所云"了今生缘"，乃英妻词中句，而慧圆则英妻改字也。倾座皆叹服高公之盛德。公赠婢、奴各一。英拜别就道，任满重过吴门，而公薨矣。夫妇号哭，如伤其亲，就墓下建水陆斋三昼夜以报，而后去。

黄　昌

《后汉书·黄昌传》：昌字圣真，初为州书佐。其妇宁于家，遇贼被获，遂流转入蜀，为人妻。及昌为蜀郡太守，妻之子犯事，诣昌自讼。昌疑此妇不类蜀人，因问所繇，对曰："妾本会稽余姚戴次公女，州书佐黄昌妻也。妾尝归家，为盗所掠，遂至于此。"昌惊呼前谓曰："何以识黄昌耶？"对曰："昌左足脚心有黑子，常自言当为二千石。"昌乃出足视之，因相持悲泣，还为夫妇。

君欲一箭射双雕耶

《摭青杂说》：京师孝感坊，有邢知县、单推官，并门而居，邢之妻，即单之妹。单有子名符郎，邢有女名春娘，年齿相上下，在襁褓中已议婚。宣和丙午夏，邢挈家赴邓州顺阳县官守，单亦举家往扬州待推官缺，约官满日归成婚。是冬，戎寇大扰，邢夫妻皆遇害，春娘为贼所虏，转卖在金州娼家，名杨玉。春娘十岁时，已能诵《语》《孟》诗书，作小词；至是，娼妪教之音乐色艺，无不精绝。每公庭侍宴罢，改旧词为新，皆切情境。玉容貌清秀，举措闲雅，不以口吻相嘲谑，有良人风度，前后守倅皆重之。单推官渡江，累迁至郎官，与邢声迹不相闻。

绍兴初，符郎受父荫为，全州司户。是时州僚，惟司户年少。司户见杨玉，甚慕之，但有意而无因。司理与司户契分相投，将与之为地，惮太守严明，未敢。居二年，会新守至，与司里（理）有旧，于是司里（理）置酒，请司户，止取杨玉一名只侯（祗候）。酒半酣，司户佯醉，呕吐偃息于斋，司理令玉侍奉汤饮，乃得一会，以遂所欲。司户因褒美之余，叩其来自，疑非门户中人。玉赧然徐答曰："妾实宦族，非杨妪所生也。"司户因问其父官姓，玉泣曰："本姓邢，住京师孝感坊，幼年许与舅子结姻。父授邓州顺阳县令，不幸父母皆遭寇杀，妾被掠卖至此。"司户复细问其舅家，玉曰："舅姓单，是时得扬州推官，其子名符郎，今不知存亡何如。"因大泣下。司户知为春娘也，佯慰之曰："汝今鲜衣美食，为时美重，有何不足耶？"玉曰："妾闻女子愿为有家。若嫁一小民，布裙短衾，啜菽饮水，亦是良妇。今在此迎新送故，是何情绪！"司户知其语出至诚，然未有所处，而未敢信。后一日，司户置酒回司理，召杨玉佐樽，遂不复与狎昵，因好言正色问曰："汝前日言为小民妇，亦所甘心。我今丧偶，犹虚正室，汝肯随我乎？"玉曰："得脱风尘，妾之至愿也。但恐他日新孺人归，不能相容，俟通知孺人，一言决矣。"司户乃发书告其父。

初，靖康之末，邢有弟号四承务者，渡江居临安，与单往来。单时在省为郎君，乃令四承务具状经朝廷，径送全州，乞归良，续旧婚。符既下籍，单又致书太守，守曰："此美事，敢不如命。"既而至日中，牒未下。司户疑有他变，密使探之，见尉司正谋设宴。司户曰："此老尚作少年态耶？此错处非一，此亦何足恤也。"既而果命杨玉祗候，只招通判。酒半，太守谓玉曰："汝今为县君矣，何以报我?”玉答曰:“妾一身皆明府之赐,所谓生死而骨肉(肉骨)也,又何以报?”太守乃抱持之,谓曰:“虽然,必有以报我。”通判起立正色,谓太守曰:“昔为吾州弟子,今为司户孺人。君子进退当以礼!”太守踧踖谢曰:“老夫不能忘情,非判府言,不自知其为过。”乃令玉入内宅,与诸女同处。即召司理、司户,四人同坐,至天明,极欢而罢。晨起视事,下牒谕翁媪。翁媪出不意,号泣而来曰:“养女十余年,费尽心力,更不得一别耶?”春娘出谕之曰:“吾夫妻相会,亦是好事。我十年虽汝恩养,然所积金帛亦多,足养汝老。”妪犹号哭不已,太守叱使去。既而太守使州司人,从内宅舁玉出,与司户同归衙,司理为媒,四承务为主,如式成礼。

任将满,春娘谓司户曰:“妾失身风尘,亦荷翁妪爱育,兼义姊妹中有情厚者。今既远去,终身不相见,欲共少酒食,与之话别,何如?”司户曰:“汝事一州之人,莫不闻之,胡可隐讳?此亦何害?”春娘遂治酒,就胜会寺,请翁媪,及同列者十余人会饮。酒酣,有李英者,本与春娘连名,其乐色皆春娘教之,常呼为姊,情极相得,忽起持春娘手曰:“姊今超脱青云之上,我沉沦粪土,无有出期。”遂失声恸哭,春娘亦哭。李英针线妙绝,春娘曰:“司户正少一针线人,但吾妹平日与我等,今岂能相下耶?”英曰:“我在风尘中常退步,况今云泥之隔,嫡庶之异?若姊为方便,得解网去,是一段阴德事。若司户左右,要针线人,姊得我为之,平素相谙,亦胜如生人也。”春娘归以语,司户不许,曰:“一之为甚,其可再乎!”既而英屡使人来促,司户不得已,拚一失色恳告。太守曰:“君欲一箭射双雕耶?敬当奉命,以赎前者通判所责之非。”

司户挈春娘归,舅妗见之,相持大哭。既而问李英之事,遂责其子曰:“吾至亲流落,理当收拾,更旁及外人,是不可已耶!”司户惶恐,欲令改嫁,其母爱李婉顺,遂留之居一年。李氏生男,邢氏养为己子。符郎名飞英,字腾实,罢全州幕职,历令丞。每有不了办公事,上司督责,闻有此事,以为知义,往往多得解释。绍兴乙亥岁，事夔倅奉祠，寄居武陵，邢、李皆在侧。每对士大夫，具言其事，无所隐讳，人皆义之。

雄已将雌胡不知

《情史类略》：宣德间，西河务刘翁夫妇，业沽酒，家亦小康。年俱六十余，无子。值雪天，有童子少俊，随父投宿。及明，父病寒不能兴，数日竟死。刘为殡于屋后，此童遂留为儿，不没本姓，命名刘方，克尽子道。

居二载，复值大风，有少年舟覆遇救，坚持一竹笼，哭泣不止。叩之，则山东刘奇，父以三考听选，举家在京，遭时疫，父母俱丧，无力扶柩，此笼中乃火化遗骨也。既被溺，行李荡然，无复归计。刘翁恻然，为助资斧。奇去月余，复负笼而来，云故乡遭河决，已漂尽矣，愿乞片地埋骨，而身为仆役以报。刘翁许之，奇与方遂为兄弟，同眠共食，情爱甚笃。奇颇通文理，因教方读书，方亦日进。

久之，刘翁夫归俱殁，二人丧之如嫡。方复往京移母柩，至与父坟合茔。三家之墓，如鼎峙焉。事毕，停沽酒而开布肆，家事日起。镇富民有来议姻者，刘奇欲之，而方执不可，奇不能强。一日，见梁燕营巢，奇题一词于壁云：

> 营巢燕，双双雄，朝暮衔泥辛苦同。若不寻雌继壳卵，巢成毕竟巢还空。

方见之，笑诵数次，亦援笔而和词云：

> 营巢燕，双双飞，天设雌雄事久期。雌已得雄愿自足，雄兮将雌胡不知？

奇览和，大惊曰：“吾弟殆木兰乎？自同卧以来，即酷暑，未尝赤体。合之题词，情可知也。”乃佯为不悟，使方再和一词，方复书云：“营巢燕，声声叫，莫使青春空岁月。可怜和氏璧无瑕，何事楚君然不识?”奇笑曰:“吾弟果女子也。”

方闻言面赤,未及对,奇复云:“尔我情同骨肉,何必隐讳。但不识何故作此装束?”方蹙额告云:“妾家向寓京师,因母丧,随父还乡,恐中途不便,故为男扮。后因父殁,尚埋浅土,未得与母同穴,故不敢改形,欲求一安身之地,以厝先灵。幸葬事已毕,即欲自明,思家事尚微,兄独力难成,故复迟迟耳。”奇云:“尔我同榻数年,爱逾嫡血。弟词中已有俯就之意,我亦决无更娶之理。昔为兄弟,今为夫妇,恩义两全,不亦可乎?”方曰:“妾筹之熟矣!三宗坟墓,俱在于斯,弃此而去,亦难恝然。兄若不弃陋质,使侍箕帚,共奉三姓香火,妾之愿也。”是夜,两人遂分席而卧。次日,奇请镇中年老者为媒,择吉告于三墓,遂谐伉俪。里中传为异事,因名其地为“三义村”。

绣衫缘

《阅微草堂笔记》:朱青雷言,李华麓在京,以五百金纳一姬。会以他事诣天津,还京之日,途遇一友,下车为礼。遥见姬与二媒媪,同车驰过,大骇愕,而姬若弗见华麓者;恐误认,思所衣绣衫,又己所新制,益怀疑。艸艸话别,至家则姬故在,一见即问:“尔先至耶?媒媪又将尔嫁何处?”姬仓皇不知所对。乃怒,遣家僮呼其父母来领女。父母狼狈至,其妹闻姊有变,亦同来。入门则宛然车中女,其绣衫乃借于姊者,尚未脱,盖少其姊一岁,容貌略相似也。华麓方跳踉如虓虎,见之省悟,嗒然无一语。父母固诘相召意,乃述误认之故,深自引愆。父母亦具述方鬻次女,借衣随媒媪同往事。问价几何,曰:“三百金,未允也。”华麓輾然,急开箧,取五百金置几上,曰:“与其姊同价,可乎?”顷刻议定,留不遣归,即是夕同衾焉。风水相遭,无心凑合,此亦可为佳话矣。

转　转

王铚《补侍儿小名录》：赵王镕命马彧使于燕，刘守光命韩定辞馆之。时燕之酒妓转转者，为一代名姝，韩之所眷也。每当酒席，马频目之。韩曰："昔文公分季隗于赵衰，伯符辍小乔于公瑾，盖惟名色可奉名人。所虑倡妇，不胜贤者顾瞩，愿垂一咏，故得奉之。"彧即命笔援毫，文不停缀（辍），作转转之赋，其首曰："玳筵既启，雅乐斯陈。雾卷罗幕，花攒锦茵。有西园之上客，命南国之佳人。貌逞婵娟，纵玉韵而倾国；步移缥缈，蹴罗袜以生尘。"彧载以归。

啭春莺

《西清诗话》：王晋卿歌姬，名啭春莺。晋卿得罪外谪，为密县马氏所得。晋卿南迁至汝阴，道中闻歌声，曰："此啭春莺也。"访之果然，赋一联云："佳人已属沙吒利，义士今无古押衙。"有足成之者：

几天流落在天涯，万里归来两鬓华。
翠袖香残空挹泪，青楼云满定谁家？
佳人已属沙吒利，义士今无古押衙。
回首音尘两沉绝，春莺休啭上林花。

寻复归卿晋。

天赐夫人

元好问《续夷坚志》：广宁闾山公庙，灵应甚著。又其像设狞恶，林木蔽映，人白昼入其中，皆恐怖毛竖。近旁言，静夜时闻讯掠声，故过者或迂路避之。参知政事梁公肃，家此乡之捧马岭。作举子时，与诸生结夏课，谈及鬼神事，历数时人之胆勇者，梁公都不之许。因自言："我能以昏暮或阴晦之际，入闾山庙巡廊庑一周。"诸生从臾之曰："能往，何以取信?"梁公曰："我当就周行处，以物画之，用是为验。"

明日晚，约偕往，诸生待于庙门外，奋袖径去。画至庙东之隅，摸索有一人倚壁而立。梁公意其为鬼至矣，可取火照之。及火至，见是一美妇，衣装绝与俗世不同。诘之，则气息奄奄，状若昏醉。诸生真谓鬼物，环立守之。良久开目，见人环绕，惊布不自禁，问此为何地。诸生为言其处，及庙中得之者，且诘其为人为鬼，何所从来。妇言："我扬州大族某氏女，以吉日迎往婿家，在舆中为大风所飘，神识散乱，不知何以至此。"诸生喜曰："梁公未受室，神物乃从扬州送一妻至，诚有冥数存乎其间，可因而成之。"梁公乃携妇归。寻擢第，不十数年，致身通显。妇举数子。故时人有"天赐夫人"之目，至于传达宫禁。

梁公以大定二十年节度彰德，相下耆旧，仍有及见之者。兵乱后，梁氏甚多，问其家世，多"天赐夫人"诸孙行云。

因须夙造

《槐西杂志》：己卯典试山西时，陶序东以乐平令充同考官。卷未入时，共闲话仙鬼事，序东言：有友，尝游南岳，至林壑深处，见女子倚石坐花下，稔闻智琼、兰香事，遽往就之。女子以纨扇障面曰："与君无缘，不宜相近。"曰："缘自因生，不可从此种因乎?"女子曰："因须夙造，缘须两合，非一人欲种即种也。"翳然灭迹，疑为仙也。余谓情欲之因缘，此女所说是也；至恩怨之因缘，则一人欲种即种，又当别论矣。

蝎子离婚

徐芳《诸皋广志》：万历中，山东一生，食面次，偶以他故停辍。有小蝎子堕面中，生竣事还食，仓卒不简，并蝎吞之。自是得馋疾，肥甘饱饫，旋即枵馁，稍不给，则胸间搅扰烦闷欲死。于是田舍鬻食皆尽，而气体羸弱，奄奄欲绝。如是经两岁许。

有一妻，年少相得，奉侍甚谨。顾粟尽磬悬，炊且断矣。生一日语妻曰："吾困极矣，而不即死，以重累子。我死，子亦不能自活。盍乘我尚在，早择所归，得少赀，供一饔死，子之赐也。"妻持不可，生病急，恳益力，自呼媒妁告之。妻勉从命，归一上舍，得数十金，畀生。逾数月，生食金尽，又不死。妇心怜之，间以语上舍。上舍故长者，以妇故，异生舍一外宅，听妇晨夕馈食如故。生喜过望。

一日，妇持肉餠饲生，适生寐，上舍呼妇急，寘肉枕旁而去。斯须往视，见一虫赤色，长数寸，蠕蠕自生口出，钻啮盂肉。妇骇叹曰："祟吾夫者，此物也！"疾趋而前，以一手拥生口，一手扑虫。虫还觅口不得，无所往。家人闻闹，皆至，遂毙之。盖老蝎子周身血裹甚厚，有赤丝牵至，连贯喉底。生因悟向来得病，由食面之日，若有鲠而下者，其苦馋善耗，皆此孽也。自是病渐愈，不复思食，益发愤读书。未几联第，上舍厚装送妇还，生亦怜妇勤笃，事出己意，非得已，亲友又交从臾，遂复为夫妇。后生数子，受貤封焉。

予乡商青齐者，盛传其事，论曰："妇人之吉，从一而终。夫未死而更适，悖矣，非礼也。然妇之身，固为夫有，鬻身以顺夫之命，给夫之食，亦可悲矣，权也。既出而不忘故夫，又拳拳焉事之如初，卒能杀蝎以救夫于垂毙，与别抱琵琶、忍心易面者远矣。生之余年，妇赐也，其合也宜。一食之不简，而祸几丧躯，予又以戒夫卫生者。"

负尸得妻

皇甫氏《原化记》：刘氏子者，少任侠有胆气，常客游楚州淮阴县，交游多市井恶少。邻人王氏有女，求聘之，王氏不许。后数岁，因饥，遂从戎。数年后，役罢，再游楚乡，与旧友相遇，甚欢。常恣游骋，昼事弋猎，夕会狭邪。因出郭十余里，见一坏墓，棺柩暴露，归而合饮酒。时将夏夜，暴雨初止，众人戏曰："谁能以物送至坏冢棺上者？"刘乘酒恃气，曰："我能之。"众曰："若审能之，明日众置一筵，以赏其事。"乃取一砖，同会人列名于上，令生持去，余人饮而待之。

生独行夜半，至墓，月初上，如有物。蹲踞棺上谛视之，乃一死妇人也。生舍砖于棺背，负此尸而归。众方欢语，忽闻生推门，如负重之声。门开直入，灯前置尸于地，卓然而立，面施粉黛，髻发半披，一座绝倒，亦有奔走藏伏者。生曰："此我妻也。"遂拥尸于床同寝，众人惊惧。至四更，忽觉口鼻微微有气，诊视之，即已苏矣。问所以，乃王氏之女，因暴疾亡，不知何由至此。未明，生取水，与之洗面濯手，整钗髻，疾已平复。乃闻邻里相谓云：王氏女将嫁暴卒，未殓，昨夜因雷，遂失其尸。生乃以告王氏，王氏悲喜，乃嫁生焉。众咸叹其冥契，亦伏生之不惧也。

婢作夫人

《阅微草堂笔记》：有盗劫一富室，攻楼门垂破，其党手炬露刃，迫胁家众曰："敢号呼者死！"且大风，号呼亦不闻，死何益？皆噤不出声。一灶婢，年十五六，睡厨下，乃密持火种，黑暗中伏地蛇行，潜至后院，乘风纵火，焚其积柴。烟焰烛天，阖村惊起，数里内邻村亦救视。大众既集，火光下明如白昼，群盗格斗不能脱，竟骈首就擒。主人深感此婢，欲留为子妇，其子亦首肯曰："具此智略，必能作家，虽灶婢何害。"主之大喜，趣取衣饰，即是夜成礼，曰"迟则讲尊卑，论良贱，是非不一，恐有变局矣"。亦奇女子哉！

不娶七姨娶九姨

吴处厚《青箱杂记》：龙图刘公烨，未第前，娶赵尚书晁之长女，早亡。而赵氏尝有二妹，皆未适人。既而刘公登科，晁已捐馆。夫人复欲妻之，使媒妇通意，刘公曰："若是周武之德，则不敢为姻；如言大禹之州，则庶可从命。"盖刘公不欲七姨为匹，意欲九姨议姻故也。夫人诘之，曰："谚云：薄饼从上揭。刘郎才及第，岂得便简点人家女？"刘公曰："非敢有择，但七姨骨相寒薄，非某之对，九姨乃宜匹。"遂娶九姨。后生七子，皆至大官。七姨后适关生，竟不第，落泊寒馁，暮年刘氏养之终身。

挑得花心片片新

《坚瓠辛集》：郡有一士游花街，见妓女刺绣帐前。妓曰："汝能吟咏，以针为题。"士曰："一寸坚钢铁作针，绮罗丛里度芳春。若教玉手抽来急，挑得花心片片新。"妓为之契合。

十八年伉俪缘

《旷园杂志》：湖州邢某，居瞰太湖，农家子也。春夜月明，睆庭梅独立，忽一丽人来就，某惊喜不自持，遂留宿。后往来寖密，久之，竟止于其家，同起居服食。父与妻皆见之，外人莫能见也。自言在生为某孝廉女，孝廉坐事被逮会城，女随行而殁，孝廉举家流徙去，女尸骸暴露。邢某前身为商，过而怜之，为具棺椁营葬，丽人衔其德，故有是会。又自恃贵家女，视故妻若妾媵，妻不能堪。邢翁谓某曰："人鬼同居，不祥。盍诣城隍神理其事？"因叩神，神考其冥数，有十八年伉俪缘，第诫以无扰，弗遣也。自是俨然伉俪，与故妻若正嫡。居岁余，产一女，间使故妻抱持之。又善女红，勤织纴。知其事者，群以鬼魅可畏为言。生惧，复谋遣之，诣神祠将投状，庙祝号介臣者，劝止之。是夕与介臣共宿，起而遗其扇。比归，丽人迎谓曰：“君遗扇，妾已为君取归矣。”一夕，谓生曰：“妾家不远，试与君偕往。”生若梦中，行至其家，第宅壮丽。两青衣执红灯导行，坐定，酒肴丰洁。某心窃讶之，然无留意，仍与同归。归时鸡鸣月晓，在人间已一夕矣。康熙甲子，遂安毛大令际可寓神祠中，目睹邢某控神状，为余言。

带上绣金君卿

《夷坚志》：荆南某太守之女，年十有八岁，既得婿，将择日成礼。梦人告曰：“此非汝夫。汝之夫，乃金君卿也。”既觉，不以语人，但于绣带至每寸，辄绣“金君卿”三字。母见而疑之，以告其父。父物色府中，至于胥史小吏，无有此人。诘其女，具以梦白。未几，所议之婿果死。后半岁，新峡州守入境，遣信至府，则金君卿也。始悟前事，至别厚待之，留连累日。知其新失伉俪，以女梦告之。金曰：“君卿犬马之齿，四十有二矣，比于贤女，年长以倍，又加其六焉。且悼亡未久，义不忍也。”主人强之，且曰：“因缘定数，君安能辞？”不得已，竟成昏。后三十年，金乃卒。妻生数子。金官至度支郎中，鄱阳人也。

姜八郎羊

《北牕炙輠》：平江有富人，谓之姜八郎。后家事大落，索逋者如雁行立门外。势大窘，乃谓其妻曰：“无他策，惟逃耳。”顾难相挈以行，乃伪作一休书，遣之曰：“吾今往投故人某于信州，汝无戚心，事幸谐，即返尔。”将逃，乃心念曰：“委债而逃，吾负人多矣。使吾事倘谐，他日还乡，即负千缗，当偿二千缗，遂行。

信州道中有逆旅妪，夜梦有群羊甚富，有人欲驱之，一人呵之曰：“此姜八郎羊也，毋得驱逐。”遂恍然而觉。明日，姜适至其处，问津。妪问其姓，曰“姜”；问其第几，曰“八”。妪大惊，遂延入其家，所以馆遇之甚厚。久之，乃谓姜曰：“妪有儿，不幸早死。有妇怜吾老，义不嫁，留以侍我。我甚怜之，欲择一赘婿，久未获。观子状貌，非终寒薄者，顾欲以妇奉箕帚，可乎？”姜辞以自有妻，不可。妪请之坚，姜亦以道途大困，不得已从之。

其妻一日出撷茱，顾有白兔，逐不可得，欲返，兔即止；又逐之，又止，如是者屡。追逐之一山上，兔乃入一石穴中。妻探其穴，失兔所在，乃得一石，烂然照人。持归以语其夫，姜视之曰："此殆银矿也。"冶之，果得银。姜遂携其银，往寻其故人，竟无得而返。因思曰："吾闻信州多银坑，向之穴，非银坑乎？"遂与其妻往攻之，果银坑也。其后竟以坑冶至大富。姜于是携其妻与妪，复归平江，迎其故妻以归。召昔所凡负钱者，皆倍利偿之。

此亦怪矣！余思其后妻，怜其姑之老，义不嫁，此天下高节；而姜临逃，亦有倍偿所负之誓，亦足以见其人矣。因缘会合，夫妇相际，天其以是报善人乎？

错因缘

《濯缨亭杂记》：正德间，都下王某家甚富。其子聘孙氏女为妇，将婚，子病瘵死。恐孙氏匿其聘财，秘不发丧，诈令媒妁请期。女家觉其诈，佯许之。至亲迎日，王以其女伪作男子往迎，孙氏亦令其侄伪作女子，随行成礼。王意两女共一室，了无他疑。不意少女与少男，相悦而私成配偶矣。都下民俗：成婚三日，婿与妇同归父母家。孙氏遂留王氏女于家。王某方悟反受其欺，已无及矣。讼于官，两家各当坐诈罪。王氏女既为孙侄之妇，而以孙氏之女，亦归王氏之侄，一时盛传以为奇事。

四娘有灵

《夷坚志》：临川贡士张榉，赴省试，行次玉道山中。慕宿旅店，揭荐治榻，得绢画一幅。展视之，乃一美人写真，其旁题“四娘”二字。以问主者，答：“非吾家物。比来士子应诏东下，每夕有寓客，殆好事少年，所携而遗之者。”榉旅怀淫荡，注目不释，援笔书曰：“捏土为香，祷告四娘，四娘有灵，今夕同床。”因挂之于壁，酤酒独酌，持杯接其吻曰：“能为我饮否？”灯下恍惚觉轴上应声，莞尔微笑。醉而就枕，俄有女子卧其侧，撼之使醒，曰：“我是卷中人，感尔多情，故来相伴。”于是抚接尽欢。将晓告去，曰：“先诣前途侍候。”自是夜夜必来，暨到临安亦然，但不肯说乡里姓氏。

榉尝谓之曰：“汝既通灵，能入贡院探题目乎？”曰：“不可。彼处神人守卫，巡察周备，无路可之。”试罢西归，追随如初。将至玉山，惨然曰：“明当抵向来邂逅之地，与子决别。”及期，榉执其手曰：“我未曾娶，愿与汝同归，白母，以礼婚聘。”女曰：“我后当与君作伉俪，今则未也。君今举失利，明年授室，为别不久，他时当自知。”瞥然而去。榉果下第。寻纳昏子崇仁吴氏，来春好合。妻之容貌，绝类卷中人，而排行亦第四。一日戏语妻曰：“方媒妁许议卿，否（吾）私遣画工图尔貌。”妻未之信，开笥出示，吴门长幼见之，合词赞叹，以为无分毫不似，可谓异矣。

卷十三

情中灵

解足纱自经

《元史·张氏女传》：有高氏妇者，携其女从夫出避乱。见道旁空舍，入其中，脱金缠臂与女，且语夫令疾行。夫挈女稍远，乃解足纱自经。贼至焚其舍。夫抵仪真，夜梦妇来告："我已缢死彼舍矣。"其精爽如此。

潇溪女史

《山斋客谭》：按：白乐天有妾小蛮、樊素，人皆知之；尚有潇溪女史者，盖亦白妾也。女史姓颜氏，名初元，字待月，母梦绛雪而生。年十九，归乐天，聪慧能诗。后为蛮、素所谮失宠，病中有诗曰：

> 月瘦花残不似前，泪珠零落枕函边。
> 可怜为有金条脱，臂上依然伴妾眠。

乐天召还京师，以病不复随。以会昌六年闰七月初九日，卒于西湖之灵隐山女真庵中，临殁曰："白尚书已为海山院主，先妾五月逝矣。今来相召，妾当赴也。"端坐而化。

鬼　妻

《夷坚志》：潮州人陈王猷为梅州守，子妇死焉，葬之于郡北山之上，其魂每夕归与夫共寝。夫惧，宿于母榻，妇复来即之，不可却。虽家人相见，无所避。二子数岁矣，韶秀可爱，每欲取以去，举家争而夺之。妇出入自若，陈氏甚惧，乃召道士醮设，及祷于神，皆不能遣。时绍兴庚午三月也，又三年，陈守卒于郡。

瘗　尸

《夷坚志》：兴州后军统领赵丰，绍兴二十七年春，以帅檄按兵诸郡。次果州，馆于南充驿，命吏置榻中堂。驿人前白曰："是堂有怪，夜必闻哭声。当时宾客至此，多避不敢就，但舍于厅之西阁。"丰笑曰："吾岂畏鬼者耶？"竟寝堂上。至夜间，哭声从外来，若有物，直赴寝所。丰曰："汝岂有冤欲言者乎？言之，吾为汝直，否则亟去。"顷之又来，群从者，皆闻履声趾趾然。

明日，以语太守王中孚（弗），王以为妄也。是夕赴郡宴，夜归，方酒酣，未得寐，倚胡床以憩。一女子散发在前立，曰："妾乃解通判女三娘者也，名莲奴。本中原人，遭乱入蜀，投身于李户部家，实居此馆。李有女，嫁郡守马大夫之子绍京，以妾为媵。不幸以姿貌见私于马君，李氏告其父，杖妾至死。气犹未绝，即命掘大窖，倒下妾尸，瘗之。今三十年矣！幸将军哀我，使得受生。"丰曰："汝死许久，士大夫日日过此，何不早自直？"曰："遗骸思葬，未尝须臾忘。是间有神司守，不许数出。十年前妾夜哭，出诉，地神告曰：'后有赵将军来此，是汝冤获伸之时。'日夜望将军至，故敢以请。"丰曰："果如是，吾当念之。"女谢去，遣人随视之，至堂外墙下，没不见。

明日，召僧为诵佛书，作荐事，遂行。晚至潼川之东关县，止县驿，女子复在前，已束发为高髻。丰曰："吾既为汝作佛事，何为相逐？”曰：“将军之赐，固已大矣。但白骨尚在堂外墙下，非将军，谁为出之？”丰曰：“吾为客，又已去彼，岂能为汝出力？胡不诉于郡守王郎中？”曰：“非不知也，戟门有神明，岂容辄入？然妾之冤，非王郎中不能理；非将军为地，何以达于王郎中乎？妾骨不出，则妾不得生。使妾骨获出而得生，在将军一言宛转间耳。”丰又许之，再具其事，走介白王守。王乃访昔时李户部所使从卒，独有谭咏一人在，委咏访其骨。咏率十数兵来墙下，发土求之，凡两日，迷不得所在。咏致一巫母问之，巫自称圣婆，口作鬼语，呼咏责曰：“汝当时手埋我，岂真忘所在耶？今发土处即是，但尚浅耳。当时倒下我，盖以木床，木今尚在。若得木，骨即随之。顶骨最在下，千万为我必取，我不得顶骨，不可生。”咏惊怖伏状。又明日，果得尸，郡为徙葬于高原。

时绍京为渠州邻水尉，未几，就调普周推官，见解氏来说当日事，绍京继踵亦卒。关寿卿耆孙初赴教官，适馆于此，尝为作记，虞并甫为渠州守，绍京正作尉云。

前生妻

《异闻总录》：武昌李主簿梦就逮冥司，主者问：“汝前身为张氏子时，安得推妻堕水？”李梦中忽忆其事，对曰：“妻自失足堕水死，非推也。”主者遣追本处山川之神供证，与李言同，遂放还。他日在旅舍遇妇人，自言为前生妻，相守不舍，绸缪如生。姻党皆知之。数年谢去，李亦不娶。终身无他苦，但常病腰痛，以木为两椎刳其中，每日叩击数十下，痛少解。盖鬼气染渍所致云。

江上舟中相见

《夷坚志》：郑畯字敏叔，福州人，宝文阁待制闳中之女（子）也。先娶王氏，生一女泰娘。王氏且死，执夫手嘱之曰：“切勿再娶，善为我视泰娘。”既卒，郑买妾以居。久之，京师有滕氏女，将适人，郑闻其美，乃背约纳币。一日将趋朝，尚未起，见王氏入其室，自取兀子坐床畔，以手挂帐，拊郑与语死生契阔，且问再娶之故。郑曰："家事付一妾，殊不理，不免为是。"王曰："既已成约，吾复何言？若能抚养泰娘，如我在时，亦何害？吾不复措意矣。"又语过去他事，甚悉，忽曰："盛宠已来呼君，当上马矣。"遂去。郑急问之曰："何时当再会？"曰："更十年，于江上舟中相见。"

郑明日与其弟语，悲叹不乐，然卒婚滕氏。建炎初，自提举湖南茶盐，罢官，买巨杉数千枝。如淮扬时，方营行在，官府木价踊贵，获息十倍。未几，金虏犯扬州，人多窜徙。郑以钱为累，恋恋不肯去，乃谋买舟泛江而下，而江中舟如织，不得前。又闻寇已至，急复入城，买金百余两，才出门，胡骑已在后。郑乘马驰去，一骑自后射之。郑回顾曰："我郑提举也，不可害我！"骑知其官人，追及之，授以刀，即坠马，骑取金而返。郑创甚，困卧草间，仆走视之，已不可救，两日死。郑无子。去王氏所言，正十年。

死婢再生

《枣林杂俎》：嘉靖初，南充刘氏婢么女，主嬖之，妻妒。主死，临葬，妻推么女以殉。三年后，妻死开穴，么女伏棺上不死。出言与其主处如恒，特若梦中，无少苦。

若以笔污我我先杀汝

《明外史·列女传》：钱塘刘氏女，少许字吴嘉谏。邻富儿张阿官，屡窥之。一夕，缘梯入，女呼父母共执之，俟旦讼官。张之从子倡言刘女诲淫，缚人取财，人多信之。女泣告父曰："贼污我名，不可活矣。我当诉帝求直耳。"即自缢。盛暑待验，暴日下无尸气。嘉谏初惑人言，不哭；徐察之，知具诬也，伏尸大恸。女目忽开，流血泪数行，若对泣者。阿官延讼师丁二执前言，女傅魂于二曰：

"若以笔污我，我先杀汝!"二立死。时江涛震吼，岸土裂崩数十丈，人以为女冤所致。有司遂杖杀阿官及从子。

死死生生

《幽明录》：近有一富家，止生一男，姿容过常。游市，见一女子美丽，卖胡粉，爱之。无繇自达，乃托买粉，日往市，得粉便去。初无所言，积渐久，女深疑之。明日复来，问曰："君买此粉，将何所施?"答曰："意相爱乐，不敢自达，然恒欲相见，故假此以观姿耳。"女怅然，微应之曰："见爱如斯，敢辞奔赴!"遂窃订约。薄暮，果到。男不胜其悦，把臂曰："宿愿始申于此。"欢跃遂死。女惶惧不知所以，因循而还。至食时，父母怪男不起，往视已死，遂就殡殓。发箧笥中，见百余裹胡粉，大小一积。其母曰："杀吾儿者，此粉也!"入市遍买胡粉。至此女所包售者，手迹相符，遂执问女曰："何杀吾儿?"女闻呜咽，具以实陈。父母不信，遂以诉官。女曰："妾岂复惧死？乞一临尸尽哀。"县令许焉。径往抚之，恸哭曰："不幸至此，若死魂而灵，复何恨哉!"男豁然更生，具说情状，遂为夫妇，子孙繁茂焉。

前世娘

祝允明《语怪·前世娘》：宣府都指挥胡缙有妾死后，八十里外，民家产一女，生便言："我胡指挥二室也，可唤吾家人来。"其家来告，胡不信，令二仆往。女见仆，遽呼名，言"汝辈来何用，请主翁来"。仆返命，胡犹不信，更命二婢事妾者往。婢至，女又呼之，言生前事，令必请主翁来。婢归言之，胡乃自往。女见胡喜言："官人汝来甚好。"因道前身事。胡即抱女于怀，女附耳切切密言事，胡不觉泪下，顿足悲伤，与叙委曲。女又言家有某物瘗某地，胡遂取女归。女益呼诸子诸妇，家人一一慰谕，从而发地，悉得其货，因呼之为"前世娘"。女言幽冥间事，与世所传无异。又言死者须饮迷魂汤，我方饮时，为一犬过踣而失汤，遂不饮而过，是以记忆了了。既长，胡将以嫁人，女不肯，言当从佛法终身不嫁，胡不能强。既至十六七，胡以事死，既而子死。家人皆死，惟一二妇女在，不能活，乃强嫁之。今安然，才二十余岁耳。

紫玉成烟

赵晔《吴女紫玉传》：吴王夫差小女名紫［玉］，年十八。童子韩重，年十九，玉悦之，私交信问，许之为妻。重学于齐鲁之间，临去，属其父母使求婚。王怒不与，玉结气死，葬阊门外。

三年，重归，诘其父母。知玉死已葬，重哭泣哀恸，具牲币往吊。玉从墓侧形见，谓重曰："昔尔行后，令二亲从王相求，谓必克从大愿。不图别后，我父不允，奈何？"乃歌曰：

南山有乌，北山张罗。乌既高飞，罗当奈何？
志欲从君，谗言孔多。悲结生疾，没命黄墟。
命之不造，冤如之何？羽族之长，命为凤凰，
一日失雄，三年感伤。虽有众鸟，不为匹双。
故见鄙姿，逢君辉光。身远心近，何尝暂忘。

歌毕歔欷流涕，要重还家。重曰："死生异道，惧有尤愆。"玉曰："一别永无后期，子将畏我为鬼而祸子乎？"

重感其言，送之还家。玉与之饮燕三日三夜，尽夫妇之礼。临出，取径寸明珠以送重，遂诣王自说其事。王大怒曰："吾女既死，此不过发冢取物，托以鬼神。"趣收重。重走至墓所诉玉，玉曰："无忧，今归白王。"玉妆梳忽见王，王惊喜问曰："尔何缘生？"玉跪而言曰："昔诸生韩重来求玉，大王不许。今名毁义绝，自致身亡。重从远还，诣冢弔唁。玉感其笃衷，辄与相见，因以珠遗之。不为发冢，愿勿推治。"夫人闻之，出而抱之，玉如烟然。

死则同穴

《宁波府志·闺奇列传》：梁山伯，祝英台，皆东晋人。梁家会稽，祝家上虞。尝同学，祝先归。梁后过上虞，寻访之，始知为女，归乃告父母欲娶之，而祝已许马氏子矣。梁怅然若有所失。后三年，梁为鄞令，病且死，遗言葬清道山下。又明年，祝适马氏，过其处，风涛大作，舟不能进。祝乃造梁冢，失声哀恸，地忽裂，祝投而死。马氏闻其事于朝，丞相谢安，请封为义妇。和帝时，梁复显灵异［效劳］，封为“义忠”，有司立庙于鄞云。

同年月日时生死

《续夷坚志》：定襄村樊帅所居，说里中任实，洎其妻张氏，七十三岁，同年月日时生，复同年月日时死，古今所无有也。

行吾所安

《如皋县志》：周氏女，掘港周念劬女也。年十七，许聘海门张人经。未嫁，人经死，女誓不再字。父母曰：“苦事也，恐弗能终，以贻口实。”女曰：“儿志已坚。”父曰：“果尔，吾当拜。”女曰：“岂有女受父拜者？”于是往诣张，断发人经柩前，号泣易衰服，主内外事，力作奉甘旨，营夫葬。刻木主于寝室，朝夕相对如生。

比邻张元良者，性好善，怜其贫，与之田三十亩，曰：“生以此养，死即祠祀之。”秋获时，女至田所，梦人经语之曰：“吾汝夫也。上帝怜而苦节，谓此地当有不测祸，命吾告汝速移。”女寤，叹曰：“苟无灵，不应作此语；有灵，不可违。”遂移归。是夜盗至，焚劫殆尽，女独得免。人经有妹将嫁，无婢女，即以己婢往。父母戒曰：“汝苦节如此，何忍复夺汝婢乎？”女曰：“行吾所安，何恡一婢。”其行事类如此。

香烟绕颊

《槐西杂志》：某公纳一姬，姿采秀艳，言笑亦婉媚，善得人意；然独坐则凝然，若有所思，习见亦不讶也。一日，称有疾，键户昼卧。某公穴窗纸窥之，则涂脂傅粉，钗钏衫裙，一一整饬，然后陈设酒果，若有所祀者。排闼入问，姬蹙然敛衽跪曰："妾故某翰林之宠婢也。翰林将殁，度夫人必不相容，虑或鬻入青楼，乃先遣出。临别切切私嘱曰：'汝嫁，我不恨；嫁而得所，我更慰。惟逢我忌日，汝必于密室靓妆私祭我。我魂若来，以香烟绕汝为验也。'"某公曰："徐铉不负李后主，宋主弗罪也。吾何妨听汝。"姬再拜炷香，泪落入俎，烟果袅袅然三绕其颊，渐蜿蜒绕至足。温庭筠《达摩支曲》曰："捣麝成尘香不灭，拗莲作寸丝难绝。"此之谓欤？虽琵琶别抱，已负旧恩；然身去而心留，不犹愈于同床各梦哉？

再世续婚

钮琇《觚賸》：京城东偏，有民家生一女。能言之岁，忽曰："我工部郎中郑濂妇也。""何以在此？""欲归我家矣。"迹郑之居，与女家相去二里许，某秘之不以告。女甫能行，即出户觅郑居，或时趋出巷外。其家抱持之，防其逸，而女之求归益坚。不得已，以问于郑，郑乃迎之，盖八龄矣。重堂邃室，皆若素游，直入踞床，南面而为众言曰："我之子与媳安在？不速出见！"众方匿笑旁睨，濂适自外来，起而曰："我别夫子日久，岂遂不相识耶？"笼箧之衣，香履之存，靡不一一指点其处。郎中以事近怪，不逾宿而遣之，然闻者惊相传告，旋彻内庭。今上召询濂，濂不敢隐，因命续再世之婚。濂辞以年齿甚悬，且臣之子已生孙矣，居室名言，恐有未顺。上曰："天命之也。待十三岁而婚，谁曰不宜？"濂奉旨届期成礼，伉俪如初。

《宋史·列女传》：王氏妇梁氏，临川人。归夫家才数月，会元兵至，一夕与夫约曰："吾遇兵必死，义不受污辱。若后娶，当告我。"顷之，夫妇被掠。有军千户，强使从己归，绐曰："夫在，伉俪之情，有所不忍，乞归之而后可。"千户以所得金帛，与其夫而归，并以一矢，以却后兵。约行十余里，千户即之，妇拒且骂曰："斫头奴！吾与夫誓，天地鬼神，实临之。此身宁死，不可得也！"因奋搏之，乃被杀。有同掠脱归者，道其事。越数年，夫以无嗣，谋更娶，议辄不谐。因告以故妻，夜梦妻曰："我死后生某氏家，今十岁矣。后七年，当复为君妇。"明日遣人聘之，一言而合。询其生，与妇死年月同云。

淫人人淫

《滦阳消夏录》：沧州城南上河涯，有无赖吕四，凶横无所不为，人畏如狼虎。一日薄暮，与诸恶少村外纳凉，忽隐隐闻雷声，风雨且至，遥见似一少妇，避入河干古庙中。吕语诸恶少曰："彼可淫也。"时已入夜，阴云黯黑，吕突入，掩其口，众共褫衣沓嬲。俄电光穿牖，见状貌似其妻，急释手问之，果不谬。吕大恚，欲提妻掷河中，妻大号曰："汝欲淫人，致人淫我。天理昭然，汝尚欲杀我耶！"吕语塞，急觅衣裤，已随风吹入河流矣，旁皇无计，乃自负裸妇。云散月明，满村哗笑，争前问状，吕无可置对，竟自投于河。盖其妻归宁，约一月方归，不虞母家遘回禄，无可栖，乃先期返，吕不知而构此难。

后妻梦吕来曰："我业重，当永堕泥犁。缘生前事母尚尽孝，冥官检籍，得受蛇身，今往生矣。汝后夫不久至，善事新姑嫜。阴律不孝罪至重，毋自蹈冥司汤镬也。"至妻再醮日，屋角有赤练蛇，垂首下视，意似眷眷。妻忆前梦，方举首问之，俄闻门外鼓乐声，蛇于屋上跳掷数四，奋然去。

矛刺不死

《怀宁县志》：阮氏，诸生昝弘祖妻，生长望族，娴习书史，事翁及继姑，克修妇道，躬亲操作，备历艰苦。乙酉，叛师屠皖时，弘祖游学吴下，氏仓皇无措，坠智井中。贼缒卒缚出，挟之行，氏抗声大骂，宁死不受辱。贼怒甚，氏急投门外塘中，贼追，以长矛刺之，将死。及夜半，见一神人掖入室中，顷之渐苏。时家人奔散，绝粒七日。氏父士镦，入城探女存亡，邻妪告曰："死于塘矣。"及至室中，忽闻呻吟声，惊呼之，得见，视其体肤无寸完。弘祖闻城变还家，得全伉俪。氏自此茹素啐经，有再生之感。相夫训子，一遵礼法，闺阁尊为母师。生二子，长霨林，为会稽令；次茹颖，康熙壬辰进士。

碎璧归赵

《滦阳续录》：司庖杨媪，言其乡某甲将死，嘱其妇曰："我生无余赀，身后汝母子必冻饿。四世单传，存此幼子。今与汝约，不拘何人，能为我抚孤则嫁之，亦不限服制月日，食尽则行。"嘱讫，闭目不更言，惟呻吟待尽，越半日乃绝。

有某乙，闻其有色，遣媒灼（妁），请如约。妇虽许婚，以尚足自活，不忍行，数月后不能举火，乃成礼。合卺之夜，已灭烛就枕，忽闻窗外叹息声。妇识其謦欬，知为故夫之魂，隔窗呜咽语之曰："君有遗言，非我私嫁。今夕之事，于势不得不然。君何以为祟？"魂亦呜咽曰："吾自来视儿，非来祟汝。因闻汝啜泣卸妆，念贫故使汝至此，心脾悽动，不觉喟然耳。"某乙悸甚，急披衣起曰："自今以往，所不视君子如子者，有如日。"灵语遂寂。

后某乙耽玩艳妻，足不出户，而妇恒惘惘如有失。某乙倍爱其子以媚之，乃稍稍笑语。七八载后，某乙病死，无子，亦别无亲属。妇据其赀，延师教子，竟得游泮；又为纳妇，生两孙。至妇年四十余，忽梦故夫曰："我自随汝来，未曾离此。因吾子事事得所，汝虽日与彼狎昵，而念念不忘我，灯前月下，背人弹泪，我见之，故不欲稍露形声，惊尔母子。今彼已转轮，汝寿亦尽，余情未断，当随我同归也。"数日，果微疾，以梦告其子，不肯服药，荏苒遂卒。其子奉棺合葬于故夫，从其志也。

程子谓"饿死事小，失节事大"，是诚千古之正理，然为一身言之耳。此妇甘辱一身，以延宗祀，所全者大，似又当别论矣。杨媪能举其姓氏里居，以碎璧归赵，究非完美，隐而不书，闵其遇，悲其志，为贤者讳也。

还　魂

《郧阳县志》：宋淳熙时，房人解三师，所居与宁秀才书馆为邻。一女名七五姐，自小好书，日听邻生读，皆能暗诵；其父素精法术，亦私习。年二十二，当淳熙十三年九月，招赘归州民施华为婿。华商于外三载，寓妻信曰：

> 我在家，受尔父凌辱。今浪迹汝宁，容称意时自归。

女视毕掩泣，即日不食，奄奄如劳瘵，以八月日死，华不知也。后两月，华在汝宁，忽见女来，惊问曰："汝单弱妇人，何以能至？"答曰："接汝书，愁思成疾，父母责骂。已写一帖子置室中，托言投水，繇是脱身奔汝。"华携入房同处，资颇赡。至绍熙七年冬，还归州。

明年冬，三师邻人田祁，作客抵归州，遇施华。华延其家，女出相见，惊曰："五姐已亡三载，何得在此？"女曰："我诈死访施郎耳。"田大疑讶，为三师道所见，三师不信。后华迁荆南，三师闻之，遣男持书信验，见华与妹情好甚洽。住数月，相率来房州。诸亲云："七五姐夭逝七年，此殆精魅假托，将必为施郎不利。"招法师来考治，屡书符，屡破之，曰："我在生时，尽读父法书，又得九天玄女还魂法，汝何能治！”见父母、亲戚如初。庆元元年，解氏尽室游翫郊野，至女葬处，指示之，女大笑入山，遂绝。

夫妇两不负

《槐西杂志》：司爨者曹媪，其子僧也。言尝见粤东一宦家，到寺营斋，云其妻亡已十九年，一夕灯下见形曰：“自到黄泉，无时不忆。尚冀君百年之后，得一相见。不意今配入转轮，从此茫茫万古，无复会期。故冒冥司之禁，赂监送者，来一取别耳。”其夫骇痛，方欲致词，忽旋风入室，卷之去，尚隐隐闻泣声。故为饭僧礼忏，资来世福也。此夫此妇，可谓两不相负矣。《长恨歌》曰：“但令心如金钿坚，天上人间会相见。”安知不以此一念，又种来世因耶？

绿衣人

吾衍《绿衣人传》：天水赵源，早丧父母，未有妻室。延祐间，游学至于杭州钱塘，侨居西湖葛岭之上，其侧即宋贾秋壑旧宅也。源独居无聊，尝自遇晚，徙倚门外。忽有一女子从东而来，绿衣双鬟，年可十五六，虽不盛妆浓饰，而姿色过人。源注目久之。明日出门又见。如此凡数度，日晚辄来。源戏而问之曰：“娘子家居何处，暮暮来此？”女笑而拜曰：“儿家与君为邻，君自不识耳。”源试挑之，女子欣然而应，因遂留宿，甚相亲昵。明日辞去，夜则复来。

如此凡有月余，情爱甚至。源问其姓氏，居止何处，女子曰：“君但得美妇则已，何用强问我也？”叩之不已，则曰：“儿尝衣绿，但呼我绿衣人可矣。”终不告以居止所在。源意其为巨室妾媵，夜出私奔，或恐事迹彰闻，故不肯言耳。信之不疑，宠念转密。一夕源被酒，戏谓绿衣曰：“此真谓绿兮衣兮，绿衣黄裳者也。”女子有惭色，数夕不至。及再来，源叩之，乃曰：“本欲相与郎君偕老，奈何以婢妾待之？令人忸怩不安，故数日不敢侍君之侧。然君已知，今不复隐，请得备言之。儿与君旧相识也，今非至情相感，何能及此？”

源问其故，女惨然曰：“得非相难乎？儿实非今世人，亦非有祸于君者，盖其数当然、夙缘未尽耳。”源大惊曰：“愿闻其详。”女子曰：“儿固宋平章秋壑之侍女也，本临安良家子女。少善弈棋，年十五以棋童入侍，每秋壑回朝，宴坐半间堂，必召儿侍弈，备见宠爱。是时君为其家苍头，职主煎茶，吾因供进茶瓯，得至后堂。君时少年，美姿容，儿见而慕之，尝以绣罗钱箧，乘暗投君，君亦以玳瑁指（脂）盒为赠。彼此虽各有意，而内外严密，莫能得其便，遂为同辈所觉，谗于秋壑，遂于君同赐死于西湖断桥之下。君今已再世为人，而儿犹在鬼录，得非命欤？”言讫，呜咽泣下。源亦为之动容，久之，乃曰：“审如此，则吾与汝乃再世姻缘也，当更加亲爱，以偿畴昔之愿。”自是遂留宿源舍，不复更去。

源素不善弈，教之弈，尽得其妙，凡平日以棋称者，皆莫能敌也。每说秋壑旧事，其所目击者，历历甚详。尝言秋壑一日倚楼间，望诸姬皆侍，适有二人乌巾素服，乘小舟繇湖登岸，二姬曰：“美哉二少年！”秋壑曰：“愿事之耶？当令纳聘。”姬笑而无言。逾时，令人棒一盒，呼诸姬至前，曰：“适为某姬纳聘，可启视之。”则姬之首也。诸姬皆战栗而退。又尝贩盐数百艘，至都市卖之，太学有诗曰：“昨夜江头涌碧波，满船都载相公鹾。虽然要作调羹用，未必调羹用须（许）多。”秋望（壑）闻之，遂以士人付狱，论以诽谤罪。又尝于浙西行公田法，民受其苦。或题诗于路左云：“襄阳累岁困孤城，豢养湖山不出征。不识咽喉形势去，公田枉自害苍生。”秋壑见之，捕得，遭显戮。又尝斋云水十人，其数已足，又一道士衣裾蓝缕，至门求斋。主者以主人数足，不肯引入，道士坚求不去，而不得已于门侧斋焉。斋罢，覆其钵案而去。众将钵力举之不动，启于秋壑，自往举之，乃有诗二句云：“得好休时便好休，收花结子在绵州。”始知真仙降临而不识也，然终不喻“绵州”之意。嗟乎！孰知有漳州木绵庵之厄也。又尝有艄人泊舟苏堤，时方盛暑，卧于舟尾，终夜不寐。见三人长不盈尺，集于沙际，一曰：“张公至矣，如之奈何?”一曰：“贾平章非仁者，决不相恕。”一曰：“我则已矣，公等及见其败也。”相与哭入水中。次日，渔者张公，获一鳖，径三尺余，纳之府第。不三年而祸作，盖物亦以先知数而不可逃也。

源曰：“吾今日与汝相遇，抑岂非数乎?”女曰：“是诚不妄矣。”源曰：“汝之精气，能久存于世耶?”女曰：“数至则散矣。”源曰：“然则何时?”女曰：“二年尔。”源固未之信。及其卧病不起，源为之延医，女不欲曰：“曩固已言矣，姻缘之契，夫妇之情，尽于此矣。”即以手握源臂，而与之诀曰：“儿以幽阴之质，得事君子，荷蒙不弃，周旋许时。往者一念之私，俱蹈不测之祸。然而海枯石烂，此恨难消；地老天荒，此情不泯。今幸得续前身之好，践往世之盟，三载于兹，志愿足矣！请从此辞，毋更以为念也。”言讫面壁而卧，呼之不应矣。源大伤恸，为治棺衬（榇）而敛之。将葬，怪其柩甚轻，启而视之，惟衣衾钗珥在焉。虚葬于北山之麓。源感其情，不复再娶，栖灵隐寺出家为僧终。

我即自励也

《虎荟》：漳浦人勤自励者，以天宝末充健儿，随军安南，及击吐蕃，十年不还。自励妻林氏，为父母夺志，将改嫁同县陈氏。其婚夕，而自励还。父母具言其妇重嫁始末，自励闻之，不胜忿怒，辄欲拚生往劫。常破吐蕃，得利剑，会日暮，因仗剑而行，以诣林氏。林去家八九里，属暮雨天晦，进退不可。忽有电明，见道左大树有旁孔。自励避雨孔中，有三虎子，自励并杀之。久之，大虎将一物纳孔中，须臾复去。自励闻其人呻吟，径前扪之，是妇人也。自励问其为谁，妇人云：已是林家女，先嫁勤自励为妻，自励从军未还，父母无状，见逼改嫁，以今夕成亲。我心念旧，不能再见，适持手巾，宅后桑林自缢，为虎所取。幸而遇君，今犹未损，倘能相救，当有后报。”自励谓曰：“我即自励也。晓还至舍，父母言子适人，故仗剑而来，相访，何期于此相遇。”乃相持而泣。顷之虎至，初大吼叫，然后倒入孔。自励以剑挥之，虎腰中断，意尚有一虎，故未敢出。寻而月明，后虎亦至，睹其偶毙，吼叫愈甚，亦尔从后倒入，又为自励所杀。乃负妻还家，今尚无恙。

堕坑而死

《灵异记》：开元末，洛阳贾氏，为广汉什邡令，将其家之任。行至白土店东七里，其妻段氏马惊，堕坑而死，即殡于山中。经两载，弘农杨昭成为益州仓曹，之广汉，晓发，其妻窦氏，忽于马上而睡，向后倾倒。昭成自下驭马，频呼问，犹不觉。将至白土，方寤，云：向梦有一妇人，衣绿单裙、白布衫，年甫三十，容色艳丽，来控我马，悲啼久之。自称段姓，是什邡贾明府之妻，至此身死，见留山中，孤魂飘泊，不胜霸（羁）独。夫人后若还京，我有兄名某，见任京兆功曹，可相为访，令收已魂，归于故乡。深以相嘱，言讫乃去。昭成是夕宿白土，具以梦问店者。店人云：“贾明府妻坟，去此六七里，坠坑而死，殡在山中，已二年矣。”其言始末，与梦相类。昭成深异之，因记其事。后奉入京，寻其段族，具为说之。段氏举家悲泣，遂令人往取神柩葬之。

再生百日

牛肃《纪闻》：陇西李强名妻，清河崔氏，甚美；其一子，生七年矣。开元二十二年，强名为南海丞，方暑月，妻因暴病卒。广州嚣热，死后埋棺于土，其外以墼围而封之。强名痛其妻夭年而且远官，哭之甚恸，日夜不绝声。数日，妻见梦曰：“吾命未应绝，今帝许我活矣。然吾形已败，帝命天鼠为吾生肌肤。更十日后，当有大鼠，出入墼棺中，即吾当生也。然当封闭门户，待七七，当开吾门，出吾身，吾即生矣。”及旦，强名言之，而其家仆妾梦皆协。十余日，忽有白鼠数头出入殡所，其大如㹠。强名异之，试发柩，见妻骨有肉生焉，通体皆尔。强名复闭之。积四十八日，其妻又见梦曰：“吾明晨当活，盍出吾身！”既晓，强名发之，妻则苏矣，扶出浴之。妻素美丽人也，及乎再生，则美倍于旧，肤体玉色，倩盼多姿，袨服靚（靓）妆，人间殊色矣。强名喜形于色。

时广州都督唐昭闻之，令其夫人观焉，于是别驾以下夫人皆从。强名妻盛服见都督夫人，与抗礼；颇受诸夫人拜。薄而观之，神仙中人也。言语饮食如常，而少言，众人访之，久而一对。若问冥间事，即杜口，虽夫子不答。明日，都督夫人置馔，请至家，诸官夫人皆同往观。悦其柔姿艳美，皆曰“目所未睹”。既而别驾、长史夫人等，次日各列筵请之至宅，而都督夫人亦往。如是已二十日矣。出入如人，惟沉静异于畴昔。既强名使于桂府，七旬乃还。去后，其妻为诸家所迎，往来无恙。强名至数日，妻复言病，一日遂亡。计其再生，才百日耳，或曰：“有物凭焉。”

欢好如生

《如是我闻》：昌吉遣犯彭杞，一女年十七，与其妻皆病瘵，妻先歿，女亦垂尽。彭有官田，耕作不能顾女，乃弃置林内，听其生死。吟呻凄楚，见者心恻。同遣者杨熹语彭曰：“君大残忍！世宁有是事？我愿舁归疗治，死则我葬，生则为我妻。”彭曰：“大善。”即书券付之。越半载，竟不起，临歿语杨曰：“蒙君高义，感沁心脾。缘伉俪之盟，老亲慨诺，故饮食寝处，不畏嫌疑；搔抑抚摩，都无避忌。然病骸憔悴，迄未能一荐枕衾，实多愧负。若歿而无鬼，夫复何言？若魂魄有知，当必有以奉报。”呜咽而终。杨涕泣葬之。葬后夜夜梦女来，狎昵欢好，一若生人，醒则无所睹。夜中呼之，终不出，才一交睫，即弛服横陈矣。往来既久，梦中亦知是梦。诘以不肯现形之由，曰："吾闻诸鬼矣，人阳而鬼阴，以阴侵阳，必为人害。惟睡则敛阳而入阴，可以与鬼相见。神虽遇而形不接，乃无害也。"

此丁亥春事，至辛卯春，四年矣。余归之后，不知其究竟如何。夫庐充金盌，于古尝闻；宋玉瑶姬，偶然一见。至于日日相觌，皆在梦中，则载籍之所希睹也。

杜女幽婚

《闻见略》：万历中，长庠杜子纡大绶有文名，善书法。家居集福里，水亭一座，花石交错，幽雅多致。次女年甫十四，日与其母刺绣其中。辛卯四月，子纡就试荆溪，母忽梦一少年郎君，顶金冠，衣绯袍，仆从甚都，升堂请妇叙礼。妇惶悸不敢出，少年自通曰："某震泽龙王幼子也，因与夫人次女有夙缘，特来就婚。"妇曰："我女许字金阊吴氏，已越四载，无更嫁之理。且夫君不在，媒妁未通，郎君请回。"少年大怒曰："若赖我婚耶？尔女终不能为吴氏媳也！"言讫而去，妇惊寤。越宿，子纡归，妇述其梦，子纡谓梦何足凭，置之度外。五月朔，女晓妆初罢，偕侍儿诣亭前，摘海榴饰鬓，瞥见少年从池中跃出，挟之没水。侍儿急呼主母并仆人捞救，已沉水底，不复生矣。夫妇悲号吁天，具棺殡敛。夜梦少年来谢曰："尔女已得佳婿，奚哭之恸为？神人道远，千万郑重。"再拜辞别。马弢庵往弔面询之，子纡掩泣以道其详如此。

韦　皋

范据（摅）《云溪友议》：唐四川节度使韦皋，少游江夏，止于姜使君之馆。姜氏孺子曰荆宝，已习二经，虽兄呼韦，而恭事之礼如父也。荆宝有小青衣曰玉箫，才十岁，常令祇事韦兄，玉箫亦勤于应奉。后二载，姜使君入关求官，而家累不行，韦乃居止头陀寺，荆宝亦时遣玉箫往彼给奉。玉箫年稍长大，因而有情。

时陈廉使得韦季父书云："侄皋久客贵州，切望发遣归觐。"廉使启缄，遗以舟檝服用，仍恐淹留，请不相见，泊舟江濑，俾篙工促行。韦昏暝拭泪，乃裁书以别荆宝。宝顷刻与玉箫俱来，既悲且喜。宝命青衣从往，韦以违觐日久，不敢俱行，乃固辞之。遂与言约，少则五载，多则七载，取玉箫，因留玉指环一枚，并诗一首遗之。暨五年，既不至，玉箫乃静祷于鹦鹉洲。又逾二，至八年春，玉箫叹曰："韦家郎君，一别七年，是不来耳。"遂绝食而殒。姜氏愍其节操，以玉环着于中指而殡焉。

后韦镇蜀，到府三日，询狱囚涤其冤滥轻重之系，近二百余人。其中一辈，五器所拘，偷视厅事，私语云："仆射是当时韦兄也。"乃厉声曰："仆射、仆射！忆姜家荆宝否？"韦曰："深忆之。"姜曰："即某是也。"公曰："犯何罪而重系？"答曰："某辞别之后，寻以明经及第，再选青城县令，家人误爇廨舍库牌印等。"韦曰："家人之犯，固非己尤。"即与雪冤，仍归墨绶，乃奏授眉州牧。敕下，未令赴任，遣人监守，且留宾幕。时属大军之后，草创事繁，凡经数月，方问玉箫何在。姜曰："仆射维舟之夕，与伊留约七载。是期，既逾时不至，乃绝食而终。"因吟留赠玉环诗曰：

黄雀衔来已数春，别时留解赠佳人。
长江不见鱼书至，为遣相思梦入秦。

韦闻之，益增凄叹，广修经像，以报夙心；且想念之怀，无繇再会。

时有祖山人者，有少翁之术，能令逝者相亲，但令府公斋戒七日。清夜，玉箫乃至，谢曰："承仆射写经造像之力，旬日便当托生。却后十三年，再为侍妾，以谢鸿恩。"临去微笑曰："丈夫薄情，令人死生隔矣。"后韦以陇右之功，终德宗之代，理蜀不替，是故年深，累迁中书令，天下响附，泸僰归心。因作生日，节镇所贺，皆贡珍奇。独东川卢八座，送一歌姬，未当破瓜之年，亦以玉箫为号。观之，乃真姜氏之玉箫也，而中指有玉环隐出，不异留别之玉环也。韦叹曰："吾乃知存殁之分，一往一来，玉箫之言验矣。"

卷十四

情中化

宫人化蛇美人化虎

《独异志》：伪蜀李势宫人张氏，有妖容，势宠之。一旦化为大斑蛇，长丈余，送于苑中。夜复来寝床下，势惧，遂杀之。后有郑美人，势亦宠爱，化为雌虎，一夕食势姬三人。未几，势为桓温所杀。

异　形

《癸辛杂识》：赵忠惠帅维扬日，幕僚赵参议有婢慧黠，尽得同辈之欢。赵昵之，坚拒不从。疑有异，强即之，则男子也。闻于有司，盖身具二形，前后奸状不一，遂置之极刑。李安民尝于福州得徐氏处子，年十五六，交际一再，渐具男形，盖天真未破，则彼亦不自知。然小说中有池州李氏女，及婢添喜事，正相类。而此外绝未见于古今传记等书，岂以秽污笔墨，不复载记乎？

女化男

景星杓《小斋客谭》：江右南昌民家一女，已受聘。其父以无子，日祷于大士前。一日，其女于中庭而溲，父让之。女告母曰："儿已非女，何害乎？"母验之，果男子矣。父母大骇，令更男妆。

因感释氏之灵，僧忏以谢也。既而夫家以负婚讼于官，邑令召乳媪验实，乃赐钱二十贯为婚赀，命以原聘还其夫家。杭人彭端臣游其地，亲见其事云。康熙丁亥。

虎化人

《虎荟》：崔韬，浦州人，旅游滁州，南抵历阳。晓发滁州，至仁义馆宿。馆吏曰："此馆凶恶，幸勿宿也。"韬不听，负笈升厅。馆吏备灯烛讫，而韬至二更展衾。方欲就寝，忽见馆门有一大物如兽，俄然其门豁开，见一虎自门而入。韬惊走，于暗处潜伏视之，见兽于中庭脱去兽皮，见一女子，丽奇严饰，升厅而上，乃就寝。韬出问之曰："何故就余衾而寝？适见汝为兽，入来何也？"女子曰："愿君子勿为怪。妾父兄以畋猎为事，家贫，欲求良匹，无从自达，乃夜潜将虎皮为衣，知君子宿于是馆，故欲托身以备洒扫。前后宾旅，皆自怖而摈妾。今夜幸逢达人，愿察斯志。"韬曰："诚如此意，愿奉欢好。"来日，韬取兽皮衣，弃厅后枯井中，乃挈女而去。后韬明经擢第，任宣城时，韬妻及男，将赴任。不月余，往仁义馆，韬笑曰："此馆乃与子始会之地也。"韬往视井中，兽皮依然如故。韬又笑谓其妻曰："往日卿所着犹在。"妻曰："可令人取之。"既得，妻笑谓韬曰："妾试更着之。"依请，妻乃下阶，将兽皮衣着之，才毕，乃化虎哮吼，奋于上厅，食子及韬而去。

沉妓化狐

《宋史·包恢传》：恢升秘阁修撰，知隆庆府，兼江西转运，沉妖妓于水，化为狐，人皆神之。

静乐县男子化为女

《山西通志》：明隆庆间，静乐县男子李良雨，化为女人。执之官，知县刘受申呈因题奏，王世贞有七言古诗："万事反复那足齿？

山西男儿作女子。朝生暮死不自知，雌伏雄飞定谁是？谢豹曾闻受朝谒，於菟亦解谈名理。渭南巾帼不可呼，此曹变化无时无。只今齞齞不能去，羞向人间唤丈夫。”

武都丈夫化为女

《述异记》：武都丈夫化为女子，颜色美丽，盖山之精也。蜀王娶以为妻，无几物故，遂葬于成都郭中，以石镜一枚长二尺、高五尺葬之。

去者追者俱坐化

《岚县志》：韩氏女尝汲水于河，遇白龙神，欲以水饮马，女即与之。三日三复，神曰："汝适人乎？"对曰："未也。"遂携置马上而去。女兄使者追至龙山下，神与女俱坐化，使者亦旁立化焉。

少男化女

《情史类略》：洛中二行贾，最友善。忽一少年者，腹痛不可忍，其友极为医治，幸不死，旬余而化为女。事闻抚按，具奏于朝。适二贾皆未婚，奉旨配为夫妇。此等奇事，亘古不一二见。万历丙戌年事，见邸报。

化　蛇

李隐《潇湘录》：华阴县令王真妻赵氏者，燕中富人之女也，美容貌。少适王真，洎随之任。近半年，忽有一少年，伺真出，即辄至赵氏寝室，既频往来，因戏诱赵氏私之。忽一日，王真自外入，乃见此少年与赵氏同席饮酌，欢笑甚，大惊讶。赵氏不觉自仆气绝，其少年化一大蛇，奔突而去。真乃令婢侍掖起之，俄而赵氏亦化一蛇，奔突俱去。王真遂逐之，见随前出者，俱入华山，久之不见。

妇化金

范资《玉堂闲话》：宜春郡民章乙，其家以孝义闻，数世不分异。所居别墅，有亭屋水竹。诸弟子皆好善积书，往来方士高僧、儒生宾客，至者皆延纳之。忽一日晚际，有一妇人，年少端丽，被（袨）服靓妆，与一小青衣，诣门求寄宿。章氏诸妇忻然迎，接设酒馔，至夜深而罢。

有一小子弟，年少而敏俊，见此妇有色，遂嘱其乳妪，别洒一室，令其宿止。至深夜，章生潜身入室内，略不闻声息，遂升榻就之。其妇人身体如冰，生大惊，命烛照之，乃是银人，两头可重千百斤。一家惊喜，然恐其变化，即以炬炭燃之，乃真白金也。其家至今巨富，群从子弟妇女，共五十余口，每三日就食，声鼓而升堂。江西郡内，富盛无比。

雪妹化男

《新齐谐》：耒阳薛姓女，名雪妹，许子（字）黄姓子。嫁有日矣，忽病危，昏瞶中，有白须者人，拊其身。至下体，女羞涩支拒，白须翁迫以物纳之而去。女大啼，父母惊视之，已转为男身矣，病亦霍然。邹令张锡组，署耒阳篆，陶悔轩方伯，以会审来唤，验之果然。面貌声音，犹作女态，但肾囊微隙，宛然阴沟也。薛本二子，得此为三，改雪妹名为雪徕。

女化獭

《异苑》：河东常丑奴，将一小儿湖边拔蒲，暮恒宿空田舍中。时日向暝，见一女子，姿容极美，乘小船载莼径前，投丑奴舍寄住。因卧觉有臊气，女已知人意，便求出户外，变为獭。

美妇化虎

《姑妄听之》：壬午顺天乡试，与安溪李延彬前辈，同分校。偶然说虎，延彬曰："里有入山樵采者，见一美妇，隔涧行，衣饰华丽，不似村妆。心知为魅，伏丛薄中，觇所往。适一鹿引麑下涧饮，妇见之，突扑地化为虎，衣饰委地如蝉蜕，径搏二鹿食之。斯须仍化美妇，整顿衣饰，款款循山去，临流照影，妖媚横生，几忘其曾为虎也。秦涧泉前辈曰："妖媚蛊惑，但不变虎形耳，搏噬之性则一也。偶露本质，遽相惊讶，此樵何少见多怪乎？"

女子化白鹭

《搜神记》：钱塘人杜姓，船行时大雪。日暮，有女子素衣来岸上，杜曰："何不入船？"遂相调戏，杜阁（合）船载之。后成白鹭飞去，杜恶之，便病卒。

妾化鹤

《楮记室》：元张主簿，邵武人，有宿疾。于临安得一妾，欲犯之，则不从，凡五六年。有一贫士至，能造墨，张舍之，令造。一夕，闻其在卧室谈笑，张急入，见二鹤冲霄而去，止留造墨余汁。张吸之，旧病顿脱。

蟹化人

《元池说林》：金陵极多蟹，古传有巨蟹背圆五尺，足长倍之，深夜每出啮人。其地有贞女，三十不嫁。夜遇盗逃出，遇巨蟹横道，忽化作美男子，诱之。贞女怒曰："汝何等精怪，乃敢辱我！我死当化毒雾以杀汝！"遂自触石而死。明日大雾中，人见巨蟹死于道，于是行人无复虑矣。至今大雾中，蟹多僵者。

人化蝶

《癸辛杂识》：扬（杨）昊妻江氏，少艾，连岁得子。昊出外，竟客死。死之明日，有蝴蝶大如掌，徘徊江氏之傍，竟日乃去。及闻讣聚哭，蝶复来绕江氏。李商作诗弔之曰："碧梧翠竹名家儿，今作翩翩蝴蝶飞。山川阻深罗网密，君从何处化飞归？"

又杨大芳娶谢氏，谢亡未敛，有扇大一蝶，色紫褐，翩翩自帐中出，徘徊飞集，终日而去。周公谨有诗云："帐中蝶化真成梦，镜里孤鸾枉断肠。吹彻玉箫人不见，世间难觅返魂香。"

龙化女

《述异记》：夏桀宫中有女子，化为龙，不可近。俄而复为妇人，甚丽而食人。桀命为蛟妾，告桀吉凶。

妇化狸

《搜神记》：句容县麋村民黄审，于田中耕。有一妇人过其田，自塍走蹊，去而复还。审初谓是人日日如此，意甚怪之。审因问曰："妇数从何来也？"妇人少住，但笑而不言，便去。审愈疑之，预以长镰伺其还，未敢斫妇，但斫所随婢。妇化为狸走去，视婢，乃狸尾耳。审追之不及。后有人见此狸出坑头，掘之，无复尾焉。

婢产肉块化为蜂

《唐书・五行志》：神功元年二月庚子，有人走入端门，又入则天门，至通天宫，阍及仗卫不之觉。时来俊臣婢，产肉块如二升器，剖之有赤虫，须臾化为蜂，螫人而去。

八十老妇化为鼋

《晋书・五行志》：孙皓宝鼎元年，丹阳宣骞母，年八十，因浴化为鼋。兄弟闭户卫之，掘堂作大坎，实水其中，鼋入坎，游戏一二日，恒延颈外望，伺户小开，便轮转自跃，入远潭，遂不复还。与汉灵帝时黄氏母同事，吴亡之象也。

唐时人化虎三则

《唐书·五行志》：显庆二年，普州有人化为虎，猛噬而不仁。

载初中，涪州民范端化为虎。

久视二年，郴州佐史因病化为虎，欲食其嫂。擒之，乃人也，虽未全化，而虎毛生矣。

人 痾

《敝帚斋馀谈》：人生具两形者，古即有之。《大般若经》载：五种黄门，其四曰博叉半，释迦谓半月能男，半月不能男，然不能男之日亦能女也。《素问》有男脉应女脉应之说，遂具两形矣。晋惠帝世，京洛有人兼男女体，亦能两用，而性尤淫。解者以男宠太兴之征，然亦不闻一月中阴阳各居其半也。余幼年在京，闻教坊有妓陈二者，姿貌既非殊丽，门前车马亦稀，但为勋贵家所昵，动辄弥月不出，甚或攘夺诟病。问之，则如晋惠帝京洛人，分上下半月作男女，以故闺阁中嬖溺，不肯舍去。又吴中常熟县，一缙绅夫人，亦大家女也，亦半月作男。当其不能女时，藁砧避去，以诸女奴当夕，皆厌苦不能堪。闻所出势，伟劲倍丈夫，且通宵不讫事云。按二十八宿中，心房二星，皆具二形，则天上已有之，何论人世？旧传狸有二体，其年久者，能变幻惑人，遇男则牝，遇女则牡。京师多有此妖，或一家中内外皆为所蛊，各自喜为佳偶，然实同此兽也。狐与狸又各一种，而世多混称之。

明女化男三则

《陕西通志》：正德七年，太平桥，有女子化为男子，长须，后生二子。

《大政记》：嘉靖二十六年，七月，大同女化为男。大同右卫参将马继宗舍人马禄女，年十有七岁，将适人，化为男子。抚按官以闻。

《江南通志》：崇桢（祯）四年，华亭县人李氏，化为男。

妇化为鳖

《晋书·五行志》：魏文帝黄初初，清河宋士宗母，化为鳖入水。

未龀女化丈夫

《唐书》·五行志》：光启二年春，凤翔郿县女子未龀，化为丈夫，旬日而死。《京房易传》曰："兹为阴昌，贼人为王。"

石工化为石人

《宋史·五行志》：绍熙元年，昆山县工，采石而山压。三年六月，它工采石邻山，闻其声，呼相应答如平生。其家凿石出之，见其妻，喜曰："久闭乍风，肌肤如裂。"俄顷微噤不语，化为石人，貌如生。

化虎不果

《唐书·五行志》：元和二年，商州洪崖冶役夫，将化为虎，众以水沃之，不果虎。

人化熊

《异苑》：宋文帝元嘉中，高平黄秀，入山经日，遂化为熊。

食牛化虎

《广州记》：浈阳县里民，一男年十五六，牧牛。牛日舐儿，甚快，舐处悉白。俄而病死，杀牛以供客，食此牛者，男女二十余人，悉化为虎。

宫人化野蛾

《述异记》：楚庄王时，宫人一旦而化为野蛾。

儿化为水

《诚斋杂记》：汉末，零陵太守，有女甚娃。窥门下书佐悦之，使婢取盥手水，窃饮而有娠。生子能行，太守抱儿，使求其父。儿直上书佐膝，书佐推之，儿仆地为水。

肉化为蝶

《旌异记》：童贯将败之一年，庖人方治膳，忽鼎釜礫礫有声。顷之，所烹肉悉化为蝴蝶，殆且万数，飞舞自如，直至堂中。贯心怪之，命僮仆执扑，皆莫能得。俄两犬着妇人衣，持挺（梃）人立而语曰："此易扑耳。"各挥挺（梃）纵击，蝶纷纷堕地，尽成鲜血，犬亦不见。已而贯伏诛。

绝色妓化枯骨

《异闻总录》：昔有一士人登第，赴公宴。及饮酒，座上一妓绝色，献杯整肃，未尝出手，众疑之。有客被酒，戏之曰："为六指耳。"乃强牵其妓，随所牵而倒，乃一副枯骸也。未几，士得人差遣，后即死。

媪再世化犬

《旷园杂志》：杭州徐媪，以卖金珠为业。每出入人家，辄用假银为首饰，赚妇女重价。有一富室，所买最多，皆赝物也。一日，富室妇梦见徐媪来云："明早君家犬生子，其第三花犬，即我也。冥司以余好作伪欺人，故受此报。幸善视之。"次早，果见花犬，加意护惜，犹呼曰"徐老娘"云。

獭化人

《搜神记》：吴郡无锡，有上湖大陂。陂吏丁初，天每大雨，辄循堤防。春盛雨，初出行塘，日暮回顾，有一妇人上下青衣，戴青伞，追后呼曰："椽（掾）待我。"初时怅然，竟欲留俟之。复疑本不见此，今忽有妇人冒阴雨行，恐必鬼物。初便疾走，顾视妇人，追之亦急。初因急行，走之转远，顾视妇人，乃自投陂中，泛然作声，衣盖飞散。视之，是大苍獭，衣伞皆荷叶也。此獭化为人形，数媚年少者也。

毛　女

陈鼎《毛女传》：毛女者，河南嵩县诸生任士宏妻也，姓平氏，美而淑。归士宏，阅三载而无子，乃往祷少室焉。行二十里，度绝岭，方舍车而徒，以休舆夫，忽猛兽横逸，平氏惊坠深谷。士宏四顾，皆千仞壁，不可下，大恸而返。召沙门梵诵，誓不再娶。

平氏既亡三年，里有张义，向佣于任家，往樵山中，猝闻幽篁深箐间，婉婉呼张义者。义大骇，回顾见一毛女，通体垂黄毫，长六七寸许，因咋舌不敢语。毛女曰："我任家大嫂也，汝不相识耶?"义惊曰："大嫂固无恙乎？何幸而得此?"曰："我初坠，缘藤得无损。既而饥甚，见交柯女贞子甚繁，因取食，味殊涩，不可口，三日后，则甘香满颊。三月乃生毫，半载则身轻如叶，任腾踔上下矣。第山中乏水，惟此有泉，渴则来饮耳。不意得与汝相见。”义具道任生哀慕状，毛女曰：“我已趯然轻举，与鸾鹤为伍，其乐如何，肯复同樊笼哉！”为我谢任生，早续姻盟，以丰后嗣，毋徒自苦也。”言已，一跃而往。

义亟报任生，任生大喜，即偕义诣樵所取之。伏草中俟三日，毛女果至，直前抱之。毛女曰：“谁耶？”曰：“夫也。”曰：“妾貌已衰，君不足念也。”曰：“我不嫌汝，何忘夙昔之好乎？”因泣下。毛女心动，乃允之，遂与归。初饮食，腹微痛，逾是而定，半月毛尽脱，依然佳丽也。自是情好益笃，生子女数人，历四十余年而死。

外史氏曰：“神仙可为也。使平氏当饮水时，不呼张义，则凌踔碧虚之上，一死生而无极矣，何至埋身黄壤哉？甚矣，情丝之难割也！”

蒲化人

《旷园杂志》：峄山湖中产蒲，最肥大。其苗初茁，采以供蔬，味极香美。初惟近湖人食之，后贩鬻渐远，遂为珍馔，筵中必具，贾人散金收括，捆载而去。一日，湖上人咸梦蒲化为人，来辞曰：“若辈搜求太苦，我将徙去，不复居此矣。”既醒，共骇异。自是湖中不复生蒲，种俱绝。

燕化小女子

《志怪录》：昔有燕飞入人家，化为一小女子，长仅三寸，自言天女，能先知吉凶。

莲花变人

《饶州府志》：鄱阳赵某，贩瓷隆兴。有兄久遭兵死，忽遇之，挽入旅寓，默然，但出莲花一朵曰：“到家有二十人来，持此与之。”及归，果然。仅止十九人，亟索花，花忽变成一人，相契笑语而去。

自称十八姨

《录异记》：剑州永归葭萌剑门益昌界嘉陵江侧，有妇人年五十以来，自称“十八姨”。往往来民家不饮食，每教人但作好事，莫违负神理，居家和顺，孝行为上；若为恶事者，我常令猫儿三五个，检巡汝来。语毕，遂去，或奄忽不见。每岁约三五度，有人遇之。民间知其是虎所化也，皆敬而惧之。

不孝妇变虎

《旷园杂志》：山东有一妇，待姑不孝。一日，老妪过其门，被服皆线结，光彩夺目。妇见而爱之，欲以己衣相易，妪竟脱赠，不受其衣。妇取着之，忽变为虎皮，但头面犹存故相。里民闻于官，命豢养僧舍。人咸谓不孝之报，绘图刊行以警世。

卷十五

情中媒

纤手诗

《雪涛集》：沈彦博少时，调邻女，执其手，为女父所讼。县令问曰："汝能诗否?"答曰："能。"遂命题女手。彦博即吟云：

曾向花丛拣俏枝，宛如春笋露参差。
金钗欲溜撩轻鬓，宝镜重临淡扫眉。
双送秋千扶索处，半掀罗袖赌阄时。
绿牕独抚丝桐操，无限春愁下指迟。

令见诗大赏，劝父以女归之。次年彦博遂登科。

小师妓赐王景

《宋书·王景传》：景之奔晋也，妻坐戮，二子逃获免。晋祖待之厚，赏赐万计。尝问景所欲，对曰："臣自归国，受恩隆厚，诚无所欲。"固问之，景稽颡再拜曰："臣昔为卒，尝负胡床，从队长出入，屡过官妓侯小师家，意甚慕之。今妻被诛，诚得小师为妻，足矣!"晋祖大笑，即以小师赐景。景甚宠嬖之。后累封楚国夫人。侯氏尝盗景金数百两，而私遗旧人，景知而不责。

京口倡

《虎荟》：韩蕲王夫人，京口倡也。尝五更入府贺朔，见虎蹲卧廊间，骇甚，趋出，不敢言。已而众至，复往视之，乃睡卒也。蹴之起，问姓名，为韩世忠。心异之，归告其母，具酒邀韩，约为伉俪。蕲王后贵，遂封两国夫人。

以妓饵父

《山斋客谭》：吴兴一村翁，颇足谷，以丝千金，命其子之金陵鬻之。其子恋一妓，久不归。翁探知之，趋金［陵］妓馆访焉。妓家曰："诚在，适外游，稍俟之可耳。"翁待至晚，子不归，其家以恶草具饷之，宿之外室。次日，子仍不归。至三日将晚，一妪出曰："翁待久矣，毋徒坐守良苦，曷入一观花乎？"翁欣然随之入。至中堂，举目则湘簾翠幌，清池小山，花木掩映于朱栏间，座上金貌（猊）正袅。一少年姬，浓妆前拜，引入幽室，进以金尊，款以珍馔。翁不觉陶然倾醉，即与之狎昵，巫山梦觉，而红日下簾。甫起，即进饮食，而其子已至。父子相见，嘿然无一语。饭毕，其子请归，翁良久曰："子曷先还？吾粗取逋，货毕即归也。"翁乃独留妓馆，一月资斧毕耗，孑身而归。

踰墙搂处子

《诚斋杂记》：马光祖尹京之日，不畏贵戚豪强，庭无留讼。有士人踰墙偷人室女，事觉到官，勘令当厅面试。光祖出《踰墙搂处子》诗，士人秉笔云：

花柳平生债，风流一段愁。踰墙乘兴下，处子有心搂。
谢砌应潜越，韩香计暗偷。有情还爱欲，无语强娇羞。
不负秦楼约，安知汉狱囚？玉颜丽如此，何用读书求。

光祖判云："情爱，还了半生花柳债。好个檀郎，室女为妻也不妨。杰才高作，聊赠青蚨三百索。烛影摇红，记取媒人是马公。"犯奸之士，既幸免罪，反因此以得佳偶，此光祖以礼待士也。

宁当久贫者耶

《三国志·吕范传》：范字子衡，少为县吏，有容观姿貌。邑人刘氏，家富、女美，范求之。女母嫌，欲勿与，刘氏曰："观吕子衡，宁当久贫者耶?"遂与之婚。

方媪择婿

《西溪丛话》：方媪，方昌之妻也。昌在日，随夫营市，蓄积百金。止生一女，及将笄，暗设一择婿法：以布为市，来卖者既定价，必浮五六文与之，卒无一人还者。忽一竖挟布至，媪多与数文，竖一再数曰："母误矣！"以余钱还媪。他日又至，以银易之，且多一钱，竖索戥称之，则又曰："母误矣！"复以余银还媪。媪佯喜曰："少年好心，难得难得！请小饮去。"竖辞以不能饮。媪曰："请用果茗去。"竖又固辞。媪故将银包散置柜上，脱身入内，久之始出。竖曰："果茗不敢当。但不为母守此囊，恐他人持去耳。"媪大喜，问居址姓名，竖曰："姓邵，居梨花庄。"且幸无偶，媪遂邀邻叟执柯，将女定盟。竖坚谢曰："家贫不能成礼，况有母在，薪水为艰。"媪曰："贫而好义，吾益不能舍子。"当即赘婿，并养其母。后出藏金付之，往贾荆湘陇蜀间，三致千金。拓邻居为层楼，媪安享以终，年九十有五。

花叶题诗

《通幽记》：贞元中，进士贾全虚者，黜于春官。春深，临御沟而坐，忽有一花流至全虚之前，以手接之，香馥颇异。旁连数叶，上有诗一首，笔迹纤丽，言词幽怨。诗曰：

一入深宫里，无由得见春。
题诗花叶上，寄与接流人。

全虚得之，悲想其人，涕泗交坠，不能离沟上街。吏颇疑其事，白金吾奏其实。德宗亦为感动，令中人细询之，乃于翠筠宫奉恩院王才人养女凤儿者，诘其由，云：“初从母学《文选》《初学记》，及慕陈后主孔贵嫔为诗，数日前临水折花，偶为宫思。今败露，死无所逃。”德宗为之恻然，召全虚授金吾卫兵曹，以凤儿赐之，车载去，院资皆赐全虚焉。

天下有心人

《五溪论事》：蜀尚书侯继图，本儒士。一日秋风四起，偶倚阑于大慈寺楼。有大桐叶飘然而坠，上有诗云：

拭翠敛双蛾，为郁心中事。搦管下庭除，书就相思字。
此字不书石，此字不书纸；书向秋叶上，愿随秋风起。
天下有心人，尽解相思死；天下负心人，不识相思意。
有心与负心，不知落何地。

侯贮箧中。凡五六年，方卜任氏为婚。尝讽此诗，任氏曰：“此是妾书，争得在君手？”曰：“向在大慈寺阁上倚阑得之，即知今日聘卿，非偶然也。”侯以今书较之，与叶上无异。

莫不绝倒

《阅微草堂》：琴工钱生，（以琴客裘文达公家，滑稽善谐戏，因面有瘢风，皆呼曰“钱花脸”，来往数年，竟不能举其里居、名字也。）言一选人居会馆，于馆后墙缺，见一妇甚有姿首，衣裳故敝，而修饰甚整洁，意颇悦之。馆人有母，年五十余，故大家婢女，进退语言，均尚有矩度，每代其子应门，料其有干才，赂以金，祈谋一晤。对曰：“向未见此，似是新来，姑试侦探，作万一想耳。”越十许日，始报曰：“已得之矣。渠本良家，以贫故忍耻出此。然畏人知，俟夜深月黑，乃可来，乞勿秉烛，勿言勿笑，勿使僮仆及同馆闻声息，闻钟声即勿留。每夕，赠以二金足矣。”

选人如所约，已往来月余。一夜，邻弗戒于火，选人惶遽起，僮仆皆入室救囊箧。一人急搴帐曳茵褥，訇然有声，一裸妇堕榻下，乃馆人母也，莫不绝倒。盖京师媒灼（妁）最奸黠，遇选人纳媵，多以好女引视，而临期阴易以下材，觉而涉讼者有之；幕（幂）首入门，背灯障扇，俟定情后始觉，委曲迁就者亦有之。此媪狃于乡风，竟以身代也。然事后访问四邻墙缺外，实无此妇。或曰：“魅也。”裘文达公曰：“是此媪引致一妓，炫诱选人耳。”

清江引

《青楼集》：刘婆惜，乐人李四之妻也，与江右杨春秀同时，颇通文墨，滑稽歌舞，迥出其流，时贵多重之。先与抚州常推官之子三舍者交好，苦其夫间阻，一日偕宵遁。事觉，决杖，刘负愧，将之广海居焉。道经赣州，时有全普庵拨里字子仁，繇礼部尚书，值天下多故，选用除赣州监郡。平昔文章、政事，扬历台省，但未免耽于花酒，每日公余，即与士夫酣歌赋诗。帽上尝喜簪花，否则或果或叶，亦簪一枝。

一日，刘之广海，过赣谒全公，全曰：“刑余之妇，无足与也。”刘谓阍者曰：“妾欲之广海，誓不复还。久闻尚书清誉，获一见而逝，死无恨也。”全哀其志，而与进焉。时宾朋满座，全帽上簪青梅一枝，行酒，全口占《清江引》曲云“青青子儿枝上结”，令宾朋续之。众莫有对者，刘裣衽进前曰：“能容妾一词乎？”全曰：“可。”刘应声曰：

> 青青枝儿子上结，引惹人攀折。其中全子仁，就里滋味别。只为你酸留，意见难弃舍。

全大称赏，繇是宠爱无间，纳为侧室。后兵兴，全死节，刘克守妇道，善终于家。

二十八字媒

聂奉先《续本事诗》：赵令畤（字德麟）善词，刘弇（字伟明）既丧爱妾，而不能忘，赵为《清平乐》词云：

> 东风依旧，着意隋堤柳。得鹅儿黄欲就，天气清明时候。去年紫陌青门，今宵雨魄云魂。断送一生憔悴，能消几个黄昏？

有王氏女，聪慧，父母为择配未偶，壮年不嫁，作咏怀诗曰：

> 白藕作花风已秋，不堪残睡更回头。
> 晚云带雨归飞急，去作西窗一枕愁。

赵鳏居，见诗，遂求媒焉。人以为“二十八字媒”云。

小词为红叶

《槐西杂志》：豁堂言一粤东举子赴京，过白沟河，在逆旅午餐，见有骡车载妇女，住对屋中，饭毕先行。偶步入，见壁上新题一词曰：

> 垂杨袅袅映回汀，作态为谁青？可怜弱絮随风来去，似我飘零。　濛濛乱点罗衣袂，相送过长亭。丁宁嘱汝，沾泥也好，莫化浮萍。
>
> （按：此调名《秋波媚》，即《眼儿媚》也。）

举子曰：“此妓语也，有厌倦风尘之意矣。日日逐之同行，至京犹遣小奴记其下车处。后宛转物色，竟纳为小星。两不相期，偶然凑合，以一小词为红叶，此真所谓‘前缘’矣。”

武昌妓

《抒情诗》：韦蟾廉鄂州罢任归，宾僚盛陈祖席，蟾遂书《文选》句云："悲莫悲兮生别离，登山临水送将归。"以残毫授宾从，请续其句。座中怅望，皆思不属。逡巡，女妓泫然泣起曰："某不敢染翰，欲口占两句。"韦大惊异，令随口拈云："武昌无限新栽柳，不见杨花扑面飞。"座客莫不嘉叹，韦令唱作《杨柳枝》词，极欢而散。赠数十千纳之，翌日共载而发。

姚牧庵

《辍耕录》：姚牧庵为翰林学士承旨日，玉堂设宴，歌妓罗列。中一人，秀丽闲雅，微操闽音。公使来前，问其履历，初不以实对，叩之，再泣而诉曰："妾乃建宁人氏，真西山后也。父官朔方，禄薄不足以给，侵贷公帑，无偿，遂卖入倡家，流落至此。"公命之坐，仍遣使诣丞相，欲卖奴请为落籍。丞相素敬公，意公欲以侍巾栉，即令教坊检籍除之。公得报，语一小史黄球曰："我以此女为汝妻，汝即以我为父也。"史忻然从命。史后至显官，京师相传以为盛事。

按：牧庵名燧，枢之侄也。致政家居，年八十时，夏月沐浴，有侍妾在侧，公因私之。妾前拜曰："主公年老，贱妾倘有娠，家人必见疑，愿赐识验。"公因捉其肚围，题诗于上云：

八十年来遇此春，此春过后更无春。
纵然不得扶持力，也作坟前拜扫人。

未几公薨。后此妾果有子，家人疑其外遇，妾出此诗，遂解。

聂胜琼

《青楼记》：聂胜琼，宋时名妓也，资性慧黠。李之问诣京师，见而悦之，遂与结好。及将行，胜琼饯别于莲花楼。别旬日，复作《鹧鸪天》词寄之云：

玉惨花愁出凤城，莲花楼下柳青青。清樽一曲阳关调，别个人人第五程。　寻好梦，梦难成，况谁知我此时情？枕前泪共檐前雨，隔个窗儿滴到明。

李藏箧间，抵家，为其妻所得，问之，具以实告。妻爱其语句清俊，遂出妆奁，资夫娶归。琼至，损其妆饰，委曲奉事主母，终其身，和好无间隙焉。

杨越渔

《嘉泰志》：越渔者，杨翁女也，容貌美丽。为诗不过两句。或问："何不终篇？"答曰："无奈情思缠绵，至两句，思乱不胜。"有谢生求娶，父曰："吾女宜配公卿。"谢曰："谚云：'少女少郎，相乐不忘。少女老翁，苦乐不同。'安有少年公卿耶？"翁曰："吾女词多两句，子能续之而称其意，即妻矣。"遂以女诗示谢，诗云曰："珠簾半床月，修竹满林风。"谢续云："何事今宵景，无人解与同？"女曰："天生吾夫也。"遂为夫妇。七年春，杨忽题诗二句云："明月易亏轮，好花难恋春。"谢讶曰："何故作此不祥语？"女曰："君且续之。"谢应声云："常将花月恨，并作可怜人。"女曰："逝水难驻，千万自保。"即以手枕生膝而逝。

四十年前二十三

《西湖志馀》：绍兴间，黄公度榜第三人陈修，福建解元。试《四海想中兴之美赋》，第五韵隔对云：

葱岭金堤，不日复广轮之大；
太山玉牒，何时清封禅之尘。

时诸郡试卷，多经御览，高宗亲书此联，粘之殿壁。及唱名，上云："卿便是陈修？"因诵此联，凄然出涕，问："卿有子否？"对曰："臣年六十三岁，尚未娶。"乃诏出内人施氏嫁之，年二十三，奁具甚厚。时人戏为之语曰："新人若问郎年几，四十年前二十三。"

虎 媒

薛用弱《集异记》：唐乾元初，吏部尚书张镐，贬戾州司户。先是，镐在京，以次女德容，与仆射裴冕第三子、前蓝田尉越客结婚，已尅迎日，而镐左迁，遂改期来岁之春季。其年，越客束装南迈，以毕嘉礼。镐知其将至，深喜，因命家族，宴于花园，而德容亦随姑姨妹游焉。山郡萧条，竹树交密。日暮，众将归，或后或先，纷纷笑语。忽有猛虎出，自背负德容，跳入翳荟。众皆惊骇，奔告张，夜色已昏，举家号哭，莫知所为。及晓，则大发人徒，求骸骨于山野间，周迴远近，曾无踪迹。

是夕之前夜，越客行舟，去郡二三十里，尚未知其妻之为虎暴，乃与仆夫十数辈，登岸前行，其船亦随焉。不二三里，过水次板屋之内，有榻，因扫拂，即之憩焉，仆从罗列于前后。俄闻有物来自林木之间，众乃静伺，微月之下，忽见猛虎负一物至。众皆惶慑，共阚喝之，仍大击其屋。其虎徐行，寻俯于板屋侧，留下所负物，竟入山间。仆从窥看云："是人也，尚存余喘。"越客即令舁之登舟，因促使解缆燃烛，熟视，乃是十六七美女也，容貌衣服，固非村间所有。越客深异，遣群婢看抚之，虽髻云披散，衣服破裂，而身肤无少损。群婢渐灌以汤饮，即能微微入口，久之神气安集。俄复开目，与之言语，莫敢应。良久，即有自郡至者，皆云张尚书次女，作（昨）夜游园，为暴虎所食，至今求其残骸，未获。闻者遂以告于越客，即遣群婢，以此询，德容号泣不止。

越客既登岸，遂以其事诉于镐，镐凌晨跃马而至，既悲且喜，遂同归，而婚媾果谐其期。自是，黔峡往往建立虎媒祠，今尚有存者。

吾为卿媒可乎

彭乘《墨客挥犀》：柳如京开，知蔡州。有监兵钱供奉者，亦忠懿之近属也，乃父方奉朝请，在京师。开乘间来谒，造其书阁，见壁有绘妇人像甚美，诰（诘）以谁氏。监兵对曰："某之女弟也，既笄矣。"柳喜曰："开丧偶已逾期，愿取为继室。"钱曰："俟白家君，敢议姻事。"柳曰："以开之材学，不辱于钱氏之门。"遂强委禽焉。不旬日，遂成礼。钱不敢拒，走介白其父，遂乞上殿面诉柳开劫取臣女。仁宗问曰："识柳开否？""不识。"谓曰："真奇杰之士也。卿家可谓得嘉婿矣！吾为卿媒可乎？"钱父不敢再言，但拜谢而退。

氤氲大使

《清异录》：朱起，家居阳翟，年逾弱冠，姿韵爽逸。伯氏虞部有妓女宠宠，艳秀明媚，起甚留意，宠尤系心，缘馆院各别，无由会合。起一日至郊外，逢青巾短袍、担筇杖药蓝（篮）者，熟视起，曰："郎君幸值贫道，否则危矣。"起骇异，下马揖之。青巾曰："君有急直言，吾能济之。"起再拜，以宠宠事诉青巾。叹曰："世人阴阳之契，有缱绻司总统，其长官号氤氲大使，诸夙缘冥数当合者，须鸳鸯膝下乃成。虽伉俪之正，婢妾之微，买笑偷期，凡仙交会，华戎配合，率繇一道焉。我即为子嘱之。"临去，篮中取一扇授起曰："是名坤灵扇，凡访宠宠，以扇自蔽，人皆不见。自此七日外可合，十五年而绝。"起如戒，来往无阻。后果十五年，宠宠疫病而殁。

回回偈

《尧山堂外纪》：至正间，明州女子柳舍春，年十六，患病祷于延庆寺关王庙而愈，因绣幡往酬之。一少年僧颇聪慧，窥柳氏姿容而悦之，因以其姓作咒语，诵于佛前，名曰回回偈。其词："江南柳，嫩绿未成形。枝软不堪轻折取，黄鹂飞上力难禁。留取待春深。”女亦甚慧，闻而恨之，归告于父。

时方国珍据明州，父因讼之。国珍捕诸僧至，询作词之姓名。对曰：“姓竺，名月华。”国珍乃召匠氏作大竹筒，将纳僧以沉诸江，谓曰：“我亦取汝姓作一偈，送汝归东流，因吟曰：‘江南竹，巧匠作为筒。付与法师藏法体，碧波深处伴蛟龙。方知色是空。’僧惶空（恐）伏气，叩头哀告云：“死吾分也，更乞容一言。”国珍许之，僧复吟曰：“江南月，如镜亦如钩。如镜不临红粉面，如钩不上画簾头。空自照东流。”国珍知其以名为答，笑而释之，且令蓄发，以柳氏配为夫妇。

选婿窗

《开元天宝遗事》：李林甫有女六人，各有姿色，雨露之家，求之不允。林甫于厅事壁间，开一横窗，饰以杂宝，缦以绛纱，常日使六女戏于窗下。每有贵族子弟来谒，林甫即使女于窗中自选，可意者事之。

周商女

《虎荟》：义兴山陈氏，薄暮，有虎咆哮其门，置一物而去，乃肥羚也。取而烹之，偲其复来，絷瘠羊于外以塞口。及夕，虎复衔一物至，大嗥者再，去。陈趋视，则一年少女子，虽衣履沾败，而体貌绝妍。扶入室，久而息定，乃言儿是江阴周商女，随母上冢，为虎所抟，自分死虎口矣，不意得至此。主人为易衣，饮以粥汤。俾之缝纫，殊有条理。主妇讽之曰：“汝既无归，肯为吾子妇乎?”谢曰：“儿得主君救援，出死入生，敢不唯命是听!”陈以配其季子。女甚勤俭，举家爱重之。浃辰，其父母觅得之，大喜。言女未许人，今愿与君结婚好，因张宴征召亲友，相与往来如骨肉云。时人谓之“虎媒”。

卷十六

情中感

柳眉诗谶

《竹坡诗话》：刘元素名博文，与余为同郡。其为人静退有守，好作诗，而语不妄发。内子朱氏，贤而善事其夫，每举案齐眉，则相敬如宾。一日，元素与客饮，公（分）韵得“柳眉”，其诗云：

青眼相看吾可知，精神浑在艳阳时。
只因嫁我东君后，两泪相看是别离。

诗成，坐客皆不悦，后数日而其妻亡，盖诗谶也。

题雪美人

《坚瓠戊集》：燕妓采瑜，才色双绝。因积雪闲坐，塑一雪美人为戏。一士过之，援笔题云：

谁把轻盈妙手，装成绝趣粉头？阑干稳坐不知羞，终日张开笑口。　偶过多情交好，遍身香汗通流。可怜化去没人收，随着江儿水走。

采瑜见之，心为惨然，遂萌从良之愿。

感　梦

《仙居县志》：顾氏，儒士张堂贤妻。堂贤死，子太学生铎，又早世。顾氏经纪其丧毕，随自备殓具，呜咽曰："吾生也何为？从夫地下已耳！"哀恸擗踊，七日勺水不下。一夕，梦堂贤语之曰："予不幸弃人间，卿复因予故委命，世泽不遽斩耶？予生平度无大得罪于天地，今告哀于司命者，稍加怜焉。明年，畀予弟生子，面左有痣，与予同。愿抚以承吾祀，卿之惠也，幸无必死。"氏感寤，乃勉就食。越明年，言果验，遂抚侄承祧。

热羹重进

《剪胜野闻》：太祖御膳，必马后亲调以进，深以防闲隐微。一日进羹微寒，帝怒，举杯掷之，羹污狼藉，后耳畔微有伤。后热羹重进，颜色自若。

左贵嫔

《晋［书］·刘聪载记》：聪立左贵嫔刘氏为皇后。聪将为刘氏起凤仪楼于后庭，廷尉陈元达谏，聪大怒曰："吾为万机主将，营一殿，岂问汝鼠乎？不杀此奴，沮乱朕心，朕殿何当得成邪！"将出斩之，并其妻子，同枭东市，使群鼠共穴。时在逍遥园李中堂。刘氏时在后堂，闻之，密遣中常侍私敕左右停刑，于是手疏切谏，乃解。引元达而谢之，易逍遥园为纳贤园，李中堂为愧贤堂。

老婆牙

《词苑丛谈》：徐渊子好以诗文谐谑。丁少詹与妻有违言，弃家诵经，买海物放生，久而不归。妻患之，祈徐譬解。徐许诺，出门见卖老婆牙者，买一巨筐饷丁，并遗以《阮郎归》词云："茶寮山上一头陀，新来学者么？有一物似蜂窠，姓牙名老婆。虽然无奈得他何，如何放得它？”丁见词，大笑归。

坠楼不伤

《龙溪县志》：陈淑德，名正，林端仪妻，陈克聪女。年十八而嫁，甫七月夫亡，哀毁几丧明。既服阕，一切屏去，凡过节讳，辄哀泣终日。舅姑悯其少，欲嫁之，陈泣曰：“若不如志，有死而已。”事姑舅孝谨，舅姑加爱焉。一日登房楼，见夫遗服，伤感哀泣，失足坠楼下。声闻外寝，举家惊视，见其坠簪深刺入地，而肢体无伤。众询之，曰：“恍惚如有人扶，亦不觉其何如也。”众皆叹异，以为鬼神相之。年七十余卒。

傅　女

景星杓《山斋客谭》：都氏之子某，常聘傅氏之女，未婚而都子病狂。二姓之母，皆嫠也。都度子病终不能差，乃诣傅谓曰：“家世不幸，吾子分成废疾，毋徒累若息，无益，盍谋改字乎？苟得聘，愿以半给还可也。”女闻，出拜媪曰：“母劳苦矣。郎既病若是，母何赖耶？”媪曰：“赖薄田数亩，若歉岁止半年食耳，食尽则以不给为忧也。”母复宣前语，女正色曰：“女无枉行，既聘而却，不知者将谓何？生不如死！愿归母家以依活，食缺则儿素习女红，并夜而作，亦可度矣。儿今日愿即行，不然，索我于黄泉也。”二母闻之皆喜，又相抱大号恸。

媪归，遣舆以迎，女不改妆而行，青衫白裙楚楚。女未至顷，都子具衣冠出，欣谓母曰：“新妇将至，母宜出俟之，儿病瘳矣。”母惊询：“儿何由知迎妇？复狂语耶？”曰“否。儿方卧，睹床后有四鬼，皆披发丑恶，出语儿曰：‘吾与若无怨也，缘遭汝父枉狱，故祟及嗣耳。今傅女正大，节操如此，吾辈敬且畏，其敢复为祸乎？’遂不见。故儿如醉初醒，今无病矣。”语毕，女至。媪述其异，共相骇叹。闻之傅母，择日结褵焉。傅女为张俨公孙，都生之父，尝为县主簿云。

君到来时近夜来

《玉泉子》：杜羔妻刘氏，善为诗。羔累举不中第，乃归。将至家，妻即先寄诗与之曰："良人的的有奇才，何事年年被放回？如今妾已羞君面，君到来时近夜来。"羔见诗，实时而去，竟登第而返。

两边花

《坚瓠戊集》：程仲权在武昌昵一妓，谓妓欲嫁之。俞羡长不信也，试调之，妓亦心动。羡长因作诗寄仲权曰："官道中间栽桃李，一株开作两边花。"仲权心为之灰。

李章武

《才鬼记》：李章武，字飞卿，其先山中人。生而敏博工文，容貌闲美。少与清河崔信友善，信亦雅士，多聚古物，以章武精敏，每咨访辨论，皆洞达玄微，研究原本，时人比之张华。

贞元三年，崔信任华州别驾，章武自长安诣之。数日，出行于市北街，见一妇人甚美，遂给信云，须州外与亲故知闻，遂赁舍于美人之家。主人姓王，此则其子妇也，乃悦而私焉。居月余，所用计三万余，子妇所供费倍之。既而两心克谐，相思弥切。无何，章武以事告归长安，殷勤叙别。章武留交颈鸳鸯绮一端，仍赠诗曰：

鸳鸯绮，知结几千丝？别后寻交颈，应伤未别时。

子妇答白玉指环一双，赠诗曰：

玉指环，见环重相忆。愿君永持翫，循环无终极。

章有仆杨果者，子妇赍（赉）钱一千，以奖其敬事之勤。

既别，积八九年，章武家长安，亦无从与之相闻。至贞元十一年，因友人张元宗寓居下邽县，章武又自京师与元会，忽思曩好，乃回车涉渭而访之。日暝，达华州，将舍于王氏之室。至其门，则阒阒无行迹，但外有宾榻而已。正猜疑间，见东邻之妇，就而访之，乃云王氏之长老，皆舍业而出游，其子妇殁，已再周矣。又详与之谈，即云某姓杨第六，为东邻妻。复访郎何姓，章武具语之。又云："曩会有仆姓杨名果乎？"曰："有之。"因泣告曰："某为里中妇五年，与王氏相善。尝曰：'我夫室犹如传舍，阅人多矣。其于往来见调者，皆殚才穷产，甘辞厚誓，未尝动心。顷岁有李十八郎，曾舍于我家，我初见之，不觉自失，后遂私侍枕席，实相欢爱。今与之别，累年矣，思慕之心，或竟日不食，终夜不寝。我家人故不可托，脱有至者，愿以物色名氏求之，但有仆夫杨果即是。'不二三年，子妇寝疾临死，复见托曰：'我本寒微，曾辱君子厚顾，心常感念，久以成疾，自料不治。曩所奉托，万一至此，愿申九泉，衔恨千古，睽离之欢，仍乞留止此舍，冀神会于髣髴之中。'"

章武乃求邻妇为开门，命从者市薪蒭食物。方将具裀席，忽有一妇人持箒出房扫地，邻妇亦不之识。章武访所从来，云是舍中人；又逼而诘之，即徐曰："王家亡妇，感郎恩情，将见会。恐生怪怖，故使相闻。"章武云："某所来者，诚为此也。显晦虽殊，誓无疑贰。"执箒人欣然而去。乃具饮馔，食饮毕，安寝。至三更许，灯在床之东南，忽尔稍暗，如此再三。章武心知有变，因命移烛背墙，置室东南隅。旋闻西北角，窸窣有声，如有人形，冉冉而至，五六步即可辨其状貌衣服，乃主人子妇也，与昔日不异，但举止浮急、音调轻清耳。章武下床迎拥，携手款若平生之欢。自云在冥录以来，都忘亲戚，但思君子之心，如平昔耳。章武倍与狎昵，亦无他异，但数请令人视明星，若出当还，不可久住。每交欢之暇，即恳托邻妇杨氏，云非此人，谁达幽恨？至五更，子妇泣下床，与章武连臂出门，仰望天汉，遂呜咽悲怨。却入室，自于裙带上解锦囊，囊中取一物以赠之，其色绀碧，质又坚密，似玉而冷，状如小叶，章武不之识也。子妇曰："此所谓靺鞨宝，出昆仑玄圃中，彼亦不易得。妾近与西岳玉京夫人戏，见此物在众宝铛上，爱而访之，夫人遂假以相授，云洞天群仙，每得此一宝，皆为光荣。以郎奉玄道、有精识，故以投献，愿常宝之，此非人间所有。"遂赠诗曰：

河汉已倾斜，神魂欲超越。
愿郎更回抱，终天从此诀。

章武取白玉宝簪酹（酧）之，并答诗曰：

分从幽显隔，岂谓有佳期？
宁辞重重别，所叹去何之！

因相持泣。良久，子妇又赠诗曰：

昔辞怀复会，今别便终天。
新悲与旧恨，千古闭穹泉。

章武答曰：

后期杳无约，前恨已相寻。
别路无行信，何因得寄心！

款曲叙别讫，遂却赴西北隅行数步，犹回顾拭泪，云："李郎珍重，无念此泉下人。"复哽咽伫立，视天欲明，趋至角，即不复见，但空室窅然，寒灯明灭而已。

章武乃促装，却自下邽归长安。后至下邽，郡官与张元宗，携酒宴饮。既酣，章武怀念，因即事赋诗曰：

水不西归月暂圆，今人恨望古城边。
萧条明发分歧路，知更相逢何岁年？

吟毕，与郡官别。独行数里，又自讽诵，忽闻空中有叹赏，音调悽恻。更审听之，乃王氏子妇也，自云："冥中各有地分，今于此别，无日交会。知郎思眷，故冒阴司之责，远来奉送，千万自爱。”章武愈感之。及至长安，与道友陇西李昉话，亦感其诚而赋诗曰：

石沉辽海阔，剑别楚天长。
会合知无日，离心满夕阳。

章武既事东平丞相府，因闲，召玉工视所得靺鞨宝，工亦不知，不敢雕刻。后奉使大粱，又召玉工，粗能辨，乃因其形，雕作槲叶象。奉使上京，每以此物贮怀中。至市东街，偶见一胡僧，忽近马叩头云：“君有宝玉在怀，乞一见。”乃引于静处开视。僧捧玩移时，云：“此天上之物，非人间有也。”章武后往来华州，访遗杨六娘，至今不绝。

呼妻再三

《中洲野县（录）》：鄱阳何梅谷英妻，垂老好事佛，自辰至夕，必念观音菩萨千遍。梅谷以儒学闻于时，止之则弗从，弗止则恐贻笑士林。一日，呼妻至再三，且随应随呼，弗辍。妻怒曰：“何聒噪若是耶？”梅谷徐答曰：“呼仅二三，汝即我怒。观音一日被尔呼千遍，安得不汝怒耶？”妻顿悟，遂止。

感倡改行

《无锡县志》：谈绰，字公绰，性质直。洪武中，以人才征，奉命督赋苏州。郡守李某，馈以百金，绰曰：“太守不知我。”李退而叹。常客松江，同舍郎夜召倡，置酒而迫狎之，绰终不许，明灯竟夕。倡感泣，遂改行为良家。

图形诗

《云溪友议》：濠梁人南楚材者，旅游陈蔡陋巷久。颖（颍）守慕其仪范，欲以子妻之。楚材家有妻，而重违知己之眷，遂遣家仆归，取琴书，似无返旧之心。或谓求道青城，访僧衡岳，不亲名宦，惟务玄虚。其妻薛媛善书画，好属文，亦微知其意，乃对镜图其形，并诗四韵寄之。楚材得妻真及诗，甚惭，遽有隽不疑之让，归而偕老。诗曰：

欲下丹青笔，先拈宝镜端。已惊颜索莫，渐觉发凋残。
泪眼描将易，愁肠写出难。恐君浑忘却，时展画图看。

时人为之语曰："当时妇弃夫，今日夫离妇。若不逞丹青，空房应独守。"

足抵一篇《琵琶行》

《槐西杂志》：胶州法南埜，飘泊长安，穷愁颇甚。一日于李符千御史座上，言曾于滦口旅舍见二诗，其一曰：

流落江湖十四春，徐娘半老尚风尘。
西楼一枕鸳鸯梦，明月窥窗也笑人。

其二曰：

含情不忍诉琵琶，几度低头掠鬓鸦。
多谢西川贵公子，肯持红烛赏残花。

不署年月姓名，不知谁作也。余曰："此君自寓坎坷耳。然五十六字，足抵一篇《琵琶行》矣。"

不堪重上望夫山

《云溪友议》：慎氏者，毗陵庆亭儒家之女也。三史严瓘夫往游彼，遂结姻好，同载归蕲春。十年无嗣，欲出之，慎留诗为别云："当时心事已相关，雨散云飞一饷间。便挂征帆从此去，不堪重上望夫山。"瓘夫有感，复好如初。

郑德璘

《郑德璘传》：贞元中，湘潭尉郑德璘，家居长沙，有亲表居江夏，每岁一往望焉。中间涉洞庭，历湘潭，常遇老叟棹舟而鬻菱芡，虽白发而有少容。德璘与语，多及玄解，诘曰：“舟无糗粮，何以为食？”叟曰：“菱芡耳。”德璘好酒，每挈松醪春过江夏，遇叟无不饮之，叟饮亦不甚愧荷。

德璘抵江夏，将返长沙，驻于黄鹤楼下。傍有鹾贾韦生者，乘巨舟亦抵于湘潭，其夜与璘舟告别饮酒。韦生有女，居于舟之舵舻，邻舟女亦来访别，二女同处，笑语。夜将半，闻江中有秀才吟诗曰：

> 物触轻舟心自知，风恬浪静月光微。
> 夜深江上解愁思，拾得红蕖香惹衣。

邻舟女善笔札，因睹韦氏妆奁中有红笺一幅，取而题所闻之句，亦吟哦良久，然莫晓谁人所制也。及旦，东西而去。

德璘舟与韦氏舟，同离鄂渚，信宿及暮，又同宿至洞庭之畔，与韦氏舟楫颇相近。韦氏美而艳，琼英腻云，莲蕊莹波，露濯舜姿，月鲜珠彩，于水牕中垂钓。德璘因窥见之，甚悦，遂以红绡一尺，上题诗曰：

> 纤手垂钩对水窗，红叶秋色艳长江。
> 既能解珮投交甫，更有明珠乞一双。

强以红绡惹其钓。女因收得，吟翫久之，然虽诵读，即（却）不晓其义。女不工笔札，又耻无所报，遂以钓丝投夜来邻舟女所题红笺。德璘谓女所制，甚喜，然莫晓诗义，亦无计遂其款曲。繇是女以所得红绡系臂，甚爱惜之。月明风清，韦舟遂张帆而去。风势将紧，波涛恐人，德璘舟小，不敢同越，然意殊怅恨。

将暮，有渔人语德璘曰：“向者，贾客巨舟，已全家没于洞庭矣。”德璘大骇，神思恍惚，悲惋久之，不能排抑，将夜，为《弔江姝》诗二首曰：

湖面征风且莫吹，浪花初绽月光微。
沉潜暗想横波泪，得共鲛人相对垂。

又曰：

洞庭风软荻花秋，新没青娥细浪愁。
泪滴白蘋看不见，月明江上有轻鸥。

诗成，酹而投之。精贯神祇，遂感水神，持诣水府。府君览之，召溺者数辈曰：“谁是郑生所爱？”而韦氏亦不能晓其来繇。有主者，搜臂见红绡，府君语韦曰：“德璘异日，是吾邑之明宰，况曩有义相及，不可不曲活尔命。”因召主者，携韦氏送郑生。韦氏视府君，乃一老叟也，随主者疾趋，而无所碍。道将尽，睹一大池，碧水汪然，遂为主者推堕其中，或沉或浮，亦甚困苦。

时已三更，德璘未寝，但吟红笺之诗，悲而益苦。忽有物触舟，然舟人已寝，德璘遂秉烛照之，见衣服彩绣，是似人形。惊而拯之，乃韦氏也，系臂红绡尚在。德璘喜跃良久。女苏息，及晓方能言，乃说府君感君而活我命。德璘曰：“府君何人也？”终不省悟，遂纳为室，感其异也，将归长沙。

后三年，德璘当调选，欲谋醴陵令。韦氏曰：“不过作巴陵耳。”德璘曰：“子何以知？”韦氏曰：“向者水府君言，是吾邑之明宰。洞庭乃属巴陵，此可验矣。”德璘志之，选果得巴陵令。

及至巴陵，使人迎韦氏。舟楫至洞庭侧，值逆风不进，德璘使佣篙工者五人而迎之。内一老叟挽舟，若不为意，韦氏怒而唾之。叟回顾曰：“我昔水府活汝性命，不以为德，今反生怒？”韦氏乃悟，恐悸，召叟登舟，拜而进酒果，叩头曰：“吾之父母，当在水府，可省觐否？”曰：“可。”须臾舟楫似没于波，然无所苦。俄到往时之水府，大小倚舟号恸。访其父母，居止俨然，第舍与人事无异。韦氏询其所须，父母曰："所溺之物，皆能至此，但无火化，所食为菱芡耳。"持白金器数事，遗女曰："吾此无用处，可以赠汝。"不得久停，促其相别。韦氏遂哀恸别其父母。叟以笔大书韦氏巾曰：

昔日江头菱芡人，蒙君数饮松醪春。
活君家室以为报，珍重长沙郑德璘。

书讫，叟遂为仆侍数百辈，自舟迎归府舍。俄顷，舟却出于湖畔，一舟之人，咸有所睹。德璘详诗意，方悟水府老叟，乃昔日鬻菱芡者。

岁余，有秀才崔希周，投诗卷于德璘，内有江上夜拾得芙蓉诗，即韦氏所投德璘红笺诗也。德璘疑诗，乃诘希周，对曰："数年前泊舟于鄂渚，江上月明，时当未寝，有微物触舟，芳香袭鼻，取而视之，乃一束芙蓉也。因而制诗既成，讽咏良久。敢以实对。"德璘叹曰："命也！"然后更不敢越洞庭。德璘官至刺史。

织锦回文

武后《苏氏织锦回文记》：前秦符（苻）坚时，秦州刺史扶风窦滔妻苏氏，陈留令武功道贤第三女也，名蕙，字若兰，识知精明，仪容秀丽，谦默自守，不求显扬。行年十六，归于窦氏，滔甚敬之。然苏氏性近于急，颇伤妬嫉。

滔字连波，右将军真之孙，朗之第二子也，风神伟秀，符（苻）坚委以心膂之任，备历显职，皆有政闻。迁秦州刺史，以忤旨谪戍敦煌。会坚寇晋，襄阳虑有危逼，藉滔才异，乃拜安南将军，留镇襄阳焉。

初，有宠姬赵阳台，歌舞之妙，无出其右，滔置之别所。苏氏知之，求而获焉，苦加捶辱，滔深以为憾。阳台又专伺苏氏之短，谗毁交至，滔益忿苏氏焉。苏氏时年二十一，及滔将镇襄阳，邀其仝往，苏氏忿之，不与偕行。滔遂携阳台之任，断其音问。

苏氏悔恨自伤，因织锦［为］回文，五采相宣，萦（莹）心耀目。其锦继（纵）横八寸，题诗二十三首，计八百余言，纵横反复，皆成文章。其文点画无缺，才情之妙，超古迈今，名曰《璇玑图》，然读者不能尽通。苏氏笑而谓人曰："徘徊宛转，自成文章。非我佳人，莫之能解。"遂发苍头至襄阳。滔省览锦字，感其妙绝，因送阳台之关中，而具车徒如礼，邀苏氏归于一室，恩好逾重。

苏氏著文词五千余言，属隋季丧乱，文字散落，追求不获，而锦字回文，盛见传写。

有人相对数归期

《南濠诗话》：王孟端舍人，作诗清丽。尝有人久客京师而别娶妇者，孟端作诗寄之云：

新花枝胜旧花枝，从此无心念别离。
知否秦淮今夜月，有人相对数归期？

其人得诗感泣，不日遂归。

相公且忍耐区处

《三朝野史》：李全扰淮时，史弥远在庙堂，束手无策。有讹传全军马渡江过行在，京师人民惶惶，弥远于夜半，忽披衣而起。有爱宠林夫人者，见其起可疑，亦推枕而起，相随于后。忽见弥远欲投池中，林夫人急扶住，泣告曰："相公且忍耐区处。"数日后，得赵葵捷书。

张好好

《容斋三笔》：杜牧之《张好好》诗云："牧佐故吏部沈公，在江西幕。好好年十三，以善歌来乐籍中，随公移置宣城。"后为沈著作所纳，见之于洛阳，感旧伤怀，题诗以赠曰：

君为豫章姝，十三才有余。主公再三叹，谓言天下无。
自此每相见，三日已为疎。身外任尘土，尊前极欢娱。
飘然集仙客，载以紫云车。尔来未几岁，散尽高阳徒。
洛阳重相见，绰绰为当垆。朋游今在否？落拓更能无。
问馆恸哭后，水云秋景初。酒尽满襟泪，短歌聊一书。

莫负寒梅旧日香

《情史类略》：女郎朱氏，嘉兴人，能诗，多佳句，自号静庵。父教官，夫亦士人。其父友某使君，所欢青衣曰寒梅，使君因妻亡，欲图再娶，遂萌开阁之意。寒梅过静庵泣诉，静庵曰："吾能止之。"因题一绝于扇，令持示使君云：

一夜西风满地霜，粗粗麻布胜无裳。
春来若睹桃花面，莫负寒梅旧日香。

使君感其意，终身不言再娶。

我杨氏婢耳

梅伯言《柏枧山房集》：杨氏之寡妾，以贫故不安于室，嫁有日矣。未嫁前一夕，呼其婢不应者三，怒曰："汝我婢也，何敢如是？"婢叱曰："我杨氏婢耳！汝今谁家妇者，曰'我婢我婢'？"妾方持翦刀，落于地，起，环走房中。至天曙，呼其婢曰："汝今竟何如？吾复为尔主矣！"婢叩头泣，妾亦泣，竟谢媒妁不行。后将嫁其婢，婢曰："人以我一言故，忍死至今，我亦终不去杨氏门。"亦不嫁。妾之夫，杨勤恪公锡绂子也。

雁字长短句

《馀墨偶谈续集》：方玉坤女史，顺天人，聪慧工诗，长字丁筱舸部郎。丁南旋，久无耗。女士有若兰之戚，偶赋雁字长短句见意，余于所亲处读焉。其辞曰：

丁咛嘱付南飞雁，到衡阳与侬代笔行些方便。
不倩尔报平安，不倩你诉饥寒。
寥寥数笔莫辞难，只写个一人两字碧云端。
高叫客心酸，高叫客心酸。
万一阿郎出见，要齐齐整整仔细让他看。

游戏为之，初无深意。后闻女史录辞寄丁，丁即日北上。此与竹影词人同一用意。

金树儿

《坚瓠庚集》：万历中，桃源有妓名金树儿，病初起，九日宴集，唱歌侑酒。印少霍口占一绝云：

九日佳人病起时，当筵歌舞不胜衣。
可怜颜色黄如菊，不枉名呼金树儿。

惜分飞词

《清波杂志》：“泪湿阑干花着露，愁到眉峰碧聚。此恨平分取，更无言语空相觑。　断雨残云无意绪，寂寞朝朝暮暮。今夜山深处，断魂分付潮回去。”毛泽民元祐间，罢杭州法曹，至富阳所作赠别也，因是受知东坡。

姑以婢事试汝

《坚瓠辛集》：潼州王藻，为府狱吏，每日暮归，必持金钱与妻。妻疑其鬻狱所得，尝遣婢馈食。藻归，妻问曰：“适馔猪蹄甚美，故悉送十三脔，能尽食否?”藻曰：“止得十脔耳。”妻佯怒曰：“此必婢窃食，或与他人。”藻缚婢鞫讯，不胜痛楚，遂引伏。欲杖逐之，妻始言曰：“君为推司久，日持钱归我，疑煅炼成狱，姑以婢事试汝，安有是哉？自今以往，愿勿以不义之财来。”藻矍然大悟，取笔题壁曰：“枷栲追求只为金，转增冤债几何深？从今不愿操刀笔，放下归来游翠林。”即辞役，弃家学道。

魏公婢

施彦执《北牕炙輠》：魏公夫人，尝蓄婢，而魏公不知也。教以歌舞，至魏公生朝，乃出之使上寿。公见其辨爽，悦之。其婢既上寿毕，忽泣下。公怪而问之，婢曰：“念妾父在时，每生朝，婢子辈上寿，亦必歌此曲。今忽感其事，不知泪之所从也。”公曰：“汝父为何人？”曰：“某人，尝为某州通判。”公大惊，乃让其夫人曰：“此士大夫之女，安得辄取为婢！”夫人谢不知。魏公即令与诸女列，后择一有官人厚嫁之。

题倚屏美人

《坚瓠辛集》：王仲房寅，貌最寝。一日游妓馆，妓轻薄不为礼。时室中悬倚屏美人图，寅题其上云：“肯笑笑，价值千金。无语无言，恼恨无人。我这里锦重重，香馥馥，凤枕鸾衾。恁那里冷清清，孤另另，独倚围屏。搀你又不行，抱你又不能。我也怜香，我也惜玉，我也知音。你若活动些儿，我也自会温存。”妓方惊异，遂加礼焉。

卷十七

情中幻

吴门某

《梦兰琐笔》：吴门某，美姿容，工弦管，托身维扬商家，出入以紫箫自随。一夕，吹箫月下，忽有白髯老叟至，询其年，遽以己女许配。即邀至家，设席相待，遍游园亭，见其女妖艳动人，恍如梦遇。越日，赠资促其归聘。比归，父母疑为狂，出怀中银验之，非伪，遂偕至维扬。叟置酒留宾，果不诬也。告归，约以某日送女来嫔。及期果至，船泊胥门外，装奁都丽。某闻至，肩舆出，亲迎归，从者夹道。将及门，启视舆中，某及女皆失所在，转瞬间妆奁诸物，化为乌有。急出胥门视之，船亦不知何往。父悲失子，重至维扬寻旧所，但见古庙三楹而已。

黄十一娘

《夷坚志》：福建侯官县黄秀才女十一娘，立簾下，观人往来。一急足直入曰："官追汝！"女还房，即苦心痛死。经日复生，曰："追者与我俱行数十里，有恐色，曰：'吾所追，乃王十一娘，误唤汝。今见大王，但称是王氏。若实言，当捶杀汝。'我强应之。至官府，见三人鼎足而坐，中坐者乃我父也，望我来，即凭轩问曰：'汝何为来此？'曰：'正在簾内，为人追至。及中途，则言当追王十一娘，而误追我，戒我不得言。’父还坐，谓东向者曰：‘所追王氏，今误矣。’曰：‘公何以知之?’曰：‘此吾女也。’东向者即命吏阅簿，顾曰：‘果误矣。’又笑曰：‘王法无亲，今日却有亲。’皆大笑，乃放我还。”

伏地夫人

《北齐书·马敬德传》：敬德为侍讲，其妻梦猛兽将来向之，敬德走超丛棘，妻伏地不敢动。敬德占之曰：“吾当得大官，超棘过九卿也，尔伏地夫人也。”

金三妻

《耳谭》：昆山舟师杨姓者，雅与金姓善。金姓者死，有子曰金三，年十七八，窭甚，将行乞。杨见而怜之，因招入舟，收养之。既久，杨夫妇以其力勤也，爱之甚。杨无子，有一女，年亦相若，因以妻三。岁余，产一女，逾晬病死。三哭之甚哀，成疾，日渐尫羸（羸），阽危。杨夫妇始悔恨，骂詈不绝。

一日，江行泊孤岛下，杨谓三舟中乏薪，不得炊，可登岸拾枯枝为爨。三力疾去，则弃三挂帆行矣。三得枯枝，至泊所，失舟所在，知杨弃己也，恸哭。欲赴江死，既又念岛中或逢人，冀可救援，转入林。行至一所，见戈戟森森，列卫在焉，为之骇愕。徐侦之，无所闻。渐就问，寂无人，仅有八大篋，封识完好，竟不知为何。盖盗所劫财，暂置此地。三乃匿戈沟中，再临江滨。适有他舟经其地，三招之来，曰：“我有行李，待伴不至，可附我去。”舟人许诺，遂即携八大篋入舟。

行抵仪真，问居停主人家，密启篋视，皆金珠也。即其地售，值得如干，服食起居如故矣。既收童仆，复将买妾。一日行过河下，杨舟适在，三识之，杨不知也。三乃使人雇其舟，去往湖襄贾，辎重累累，舳舻充牣。先是，杨弃三时，女昼夜啼哭不欲生，父母强之更纳婿，女不从。至是三登舟，舟人莫敢仰视，女窃视之，惊语母曰："容状甚似吾婿。"母詈之，曰："见金夫不有躬耶？若三，不知死所矣！"女遂不敢言。三顾女，佯谓舟人，曰："何不向船尾，以取破毡笠戴之？"盖三霎时，初登扬舟，有是言也。于是妻觉之，出见，相与抱哭，欢若平生。而杨夫妇罗拜请罪，悔过无已，三亦不与较，寻同归三家焉。

未几，剧寇刘六、刘七叛入吴，三出金帛募死士，从郡别驾胡公，直捣狼山之穴，剾其渠魁。讨平之功，授武骑尉，妻亦从封云。

南楼夫人

杨维桢《南楼美人传》：葑溪刘天麒，尝中秋夕，独卧小楼。窗忽自启，视之，一美人靓妆缟服，肌体娇腻，真绝色也。天麒惚惚不敢语，已而搅其袪，乃莞尔纳之。天麒曰："敢请姓氏，当倩媒求聘耳。"美人曰："妾上失姑嫜，终鲜兄弟，何聘乎？汝知今夕南楼故事，只呼南楼美人可也。"天曙，嘱曰："君勿轻泄，妾当终夕至。"语讫，越邻家台榭而去。自是，每夜翩翩而至，相爱殊切。

一日，天麒露其事于酒余，人曰："此妖也，君获祸深矣。"迨夕，美人让曰："妾见君青春无偶，故失身奉君。何泄我枢机，致人有祸君之说？"遂悻悻而去。将岁杳然，天麒深忿前言，但临衾拭泪而已。至明岁秋夕，尝忆前事，楼中朗吟苏子瞻《前赤壁赋》云："桂棹兮兰桨，击空明兮沂（泝）流光；渺渺兮予怀，望美人兮天一方。"歌未罢，忽美人仍越台榭而至，曰："妾见君朝夕忧忆，又为冯妇。"相与至夜半，美人潸然泣曰："风情有限，世事难遗。闻君新婚在迩，今将永别。不然，不直分爱于贤配，抑将不利于君。"天麒稍悟，犹豫间，美人不见矣。天麒婚后，更无他异。

梦　诗

《乐善录》：钟辐年少，负才傲物。樊若水爱其才，妻之以女。女亦才质双盛。辐登第，方得意，买一妾自待，命曰："青箱所在狂放久不归。"一日，过城邑令，延留饮于楼上。辐醉卧，忽梦其妻以一诗怨责曰：

楚水平如练，双双白鸟飞。
金陵几多地，一去不言归？

翌日，辐归至采石，妾忽暴死。及抵家，樊已死数月矣，物故之夜，即辐梦于县楼时也。

冥间甚乐

《夷坚志》：晏元献家老乳媪燕氏，在晏氏数十年，一家颇加礼。既死，犹以时节祭之。尝见梦曰："冥间甚乐，但衰老须人扶持，苦乏使耳。"其家为画二妇人，焚之，复梦曰："赐我多矣，奈软弱不中用何？"其家感异，嘱匠者以厚帋为骨，且绘二美婢。它日来谢曰："新婢绝可人意，今不寂寞矣。"明年寒食，家人上冢归，复梦曰："向所得婢，今又舍我去。"曰："何得尔？"曰："初不欲言，以少年淫荡，皆为燕三诱去。"家人曰："燕三人也，安得取媪待女？"曰："亦已来矣。"曰："然则当为办之，不难也。"明日相语，皆大笑。燕三者，媪侄也，素不检，自媪死，不复闻其在亡；遣询之，果已死。遂复画二老者与之，又来致谢。盖前后五梦，而得二老婢云。

七十万钱得假女

《清尊录》：兴元民有得阑遗小儿者，育以为子。数岁，美姿首，民夫妇计曰："使女也，教之歌舞，独不售数十万钱耶？"妇曰："固可诈为也。"因纳深屋中，节其食饮，肤发腰步，皆饰治之。比年十二三，嫣然美女子也。携至成都，教以新声，又绝警慧，益秘之不使人见，人以为奇货。里巷民求为妻，不可，曰："此女当归之贵人。"于是女侩及贵游好事者踵门，一觌面辄避去，犹得钱数千，谓之"看钱"。

久之，有某通判者，来成都，一见心醉，要其父，必欲得之。与直至七十万钱，乃售。既成券，喜甚，置酒与客饮，使女歌侑酒。夜半客去，拥而致之房，男子也，大惊。遣人呼其父母，则遁去，不知踪迹；告官召捕之，亦卒不获。时张子公尹蜀云。

固宠借种

《养痾漫笔》：嘉泰间，内臣李大谦，于行都九里松玉泉寺侧，建功德寺。役工数，内有漆匠张某者，天台人。偶春夜出浴回，于道中遇一老妪，挽入小门。暗中以手扪壁，随妪而行，但觉是布幕。转经数曲，至一室中，使就物坐，此妪乃去。继有一尼携灯至，又见四壁皆有青赤衣帷遮护，终不知是何地。此尼又引经数曲，及至一室，灯烛酒殽器皿，一一毕备，俱非中下人家所有。张见之惊异，亦不敢问其所以，且疑且喜。尼往，顷时复至，后有一妇人随来，容美非常，惟不冠饰。张殊畏惧，尼逼使坐，遂召前妪命酒殽数盘，此妇人更不一语。尼云："已晚矣。"张但恳尼云："匠者无钱。"尼终不顾，遂令就寝。尼执灯扃户而去，张屡询所来及姓名，而妇人竟无一语，疑为瘖疾。至钟动，尼复至，启钥唤张起如前，令妪引出，亦摸布壁行。觉至一门，非先来所经，此妪令出街可至役所。张如梦寐中，行至一街，迨晓即离役所，二里许后，循路归。其董役者责之，及闻此事，使人遍访，终不得其原所入门域。众皆谓遇鬼物，而有一木匠云："固宠借种耳。"

真真假假

《右台仙馆笔记》：金陵乡间，有某翁者，生一子，与邻村某氏联姻，兵乱失其子。翁故为行贾，因转徙四方，收得一小儿，与其子年相若也，遂子之，而即名子之名。及金陵收复，翁仍行贾于外，而某氏则已归矣。以女年长，将遣嫁，访得某翁所在，贻书告之。翁思己子虽失，幸有养子，可以赝代真也，乃作复书，订以是年夏秋间，携子而归。及期果至，而故居无存，乃赁屋为娶妇计。

两家均有成说，娶有日矣，翁之子忽归。归而不得其家，乃至邻村，造妇翁之门而求见。妇翁大骇，因亲送至某翁家。子见父母，牵衣恸哭。翁欲不认，则真其子也；欲认之，又碍有妇翁在，乃曰："此吾兄子，非吾子也。自幼失散，彼记忆不真耳。"妇翁归而疑焉，旋侦访得实，乃使媒氏告曰："原聘者，吾婿也。他人子，安得娶吾女？"

某翁正踟躇无计，而其养子知事且不谐，于人定后怀刃出门，突入妇翁之家。妇翁出，因左手把其袖，而右手以刃拟之，曰："尔女不我嫁，吾先杀尔及尔女，归杀婿，吾亦自杀，四人同日死矣。"妇翁见事急，请如期。曰："不能待矣，事在今夕。"妇翁曰："然则当释吾入内，略为小女治装，子姑小坐。"妇翁既入，谋集健仆缚而送之归。其妻曰："非计也，彼不愈恨乎？吾婿吾女，终必死其手。""然则奈何？"妻曰："彼有假子，吾何妨有假女？"乃潜自后户，送其女至叔父家，而饰一婢居青庐中，招婿入行礼。既成婚，乃语之曰："汝不告而成婚，汝父必怒。毋遽言归，请留此满月，何如？"喜曰："诺。"妇翁使媒氏告某翁曰："尔子已婚吾女矣。尔尚有兄之子，吾亦有弟之女，再以相配，可乎？"翁亦喻其意，使其子为赘婚于女之叔父之家。

既满月，妇翁择吉日，送两婿两女偕归，其伉俪各相得，遂相安无事。

红绣履

《广州府志》：何氏，张元运妻，新会人。运家贫，氏罄箱箧养姑。阅数年，生一子。元运死，誓以身从，姊妹多方卫之，不得死。一夕，伺人静，抱幼女沉渊。人觉，救之不及，乃就水涯殡之。芳魂不昧，每于深宵托梦家人，致其哀恳。有从元运冢边，拾两红绣履，众诧视之，乃其殓时物也。于是闻者多为诗序以纪之。

天下孰肯以真形示人者

《滦阳续录》：田白岩言：济南朱子青，与一狐友，但闻声而不见形。亦时预文酒之会，词辩纵横，莫能屈也。一日，有请见其形者，狐曰："欲见吾真形耶？真形安可使君见。欲见吾幻形耶？是形既幻，与不见同，又何必见？"众固请之，狐曰："君等意中，觉吾形何似？"一人曰："当庞眉皓首。"应声即现一老人形。又一人曰："当仙风道骨。"应声即现一道士形。又一人曰："当星冠羽衣。"应声即现一仙官形。又一人曰："当貌如童颜。"应声即现一婴儿形。又一人戏曰："庄子言：'姑射神人，绰约若处子。'君亦当如是。"即应声现一美人形。又一人曰："应声而变，是皆幻耳，究欲一睹真形。"狐曰："天下之大，孰肯以真形示人者？而欲我独示真形乎？"大笑而去。子青曰："此狐尝称七百岁，盖阅历深矣。"

假　女

《子不语》：贵阳县美男子洪某，假为针线娘，教女子刺绣，行其技于楚、黔两省。长沙李秀才，聘请刺绣，欲私之，乃以实告。李笑曰："汝果男耶？则更佳矣。吾尝恨北魏时，魏主入宫朝太后，见二美尼，朝而昵之，皆男子也，遂置之法。蠢哉魏主！何不封以龙阳而畜为侍从？如此不独己得幸臣，且不伤母后之心。"洪欣然，欲就之。李甚宠爱。

数年后，又至江夏，有杜某欲私之。洪欲以媚李者媚杜，而其人非解事者，遂控到官，解回贵阳。臬使亲验之，其声娇细，颈无结喉，发垂委地，肌肤玉映，腰围仅一尺三寸，而私处棱肥肉厚，如大鲜菌。自言幼无父母，邻有孀母抚养之，长与有私，遂不剃发，且与缠足，诡言女也。邻母死，乃为绣师教人。十七岁出门，今二十七岁，十年中所遇女子无算。问其姓氏，曰："抵我罪足矣，何必伤人闺阃。"讯以三木，某某抚军欲拟长流，臬使争以为妖人，非斩不可，乃置极刑。

死前一日，谓狱吏曰："我享人间未有之乐，死亦何憾？然某臬使，亦将不免。我罪止和奸，畜发诱人，亦不过刁奸耳，于律无死法。且诸女子与通奸者，皆暗昧不明之事，尽可覆盖，何必逼我供招，宣诸章奏，各拟重杖，使数十郡县富贵人家女子，玉雪肌肤，困于朱木乎？"次日赴市受戮，指其跪处曰："后三年，讯我者在此矣。"已而臬使果以事诛，众咸异焉。余谓此事与《明史》所载嘉靖年间妖人桑翀相同，桑不报仇而洪乃报仇，何耶？

唐　晅

《通幽记》：唐晅，晋昌人也。妻张氏，滑州隐士张恭之幼女，即晅姑所出，甚有令德。开元十八年，晅以故入洛，累月不得归。夜宿逆旅，梦其妻隔花泣，俄而窥井笑。及觉，心恶之，以问日者，曰："隔花泣者，颜随风谢；窥井笑者，喜于泉路也。"居数日，果有凶信，晅悲恸倍常。后数岁，方得归渭南，追其陈迹，感而赋诗曰：

幽室悲长箪（簟），妆楼泣镜台。
独悲桃李节，不共一时开。
魂兮若有感，髣髴梦中来。

是夕，风露清虚，晅耿耿不寐，更深悲吟前悼亡诗，忽闻暗中若泣声，初远渐近。晅悰恻，觉有异，乃祝之曰："倘是十娘子之灵，何惜一见相叙也？勿以幽冥隔，碍宿昔之爱。"须臾闻言曰："儿即张氏也。闻君悲吟，虽处阴冥，实所恻怆，是以此夕与君相闻。"晅惊泣曰："在心之事，卒难申叙。然得一见颜色，死不恨矣。"答曰："隐显道别，相是（见）殊难，亦虑君有疑心，妾非不欲尽也。"晅词益恳，誓无疑贰。俄而闻唤罗敷取镜，又闻暗中飒飒然人行声。罗敷先出前拜，言娘子欲叙夙昔，正期与七郎相见。晅问罗敷曰："我开元八年，典汝于仙州康家，闻汝已死矣，今何得在此？"答曰："被娘子赎来，会（今）看阿美。"阿美，即晅之亡女也，晅又恻然。

须臾命灯烛，立于阼阶之北，晅趋前泣而拜，妻答拜。晅乃执手，叙平生。妻流涕谓晅曰："阴阳道隔，与君久别，虽冥寞无据，至于相思，尝不去心。今六合之日，冥官感君诚恳，放儿暂来千年一遇，悲喜兼集。况美娘幼小，嘱付无人。今夕何夕，再遂申款！"晅乃命家人列拜起居，徙灯入室，施布帷帐。不肯先，坐乃曰："阴阳尊卑，以生人为贵，君可先坐。"晅即如言。笑谓晅曰："君情既不易平生，然闻君已再婚。君新人在淮南，吾亦知甚平善。"晅因问欲何膳，答曰："冥中珍羞亦备，唯无浆水粥耳。"晅即命备之。既至，索别器摊之而食，向口如尽；及彻之，粥宛然在，悉晅（晅悉）饭其从者。

有老姥，不肯同坐，妻曰："伊是旧人，不同群小。"谓晅曰："此是紫菊姥，岂不识耶？"晅乃记念，别席饭之。其余侍者，晅多不识，闻呼名字，乃晅从京回日，多剪纸人奴婢，所题之名。问妻，妻曰："皆君所与者。"乃知钱财奴婢，无不得也。妻曰："往日尝弄一金银镂合子，藏于堂屋西北斗拱中，无人知处。"晅取果得。又曰："岂不欲见美娘乎？今已长成。"晅曰："美娘亡时襁褓，地下岂受岁乎？"答曰："无异也。"须臾，美娘至，可五六岁。晅抚之而泣，妻曰："莫惊抱儿。"罗敷却抱，忽不见。

暅令下床帷，申缱绻，宛如平生，但觉手足呼吸冷耳。又问冥中居何处，答曰："在舅姑左右。"暅曰："娘子灵神如此，何不还返?"答曰："人死之后，魂魄异处，皆有所录，杳不关形骸也。君何不验梦中，安能记其身也？儿亡之后，都不记死时，亦不知殡葬之处。钱财奴婢，君与之则得。至如形骸，实总不管。"既而绸缪夜深，暅曰："妇人没地下，亦有再适乎?"答曰："死生同流，贞邪各异。且儿亡，堂上欲夺儿志，嫁与北庭都护郑乾观侄明远，儿誓志确然，上下矜悯得免。"暅闻怃然，感怀而赠诗曰：

峄阳洞半死，延津剑一沉。
如何宿昔内，空负百年心！

妻曰："方见君情，辄欲留答，可乎?"暅曰："曩日不属文，何以为词?"妻曰："文词素慕，虑君嫌猜，故不为耳。"遂裂带题诗曰：

不分殊幽显，那堪异古今?
阴阳途自隔，聚散两难心。

暅含涕言叙，悲喜之间，不觉天明。须臾，闻叩门声，言翁婆传说，令催新妇，恐天明冥司督责。妻泣而起，与暅决别，暅修启状以附之，执手曰："何时再见?"答曰："四十年耳。"留一罗帛子，与暅为念；暅答一金钿合子。即曰："前途日限，不可久留。自非四十年外，无相见期。若墓间祭祀，都无益，必有相飨。但月尽日黄昏，于野田中，或于河畔，呼名字，儿尽得也。匆匆不果久语，愿自爱。"言讫登车而去，举家皆见。

空中妇人

《池北偶谈》：文登诸生毕梦求，九岁时，嬉于庭。时方午，天宇澄济无云，见空中一妇人乘白马，华袿素裙，一小奴牵马络，自北而南，行甚于徐，渐远乃不见。予从姊居永清县，亦尝于晴昼仰见空中一少女子，美而艳妆，朱衣素裙，手摇团扇，自南而北，久之始没。

齐饶州女

《异闻总录》：饶州刺史齐推女，适湖州参军韦会。长庆三年，韦将赴调，以妻方娠，送归鄱阳，遂登上国。十一月，妻方诞之夕，忽见一人，长丈余，金甲仗钺，怒曰："我梁朝陈将军也，久居此室。汝是何人？敢此秽触！"举钺将杀之。齐氏叫乞曰："俗眼有限，不知将军在此。比来承教，乞容移去。"将军曰："不移当死。"左右悉闻齐氏哀诉之声，惊起侍婢，视齐氏汗流浃背，精神恍然，绕而问之，徐言所见。及明，侍婢白使君，请移他室。使君素正直，执无鬼之论，不听。至夜三更，将军又到，大怒曰："前者不知，理当相恕。知而不去，岂可复容！"遂将用钺。齐氏乞哀曰："使君性强，不从所请。我一女子，敢拒神明？容至天明，不待命而移去。此更不移，甘于万死。"将军者拘怒而去。未曙，令侍婢洒扫他室，移榻其中。方将辇运，使君公退，问其故，侍者以告。使君大怒，杖之数十，曰："产蓐虚羸，正气不足，妖繇之兴，岂足遽信！"女泣以请，终亦不许。入夜，自寝其前，以身为援，堂中添人加烛以安之。夜分，闻齐氏惊痛声，开门入视，则头破死矣。

使君哀恨之极，百倍常情，以为引刀自残，不足以谢其女，乃殡于异室，遣健步报韦。会韦以文籍小差，为天官所黜，异道求复，凶讣不逢。去饶州百余里，忽见一室有女人映门，仪容行步，酷似齐氏，乃援其仆而指之曰："汝见彼人乎？何以似吾妻也。"仆曰："夫人，刺史爱女，何以行此？乃人有相类耳。"韦审观之愈是，跃马而近焉，女人乃入门，斜掩其扇，又意其他人也，乃过而回视。齐氏自门出，呼曰："韦君忽不相顾耶？"韦遽下马视之，真其妻也。惊问其故，具云陈将军之事，因泣曰："妾诚愚陋，幸奉巾栉，言词情理，未尝获罪于君子。方欲竭节闺门，终于白首，而枉为狂鬼所杀。自简命籍，当有二十八年。今有一事，可以自救，君能相哀乎？”韦曰：“夫妇之情，义均一体。鹣鹣翼坠，比目半无，单然此身，更将何往焉？苟有歧路，汤火能入。但生死异路，幽晦难知，如何竭诚？愿闻其计。”齐氏曰：“此村东数里，有草堂中田先生者，领村童教授。此人奇怪，不可遽言，君能去马步行，及门趋谒，若拜上官，然后垂泣诉冤，彼必大怒，乃至诟骂，屈辱捶击，拖拽秽唾，必尽数受之。事穷，然后见哀，则妾必还矣。先生之貌，固不称焉。晦冥之事，幸无忽也。”于是同行，韦牵马授之，齐氏哭曰：“妾此身固非旧日，君虽乘马，亦难相及。事甚迫切，君无推辞。”韦鞭马随之，往往不及。行数里，遥见道北草堂，齐氏指曰：“先生居也。救心诚坚，万苦莫退。渠有凌辱，妾必得还。无忽忿容，遂今永隔。勉之！从此辞矣。”挥泪而去，数步不见。

韦收泪，诣草堂，未到数百步，去马，公服，使仆人执谒前引。到堂前，学徒曰：“先生转食未归。”韦端笏以候。良久，一人戴破帽、曳木屐而来，形状丑秽之极。问其门人，曰：“先生也。”命仆呈谒，韦趋走迎拜。先生答拜，曰：“某村翁，求食于牧竖，官人何忽如此？甚令人惊。”韦拱诉曰：“某妻齐氏，享年未半，枉为梁朝陈将军所杀。伏乞放归，终其残禄。”因叩地哭拜。先生曰：“某乃村野鄙愚，门人相竞，尚不能断，况冥晦间事乎？官人莫风狂否？火急须去，勿恣妖言。”不顾而入。韦随入拜于床前曰：“实诉深冤，幸垂哀宥。”先生顾其徒曰：“此人风疾，来此相喧，可拽出。若复入，汝共唾之。”村童数十，竞来唾面，其秽可知。韦亦不敢拭，唾歇复拜，言诚恳切。先生曰：“吾闻风狂之人，打亦不痛。诸生为我击之，无折肢败面耳。”村童复来群击，痛不可堪。韦执笏拱立，任其挥击，击罢，又前哀乞。又敕其徒推倒，把脚拽出，放而复入者三。先生谓其徒曰：“此人乃实知吾有术，故此相访。汝等归，吾当救之耳。”

众童既散，谓韦曰："官人真有心丈夫也！为妻之冤，甘心屈辱，感君诚恳。然兹事，吾亦久知，但不早申诉，屋宅已败，理之不及。吾向拒公，盖未有计耳。试为足下作一处置。"因命入房，房中铺席，席上有案，置香一炉，炉前又铺席。坐定，令韦跪于案前，俄见黄衫人，引向北行，数十里，入城郭，廛里闹喧，一如会府。又北有小城，城中楼殿，峩若皇居，卫士执兵，立者坐者，各数百人。及门，门吏通曰："前湖州参军韦某。"乘通而入，直北正殿九间，堂中一间，卷簾设床案，有紫衣人南面坐者。韦入，向坐而拜，起视之，乃田先生也。韦复诉冤，左右曰："近西通状。"韦趋近西廊，有授笔砚者，乃为诉词。韦问当衙者何官，曰："王也。"吏收状上殿，王判曰："追陈将军！"仍简状过出，瞬息间通曰："提陈将军！"仍简状过，有如齐氏言。王责曰："何故枉杀平人?"将军曰："自居此室，已数百载。而齐氏擅秽，再宥不移，忿而杀之。罪当万死。"王判曰："冥晦异路，理不相干。久幽之鬼，横占人室，不知自省，仍（乃）杀无辜。可决一百，配流东海之南。"案吏过状曰："齐氏禄命，实有二十八年。"王命呼阿齐，阳禄未尽，理合卸回，今将放归，意欲愿否？齐氏曰："诚愿却回。"王判曰："付案勒案。"吏咨曰："齐氏宅舍破坏，回无所归。"王曰："差人修补。"吏曰："事事皆隳，修补不及。"王曰："齐氏寿算颇长，若不再生，义无厌伏。公等所见如何?"有一老吏前启曰："东晋邺下，有一人横死，正与此事相当。前使葛真君，断以具魂作本身，却归生路，饮食言语，嗜欲追游，一切无异，但至寿终，不见形质耳。"王曰："何谓具魂?"吏曰："生人三魂七魄，死则散草木，故无所依。今收合为一体，以续弦胶涂之，大王当衙发遣放回，则与本身同矣。"王曰："善。"召韦曰："生魂只有此异，作此处置可乎?"韦曰："幸甚。"俄见一吏，别领七八女人来，与齐氏一类，即推而合之。又一人，待（持）药一器，状似稀饧，即于齐氏身涂之毕，令韦与齐氏同归。各拜而出，黄衫人复引南行。

既出其城，若行崖谷，跌而坠，开目即复跪在案前，先生者亦据案而坐。先生曰：“此事甚秘，非君诚，恐不可致也。然贤夫人未葬，尚瘗旧房，宜飞书葬之，到即无苦也。慎勿言于郡下，微露于人，将不利于使君耳。贤阃只在门前，便可同去。”韦拜谢而出，其妻已在马前矣。此时却为生人，不复轻健。韦掷其衣驮，令妻乘马，自跨卫从之；且飞书于郡，请葬其柩。使君始闻韦之将到也，设馆施繐帐以待之。及得书，惊骇，殊不信然，强葬之，而命其子，以肩舆迓焉。见之，益閟，多方以问，不言其实。其夜醉韦以酒，迫问之，不觉具述。使君闻而恶焉，俄得疾，数月而卒。韦潜使人觇田先生，亦不知所在矣。齐氏饮食、生育无异于常，但肩舆之夫，不觉其有人也。

余闻之已久，或未深信。太和二年秋，富平尉宋坚尘，因座中言及奇事，客有鄜王府参军张奇者，即韦之外弟，具言斯事，无差旧闻，且曰：“齐嫂见在自归后，己往拜之，精神容饰，殊胜旧日。”冥吏之理于幽晦也，岂虚言哉！

屏风女

《太真外传》：唐玄宗在百花院便殿，妃子后至。上曰：“有一屏风，赐尔。”屏风以虹霓为名，雕刻前代美人之形，可长三寸许。其间服玩，皆用众宝杂厕而成，水精为地；外以玳瑁水犀为押（柙），络以珍珠、瑟瑟，间缀精妙，殆非人力所制。隋文帝造，上赐焉。

妃归，国忠家遂持去，置楼上，未及将归。国忠日午偃息楼上，至床，睹屏风在焉。才就枕，而屏风诸女悉下床前，各通所号，曰：裂缯人也，定陶人也，穹庐人也，当垆人也，亡吴人也，步莲人也，桃源人也，班珠尔人也，奉五官人也，温肌人也，曹氏投波人也，吴宫无双返香人也，拾翠人也，窃香人也，金屋人也，解佩人也，为云人也，董双成也，为烟人也，画眉人也，吹箫人也，笑躄人也，垓中人也，许飞琼也，赵飞燕也，金谷人也，小鬟人也，光发人也，薛夜来也，结绮人也，临春阁人也，扶风女也。国忠历历见之，而口不能发言。诸女各以物列坐，俄有纤腰妓人近十余辈，曰楚章华踏谣娘也，乃连臂而歌曰："三朵芙蓉是我流，大杨造得小杨收。"复有二三妓人，曰楚宫弓腰也，何不见《楚词别序》云："绰约花态，弓身玉肌。"俄而递为，本艺将呈讫，一一复归屏上。国忠方醒，惧甚，遽下楼，急令封锁。贵妃听之，亦不欲见焉。禄山乱后犹存。

娟　娟

杨仪田《娟娟传》：娟娟者，木生妾也。木生字元经，少有俊才，成化中以乡荐入太学。常登泰山观日出，夜宿秦观峰，梦有老妇，携一女子，相见甚欢，如有平生之分。既又遗一诗扇，展诵未终，忽钟鸣惊悟而起，其所梦道路、第宅，历历皆能记忆。明年，将入都，道出武青，散步柳阴中，过一溪桥，道旁有遗扇在草中，取视之，上有诗云：

烟中芍药朦胧睡，雨底梨花浅淡妆。
小院黄昏人定后，隔墙遥辨麝兰香。

仿佛是梦中所见者，珍袭藏之。行未几，遥见一女郎，从二婢侍游树下，迤逦将近，生趍（趋）避之。

时为三月既望，新雨初霁，微风扇暖。女郎徐邀二婢，穿别径结伴而去。生竚立转盼，但见带袂飘举，环珮锵然，百步之外，异香袭道，绰约若神仙中人。遂以所佩错刀，削树为白，题一绝句曰：

隔江遥望绿杨斜，联袂女郎歌落花。
风定细声听不见，茜红裙入那人家。

徙倚弥望，乃行前至野店中，问诸村民，或曰："此去里许，有田将军园林，岂即其家眷属乎?”生明日又往树下，竟日无所遇，惟见溪水中落花流出。复题一绝句，乃书于树，曰：

异鸟娇花不奈愁，湘簾初卷月沉钩。
人间三月无红叶，却放桃花逐水流。

自后不复相闻，然前所得遗扇，每遇良辰胜会，未尝不出入怀袖，把玩讽咏，爱如琪璧。

壬午，生谒选天官，隶名营缮。当春牡丹盛放，生拟闲游，因勒马道傍。值马渴奔水，左右皆前逐马，生下立井畔民家。其家以贵客在门，召一邻翁延入。初经重屋，仅庇风日；再过曲径，越小院，其中楼台阑楯，金碧辉耀，恍非人世。生稍憩，便欲辞出。翁曰：“内人乃老夫寡妹，年亦逾五旬矣。幸暂留，伺马至，行无伤也。”生起，挥扇逍遥，历览画壁。翁从傍见其扇，进曰：“此扇何从得之?”生曰：“吾数年前过武清，所得道傍遗弃也。”翁借观，遽持入内，顷之，出告生曰：“天下事，萍梗遭逢，固有出于偶然者。适见扇头诗，疑为吾甥女手笔，入示吾妹，果非误也。”

生初入其室庐，皆若梦中所经行者，心已异之；及闻翁言，愈骇异。再引入一曲室，帏帐妍丽，金玉焕然，几榻整洁，琴瑟静好，莫能名状。须臾一老妇出拜，自言姓钱氏，先夫田忠义，官至上轻车都尉，往岁扈从西征，为流矢所中，舆疾归武清。小女娟娟，时年十四，随侍汤药，偶遗此扇，不意乃入君子之手。今夫亡三载矣！睹物兴怀，不觉遂生伤感。然当时溪树上有二绝句，不知何人所书。小女因寻扇，再至其地，经览而归，至今吟哦不绝于口。”生请诵之，即其旧题也。老妇因即命娟娟出见，传呼良久不至。母自入，谓女曰：“客即树上题诗人也。”娟娟强起，严服靓妆，与母相携而出。至则玉姿芳润，内美难征，恍然秦观峰梦中所见者。生又以梦告母，共相叹异。久之马至，珍重辞谢而去。明日，邻翁以娟母命来，请以弱女为君姬侍。生喜出望外，遂以其年四月成礼。

娟娟妙解音律，通贯经史，凡诸戏博杂艺，靡不精晓，情好甚笃。未阅月，生以督运南方，乃锁院而去，母先亦暂至武清。遣人问讯，娟娟从门隙中附诗于母寄生曰：

闻郎夜上木兰舟，不数归期只数愁。
半幅御罗题锦字，隔墙裹赠玉搔头。

是夕，生适自潞还，娟出迎，生曰："方从马上得诗，未有以复。"即口占赠娟娟曰：

碧窗无主月纤纤，桂影扶疏玉漏严。
秋浦芙蓉偏献笑，半窗斜映水晶簾。

其冬十月，生以太夫人忧去，河水既合，娟适病不能偕行。生存亡抱恨，计无所出，邀母与娟同居，约以冰解来迎，相与悲咽而别。明年春，娟病转剧，遣翁子钱郎，以诗寄生曰：

楚天风雨绕阳台，百种名花次第开。
谁遣一番寒食信，合欢廊下长莓苔。

生遣使往迎，比至，则不起匝月矣。辛卯冬，生再入都，过母家，见娟娟画像，题诗其上曰：

人生补过羡张郎，已怅花残月减光。
枕上游仙何迅速，洞中乌兔太忽忙。
秦娘似比当时瘦，李卫惭多旧日狂。
梅影横斜啼鸟散，绕天黄叶倚绳床。

时人多传诵焉。

张倩娘

陈元祐《离魂记》：天授三年，清河张镒，因官，家于衡州。

性简静，寡知友。无子，有女二人，其长早亡；幼女倩娘，端妍绝伦。镒外甥太原王宙，幼聪悟，美容范，镒常器重，每曰："他时当以倩娘妻之。"后各长成，宙与倩娘尝私，感想于梦寐，家人莫知其状。后有宾僚之选者求之，镒许焉，女闻而郁抑。宙亦深恚恨，托以当调，请赴京，止之不可，遂厚遣之。

宙阴恨悲恸，决别上船。日暮，至山郭数里。夜方半，宙不寐，忽闻岸上有一人行，声甚速，须臾至船，问之乃倩娘，步行跌足而至。宙惊喜发狂，执手问其从来。泣曰："君厚意如此，寝食相感。今将夺我此志，又知君恩情不易，思将杀身奉报，是以亡命来奔。"宙非意所望，欣跃特甚，遂匿倩娘于船，连夜遁去，倍道兼行，数月至蜀。凡五年，生两子，与镒绝信。其妻常思父母，涕泣言曰："吾曩日不能相负，弃大义而来奔君，向今五年，恩慈间阻。覆载之下，胡颜独存也！"宙哀之，曰："将归，无苦。"遂俱归衡州。

既至，宙独身先至镒家，首谢其事。镒大惊曰："倩娘疾在闺中数年，何其诡说也！"宙曰："见在舟中。"镒大惊，遂促使人验之，果见倩娘在船中，颜色怡畅，讯使者曰："大人安否？"家人异之，疾走报镒。室中女闻喜而起，饰妆更衣，笑而不语，出与相迎，翕然而合为一体，其衣裳皆重。其家以事不常，秘之，唯亲戚间有潜知之者。后四十年间，夫妻皆丧，二男并孝廉擢第，至丞、尉。

雕牙秘戏像

《如是我闻》：旧仆邹明，言昔在丹阳县署，夜半如厕，过一空屋中，有男女媟狎声，以为内衙僮仆幽会于斯，惧为累，潜踪而返。后月夜复闻之，从窗隙窃窥，则内衙无此人；又时方冱冻，乃裸无寸缕，疑为狐魅，于窗外轻嗽，倏然减（灭）迹。偶与同伴语及，一火夫曰："此前官幕友某所居。幕友有雕牙秘戏像一盒，腹有机轮，自能运动。恒置枕函中，时出以戏玩。一日失去，疑为同事者所藏，终后无迹。岂此物为祟?”偏（遍）索室中，迄不可得。以不为人害，亦不复追求。殆常在茵席之间，得人精气，久而幻化欤?

谈　生

张华《列异传》：谈生者，年四十无妇，常感激读书。经夜半，有女子，年可十五六，容颜服饰，天下无双，来就生为夫妇。自言：“我与人不同，勿以火照我也。三年之后，方可照。”为夫妻，生一儿，已二岁，不能忍，夜伺其寝后，盗照视之，其腰以上生肉如人，腰下俱有枯骨。妇觉，遂言曰：“君负我！我垂生矣，何不能忍一岁？而竟相照也。”生辞谢，涕泣不可复止。云：“与君虽大义永离，然顾念我儿，若贫不自偕活者，暂随我去，方遗君物。”生随之去，入华堂，室宇器物不凡。以一珠袍与之，曰：“可以自结。”裂取生衣裾，留之而去。后生持袍诸（诣）市，睢阳王家买之，得钱千万。王识之曰：“是我女袍，此必发墓。”乃取拷之，生具以实对。王犹不信，乃视女冢，冢完如故，发视之，果棺盖下得衣裾；呼其儿，正类王女，王乃信之。即礼谈生，以为王婿，表其儿为侍中。

沈亚之

任蕃《梦游录》：太和初，沈亚之将之邠，出长安城，客橐泉邸舍。春时，昼梦入秦，主内史廖家。内史廖举亚之，秦公召至殿前，促前席曰：“寡人欲强国，愿知其方，先生何以教寡人?”亚之以齐桓对，公悦，遂试补中涓（秦官名），使佐西乞术伐河西（晋、秦郊也）。亚子帅将卒前，攻下五城，还报。公大悦，起劳曰：“大夫良若，休矣。”

居久之，公幼女弄玉婿萧史先死，公谓亚之曰：“微大夫，晋五城非寡人有，甚德大夫。寡人有爱女，而欲与大夫备洒扫，可乎？”亚之少自立，雅不欲遇幸臣畜之，固辞不得请，拜左庶长，尚公主，赐金二百斤，民间犹谓“萧家公主”。其日，有黄衣中贵，骑疾马来，延亚之入。宫阙甚严，呼公主出，鬒发，着偏袖，衣妆不多饰，其芳姝明媚，笔不可模画。侍女祗承，分立左右者数百人。召见亚之，便馆居亚之于宫，题其门曰“翠微宫”，宫人呼为“洗郎院”。虽备位下大夫，繇公主故，出入禁卫。公主喜凤箫，必翠微宫高楼上，声调远逸，能悲人，闻者莫不自废。公主七月七日生，亚之尝无贶寿。内史廖会为秦以女乐遗西戎，戎王与之水犀小合，亚之从廖得，以献公主。主悦，尝爱重，结裙带上。穆公遇亚之，礼兼同列，恩赐相望于道。

复一年春，公之始平公主，无疾忽卒，公追伤不已，将葬咸阳原。公命亚之作挽歌，应歌而作曰：

泣葬一枝红，生同死不同。金钿坠芳草，香绣满春风。
旧日闻箫处，高楼当月中。梨花寒食夜，深闭翠微宫。

进公，公读词善之。时宫中有出声若不忍者，公随泣下，又使亚之作墓志铭。独忆其铭曰：“白杨风哭兮，石甃髯莎。杂英满地兮，春色烟和。朱愁粉瘦兮，不生绮罗。深深埋玉兮，其恨如何！”亚之亦送葬咸阳，宫中十四人殉。

亚之以悼怅过戚，被病，犹在翠微宫，然处殿外特室，不居宫中矣。居月余，病良已，公谓亚之曰：“本以小女将托久要，不谓不周奉君子，而先物故。敝秦区区小国，不足辱大夫。然寡人每见子，即不能不悲悼。大夫盍适大国乎？”亚之对曰：“臣无状，肺腑公室，待罪左庶长，不能从死公主，幸免罪戾。使得归骨父母国，臣不忘君恩。”如日将去，公追酒高会，声秦声，舞秦舞。舞者击髆拊髀呜呜，而音有不快，声甚怨。公执酒亚之前曰：“予顾此声少善，愿沈郎赓扬，歌以塞别。”公命趣进笔砚，亚之受命，立为歌辞曰："击髆舞，恨满烟光无处所。泪如雨，欲拟著辞不成语。金凤衔红旧绣衣，几度宫中同看舞。人间春日正欢乐，日暮东风何处去？"歌卒，授舞者杂其声而和之，四座皆泣。

既再拜辞去，公复命至翠微宫，与公主侍人别。重入殿内，时见珠翠遗碎青阶下，窗纱檀点依然。宫人对泣亚之，亚之感咽良久，因题宫门诗曰：

君主多感放东归，从此秦宫不复期。
春景自伤秦丧主，落花如雨泪胭脂。

竟别去。公命车驾，送出函谷关。已出关，送吏曰："公命尽此，且去。"亚之与别，语未卒，忽惊觉，卧邸舍。

明日，亚之为友人崔九万具道之。九万，博陵人，谙古，谓余曰："《皇览》云，秦穆公葬雍橐泉祈年宫下，非其神灵凭乎？"亚之更求得秦时地志，说如九万言。呜呼！弄玉既迁矣，恶又死乎？

京师鬻女术

《阅微草堂笔记》：朱青雷言，李华麓在京，以五百金纳一姬。会以他事诣天津，还京之日，途遇一友，下车为礼，遥见姬，与二媒媪同车驰过，大骇愕，而姬若勿见华麓者。恐误认，思所衣绣衫，又己所新制，益怀疑。草草话别至家，则姬故在，一见即问："尔先至耶？媒媪又将尔嫁何处？"姬仓皇不知所对。乃怒遣家僮，呼其父母来领。女父母狼狈至，其妹闻姊有变，亦同来入门，则宛然车中女，其绣衫乃借于姊者，尚未脱。盖少其姊一岁，容貌略相似也。华麓方跳踉如虓虎，见之省悟，嗒然无一语。父母固诘相召意，乃述误认之故，深自引愆。父母亦具述方鬻次女，借衣随媒媪同往事。问价几何，曰："三百金未允也。"华麓輾然，急开箧取五百金，置几上，曰："与其姊同价，可乎？"顷刻议定，留不遣归。即是夕同衾焉。风水相遭，无心凑合，此亦可为佳话矣。（此条与

前卷十二"情中缘"《绣衫缘》重复）

软障图

《闻奇录》：唐进士赵颜，于画工处得一软障图，一妇人甚丽。颜谓画工曰："世无其人也，如何令生？某愿纳为妻。"画工曰："余神画也。此亦有名，曰真真，呼其名百日，昼夜不歇，必应；应则以百家綵灰酒灌之，必活。"颜如其言，遂呼之百日，昼夜不止，乃应曰："诺。"急以百家綵灰酒灌之，遂活，下步言笑饮食如常，曰："谢君召妾，妾愿事箕箒。"终岁生一儿。儿年两岁，友人曰："此妖也，必与君为患。余有神剑，可斩之。"其夕，乃遗颜剑。剑才及颜室，真真乃泣曰："妾南岳地仙也，无何为人画妾之形，君又呼妾名，既不夺君愿。君今疑妾，妾不可住。"言讫，携其子，却上软障，呕出先所饮百家綵灰酒。睹其障，唯添一孩子，皆是画焉。

女　伶

《鬼董》：女伶陈嘉庆，居后市街之东，夜独寝，梦有人黑而长，缁衣素裳，俯瞰其榻曰："元司法有约，不可不往。"嘉庆欲呼母与婢，而声不得出，乃应之曰："今已午夜矣，无人荷轿，不可去也。我未省识元司法，纵可去，亦不汝从。汝来不由户，岂非鬼乎？"其人曰："肩舆在门外矣。夜深不须治铅黛，睡妆故自佳。"以手中扇挥之，嘉庆觉身不自主，从牖中出。至门，果有肩舆，二人负之，乘空行。至清泠桥下，见一士出迎，升楼，皙而多髯，疎俊人也，留饮款昵。既晓，复以轿送之归。既寤，以语其母，犹谓偶然。明日，他客来，方举杯，忽冥然坐寐，其鼾如雷，呼挽皆不醒，客怒而去。逮晓已寤，则梦游也。自是每夕皆然。尝从元司法求钗珥香扇之类，皆在枕旁。

嘉庆视元颇当其意，亦乐之，谓姥："岂真有是人，能此于梦乎？彼非无资者，倘能身相从，暨于梦魂游远矣。”姥求之清冷桥，果有赴调元司法，肖貌皆如女所言。屏人密问之，谢无有。又数月，嘉庆不复梦，视元则已归。他日遇诸涂，则目逆而笑，不知元生以术致之耶？抑偶然耶？

北海道人

《搜神记》：北海营陵有道人，能令人与已死人相见。其同郡人，妇死已数年，闻而往见之，曰：“愿令我一见亡妇，死不恨矣。”道人曰：“卿可往见之，若闻鼓声，即出勿留。”乃语其相见之术。于是与妇言语悲喜，恩情如生。良久，闻鼓声，恨恨不能得往。当出户时，掩忽执其衣裙，户开掣绝而去。至后岁余，此人身亡。室家葬之，开冢，见妇棺盖下有衣裾。

广陵妾

《槐西杂志》：游士某，在广陵纳一妾，颇娴文墨，意甚相得，时于闺中倡和。一日夜归，僮婢已睡，室内暗无灯火。入视阒然，惟案上一札曰：

> 妾本狐女，僻处山林，以夙负应偿，从君半载。今孽缘已尽，不敢淹留。本拟暂住待君，以展永别之意，恐两相凄恋，弥难为怀。是以茹痛竟行，不敢再面。临风回首，百结柔肠。或以此一念，三生石上，再种后缘，亦未可知耳。诸惟自爱，勿以一女子之故，至损清神，则妾虽去，而心稍慰矣。

某得书悲感，以示朋旧，咸相嘅叹，以典籍尝有此事，勿致疑也。后月余，妾与所欢北上，舟行被盗，鸣官待捕，稽留淮上者数月，其事乃露。盖其母重鬻于人，伪以狐女自脱也。周书昌曰：“是真狐女，何伪之云？吾恐志异诸书所载，始遇仙姬、久而舍去者，其中或无不此类也乎？”

铁　胎

杨琚《山斋新语》：松江府下砂场第灶盐丁顾寿五，妻王氏，始笄，适顾，生子女五人。至大辛亥，复有孕。及期临蓐，七日不娩，仍如故，腹亦不加长。每嘱家人曰："我死后，焚我勿待尽，必取腹中物视之，以明此疾何也。"越二日，火化，家人果取物视之，则胞带缠束甚紧。剖之，乃一男胎，其肋骨如铁之坚。计之，怀胎四十年矣。其妇甲戌生，死年七十有七。

唾花索发

施闰章《蠖斋诗话》：陆佥事，吴人。尝于某公席上，赏其歌姬唾花，姬亦流盼数四。主人老病，以姬瞩陆，陆逊谢不果。已而姬嫁，失意郁郁死。陆追悼久之，忽署中老乳妪发狂作歌，其声凄楚，频呼仙珂。仙珂，陆字也。陆惊问曰："尔岂唾花耶？"妪痛哭点头，索陆发作发。群妾婢诟笑之，妪厉声曰："汝何人，敢詈我！我自是情人，岂妖祟邪？生不得与郎君定情，断发不食；死愿乞郎君发，绾结以殉。"陆夫人深加怜慰，许为醮拔，良久仆地，阅日乃苏。时戊戌正月朔日，陆为余言。余戏纪以诗云：

> 杜牧钟情可奈何，目成身死恨偏多。
> 洛滨虚忆珊瑚枕，神女重闻宛转歌。
> 黄土玉环深涕泪，明珠金屋悔蹉跎。
> 他生倘遂同心结，犹恐含娇怨绮罗。

妻幻形

《滦阳消夏录》：天津某孝廉，与数友郊外踏青，皆少年轻薄。见柳阴中少妇骑驴过，欺其无伴，邀众逐其后，嫚语调谑。少妇殊不答，鞭驴疾行。有两三人先追及，少妇忽下驴软语，意似相悦。

俄某与三四人追及，审视，正其妻也。但妻不解骑，是日亦无由至郊外。且疑且怒，近前诃之，妻嬉笑如故。某愤气潮涌，奋掌欲掴其面。妻忽飞腾驴背，别换一形，以鞭指某，数曰：“见他人之妇，则狎亵百端。见自己妇，则恚恨如是。尔读圣贤书，一‘恕’字尚不能解，何以挂名桂籍耶!”数讫径行。某色如死灰，殭立道左，殆不能去，竟不知是何魅也。

我妻本是宫人

李隐《潇湘录》：咸和中，呼延冀者，授忠州司户，携其妻之官。至泗水遇盗，尽夺其财物，乃至裸形，冀遂与其妻于路傍访人烟。俄逢一翁，问其故，冀告之。老翁曰：“南行之数里，即我家，可与家属暂宿也。”冀乃与老翁同至其家。入林中，得一大宅，老翁安存于一室内，设食遗衣。至夜深，亲就冀谈话，复具酒殽，曰：“我家惟有老母，君若未能携妻去，欲且留之，俟到官再来迎，亦可。我见君贫，必不易相携也。”冀思之良久，遂谢而言曰：“丈人既悯我如是，我即以心素托丈人。我妻本出宫人也，能歌，仍薄有文艺，然好酒，多放荡。留之后，幸丈人拘索之。”老翁曰：“无忧，但自赴官。”明日，冀乃留妻而去。临别，妻执冀手而言曰：“我本与尔远涉川陆，赴一簿官，今不期又留我于此。君若不来迎我，我必奔出，必有纳我之人也。”泣泪而别。

冀到官，方谋远迎其妻，忽一日，有达一书者。受之，是其妻书也，其书云：

> 妾今自裁此书，以达心绪，唯君少览焉。妾本歌妓之女也，幼入宫禁，以清歌妙舞为称，固无妇德妇容。及宫中有命，掖庭选人，妾得放归焉。是时也，君方年少，酒狂诗逸，在妾之邻。妾既不拘，君亦放荡，君不以妾不可奉苹蘩，遽以礼娶妾。妾既与君配偶，诸邻皆谓之才子佳人。每念花间同步，月下相对，红楼戏谑，锦闱言誓，即不期今日之事也。悲

夫，一何义绝！君以妾身，弃之如屣，留于荒郊，不念孤独。自君之官，泪流莫遏，思量薄情，妾又奚守贞洁哉？老父家有一少年子，深慕妾，妾已归之矣。君其知之。

冀览书，掷书，不胜愤怒，遂抛官至泗水。本欲见老翁及妻，皆杀之。访寻不得，但见一大冢，林木森然。冀毁其冢，见其妻已死在冢中，乃取尸祭，别葬之而去。

毛女书

《钱氏私志》：蔡鲁公帅成都，一日于药市中，遇一妇人多发，如避秦毛女，语蔡云："三十年后相见。"言讫不知所在。蔡后以太师鲁国公致仕，居京师。一日，在相国寺资圣阁下纳凉，一村人自外入，直至蔡前，云"毛女有书"。蔡接书，忽不见，启封，大书"东明"二字，蔡不晓其意。后贬长沙，死于东明寺，因就厝焉。

能致妇人

《诚斋日记》：杨素有美妾，姿色绝伦。时有千牛桑和，有妖蛊异术，常一见妇人，即便能致。炀帝密使窃之，素宅深邃，和朝奉诏，夜便窃以送帝。帝奇其能，诏素赐之。吁！和之术，何异昆仑奴乎？安知非剑仙也？

为翁翁婆婆唤去

《异闻总录》：宣和内省都督黄康国家蓄声妓，有一善琵琶者，忽失所在，访之不获。其家门户之禁如上台，杳莫知其处。经旬日，冉冉从家庙中出。黄问之，曰："为翁翁婆婆唤去，使弹琵琶。"自是妓病瘠累，月方复故。

亡妻坐谈

《清尊录》：政和初，冀州客次中，或言某官之家，有异事。语未毕而某官者至，因自言：某妻生一男一女而死，某既再娶矣。一日，亡妻忽空中有声，如小儿吹叫子状，三二日辄一至。某问之曰："君亦有形乎？"曰："有之。"即见形如平生，叙旧感泣，然近人辄引去，常相距十许步。因谓曰："昔为夫妇，今忍不相亲？"于是相与坐堂中，某起执其手，则坚冷如冰铁，妻勃然掣手去。后五日，乃复来，愠曰："前日遽惊我，何耶？"某再三谢之，竟不可近。久之，后妻忽梦其先祖云："汝夫前妻为怪，乃阴府失收耳。今已召捕且获。"后数日，果绝。

掘土得绣花女鞋

《滦阳消夏录》：昌吉筑城时，掘土至五尺余，得红纻丝绣花女鞋一，制作精致，尚未全朽。余《乌鲁木齐杂诗》曰：

筑城掘土土深深，邪许相呼万杵音。
怪事一声齐注目，半钩新月藓花侵。

咏此事也。入土至五尺余，至近亦须数十年，何以不坏？额鲁特女子不缠足，何以得作弓弯样，仅三寸许？此必有其故，今不得知矣。

蓝道婆

《碣石剩谈》：嘉靖中，瑞州府有蓝道婆者，身具阴阳二体，无髭须，因束足为女形。专习女红，极其工巧，大族多延为女师，教习刺绣织纴之类，即与女子昕夕同寝处。初不甚觉，至午夜，阳道乃见，因与淫乱。后至一家，女徒伴宿，蓝婆求奸，女子不从。寻与父母语其故，因令老妪试之，果然。首于官，捕至，讯实，以巨枷遍游市里。女子曾失身者，缢死甚众。道婆仍杖死。所以人家三姑六婆，不许入门，以此。

不识字妓作诗

《滦阳消夏录》：益都朱天门言，甲子夏，与数友夜集明湖侧，召妓侑觞。饮方酣，妓素不识字，忽援笔书一绝句曰：

一夜潇潇雨，高楼怯晓寒。
桃花零落否？呼婢卷簾看。

掷于一友之前。是人观讫，遽变色仆地，妓亦仆地。顷之妓苏，而是人不苏矣。后遍问所亲，迄不知其故。

足小可藏袴中

《夷坚志》：洪州分宁王氏婿扈司户，自京师买一妾，甚美，携归，寘于妻家。妻母谓人曰："扈郎妾信美，然语音仅能出口，十句只可辨一二，面目极峭冷，与人寡合。而足绝小，可藏于袴中，类非人间女子。久留不去，非扈氏福也。"扈生闻之，疑其妻不能容，故母言如此，未忍决绝。妾来时，以白犬自随，行止饮食不暂舍，逮夜则寝床下。经一岁，妾入佛堂瞻礼，急大呼乞救。人往视之，则为犬啮断一臂，卧血中，死矣；犬亦继死。

卷十八

情中正

徐妙锦

《江宁府志》：徐氏名妙锦，中山武宁王达女也。长姊适燕王，后正位中宫，是为仁孝文皇后；次妙锦，为代妃；妹，安王妃。洪武末，诸藩不靖，代王被逮，亲王求婚皆拒绝。仁孝崩，文皇闻妙锦美且贤，欲聘为后。命内使女官往谕旨，妙锦称病不出。女官直抵卧榻，妙锦拥被呻吟。女官叩首请，不得已，乃徐起，自指曰："吾面陋无妇容，不足备六宫选。"女官罗跪审视，姿态莹丽，真天人也。妇复命，妙锦即削发为尼。文皇闻之，竟虚中宫，不复册立。洪熙改元，妙锦乃返初服。

宣德初，仁庙张太后，自入东宫时，闻妙锦行义高洁，心敬慕之。至是征入京，女官将命，中使护行。既至，叙戚里恩，入宫中朝，自称徐达第三女，肃拜进止，端凝不失跬步。太后以下皆敬之，赏赉优厚。宫娥见之，莫不悚然，私相语曰："此辞皇后不为者也。"随遣内使护归。正统中卒，袝葬中山先莹（茔）之次。

妙锦尝言：靖难师至，建文当坐殿上以待燕王，苟不让则死之，何自焚为？盖其识见远矣。

天涯可有好房栊

《坚瓠戊集》：泐大师，现女人身说法者，附乩作村妇艳诗云：

西施住尽黄金屋，泥壁蓬牕独剩侬。
寄语梁间双燕子，天涯可有好房栊。

送妇至谪所

《江宁府志》：孝义王指挥，失其名，世袭虎贲卫。妻死不娶，独与母居，孝养备至，人皆称为孝义王，盖重之也。同官黄某远谪，久不通问，妻贫不能存。成国朱仪，素受指挥，闵其丧偶，欲以黄妇妻之。召指挥语之故，指挥不敢拒，唯唯而已。成国遂择日归之，指挥虽处一室，夜则各寝。居数月，成国闻之，召讯其故。指挥曰："曩以主命，不敢逆。但与妇同寝，其夫归，何以处之？况彼失节，是某失节也。"成国曰："若尔，则如之何？"指挥曰："如两全，不若遣送谪所。某家有老奴夫妇二人，令伴送至彼，可无虞矣。"成国叹赏久之。亦赐金，遣二人送至谪所，夫妇重聚。四方闻其事者，皆称之。

拒　奔

《苏州府志》：钮钊，字时勉，吴江人。父文为温州令，钊随侍宦邸，母、妻留家居。妻以疾卒，所亲有衔钊者，说其母从俗火葬。钊归知之，以母故，口不言而心痛，誓不再娶，亦不畜婢妾，积四十年，终始一节。尝为人塾师，夜有妇奔钊，钊拒之，明旦托辞去。其节操如此。

汝为妇可试耶

《松江府志》：唐时，湖广荆南人，徙居华亭，遂占籍焉。与杨惟桢、陆居仁善，以先世受宋恩，誓不仕元。幼遭二亲丧，哀毁成礼。贫不能家，三十乃娶。家居花泾塘，力稼穑，甘淡泊。夏椿延为馆宾，供御甚厚，时曰："吾素清俭，不欲以肥甘损福。"夏心重之。邻有孀妇，私馈饼饵，毅然拒之。妇曰："以公馆居，故试公耳。”时曰：“汝为妇，可试邪?”夏知之，益加敬焉。时钱鼒从杨维桢读书郡中，啜菽饮水，时每资以力学。其后鼒家称腴，以囊橐留时馆。鼒死，完封归其家。寿八十有七。陶宗仪有《义士传》。

尔第去

《太平县志》：周自任，字仁吾，丰神秀整。治《书经》，尤精于《易》。尝馆于某姓，夜静邻妇至，挑灯阅书，终不答。将旦，妇跪而泣曰：“我悮甚，悔亦无及。幸无露我名。”任正色曰：“尔第去。我岂败人名以自成名者?”侵晨，假他事辞归，终身不复言。孙光启髫年游泮，有父老讶之，因叹息述其事，以彰善报。

何异鲁男子也

《宁海县志》：王敏，字进德，西隅槐里人。兄修德、蕴德，皆以文章起家。敏气刚，不与人款狎，读书至忘寝食。家甚贫，休休自乐，人非其类，虽欲饮食之，不能也。床褥稍温软，辄弃去，独卧木榻上，曰：“吾身当适四方，其会合未可知。”尝偕友读书馆中，夜半，邻女叩门求宿甚哀，友欲纳之。敏击门厉声，使闻于外，女竟去。太学征郡邑士，贡京师，时上注宠，顾太学少年多越礼自恣，敏独以礼自持。分教太原、忻州，暇日与边将习骑射。边将奇其才而苦其清介，欲污之，召使饮酒，帏女妓于别室，酒酣纳敏。敏大呼排门出，乘厩马以还，诸将惊谢。懿文太子一日谓宋太师曰：“世道日漓，人其无古若者乎?”太师以敏对，太子称叹曰：“何异鲁男子也!”后尝督运舟，川峡悍急，行者多舍舟登陆，为自全计。敏曰：“督事，君命也；死生，天命也。祗君命以俟天命，何以陆为?且舟失累人，己独安乎?”后他舟覆溺甚众，陆行者皆获遣，敏独不坐。

却女持茶

《宜兴县志》：吴挺秀，邑诸生，性严正，笃学力行，生平无不可对人言者。与曹司贞善，司贞将卒，托孤于挺秀。孤师夔方十余岁，挺秀摄其家政，出入不下万金，锱铢必记。师夔长，挺秀告退，视其籍簿，赀产有增益。挺秀故贫士，毫无私焉。尝于江阴寓中，夜分有女子持茶至，却之，明日徙其寓。卒之前三日，置酒延姻族与诀。人讶其无疾，不信，已而果卒。

金且不受何以女为

《处州府志》：李继泽，字霁宇，缙云人。父为东浙素封，因得泽晚，遂尽散其积，家徒壁立。及长，竭甘旨，不以艰难伤父心。父逝，哀毁绝粒，祭葬尽礼。服阕，应秋试，偶与南京潘商人同舟。潘主仆染疫，仆病且死，同舟友皆弃去。泽曰："潘有重赀，我在，彼未必死。苟舍之，宁禁他人不利其有而速之毙乎？"调以药饵。逾旬，潘霍然。潘有金七百，欲分半谢之，坚却不受。潘曰："公年逾强仕，未得嗣。小女年十七，愿备枕簟。"泽曰："儿孙心上影，天道暗中灯。金且不受，何以女为？"越两月，潘携女至，拒之如初词。其妻陶氏，出簪珥，背为拜纳。其夫义妇顺如此。月余，陶氏自孕。暮年，择良人配潘，嫁饰如其女。六岁内，陶举七男子焉。世传为盛德之报云。

渡浦避少妇

《松江府志》》：叶蕃春副宪，有声之父。尝宿海上邸舍，主人出追逸仆，独少妇在。日且暮矣，蕃春渡浦避之。时暴风疾雨，足茧血濡无所顾。又有妾媵与嫡忤，胠箧迷失道，夜匿蕃春园中。密召其夫与俱归，曰："毋棰楚。更闻诸人以垢汝。"其质行修饬，真有古人之风。

正色拒邻女

《凤阳府志》：康衢，庠生，贫介有志节。读书一室，有邻女薄暮投之，康正色叱去，自是塞户不启此室。后女他秽败露，自暴其事，康极辩其无。又有金姓者，临殁，以八百金相托。康曰："某贫，无复需此，恐为乡间所议。"竟却之。

汝贫何遽至此

《苏州府志》：潘炼，吴县人。家胥湖，善治生，有隐德，喜周恤贫困。一日，贷村民数金，往索，其妻颇艳，婉辞夫出未归，如是者再。炼察其夫从未远出，诘之，妻曰："夫无以偿金，愿以妾事君。屡见君不动，夫嗔，棰楚者数矣。君长者，奈何不怜？"言已涕泣。炼惊去，不复索金。后遇夫，谕曰："汝贫，何遽至此！"更与数金生息。其人感谢，已而果举息倍，并偿前金。时炼有母，顾年九十，将为母寿称觞，病剧不能。母以子病，忧卒；炼痛哭不胜，亦卒。母子并死于慈孝。

女归仍处子

《扬州府志》：秦昭元，广陵人。少游京师，其友邓荣载酒饯之。俄舁一小鬟至，色殊丽，曰："此主事某所托买妾也，幸君便舟致之。"昭有难色。友作色曰："纵君自得之，不过二千五百缗，奈何拒我？"昭不获已，从之。至临清，天暑多蚊，纳之帐中。抵都，归其人，讶曰："君与眷属偕来乎？"曰："无有。"其人不悦。及女归，仍处子也。次日，谒谢甚恭，曰："君笃行君子也！邓君所托得人矣。"陶九成谓，其事难于柳下惠、颜叔子云。（按《辍耕录》，秦昭元作秦君昭。）

世上无如人欲险

《滦阳消夏录》：陈枫崖光禄言，康熙中，枫泾一太学生，尝读书别业。见草间有片石，已断裂剥蚀，仅存数十字，偶有一二成句，似是夭逝女子之碣也。生故好事，意其墓必在左右，每陈茗果于石上，而祝以狎词。越一载余，见丽女独步菜畦间，手执野花，顾生一笑。生趋近其侧，目挑眉语，方相引入篱后灌莽间。女凝立直视，若有所思，忽自批其颊曰："一百余年，心如古井，一旦乃为荡子所动乎？"顿足数四，奄然而灭。方知即墓中鬼也。蔡修撰季实曰："古称'盖棺论定'，观于此事，知盖棺犹难论定矣。是本贞魂，乃以一念之差，几失故步。"朱晦庵先生诗曰："世上无如人欲险，几人到此误平生。"谅哉！

挥弦曼唱蔡中郎

《篷栊夜话》：余夜投屯溪胡氏酒馆，馆人醉归，踉跄与余接语，又引余袖，令视其二女。二女匿笑帷中，不肯出，时于灯后闪露，偶一瞥眼，皆殊色也。女又摘琵琶弦，唱蔡郎词，断续窈袅。余襆被不能寐，知其欲为眩乱，乃诡呼店妪寄行橐。久之，检视橐中，悉布衲草履，始寂然不复弄姿。越二日，上贾人船，有操舟健儿，与余仆语，宛转诘之，即其二婿也。往来溪中如织，岁一二省家，不能信宿留也。

男爱行女爱节

《松江府志》：俞明时，弱冠就学郡中，舍于诸父家。邻有美女，目挑之，明时佯勿喻。无何，夜有叩户声，觇之，即是女也。明时曰："男爱行，女爱节，其他又何爱焉？"女大愧悟，潜去。明日即迁舍。女逾年于归，卒为贤妇。

主人有少妇

《四川总志》：扬希仲，新津人。未第时，馆成都富家。主人少妇调客，希仲拒之。其妻是夕梦人告曰："汝夫独处他乡，能自操持，不欺暗室。神明知之，当令魁多士，以为报。"妻觉，不知何事。岁暮，夫归，问之，始言其故。后果发解，登政和进士。

侍儿赠帕

《乐府记闻》：何文缜丞相，政和丙申进士第一，靖康中尽节名臣也。少时尝饮贵戚家，侍儿惠柔慕公风标，解帕为赠，且约牡丹开时再集。何赋《虞美人》一曲，隐其小名，以寓绻绻结恋之意，云：

> 分香帕子柔蓝腻，欲去殷勤惠。重来直到牡丹时，只恐花枝相妒故开迟。　　别来自尽间桃李，日日栏杆倚。催花无计问东风，梦作一双蝴蝶绕芳丛。

诗遣朝华

《墨庄漫录》：秦少游侍儿朝华，姓边氏，京师人也，元祐癸酉岁纳之。尝为诗云：

> 天风吹月入栏杆，乌鹊无声子夜闲。
> 织女明星来枕上，了知身不在人间。

时朝华年十九也。后三年，少游欲修真、断世缘，遂遣朝华归父母家，资以金帛而嫁之。朝华临别，泣不已，少游作诗云：

> 月露茫茫晓柝悲，玉人挥手断肠时。
> 不须重向灯前泣，百岁终当一别离。

朝华既去二十余日，使其父来云，不愿嫁，却乞归。少游怜而复取归。明年，少游出倅钱唐，至淮上，因与道友论议，叹光景之遄归，谓华曰："汝不去，吾不得修真矣。"亟使人走京师，呼其父来，遣朝华随去，复作诗云：

玉人前去却重来，此度分携更不回。
肠断龟山离别处，夕阳孤塔自崔嵬。

时绍圣元年五月十一日，少游尝手书记此事。未几，遂窜南荒去。

危乎哉

《如是我闻》：族兄次辰，言其同年康熙甲午孝廉某，尝游嵩山，见女子汲溪水，试求饮，欣然与一瓢；试问路，亦欣然指示。因共坐树下，语似颇涉翰墨，不类田家妇，疑为狐魅，爱其娟秀，且相款洽。女子忽振衣起曰："危乎哉，吾几败！"怪而诘之，赧然曰："吾从师学道百余年，自谓此心如止水。师曰：'汝能不起妄念耳？妄念故在也。不见可欲，故不乱；见则乱矣。平沙万顷中，留一粒草子，见雨即芽。汝魔障将至，明日试之，当自知。'今果遇君，问答留连，已微动一念；再片刻，则不自持矣。危乎哉，吾几败！"踊身一跃，直上木杪，瞥如飞鸟而去。

书生心如铁

《坚瓠庚集》：元统三年，新喻傅与砺若金，奉使安南，宿天使馆中。其国王以侍姬荐寝，与砺以诗却之曰：

夜宿安南天使馆，主人供帐烂相辉。
宝香烬记风过席，银烛花偏月照帏。
王母漫劳青鸟至，文箫先放彩鸾归。
书生自是心如铁，莫遣行云乱湿衣。

女鬟完璧

《辍耕录》：先师钱先生璧，字伯全，壬申科进士。端重清慎，语不伤气。尝内一女鬟，风姿秀雅，殊可人意。室氏劝先生私之，正色而答曰："我之所以置此者，欲侍巾栉耳，岂有他意哉？汝乃反欲败吾德耶？"即具赀嫁之，果处子也。先生云间人。

然烛待旦

《松江府志》：朱一德，字士隆，上海人，笃学醇谨。适馆，拾遗金，俟路侧。顷之，一人号泣至，曰："吾父逋官钱，系于狱，故卖妻赎之，而失于路。"遂还其金。万历十六年，登贤书，寓于南都。中夜有艾妇挑之，然烛待旦，终不及乱。昧爽，辄为徙寓居郡城之南二图。见庙中尸骨无主者，捐田葬瘗。里中谢某，陷大辟，当死，知其冤，辨于官出之，不受一钱。生平廉洁自好，及其殁也，囊橐如洗，缙绅争赙焉。

带杏花

《蕙亩拾英集》：赵清献帅蜀日，有妓带杏花，清献喜之，乃戏语之曰："髻上杏花真有幸。"妓应声曰："枝头梅子岂无媒？"逼晚，使置（值）宿老兵呼之，几二鼓不至。复令人速之，旋又令止之。老兵忽自幕后出，公怪，问之，老兵曰："某度相公，不过一个时辰，此念息矣。虽承命，实未尝往。"

小鬟侑酒

《侍儿小名录》：拾遗晁无咎之贬玉山也，过彭门而陈履常废居里中。无咎出小鬟招奴舞《梁州》以侑酒，履常作小阕《木兰花》云：

娉娉袅袅，芍药梢头红样小。舞袖低回，心到郎边客已知。　金樽玉酒，劝我花前千万寿。莫莫休休，白发簪花我自羞。

无咎云："人疑宋开府铁心石肠，及为《梅花赋》，清便艳发，殆不类其为人。履常清通，虽铁心石肠不至于开府，而此词清便艳发，过于《梅花赋》矣。"

美女置之别室

《五代史·冯道传》：道为人，能自刻苦为俭约。当晋与梁夹河而军，道居军中，为一茅庵，不设床席，卧一束蒭而已。所得俸禄，与厮仆同器饮食，意恬如也。诸将有掠得人之美女者，以遗道，道不能却，置之别室，访其主而还之。

恶见妇人

《鸡肋》：梁王萧詧，恶见妇人，相去数步，遥闻其臭。经御妇人之衣，不复更着。

选倡本非藩镇事

孔平仲《续世说》：武宗闻扬州倡女，善为酒令，敕淮南监军，选十七人献之。监军将请节度使杜悰同选，且欲更择良家美女，教而献之。悰曰："监军自受敕，悰不敢与闻。"监军再三请之，不从。监军怒，具表其状，上览表嘿然。左右请敕节度使同选，上曰："敕藩方选倡女入宫，岂圣天子之所为？杜悰不徇监军意，得大臣体，真宰相！朕甚愧之。"遽敕监军不复选，擢悰为平章事。悰入谢，上劳之曰："卿不从监军之言，朕知卿有致君之心。今相卿如得魏征矣。"悰，佑之孙，岐阳公主之夫。

醉眠邻妇侧

《晋书·阮籍传》：邻家少妇有美色，当垆沽酒，籍常诣饮，辞

（醉）便卧其侧。籍既不自嫌，其夫察之，亦不疑也。兵家女有才色，未嫁而死，籍不识其父兄，径往哭之，尽哀而返。其外坦荡而内淳至，皆此类也。

卷十九

情中憾

怜薄命

《辍耕录》：戴石屏复古未遇时，流寓江右武宁。有富家翁爱其才，以女妻之。居二三年，忽欲作归计。妻问其故，告以曾娶妻。白之父，父怒。妻宛曲解释，尽以奁具赠夫，仍饯以词云："惜多才，怜薄命，无计可留汝。揉碎花笺，忍写断肠句。道傍杨柳依依，千丝万缕，抵不住一分愁绪。　捉月盟言，不是梦中语。后回君若重来，不相忘处，把杯酒浇奴坟土。"夫既别，遂赴水死。

彩凤随鸦

《今是堂手录》：杜大中自行伍为相，与物无情，西人呼为"杜大虫"，虽妻有过，亦杖之。有爱妾才色俱美，大中贱（笺）表，皆其所为。一日大中方寝，妾见几间纸笔颇佳，因书《临江仙》一阕，有"彩凤随鸦"之语。大中觉而见之，云"鸦且打凤"，于是掌其面，至项折而毙。

留人不留人

《诚斋杂记》：沈后者，望蔡侯君理女也。以张贵妃权宠，动经半年不得御。陈主当御沈后处，暂入即还，谓后曰："留人不留人，不留人也去。此处不留人，自有留人处。”后答云：“谁言不相忆？见罢倒成羞。情知不肯住，教我苦为留？”

靳将嫁服换征衣

《隋书·张定和传》：定和，字处谧，京兆万年人也。少贫贱，有志节。初为侍官，会平陈之役，定和当从征，无以自给。其妻有嫁时被服，定和将鬻之，妻靳固不与。定和于是遂行，以功拜仪同，赐帛千匹，遂弃其妻。

愧我有家重作女

《寄闲斋杂志》：陈畹芳，明经纶女。嫁娄东，婿暴戾，游荡轻家，无屋可栖，归于母家，赋感怀诗云：

穷通委命不须论，知是天公定此身。
白璧出囊无玷缺，明珠归匣免埃尘。
灵椿惟剩清宵梦，花萼犹馀昔日春。
愧我有家重作女，又将生计累慈亲。

悽怆恻婉。遇人之不淑，可悲也已。

王琼奴

《泾林杂记》：琼奴姓王氏，字润贞，常山人。二岁而父殁，母童氏，携琼奴适富家沈必贵。沈无子，爱之过己生。年十四，雅善歌词，兼通音律，言德工容，四者咸备，近远争求纳聘焉。时仝里有徐从道、刘均玉者，求婚尤切。徐子苕郎，刘子汉老，皆仪容秀整，且与琼奴同年。徐华胄而清贫，刘暴富而白屋，犹豫迟疑，莫之能定。

一日，谋于族人之有识者，曰：“择婚为重教之治。”具召二生而面试之。乃于二月花晨张筵会客里中，名胜咸集于庭，均玉、从道亦各携子而至。汉老虽人物整然，而登降揖让，未免矜持；茗郎则衣冠朴素，举止自如。沈之族长有耕云者，号知人，一见二生，已默识其优劣，乃指壁间所挂“惜花春起早，爱月夜眠迟，掬水月在手，弄花香满衣”四画，使二生咏之。汉老恃富，懒事诗书，闻命睢盱，久而不就。茗郎从容染翰，顷刻而成，耕云啧啧称赏。其咏“惜花春起早”云：

胭脂晓破湘桃萼，露重荼蘼香雪落。
媚紫浓遮刺绣窗，娇红斜映秋千索。
辘轳惊梦急起来，梳云未暇临妆台。
笑呼侍女秉明烛，先照海棠开未开。

“爱月夜眠迟”云：

香肩半亸金钗卸，寂寂重门深锁夜。
素魄初离碧海壖，清光已透朱簾罅。
徘徊不语倚阑干，参横斗落风露寒。
小娃低语唤归寝，犹过墙薇架后看。

“掬水月在手”云：

银塘水满蟾光吐，嫦娥夜入冯夷府。
荡漾明珠若可扪，分明兔颖如堪数。
美人自挹濯春葱，忽讶冰轮在掌中。
女伴临流笑相语，指尖擎出广寒宫。

“弄花香满衣”云：

铃声响处东风急，红紫丛边久凝立。
素手攀条恐刺伤，金莲移步嫌苔湿。
幽芳撷罢掩兰堂，馥郁馨馨满绣房。
蜂蝶纷纷入牕户，飞来飞去绕罗裳。

均玉见汉老一辞莫措，大以为耻，父子竟不终夕而逸矣。于是四座合词称美，而苕郎之婚议遂成。

既纳聘，必贵以爱婿故，招寘馆中。偶童氏小恙，琼奴方侍汤药，而苕郎入问疾，避弗及，乃相见于母榻前。苕见琼姿容绝世，出而私喜，封红笺一幅，使婢送与琼奴。拆之，空纸也，因笑成一绝以答苕曰：

茜色霞笺照面频，玉郎何事太多情？
风流不是无佳句，两字相思写不成？

苕郎持归，以夸于汉老。汉老方恨其夺己配也，以白均玉。均玉不咎子之无学，反切齿于徐、沈，诬以阴事，俱不得白，徐戍辽阳，沈戍岭表，全家俱往。诀别之际，黯然销魂，观者悉为下泪，自此南北各不相闻，

已而必贵谢世。家事零落，唯童氏母女在，萧然茅屋，卖酒路傍。虽患难之中，琼奴无复昔时容态，而青年粉质终异常人。有吴指挥者悦之，欲娶为妾，童氏以既聘辞。吴知其故，遣媒谓曰："徐郎辽海从戍，死生未卜。纵幸无恙，安能至此成姻乎？"琼不听，吴遂以势临之。童氏惧，与琼谋曰："苕去五载，音问杳然，女之身事，终恐荒唐矣。矧他乡孤寡，其何策以拒彼彪悍乎？"琼泣曰："徐本为儿遭祸，背之不仁。儿有死耳！"因赋《满庭芳》词以自誓云：

彩凤分群，文鹓失侣，红云路隔天台。旧时院落，画栋积尘埃。谩有玉京离燕，向东风似诉悲哀。主人去，卷簾恩重，空屋亦归来。　泾阳憔悴女，不逢柳毅，书信难裁。叹金钗脱股，宝镜离台。万里辽阳郎去也，甚日重回？丁香树含花到死，肯傍别人开！

是夜，自缢于房中。母觉而救解，良久方苏。

吴指挥者闻之怒，使麾下碎其酿器，逐去他居，欲折困之。时

有老驿使杜君，亦常山人，必贵存日相与善，怜童氏孤苦，假以驿廊一间而安焉。

一日，客有戎服者三四人投驿中，杜君问所从来，其人曰："吾侪辽东某卫总小旗，差往海南取军，暂此假宿耳。"值童氏偶出簾下，中一少年人，淳谨不类武卒，数往还相视，而凄惨之色可掬。童氏心动，因出问之，对曰："茗姓徐，浙江常山人。幼时，父尝聘仝里沈必贵女，未婚而两家坐事，谪戍不相闻者数年矣。适因入驿见妈妈状貌，酷与茗外母相类，故不觉感怆，非有他也。"童氏复问沈氏今在何处，厥女何名，曰："女名琼奴，字润贞。联亲时，年方十四；以今计之，当十九矣。第知戍海南，忘其所廨州郡，难以寻觅。"童氏入语琼奴，琼奴曰："若然，天也。"明日召至室中，细问之，果茗郎也，今改名子兰矣，尚未娶。童氏大哭曰："吾即汝丈母。汝丈人已死，吾母女流落于此，出万死，已得再生。不图今日再得相见。"遂白于杜，及茗之同伴。众口嗟叹，以为前缘。杜君乃率钱备礼，与茗毕姻。合卺之夕，喜不胜悲。琼奴诉其衷怀，因诵杜少陵"夜阑更秉烛，相对如梦寐"之句，茗抚之曰："毋伤，姑候来年，挈尔同归辽东耳。"既而茗同伴有丁总旗者，忠厚人也，谓茗曰："君方燕尔，莫使抛离。勾军之行，我辈分任之，君善抚室，于此相待。"茗置酒饯别。

诸人既去，吴指挥者，缉之愈怒，以逃军为名，捕茗于狱杖杀之，藏尸于窑内，亟令媒恐童氏曰："彼已死，可绝念矣，吾将择日备轿相迎。如复拒违，定加毒手。"琼奴使母诺之，媒去，谓母曰："儿不死，必为狂暴所辱，将俟夜中引决矣。"母亦无如之何。是夜，忽监察御史傅公到驿，琼奴仰天呼曰："吾夫之冤雪矣！"乃具状以告。傅公即抗章上闻，得旨鞫问，而求尸未得。政谳间，羊角风自厅前而起，公祝之曰："逝魄有知，导吾以往。"言讫，风即旋转，前引马首，径奔窑前，吹炭灰而尸见。委官验视，伤痕宛然，吴遂伏辜。公命州官葬茗于郭外，琼奴哭送，自沉于冢侧池中，因命葬焉。公言于朝，下礼部旌其家，曰“贤义妇之墓”；童氏亦官给衣廪，优养终身焉。

心终不死

《槐西杂志》：族侄肇先，言曩中涵叔官旌德时，有掘地遇古墓者，棺骸俱为灰土，惟一心存，血色犹赤，惧而投诸水。有石，方尺余，尚辨字迹，中涵叔闻而取观，乡民惧为累，碎而沉之，讳言无是事，乃里巷讹传。中涵叔罢官后，始购得录本，其文曰：

> 白璧有瑕，黄泉蒙耻。断魂水浒，骨埋山趾。我作誓词，祝霾圹底：千百年后，有人发此，尔不贞耶，消为泥滓；尔傥衔冤，心终不死。

末题“壬申三月耕石翁为第五女作”。盖其女冤死，以此代志。观心仍不朽，知受枉为真。然翁无姓名，女无夫族，岁月无年号，不知为谁，无从考其始末，遂令奇迹不彰，其可惜也夫！

阿禚

《滇载记》：至正癸卯，明玉珍僭号于蜀，自将红巾三万，攻云南，梁王奔。大理总官段功进兵，红巾屯古田寺。功遣人夕火其寺，红巾军乱，死者十七八。功追至七星关，又胜之而还。红巾既退，梁王深德段功，以女阿禚主妻之，奏授云南平章。功恋恋不肯归国，其大理夫人高氏促之归。既而复往，其臣杨智、张希桥留之，不听。

既至善阐，梁人私语梁王曰：“段平章复来，有吞金马、咽碧鸡之心矣，盍早图之？”梁王乃密召阿禚主，付以孔雀胆一具，命乘便毒殪之。主潸然，不受命。夜寂人定，私语平章曰：“我父忌阿奴，愿与阿奴西归。”因出毒具示之，平章曰：“我有功尔家，我趾自蹶伤，尔父尚尝为我裹之，尔何造言至此？”三谏之，终不听。

明日，邀功东寺演梵，至通济桥，马逸，因令番将格杀之。阿禥主闻变，失声哭曰：“昨暝烛下，才讲与阿奴云南施宗、施秀，烟花殒身，今日果然。阿奴虽死，奴不负信黄泉也。”欲自尽，梁王防卫万方，主愁愤作诗曰：

吾家住在雁门深，一片闲云到滇海。
心悬明月照青天，青天不语今三载。
欲随明月到苍天，悮我一生踏里彩。
吐噜吐噜投阿奴，施宗施秀同奴歹。
云片波潾不见人，押不芦花颜色改。
肉屏独坐细思量，西山铁立霜潇洒。

时员外杨渊海为从官，亦题诗粉壁，饮药而卒。诗曰：

半纸功名百战身，不堪今日总红尘。
死生自古皆由命，祸福于今岂怨人？
蝴蝶梦残滇月海，杜鹃啼唱破苍青。
哀怜永诀云南土，锦酒休教洒泪频。

梁王见诗痛悴，乃厚恤之，令随平章仝葬大理。

张璧娘

《情史类略》：林生子真，读书乌石山房，往返里巷间。有一姝，素服淡妆，倚门露半面曰：“徐徐行，谁氏郎君耶？”林愕然大惊，且口噤，猝无可语。行道之人，复沓至，目招而过之，阳顾侍儿，言他事。侍儿心知微指，志其居，归令覆往通殷勤。因访邻妪，知为张璧娘。

张璧娘者，良家女也，于归半岁，夫亡。璧娘犹丽艳，妖冶动人，里中少年闻其新寡，竞委币焉。张皆不受，独窃从户窥林，心悦而好，恐不得当也。张所居后即山，山上折而数十步，即林读书处。张即期，以旦日踏青来会。当是时，载酒游者，趾相错也。张出，即与诸游者会，诸游者薄而观之，林亦混其中，各自引嫌，不交一语而归。林郁郁不自得，乃赋诗云：

秋波频转瞥檀郎，脉脉低回暗断肠。
只为旁人羞不语，缟衣缥缈但闻香。

张所居妆台之下，又有复阁，枕山麓，甚秘。先是，林遣侍儿至张所，张阳教置之。是夕，张使侍婢引林匿复阁中。夜静，张篝灯至，遂为长夜之欢。平明，林从山麓而出。如是者累月，而张亦时诣林读书山房，谑浪绸缪，无所不至。无何，林移家临汀，就父公署。临别之夕，不复与言，但与张极欢，痛饮而已。明日登车径去。

久之，张始知林去远，忽忽若有所亡；又以林去不为一言，轻负其德，感想懊恨，遂成沉疴。因为诗一章以寄林云：

黄消鹅子翠消鸦，簟拂层波帐九华。
裙帛褪来腰束素，钏金松尽臂缠纱。
床前弱态眠新柳，枕上迴鬟压落花。
不信登墙人似玉，断墙空盼宋东家。

林得诗，知张病，惟日饮泣而已，因觅入会城者，附书问起居，且与为约，而张于数日前死矣。使者归言其状，林失声投地，几不自胜。因作悼亡二绝云：

有客何来自越城，闻君去伴董双成。
相期忽在瑶池会，不向人间哭一声。

潘岳何须赋悼亡，人间无验返魂香。
更怜三载穷途泪，犹洒秋风一万行。

明年，林自临汀归闽，逡巡过张所居，尘网妆楼，燕鸣故垒，而张已埋玉西郊矣。林自是不复读书旧馆，复赋感旧诗二章曰：

落梅到地夜无声，簾挂空阶碎月明。
徙倚朱阑人不见，双悬清泪听寒更。

梅花历落奈愁何，梦里朱楼拥泪过。
记得去年今夜月，美人吹入笛声多。

璧娘素善音，而尤善吹箫，往诣林书房，曾倚梅三弄，故林诗及之。

赵　嘏

《全唐诗话》：赵嘏，字承佑。尝家于浙西，有美姬，惑之，洎计携欲偕行，母命不许。会中元，为鹤林游，浙帅窥姬色，遂夺而据之。明年，嘏及第，因以一绝遗帅云：

寂寞堂前日又曛，阳台去作不归云。
当时闻说沙吒利，今日青娥属使君。

浙师（帅）不自安，遣一介归之于嘏。嘏时方出关，途次横水驿，见兜矛人马甚盛，偶讯其左右，对曰："浙西尚书，差送新及第赵先辈娘子入京。"姬在舁中亦认嘏。嘏下马揭簾视之，姬抱嘏痛哭而卒，遂葬于横水之旁。

吴氏女

郑禧《春梦录》：城之西有吴氏女，生长儒家，才色俱丽，琴棋诗画（书），靡不究通，大夫士类称之。其父早世，治命宜以为儒家室。女自负不凡，余今年客于洪氏，一日媒妪来言，女家久择婿，难其人。洪仲明公子，戏欲与余求之，余辞已娶。媒妪欲求余诗词达于女氏，余戏赋《木兰花慢》云：

倚平生豪气，冲星斗，渺云烟。记楚水湘山，吴云越月，频入诗篇。菱花剑光零落，几番沉醉乐风前。闲种仙人瑶草，故家五色云边。　　芙蓉金阙正需贤，诏下九重天。念满腹琅玕，盈襟书传，人正韶年。蟾宫近传芳信，姮娥娇艳待诗仙。领取天香第一，从横礼乐三千。

翌日媒来，言吴族见词，莫不称美，但母嫌官人已娶有子，女意不然，因出其和词云：

爱风流俊雅，看笔下，扫云烟。正困倚书牕，慵拈针线，懒咏诗篇。红叶未知谁系，漫踌躇无语小阑前。燕子知人有意，双双飞向花边。　　殷勤一笑问英贤，夫乃妇之天。恐薛媛图形，楚材兴念，唤醒当年。迭迭满枝梅子，料今生无分共披仙。赢得鲛绡帕上，啼痕万万千千。

过数日，女密令吴妪来观，妪致女命，虽居二室，亦所不辞；且嘱余托相知之深者，开导母意，玉成其事。余托山长吴槐坡者往说，其母终不从。

有周姓者，妬余之成，挟财以媚母，母惑之。余闻其事，复赋前腔寄云：

望垂杨袅翠，簾试卷，小红楼。想琼珮敲霜，鸾妆沁粉，越样风流。吟怀自怜豪健，洒云笺醉里度春秋。有唱还应有和，纤纤玉映银钩。　　犀心一点暗相投，好事莫悠悠。便有约寻芳，蜂媒才到，蝶使重游。梅花故园憔悴，揖东风让与古梢头。况是梅花无语，杏花好好相留。

女氏再和云：

香红笺写恨，人醉倚，夕阳楼。故里梅花，才传春信，先认儒流。此生料应缘浅，绮窗下雨怨云愁。如今杏花娇艳，珠簾懒上银钩。　　丝萝乔树欲依投，此景两悠悠。恐莺老花残，翠残红减，辜负春游。蜂媒问人情思，总无言应只低头。梦断东风路远，柔情犹为迟留。

余观所和两词，才情标致，益不能忘，再赋诗云：

银笺写恨奈情何？料得情深敛翠蛾。
须信梅花贪结子，东风着意杏花多。
翠袖笼香倚画楼，柔情犹为我迟留。
何时共个鸳鸯字？吟到春风泪欲流。

吴氏和云：

慈亲未识意如何？不肯令君画翠蛾。
自是杏花开较晚，梅花占得旧情多。
残红片片入书楼，独倚雕栏觉久留。
可惜才高招不得，红丝双系别风流。

书词尚多，不能悉载。

乃其母纳周之币，女号泣曰："父临终命归儒士。周子不学无术，但能琵琶耳。我誓不从之！"因佯狂掷冠于地。母怒，殴之至再，发愤成疾。病且笃，母始大悔，惧逆其意，即以定礼付媒氏还周。而女病已无起色矣，因以书遗余曰："妾之病实为郎也。若此生不救，抱恨于地下，料郎之情，岂能忘乎？"末复缀一绝云：

青衣扶起鬓云偏，病里情怀最可怜。
已自恹恹无气力，强来纤手写云笺。

临终，泣谓青衣梅蕊曰："我生为郑，死亦为郑。我死后，可以郑郎诗词书翰，密藏棺中，以成我意。"

及卒，余为文祭之，复作悼亡诗云：

相见愁无奈，相思自有缘。
死生俱梦幻，来往只诗篇。
玉珮惊沉水，瑶琴怆断弦。
伤心数行泪，尽日落花前。

又一绝云：

诗写新笺几往来，佳人何自苦怜才？
伤心春与花俱尽，啼杀流莺唤不回。

后余召箕仙，得一词云：

绿惨双鸾，香魂犹自多迷恋。芳心密语在身边，如见诗人面。　　又是柔肠未断，奈天不从人愿。琼销玉减，梦魂空有几多愁怨。

余感之，再调《木兰花慢》云：

任东风老去，吹不断，泪盈盈。记春浅春深，春寒春暖，春雨春晴。都来杀诗人兴，更落花、无定晚春晴。芳草犹迷舞蝶，绿杨空晤流莺。　　玄霜着意捣初成，回首失云英。但如病如痴，如狂如舞，如梦如醒，香魂至今迷恋。问真仙消息最分明，后夜相逢何处？清风明月蓬瀛。

吴氏之母，痛忆之甚，亦死。

会稽女郎

《列朝诗集》：兖东新嘉驿中，壁间有题词云：

予生长会稽，幼攻书史。年方及笄，适于燕客。具林下之风致，事腹负之将军，加以河东狮子，日吼数声。今早薄言往诉，逢彼之怒，鞭挞乱下，辱等奴婢。予气填胸臆，几不能起。嗟乎！予笼中人耳，死何足惜？但恐委身草莽，湮没无文。故忍死须臾，俟同类睡熟，窃至后庭，以泪和墨，题三诗于壁，庶知音者读之，悲予生之不辰，则予死且不朽。

诗云：

银红衫子半蒙尘，一盏残灯伴此身。

恰似梨花经雨后，可怜零落不成春。
终日如同虎豹游，含情默坐憾悠悠。
苍天生妾非无意，留与风流作话头。
万种忧愁诉与谁？对人强笑背人悲。
此诗莫作寻常看，一句诗成千泪垂。

天启初，予与袁小修北上见之，各有和诗；再过之，则已圬墁不可复迹矣。

缺月难圆

《滦阳续录》：沧州有董华者，读书不成，流落为市肆司书算；复不能善事其长，为所排挤出，以卖药卜卦自给，遂贫无立锥。一母一妻，以缝红浣濯佐之，犹日不举火。会岁饥，枵腹杜门，势且俱毙。闻邻村富翁，方买妾，乃谋于母，将鬻妇以求活。妇初不从，华告以失节事大，致母饿死事尤大，乃涕泗曲从。惟约以倘得生还，乞仍为夫妇，华亦诺之。

妇故有姿，富翁颇宠眷，然枕席时有泪痕。富翁因问，毅然对曰："身已属君，事事可听君所为。至感忆旧恩，则虽刀锯在前，亦不能断此念也。"适岁再饥，华与母并为饿莩，富翁虑有变，匿不使知。有一邻妪偶泄之，妇殊不哭，痴坐良久，告其婢媪曰："吾所以隐忍受玷者，一以活姑与夫之命，一以主人年已七十余，度不数年，即当就木。吾年尚少，计其子必不留我，我犹冀缺月再圆也。今则已矣！"突起开楼窗，倒坠而死。

此与前录所载福建学院妾相类，然彼以儿女情深，互以身殉，彼此均可以无恨。此则以养姑养夫之万不得已而失身，乃卒无救于姑与夫，事与愿违，徒遭玷污，痛而一决，其赍恨尤可悲矣。

不敬妻父之报

《云溪友议》：崔涯妻雍氏，扬州总较女也，仪质闲雅，夫妇甚雍睦。雍族以崔郎甚有诗名，资赡每厚，涯略不加敬于妻父，但呼“雍老”而已。雍渐不能堪，勃然杖剑呼女出曰：“某河朔之人，惟习弓马。养女合嫁军士，徒慕士流之德，是以相随。今甚悔之。小女既错嫁，不可再醮，便可出家，如若不从。吾当挥剑，立命其女剃发为尼。”涯方悲泣谢过，雍不听。女亦号恸而别，赠诗云：

陇上流泉陇下分，断肠呜咽不堪闻。
嫦娥一入宫中去，巫峡千秋空白云。

钗头凤词

《耆旧续闻》：放翁娶唐氏女，伉俪相得，而弗获于姑。陆出之，后改适同郡赵士程。春日出游，相遇于禹迹寺南之沈园。唐语其夫，为致酒肴。陆怅然赋《钗头凤》词云：

红酥手，黄藤酒，满城春色宫墙柳。东风恶，欢情薄，一怀愁绪，几年离索，错错错。　　春如旧，人空瘦，泪痕红浥鲛绡透。桃花落，闲池阁，山盟虽在，锦书难托，莫莫莫。

唐亦和之，未几怏怏卒。放翁复过沈园，赋诗云：

落日城头画角哀，沈园非复旧池台。
伤心桥下春波绿，曾见惊鸿照影来。

羞见牵牛织女星

《列朝诗集》：张红桥，闽县良家女也，居于红桥之西，因以自号。聪敏博学，雅善属文，豪右争欲聘之，悉不从。父母问其故，张曰：“欲得才如李青莲者事之耳。”于是操觚之士闻之，咸托五字为媒，张俱第其优劣，终无所答。邑人王恭，寄以诗曰：

重簾窥见日昏黄，络纬啼来也断肠。
几度系书君不答，雁飞应不到衡阳。

永泰王偁，尤所钟念，乃税其邻舍以居。一日张方睡起，偁窃见之，遂寄以诗曰：

象牙筠簟碧纱笼，绰约佳人睡正浓。
半抹晓燔笼芍药，一泓秋水浸芙蓉。
神游蓬岛三千界，梦绕巫山十二峰。
谁把綦声惊觉后，起来香汗湿酥胸。

张得之，怒其轻薄，遂深居不出。久之，偁悒悒而归。最后偁之友，福清林鸿，道过其居，留宿东邻，适见张焚香庭前，因托邻妪授之诗曰：

桂殿焚香酒半醒，露华如水点银屏。
含情欲诉心中事，羞见牵牛织女星。

张捧诗为之启齿，援笔而答曰：

梨花寂寂斗婵娟，银汉斜临绣户前。
自爱焚香消永夜，从来无事诉青天。

妪持诗贺鸿曰："张娘子自束发以来，持诗求通者，无虑数十，曾未挥答，仅见此耳。"鸿亦大喜过望，因使妪通殷勤。越月余，始获命，鸿遂舍于其家，以外室处之。定情之夕，鸿作诗曰：

云娥酷似董娇娆，每到春来恨未消。
谁道蓬山天样远，画栏咫尺是红桥。

张诗曰：

芙蓉作帐锦重重，比翼和鸣玉漏中。
共道瑶池春似海，月明飞下一双鸿。

自是唱和推敲，情好日笃。

王偁闻其事，即盛饰访鸿，求张一见，张愈自匿。鸿谓张曰："卿独不闻庞公之妻，拜司马德操乎？"张曰："以吾之不可，学柳下惠之可。”于是鸿不能强。偁乃密赂侍者，潜窥室内，见鸿适与张狎，因作《酥乳》《云鬓》二诗以戏之，《酥乳》诗曰：

一双明月贴胸前，紫禁葡萄碧玉圆。
夫婿调酥绮窗下，金茎几点露珠悬。

《云鬓》诗曰：

香鬟三尺绾芙蓉，翠耸巫山雨后峰。
斜倚玉床春色去，鸦翎蝉翼半蓬松。

张愈恚怒。偁知其意，乃挽鸿游三山。越数日，鸿绝裾逃归，夜至所居，张方倚桥而望。鸿作诗曰：

溶溶春水漾璠瑶，两岸菰蒲长绿苗。
几度踏青归去晚，却从灯火认红桥。

其二曰：

素馨花发暗香飘，一朵斜簪近翠翘。
宝马未归新月上，绿杨影里倚红桥。

其三曰：

玉阶凉露滴芭蕉，独倚屏山望斗杓。
为惜碧波明月色，凤头鞋子步红桥。

张属而和曰：

桂轮斜落粉楼空，漏水丁丁烛影红。
露湿暗香珠翠冷，赤阑桥上待归鸿。

其二曰：

桥畔千花照碧空，美人遥隔水云东。
一声宝马嘶明月，惊起沙汀几点鸿。

其三曰：

草香花暖醉春风，郎去西湖水向东。
斜倚石阑频怅望，月明孤影笑飞鸿。

后一年，鸿有金陵之游，乃作《大江东》一阕留别曰：

钟情太甚，人笑我到老也无休歇。月露烟云多是恨，况与玉人离别。软语叮咛，柔情婉恋，镕尽肝肠铁。歧亭把酒，水流花谢时节。　　应念翠袖笼香，玉壶温酒，夜夜银屏月。蓄喜含嗔多少态，海岳誓盟都设。此去何之？碧云春树，合晚翠千叠。图将羁思，归来细与伊说。

张亦依韵赋别曰：

凤凰山下，玉漏声恨，今宵容易歇。一曲阳关歌未毕，栖鸟哑哑催别。含怨吞声，两行珠泪，渍透千重铁。柔肠几寸，断尽临歧时节。　　还忆妆罢画眉，梦回携手，踏碎花闲月。谩道胸前怀荳蔻，今日总成虚设。桃叶渡头，河冰千里，合冻云叠叠。寒灯旅邸，荧荧与谁闲说？

又明年，鸿寄《摸鱼儿》一阕，绝句七首。张自鸿去后，独坐小楼，居常郁郁无聊。及鸿诗词至，遂感念成疾，不数月而卒。无何鸿归，遽往访之，道中作诗曰：

三千客路勤行镳，远别归来兴欲飘。
只恐凤楼人待久，玉鞭催马上红桥。

及至红桥，闻张已卒，失声号绝。彷徨之际，忽见床头玉佩玦悬一缄，折之，有《蝶恋花》一阕，及七绝句，其词曰：

记得红桥西畔路，郎马来时，系在垂杨树。漠漠梨云和梦度，锦屏翠幙留春住。

其诗曰：

床头络纬泣秋风，一点残灯照药笼。
梦吉梦凶都不定，朝朝望断北来鸿。

其二曰：

井落金瓶信不通，云山渺渺暗丹枫。
轻罗暗湿鸳鸯冷，间听长宵嘹泪鸿。

其三曰：

寂寂香闺枕簟空，满阶秋雨落梧桐。
内家不遣园林去，音信何缘寄塞鸿？

其四曰：

玉箸双垂满颊红，关山何处寄书筒？
绿窗寂寞无人到，海阔天高怨落鸿。

其五曰：

衾寒翡翠怯秋风，郎在天南妾在东。
相见千回都是梦，楼头长日妬双鸿。

其六曰：

半簾明月影曈曈，照见鸳鸯锦帐中。
梦里玉人方下马，恨他天外一声鸿。

其七曰：

一南一北似飘蓬，妾意君心恨不同。
他日归来也无益，夜台应少系书鸿。

鸿得诗词，悲感哀恨，殆不胜情，因赋物诗曰：

柔肠百结泪悬河，瘗玉埋香可奈何？
明月也知留佩玦，晓来长怨画青蛾。

仙魂已逐梨云梦，人世空传薤露歌。
自是忘情惟上智，此生长抱怨情多。

王偁亦以诗哭之曰：

湿云如醉护轻尘，黄蝶东风满四邻。
新绿只疑销晓黛，落红犹记掩歌唇。
无楼春去空残日，月榭香飘不见人。
欲觅梨云仙梦远，坐临芳沼独伤神。

自后鸿每再过红桥，辄为于悒累日。

孤山艳魄

周君标《小青传》：小青，虎林某生姬也，家广陵，与生同姓，故讳之，仅以小青字云。姬夙根颖异，十岁遇一老尼，授《心经》，一再过了了；覆之，不失一字。尼曰："是儿早慧福薄，愿乞作弟子。即不尔，无令识字，可生。旦夕所须，第告我。"相顾泣下沾衣，恐他婢窃听，徐拭泪还坐，寻别去。夫人每向宗戚语之，闻者酸鼻云。姬自是幽愤悽怨，俱托之诗，或小词。而夫人后亦从宦远方，无与同调者，遂抑郁感疾。岁余益深，妇命医来，仍遣婢以药至。姬佯感谢，婢出，掷药床头，笑曰："吾固不愿生，亦当以净体皈依，作刘安鸡犬，岂汝一杯鸩，能断送乎？"然病亦不支，水粒俱绝，日饮梨汁一小盏许。益明妆冶服，拥襆倚坐，或呼琵琶妇，唱盲词自遣。虽数晕数醒，终不蓬首偃卧也。

忽一日，语老妪曰："可传语冤业，即觅一良画师来。"师至，命写照。写毕，揽镜熟视曰："得吾形似矣，未尽吾神也，姑置之。"又易一图，曰："神是矣，而风态未流动也。若见我目端手庄，太矜持故也。姑置之。"命捉笔于旁，而自与妪指顾语笑，或扇茶铛，或简书，或自整衣褶，或代调丹垩诸色，纵其想会。须臾图成，果极妖纤之致，笑曰："可矣！"师去，取图供榻前，焚香设梨酒奠之曰："小青小青，此中岂有汝缘分乎？"抚几泪潸潸（潸潸）如雨，一恸而绝。时年十八耳。

日向暮，生始踉跄来，披帷见容光藻逸，衣态鲜好，如生前无病时，忽长号顿足，呕血升余。徐简得诗一卷，遗像一幅；又一缄，寄某夫人，启视之，叙致惋痛，后书一绝句。生痛呼曰："吾负汝！吾负汝！"妇闻恚甚，趋索图，乃匿第三图，伪以第一图进，立焚之；又索诗，诗至，亦焚之。及再简草稿，业散失尽。而姬临卒时，取花钿数事，赠妪之小女，衬以二纸，正其诗稿，得九绝句，一古诗，一词，并所寄某夫人者，共十二篇。

古诗云：

雪意阁云云不流，旧云正压新云头。
米颠颠笔落窗外，松岚秀处当我楼。
垂簾只愁好景少，卷簾又怕风缭绕。
簾卷簾垂底事难，不情不绪谁能晓？
炉烟渐瘦剪声小，又是孤鸿泪悄悄。

绝句云：

稽首慈云大士前，莫生西土莫生天。
愿为一滴杨枝水，洒作人间并蒂莲。

春衫血泪点轻纱，吹入林逋处士家。
岭上梅花三百树，一时应变杜鹃花。

新妆竟与画图争，知是昭阳第几名？
瘦影自临春水照，卿须怜我我怜卿。

西陵芳草骑辚辚，内信传来唤踏春。
杯酒自浇苏小墓，可知妾是意中人？

冷雨幽窗不可听，挑灯闲看牡丹亭。
人间亦有痴于我，岂独伤心是小青？

何处双禽集画阑？朱朱翠翠似青鸾。
如今几个怜文彩，也向秋风斗羽翰。

脉脉溶溶滟滟波，芙蓉睡醒欲如何？
妾映梦中花映水，不知秋思落谁多。

盈盈金谷女班头，一曲骊珠众妓收。
直得楼前身一死，季伦原是解风流。

乡心不畏两峰高，昨夜慈亲入梦遥。
说是浙江潮有信，浙潮争似广陵潮。

其《天仙子》词云：

文姬远嫁昭君塞，小青又续风流债。也亏一阵黑罡风，火轮下，抽身快，单单别别清凉界。　　九原不是鸳鸯一派，休算个相思一槩。自思自解自商量，心可在，魂可在？着衫又燃双裙带。

与某夫人书云：

玄玄叩首，沥血致启夫人台座下：

关头祖帐，迥隔人天。官舍良辰，当非寂度。驰情感往，瞻睇慈云。分燠嘘寒，如依膝下。糜身百体，未足云酬。娣娣姨姨无恙！

犹忆南楼元夜，看灯谐谑，姨指画屏中一凭栏女曰：“是娣娣儿倚风独盼，恍惚有思，当是阿青。”妾亦笑指一姬曰：

“此执拂狡鬟，偷近郎侧，将无似娣？”于时角彩寻欢，缠绵彻曙，复知风流云散，遂有今日乎？

往者，仙槎北渡，梗断南楼，信语哮声，日焉三至，渐乃微辞含吐，一如尊旨云云。切揆鄙衷，未见其可。夫屠夫善心，饿狸悲鼠。此直供其换马，不即辱以当荣，去则弱絮风中，住则幽兰霜里，兰因絮果，现业维心。若使祝发空门，洗妆浣粉，而艳思绮语，触绪纷来，正恐莲性虽胎，荷丝难采，又未易言此也。乃至远笛哀秋，孤灯听雨，雨残笛歇，谡谡松声。罗衣压肌，正无乾影；晨泪镜朝，夕泪镜汐。今兹鸡骨，殆复难支，痰灼肺然，见粒而呕。错情易意，悦憎不驯。老母娣弟，天涯问绝。

嗟乎！未知生乐，焉知死悲？憾促怀淹，毋乃非达。妾少受天颖，机警灵速，丰兹啬彼，理讵能双？然而人爽有期，故未应寂寂也。至其沦忽，亦匪自今。结褵以来，有宵靡旦，夜台滋味，谅不殊斯。何必紫玉成烟，白花飞蝶，乃谓之死哉！或轩车南返，驻节维扬，老母惠存，如妾之受，阿秦（青）可念，幸终垂悯。畴昔珍赠，悉令见殉。宝钿绣衣，福星所赐，可以超轮消劫耳。然小六娘竟先期相俟，不忧无伴。附呈一绝，亦是鸟死鸣哀。其诗集、小像，托陈媪好藏，觅便驰寄。身不自保，何有于零膏冷翠乎？他时放船堤下，深梅山中，开我西阁门，坐我六阴床，髣生平于响像，见空帷之寂飘，是耶非耶，其人斯在。

嗟乎夫人！明冥异路，永从此辞。玉腕朱颜，行就尘土，兴思及此，恸也何如！玄玄叩首叩首上。

后附绝句云：

百结回肠写泪痕，重来唯有旧朱门。
夕阳一片桃花影，知是亭亭倩女魂。

生之戚某，集而刻之，名曰《焚馀藁》。

仿佛似一我字

《阅微草堂笔记》：刘约斋舍人言，刘生名寅，（此在刘景南家酒间，话及南北乡音各异，不知是此“寅”字否也。）家酷贫。其父早年与一友订婚姻，一诺为定，无媒妁，无婚书庚帖，亦无聘币，然子女则并知之也。刘生父卒，友亦卒，刘生少不更事，窭益甚，至寄食僧寮。友妻谋悔婚，刘生无如之何，女竟郁郁死。刘生知之，痛悼而已。是夕灯下独坐，悒悒不宁。忽闻窗外啜泣声，问之不应，而泣不已。固问之，仿佛似答一“我”字。刘生顿悟曰：“是子也耶？吾知之矣，事已至此，来生相聚可也。”语讫遂寂。后刘生亦夭死。惜无人好事，竟不能合葬华山。《长恨歌》曰：“天长地久有时尽，此恨绵绵无了期。”此之谓乎？虽悔婚无迹，不能名以“贞”；又以病终，不能名以“烈”，然其志则贞烈兼矣。说是事时，满座太息。而忘问刘生里贯，约斋家在苏州，意其乡里欤？

紫罗囊

《名媛诗归》：太曼生者，东海人，风流尔雅，从父宦游四方。年方十九，自吉州还闽，寓城东，恶其嚣杂妨功，因税居于委巷。屋虽数椽，而主人之园圃近焉，草树扶疎，花柳间植，有濠濮间想。生当（尝）散步园中，吟咏自适。

一日，偶值双鬟，导一女郎，年可十六七，后园采花，不知生之先在也。生逡巡避之，女见生风神俊爽，且素闻其诗名，情不自禁，回眸转盼，百媚撩人。生自是神爽飞越，读书之念顿辍。越旬余，复于园内遇向者双鬟，因殷勤询之曰：“君家女郎识字乎？”鬟曰：“女郎时手一编，日夕不辍，字岂不识乎？”生曰：“吾有一诗，求为转达。”鬟许焉。生遂赋一绝云：

春园花事斗芳菲，万绿丛中见茜衣。

自媿含毫非子建，水边能赋洛川妃。

女得诗，见其词翰双绝，吟不置口，遂次其韵以答之云：

小园芳草绿菲菲，粉蝶联翩展昼衣。
自媿一双莲步阔，隔花人莫笑潘妃。

自此槐黄期迫，生以省试促归，不敢通问。及秋不第，复携书于别业，女时时遣双鬟慰劳之，繇此荏苒，遂结同心。

定情之后，两相狎昵，因赠生玉玦半规，紫罗囊一枚。生赋诗云：

数声残漏满簾霜，青鸟衔笺事渺茫。
剖赠半规苍玉玦，分将百合紫罗囊。
空传垂手尊前舞，新结愁眉镜里妆。
一枕游仙终是梦，桃花春色误刘郎。

时生已约婚，而女亦受采。女常居花楼之下，所著有《花楼吟》一卷。其寄生诗甚多，有云：

重门深锁断人行，花影参差月影清。
独坐小楼长倚恨，隔墙空听读书声。

逾年，生当就婚，女亦适人，踪迹遂永绝焉。然诗札往来，岁犹一二至。越数载，生举宾荐，戒行有日，女寄书以通殷勤。生赋《柳稍青》一阕别之：

莺语声吞，蛾眉黛蹙，总是销魂。银烛光沉，兰闺夜永，月满离樽。　　罗衣空湿啼痕。肠断处，秋风暮猿，潞水寒冰。燕山残雪，谁与温存？

后隔数岁（月），女因念生得疗（瘵）疾，卧床日久，思一见生，实出无名。生乃托为医，以诊脉进。女见生，挥泪如永诀状，遂不交一言而出。是夕，女一恸而卒。生哭之以诗曰：

玉殒珠沉思悄然，明中流泪暗相怜。
常图蛱蝶花楼下，记刺鸳鸯绣幕前。
只有梦魂能结雨，更无心胆似非烟。
红颜皓齿归黄土，脉脉空寻再世缘。

不数日而生亦卒。

荆山居士

《异林》：孟淑卿，姑苏训导澄之女，有辨才，工诗。自以配不得志，号曰“荆山居士”。其诗零落已多，最传者数篇，其《悼亡》云：

斑斑罗袖湿啼痕，深恨无香使返魂。
荳蔻花开人不见，一簾明月伴黄昏。

又《春归》云：

落尽棠梨水拍堤，凄凉芳草梦中迷。
无情最是枝头鸟，不管人愁只管啼。

日夕以眼泪洗面

《乐府纪闻》：后主归宋，与故宫人书云：“此中日夕，只以眼泪洗面。”每怀故国，词调愈工。其赋《浪淘沙》有云：“梦里不知身是客，一晌贪欢。流水落花春去也，天上人间。”其赋《虞美人》有云：“问君能有几多愁？恰似一江春水向东流。”旧臣闻之，有泣下者。七夕在赐第作乐，太宗闻之怒，更得其词，故有赐牵机药之事。

王福娘

《北里志》：王团儿，南曲自西第一家也。有假女数人：长曰小润，字子美，少时颇籍籍。次曰福娘，字宜之，肌甚白，丰约合度，谈论风雅，且有体裁。故天官崔知之侍郎，尝于筵上与诗曰：

怪得清风送异香，娉婷仙子曳霓裳。
惟应错认偷桃客，曼倩曾为汉侍郎。

次曰小福，字能之，虽乏丰姿，亦甚慧黠。孙棨在京师，与群从少年习业，或倦闷时，同诣此处，与二福清谈雅饮。孙尝赠宜之诗曰：

彩翠仙衣红玉肤，轻盈年在破瓜初。
霞杯醉劝刘郎饮，云髻慵邀阿母梳。
不怕寒侵缘带宝，每忧风举倩持裾。
漫图西子晨妆样，西子原来未得如。

得诗甚多，颇以此诗称惬，特于牕左红墙，请孙题之。及题毕，以未满壁，请更作一两篇，且见戒无艳。孙因题三绝句，如其自述，其一曰：

移壁回牕费几朝，指环偷解薄兰椒。
无端斗草输邻女，更被拈将玉步摇。

其二曰：

寒绣红衣饷阿娇，新团香兽不禁烧。
更怜起样裙腰阔，刺蹙黄金线几条？

其三曰：

试共卿卿戏语粗，画堂连遣侍儿呼。
寒肌不奈金如意，白獭为膏郎有无？

尚余数行未满。翌日诣之，忽见自札后，宜之题诗曰：

苦把文章邀劝人，吟看好个语言新。

虽然不及相如赋，也值黄金一二斤。

宜之每宴洽之际，常惨然悲郁，如不胜任，合坐为之改容，久而不已。孙询之，答曰："此踪迹安可迷而不返邪？又何计以返？每思之不能不悲也，遂呜咽久之。"他日忽以红笺授孙，泣且拜。视之，诗曰：

日月悲伤未有图，懒将心事话凡夫。
非同覆水应收得，只问仙郎有意无？

孙因谢之曰："甚知幽旨，但非举子所宜，如何！"又泣曰："某幸未系教坊籍，君子倘有意，一二百金之费尔。"未及答，因授孙笔，请和其诗。孙题其笺后曰：

韶妙如何有远图，未能相为信非夫。
泥中莲子虽无染，移人家园未得无。

览之因泣，不复言，自是情意顿薄。其夏孙东之洛，或醵饮于家，酒酣，数相嘱曰："此欢不知可继否？"因泣下。洎冬初还京，果为豪者主之，不复可见。

至春上巳日，因与亲知，禊于曲水。闻邻棚丝竹，因而视之，其南座二妓，乃宜之与母也。因于棚后，候其女佣以询之，曰："宜阳彩缬铺张言，为街使郎官置宴。"张即宜之所主也。及下棚，复见女佣，曰："来。"曰："可到曲中否？"诘旦，诣其里，见能之在门，因邀下马，孙辞以他事，立乘与语。能之乃团红巾掷孙曰："宜之诗也。"舒巾，题诗曰：

久赋恩情欲托身，已将心事再三陈。
泥莲既没移栽分，今日分离莫恨人。

孙览之，怅然驰回，且不复及其门。

文鸾婢

《滦阳续录》：先四叔母李安人有婢，曰文鸾，最怜爱之。会余寄书，觅侍史，叔母于诸侄中最喜余，拟以文鸾赠；私问文鸾，亦殊不拒。叔母为制衣裳簪珥，已戒日脂车。有妒之者，嗾其父多所要求，事遂沮格。文鸾郁郁发病死，余不知也。数年后稍稍闻之，亦如雁过长空、影沉秋水矣。

今岁五月，将扈从启行，摒挡小倦，坐而假寐，忽梦一女翩然来，初不相识，惊问为谁，痴立无语，余亦遽醒，莫喻其故也。及家人会食，余偶道之，第三子妇，余甥女也，幼在外家，与文鸾嬉戏，又稔知其赍恨事，瞿然曰："其文鸾也耶?"因具道其容貌形体，与梦中所见合。是耶非耶?何二十年来，久置度外，忽无因而入梦也?询其葬处，拟将来为树片石，皆曰："丘陇已平，久埋沉于荒榛蔓草，不可识矣。"姑录于此，以慰黄泉。忆乾隆辛卯九月，余题《秋海棠》诗曰：

> 憔悴幽花剧可怜，斜阳院落晚秋天。
> 词人老大风情减，犹对残红一怅然。

宛如为斯人咏也。

长安女尼妙音

陈其年《妇人集》：长安女尼妙音，旧先帝时宫人也，国破后出居民间，祝发于北城之文殊庵。与海昌相国居址切近，常出入相国家，谈宫中旧事，及甲申三月事甚悉。言十九日夜，漏欲尽，先帝遍召内人，命其出宫避贼。是时黄雾四塞，对面不相见，帝泣下沾襟，六宫皆大哭。又言宫中侍姬，都以青纱护发，外施钗钏。自遭丧乱，香奁宝钿，悉为人夺，惟存青纱数幅，犹昭阳旧物也。

狎娼少年

刘玉《已疟篇》：有少年郎，狎一娼，以其美且富也，利之，百端趋奉，惟恐失意。郎惑甚，留其家经岁，虽他娼才貌胜者，弗能移也。一日昼卧楼窗下，命市鱼为午餐，俄而见娼自携鱼入，私念彼胡不使婢辈，而必自持？注意察之，而娼不知也，提鱼竟入厕中。郎益疑怪，俯窗谛窥之，见娼置鱼于空净器中而去。顷之，又将一器物，注净器中，若水而色异。亟下视之，乃月水也，便大恨，召与言别，不餐而行焉。按《博物志》有云："月布在户，妇人留连。"注谓："月布埋户限下，妇女入户，则自淹留不肯去。"斯言可信矣。

碧鬟郁死

戴延年《吴语》：国初某抚军，有宠姬刘碧鬟，颇通文翰，专掌内记。一日发某县檄，误坠一镂金簪于外函，及县开函，讶不敢隐，即遣人驰缴。适令与姬同乡，抚军故多疑，竟以是夺宠，遂郁郁而死。逾年，嗣任幕客有能乩术者，书符降仙，示诗悽惋动人，叩之则碧鬟也。因叙始末颇详，且云："生既不辰，死何足惜？承诸君子不弃，得了生前慧业，感何如之！但柔魂弱腕，不奈顽沙蠢木何？"众因以水沉香木，镂管装毫，悬于空中，花晨月夕，辄磨小麋丸以待。至则篷头帧尾，争求题咏。濡毫落纸，不假构思，但觉珠光粉泽，缭绕笔端也。如是者载余，欲辞去，云为太乙真人所度矣。并示瘗玉之地，嘱徙葬真娘墓侧，当不忘衔结耳。众惘惘若有失，迟明至其地，发之，果见香骨一函，莹莹如玉。共醵钱迁葬，并裒其诗歌付梓，曰《瘦兰草》。

赌　姬

《南唐近事》：严续相公歌姬，唐镐给事通犀带，皆一代尤物也。唐有慕姬之色，严有欲带之心，因雨夜，相第有呼卢之会，唐适预焉。严命出妓解带，较胜于一掷。举坐屏气，观其得失。六骰数巡，唐彩大胜。唐乃酌酒，命美人歌一曲以别相君，宴罢，拉而偕去。相君怅然遣之。

朱淑贞

《诗话》：朱淑贞，钱塘人，幼警慧，善读书。早失父母，嫁市井民家，其夫鄙恶可厌。淑贞抑郁不得志，作诗多忧怨之思。《题圆子》云：

> 轻圆绝胜鸡头肉，滑腻偏宜蟹眼汤。
> 纵有风流无处说，已输汤饼试何郎。

盖自伤其非偶也。宛陵魏端礼辑其诗词，名曰《断肠集》。

卢疎斋

《青楼集》：杜妙隆，金陵佳丽人也。卢疎斋欲见之，行李匆匆，不果所愿，因题《踏莎行》于壁云：

> 雪暗山明，溪深花早，行人马上诗成了。归来闻说妙隆歌，金陵却比蓬莱渺。　宝镜慵窥玉容好，梁尘不动歌声悄。无人知我此时情，春风一枕松窗晓。

颜令宾

《北里志》：颜令宾居南曲中，举止风流，好尚甚雅，亦颇为时贤所厚。事笔砚，有词句，见举人尽礼祗奉，多乞歌诗以为留赠，五彩笺常满箱箧。后疾病且甚，值春暮，景色晴和，命侍女扶坐于砌前，顾落花而长叹数四，因索笔题诗云：

> 气馀三五喘，花剩两三枝。

话别一樽酒，相邀无后期。

因教小童曰："为我持此宣出阳、亲仁已来，逢见新第郎君及举人郎呈之，云曲中颜家娘子，将来扶病奉候郎君。"因令其家设酒果以待。逡巡，至者数人，遂张乐欢饮。至暮，涕泗交下曰："我不久矣！幸各制哀挽以送我。"

初，其家必谓来（求）赙送于诸客，甚喜，及闻其言，颇嗛（慊）之。及卒，将瘗之日，得书数篇，其母拆视之，皆哀挽词也。母怒掷之，曰："此岂救我朝夕也！"

其邻有喜羌竹刘驼驼，聪爽能为曲子词，或云尝私于令宾。因取哀词数篇，教挽柩前同唱之，声甚悲怆。是日瘗于青门外。或有措大逢之，他日召驼驼使唱，驼驼尚记其四章，一曰：

昨日寻仙子，輀车忽在门。人生须到此，天地竟难论。
客至皆连袂，谁来为鼓盆？不堪襟袖上，犹印旧眉痕。

二曰：

残春扶病饮，此夕最堪伤。梦幻一朝毕，风花几日狂。
孤鸾徒照镜，独燕懒归梁。厚意那能展，含酸奠一觞。

三曰：

浪意何堪念，多情亦可悲。骏奔皆露胆，麏至尽齐眉。
花坠有开日，月沉无出期。宁言掩丘后，宿草便离离。

四曰：

奄忽那如此，夭桃色正春。捧心还动我，掩面复何人？
岱岳谁为道，逝川宁问津？临丧应有主，宋玉在西邻。

自是盛传于长安，挽者多唱之。

或询驼驼曰："宋玉在西，莫是你否？"驼驼哂曰："大有宋玉在。"诸子皆知私于乐工，及邻里之人，极以为耻，递相掩覆。绛真因与诸子争全相谑，失言云："莫倚居突肆。"既而甚有恨色。后有与绛真及诸子昵熟者，勤问之，终不言也。

易彦章妻

《古杭杂记》：易彦章，宁宗朝状元。初以优校为前廊，久不归，其妻作《一剪梅》词寄之云：

染泪修书寄彦章，贪却前廊，忘却回廊。功成名就不还乡，石做心肠，铁做心肠。　红日三竿未理妆，虚度韶光，瘦损容光。相里何日得成双，羞对鸳鸯，懒绣鸳鸯。

朱希真之闺怨词

《词话》：朱希真，小字秋娘，建康府朱将仕女也。年十六，适同邑商人徐必用。徐颇解文义，久客不归，希真作闺怨词，调寄《鹧鸪天》云：

梅妒晨妆雪妒轻，远山依约与眉青。尊前无复歌金缕，梦觉空馀月满林。　鱼与雁，两浮沉，浅颦微笑总关心。相思恰似江南柳，一夜东风一夜深。

又《满路花》调云：

簾烘泪雨干，酒压愁城破。冰壶防饮渴，消（培）残火。朱消粉褪，绝胜新妆裹。不是寒宵短，日上三竿，褁（殢）人犹要高卧。　如今多病，寂寞章台左。黄昏风弄雪，门深锁。兰房密爱，万种思量过，也须知有我。著甚情悰，你但忘了人呵。

何人赎文姬

《馀墨偶谈续集》：湘中某武夫，于金陵城中，得陈氏女静姑作配。陈能吟咏，不安其室，向人诵断句云：

愿作诗人婢，不为俗物妻。
四海无阿瞒，何人赎文姬？

因忆朱闻溪知事昌祺《文姬》词云：

阿瞒何事籍沽名，归后无家托死生。
转为赎身重失节，两诗悲愤最分明。

静姑有监（鉴）于此，当安于义命，从一而终，不至踏蔡氏覆辙也。

禹锡妾被夺

《本事诗》：李逢吉，性刚愎而沉猜多忌，好危人，略无作色。刘禹锡有妓甚丽，李阴以计夺之，约某日皇城中置宴朝贤宠嬖，并请早赴境会，敕阍吏先放刘家妓，从门入。倾都惊异，无敢言者，刘皇惑吞声。又翊日，与相善数人谒之，但相见如常，从容久之，并不言境会之所以然，座中默然相对而已。既罢，一揖而退。刘叹咤而归，无可奈何，作诗四章，以拟《四愁》，其一云：

玉钗重合两无缘，鱼在深潭鹤在天。
得意紫鸾休舞镜，能言青鸟罢衔笺。
金盆已覆难收水，玉轸长拋不续弦。
若向蘼芜山下过，遥将红泪洒穷泉。

其二云：

鸾飞远树栖何处？凤得新巢已去心。
红粉尚留香漠漠，碧云初断信沉沉。
情知点污投泥玉，犹自经营买笑金。
从此山头似人石，丈夫形状泪痕深。

其三曰：

但曾行处遍寻看，虽是生离死一般。
买笑树边花已老，画眉窗下月先残。
云藏巫峡音容断，路隔新桥过往难。
莫怪诗成无泪滴，尽倾东海也须干。

其四云：

三山不见海沉沉，岂有仙娥更可寻？
青鸟去时云路断，姮娥归处月宫深。
纱窗遥想春相忆，书幌谁怜夜独吟。
料得夜来天上镜，只因偏照两人心。

又《全唐诗话》：李逢吉闻刘有美姬，请携来一见，不敢辞，盛妆而往。李见之，命与众姬向面李妓，四十余人，皆处其下。既入，不复出。顷之，李以疾辞，遂罢坐，信宿绝不复知。刘怨叹不已，为诗投献，李但含笑曰："大好诗。"遂绝。

流落今如许

《鹤林玉露》：李南金，自号三溪冰雪翁。有良家女，流落可叹，赠以词曰：

流落今如许，我亦三生杜牧，为秋娘著句。先自多愁多感慨，更值江南春暮。君看取落花飞絮，也有吹来穿绣幌，有因风飘堕（坠）随泥土。人世事，总无凭。　　佳人命薄君休诉。若说与英雄心事，一生更苦。且尽尊前今日意，休记绿窗眉妩。但春到几家庭户？幽恨一簾烟月晓，恐明年雁亦无寻处。浑欲倩，莺留住。

招夫诗

《名媛诗归》：余季女，临海儒家女也，有容德，善属文。赘水宗道月余，宗道愧己不若，辄辞归，闭门读书，久不往。余裁诗五章招之，其一章云：

> 妾谁怨兮薄命，一气孔神兮化生若甑。春山娟兮秋水净，秉贞洁兮妾之性，聊歌兮遣兴。

其二章云：

> 夜梦兮食梨，命灵氛兮与余占之。曰行道兮迟迟，敛角枕兮粲如，风动帷兮心悲。

三章云：

> 云黯黯兮雪飞棘，夫子介兮如石。苦复留兮不得，望平原兮太息，涕泗横兮沾臆。

四章云：

> 送子去兮春树青，望子来兮秋树零。树有枝兮枝有英，我为何兮独茕茕？子在此兮山城。

五章云：

> 织女兮牛郎，岂为化兮为参商？欲径渡兮河无梁，霜露侵袭兮病偃在床，嗟嗟夫子兮谁为缝裳？

宗道卒不听。忽梦余来诀曰："妾委蜕矣，子盍送我？"既而讣至，宗道未几悲死。

狱中自序

《情史类略》：张丽贞，吴江女子。钟情所至，误奔匪人，遂致陷狱。其狱中自序云：

悔此宵一念之差，呕心有血；致今日终身之误，剥面无皮。还顾影以自怜，更书空而独语。妾本吴江望族，曾解披章；闺阁幽姿，未闲窥宋。北堂恩重，琅函深贮掌中珠；南浦春明，金屋周遮机上锦。况值髫年二八，忍忘律戒三千。夫何随父畴城，寄居传舍，溺女奴之长舌，来奸套之笼头？谩夸国士之才，计谐占凤；妄数家严之慝，悔拟乘龙。伊既曲叙其悲恩，侬亦顿深其怨慕。自谓知书识礼，不妨反经为权。逐张倩之离魂，重门夜出；持乐昌之破镜，永巷宵奔。天明而至荒郊，日暮而栖别馆。一朝消息漏，道旁笑破朱唇；三尺典章严，堂上嗔生铁面。雷霆劈开鬼胆，冰鉴照出妖形。为访婚姻，并非媒妁；所图嬿婉，竟是人奴。方知假假真真，神呆半晌；已悟生生世世，罪大弥天。延息以入囹圄，抚心而伤尘土。凉凄夜析，坐来墙角鬼燐寒；憔悴春寒，睡起梦中乡路杳。青草黄泥，毕冤魂于今日；白云红日，见慈母以何年？呜呼！硕鼠拖肠，羌蜩（螂）化羽，倘青苹之得荐，尚白圭之可磨。已决策于外黄，世无张目；谁录瑕于上蔡，人见季心。已矣蛾眉，淹然蚁命，图再生而不得，伏九死以何辞。漫诉衷肠，十首怨题留客邸；可怜骨肉，一缄清泪寄吾家。

薄幸郎

《夷坚志》：靖康二年春，都城不守，虏指取官吏军民，无虚日；宗室妇女倡优，多不免。朝士王某家，早启关，二妇人坐于外，经（径）趋入中堂泣拜曰："妾等已发至军前，窜身得归。今不敢还故居，愿为公家婢以脱命。"二人皆美色，王纳之。王无正室，嬖之甚至，与约不复娶。后为中书舍人，出奉祠，忽起伉俪之议。一日食罢，二人盛饰出拜。惊问之，对曰："向者已当死之身，蒙主君力，以得更生，且有天日之约。不谓君赐不终，中馈将有所属，妾谊不得生，行当永诀，故告辞。"王方慰而止之，又泣曰：

“业已如是，然妾不忍独死，早来汤饼中，辄已置药，恐毒发须臾。愿勉处后事，妾今先导，入泉涂矣。”再拜而出。王大骇，起视之，则径相携赴水死。王无以为计，呼家人语其故，急求药解之，不及而卒。

不见君一第而死

《扬州画舫录》：杨高二、高三者，一为扬州人，一为仪征人。高二韶秀多丰致，然年大于三。三举止大雅，望之无门户习气，与陈某善。陈游京师归，颇窘度岁时，三以三百金赠之。未几，三病垂绝，必欲得陈一见，陈至，泣曰：“十年之交，不及见君一第而死，良可恸也。”遂绝。

卷二十

情中仇

刑于寡妻

《南齐书·谢朓传》：朓字符晖。建武四年，行南徐州事，启王敬则反谋，上甚嘉赏之。敬则女为朓妻，常怀刃欲报朓，朓不敢相见。及为吏部郎，沈昭略谓朓曰："卿人地之美，无忝此职，但恨今日刑于寡妻。"朓临败，叹曰："我不杀王公，王公由我而死。"

非姻也仇也

《黟县志》：胡氏女，名春娇，城南应迁女，许聘汪氏子。父为汪所凌，致抱愤死，遂不肯嫁。汪拥众夺之，氏闭门断发。汪讼之官，氏诉曰："非姻也，仇也。"誓不事仇。官壮其言，从其志。自食其力，抚侄宗淮。终老，年八十有四，邑令旌其门。

推妇堕井

《云南通志》：永昌施甸长官司，旧广彝州也，地名铁毛嘴，有智井，深窗（窅）莫测。弘治戊午冬，有庄指挥出猎，纵一鹘搏雉。［雉］入井，鹘随雉入。庄命左右逐之，至井边，鹘、雉复腾起。闻井中呜呜有声，徐察之，人声也。庄命引绳下，出之，乃一妇人，遍体衣触风皆碎，气息仅存。徐饲以粥，逾月乃言，为大理杨拱妻张也，从夫贸易于施甸。夫素恶妇，给以归宁，至井边，缚手足推入，寻下大石，有崖蔽之，得不死。俄而绳索渐断，掬水以饮，经四十余日，既而发脱殆尽。庄以白于直指，直指杖其夫而归张于家。

集将使择

《谈薮》：兀朮见一卒妻美，杀其夫而纳之，宠嬖殊甚。朮有所佩匕首极利，寝则枕之。他日方寝，此妇取匕首将杀之。朮觉惊问，妇曰："将杀汝。"朮曰："何故？"曰："我夫为汝杀，吾欲报仇。"朮默然久之，曰："吾不忍杀汝，当为汝别求夫。"乃尽集诸将使自择，妇指一人，即以嫁之。

因儿复仇

《齐东野语》：吴季谦愈，初为鄂州邑尉。常获劫盗讯之，则昔年有某郡倅者，江行遇盗杀之。其妻有色，盗胁之曰："汝能从我乎？"妻曰："汝能从我，我亦从汝。否则杀我。"盗问故，曰："我事夫若干年，今至此已矣，无可言者。仅有一儿，才数月，吾欲浮之江中，幸而有育之者，庶其有遗种，吾然后从汝无悔。"盗许之，乃以黑漆团合盛此儿，藉以文褓，且置银二斤其旁，使随流去。

如是十余年，一日盗至鄂，舣舟挟其家，至某寺设供。至一僧房，庋间黑合在焉，一见识之，惊绝几倒，因曰："吾疾作，姑小憩于此，毋挠我。"乘间密问僧，何从得此合。僧言：某年月日，得于水滨，有婴儿及白金在焉，"吾收育之，为求乳食，今在此，年长矣"。呼视之，酷肖其父，乃为僧言始末，且言在某所，"能为我闻之，有司密捕，可以为功受赏，吾冤亦释矣"。僧为报尉，一掩获之。遂取其子以归。季谦用是改秩。

王　魁

《摭言》：王魁下第失意，适山东莱州。友人招游北市，深巷小宅，有殷氏妇绝艳，酌酒曰："某名桂英。酒乃天之美禄，足下得桂英而饮天禄，明春登第之兆。"乃取拥项罗巾请诗，生题曰：

谢氏筵中闻雅唱，何人戛玉在簾帏？一声透过秋空碧，几片行云不敢飞。

英曰："君但为学，四时所须，我为办之。"由是魁朝去暮来。逾年，有诏求贤，英为办西游之用。将行至州，北望海神庙盟曰："吾与桂英，誓不相负。若生离异，神当殛之。"

魁至京门，寄诗曰：

琢月磨云输我辈，都花古柳是男儿。前春我若功成去，好养鸳鸯作一池。

后唱第，为天下第一，英以诗贺云："夫贵妇荣千古事，与郎才貌各相宜。"复寄诗云：

上国笙歌锦绣乡，仙郎得意正疎狂。谁知憔悴幽闺质，日觉春衣带系长。

又诗云：

上都梳洗逐时宜，料得良人见即思。早晚归来幽阁里，须教张敞画新眉。

魁私念科名如此，可以一倡玷辱？竟不复答书，而魁父已约崔氏为亲。

及魁授徐州佥判，英喜曰："徐此去不远，当使人近我矣。"复遣仆持书以往。魁方坐厅决事，大怒，叱书不受。英曰："魁负我如此，当以死报之，挥刀自刎。"

魁自南都试院，有人自烛下出，乃英也。魁曰："汝固无恙乎？"英曰："君轻恩薄义，负约渝盟，使我至此。"魁曰："我之罪也。为汝饭僧诵佛书，多焚纸钱，舍我可乎？"英曰："得君之命乃止，不知其他。"魁欲自刺，母曰："汝何悖乱如此？"魁曰："日与冤会，逼迫以死。"母召道士马守素荐醮，守素梦至官府，魁与桂发相系而立，有人戒曰："汝知则勿复醮也。"后数日，魁竟死。

刘翠翠

《剪灯新话》：翠翠姓刘，淮安民家女也。生而颖悟，能诗书，父母不夺其志，就令入学。同学有金氏子，名定，与同岁，亦聪明俊雅。诸生戏之曰："同岁者当为夫妇。"二人亦私自许。生赠翠翠诗曰：

十二栏干七宝台，春风随处艳阳开。
东园桃树西园柳，何不移来一处栽？

翠翠和之曰：

平生每恨祝英台，怀抱何为不早开？
我愿东君勤用意，早移花树向阳栽。

已而翠翠年长，不复入学，父母为其议亲，辄悲泣不食。以情问之，初不肯言，久乃曰："西家金定儿，已许之矣。若不相从，有死而已，誓不登他门也。"父母不得已而听之，遂卜日结婚，凡币帛之类，羔雁之属，皆女家自备。迎婿入门，二人相得之乐，虽翡翠之在赤霄，鸳鸯之游锦水，未足喻也。

未一载，张士诚兄弟起兵高邮，尽陷淮东诸郡，翠翠为其部下李将军者所掠。至正末，士诚纳款元朝，愿奉正朔，道途始通，行李无阻。生于是辞别内外父母，愿求其妻。星霜屡移，囊橐又竭，然而此心终不少阻。草行露宿，丐乞于人，仅得达湖州。时李将军方贵重用事，威焰隆赫，生伫立门墙，踌躕窥伺，将进而未能，欲言而不敢。阍者怪而问焉，生曰："仆淮安人也。丧乱以来，闻有一妹在于贵府。今不远千里至此，欲求一见，非有他也。"阍者曰："然则汝何姓名？妹年貌若干？吾得一闻，以审虚实。"生曰："仆姓刘，名金定。妹命翠翠，识字能文。当失去时，年始十七，以岁月计之，今年二十有四矣。"阍者曰："府中果有刘氏者，淮安人也，年二十余，识字善为诗，性又慧巧，本使宠之专房。汝言信不虚，吾将告之于内，汝且止此以待。"遂奔走入告。

须臾令生入见，将军坐于堂上，生再拜而起，具述其由。将军武人也，信而不疑，即命内竖告翠翠曰："汝兄自乡中来此，当出见之。"翠翠承命而出，以兄妹之礼，见于厅前，不能措一词，悲哽而已。将军曰："汝既远来，道途疲倦，且于门下休息，吾当徐为之所。"即赠新衣一袭，设帷帐于门西小馆，令生处焉。翌日，谓生曰："汝妹既能识字，汝亦通书否？"生告以业儒，将军大喜，委以记室之任。

生性既温和，益自简束，上下咸得其欢，将军大以为得人，待之甚厚。然而生之来此，为求访其妻，一见之后，不可再得，闺阁深远，内外颇严，欲达一意，终无间可乘。荏苒数月，时及授衣，西风夕起，白露得霜，生独处空斋，终夜不寐，乃成一诗曰：

好花移上玉栏干，春色无缘得再看。
乐处岂知愁处苦，别时容易见时难。
何年塞上重归马？此夜亭中独舞鸾。
雾阁云烟深几许，可怜辜负月团圆。

诗成，题于片纸，拆布衣之领而缝之，以百钱纳于小竖，嘱其"持入付许（于）吾妹，令其缝纫，将以御寒"。小竖如言，翠翠解其意，拆衣而见诗，大加伤感，吞声而泣，别为一诗，亦缝于衣领之内，付出还生。诗曰：

一自乡关动战锋，旧愁新恨几重重。

肠虽已断情难断，生不相从死亦从。
长使德言藏破镜，终教子建赋游龙。
绿珠碧玉心中事，今日谁知也到侬？

生得诗，知其以死许之，无复致望，但愈加抑郁，遂感沉疾。翠翠闻之，请于将军，始得至床前问候，而生病已亟矣。翠翠以臂扶生而起，生引首侧视，凝泪满眶，长吁一声，奄然死于其手。将军怜之，葬于道场山麓。翠翠送殡而归，是夜得疾，不复饮药，屏（展）转衾席。将及一月，一旦告将军曰："妾弃家相从，已得八载，流离外郡，举目无亲，止有一兄，今又死矣。病不能起，乞埋骨兄侧，使黄泉下庶有依托，不至作他乡孤鬼也。"言尽而卒。将军不达其意，附葬于生坟左，宛然东西二丘焉。

小溪县令妾

《夷坚志》：蜀士某，部纲东下，出成都，泊舟江渎庙。天未明，入祠拜谒，望正殿内，一妇人已先在，疑其鬼也，甚惧。稍定，倚户窥之，妇人焚香亟拜，泣而祷曰："妾本京师人，早失父，随母入川，嫁成都人某氏，今七年，生男女二人。良人去年赴叙州小溪令，不挈家行，亦无书信来，近闻负约别娶矣。妾穷独，难久处，四顾孑孑，更无亲戚可依，晓夕思之，惟有一死，愿大王监此心。"即以剃刀自刎，登时仆地。士人惊怪，且恐暗昧累己，亟登舟解维。过小溪，所谓县令者，乃乡人也，出迎于江亭，从容及其家事，令曰："向买一妾留家间，久未暇取。"士人略道其形容踪迹，令惊曰："皆是也，君何由知之？"乃话所见，令瞿然俯首不语，俄告去，唤汤至，已不能执杯，曰："君所言才毕，此人即在傍，吾不免矣。"遂升车回，及县治而死。此乾道元年事也。

女伶孟思贤

《续补侍儿小名录》：蜀之女伶曰孟思贤，巧黠人也，尝为君侯王制之宠贮焉。制之所私伊宙，亦衙门将，多与制游思贤舍，故仆射慎之子也，风流善杯酒。思贤心悦之，遂私焉，关锁益牢，即踰墙而奔于宙。制知不可奈何，遂逐思贤出门，宙且纳焉。宙有女奴曰解儿，有爱于宙，思贤心忌之。一日，杖解儿胫间，出血见骨，解儿疮甚死。明年长庆二年，军乱，伊宙遇飞矢而死，思贤无所庇，复投制。制得之，喜曰："有甘吾心者矣。"遂命以短兵关思贤二胫，踣且极捶之。制临观，语思贤曰："其能踰墙而奔于伊宙耶?"迨夜，闭于幽室，思贤终夜呼曰："解儿、解儿，不能惠我速死耶?"竟不胜其楚毒，再宿而死，遂与宙同瘗于邢之东门外。

王八郎

《夷坚志》：唐州比阳富人王八郎，岁至江淮为大贾，因与一倡绸缪，每归必憎恶其妻，锐欲逐之。妻智人也，生四女，已嫁三人，幼者甫数岁，度未可去，则巽辞答曰："与尔为妇二十余岁，女嫁有孙矣，今逐我安归?"王生又出行，遂携倡来寓近巷客馆。妻在家，稍质卖器物，悉所有藏箧中，屋内空室如窭人。王复归见之，愈怒曰："吾与汝不可复合，今日当决之。"妻始奋曰："果如是，非告于官不可。"即执夫袂走谒县。县听仳离，而中分其赀产。王欲取幼女，妻诉曰："夫无状，弃妇嬖倡，此女若随之，必流落矣。"县宰义之，遂得女，而出居于别村，买缾罂之属，列门首若贩鬻者。故夫它日过门，犹以旧恩意与之语曰："此物获利几何?胡不改图?"妻叱逐之曰："既已决绝，便如路人，安得预我家事!"自是不复相闻。

女年及笄，以嫁方城田氏，时所蓄积，已盈十万缗，田氏尽得之。王生但与倡处，既而客死于淮南。后数年，妻亦死。既殡，将改葬，女念其父之未归骨，遣人迎丧，欲与母合祔。各洗涤衣敛，共卧榻上，守视者稍怠，则两骸已东西相背矣。以为偶尔，泣而移置元处，少顷又如前。乃知夫妇之情，死生契阔，犹为怨偶如此，然竟同穴焉。

解银儿

《扬州画舫录》：某公子者，美丰姿，携家资百万，游于淮南。先至苏州、江宁，继居小秦淮。所见大江南北佳丽极多，而曲巷幽闺，未经公子见者，皆为村妓。如是有年，所携资渐减。其族人居显要，见其流荡，设策诱之归，遂无复再游江南。而公子之名，藉藉于诸妓之口者久矣。

有方张仙者，为妓家教曲师，值中秋诸妓祀太阴，共以酒邀方饮。方谓诸妓曰："我在此三十年，始能辨声，今则能辨影矣。"诸妓请试之，于是纳方窗内，于窗上辨诸妓之影，每一走过，辄大声曰："是某。"未尝失一人。间有讹者，窗外告之曰"否"，辄另举一人，亦不失也。

久之，一妓正过，忽影后随一男子，长颈长腿，辫发垂地；后又随一丈许尺人，面貌凸凹，赤身光腿，握拳殴之，大惊，越窗出，汗下如雨。时夜已过半，院中别无男子。诸妓问所见，乃告其故，问过为谁，则解银儿也。银儿闻之，潸潸泪下曰："昔年某公子，暗以五千金与吾母书券，买予为妾。时吾身娠两月，值其族人遣归，谓予曰：'待我三年而不来，则听汝所为。惟腹中子不可损，损则我死必厉汝矣。'未三年而败其盟，今所见，必公子也。"众慰之，遂各散归。不数旬，银儿以呕血死。

顾五来矣

俞宗骏《艳异新编》："料应厌作人间语，爱听秋坟鬼唱诗。"渔洋山人题《聊斋志异》也。鬼者，略无踪象可寻，然有时亦确凿可据，令人毛发森竖者。请言双顺堂巧仙死事。

巧仙年三十一，吴人。文君早寡，二十岁始落平康。驹光易老，马齿待加，阅七年而嫁顾某。股钗分燕，破镜离鸾，又三年而顾卒。时巧仙年三十，客秋八月也。顾卒，仰屋而居，自不能存，琵琶再抱。然花丛为恶道，择人而事，刻不忘怀。自理旧业，与瘦腰生昵，而生齿甚雏，以仙较之，十年以长，金屋之营，生计不及此也。生在姬院，陡发瞻（谵）语曰："我死未周年，而妻为汝有，区区两昼夜经忏，不予畀耶？与汝不两立矣！"

先是，姬拟嫁生，欲延僧礼忏两日，赀顾冥福，生吝值不与，故鬼云云。自此生神魂翕丧，行动与鬼为邻，历状鬼之形貌，与顾生前吻合。如此三日，生不堪其扰，急买舟归，而鬼始绝。嗣又附巧仙曰："我不幸中道相分，人琴物故，汝不能守斯已矣，曾几何时，遂谓他人夫哉！此念不萌即已，倘必春风别嫁，誓将携汝同归一路，不甘使枕畔人别作糟糠也。"生去后，姬又与赵昵，委身以事，一如瘦腰生。鬼自是坐卧不离，姬终日喃喃，与鬼对语。未几而二竖为灾矣，药炉茶灶，未及月余而姬竟死。病中曰："顾五来矣。"顾五行五，故云。巧仙养病于一洞天楼房，院中人咸知此事。

卷二十一

情中报

张夫人

《夷坚志》：张子能夫人郑氏，美而艳。张为太常博士，郑以疾殂，临终与张诀曰："君必别娶，不复念我矣。"张泣曰："何忍为此！"郑曰："人言那可凭？盍指天为誓。"曰："吾苟负约，当化为阉，仍不得善终。"郑曰："我死当有变相可怖畏，宜置尸空屋中，勿令一人守视，经日然后敛也。"言之至再三，少焉气绝。张不忍从，犹遣一老妪设榻其旁。至夜半，尸忽长叹，自揭面帛，蹶然而坐，俄起立。妪惧，以被蒙头，觉其尸行步踸踔，密窥之，呀然一夜叉也。妪既不可出，震栗丧胆，大声叫号。家人穴壁观之，尽呼直宿数卒，持杖环坐于户外。夜叉行百匝乃止，复至寝所，举被自覆而卧。久之，家人乃敢发户入视，则依然如故矣。

后三年，张为大司成，邓洵仁右丞，欲嫁以女，张力辞。邓公方有宠，取中旨令合婚。成礼之夕，赐真珠复帐，其直五十万缗，然自是多郁郁不乐。尝昼寝，见郑氏自窗而下，骂曰："旧约如何而忍负之？我幸有二女，纵无子，胡不买妾？必欲娶，何也？祸将作矣！"遽登榻，以手拊其阴。张觉痛，疾呼家人至，无所睹，自是若阉然，卒蹈奇变。

遗绣履

《南唐书·徐温传》：知诲，温第三子也。先娶吴功臣吕师道女，非嫡出，知诲常切齿，因醉刺杀之。后吕氏数为厉，知诲恶之，请僧诵经为陈因果。僧亦见，吕氏曰："吾不解此，志在报冤尔。"及镇江西岁余，吕氏不复见，知诲喜甚。有家人自淮南回，于江心遇彩舟，有妇人渐迩，视之，乃吕氏也，招家人曰："为我谢相公，善自爱，我今他适矣。"因遗绣履，曰："相公谓尔不信，以此示之。"家人至江西，首语其事，以履示知诲。知诲熟视未毕，辄见吕氏在，曰："尔谓真不来耶?"顷刻，知诲暴卒。

苔痕化作雪江清

《续已编》：杨廉夫题临海王节妇诗曰：

> 介马驮驮百里程，青枫后夜血书成。只应刘阮桃花水，不似巴陵汉水清。

后廉夫无子，一夕梦一妇人谓曰："尔知所以无后乎?"曰："不知。"妇人曰："尔忆题王节妇诗乎？尔虽不能损节妇名，而心则伤于刻薄。毁谤节义，其罪至重，故天绝尔后。"廉夫既寤，大悔，遂更作诗曰：

> 天随地老妾随兵，天地无情妾有情。
> 指血啮开霞峤赤，苔痕化作雪江清。
> 愿随湘瑟声中死，不逐胡笳拍里生。
> 三月子规啼断血，秋风无泪写哀铭。

后复梦妇人来谢，未几果得一子。

落梅杀妾

《冥祥记》：齐瑯琊王奂仕齐至尚书左仆射，甚信释典，而姓最妬忌。尝在斋内使爱妾治髭，忽有乌衔黄梅过庭而坠。奂猜妾有密期，掷果为戏，使奴出外觇视，遇见一士向樆私游。奴即往擽捉，而此人见瞋污媟，便迩迸走。奴还白之，奂谓弥用有实，苦加覈问，妾备自陈，终不见察，即遣下阶笞杀之。妾解衣誓曰："今日之死，实为枉横。若有天道，当令官家知尔。"后数见妾来诉怨。

俄而出为雍州刺史，性渐狂异，如有凭焉。无故打杀小府长史，刘兴祖诬其欲反，为御史中丞孔稚圭所奏。世祖遣中书舍人吕文显，直阁将军曹道刚，领齐仗兵收奂。奂子彪，素称凶剽，及女婿殷叡，遂劝奂曰："曹、吕今来，不见真敕，恐为奸变。政宜录取，驰以奏闻。"奂纳之，便配千余人仗，闭门拒守，彪遂取与官军战。彪败而走宁蛮，长史裴叔业于城内举兵，攻奂斩之。时人以为妾之报也。

死后毒夫

《闻奇录》：前南郑尉李云，于长安求纳一姬，其母未许，云曰："予誓不婚。"乃许之。号姬曰"楚嫔"。数年后，姬卒。卒后经岁，遂婚前南郑沈氏。及婚日，云浴于净室，见楚嫔执一贴药未（末），径前谓云曰："誓余不婚，今又与沈家作婿。无物相逢，赠君香一贴，以资沐浴。"写药末入斛中，以钗搅水讫而去。云甚觉不安，羸困不能出浴，遂死，支体如绵，筋骨并散。

剖腹取书

《冥祥记》：杜嶷，梁州刺史，怀瑶第二子也。任西荆州刺史，性甚豪忌。新纳一妾，年貌兼美，宠爱殊深。妾得其父书，云比日困苦，欲有求告。妾倚簾读之，嶷外还，而妾自以新来，羞以此事闻嶷，因嚼吞之。嶷谓是情人所寄，遂令剖腹取书，妾气未断而书已出。嶷看讫，叹曰："吾不自意忿忿如此，伤天下和气，其能久乎？"其夜见妾诉嶷，旬日而死。襄阳人至今以为口实。

分明依样画葫芦

东城李某，以贩枣往来于邻县，私诱居停主人少妇归。比至家，其妻先已偕人逃，自诧曰："幸携此妇来，不然鳏矣。"人计其妻迁贿之期，正当此妇乘垣之日，适相报，尚不悟耶。既而此妇不乐居农家，复随一少年遁，始茫然自失。后其夫踪迹至东城，欲讼李，李以妇已他去，无左证，坚不承。纠纷间，闻里有扶乩者，众曰："盍质于仙？"仙一诗曰：

鸳鸯梦好两欢娱，记否罗敷自有夫？
今日相逢须一笑，分明依样画葫芦。

其夫默然径返。两邑接壤，有知其事者，曰："此妇初亦其夫诱来者也。"

风流误人

《池上草堂笔记》：乾隆末，厦门某生籍龙溪者，有夙慧，品格亦潇洒不群，同辈咸器重之。年十五，赴郡应试，居停主人柴姓，适有仆妇在门前买柴，友人戏出对云："柴妈买柴，大担小担（皆厦门地名）。"某应声曰："蔑片破蔑，长拖短拖（皆漳州地名）。"盖座中适有惯作中媒者，人皆戏呼之曰"蔑片"，因借对嘲之，一堂皆为之拍案叫绝。是岁即游庠，旋食饩，秋闱亦屡膺首荐。三十许岁时，忽语人曰："余曾淫三室女，两寡妇，天谴将至。且生平，蚊蝇从不着身，今麾之不去，知不能久留矣。"未几卒，因此知"风流名士"四字之误人不浅也。

高邮某君

《右台仙馆笔记》：高邮某君，曾为蜀中一县令，咸丰初引疾归。一夕独坐书室中，忽有人入室，请与偕往，问所之，曰："四川也。”某君从之，出门有肩舆舁之行，其行如飞，俄顷即至江干，则已舣舟而待矣。登舟解维，转瞬已至九江，又舍舟而陆，由江西、湖北而至四川。计其为地已数千里，而为时则食顷也。既入城，至一公廨，导之坐西厢，有旧时长官某臬使、某太守在焉，皆颜色愁惨，问之不答。

俄传王者出御殿，即召之入，问："某狱尔知之乎？”曰：“知之。”盖此狱臬使与太守得贿，冤杀数人，某君力争不得，其引疾归，即以此也。又具言本末。王者曰：“尔耿介可嘉。”命仍送之回。又闻传臬使与太守入，诘责甚厉，回顾此二人者，皆缩小如婴儿。须臾，有槛车载二人出。某君亦出，遇一友，故与同官蜀中者。友云：“我即将之官，不及与故人叙契阔，奈何？”问“君居何官”，曰：“我扬州府城隍。”指槛中人曰：“某某之狱，即使我治之，我不得久留。然我与君亦非久别，明年七月某日，君为某处城隍，我两人仍为同官也。”言已别去。某君遵旧路回家，则死已逾日，至是复苏。以其事告人，自云不久人世矣。人犹未之信，至明岁及期，果无疾而卒。

我还尔命

《稽神录》：浙西军校吴景者，辛酉岁，设斋于石头城僧院。其夕既陈设，忽闻妇女哭声甚哀，初远渐近，俄在斋筵中矣。景乃告院僧曰：“景顷岁从军克豫章，获一妇人，殊有姿色，未几其夫求赎，将军令严肃，不可相容，景即杀之。后甚以为恨，今之设斋，正为是也。”即与僧俱往，乃见妇人在焉。僧为之祈告，妇人曰：“我从吴景索命，不知其他。”遽前逐之，景即急走上佛殿，大呼曰：“我还尔命！”于是颠仆而卒。

严武逃妾

《卢子逸史》：西川节度使严武，少时仗气任侠。尝于京城与一军使邻居，军使有室女，容色艳绝，严公因窥见之，乃赂其左右，诱至宅。月余，遂窃以逃，东出关，将匿于淮泗间。军使既觉，且穷其迹，亦讯其家人，乃暴于官司，亦以状上闻。有诏遗万年县捕贼官，专往捕捉。捕贼乘递，日行数驿，随路已得其踪矣。严武自巩县方雇船而下，闻制度将至，惧不免，乃以酒饮军使之女，中夜，乘其醉，解琵琶弦缢杀之，沉于河。明日，制使至，搜捕严公之船，无迹，乃已。

严公后为剑南节度使，病甚，性本强，尤不信巫祝之类，有云云者，必罪之。忽一日亭午，有道士至衙门，自云从峨眉山来，欲谒武。门者初不敢言，道士声厉，不得已，遂进白。武亦异之，引入见。道士至阶呵叱，若与人论难者，良久方止。寒温毕，谓武曰："公有疾，灾厄至重。冤家在侧，公何不自悔咎，以香火陈谢，奈何反固执如是?"武怒不答。道士又曰："公试思之，曾有负心杀害人事否?"武静思良久，曰："无。"道士曰："适入至阶前，冤死者见某披诉。某初谓山精木魅，与公为祟，遂加呵责。他云：上帝有命，为公所冤杀，已得请矣。安可言无也?"武不测，且复问曰："其状若何?"曰："女人，年才十六七，项上有物，是一条，如乐器之弦。"武大悟，叩头于道士曰："天师诚圣人矣！是也，为之奈何?"道士曰："他即欲面见公，公当自求之。"

乃令洒扫堂中，撤去余物，焚香于内。乃舁武于堂门内，遣清心具衫笏，留小童一人侍侧。门堂外东间，有一合子，亦令洒扫垂簾。道士坐于堂外，含水喷啜，又以柳枝洒地，却坐瞑目，叩齿。逡巡，合子中有人呼嗟声，道士曰："娘子可出。"良久，见一女子披发，项上有琵琶弦，结于咽下，褰簾而至。及堂门，约发于后，向武拜。武见惊惭甚，且掩其面。女子曰："公亦太忍！某从公，是某之失行，于公则无所负。公惧罪，弃某于他所即可，何忍见杀?"武悔谢良久，兼欲厚以佛经纸缗祈免，道士亦恳为请。女子曰："不可。某为公手杀上诉，于是仅三十年，今不可矣！期在明日日晚。”言毕却出，至合子门，拂然而没。道士乃谢去。严公遂处置家事，至其日黄昏而卒。

孙助教女

《清尊录》：大名张氏者，以财雄长京师。凡富人以钱委人，权其子而收其半，谓之“行钱”。富人视行钱如部曲，或过行钱之家，设特位置酒，妇人出劝，主人乃立待，富人逊谢，强令坐，再三乃敢就位。张氏子年少，父母死，主家事，未娶，因祀州西灌口神。归，过其行钱孙助教家置酒。酒数行，其未嫁女出劝客，姿容绝世。张目之曰：“我欲娶为妇。”孙惶恐不可，且曰：“我公家奴也。奴为郎主丈人，邻里笑怪。”张曰：“不然。顾主少钱物耳，岂敢相仆隶也。”张固豪侈，即取臂上古玉条脱与女，且曰：“择日纳币也。”饮罢去。孙邻里交来贺曰：“有女为百万主母矣。”其后张别议婚，孙念势不敌，不敢往问，而张亦恃酒戏言，非实有意也。

逾年，张婚他族，而孙女不肯嫁。其母曰：“张已娶矣。”女不对，而私曰：“岂有信约如此，而别娶乎？”其父乃复因张与妻祝神回，并邀饮其家，而使女窥之。既去，曰：“汝见其有妻，可嫁矣。”女语塞，去房内蒙被卧，俄顷即死。父母哀恸，呼其邻郑三者告之，使治丧具。

郑以送丧为业，世所谓“仵作行”者也。郑办丧，具见其臂有玉条脱，心利之曰：“某有一园，在州西。”孙谢之曰：“良便，俟后相酬。”因号泣不忍视，急挥去，即与亲族往送其殡而归。夜半月明，郑发棺，欲取条脱，女蹙然起，顾见郑，曰：“我何故在此？”亦幼识郑。郑以言恐曰：“汝之父母，恐汝不肯嫁，而专念张氏，辱其门户，使我生埋汝于此。我实不忍，乃发棺而汝果生。”女曰：“第送我还家。”郑曰：“若归必死，我亦罪矣。”女不得已，听郑匿于他处以为妻，完其殡而徙居州东。郑有母，亦喜其子之有妇，彼小人，不暇究所从来也。积数年，每语及张氏，尤忿恚，欲往斥问前约。郑每劝阻，防闲之。

崇宁元年，圣瑞太妃上仙，郑当从御。娶至永安将行，祝其母曰："勿令妇出游。"居一日，郑母昼睡，孙出僦马，直诣张氏门，语其仆曰："孙氏第几女，欲见某人。"其仆往通，张惊异，与其仆俱往视焉。孙氏望见张，跳踯而前，曳其衣，且哭且骂。其仆以妇女，不敢往解。张以为鬼也，惊走。女持之益急，乃擘其手，手破血流，推仆地立死。僦马者恐累己，往报郑母。母诉之有司，因追郑对狱具状。郑发冢，罪死，以赦得免。张罪当死，虽奏获宥，犹杖脊，竟忧畏死狱中。

王玉英

《耳谭》：福清茂才韩生庆云，授徒于长乐之蓝田石尤岭间。见岭下遗骸，伤之，归具畚插（锸），自为瘗埋。时夜有人剥啄篱外，启户见端丽女子，曰："妾王玉英也，家世湘潭。宋德祐间，父为闽守，将兵御胡元，战死。妾不肯辱，与其家死岭下。岁久骸骨偶出，蒙公覆掩，恩最深重，来相报耳。妾非人，然不可谓非人，理有冥合，君其勿疑。"遂与合。亡何子生，孕以七月七日。庆云母亦微知其事，急欲见孙，令抱归。女戒曰："儿受阳气尚浅，未可令人遽见。忽母来登楼，女已抱子，从窗牖逸去。噉儿果尚弃在地，始犹谓是莲子，察之乃蜂房也。抱儿归湘潭，无主者，乃故弃之河旁，书衣带间曰：'十八年后当来归。'"

湘潭有黄公者，富而无子，拾之。稍长，清秀，敏慧异常儿，名曰鹤龄。旋生二子，曰鹤算、二龄。共习制举之业，颇有声。已而二弟皆授室，独鹤龄泥衣带中语未决，然已捐金四十，委禽于其里易氏矣。

先是，女郎归楚，尝以二竹筴与生，令打筴则女即至；凡有疾痛祸患，得女一语，即获庇佑。后以人言疑女为妖，又诬生失行，淫主人女，褫去章服。女故来渐疏，相期惟一岁一来，来必以七月七夕。久之，女谓生曰："儿生以符衣带之期，可来视之。"生遂抵湘潭，伪作星家，言谒黄公。公出三子年甲，生指鹤龄者曰："此非公之郎，今得当归矣。"黄公色动，问所自来，生曰："我即弃儿父，故来试公。傥不寒盟，有衣带语在。"公曰："固也。我已有子，不死沟壑。公若还珠，可忘阿保？他且勿论，顷者委禽之资，当为计耳。"因问儿所在，曰："应试长安去也。"生即往就视，一见两皆感动，若不胜情。其弟暨家奴，皆大诟禁，不令与语。

生自忖贫，既不能偿金，又婚未易就；以咨女，亦莫为计，遂弃之归。始来浮湘，屡经险，女皆在舟中，阴为卫，又为经纪其资斧。至儿不得，疾归，女亦恚恨，若有待耳。抵闽，人皆惊诧，盖始皆谓生必死狐媚，今不然，又见儿，知非祟也。

女能诗，长篇短语，落笔数千言，皆臻理致，其咏某贞妇诗曰："芳心未可轻行露，高节何须怒凯风？"其忆生曰：

洞里仙人路不遥，洞庭烟雨昼潇潇。
莫教吹笛城头阁，尚有消魂乌鹊桥。
莫讶鸳鸯会有缘，桃花结子已千年。
尘心不释蓝桥路，信是蓬莱有谪仙。
朝暮云骖闽楚关，青鸾信不继尘寰。
乍逢仙侣抛桃打，笑我清波照雾鬟。

诸篇为人所诵。生始命赋"万鸟鸣春"，即成四律，今即以名集，订十余卷。

张红红

段安节《乐府杂录》：大历中，有才人张红红者，本与其父歌于衢路丐食。过将军韦青所居，在昭国坊南门里，青于街牖中闻其歌者，喉音嘹喨，仍有眉首，即纳为姬。其父舍于后户，优给之，乃自传其艺，颖悟绝伦。尝有乐工自撰歌，即古《长命西河女》

也，加减其节奏，颇有新声。未进闻，先侑歌于青。青召红红于屏风后听之，红红乃以小豆数合，记其拍。乐工歌罢，青入问红红如何，云已得矣。青出云："有女弟子久会歌此，非新曲也。"即令隔屏风歌之，一声不失。乐工大惊异，遂请相见，钦伏不已；再云此曲先有一声不稳，今已正矣。寻达上听，翌日，召入宜春院，宠泽隆异，宫中号"记曲娘子"，寻为才人。一日，内史奏韦青卒，上告红红，乃上前呜咽奏云："妾本风尘丐者，一旦老父死有所归，致身入内，皆自韦青。妾不忍忘其恩。"乃一恸而绝。上嘉叹之，即赠昭仪也。

贞元中，有田顺，曾为宫中御史娘子。元和、长庆以来，有李贞信、米嘉荣、何戡、陈意奴；武宗已降，有陈幼奇、南不嫌、罗宠；咸通中有陈彦晖。

李　娃

白行简《李娃传》：天宝中，常州刺史郑公，时望甚崇。有一子，始弱冠，隽朗有词藻，其父爱而器之曰："此吾家千里驹也。"应乡试秀才，将行，乃盛其车服，计京师薪储之费，可支二年许，谓之曰："观尔之才，当一战而胜。今丰尔之给，将遂其志也。"生亦自负，视上第如指掌。自毗陵发，月余抵长安，居于布政里。常游东市还，自平康东门入，将访友于西南。至鸣珂曲，见一宅门庭不甚广，而室宇严邃，阖一扉，有娃方凭一双鬟青衣立，妖姿要妙，绝代未有。生一瞥见，停骖良久，不忍纵步，乃诈坠鞭于地，候其从者敕取之，累盼于妓，妓回眸凝睇，情甚相慕，竟不敢措辞而去。

生自尔意若有失，乃密征于其友，游长安之熟者。友曰："此侠邪（狭邪）女李氏宅也。"曰："娃可求乎？"对曰："李氏颇赡，往来皆贵豪，所得甚广，非累百万，不能动其志也。"生曰："但患不谐，虽百万不惜也。"

他日成服而往，叩其门。俄有侍儿启扃，见生驰走，大呼曰："前时坠鞭郎至矣！"娃大悦曰："尔姑止之，吾即出也。"生闻之私喜。行至萧墙间，见一姥垂白上偻，知为娃母，乃前拜致词曰："闻兹地有隙院，愿税以居，信乎？"姥曰："惧湫隘不足以辱长者，敢言直耶？"延入宾馆，与生偶坐，因曰："某有女娇小，欲识上客。"乃命娃出，明眸皓腕，举步艳冶，生遽惊起，莫敢仰视。拜毕，叙寒燠，触类研（妍）媚，目所未睹。茶后进酒，器用甚洁。欢笑方洽，不觉日暮，姥访其居远近，生诒之曰："寓延平门外数里。"姥曰："鼓已发矣，速归，无犯禁。"生曰："道里远，奈何？可假片席地相容乎？"娃曰："不见责僻陋，方将居之，宿何害焉！"生数目姥，姥曰："唯唯。"

生乃召家僮，请以双缣备一宵之馔，饮酒畅谈。妓笑而止之，留以俟他日，固辞，终不许。俄徙坐西堂，帷帐簾榻，焕然夺目；妆奁衾桅，亦皆侈丽。乃张烛进馔，品味甚盛。彻馔，姥起，生、娃各叙邂逅相慕之意。生曰："此来非止求居，愿偿平生之志耳。"言未终，姥至，询其故，笑曰："男女之际，大欲存焉，情苟相得，虽父母不能制也。"生遂下阶拜谢，愿以身为厮养，姥即呼之为郎，饮酣而散。及旦，尽徙其囊橐于李，不复与亲知相闻，日会倡优辈狎戏。囊中渐铄，乃鬻骏乘及其家僮。

岁余，资斧荡然。娃情弥笃，而姥意已怠，乃授计于娃，使偕生诣祈嗣。生大喜，质衣而往。返至里北门，娃谓生曰："此东转小曲中，某之姨宅，暂往觐，可乎？"生如其言，抵一里门，青衣促生下驴。适有一人出，访曰："谁？"曰："李娃也。"乃入舍。俄有妪出迎，年可四十余，问生曰："吾甥何在？"娃至，妪迎谓曰："何久疎绝？"相视而笑。娃引生拜之，妪意甚殷懃，若将留娃信宿者，而尽屏其车马。相与入西戟门偏院中，有山亭竹树，逶迤葱蒨。生谓娃曰："此姨之私第耶？"笑而不答，以他语对。坐食顷，有一人控大宛，污（汗）流驰至，曰："姥遇暴疾，势甚殆，宜速归！”娃谓姨曰：“方寸乱矣！某疾驰去，候返乘，姨便与郎偕来。”生拟随步，其姨与侍儿偶语，以手挥之，令生止于户外曰：“姥且殁矣，当共议丧事，以济其急，奈何遽去。”乃止，共计其凶仪斋祭之用。

是晚乘不至，姨曰：“无复命，何也？郎先往视，某当继来。”生遂往，至旧宅门，扃钥甚密，以泥缄之。生大骇，诘其邻人，邻人曰：“姥本税居，约已周，今徙去矣。”问何徙，曰：“不知也。”生恚甚，欲诣姨诘之，日晚，计程不能达，乃赁榻而寝。自昏达旦，目不交睫。质明至姨所，叩扉不应，大呼至数四，阍者徐出。遽询“姨氏在乎”，曰：“无之。”生曰：“昨暮在此，今何往？且此谁氏之第？”曰：“此崔尚书宅，昨有人税此院，云迟中表之远至者，未暮去矣。”生惶恐发狂，罔知所措，因返访布政里旧邸。邸主哀而进膳，生怨懑，绝食三日，遘疾甚笃。旬余愈甚，邸主谓不起，徙诸凶肆之中。肆人共伤叹而互饲之。后稍愈，执繐帏以自给，累月渐复壮焉。每听哀歌，辄呜咽流涕，不能自止，归则效之。生聪敏，曲尽其妙，虽长安无有伦比。

初，二肆之备凶器者，互争胜负。其东肆车轝皆奇丽，唯哀挽不敌东肆长。知生音妙，乃醵钱二万，索雇焉。其党阴教生新声，而相赞和，累旬人莫知之。其二肆长相谓曰：“我等各阅所长于天门街，以较优劣，不胜者罚直五万，以备酒馔，可乎？”各许诺，立契署保。于是里胥声于户曹，闻于京尹。及期，士女尽赴，巷无居人。自旦阅之，及亭午，历举辇轝威仪之具，西肆皆不胜，师有惭色。乃置层榻于南隅，有长髯者，拥铎而进，翊卫数人，于是奋髯扬眉，扼腕顿颡而登，乃歌《白马》之词，恃其夙胜，顾盼左右，旁若无人，齐声赞扬，以为独步一时矣。有顷，东肆长于北隅上设连榻，有乌巾少年，左右五六人，秉翣而至，即生也。整其衣服，俯仰甚徐，申喉发调，容若不胜。乃歌《薤露》之章，举声清越，响振林木。曲度未终，闻者欷歔掩泣。西肆长为众所诮，益惭耻，密置所输之直于前而遁，四座愕眙莫之测也。

先是，天子方下诏，俾外方之牧，岁一至阁下，谓之入计。时适遇生父在京师，与同列者，易服窃往观焉。老竖，即生乳母婿也，察生容辞，欲认未敢，泣然流涕。生父惊而诘之，因告曰："歌者之貌，颇似主之亡子。"父曰："吾子以多财，为盗所害，奚至是耶?"言讫亦泣。及归，竖间驰往访于其党，皆曰"郑氏之子"；征其名，且易之矣。竖意不释然，迫而察之，良是生，见竖色动，回翔将匿于众中。竖遂持其袂，强挟以归。父见之，怒其玷辱，乃徒行出。至曲江杏园东，褫其衣，以马鞭鞭之数百，垂毙，委之而去。其师使人阴随之，归告同党，共加伤叹，谋瘗之而气犹未绝，因共荷归，以苇筒灌勺饮，经宿乃活。月余，手足犹不能举，其挞处皆溃烂。同辈恶其秽，复弃之道周，行路咸伤之，往往投以余餐。如是十旬，方杖策而起，被布裘乞食，裘有百结如悬鹑。自秋徂冬，夜入粪窟，昼则周旋廛市。

一日，冒大雪行乞，门多不启。至安邑东门，循短垣北转第七八，有一门独启左扉，即娃宅也。生不知之，遂连声疾呼，饥冻之甚，音响凄切，所不忍听。娃自阁中闻之，谓侍儿曰："此必郑生，我辨其音矣。"趋而出见，生枯瘠疥疠，殆非人状。娃意感焉，乃谓曰："岂非某郎也?"生羞愤俱极，口不能言，颌（颔）颐而已。娃前抱其颈，以绣襦拥而归于西厢，失声长恸曰："令子一朝及此，我之罪也!"绝而复苏。姥大骇，奔至曰："何也?"娃曰："某郎。"姥遽曰："何不逐之?"娃敛容却睇曰："不然。此良家子也，尝昔驱高车、持多金至此，不逾期而荡尽，以计逐之，令其失志，不得齿于人伦。父子天性也，使其情绝，杀而弃之，又困踬若此。天下之人，尽知其为某也。生亲戚满朝，一旦当权者熟察本末，祸将及矣。况欺天负人，鬼神不祐。某为姥子，迨今有二十岁矣，计所获不啻千金，姥年已六十余。愿计二十年衣食之用以自赎，当就近别居，晨昏不废温清，于姥亦无所苦。"姥度其志坚，乃许之，因以给姥之余金，于北隅税一隙院，与生沐浴更衣。先以汤粥，通其肠；次以酥乳，润其腻。旬余，方荐木（水）陆之馔，巾履皆取珍异者。

未数月，肌肤稍瘦；卒岁，平愈如初。娃谓生曰："体已康矣。昔日之业，可温习乎？"生思之曰："十得二三耳。"娃命车出游，生骑而从，至书肆，令生自择取，计费百金，尽载以归。因令生专气务学，俾夜作昼，孜孜矻矻。娃常偶坐，宵分乃寐，伺其疲倦，即劝缀诗赋。二岁而业大就，生谓娃曰："可策名矣。"娃曰："未也。"更令精熟一年，曰："可矣。"于是赶（赴）试。生登科甲，声振礼闱，虽前辈见其文，莫不敛衽敬羡，愿友之而不可得。娃曰："未也。秀才幸拔一第，便自谓致身青云。子行秽迹鄙，不侔他士，当砻淬利器，以求再捷，方可连辔群英耳。"生由是益自勤苦，声价弥甚。其年遇大比，诏征四方之隽，生应直言极谏科，策名第一，授成都府参军，三事以降，皆其友也。

将之官，娃谓生曰："某今日始不相负矣。愿以残年归养老姥。君当结媛鼎族，以奉蒸尝，中外婚媾，无自黩也。勉思自爱，某从此去矣。"生泣曰："子若弃我，当自刭以就死。"娃固辞不从，生勤请弥恳。娃曰："送子涉江，至于剑门，当令我回。"生许诺。

月余至剑门，未及发，而除书至，生父由常州诏人（入），拜成都尹，兼剑南采访使。浃辰父到，生因投刺，谒于邮亭。父不敢认，见其祖、父官讳，方大惊，命登阶，抚背恸哭，遂为父子如初。因诘其由，具陈本末，大奇之。诘娃安在，曰："送某至此，当令复还。"父曰："不可。"异日命驾，与生先之成都，留娃于剑门别馆。明日，命媒氏备六礼以迎焉。

娃既归，岁时伏腊，妇道甚修，治家严整，极为亲所眷。后数岁，生父母偕殁，持孝甚至，感灵芝白燕之异。终制，累迁清显之任，十年间至数郡。娃封汧国夫人，有四子，皆为大官，其卑者，犹为太原尹。

呼嫂之报

张某、瞿某，幼同学、长相善也。瞿与人讼，张受金，刺得其阴谋，泄于其敌。瞿大受窘辱，衔之次骨，然事密无左证，外则木（不）相绝也。俄张死，瞿百计娶得其妇，虽事事成礼，而家庭共语，则仍呼曰“张几嫂”。妇故朴愿，以为相怜相戏，亦不较也。

一日，与妇对食，忽跃起自呼其名曰：“瞿某，尔何太甚耶！我诚负心，我妇归汝，足偿矣。尔必仍呼‘嫂’，何耶？妇再嫁常事，娶再嫁妇亦常事。我既死，不能禁妇嫁，即不能禁汝娶也。我已失朋友义，亦不能责汝娶朋友妇也。今尔不以为妇，仍系我姓，呼为‘嫂’，是尔非娶我妇，乃淫我妇也。淫我妇者，我得而诛之矣。”竟颠狂数日死。

夫以直报怨，圣人不禁。张固小人之常态，非不共之仇也。计娶其妇，报之已甚矣。而又视若倚门妇，玷其家声，是已甚之中又已甚焉，何怪其愤激为厉哉！

碧霞犀手串

《池上草堂笔记》：吴有金媒媪者，犇走巨室，晚年家甚丰，邻里呼为金太婆。便佞口给，与人货售珠翠无不成，而垄断其利，猾于牙侩。一夜自提竹丝灯，从葑泾归家，路远步蹇，微雨复来，正惶遽间，黑暗中突出一人，揽其袂曰：“金太婆，还我碧霞犀手串来！”金大骇，举灯瞩视，殊不识认，而面色黄瘦，双眼落窠，相对凛凛，肌生寒粟。答曰：“子为谁，未之见也。我何时取尔碧霞西、碧霞东耶？”其人即怒而驱，灯亦扑灭。金狂呼“强盗杀人，地邻救命”，又遭土塞其口，声嘶不响。披发相挣，撞殴愈急。良久，一人前劝云：“已矣。尔妻不思改适人，彼亦无由得尔物。”先是，某豪有少妇，孀守三五年，金为之媒再醮，妇以碧霞犀手串酬之。闻此语，始知为鬼，叩头乞命。少顷，巡更者至，见金抢地哀告，状如癫痫，呼苏送归。从此不复敢为孀妇媒再醮、图重酬矣。

夫少年嫠妇，苟不为饥寒所迫，尽易守节抚孤。而卒至再醮失身，其为花婆恶媪，图财诱惑之，盖十之四五也。古人设立家诫，不许三姑六婆入门，所虑深远矣。

刘自然

何光远《鉴诫录》：唐天祐中，秦州有刘自然者，主管义军连帅李继宗点乡兵捍蜀。成纪县百姓黄知感者，妻有美发，自然欲之，谓知感曰："能致妻发，即免是行。"知感之妻曰："我以弱质托于君，发可再生，人死永诀矣。君若南征不返，我有美发，何为焉？"言讫，揽发剪之。知感深怀痛愍，既迫于差点，遂献于刘。知感竟亦不免，由戍寻殁于金沙之阵。黄妻昼夜祷天泣诉，是岁自然亦亡。

后黄家牝驴，忽产一驹，左胁下有字云"刘自然"。邑人传之，遂达于郡守。郡守召其妻子识认，刘自然长子曰："某父平生好饮酒食，若能饮啖，即是某父也。"驴遂饮酒数升，啖肉数脔。食毕，奋迅长鸣，泪下数行。刘子请备千百赎之，黄妻不纳，日加鞭捶，曰："犹未足以报吾夫也。"后经丧乱，不知所终，刘子竟惭憾而死。

李公子

蒋防《霍小玉传》：大历中，陇西李生名益，年二十，以进士擢第。其明年拔萃，俟试于南宫。夏六月，至长安，舍于新昌里。生门族清华，少有才思，丽词佳句，时谓无双，先达文人，翕然推伏。每自矜风调，思得佳偶，博求名妓，久而未谐。

长安有媒鲍十一娘者，故薛驸马家青衣也，折券从良，十余年矣。性便僻，巧言语，豪家戚里，无不经过，追风挟策，推为渠帅。尝受生诚托厚赂，意颇德之。经数月，生方闲居舍之南亭，申未间，忽闻叩门甚急，云是鲍十一娘至。摄衣从之，迎问曰："鲍卿，今日何故忽然而来?"鲍曰："薛（薛）姑子作好梦也。适有一仙人，谪在下界，不邀财货，但慕风流。如此色目，配十郎相当矣。"生闻之惊跃，神飞体轻，孰（执）手且拜且谢曰："一生作奴，死亦不惮。"因问其名居，鲍具说曰："故霍王小女，字小玉，王甚爱之。母曰净持，即王之宠婢也。王之初薨，诸弟兄以其出自贱庶，不甚收录，因分与资财，遣居于外，易姓为郑氏，人亦不知其王女。资质秾艳，一生未见；高情逸态，事事过人；音乐诗书，无不通解。昨遣某求一好儿郎，格调相称者。某具说十郎，彼亦知有十郎名字，非常欢惬。住在胜业坊，古寺曲南，上东间宅是也。已与彼作期，约明日午时，但至曲头，觅桂子，即得矣。"

鲍既去，生便备行计，遂令家童秋鸿，于从兄京兆参军尚公处，假青骊驹、黄金勒。其夕，生澣衣沐浴，修饰容仪，喜跃交并，通夕不寐。迟明巾帻，引镜自照，惟恐不谐也。徘徊之间，至于亭中，遂命驾疾驱，直抵胜业。至约之所，见青衣立候，迎问曰："莫非李十郎否?"即下马，令牵入屋底，急急锁门。见鲍果从内出来，遥笑曰："何等儿郎，造次入此!"生调诮未毕，引入中门。庭间有四樱桃树，西北悬一鹦鹉笼，见生人来，急下簾者。生本性雅淡，心犹疑惧，忽见鸟语，愕然不敢进。逡巡，鲍引净持下阶相迎，延入对坐，年可四十余，绰约多姿，谈笑甚媚，因谓生曰："素闻十郎才调风流，名下固无虚士。某有一女子，颜不至丑陋，堪配君子。频见鲍十一娘，说意旨，今便令永奉箕箒。"生谢曰："鄙拙庸愚，不意顾盼。傥垂录采，生死为荣。"遂命酒馔。

小玉自堂东阁子中出，生即拜迎，但觉一室之中，若琼林玉树，互相照耀，转盼精彩射人。既而延坐母侧，母谓曰："汝尝爱念'开簾风动竹，疑是故人来'，即此十郎诗也。尔终日吟想，何如一见?"玉乃低鬟微笑，曰："见面虽真切，不如闻名。才子岂能无貌?"生遽起连拜曰："小娘子爱才，鄙夫重貌，两好相映，才貌相兼。”母女相顾而笑，遂举酒。数巡，生起请玉歌唱。玉初不肯，母固强之，发声清亮，曲度精奇。酒阑，及暝，鲍即引生就西院憩息，闲庭邃宇，簾幕甚华。鲍令侍儿桂子、浣沙，与生脱靴解带。须臾玉至，言叙温和，辞气宛媚，解衣之际，态有余妍，低帏昵枕，极其欢爱，生自以为巫山洛浦不过也。

中宵之夜，玉忽流涕谓生曰：“妾本倡家，自知非匹。今以色爱，托其仁贤，但虑一旦色衰，恩移情替，使女萝无托，秋扇见捐。极欢之际，不觉悲生。”生闻之，不胜感叹，乃引臂替枕，徐谓玉曰：“平生志愿，今日获从，粉骨碎身，誓不相舍。夫人何发此言？请以素缣，著之盟约。”玉因收泪，命侍郎樱桃，褰（搴）幄执烛，授生笔砚。玉管弦之暇，雅好诗书，筐箱笔砚，皆王家之旧物。遂取绣囊，出越姬乌丝兰素缎三尺，以授生。生素多才思，援笔成章，引喻山河，指诚日月，句句恳切，闻之动人。誓毕，命藏于宝箧之内。自尔婉娈相得，若翡翠之在云路也。

如此二岁，日夜相从。其后年春，生以书判拔萃登科，授郑县主簿。至四月，将之官，便拜庆于东洛，长安亲戚，多就筵饯。时春物尚余，夏景初丽，酒阑宾散，离息萦怀。玉谓生曰：“以君才地名声，人多慕景，愿结婚姻者，固亦众矣。况堂有严亲，室无冢妇，君之此去，必就佳婚。盟约之言，徒虚语耳。然妾有短愿，欲辄指陈，永委君心，复能听否？”生惊怪曰：“有何罪过，忽发此词？试说所言，必当敬奉。”玉曰：“妾年始十八，君才二十有二，逮君壮室之秋，犹有八岁。一生欢爱，幸毕此期，然后妙选高门，以求秦晋，亦未为晚。妾便舍弃人事，剪发被缁，夙昔之愿，于此足矣。”生且媿且感，不觉流涕，因谓曰：“皎日之誓，死生以之。与卿偕老，犹恐未惬素怀（志），岂敢辄有二三？固请不从（疑），但端居相待，至八月，必当却到华州，寻便奉迎，相见非远。”

更数日，生遂诀别东去。到任旬日，求假往东都觐亲。至家旬日，太夫人已与商量表妹卢氏，言约已定。太夫人素严毅，生逡巡不敢辞让。卢亦甲族也，嫁女于他们（门），聘财必以百万为约，不满此数，义在不行。生家素贫，事须求丐，便托假故，远投亲知，历涉江淮，自秋及夏。生自以辜负盟约，大愆回期，寂不知闻，欲断其望，遥托亲故，不遗漏言。

玉自生逾期，数访音信，虚词诡说，日日不同；博求师巫，遍询卜筮。怀忧抱恨，周岁有余，赢（羸）卧空阁，遂成沉疾。虽生之书题竟绝，而玉之想望不移，赂遗亲知，使通消息。寻求既切，资用屡空，往往私令侍婢，潜卖箧中服玩之物，多托于西市寄附铺侯景先家货卖。曾令时婢浣沙，将紫玉钗一只，诣景先家货之。路逢内作老玉工，见浣沙所执，前来认之曰："此钗吾所作也。昔岁霍王小女，将欲上鬟，令我作此，酬以万钱，我尝不忘。汝是何人？从何而得？"浣沙曰："我小娘子，即霍王女也。家事破散，失身于人。夫婿昨向东都，更无消息，悒怏成疾，今将二年。令我卖此，赂遗于人，使求音信。"玉工凄然下泣曰："贵人男女，失机落节，一至于此。我残年向尽，见此盛衰，不胜伤叹。"遂引至延先公主宅，具言前事。公主亦为之悲叹，良久，给钱十二万焉。

时生所定卢氏女在长安，生既毕于聘财，还归郑县。其年腊月，又请假入城就亲，潜潜静居，不令人知。有明经崔允明者，生之重表弟也，性甚长厚，昔岁尝与生同饮于郑氏之室，杯盘笑语，曾不相间。每得生信，必诚告于玉，玉常以薪刍衣服，资给于崔，崔颇感之。生既至，崔具以诚告于玉，玉恨叹曰："生果宁有是事乎？"遍托亲朋，多方召致。生自以愆期负约，又知玉疾候沉绵，惭耻忍割，终不肯往。晨出暮归，欲以回避。玉日夜涕泣，都忘寝食，期一相见，竟无因由，冤愤益深，委顿床枕。自是长安稍有知者，风流之士，具感玉之多情；豪侠之伦，皆怒益之薄行。

时已三月，人多春游，益与同辈五六人，诣崇敬寺，翫牡丹花步于西廊，递吟诗句。有京兆章夏卿者，生之密友，时亦同行，谓生曰："风光甚丽，草木荣华。伤哉郑君，衔冤空室。足下终能弃置，实是忍人。丈夫之心，不宜如此，足下宜为思之。”叹嚷之际，忽有一豪士，衣轻黄纻衫，挟朱弹，风神俊美，衣服轻华，唯见一剪头胡雏，从后潜行而听之。俄而前揖益曰：“公非李十郎者乎？某族本山东，姻连外戚，虽乏支藻，心尝乐贤，仰公声华，常思觏止。今日幸会，得睹清扬。某之敝居，去此不远，亦有声乐，足以娱情。妖姬八九人，骏马十数匹，惟公所欲，但愿一过。”生之侪辈，共聆斯述，更相叹美，因与豪士，策马同行，疾转数坊，遂至胜业。生以近郑之所止，意不欲过，便计事故，欲回马首，豪士曰：“敝居咫尺，忍相弃乎？”乃挽挟其马，牵引而行。迁延之间，已及郑曲，生精神恍惚，鞭马欲回。豪士遽命奴仆数人，抱持而进，疾走推入里门，便令锁却，报云：“李十娘（郎）来也。”一家惊喜，声闻于外。

先此一夕，玉梦黄衫丈夫，抱生来至席，使玉脱靴，惊梦而告母，因自解曰：“鞋者谐也，夫妇再合。脱者解也。既合而解，亦当永诀。由此征之，必遂相见；相见之后，当死矣。”凌晨，请母妆梳，母以其久病，心意惑乱，不甚信之，黾勉之间，强为一梳。妆梳方毕，而生果至。

玉沉绵日久，转侧须人，忽闻生至，欣然自起，更衣而出，恍若有神。遂与生相见，含怒凝视，不复有言，羸质娇姿，如不胜致，时复掩袂，还顾李生。感物伤人，坐皆欷歔。顷之，有酒肴数十盘，自外而来，一坐惊视，遽问其故，悉皆侠士之所致也。因遂陈设，相就而坐。玉乃侧身转面，睨视生良久，遂举杯酒酬地曰：“我为女子，薄命如斯；君是丈夫，负心若此。韶颜稚齿，饮恨而终。慈母在堂，不能供养；绮罗弦管，从此永休。衔痛黄泉，皆君所致。李君李君，今当永诀！我死之后，必为厉鬼，使汝妻妾，终日不安。”乃引左手握生臂，掷杯于地，长恸号哭，数声而绝。母乃举玉，寘于生怀，令唤之，遂不复苏矣。生为之缟素，日夕哭泣，甚哀。将葬之夕，生忽见玉繐帷之中，容貌妍丽，宛若平生，着旧石榴裙，紫襦裆，红绿帔子，斜身倚帷，手引绣带，顾谓生曰："媿君相送，尚有余情，幽冥之中，能不感叹。"言毕，遂不复见。明日，葬于长安御宿原，生至墓所，尽哀而返。

后月余，就礼于卢氏，伤情感物，郁而不乐。夏五月，与卢氏偕行，归于郑县。至县旬日，生方与卢氏寝，忽帐外叱叱作声。生惊视之，则见一男子，年可二十余，姿状温美，藏身映幔，连招卢氏。生惶遽走起，绕幔数匝，倏然不见。生自此心怀疑恶，猜忌万端，夫妇之间，无聊生矣。或有亲情，曲相劝谕，生意稍释。后旬日，生复自外归，卢氏方鼓琴于床，忽见自门抛一斑犀细花合子，方圆一尺余，里有轻绡，作同心结，堕于卢氏怀中。生开视之，见相思子二，叩头虫二，发杀嘴一，驴驹媚少许。当时愤怒，叫吼声如豺虎，引琴撞击其妻，诘令实告，卢氏亦终不自明。尔后往往暴加捶楚，备诸毒虐，竟讼于公庭而遣之。

卢氏既出，生或侍婢媵妾之属，暂同枕席，便加妒忌，或有因而杀之者。生尝游广陵，得名姬曰营十一娘者，容态润媚，生甚悦之。每相对坐，尝谓营曰："我尝于某处得某姬，犯某事，我以某法杀之。"且自陈说，欲令惧己，以肃清闺门。出则以浴斛覆营于床，周回封署，归必详视，然后乃开。又畜一短剑甚利，愿（顾）谓侍婢曰："此信州葛溪铁，惟断作罪过头。"大凡生所见妇人，辄加猜忌，至于三娶，率皆如初焉。

红奴儿

《夷坚志》：池州青阳主簿解世将，官满还临安；县人刘录事者，亦赴调，寓于宅馆。解过之，共饭。饭才罢，又欲同诣肆啜汤饼。刘曰："食方下咽，势不能即饮。君盍还邸小憩？吾徐往相就矣。"解去移时，刘往访之，已病卧床上。望见刘，悲泪如雨，良久言曰："吾死期至矣！适从君所归，穿抱剑营街未毕，逢一妇人呼语曰：'君向与我约如何？始以不娶欺我，既而背之。我病，君略不相视。天地间岂有忍人如君比者！今事已尔，我亦不复云。但君亦且得病，病状殊类我。我虽在此，必不往视君。君勉之。’遂别去。吾行数步思之，盖昔时所与游倡女红奴儿者，其死三年矣。吾心惘然，迨反舍，意绪良不佳，疾势已然，当不能起，奈何奈何！”刘为作粥煮药，至暮乃归邸，后七日果死。其党能谈其往事者，云曲折病状，皆与鬼言合。盖索买汤饼之时，魂已去斡矣。时乾道二年。

红泪一双流

皇甫枚《三水小牍》：唐西京咸宜观女道士鱼玄机，字幼微，长安里家女也。色既倾国，思乃入神，喜读书属文，尤致意于一吟一咏。破瓜之岁，志慕清虚，咸通初，遂从冠帔于咸宜，而风月赏翫之佳句，往往播于士林。然蕙兰弱质，不能自持，复为豪侠所调，乃从游处焉。于是风流之士，争修饰以求狎，或载酒诣之者，必鸣琴赋诗，间以谑浪。其诗有：“绮陌春望远，瑶徽秋兴多。”又：“殷勤不得语，红泪一双流。”又：“焚香登玉坛，端简礼金阙。”又：“云情自郁争同梦，仙貌长芳又胜花。”此数联为绝矣。一女僮，曰绿翘，亦明慧有色。

忽一日，机为邻院所邀。将行，诫翘曰：“无出，若有客，但云在某处。”机为女伴所留，迨暮方归院，绿翘迎门曰：“适有客来，知练（炼）师不在，不舍辔而去矣。”客乃机素相昵者，意翘与之私。及夜，张灯扃户，乃命翘入卧内讯之。翘曰：“自执巾盥数年，实自检御，不令有似是之过，致忤尊意。且某客至款扉，翘隔阖报云‘炼师不在’，客无言策马而去。若云情爱，不蓄于胸襟有年矣。幸炼师无疑。”机愈怒，裸而笞百数，但言无之。既委顿，请杯水酹地曰：“炼师欲求三清长生之道，而未能忘解珮荐枕之欢，反以沉猜，厚一诬贞正。翘今必毙于毒手矣，无天则无所诉，若有，谁能抑我强魂？誓不蠢蠢于冥冥之中，纵尔淫佚。”言讫，绝于地。机恐，乃坎后庭瘗之，自谓无人知者。时咸通戊子春正月也。有问翘者，则曰："春雨霁，逃矣。"

客有宴于机室者，因溲于后庭，当瘗上，见青蝇数十集于地，驱去复来。详视之，如有血痕，且腥。客既出，窃语其仆；仆归，复语其兄。其兄为府街卒，尝求金于机，机不顾，卒深衔之。闻此，遽至观门觇伺，见偶语者，乃讶不睹绿翘之出入。街卒复呼数卒，携锸具突入玄机院发之，而绿翘貌如生。卒遂录玄机，京兆府吏诘之，辞伏，而朝士多为言者。府乃表列上，至秋，竟戮之。在狱中，亦有诗曰："易求无价宝，难得有心郎。明月照幽隙，清风开短襟。"此其美者也。

太原意娘

《夷坚志》：京师杨从善，陷虏，在云中，饮于酒楼，见壁间留题，自积（称）"太原意娘"；又有小词，皆寻忆良人之语。认其姓名字画，盖表兄韩师厚妻王氏也。自乱离睽隔，不复相闻。细验所书，墨尚湿，间（问）酒家人，曰："恰数妇女来共饮，其中一人，索笔而书，去犹未远。"杨便起，追蹑及之。数人同行，其一衣紫，以帛拥项，见杨愕然，不敢公召唤，时时举目使相从。逮夜，众散，引杨到大宅门外立语曰："顷与良人避地至淮泗，为虏所掠。其酋撒八太尉者，欲相逼，我义不受辱，引刀自刎，不殊。大酋之妻韩国夫人，闻而怜我，亟命救疗，且以自随。苍黄别良人，不知安往？似闻在江南为官，每念念不能释。此韩国宅也，适与女伴出游，因感而书壁，不谓叔见之。乘间愿再访我，傥得良人音息，幸见报。"杨恐宅内人出，不敢久留连，怅然告别。虽眷于怀，未敢复往。

它日，但之酒楼，瞻玩墨迹。忽睹别壁新题字，并悼亡一词，正所谓韩师厚也。惊扣"此为谁"，酒家曰："南朝遣使通和，在馆有四五人，来买酒，此盖其所书。"时法禁未立，奉使官属，尚得与外人相往来。杨急诣馆，果见韩，把手悲喜。为言意娘所在，韩骇曰："忆遭掠时，亲见其自刎死，那得生？"杨固执前说，邀与俱至向一宅，则阒无人居，荒草如织。逢墙外打线媪，试告焉，媪曰："意娘实在此，然非生者。昨韩国夫人闵其节义，携其骨以来。韩国亡，因随葬此。"遂指示窆处。二人逾垣入，恍然见从庑下趣室中，皆惊惧，然业已至，即随之。乃韩国影堂，傍绘意娘像，衣冠昔（悉）曩所见。

韩悲痛还馆，具酒殽，作文祭酹。欲挈遗烬归葬，拜而祝曰："愿往不愿往，当以影响相告。"良久出现曰："劳君爱念，孤魂寓此，岂不愿有归？然从君而南，得常常善视我，庶慰冥漠。君如更娶妻，不复我顾，则不若不南之愈也。"韩感泣，誓不再娶，于是窃发冢，裹骨归。至建康，备礼卜葬，每旬日辄往临视。后数年，韩无以为家，竟有所娶，而于故妻墓稍益疎。梦其来，怨恚甚切，曰："我在彼甚安，君强携我！今正违誓言，不忍独寂寞。须屈君同此况味。"韩愧怖得病，知不可免，不数日卒。

何惜为人一看耶

钱泳《履园丛话》：丹徒富翁，有左姓者，同其友往苏买妾。有一女甚美，询其父为某营守备，以事戍耳，女愿卖身以赎父罪，索价千金。其友谓左曰："外貌虽美，不知其内容何如，有暗病瑕疵否？必观之，方成交也。"左亦以为然，商于媒。女泣曰："吾为父，死尚不顾，何惜为人一看耶？"乃于密室中，去其衣裙，呼左进。其友亦隔窗偷看，见腰下有黑疵，又谓左曰："此未为全璧也。"事遂寝。女大哭曰："吾为父罪，至于自卖其身而羞辱至此，尚得为人乎！"自经死。未一年，其友见此女来索命，亦自经。

左后得一子，美丰姿，而有洁癖，酷嗜书画珠玉玩好之物，见有微瑕，立弃之如土苴。尝造一园，工匠皆易以新衣，然后得进。楼台池馆、曲栏花榭间，稍沾一点尘土，则必改作。衣履一日一换，恐其污体。每日肴馔，非亲自检点，则不食也。以此破其家，丹徒无不知之者。

故夫投书

《幽怪录》：郑朝议之从子娶陆氏，伉俪甚绸缪。郑尝于枕席间谓陆曰："我不幸死，汝无得嫁；汝死，我亦如之。"陆曰："要共百年偕老，奚为出此不祥语？"居数年，郑感疾，自度必死，临终与陆对父母复申言之，陆但俛首悲泣。郑死，陆竟携资改适曾工曹。曾一日考试他郡，陆昏暮独坐，恍见一卒投书。陆视之，则笔札宛然前夫手迹也，其词曰：

> 十年结发夫妻，一生祭祀之主。朝连暮以相权，俸有馀而共聚。忽大幻以长往，慕何人而轻许？违弃我之田畴，攘资财而遂去。不恤我之有子，不念我之有父。义不足以为人之妻，慈不足以为人之母。吾已诉于上苍，行理对于幽府。

陆愧骇汗流，未几果卒。

卷二十二

情中累

八面观音

朱象贤《闻见偶录》：八面观音，乃吴三桂侄孙女郭壮图之子妇也。国朝世祖定鼎后，取滇，前明之永历在焉。吴三桂等，由粤西、四川，直入云南。至省城，而永历已出阿瓦，避去缅甸矣。三桂重购得之，缢于黔之贵阳。三桂以功封江西王，驻扎云南，建造府第于城之西隅，第东有池名翠海，今俗呼菜海子，即其故址也。康熙癸丑，三桂抗命僭号，出攻长沙而死，其孙世璠，建伪号洪化。戊午，讨贼官兵，亦由粤西入云南省城，蔡毓荣以将军而为云贵总督。城破，世璠自缢，所存家属，例应入官。壮图子妇，亦在其列，拘击（系）于督署花园，即壮图故宅，造册俟解。蔡往园中查看，见有美者二，一曰四面观音，其尤者为八面观音。八面见蔡，吸烟以献，蔡甚爱，遂有心隐匿之，籍去其名，而为己妾，他俱解送京师。后事败露，而八面观音已经怀孕，又不得不为送往，行至中途而殒。蔡由是落职。

滇为蛮地，以观音为最美称。“四面”者，言前后左右无不美也；此云“八面”，甚言美好，非止四面而已也。予游滇，闻其地传说而述之。

哀被虏诗

《诚斋杂记》：天庆观主聂碧窗，有《哀被虏妇》诗，为时称诵。诗曰：

当年结发在深闺，岂料人间有别离。
到底不知因色误，马前犹自买胭脂。

绿 珠

乐史《绿珠传》：绿珠者，姓梁，白州博白县人也。州则南昌郡，古粤地，秦象郡，汉合浦县地。唐武德初，削平萧铣，于此置南州，寻改为白州，取白江为名。州境有博白山、博白江、盘龙洞、房山、双角山、大荒山，山上有池，池中有婢妾鱼。绿珠生双角山下，美而艳。粤俗以珠为上宝，生女为珠娘，生男为珠儿，“绿珠”之字，由此而称。晋石崇为交趾采访使，以真珠三斛致之。

崇有别庐，在河南金谷涧，涧中有金水，自太白源来，崇即川阜制园馆。绿珠吹笛，又善舞《明君》。明君者，汉妃也。汉元帝时，匈奴单入于（于入）朝，诏王嫱配之，即昭君也。及将去，入辞，光彩射人，天子悔焉，重难改更。汉人怜其远嫁，为作此歌。崇以此曲教之，而自制新歌曰：

我本良家子，将适单于庭。哀郁伤五内，涕泣沾珠缨。
行行日已远，遂造匈奴城。延伫于穹庐，加我阏氏名。
殊类非所安，虽贵非所荣。父子见陵辱，对之惭且惊。
杀身良不易，默默以苟生。苟生亦何聊？积思常愤盈。
愿假飞鸿翼，乘之以遐征。飞鸿不我顾，伫立以屏营。
昔为匣中玉，今为粪上英。朝华不足欢，甘与秋草并。
传语后世人，远嫁难为情。

崇又制《懊恼曲》，以赠绿珠。

崇之美艳者，千余人，择数十人装饰一等，使同视之，不相分别。刻玉为倒龙佩，萦金为凤凰钗，结袖绕楹而舞。欲有所召者，不呼姓名，悉听佩声、视钗色，佩声轻者居前，钗色艳者居后，以为行次，而进赵王伦乱常。

贼类孙秀，使人求绿珠。崇方登凉观，临清水，妇人侍侧。使者以告，崇出侍婢数十人以示之，皆蕴兰麝而披罗縠，曰："任所择。"使者曰："君侯服御丽矣，然受命指索绿珠，不知执（孰）是？"崇勃然曰："吾所爱，不可得也。"秀因是谮伦族之。收兵忽至，崇谓绿珠曰："我今为尔获罪。"绿珠泣曰："愿效死于君前。"崇固止之，于是坠楼，而崇弃东市。时人名其楼曰"绿珠楼"。楼在步庚里，近狄泉，狄泉在王城东。

绿珠有弟子宋韩，有国色，善吹笛，后入晋明帝宫中。今白州有一派水，自双角山出，合容州江，呼为绿珠江。亦犹归州有昭君滩、昭君村、昭君场，吴有西施谷、脂粉塘，盖取美人出处为名。又有绿珠井，在双角山下，耆老传云：汲此井饮者，诞女必美丽。里闾有识者，以美色无益于时，因以巨石镇之。尔后虽有产女端妍者，而七窍四肢，多不完具，异哉！山水之使然。昭君村生女，皆炙破其面，故白居易诗曰："不取往者戒，恐贻来者冤。至今村女面，烧灼成瘢痕。"又以不完具而惜焉。

牛僧孺《周秦行记》云："夜宿薄太后庙，见戚夫人、王嫱、太真妃、潘淑妃，各赋诗言志。别有善笛女子，短鬟窄袖，长带，貌甚美，与潘氏偕来。太后以接坐居之，令吹笛，往往亦及酒。太后顾而谓曰：'识此否？石家绿珠也。潘妃养作妹（妹）'。太后曰：'绿珠岂能无诗乎？'绿珠拜谢，作曰：'此日人非昔日人，笛声空怨赵王伦。红残钿碎花楼下，金谷千年更不春。'太后曰：'牛秀才远来，今日谁人与伴？'绿珠曰：'石卫尉性严忌，今有死，不可及乱。'"然事虽诡怪，聊以解颐。噫！石崇之败，虽自绿珠始，亦其来有渐矣。

崇常刺荆州，劫夺远使，沉杀客商，以致巨富。又遣王恺鸩鸟，共为鸩毒之事。有此阴谋，加以每邀客宴集，令美人行酒，客饮不尽者，使黄门斩美人。王丞相与大将军，尝共访崇，丞相素不相饮，辄自勉强，至于沉醉。至大将军，故不饮，以观其气色，已斩三人。君子曰："祸福无门，惟人自召。"崇心不义，举动杀人，乌得无报也？非绿珠，无以速石崇之诛；非石崇，无以显绿珠之名。

绿珠之坠楼，侍儿之有贞节者也；比之于古，则有曰"六出"。六出者，王进贤侍儿；进贤，晋愍太子妃。洛阳乱，石勒掠进贤渡孟津，欲妻之，进贤骂曰："我皇太子妇，司徒公女，胡羌小子，敢干我乎！"言毕投河。六出曰："大既有之，小亦宜然。"复投河中。又有窈娘者，武周时乔知之宠婢也，盛有姿色，特善歌舞。知之教读书，善属文，深所爱幸。时武承嗣骄贵，内宴酒酣，迫知之将金玉赌窈娘。知之不胜，便使人就冢（家）强载以归。知之怨诲（悔），作《绿珠篇》以叙其怨，词曰：

石家金谷重新声，明珠十斛买娉婷。
此日可怜无复比，此日可爱得人情。
君家闺阁未曾难，尝持歌舞使人看。
富贵雄豪非分理，骄矜势力横相干。
辞君去君终不忍，徒劳掩面伤红粉。
百年离别在高楼，一旦红颜为君尽。

知之私属承嗣家阉奴，传诗于窈娘，窈娘得诗悲泣，投井而死。承嗣令汲出，于衣中得诗，鞭杀阉奴，讽吏罗织知之，以至杀焉。悲夫！二子以爱姬示人，掇丧身之祸，所谓"倒持太阿，授人以柄"。《易》曰："慢藏诲盗，冶容诲淫。"其此之谓乎？

其后诗人题歌舞妓者，皆以绿珠为名。庾肩吾曰：

兰堂上客至，绮席清弦抚。

自作明君辞，还教绿珠舞。

李元操云：

绛树摇歌扇，金谷舞筵开。
罗袖拂归客，留欢醉玉杯。

江总云：

绿珠含泪舞，孙秀强相邀。

绿珠之没，已数百年矣，诗人尚咏之不已，其故何哉？盖一婢子，不知书，而能感主恩，愤不顾身，其志烈懔懔，诚足使后人仰慕歌咏也。至有享厚禄、盗高位，亡仁义之行，怀反覆之情，暮三朝四，惟利是务，节操反不若一妇，岂不媿哉！今为此传，非徒述美丽、窒祸原（源），且欲惩戒辜恩背义之类也。

李（季）伦死后十日，赵王伦败，左卫将军赵泉，斩孙秀于中书，军士赵骏，剖秀心食之。伦囚金墉城，赐金屑酒，伦惭，以巾覆面曰："孙秀误我也！"饮金屑而卒。皆夷家族。南阳生曰："此乃假天之报怨，不然，何以枭夷之立见乎？"

何所畏而不校检夫婿

《魏书·北海王详传》：详妃，宋王刘昶女，不见答礼。详烝于安定王燮妃高氏，严禁左右，秘其始末。后谋为逆乱，收禁南台。详之初禁也，乃以烝高事告母，母大怒，詈之苦切曰："汝之妻妾侍婢，少盛如花，何忽共许高丽婢奸通，令致此罪？我得高丽，当啖其肉。"乃杖详背及两脚百余下，自行杖，力疲，乃令奴代。详苦杖，十余日乃能立。又杖其妃刘氏数十，云："新妇大家女，门户匹敌，何所畏也，而不检校夫婿？妇人皆妒，独不妒也？"刘笑而受罚，卒无所言。

荷包出售

《右台仙馆笔记》：绍兴某生，应京兆试，入都不售，寓其族子家。一日忽失之，十余日乃返，则止一衫一袴，面无人色。问旬余何往，何狼狈至此，某缕述所遭，乃可捧腹。盖其日，某闲行入内城，至西四牌楼一曲巷中，见有一家门署“荷包出售”四字，乃叩门欲买荷包。有一少妇出，以一枚示之，已敝矣。问有新者无，妇曰：“欲新者，请入内。”乃入共坐，妇絮絮闲谈，不及荷包；问之，仍以旧者进曰：“吾家止此一枚也。”“然则何以署门求售？”妇微笑曰：“所售非此荷包也。”某会其意，以言调之，妇曰：“我荷包价昂，郎有此资乎？”某即解囊出钱券示妇，可数百千。是时银一两易钱一千，计之亦值银数十两。妇曰：“可矣。”相将入室，弛服横陈，某感之，遂止宿焉。其家止一媪，妇所佣也；一童子，妇之弟也，朝夕饔飧，咸仰给于某。数日而空其囊，妇曰：“囊中空矣？”某曰：“此细事，吾自能筹之。”数日，妇又语如前，某答之亦如前。一日方共卧，忽有男子至其庭，声如虓虎，妇曰：“殆矣，吾夫归矣！不去，必血其刃。”乃导某出北牖，使踰后垣去。某仓卒不得衣，故止一衫一袴也。闻者咸粲然曰：“此皆伪局耳，然亦不可再往。”族子乃予以资，而使南归。

奴子魏藻

《滦阳消夏录》：奴子魏藻，性佻荡，好窥视妇女。一日村外遇少女，似相识而不知其姓名居址，挑与语，女不答而目近［成］，径西去。藻方注视，女回顾若招，即随以往，渐逼近，女面赪小语曰：“来往人众，恐见疑。君可相隔小半里，俟到家，吾待君墙外车屋中。枣树下系一牛，旁有碌碡者是也。”既而渐行渐远，薄暮，将抵李家洼，去家三十里矣。宿雨初晴，泥将没胫，足趾亦肿痛，遥见女已入车屋，方窃喜，趋而赴。女方背立，忽转面，乃作罗刹形，锯牙钩爪，面如靛，眼睒睒如灯，骇而返走，罗刹急追之。狂奔二十余里，至相国庄，已届亥初，识其妇翁门，急叩不已。门甫启，突然冲入，触一少女仆地，亦随之仆。诸妇怒噪，各持捣衣杵乱捶其股，气急不能言，惟呼："我！我！"俄一媪持灯出，方知是婿，共相惊笑。次日以牛车载归，卧床几两月。

当藻来去时，人但见其自往自还，未见有罗刹，亦未见有少女，岂非以邪召邪，狐鬼乘而侮之哉？先兄晴湖曰："藻自是不敢复冶游，路遇妇女必俛首。"是虽谓之神明示惩，可也。

非　烟

皇甫枚《非烟传》：临淮武公业，咸通中，任河南府功曹参军。爱妾曰非烟，姓步氏，容止纤丽，若不胜绮罗；善秦声，好文墨，尤工击瓯，其韵与丝竹合，公业甚嬖之。

其比邻天水赵氏子，曰象，才弱冠，端秀有文。于南垣隙中，窥见非烟，神气俱丧，废食息焉。乃厚赂公业之阍，以情告之。阍有难色，复为厚利所动，乃令其妻伺非烟闲处，婉述象意。非烟闻之，但含笑凝睇而不答。门媪尽以语象，象发狂心荡，不知所持，乃取薛涛笺题绝句曰：

一睹倾城貌，尘心只自猜。
不随萧史去，拟学阿兰来。

以所题密缄之，祈门媪达非烟。烟读毕，吁嗟良久，谓媪曰："我亦曾窥见赵郎，大好才貌。此身福薄，不得当之。"盖鄙武生麤悍，非良配耳。乃复酬篇，写于金凤笺曰：

绿惨双蛾不自持，只缘幽恨在新诗。
郎心应似琴心怨，脉脉春情更拟谁？

封付门媪，令遗象。象启缄吟讽数四，拊掌喜曰："吾事谐矣。"又以剡溪玉叶纸赋诗以谢曰：

珍重佳人赠好音，彩笺芳翰两情深。
薄于蝉翼难供恨，密似蝇头未写心。
疑见落花迷碧洞，只思轻雨洒幽襟。
百回消息千回梦，裁作长谣寄绿琴。

诗去旬日，门媪不复来。象忧懑，恐事泄，或非烟追悔，春夕于前庭独坐，赋诗曰：

绿暗红藏起暝烟，独将幽恨小庭前。
重重良夜与谁语？星隔银河月半天。

明日晨起吟际，而门媪来传非烟语曰："勿讶旬日无信，盖以微有不安。"因授象以连蝉锦香囊、彩笺小简，诗曰：

无力严妆倚绣笼，暗题蝉锦思难穷。
近来嬴得伤春病，柳弱花欹怯晓风。

象结锦囊于怀，细读小简，又恐烟幽思增疾，乃剪乌丝简为回缄曰：

春日迟迟，人心悄悄。自因窥觏，长役梦魂。虽羽驾尘轻，难于会合，而丹诚皎日，誓以周旋。况又闻乘春多感，芳履违和；耗冰雪之研姿，郁蕙兰之佳（佳）气。忧抑之极，怅不翻飞；企望宽情，无至憔悴。莫孤短韵，宁爽后期；惝恍寸心，书岂能尽？兼持菲什，仰继华篇。

诗曰：

见说伤情为见春，想封蝉锦绿蛾颦。
叩头与报烟卿道，第一风流最损人。

门媪既得回报，径赍诣烟。武公业时为府掾属，公务繁夥，或数夜一直，或竟日不归。是时适值武入府曹，烟折书，得以款曲寻绎，既而长太息曰："丈夫之志，女子之心，情契魂交，视远如近也。”于是阖户垂幌，为书曰：

下妾不幸，垂髫而孤，中间为媒妁所欺，遂匹合于非类。每至清风朗月，移玉桂以增怀；秋帐冬釭，泛金徽而寄恨。岂期公子，忽贻好音，发华缄而思飞，讽丽句而目断。所恨洛川波隔，贾午墙高，联云不及干（于）秦台，荐梦尚遥于楚岫。犹望天从素恳，神假微机，一拜清光，九殒无恨。兼题短什，用寄幽怀。

诗曰：

画檐春燕须同宿，兰浦双鸳肯独飞？
长恨桃源诸女伴，等闲花里送郎归。

封讫，召门媪令达于象。象览书及诗，以烟意稍切，喜不自持，但静堂焚香，虔祷以俟。

忽一日将夕，门媪促步而至，笑且拜曰：“赵郎愿见神仙否？”赵惊，连问之，传烟语曰：“今夜功曹府直，可谓良时。妾家后庭，郎君之前垣也。不渝惠好，专望来仪。方寸万种，悉俟晤语。”既曛黑，象乃跻梯而登，烟已令重榻而下。既下，见烟靓妆盛服，立于花下，拜讫，俱以喜极不能言。乃相携自后门入房中，背釭解衿，尽缱绻之意焉。及晓钟初动，复送象于垣下，烟执象泣曰：“今日相遇，乃前生姻缘耳。勿谓妾无玉洁松贞之志，放荡如斯。直以郎之风调，不能自持，愿深鉴之。”象曰：“挹希世之貌，见出人之心，已誓幽衷，永奉欢狎。”言讫，象踰垣而归。明日，托门媪赠烟诗曰：

十洞三清虽路阻，有心还得傍瑶台。
瑞香风引思深夜，知是蕊宫仙驭来。

烟览诗微笑，复赠象诗曰：

相思只怕不相识，相见还愁却别君。

愿得化为松上鹤，一双飞去入云行。

封付门媪，仍令语象曰："赖妾有小小篇咏，不然，君作几许大千面目。"

兹不盈旬，常得一期于后庭，展微密之思，罄宿昔之心，以为鱼鸟不知，神人相助。或景物寓目，歌诗寄情。来往更繁，不能悉载。如是者周岁。

无何，烟数以细过挞其女奴，奴阴衔之，乘间尽以告公业。公业曰："汝慎言，我当伺察之。"后至直日，乃伪陈状请假，迨夕如常入直，遂潜于里门。街鼓既作，匍伏而归，循墙至后庭，见烟方倚户微吟，象则据垣斜睇。公业不胜其愤，挺前欲擒，象觉跳去，搏之，得其半襦，乃入室呼烟诘之。烟色动声战，而不以实告。公业愈怒，缚之大柱，鞭楚流血，但云"生得相亲，死亦何恨"。深夜，公业怠而假寐，烟呼其所爱女仆曰："与我一杯水。"水至饮尽而绝。公业起，将复笞之，已死矣。乃解缚，举至阁中，连呼之，声言烟暴疾至殒。后数日，葬于北邙，而里巷间皆知其强死矣。象因变服易名，远窜江浙间。

洛阳才士有崔、李二生，常与武掾游处。崔赋诗末句云："恰似传花人饮散，空床抛下最繁枝。"其夕梦烟谢曰："妾貌虽不逮桃李，而零落过之。捧君佳什，愧仰无已。"李生诗末句云："艳魄香魂如有在，还应羞见坠楼人。"其夕梦烟戟手而言曰："士有百行，君得全乎？何至矜片言，苦相诋斥？当屈君于地下面证之。"数日，李生卒。时人异焉。

君夺臣妾

《南齐书·到捴传》：撝（捴）资籍豪富，厚自奉养，宅宇山池，京师第一；妓妾姿艺，皆穷上品。才调流赡，善纳文士；庖厨丰腆，多致宾客。爱妓陈玉珠，明帝遣求不与，逼夺之，捴颇怨望。帝令有司诬奏捴罪，付廷尉将杀之。捴入狱数宿，须鬓皆白，免死，系上（尚）方，夺封与弟赍。捻由是屏斥声玩，更以贬素自立。

薛荔为殃

《南部新书》：武翊皇以三头冠绝一代，后惑婢薛荔，苦其冢妇卢氏。虽李绅以同年为护，而众论不容，终至流窜。状头、宏词头、敕头，是谓“三头”。

周　娼

《宋史·叔近传》：叔近，悼王元孙，荣良公克类之子也。王渊在汴京狎娼周氏，周氏后归叔近，渊衔之，乃诬叔近通贼，夺职，拘于州，以朱芾代之。芾肆残虐，军民愤怨。小卒徐明，率众囚芾，迎叔近领郡事。叔近不得辞，因抚定之，请择守于朝。奏未达，朝廷命张俊致讨。俊，渊部曲也，辞行，渊谓之曰：“叔近在彼。”俊谕意，领兵至郡，叔近出迎，俊叱令置对，方操笔，群刀遽前，断其右臂。叔近呼曰：“我宗室也!”俊曰：“汝既从贼，何云宗室?”语未竟，已折首于地。徐明等见叔近死，遂反戈婴城，纵火驱掠。翌日俊斩关，入捕明等诛之，取周氏归于渊。绍兴九年，御史言近叔之冤，赠集英殿修撰。

惜指失掌

《侍儿小名录》：宋阮佃夫，有宠于明帝。庐江何恢有妓张耀华，美而有宠。为广州刺史，将发，要佃夫饮。设乐，见张氏，悦而求之，恢曰：“恢可得，此人不可得也。”佃夫拂衣出户，曰：“惜指失掌耶?”遂讽有司，以公事弹恢。

为欢殒生

《滦阳续录》：神奸机巧，有时败也；多财恣横，亦有时败也。

以神奸用其财，以多财济其奸，斯莫可究诘矣。

景州李露园言，芜齐间有富室失偶，见里人新妇而艳之。阴遣一媪，税屋与邻，百计游说，厚赂其舅姑，使以不孝出其妇，约勿使其子知。又别遣一媪，与妇家素往来者，以厚赂游说其父母，伪送妇还。舅姑亦伪作悔意，留之饭。已呼妇入室矣，俄彼此语相侵，仍互诟，逐妇归，亦不使妇知。于是买休卖休，与母家同谋之，事俱无迹可寻矣。既而二媪诈为媒，与两家议婚，富室以惮其不孝辞，妇家又以贫富非偶辞。于是谋娶之计，亦无迹可寻矣。

迟之又久，复有亲友为作合，仍委禽焉。其夫虽贫，然故士族，以迫于父母，无罪弃妇，已怏怏成疾，犹冀破镜再合，闻嫁有期，遂愤郁死。死而其魂为厉于富室，合卺之夕，灯下见形挠乱，不使同衾枕。如是者数夜，改卜其昼，妇又恚曰："岂有故夫在旁，而与新夫如是者？又岂有三日新妇，而白日闭门如是者？"大泣不从。无如之何，乃延术士劾治。术士登坛焚符，指挥叱咤，似有所睹，遽起谢去，曰："吾能驱邪魅，不能驱冤魂也。"延僧礼忏，亦无验。忽忆其人素颇孝，故出妇不敢阻，乃再赂妇之舅姑，使谕遣其子。舅姑虽痛子，然利其金，姑共来怒詈，泣曰："父母见逐，无复往理，且讼诸地下耳。"从此遂绝。不半载，富室竟死，殆讼得直欤？

富室是举，使邓思贤不能讼，使包龙图不能察，且恃其钱神，至能驱鬼，心计可为巧矣，而卒不能逃幽冥之业镜。闻所费不下数千金，为欢无几，反以殒生。虽谓之至拙可也，巧安在哉！

奸　杀

唐仲冕《六如居士外集》：伯虎应试南都，偶因出游，见楼上一美人，以目挑之，伯虎亦致殷勤焉。美人者，某挥使女也，慕伯虎才名，暗以手书订桑间之约，期以八月十五试毕赴之。伯虎因浪游出，偶为友人发其箧中私藏，蓦见此书，即怀之。伺毕试夜，其友盛招宾客，留连伯虎，酌以兕觥，伯虎坚辞不得，颓然一醉。其友冒往，与其女欢洽。已为挥使所觉，男女俱被杀。比伯虎醒时，漏下四鼓矣，因暗赴其期。中途喧传某挥使家，以奸情事发杀人。伯虎大惊，趋避免于难。噫，亦奇矣！

邮亭一夜眠

周煇《清波杂志》：陶尚书穀，奉使江南，恃才凌忽，议论间殆应接不暇。有善谋者，选籍中艳丽，诈为驿卒孀女，布裙荆钗，日拥篲于庭。穀一见喜之，而与之狎，赠以长短句。一日国主开宴，立妓于前，歌所赠《邮亭一夜眠》之词，穀大惭沮，满引致醉，顿失前日简倨之容，归朝坐此抵罪。

文潞公帅成都，有飞语至，朝廷遣御史何郯，俾伺察之。潞公亦为之动，遍询幕客，孰与御史密者。得张俞、字少愚者，使迎于汉州，且携营妓名王宫花者往，伪作家姬，舞以佐酒。御史醉中，取其领巾题诗云：

按撤《梁州》更《六么》，西台御史惜妖娆。
从今改作王宫柳，舞尽春风万万条。

至成都，此妓出迎，遂不复措手而归。

二事切相类。一说王宫花，一名阳台柳，诗首句云“蜀国佳人号细腰”。何字圣从，亦蜀人也。

忍　冷

《东轩笔录》：宋子京博学能文章，天资蕴藉，好游宴，以矜持自喜。晚年知成都府，带《唐书》于本任刊修，每宴罢盥漱毕，开寝门垂簾，燃二椽烛，媵婢夹侍，和墨伸纸，远近观，皆知尚书修《唐书》矣，望之如神仙焉。多内宠，后庭曳罗绮者甚众。尝宴于锦江，偶微寒，命取半臂，诸婢各送一枚，凡十余枚皆至。子京视之茫然，恐有厚薄之嫌，竟不敢服，忍冷而归。

作红绣鞋曲被劾

黄雪蓑《青楼集》：金莺儿，山东名姝也，美姿色，善谈笑，搊筝合唱，鲜有其比。贾伯坚任山东佥宪，一见属意焉，与之甚昵。后除西台御史，不能忘情，作醉，高歌《红绣鞋》曲以寄之曰：

> 乐心儿比目连枝，肯意儿新婚燕尔。
> 画船开抛闪的人，独自遥望关西店儿。
> 黄河水流不尽心事，中条山隔不断相思。
> 常记得夜深沉，人静悄，自来时。
> 来时节两三句话，去时节一篇诗，记在人心窝儿里直到死。

由是台端知之，贾被劾而去，至今山东以为美谈。

楚　儿

孙棨《北里志》：楚儿字润娘，素有三曲之尤，而辨慧，往往有诗句可称。近以退（迟）暮，为万年捕贼官郭锻所纳，置于他所。

润娘在娼中，狂逸特甚，及被拘系，未能悛心。锻主繁务，又本居有正室，至润娘馆甚稀。每有旧识，过其所居，多于窗牖间相呼，或使人询讯，或以巾笺送遗。锻乃亲仁诸裔孙也，为人凶忍且毒，每知必极笞辱。润娘虽甚痛愤，殊不少革。

尝一日自曲江与锻行，前后相去十数步。同版使郑光业昌国，时为补衮，道与之遇，楚儿遂出簾招之，光业亦使人传语。锻知之，因曳中至衢，系（击）以马棰，其声甚冤楚，观者如堵。光业遥视之，甚惊悔，且虑其不任矣。光业明日，特取路过其居侦之，则楚儿已在临街窗下弄琵琶矣。驻马使人传语，已持彩笺送光业，诗曰：

应是前生有宿冤，不期今世恶姻缘。
蛾眉欲碎巨灵掌，鸡肋难胜子路拳。
只拟吓人传铁券，未应教我蹈金莲。
曲江昨日君相遇，当下遭他数十鞭。

光业马上取笔答之曰：

大开眼界莫称冤，毕世甘他也是缘。
无计不烦干偃蹇，有门须是疾连拳。
据论当道加严棰，便合披缁念法莲。
如此兴情殊不减，始知昨日是蒲鞭。

光业性疎纵，但无畏惧，不拘小节，是以敢驻马报复，仍便送之，闻者皆缩颈。锻累主两邑捕贼，故不逞之徒，多所效命，人皆惮焉。

圈文章

《履园丛话》：吾乡有王荣世者，其父乃贩牛估也，一字不识，而荣世少聪颖，喜读书。既开笔作诗文，每至文期，父必索其文而阅之，数其圈多者，则喜形于色，圈少则挞之。未数年，荣世果入泮。昔赵青藜先生馆选后，掌教徽州紫阳书院，娶两妾，各生一子，俱同庚，后皆长成，能作文矣。赵自为批阅，二妾亦各阅其子之文，交相比对，以圈多者为偏爱，必吵骂终日，至于不食。赵不得已，每阅文时，必置算盘于案头，总以圈点同其数，以平两妾之詈。后二子皆中式。

并　华

《潇湘录》：唐并华者，襄阳鼓刀之徒也。常因游春，醉卧汉水滨。有一老叟，奇其貌，叱起，赠以一斧，嘱曰："但持此造作，必巧妙通神。他日，慎勿以女子为累。"华拜受之。自此斧削成物，飞行如意，至于上栋下宇，危楼高阁，固不烦余刃。后游安陆，止富人王枚家。枚知华机巧，仍请华临水造一独柱亭。工毕，尽出家人以观之。枚有一女，已丧夫，容色姝丽。华既见，深慕之，其夜乃逾墙入女室。女甚惊，华谓曰："不从，我必杀汝。"女荏苒同心焉，后每夜窃入。他日，枚潜知之，厚遗遣华。华察其意，谓枚曰："我寄君家受惠多矣，而复厚赂我，异日无以为答，当作一物以奉君。"枚曰："何物也？"华曰："我能作木鹤令飞，或有急，但乘其鹤，即千里之外也。"枚既尝闻，因许之。华即出斧斤，造成飞鹤一双，唯未成其目。枚怪问之，华曰："必须君斋戒，始成之。不然，必不飞耳。"枚遂斋戒。其夜，华盗女乘鹤而归襄阳。至曙，枚失女，求之不获，因潜行入襄阳，以事告州牧。州牧密令搜求，果擒华。州牧怒，杖杀之，所乘鹤亦不能飞。

窈　娘

孟启《本事诗》：有名知之者，官郎中。有婢曰窈娘，美而善歌舞，知之教读书，善记识。年及笄，尚不为议婚。时武承嗣骄贵，借教歌舞，遂不还。知之思念成疾，作《绿珠怨》，写以缣素，厚赂閽（阍）奴，密寄之。其词曰：

石家金谷重新声，明珠十斛买娉婷。
此日可怜无复比，此时可爱得人情。
君家闺阁未曾难，尝持歌舞使人看。
意气雄豪非分里，骄矜势力横相干。
辞君去君终难忍，徒劳掩面伤红粉。
百年离别在高楼，一旦红颜为君尽。

窈娘得诗，悲泣投井而死。承嗣令出，于裙带上得诗，鞭杀阍奴，讽吏罗织知之，以至杀焉。

净身面妓

《说听》：王某，洛阳人，寓祥符，以贩木为业，与妓者唐玉簪交狎。唐善歌舞杂剧，事某曲尽殷勤，为之迷恋，岁遗白金百两。周府郡王（谈者失记其封号），人称“鼓楼东殿下”者（以居址得名），雅好音乐，闻玉簪名，召见，试其技而悦之，以厚价畀其姥，遂留之。某悲思成疾，赂府中出入之妪，传语妓云：“傥得一面，便死无恨，盍亦求之。”妓乘间为言，殿下首肯，且戏云：“须净身进来。”妪以告某，某即割势几绝，越三月始痊，上谒殿下。命解衣视之，笑曰：“世间有此风汉！既净身，就服事我。”某拜诺，遂使玉簪立门内见之，相向呜咽而已。殿下与赀千金，岁收其息焉。是事无足书，书以发一笑耳。

代妓作醮词

王明清《玉照新志》：仲弥性并，淮上知名士也。登第之后，诸侯交辟。久之，得通判湖州。杨娼韵者，以色艺显名一时，弥性惑之，誓与偕老。韵以诞日，尝作醮供，弥性为代作醮词云：

> 身若浮萍，尚乞怜于尘世；命如叶薄，敢祈佑于玄穹。适届生初，用输诚曲。妾缘业如许，流落至今，桃李半残，何滋于苑囿；燕莺已懒，空锁于樊笼。只影自怜，甘心谁亮？香炉经卷，早修清净之缘；歌扇舞衫，尚挂平康之籍。伏愿来吉祥于天上，脱禁锢于人间，既往修来，收因结果。辟纑织屦，早谐夫夫妇妇之仪；堕珥遗簪，免脱暮暮朝朝之苦。人之所愿，天不可诬。

仲杨隶事，虽甚亲切，然黩穹甚矣，寻即俱去。适王承可铁为郡守，与之启云：“方若歌别驾之功，闻已泛扁舟之楫。”弥性坐废二十余年，逮秦桧殂，始获昭雪。继而入丞光禄，出守蕲春，以疾终于淮东仪幕。

蒋　生

《庚巳编》：蒋生者，名唤，吴人也，少年美姿容，而情质温雅。弘治辛酉，以县学生领乡荐。会试北上，道出临清，日暮憩止道旁民家，爱其门户潇洒，延伫移时。堂中有女郎，方映窻悄悄独立，睹生风仪，注目情动。呼青衣邀入中堂，女郎更衣出拜，韶颜稚齿，殆若天仙，生一见为之心动。逡巡设酒肴，延坐，谈谑稍狎。抵夜，同入小阁，遂谐缱绻。时其父适已他往，经三日归，为家人所白。翁闻之，怒甚，将执焉，既而沉思久之，顾生曰："汝良家子俊士也，吾一女，素钟爱。今一旦至此，已无可奈何，虽甘心于子，不足赎吾耻。顾吾女犹未有家，子能为吾婿乎？不则，吾将执汝送县官矣。"生唯唯从命，遂谐伉俪。留连越旬，俄迫试期，遂辞行登途。临别相顾悽断，雨泣升车而去。抵京，入试，下第。还到翁家，翁哭而迎曰："自子行迈，吾女朝夕相思，因而成疾，今死矣！"引示以女榇，生潸然泣下，仆地欲绝。是夕设祭号恸，辞翁登舟，女已先在矣。从此舟行月余，常觉其在旁，抵家已复在室中。自是动息不离，至啜茶，亦于杯中见之。生迷惘憔悴，遂成瘵疾。家人疑问，始具述其事。疾益甚，乃徙城中寓所，女复随至。不久竟死，时年二十有三而已。予姊之夫，于生有亲，能道其事。

卷二十三

情中妒

宫人手

《宋史·光宗李皇后传》：后字凤娘，乾道七年，立为皇太子妃。性妒悍，常诉太子左右于高、孝二宫。高宗不怿，孝宗亦屡训后，宜以皇太后为法，不然，行当废汝。及太子即位，册为皇后，遂泣诉于帝，谓寿皇有废立意，帝惑之。帝尝宫中浣手，睹宫人手白，悦之。他日，后遣人送食合，帝启之，则宫人两手也。又黄贵妃有宠，因帝亲郊，宿斋宫，后杀之，以暴卒闻。是夕风雨大作，黄坛烛尽灭，不能成礼。帝疾由是益增剧，不视朝，政事多决于后矣。

九　锡

《太平广记》：晋王导妻妒。有妾在别馆，妻知之，持食刀将往。公遽命驾，患牛迟，手捉麈尾，以柄助打牛。蔡谟闻之，后诣王曰："朝廷欲加九锡。"王自叙谦志，蔡曰："不闻馀物，唯闻短辕犊车，长柄麈尾。"导大惭。

捽须堕地

《可谈》：沈括存中入翰苑，出塞垣，为闻人。晚娶张氏，悍虐，存中不能制，时被棰骂，捽须堕地。儿女号泣而拾之，须上有血肉者，又相与号恸，张终不怒。余仲姊嫁其子清直，张出也。存中长子博毅，前室儿，张逐出之。存中时往赒给，张知辄怒，因诬长子凶逆暗昧事。存中责安置秀州，张时时步入府中，诉其夫子，家人辈徒跣从劝于道。先公闻之，颇怜仲姊，乃夺之归宗。存宗（中）投闲十余年，绍圣初，复官领宫祠，张忽病死。人皆为存中贺，而存中自张亡，恍忽不安，船过扬子江，遂欲堕水，左右挽持之，得免，未几不禄。或疑存中平日为张所苦，又在患难，方幸相脱，乃尔何耶？余以谓此妇妒暴，非碌碌者，虽死，魂魄犹有凭藉。

宦告妬妻

《学圃识馀》：正统间，吴郡练从道纲按闽时，有致仕郡守，投刺晋谒。问其来意，曰："某妻妬悍，自始成婚至今，被渠凌辱万端。某诚无如之何，故以诉公求治。"纲曰："此公家事，我何敢与知？"某复恳不已。纲沉思良久，遣吏至其家，请夫人来。吏至，其妇已知，厉声曰："彼固朝廷命官，我独非命妇乎？"取命服服之，舁至察院。纲据案治（治）事，其妇随步而入。纲呼卒褫其服，呼其夫出，授以杖。其人持杖，遥阶捶击，妇遍体无完肤，泣拜恳免。纲令具供放之，自后无复故态矣。

邱鹏妻妬

《耳剽集》：吏部主事邱鹏妻杨氏，性妬多智，鹏畏之。谒告归吴，母以未有孙，谋蓄妾，杨不可，母与鹏愤郁而死。御史尚维持闻之，遣吴同知令杨自尽。杨凤冠霞服，手执敕命而出，问曰："奉旨来乎？"曰："非也，御史有后命。"杨笑谓曰："妾六品命妇，御史七品官耳，敢擅杀人？妾死不难，恐先生亦不得辞其责矣。"同知唯唯而退，白御史止之。

缝婢阴

《坚瓠集》：亳州一士狎其婢，妇妬甚，捣蒜纳婢阴中，而以绳缝之。婢痛苦殊甚，邻人咸为之不平，群讼于官。官大怒，拘妬妇，唤革工数人携锥绳诸物，欲缝妬妇阴。士惧为门户辱，竭力求免，官曰："今城楼且怀（坏），果能重为建造，庶可免耳。"士罄家所有，始能竣役。至今土人，即以此事名其城楼云。

女侠止妬

《广莫野语》：一富宦无子，妻极悍，笞死婢妾数人。一邻家颇殷实，有女，白父曰："愿嫁此宦。"父曰："渠妻凶恶，挞死妾甚多，汝何寻死？"女固请，父因达宦，妾之。至第三日，妾方梳洗，妻言起迟，上楼梯口喃喃骂。妾觑其将至，用脚一踢，倒撞梯下，随下楼坐其身上，捶打詈骂，且言："我年少女子，家颇富厚，岂嫁此老人？只是一大宦家，因尔绝后。吾今打死尔，为尔偿命，着他另娶。"言毕，又打。妇誓任从再娶，宦亦恳求释之。后女生二男，一甲榜、一乡魁云。

虚咽一瓯溺耳

《玉泉子》：李相福妻裴氏，姓妒忌，姬侍甚多，福未尝敢属意。镇滑台日，有以女奴献之者，福欲私之而未果。一日，乘间言于妻曰："某官已至节度使矣，然所指使者，不过老仆。夫人待某，无乃薄乎？"裴曰："然。不知公意所属何人？"福即指所献之女奴也。裴许诺，尔后不过执衣侍膳，未尝一得缱绻。福又嘱妻之左右曰："设夫人沐发，必遽来报我。"既而果有以夫人沐发来告者，福即伪言腹痛，且召其女奴。既往，左右以裴方沐，不可遽已，即白所以疾。裴以为信然，遽出发盆中，跣问福所苦。福既绐以疾为言，即若不可忍状，裴极忧之，由是以药投儿溺中进之。明日，监军使及从事悉来候问，福即具以事告之，因笑曰："一事无成，固当其分。所苦者，虚咽一瓯溺耳。"闻者莫不大笑之。

不如降黄巢

《北梦琐言》：唐王中令位望崇显，率由文雅，非定乱之才。镇渚宫为都统，以御黄巢，寇兵渐近。先是赴镇，以姬妾自随，妻妒，故未偕行。忽报夫人离京在道，中令谓从事曰："黄巢渐以南来，夫人又自北至，旦夕情味，何以安处？"幕寮戏曰："不如降黄巢。"公亦大笑之。

幸掌衣婢

《王氏记闻》：尝有功臣，忘其名。其妻妒忌，家畜妓乐甚多，居常即隔绝之；或宴饮，即使隔帘幕奏乐，某未尝见也。其妻左右，常令老丑者侍之。某尝独处，更无侍者，而居第器服甚盛。后，妻病甚，语其夫曰："我死，若近婢［妾］，立当取之。"及属圹，某乃召诸姬，日夜酣饮为乐。有掌衣婢，尤属意，即幸之。方寝息，忽有声如霹雳，帷幕皆裂，某因惊成疾而死。

击子碎首

《李及传》：及娶张氏，性妒悍。及尝生子，鞠之外舍，张固请归保养之。乃会亲属，以子击堂柱，碎其首，及遂无子。

阴皮附驸马面

《耳目记》：唐宜城公主驸马裴巽，有外宠一人。公主遣人执之，截其耳鼻，剥其阴皮，附驸马面上，并截其发，令厅上判事，集僚吏共观之。

为妓鞋而死

《遯斋闲览》：妇人之妒，有异甚者。四十年前，抚州监酒范寺丞者，妻美而妒，范宠惮之。同官每休暇，招妓燕集，皆不得预。一夕，范轮次直宿，会有告私酿者，范晨率吏径往搜捕。其同事李供奉者，素知范妻之妒，戏取妓鞋，密置范卧具中。须臾，吏携衾褥归，妻展衾得鞋，神色沮丧。诘所从来，吏言不知，于是泣怨良久，拊心而呼曰："天乎！有是邪？"乃入室阖户而寝。顷之范还，排户入，则自经死矣。

狮化为虎

《虎荟》：叶荐妻谗妬。叶七十，始蓄一妾，妻即求离异，筑室山后居焉。家人日夕省候，叶谓不复妒，令妾讯之，日落不返。亲诣其处，门户深扃，破关而入，其妻已化为虎，食妾尽矣。

四畏堂

《遣愁集》：王文穆妻甚悍妬，尝作三畏堂于就（后）圃，杨文公见而戏曰："请改作四畏堂。"王不悟，杨笑曰："兼畏夫人。"

杖王宾妻

《宋史·王宾传》：宾，许州许田人，小心谨愿。太平兴国初，补东头供奉官，亳州监军。宾妻妒悍，宾不能制。时监军不许挈家至任所，妻擅至亳，宾具白上。太宗召其妻，俾卫士捽之杖百，一夕死。

生肉二盘

《遯斋闲览》：又有人任湖广南倅，生一子，已周岁，夫妇甚怜之。偶一日，郡守在告，倅摄郡事。会邻郡太守过郡，开宴命妓。

妓中有一秀慧者，立侍倅侧，倅顾与语，及戏为酒令。笑语方酣，忽见吏擎生肉二盘，置宾主前。倅愕问其故，则子肉也。盖妻忿夫与妓语，乃手忍其子，刲肉以献。其毒忍至此！

瓜中进毒

《隋书·秦王俊传》：俊颇好内，妃崔氏性妒，甚不平之，遂于瓜中进毒，俊由是遇疾，岁余薨。崔氏以毒王之故，下诏废绝，赐死于其家。

朕亦畏之

《朝野佥载》：唐初兵部尚书任瓌，敕赐宫女，二女皆国色。妻妒，烂二女头发秃尽。太宗闻之，令上宫赍金胡缾酒赐之，云："饮之立死。瓌三品，合置姬媵。尔后不妬，不须饮之；若妒，即饮。"柳氏拜敕讫，曰："妾与瓌结发夫妻，俱出微贱，更相辅翼，遂致荣官。瓌今多内嬖，诚不如死。"遂饮尽，然非酖也。既睡醒，帝谓瓌曰："其性如此，朕亦当畏之。"因诏二女，令别宅安置。

草实婢腹

《刘昶传》：昶适子承绪，先昶卒。长子文远，次辉、字重昌，并皆疎狂，昶深虑不能守其爵封。然辉犹小，未多罪过，乃以为世子袭封。正始初，尚兰陵长公主，世宗第二姊也，拜员外常侍。公主颇严妒，辉常私幸主侍婢有身，主笞杀之，剖其孕子节解，以草装实婢腹，裸以示辉。辉遂忿憾，疎薄公主。公主姊因入听讲，言其故于灵太后，太后敕清河王怿穷其事。怿与高阳王雍、广平王怀，奏其不和之状，无可为夫妇之理，请离婚削除封位，太后从之。宫（公）主在宫周岁，高阳王及刘胜等，皆为言于太后。太后虑其不改，未许之。雍等屡请不已，听复旧义。太后流涕送公主，诫令谨护。

正光初，辉又私淫张、陈二氏女，公主更不检，恶主姑陈留公主，共相扇奖，遂与辉复致忿争。辉推主堕床，手脚殴蹈，主遂伤胎。辉惧罪逃逸。灵太后召清河王怿决其事，二家女髡笞付宫，兄弟皆坐鞭刑，徙配敦煌为兵。公主因伤致薨，太后亲临恸哭，举哀太极东堂。出葬城西，太后亲送数里，尽哀而还，谓侍中霍光曰："向哭所以过哀者，追念公主为辉顿辱非一次，乃不闻言，能为隐忍。古今宁有此？此所以痛之。"后执辉于河内之温县，幽于司州，将加死刑，会赦得免。

长江天堑

《香祖笔记》：毗陵一士夫妻，颇能诗。既而纳一姬，置之别馆，夫人侦知之，将自往掩取。仓皇无计，携姬渡江，假寓广陵。夫人追至京口江岸，不敢渡而归。一日坐客述之，余曰："所谓长江天堑，天之所以限南北也。"一坐大笑。

罗氏防限

《魏书·长孙道生传》：观子稚，字承业。妻张氏，生二子，子彦、子裕。后与罗氏私通，遂杀其夫，弃张纳罗。罗年大稚十余岁，妒忌防限，稚雅相爱敬，旁无姬妾。僮侍之中嫌疑致死者，乃有数四。罗生三子，绍远、士亮、季亮，兄弟皆廉武。

妻妾镊须

《墨客挥犀》：有一郎官，年六十余，置媵妾数人。须已斑白，令其妻妾互镊之。妻忌其少，恐为群妾所悦，乃去其黑者；妾欲其少，乃去其白者。不逾月，颐颔遂空。

两宅别居

《魏书·李洪之传》：洪之微时，妻张氏助洪之经营资产，自贫至贵，多所补益。有男女几十人。洪之后得刘氏，刘芳从妹，洪之钦重，而疎薄张氏，为两宅别居，偏厚刘室。由是二妻妒竞，互相讼诅；两宅母子，往来如雠。

惮妻如严亲

《南唐近事》：兵部尚书杜业，任枢密，有权变，足机智，兵赋民籍，指之掌上。其妻张氏，妒悍尤急，室绝婢妾，业惮之如事严亲。烈祖常命元皇后召张至内庭，诫之曰："业位望通显，得置妾媵，何拘忌如此？岂妇道所宜耶？"张雪涕而言曰："业本狂生，遭逢始运，多垒之秋（初），陛下所藉者，驽马未竭尔，而又早衰多病，纵之必贻其患，将误于任使耳。"烈祖闻之，大加奖叹，以银盆彩段赏之。

妒妇津

《酉阳杂俎》：妒妇津，相传言晋大始中刘伯玉妻段氏，字光明，姓妒忌。伯玉常于妻前诵《洛神赋》，语其妻曰："娶妇得如此，吾无憾焉。"光明曰："君何以善水神而欲轻我？吾死何愁不为水神！"其夜乃自沉而死。死后七日，托梦语伯玉曰："君本愿神，吾今得为神也。"伯玉寤而觉之，遂终身不复渡水。有妇人渡此津，皆坏衣毁妆，然后敢济；不尔，风波暴发。丑妇虽妆饰而渡，其神亦不妒也。妇人渡河，以无风浪为己丑，不致水神怒。丑妇讳之，无不自毁形容，以塞嗤笑也。故齐人语曰："欲求好妇，立在津口。妇立水旁，好丑自彰。"

药赐妬妻

《南齐书·刘休传》：宋明帝憎妇人妒。尚书右丞荣彦远，以善棊见亲，妇妒，伤其面，帝曰："我为卿治之，何如？"彦远率尔应曰："听圣旨。"其夕，遂赐药杀其妻。休妻王氏亦妒，帝闻之，赐休妾，敕与王氏二十杖，令休于宅后开小店，使王氏亲卖扫箒皂荚以辱之。其见亲如此。

悍妬见出

《魏书·李孝伯传》：孝伯兄祥，祥子安世妻博陵崔氏，生一子玚，崔氏以妒悍见出。

龙丘狮吼

《容斋二笔》：陈慥字季常，公弼之子，居于黄州之岐亭，自称龙丘先生，又曰方山子。好宾客，喜畜声妓，然其妻柳氏绝凶妒，故东坡有诗云：

龙丘居士亦可怜，谈空说有夜不眠。
忽闻河东狮子吼，拄杖落手心茫然。

河东狮子，指柳氏也。

王昕拊膺

《北齐书·王昕传》：昕弟晞无子，帝将赐之妾，使小黄门就宅宣皇后旨，问晞妻。晞令妻答，妻终不言，晞以手拊胸而退，帝闻之笑。

拔刀上床

《要录》：俗说车武子妻大妒，呼其妇兄宿，取一绛裙衣褂（挂）屏风上，其妇拔刀径上床，发被，乃兄也，惭而退。

朋友治妬

《萩园杂记》：高文义公穀无子，置一妾，夫人妬悍，每间之，不得近。一日，陈学士循过焉，留酌聚话，及此。夫人于屏后闻之，即出诟骂。陈公掀案作怒而起，以一棒扑夫人，仆地至不能起，高力劝乃止。陈数之曰："汝无子，法当去汝；而置妾，汝复间之，是欲绝其后也。汝不改，吾当奏闻朝廷，置汝于法不贷也。"自是妬亦少衰，生中书舍人晅，陈公一怒之力也。

悍妇肉

《艺林学山》：开平王常遇春妻甚妬，高王赐侍女，开平悦其手，妻即断之。开平惧且愤，入朝而色不怡，高皇诘之再三，始具对。高皇笑曰："此小事耳，再赐何妨？且饮酒宽怀。"密令校尉至开平第，诛其妻，支解之，各以一脔赐群臣，题曰"悍妇之肉"。开平大惊，谢归，怖惋累日。更赐美女数人。

锁阴奶奶

《坚瓠集》：顺治中，毗陵某宦，偶狎一乳媪。夫人知之，竟以锥钻其阴而锁之，弃其钥匙于井。乳媪叫号欲死，人不得已，觅铜匠以铁丝开之。至今常州人称"锁阴奶奶"云。

妬妇后身

《缥囊杂志》：吕后死而为母鸡。《文海披沙》：赵飞燕死而为鼋；贾南风死而为蝎；梁郄后死而为蟒；李蛰宠姬化为斑虎；武则天死后纳于大瓮，万蝎螫之，后化为鼠；宋李后死，雷火焚其殡宫。椒房妬虐之报如此，何况民间。

我见犹怜

《续搜神记》：桓司马以李势女为妾，南郡主拔刀，率婢数十人往李所，因欲斫之。见李在牕前梳头，发垂委地，姿貌绝丽。乃徐下地，结发敛手，向主曰："国破家亡，无心以至今日。若能见杀，犹生之年。"神色闲正，辞旨悽惋。主乃掷刀抱之曰："我见犹怜，何况老奴！”

一岁妬死八十四人

《闽世家·王审知传》：审知子延翰妻崔氏，陋而淫，延翰多选良家子为妾。崔氏性妒，良家子美者，辄幽之别室，系以大械，刻木为人手以击其颊，又以铁锥刺之。一岁中，死者八十四人。崔氏后病，见以为祟而卒。

杀　妾

《元史·袁裕传》：裕为顺德路总管。郡有铁冶提举张镒，无子买妾，其妻妒而杀之。裕捕其妻，讯之服辜。

妾尸贮缶

《宋史·宗室子潚传》：子潚字清卿，知泉州。吏有掠民女为妾，其妻悍妒，死而磔之，贮以缶，抵其兄兴化掾安廨中。妾父诣郡诉，吏不决。子潚访知状，亟遣人往兴化，果得缶以归，狱遂决。

漆侍女为癞

《明史·代简王桂传》：代简王桂，太祖第十三子；王妃，中山王徐达女，仁宗文皇后妹也。骄而妒，漆桂二侍女为癞，逐之。事闻，帝以中山王故，不罪。桂不悦，妃移怒世子逊爣，出其母子居外舍。

汝好妆耶我为汝妆

《酉阳杂俎》：房孺复妻崔氏，性忌，左右婢不得浓妆高髻，月给胭脂一豆、粉一钱。有一婢新买，妆稍佳，崔怒曰：“汝好妆耶？我为汝妆！”乃令刻其眉，以青填之；烧锁梁灼其两眼角皮，随手燋卷，以朱傅之。及痂脱，瘢如妆焉。

事婢如姑

《南唐近事》：陈觉微时，为宋齐邱之客。及为兵部侍郎也，其妻李氏妬悍，亲执庖爨，不置妾媵。齐邱选婢三人与之，李亦无难色，奉事三婢若舅姑礼。问其故，李曰："此令公宠幸之人，见之若面令公，何敢倨慢！"三婢既不自安，求还宋第，宋笑而许之。

木槌杀妬妇

《云间杂志》：南门外某姓一妬妇，知婢怀妊，日夜痛殴。既娩身，逼令弃儿于水。婢不得已，将儿系之木板，以钗一股，置儿衣间，冀得收养。适一妇持木槌浣衣溪上，见而收之。方用手援儿，椎（槌）忽堕水，流至妬妇门，为其婢所得，悬之壁间。不两月，盗入其家，即将木槌椎杀妬妇，其夫方知儿之溺死也。后六年，拾儿之父偶至婢所，见木槌，认为己物。婢问失槌之由，云为捞儿滚入波心；复问儿衣间有何物，曰："有一钗，今尚在。"婢即日索钗视之，果前物也。重酬其乳食之费，携子归。张友莲作《木槌记》。

锄地见人

《会昌解颐录》：唐韦讽，家于汝颍间。遣小童理草锄地，忽见人发，锄渐深渐多而不乱，讽异之。即掘深尺余，乃一妇人，饥（肌）肤容色，俨然如生，再拜言曰："某是郎君之祖女奴，名曰丽质，娘子嫉妒，生埋此园中。"

杀婢金扈

《儆戒录》：蜀青石镇陈洪裕妻丁氏，因妒忌，打杀婢金扈，潜于本家埋瘗，仍榜通衢云：金扈逃走。经年，迁居夹江，因夏潦漂坏旧居渠岸，见死婢容质不变。镇将报州追勘拟伏，其婢尸一夕坏烂，遂置丁氏于法。

酷　刑

《元氏掖庭记》：淑妃龙瑞娇，悍而且妒，宫人少有不如意，笞挞至死。有不欲置之死地者，则百计千方，致其苦楚。以醋沃鼻，谓之酸刑；以秽塞口，谓之臭刑。夏则火围，谓之蒸骨；冬则卧冰，谓之炼肋。不能酒者，强令之饮，多至十椀，是名“醉鬼”。削木埋地，相去二尺，高三尺，令女立上，又以一木拄其腰，两手各持重物不得失坠，名曰“悬心之刑”。凡此类者甚多。

沈　询

《北梦琐言》：沈询有嬖妾，其妻害之，私以配内竖归秦，询不能禁。既而妾又侍内，归秦耻之，乃挟刃伺隙，杀询及其夫人于昭义使衙。是夕，询宴府中，宾友乃著词曰：“莫打南来雁，从他向北飞。打时双打取，莫遣两分离。”及归而夫妻并命焉。时咸通四年也。

余媚娘

温豫《续补侍儿小［名］录》：余媚娘者，才妇也。夫亡，以介洁自守。陆希声时为正郎，闻其容美而善书，巧智无比，俾行人中善言者游说之。媚娘乃约媒曰：“陆郎中若必得儿待巾栉，须立誓不置侧室及女奴，则可为陆家新妇。”希声诺之。既归二年，夫妻敦睦。无何，希声又获名姬柳舜英者，姿殊丽，逾于媚娘。媚娘知而深怨之，密衔不发。异日令迎入宅，与之同处。比间，候希声他出，即召舜英闭私室中，手刃杀之。

天下之善妬人

《如是我闻》：同年金门高，吴县人。尝夜泊淮扬之间，见岸上二叟相遇，就坐水次草亭上，一叟曰："君近何事？"一叟曰："主人避暑园林，吾日日入其水阁，观活秘戏图，百媚横生，亦殊可玩。其第五姬，尤妖艳，见其与主人翦发为誓，约他年燕子楼中作关盼盼；又约似玉箫再世，重侍韦皋。主人为之感泣。然偶闻其与母窃议，则谓主人已老，宜早储金帛，为琵琶别抱计也。君谓此辈可信乎？"相与太息久之。

一叟又曰："闻其嫡甚贤，信乎？"一叟掉头曰："天下之善妒人也，何贤之云？夫妒而嚣争，是为渊驱鱼者也。此妇于妾媵之来，弱者抚之以恩，纵其出入冶游，不复防制，使流于淫佚，其夫自愧而去之；强者待之以礼，阳尊之与己匹，而阴导之与夫抗，使养成骄悍，其夫不堪而去之。有二术所不能饵者，则密相煽构，务使参商两败者，又多有之。幸不即败，而一门之内，诟谇时闻，使其夫入妾之室，则怨语愁颜；入妻之室，乃柔声怡色。其去就，不问而知矣。此天下之善妒人也，何贤之云！"

门高窃听所言，服其中理，而不解其日入水阁语。方凝思间，有官舫鸣钲来，收帆欲泊，二叟转瞬已不见，乃悟其非人也。

化妬神咒

《坚瓠癸集》：扈统妻荀氏，性妬悍。一日，统梦神谓曰："天上有《化妬神咒经》一卷，自孔门三出妻之后，此经不行人间。今授汝，汝当谛听。"乃开缄展宝藏朗诵，统俯伏听受，即能默记。每日清晨奉持，三日后，荀氏渐觉温柔。四十九日，荀氏病，口吐一物，黑如漆，似蛇两头，似蝎两尾。统不解何物，夜复梦神曰："此是汝妻妬根，今为佛力拔去，永无妬心矣。"妻病亦愈。

独孤皇后

《隋书·文献独孤皇后传》：高祖与后相得，誓无异生之子。后性妒忌，后宫莫敢进御。尉迟回女孙有美色，上悦之。后伺上听朝，阴杀之。后以高颎是父之家客，甚见亲礼，至是闻颎夫人死，其妾生男，不善之，渐加谮毁。上每事惟后言是用，后见诸王及朝士有妾孕者，必劝上斥之。时皇太子多内宠，妃元氏暴薨。后意太子爱妾云氏害之，由是讽上黜高颎、废太子。

卷二十四

情中淫

童子成人

《二酉委谭》：沙头镇一童子，年未十岁，其阴忽长如巨人而毛，似能行人道者，已渐颔下生须，遍体俱毛。时时覆体为交构状，遗精地下，未几而殒。

刃杀公主

《后汉书·班超传》：超长子雄，雄子始，尚清河孝王女阴城公主。主，顺帝之姑，贵骄淫乱，与嬖人居帷中，而召始入，使伏床下。始积怒，永建五年，遂拔刃杀主。帝大怒，腰斩始，同产皆弃市。

张　氏

《北齐书·薛琡传》：琡字昙珍，天性险忌，情义不笃。魏东平王元匡妾张氏，淫逸放恣，琡初与奸通，后纳以为妇，惑其谗言，逐前妻于氏，不认其子。家内怨忿，竞相告列，深为世所讥鄙。

崔　氏

《闽世家·王审知传》：审知子延翰，为人长大，美皙如玉。其妻崔氏陋而淫，延翰不能制。

杀子报

《山斋客谭》：方山之民，有商于外者，其妻与人通。一子方九岁，中夜醒，忽肩旁有一人，询其母曰："父归耶？"其母恶之，且诫曰："苟泄吾事，当寸脔之。"其子旦入小学，至午不敢归饷，及暮亦然。其师穷问，乃述母诫，师强送之，及门乃返。次日，其子不赴学，呼之，其母曰："昨儿未尝归，方欲向师求儿，何事久藏乎？"师知其故，遂宣儿语于众，因讼于县。令不信，督师出儿。师归，遂率徒众登妇楼穷索之，不得。将下楼，已蹑数级，适见二瓮于妇床下，血腥逼人，取视，儿果碎脔于中。事乃白，其私人逃于杭之护国院为僧，并获之就法焉。康熙己未事也。

帝王秽迹

《金壶浪墨》：唐太宗纳弟妃，高宗收父妾，元玄宗夺子妇，宫闱不正，已为千古所讥。更有淫荒不道之甚者，则北燕刘守光、前赵刘粲，烝诸母；宋废帝纳诸姑、淫女兄；西魏孝武从妹，不嫁者三；后梁朱温子妇，入侍者八。闽王延钧，立父婢陈金凤为后；延钧子昱，立父婢李春燕为后。至金主亮，杀宗族百五十人，尽纳其妇，于从姊妹亦然。淫乱至此，世岂复有天日耶！若北齐高洋，使妇女乱交于前；南汉刘玢，观男女裸逐为乐；玢弟晟，亦杀兄弟十二人，纳其女于后宫，率皆禽兽之行，无足责矣。

田氏姑

《曲周县志》：田氏适董某，夫幼且騃，衣食之外，无所知。姑年四十，性淫悍，与仆通，因诱氏。每与仆饮，必令氏暖酒，醉则公然淫亵，故令氏见。氏疾走避，二人缚氏手足，强逼奸，卒以力脱不能污，乃大怒，共剸杀之。事闻于官，凌迟其仆，杖杀其姑。

生人淫死尸

《晋书·平原王幹传》：幹前后爱妾死既敛，辄不钉棺，置后空室中，数日一发视，或行淫秽。须其尸坏，乃葬之。

西洋椅

《啸亭杂录》：雍正中某宗室，家有西洋椅，于街衢间睹有少艾，即掳归坐其上，任意宣淫，其人不能动转也。又有某公爵，淫其家婢不从，以鸡卵塞其阴户致死。乾隆中某驸马，家巨富，尝淫其婢不从，命裸置雪中僵死。其家挞死女婢无算，皆自墙穴弃尸出。其父母莫能诘也。后卒以痨瘵死。

此军国重事耶

《贾似道传》：时襄阳围已急，似道日坐葛岭，起楼阁亭榭，取宫人倡尼有美色者为妾，日淫乐其中。惟放博徒，日至纵博，人无敢窥其第者。其妾有兄来立府门，若将入者。似道见之，缚投火中。尝与群妾踞地斗蟋蟀，所狎客入戏之曰："此军国重事耶？"

狐有死道

《滦阳续录》：汝慎思言，乾隆己卯夏，有江南举子，以京师逆旅多湫隘，乃税西直门外一大家坟院读书。偶晚凉，树下散步，过一女子，年十五六，颇白皙，挑与语，不嗔不答，转墙角自去。夜半睡醒，似门上了鸟微有声，疑为盗，呼僮不应，自起隔门罅窥之，乃日间所见女子也。知其相就，急启户，拥以入。女子自言：为守坟人，女家酷贫，父母并拙钝，恒恐嫁为农家妇。顷蒙顾盼，意不自持，故从墙缺至君处。君富贵人，自必有妇，傥能措百金与父母，则为妾媵无悔；父母嗜利，亦必从也。举子诺之，遂相缱绻，至鸡鸣乃去。

自是夜半恒至，妖媚冶荡，百态横生，举子以为巫山洛水，不是过也。一夜来稍迟，举子自步月候之，乃忽从树杪飞下。举子顿悟曰："汝毋乃狐耶？"女子殊不自讳，笑而应曰："初恐君骇怖，故托虚词。今情意已深，不妨明告。将来游宦四方，有一隐形随侍之妾，不烦车马，不择居停，不需衣食，昼可携于怀袖，夜即出而荐枕席，不愈于千金买笑耶？"举子思之，计良得。自是潜住书室，不待夜度矣。然每至秉烛则外出，夜半乃返，或微露鬓乱钗横状，举子疑之而未决。既而与其娈童乱，旋为二仆所窥，亦并与乱；庖人知之，亦续狎焉。

一日，昼与娈僮寝，举子潜扼杀之，遂现狐形，因埋于墙外。半月后，有老翁诣举子曰："吾女托身为君妾，何忽见杀？"举子愤然曰："汝知汝女为吾妾，则易言矣。夫两雄共雌，争而相戕，是为妒奸，于律当议抵。汝女既为我妾，明知非人，而我不改盟，则夫妇之名分定矣。而既淫于他人，又淫于我仆。我为本夫，例得捕奸，杀之又何罪耶？"翁曰："然则何不杀君仆？"举子曰："汝女死则形见，此则皆人也。手刃四人而执一死狐为罪案，使汝为刑官，能据以定谳乎？"翁俛首良久，以手拊膝曰："汝自取也，夫吾诚不料汝至此。"振衣自去。举子旋移居准提庵，与慎思邻房。其娈童与狐尤昵，衔主人之太忍，具泄其事于慎思，故得其详。

鸳鸯会

《元史·燕铁木儿传》：燕铁木儿，自秉大权以来，挟震主之威，肆意无忌，一宴或宰十三马。取泰定帝后为夫人，前后尚宗室之女四十人，或有交礼三日遽遣归者，而后房充斥，不能尽识。一日，宴赵世延家，男女列坐，名"鸳鸯会"。见坐隅一妇，色甚丽，问曰："此为谁？"意欲与俱归。左右曰："此太师家人也。"至是，荒淫日甚，体羸，溺血而薨。

忠仆报冤

《池上草堂笔记》：芜湖韩某，年六十有八矣，吴某家老仆也。勤慎忠诚，一心为主，吴某亦甚任之。后吴某因有事赴京，其继娶某氏，悦表弟胡某之色，私通之。又惧妾之，碍目也，因醉妾以酒，加媚药焉，使胡某并淫之。韩仆怒甚，严禁胡某不得入门。吴某归，惑于妻妾之言，反将韩仆肆行呵斥。韩以前情告，吴以为谤己也，驱之去。韩年老无归，饥寒交迫，遂投江死。未几，吴之妻妾并暴病，口称韩某索命，吴代为缓颊，亦不允。其表弟胡某在家，亦然。吴始恍然悟，而奸夫淫妇，同时并尽矣。

河间妇

柳宗元《河间妇传》：河间，淫妇人也，不欲言其姓，故以邑称。始妇人居戚里，有贤操，自未嫁，固已恶群戚之乱尨，羞与为类，独深居，为剪制缕结。既嫁，不及其舅，独养姑，谨慎，未尝言门外事，又礼敬夫宾友之相与为肺腑者。

其族类丑行者谋曰："若河间何？"其甚者曰："必坏之。"乃谋以车众造门，邀之遨嬉，且美其辞曰："自吾里有河间，戚里之人，日夜为饬励，一有小不善，惟恐闻焉。今欲更其故，以相效为礼节，愿朝夕望若仪状以自闲也。"河间固谢不欲，姑怒曰："今人好辞来，以一接新妇，求为得师，何拒之坚也？"辞曰："闻妇之道，以贞顺静专为礼。若夫矜车服、耀首饰，族出讙闹，以饮食观游，非妇人宜也。"姑强之，乃从之游。过市，或曰："市少南，入浮图祠，有国工吴叟，始图东南壁，甚怪。"使奚官先辟道，乃入观。观已，延及客位，具食。帏床之侧，闻男子欬者，河间惊，跣足出，召从者驰车归。泣数日，愈自闭，不与众戚通。戚里乃更来谢曰："河间之遽也，犹以前故，得无罪吾属也？向之欬者，为膳奴耳。"曰："数人笑于门，如是何耶？"

群戚闻且退，期年乃敢复召，邀于姑，必致之，与偕行。遂入礼隨州西浮图两池间，叩槛出鱼鳖食之，河间为一笑，众乃欢。俄而又引至他所，空无帏幙，廊庑廓然，河间乃肯入。先壁群恶少于北牖下，隔簾使女子为秦声，倨坐观之。有顷壁者出，宿选貌美阴大者，主河间，乃便抱持河间。河间号且泣，婢夹持之，或谕以利，或骂且笑之。河间窃顾视持己者甚美，左右为不善者，已更得适意，鼻息咈然，意不能无动，力稍纵。主者幸一遂焉，因拥致之房，河间收泣甚适，自庆未始得也。至日仄，其类呼之食，曰："吾不食矣。"且暮，驾车相戒归，河间曰："吾不归矣，必与是人俱死。"群戚反大闷，不得已，俱宿焉。夫骑来迎，莫得见。左右力劝，明日乃告归，持淫夫大泣，啮臂相与盟，而后就车。

既归，不忍视其夫，闭目曰："吾病甚。"与之百物，卒不食；饵以善药，挥去。心怦怦，恒若危柱之弦。夫入辄大骂，终不一开目，愈益恶之，夫不胜其忧。数日乃曰："吾病且死，非药饵能免，为吾召鬼解除之，然必以夜。"其夫自河间病，言如狂人，思所以悦其心，度无不为。时上恶夜祠甚，夫无所避。既张具，河间命邑臣告其夫，召鬼咒诅上。下吏既验，笞杀之，将死，犹曰："吾负夫人！吾负夫人！"

河间大喜，不为服，辟门召所与淫者，倮逐为荒淫。居一岁，所淫者衰，益厌，乃出之。召长安无赖男子，晨夜交于门。犹不慊，又为酒垆西南隅，己居楼上微观之，凿小门，以女侍饵焉。凡来饮酒大鼻者，少且壮者，美颜色者，善为戏酒者，皆上与合，且合且窥，恐失一男子也。犹日呻呼懵懵，以为不足。积十余年，病髓竭而死。自是虽戚里为邪行者，闻河间之名，则掩鼻蹙额，皆不欲道也。

番　妇

周达观《真腊风土记》：番妇产后，即作热饭，抹之以盐，纳于阴户，凡一昼夜而除之。以此产中无病，且收敛如室女。余初闻而诧之，深疑其不然。既而所泊之家，有女育子，备知其事；且次日即抱婴儿，同往河内澡洗，尤所怪见。又每见人言番妇多淫，产后一两日，即与夫合。若丈夫不中所欲，即有买臣见弃之事。若丈夫适有远役，只可数夜，过十余夜，其妇必曰："我非是鬼，如何孤眠？"淫荡之心尤切。然亦闻有守志者。妇女最易老，盖其婚嫁、产育既早，二三十岁人，已如中国四五十人矣。

家庭酷刑

《池上草堂笔记》：浙中有某绅，寓居吴门，颇有赀，御下最残忍。性复好淫，家中婢妪，无不被其污狎者，稍有不遂，则褫其下衣，使露双股，仰天而卧，一棰数十；有号呼者，再笞如数。或以烙铁烫其胸，或以绣针刺其背，或以剪刀剪其舌，或以木枷枷其头。其有强悍者，则以青石一大块凿穿，将铁链锁其足于石上，又使之扫地，一步一携，千态万状，令人不忍寓目。邻里闻之，咸为愤激不平，一日率众詈其门，主人怒，皆缚之。自此人益众，毁其家具殆尽。大吏知其事，下太守穷治之，乃下狱。卒以无证，仅押解回籍，而其家已破矣。家大人为苏藩时，目击其事，适署中有某绅旧仆，深知其状，言之甚详。

聚　麀

《唐书·许敬宗传》：敬宗营第舍华僭，至造连楼，使诸妓走马其上，纵酒奏乐自娱。嬖其婢，因以为继室，假姓虞。子昂烝之，敬宗怒黜虞，奏斥昂岭外，久乃表还。

苦竹郎君

《情史类略》：潭州善化县，苦竹林，所事神曰"苦竹郎君"。里中某生妻唐氏，微有姿，乾道二年，邀邻妇郊行，至小溪茅店饮酒，店旁则庙也。酒罢，众妇人皆入观。唐氏素淫冶，见土偶，素服美容，悦慕之，瞻玩不能已，众已出，犹恋恋迟留。还家数日，思念不称（少）置，因如厕，望一好少年，张青盖而来，绝类庙中像，径相就语，即与归房共寝，久乃去。自是数日一至，家人无知者，遂有娠。过期不产，夫怪之，召巫祝治禳不效。唐氏浸苦，腹胀痛楚不可伸，始自述本末，疾益困，腹裂而死，出黄水数斗。

陈姥姥

吕种玉《言鲭》：今日妇人亵服中，有巾帨之类，用于秽亵处，而呼其名曰“陈姥姥”。虽委巷之谈，非无自也。陈义宁中，有御卫将军陈棱，讨杜伏威。伏威率众拒之，棱闭壁不战。伏威送以妇人亵服，谓之“陈姥姥”，岂沿其称与？明籍严世蕃，于床下得绫帨数十。或袖而出，识者见之，掩口曰：“此淫筹也。”亦此物耳。《诗》“无感我帨兮”，《内则》注：“妇人拭物之巾，常以自洁之用也。”古者女子嫁，则母结帨而戒之，盖亦“陈姥姥”之类。故徐太室谓《野有死麕》为淫诗。

饮泣受污

《如是我闻》：族祖黄图公言，顺治康熙间，天下初定，人心未一。某甲阴为吴三桂谍，以某乙骁健有心计，引与同谋。既而枭獍伏诛，鲸鲵就筑，亦既洗心悔祸，无复逆萌。而来往秘札，多在乙处，书中故无乙名。乙胁以讦发，罪且族灭，不得已，以女归乙，赘于家。乙得志益骄，无复人理，迫淫其妇女殆遍，乃至女之母不免，女之幼弟才十三四亦不免，皆饮泣受污，惴惴然恐失其意。甲抑郁不自聊，恒避于外。一日散步田间，遇老父对语，怪附近村落无此人。老父曰：“不相欺，我天狐也。君固有罪，然乙逼君亦太甚，吾窃不平。今盗君秘札，奉还。彼无所挟，不驱自去矣。”因出十余纸付甲，甲验之良是，即毁裂吞之。归而以实告乙。乙防甲女窃取，密以铁瓶瘗他处，潜往检视，果已无存，乃踉蹡引女去。女日与诟谇，旋亦仳离。后其事渐露，两家皆不齿于乡党，各携家远遁。

郁林王何妃

《南史・后妃传》：郁林王何妃，讳婧英，庐江灊人，抚军将军戢女也。初将纳为南郡王妃，文惠太子嫌戢无男，门孤，不欲与婚。王俭以南郡王妃，便为将来外戚，惟须高胄，不须强门，今何氏荫华族弱，实允外戚之义，永明三年，乃成婚。妃禀性淫乱，南郡王所与无赖人游，妃择其美者，皆与交欢。

南郡王侍书人冯澄，年少色美，妃悦之，常与斗腕较力，南郡王以为欢笑。澄者本剡县寒人，尝于南岸逼略人家女，为秣陵县所录，南郡王语县散遣之。澄又逼求姨女为妾，姨不与，澄诣建康令沈徽孚讼之，徽孚曰："姨女可为妇，不可为妾。"澄曰："仆父为给侍中，门户既成；姨家犹是寒贱，正可为妾耳。"徽孚诃而遣之。

十一年，为皇太孙妃。又有女巫子杨珉之，亦有美貌，妃尤爱悦之，与同寝处如伉俪。及太孙即帝位，为皇后，封后嫡母刘，为高昌县都乡君；所生母宋，为余杭广昌乡君。后将拜，镜在妆，无因堕地。其冬与太后同日谒太庙，杨珉之为帝所幸，常居中侍。明帝为辅，与王晏、徐孝嗣、王广之并面请，不听。又令萧谌、坦之固请，皇后与帝同席坐，流涕覆面，谓坦之曰："杨郎好少年，无罪过，何可枉杀?"坦之耳语于帝曰："此事别有一意，不可令人闻。"帝谓皇后为阿奴，曰："阿奴暂去。"坦之乃曰："外间并云杨珉之与王后有异情，彰闻遐迩。"帝不得已，乃为敕。坦之驰报明帝，即令建康行刑；而果有敕原之，而珉之已死。

后既淫乱，又与帝相爱亵，故帝恣之；又迎后亲戚入宫，常赐金百数十万，以武帝曜灵殿处后家属。帝废，后贬为皇妃。

宇宙之大何所不有

《文海披沙》：盘瓠之妻与狗交，汉广川王裸宫人与羝羊交，灵帝于西园弄狗以配人，真宁一妇与羊交，沛县磨妇与驴交，杜修妻薛氏与犬交，宋文帝时，吴兴孟慧度婢与狗交，利州妇与虎交，宜黄袁氏女与蛇交，临海鳏寡与鱼交，章安史悝女与鹅交，突厥先人与狼交，卫罗国女配瑛与凤交，陕右贩妇与马交，宋王氏妇与猴交。《耳谭》：临安有妇与狗奸，京师有妇与驴淫，荆楚妇人与狐交。乃知宇宙之大，何所不有！

元帝徐妃

《晋书·后妃传》：梁元帝徐妃，讳昭佩，东海郯人也。天监十六年十二月，拜湘东王妃，生世子方等，益昌公主含贞。妃无容质，不见礼于帝，三二年一入房。妃以帝眇一目，每知帝将至，必为半面妆以俟，帝见则大怒而出。妃性嗜酒，多洪醉，帝还房，必吐衣中。与荆州后堂瑶光寺智远道人私通。酷妒忌，见无宠之妾，便交杯接坐；才觉有娠者，即手加刀刃。时有贺徽者美色，妃要之于普贤尼寺，封白角枕为诗赠答。既而贞惠世子嫉诸母王氏宠爱，未几而终。元帝归咎于妃，及方等死，愈见疾。太清三年，遂逼令自杀，以尸还徐氏，谓之出妻。葬江陵瓦官寺，帝制《金楼子》述其淫行。

暹罗妻驴

《新齐谐》：暹罗俗最淫，男子年十四五时，其父母为娶一牝驴，使与交接。夜睡缚驴，以其势置驴阴中养之，则壮盛异常。如此三年，始娶正妻，迎此驴养之终身，当作侧室。不娶驴者，亦无女子肯嫁之也。

同心结

《北史·后妃传》：宣华夫人陈氏，陈宣帝女也，性聪慧，姿貌无双。及陈灭，配掖庭，后选入宫为嫔。时独孤皇后姓妒，后宫罕得进御，惟陈氏有宠。晋王广之在藩也，阴有夺宗之计，视为内助，每致礼焉，进金蛇、金驼等物，以取媚于陈氏。皇太子废立之际，颇有力焉。

及文献皇后崩，进位为贵人，专房擅宠，主断内事，六宫莫与为比。及上大渐，遗诏拜为宣华夫人。初，上寝疾于仁寿宫也，夫人与皇太子同侍疾，平旦出更衣，为太子所逼，夫人拒之得免。归于上所，上怪其神色有异，问其故，夫人泫然曰："太子无礼。"上恚曰："畜生何足付大事！独狐诚误我！"因呼兵部尚书柳述、黄门侍郎元岩，曰："召我儿！"述等将呼太子，上曰："勇也。"述、岩出阁为敕书讫，示左仆射杨素。素以其事白太子，太子遣张衡入寝殿，遂令夫人及后宫同侍疾者并就别馆。俄闻上崩，而未发丧也，夫人与诸后宫相顾曰："事变矣！"皆色动股栗。

晡后，太子遣使者赍金合子，缄（帖）纸于际，亲书封字，以赐夫人。夫人见之惶惧，以为鸩毒，不敢发。使者促之，乃发，见合中有同心结数枚，诸宫人相谓曰："得免死矣。"陈氏恚而却坐，不肯致谢。诸宫人共逼之，乃拜使者。其夜太子烝焉。炀帝即位，出居先都宫，寻召入，岁余而终，时年二十九。帝深悼之，为制《神伤赋》。

神谴示众

祝允明《语怪》：往年兖州有人家赘婿，与其妹私通。事颇露，二人屡自分疏，既而语家人："吾二人不能自明，当共诣岱顶，质诸天齐帝君。"遂与俱去，告于神："吾二人果有私，乞神明加诛。"祝讫下山，自以为谩众而已，神固何知？行至山半，趋林薄僻处行淫焉。久而不归，家人登山觅之，始得于林侧，皆死矣。而其二阴根交接，粘着不解，方知神谴之以示众也。

禽兽行

《前汉书·荆燕吴传》：燕王刘泽，高祖从祖昆弟也。泽薨，子康王嘉嗣；嘉薨，子定国嗣。定国烝父姬，生一子；又夺弟妻为姬；又与子女三人奸。郢人上书，具言定国事。下公卿，皆议曰："定国禽兽行，乱人伦，逆天道，当诛。"上许之，定国自杀。

卷二十五

情中浪

使石哥秽谈

《金史·丽妃石哥传》：石哥，定哥之妹，秘书监文之妻也。海陵私之，欲纳宫中，乃使文庶母按都瓜主文家。海陵谓按都瓜曰："必出而妇，不然，我将别有所行。"按都瓜以语文，文难之，按都瓜曰："上谓'别有所行'，是欲杀汝也。岂以一妻，杀其身乎？"文不得已，与石哥相持，恸哭而诀。是时海陵迁都至中京，遣石哥至中都，俱纳之。海陵召文至便殿，使石哥秽谈戏文以为笑。

风雨竹一幅

《敝帚斋馀谈》：徐安生，吴人，徐季恒女也。季恒能鉴古，善谈，为余父客。暮年始举此女，美慧多艺，而性颇荡。曾嫁武林邵氏，以失行见逐，恣为非礼。其写生出入宋元名家，尝仿梅道人风雨竹一幅遗予，且题二绝句于上云：

夏月浑忘暑酷，堪爱酒杯棋局。
何当风雨齐来，打乱几丛新绿。

其二云：

满拟岁寒持久，风伯雨师凌诱。

虽云心绪纵横，乱处君能整否？

次诗盖用唐李季兰语，其寄意不浅。予怪其无因，置不复答。后此女沦落许久，嫁里中黄生，亦名家子也，为乃父不容，复下山作鱼元机行径。今年已渐长，不知踪迹何所，闻为一武弁诱入京师矣。其才情实可念也。余向已记徐姓女三人矣。

三元宫僧

《金壶戏墨》：东邑三里桥，为妓船聚泊之所。临河有僧寺，曰“三元宫”。僧某，年少善歌，工丝竹，好着红袖袄，时时与诸妓往来。邑士恶之，禀请驱逐。时有名妓朱有才者，与县官有故，僧乃浼朱说项，竟将差票吊销。钱诗所谓“诸公何必递公呈，议论三年总不成”也。又云：

喜穿衲袄恶袈沙，红袖临风艳似花。
不诵《法华》歌小曲，禅床趺坐拨琵琶。
不怕沉沦欲海波，庵门排列妓船多。
僧家此福难消受。姊妹同声唤阿哥。

友人杨竹轩云，钱作此诗，大书张之庵门，不待驱逐而逃矣。

都谏娶娼

《枣林杂俎》：云间许都谏誉卿，娶王修微；常熟钱侍郎谦益，娶柳如是，并落籍章台，礼同正嫡。先进家范，未之或闻。

主人翁

《前汉书·东方朔传》：武帝姑馆［陶］公主，号窦太主，堂邑侯陈午尚之。午死，主寡居，年五十余矣，近幸董偃。始偃与母，以卖珠为事，偃年十二，随母出入主家。左右言其姣好，主召见，曰：“吾为母养之。”因（因）留第中，教书计，相马御射，颇读传纪。至年十八而冠，出则执辔，入则侍内。为人温柔，爱人以主，故诸公接之，名称城中，号曰“董君”。主因推令散财交士，令中府曰：“董君所发，一日金满百斤，钱满百万，帛满千匹，乃白之。”

然偃内不自安，常忧得罪。安陵爰叔为之谋，使白主。主献长门园，为上宿宫，上大悦。主使偃以黄金百斤，为爰叔寿，叔因是为董君画求见上之策，令主称疾不朝。上往临候，问所欲，主辞谢曰：“妾幸蒙陛下厚恩，先帝遗德，奉朝请之礼，备臣妾之列，使为公主，赏赐邑入，隆天重地，死无以塞责。一日卒有不胜洒扫之职，先狗马填沟壑，窃有所恨，不胜大愿。愿陛下时忘万事，养精游神，从中掖庭，回舆枉路，临妾山林，得献觞上寿，娱乐左右。如是而死，何恨之有！”上曰：“主何忧？幸得愈。恐群臣从官多，大为主费。”上还有顷，主疾愈，起谒上，以钱千万从主饮。

后数日，上临山林，主自执宰敝膝道入，登阶就坐。坐未定，上曰：“愿思主人翁。”主乃下殿，去簪珥，徒跣顿首谢曰：“妾无状，负陛下，身当伏诛。陛下不致之法，顿首死罪！”有诏谢。主簪履起，之东厢，自引董君。董君绿帻傅鞲，随主前伏殿下。主乃赞“馆陶公主庖人臣偃，昧死再拜谒”，因叩头谢。上为之起，有诏赐衣冠，主自奉食进觞。当是时，董君见尊不名，称为“主人翁”，饮大欢乐。主乃请赐将军列侯从官，金钱杂缯各有数。于是董君贵宠，天下莫不闻，郡国狗马蹴踘剑客，辐辏董氏。

常从游戏北宫，驰逐平乐，观鸡鞠之会，角狗马之足，上大欢乐之。于是上为窦太主置酒宣室，使谒者引内董君。是时东方朔备戟殿下，辟戟而前曰：“董偃有斩罪三，安得赦乎？”上曰：“何谓也？”朔曰：“偃以人臣，私侍公主，其罪一也。败男女之化，而乱婚姻之礼，伤王制，其罪二也。陛下富于春秋，方积思于六经，留神于王事，驰骛于唐虞，折节于三代。偃不遵经劝学，反以靡丽为右，奢侈为务，尽狗马之乐，极耳目之欲，行邪枉之道，径淫辟之路，是乃国家之大贼，人主之大蜮也。偃为淫首，其罪三也。昔伯姬燔而诸侯惮，奈何乎陛下？”上默然不应，良久曰：“吾业以设饮，后而自改。”朔曰：“不可！夫宣室者，先帝之正处也，非法度之政，不得入焉。故淫乱之渐，其变为篡，是以竖貂为淫而易牙作患，庆父诛而鲁国全，管蔡诛而周室安。”上曰“善”，有诏止，更置酒北宫，引董君从东司马门。东司马门，更名东交门。赐朔黄金三十斤。

董君之宠，繇是日衰，至年三十而终。后数岁，窦太主卒，与董君合葬于霸陵。是后公主、贵人多逾礼制，自董偃始。

咏蔷薇

《玉堂闲话》：李秀兰以女子有才名。初五六岁时，其父抱于庭，作诗咏蔷薇，其末句云：“经时未架却，心绪乱纵横。”父恚曰：“此女子将来富有文章，然必为失行妇人矣。”竟如其言。

二十余女更番侍寝

《滦阳杂录》：门人王廷绍言，沂州有以贫鬻妇者，去几二载，忽自归，云：初被买时，引至一人家，旋有一道士至，携之入山，意甚疑惧，然业已买与，无如何。道士令闭目，即闻两耳风飕飕，俄令开目，已在一高峰上，室庐华洁。有妇女二十余人，共来问讯云：“此是仙府，无苦也。”因问到此何事，曰：“更番侍祖师寝耳。此间金银如山积，珠翠锦绣，嘉肴珍果，皆役使鬼神，随呼立至；服食日用，皆比拟王侯。惟每月一回小痛楚，亦不害耳。”因指曰：“此处仓库，此处庖，此我辈居处，此祖师居处。”指最高处两室曰：“此祖师拜月拜斗处，此祖师炼银处，亦有给使之人，然无一男子也。”

自是每白昼，则呼入荐枕席，至夜则祖师升坛礼拜，始各归寝。惟月信落红后，则净褫内外衣，以红绒为巨绠，缚大木上，手足不能丝毫动，并以绵丸窒口，喑不能声。祖师持金管如箸，寻视脉穴，刺入两臂两股肉内，吮吸其血，颇为酷毒。吮吸后，以药末糁创孔，即不觉痛，顷刻结痂，次日痂落如初矣。其地极高，俯视云雨皆在下。

忽一日，狂飙陡起，黑云如墨压山顶，雷电激射，势极可怖。祖师惶遽，呼二十余女，并裸露环抱其身，如肉屏风。火光入室者数次，皆一掣即返。俄一龙爪，大如箕，于人丛中攫祖师去。霹雳一声，山谷震动，天地晦冥，觉昏瞀如睡梦。稍醒则已卧道旁，询问居人，知去家仅数百里，乃以臂钏易敝衣遮体，乞食得归也。沂州人尚有及见此妇者，面色枯槁，不久患瘵而卒，盖精血为道士采尽矣。

据其所言，即烧金御女之士，其术灵幻如是，尚不免于天诛；况不得其传，徒受妄人之蛊惑，而冀得神仙，不亦傎哉！

引山阴公主事

《枣林杂俎》：山阴朱燮元，总督云贵川广。石硅宣抚司女土官秦良玉，雅度侃议，傔从俱美少年。朱公子寿宜访之，酒间微讽。良玉笑引南宋山阴公主云“陛下后宫百数，妾惟驸母（马）一人”以答。

松下秘戏图

《滦阳续录》：狐能诗者，见于传记颇多；狐善画，则不概见。海阳李文砚亭言，顺治康熙间，周处士璕，薄游楚豫。周以画松名，有士人倩画书室一壁，松根起于西壁之隅，盘拏夭矫，横径北壁，而纤末犹扫及东壁二一尺，觉浓阴入座，长风欲来。置酒邀社友共赏，方攒立壁下，指［点］赞叹，忽一友拊掌绝倒，众友俄亦哄堂。盖松下画一秘戏图，有大木榻，布长簟，一男一妇，裸而好合，流目送盼，媚态宛然。旁二侍婢亦裸立，一挥扇驱蝇，一以两手承妇枕，防蹂躏坠地，乃士人及妇与媵婢小像也。哗然趋视，眉目逼真，虽仆僮亦辨识其面貌，莫不掩口。

士人愤甚，望空指划詈妖狐，忽檐际大笑曰："君太伤雅！曩闻周处士画松，未管（尝）目睹。昨夕得观妙迹，坐卧其下不能去，致失避君，未尝抛砖掷瓦相忤也。君遽毒言，心实不平，是以与君小作剧。君尚不自反，乖戾如初行，且绘此像于君家白板扉，博途人一粲矣。君其图之。"盖士人先一夕设供客且（具），与奴子秉烛至书室，突一黑物冲门去。士人知为狐魅，曾诟厉也。

众为慰解，请入座，设一虚席于上，不见其形，而语音琅然，行酒至前辄尽，惟不食肴馔，曰："不茹荤四百余年矣。"濒散，语士人曰："君太聪明，故往往以气凌物。此非养德之道，亦非全身之道也。今日之事，幸而遇我，倘遇负气如君者，则难从此作矣。惟学问变化气质，愿留意焉。"丁宁郑重而别。回视所画，净如洗矣。

次日，书室东壁，忽见设色桃花数枝，衬以青苔碧草，花不甚密，有已开者，有半开者，有已落者，有未落者，有落未至地，随风飞舞者，八九片反侧横斜，势如飘动，尤非笔墨所能到。上题二句曰："芳草无行径，空山正落花。"（按：此二句初唐杨师道之诗）不署姓名。知狐以答昨夕之酒也。后周处士见之，叹曰："都无笔墨之痕，觉吾画犹努力出棱，有心作态。"

龚玢之淫乐

《南汉世家》：玢初名洪度，封秦王。龚子玢立，果不能任事。龚在殡，召伶人作乐，饮酒宫中，裸男女以为乐；或衣墨缞，与娼女夜行，出入民家。由是山海间盗贼竞起。洪熙日益进声妓，诱玢为荒恣，玢亦颇疑诸弟图己，敕宦官守宫门，入者皆露索。洪熙、洪杲、洪昌，阴遣陈道庠养勇士刘思潮、谭令禋、林少强、少良、何昌贤等，习为角觝以献玢。玢宴长春宫以阅之，玢醉起，道庠与思潮等随至寝门拉杀之，尽杀其左右。

瓠芦中有月

《北史·后妃传》：武成皇后胡氏，安定胡延之女，其母范阳卢道约女。初怀孕，有胡僧诣门曰："此宅瓠芦中有月。"既而生后。天保初，选为长广王妃。产后主日，有鸮鸣于产帐上。武成崩，尊为皇太后。

陆媪及和士开，密谋杀赵郡王叡，出娄定远、高文遥为刺史，和、陆謟（谄）事太后，无所不至。初武成时，后与诸阉人亵狎，武成宠幸和士开，每与后握槊，因此与后奸通。自武成崩后，数出诣佛寺，又与沙门昙献通，布金钱于献席下，又挂宝装胡床于献屋壁（壁），武成平生之所御也。乃置百僧于内殿，托以听讲，日夜与昙献寝处。帝闻太后不谨，而未之信。后朝太后，见二少尼，悦而召之，乃男子也。于是昙献事亦发，皆伏法，并杀元山王、三郡君，皆太后之所昵也。

帝自晋阳奉太后还邺，至紫陌卒遇大风，兼舍人魏僧伽明风角，奏言即时当有暴逆事。帝诈云："邺中有急！"弯弓缠弰，驰入南城，令邓长颙幽太后北宫，仍有敕内外诸亲，一不得与太后相见。久之，帝迎复太后。太后初闻使者至，大惊，虑有不测。每太后设食，帝亦不敢尝。周使元伟来聘，作《述行赋》，叙郑庄公克段而迁姜氏，文虽不工，当时深以为愧。齐亡入周，恣行奸秽。开皇中殂。

陋妇性荡

《滦阳消夏录》：河间一妇，性佚荡，然貌至陋，日靓妆倚门，人无愿者。后其夫随高叶飞官天长，甚见委任，豪夺巧取，岁以多金寄归。妇藉其财以招诱少年，门遂如市。迨叶飞获谴，其夫遁归，则囊箧全空，器物斥卖亦略尽，惟存一丑妇淫疮遍体而已。人谓其不拥厚资，此妇万无堕节理，岂非天道哉？

插　青

《两般秋雨盦随笔》，瑶俗负物，男人以肩，女人以首，谓男首系狗王之头，而女肩则高辛公主金肩，故皆贵之。俗夫妇不同宿，择晴昼入山僻处，尽一日之乐。插松枝于路口，曰“插青”，人无敢继入者。其交也，衔弩裸体，遗精草莽，岚蒸瘴结，是生短狐。

飞燕合德合传

伶玄《赵飞燕外传》：赵后飞燕，父冯万金，祖大力，工理乐器，事江都王协律舍人。万金不肯传家业，编集（习）乐声，亡章曲，任为繁手哀声，自号凡靡之乐，闻者心动焉。江都王孙女姑苏主，嫁江苏中尉赵曼，曼幸万金，食不同器不饱，万金得通赵主。主有娠，曼性暴妬，且早有私病，不近妇人。主恐，称疾居王宫，一产二女，归之万金，长曰宜主，次曰合德，然皆冒姓赵。

宜主幼聪悟，家有彭祖分脉之书，善行气术，长而纤便轻细，举止翩然，人谓之“飞燕”。合德膏滑，出浴不濡，善音辞，轻缓可听。二人皆出世色。万金死，冯氏家败，飞燕妹弟，流转至长安，于时人称赵主子，或云曼之他子。与阳阿主家令赵临共里巷，托附临，屡为组文刺绣献临。临愧受之，居临家，称临女。临尝有女事宫省，被病，归死，飞燕或称死者。飞燕妹弟，事阳阿主家，为舍直。常窃效歌舞，积思精切，听至终日，不得食。待直贳服疏苦，财且颛事膏沐澡粉，其费亡所爱，共直者指为愚人。飞燕通邻羽林射鸟者，飞燕贫，与合德共被。夜雪，期射鸟者于舍傍，飞燕露立，闭息顺气，体温舒，亡疹粟。射鸟者异之，以为神仙。

飞燕缘主家大人得入宫，召幸。其姑妹樊嫕为丞光司帝者，故识飞燕与射鸟儿事，为之寒心。及幸，飞燕瞑目牢握，涕交颐下，战栗不迎帝。帝拥飞燕三夕，不能接，略无谴意。宫中素幸者，从容问帝，帝曰："丰若有余，柔若无骨。迁延谦畏，若远若近，礼义人也。宁与女曹婢胁肩者比耶！"既幸，流丹浃藉。嬺私语飞燕曰："射鸟者不近汝耶？"飞燕曰："吾内视三日，肉肌盈实矣。帝体洪壮，创我甚焉。"飞燕自此特幸后宫，号"赵皇后"。

帝居鸳鸯殿便房，省帝簿，嬺上簿。嬺因进言飞燕有女弟合德，美容体，性醇粹可信，不与飞燕比。帝即令舍人吕延福，以百宝凤毛玉辇迎合德，合德谢曰："非贵人姊召，不敢行，愿斩首以报宫中。"延福还奏，嬺为帝取后五采组文手藉为符，以召合德。合德新沐，膏九曲沉水香，为卷发，号"新髻"；为薄眉，号"远山黛"；施小朱，号"慵来妆"；衣故短，绣裙小袖，李文袜。帝御云光殿帐，使樊嬺进合德。合德［谢］曰："贵人姊虐妬，不难灭恩，受取（耻）不爱死，非姊教，愿以身易耻，不望旋踵。"音词舒闲清切，左右嗟赏之啧啧。帝乃归合德。宣帝时披香博士淖方成，白发教授宫中，号"淖夫人"，在帝后唾曰："此祸水也，灭火必矣！"

帝用樊嬺计，为后别开远条馆，赐紫茸云气帐，文至几，赤金九层博山缘合。嬺讽后曰："上久亡子，宫中不思千万岁计耶？何不时进上，求有子？"后德嬺计，是夜进合德。帝大悦，以辅属体，无所不靡，谓为"温柔乡"。谓嬺曰："吾老是乡矣，不能效武皇帝求白云乡也。"嬺呼万岁贺曰："陛下真得仙者。"上立赐嬺鲛文万金锦二十四匹。合德尤幸，号为"赵婕妤"。

婕妤事后，常为儿拜。后与婕妤坐，后误唾婕妤袖，婕妤曰："姊唾染人绀袖，正似石上华。假令尚方为之，未必能若此衣之华。"以为"石华广袖"。后在远馆，多通侍郎、宫奴多子者，婕妤倾心翊护，常谓帝曰："姊姓刚，或为人构陷，则赵氏无种矣。"每泣下凄恻。以故白后奸状者，帝辄杀之。侍郎、宫奴，鲜绔蕴香，恣纵棲息远条馆，无敢言者。后终无子。后浴五蕴七香汤，踞通香沉水坐，潦降神百蕴香；婕妤浴荳蔻汤，傅露华百英粉。帝尝私语樊嫕曰："后虽有异香，不若婕妤体自香也。"

江都易王故姬李阳华，其姑为冯大力妻，阳华老，归冯氏。后姊弟母事阳华，阳华善贲饰，常教后九回沉水香泽，雄麝脐内息肌丸。婕妤亦内肌息丸，常试若为妇者，月事益薄。他日，后言于承光司剂者上官妩，妩膺曰："若如是，安能有子乎？"后煮美花涤之，终不能验。真猎儿献万年蛤，不夜光珠，彩皆若月，照人亡妍丑，皆美艳。常以蛤赐后，以珠赐婕妤。后以蛤妆五成金霞帐，帐中常若满月。久之，帝谓婕妤曰："吾昼视后，不若夜视之美，每旦令人忽忽如失。"婕妤闻之，即以珠号为"枕前不夜珠"，为后寿，终不为后道帝言。

始加大号，婕妤奏书于后曰：

> 天地交畅，贵人姊及此令吉，光登正位，为先人休，不堪喜豫。谨奏上二十六物以贺：金屑组文茵一铺，沉水香莲心椀一面，五色同心大结一盘，鸳鸯万金锦一匹，玻璃屏风一张，枕前不夜珠一枚，含香绿毛狸藉一铺，通香虎皮檀像一座，龙香握鱼二首，独摇宝莲一铺，七出菱花镜一奁，精金彄环四指，若亡绛绡单衣一袭，香文罗手藉三幅，七面光雄肪发泽一盎，紫金被褥香炉三枚，文犀辟毒箸二双，碧玉膏奁一合，使侍儿郭语琼拜上。

后报以云锦五色帐、沉水香玉壶。婕妤泣怨帝曰："非姊赐我，死不知此器。"帝谢之，诏益州，留三年输，为婕妤作七成锦帐，以沉水香饰。

婕妤接帝于太液池，作千人舟，号"合宫之舟"。池中起为瀛洲榭，高四十尺。帝御流波文縠无缝衫，后衣南越所贡云英紫裙碧琼轻绡，广榭上，后歌舞《归风送远》之曲，帝以文犀簪击玉瓯，令后所爱侍郎冯无方吹笙以倚后歌。中流歌酣，风大起，后顺风扬音，无方长噏细袅，与相属。后裙髀，曰："顾我顾我！"后扬袖，曰："仙乎仙乎！去故而就新，宁忘怀乎？"帝曰："无方为我持后。"无方舍吹持后履。久之风霁，后泣曰："帝恩我，使我仙去不得。"怅然曼啸，泣数行下。帝益愧爱后，赐无方千万，入后房闼。他日宫姝幸者，或襞裙为丝（绉），号曰"留仙裙"。婕妤益贵幸，号"昭仪"，求近远条馆。帝作少嫔馆，为露华殿、含风殿、传昌殿、求安殿，皆为前殿。后殿又为温室、凝缸室、浴兰室。曲房连槛，饰黄金白玉，以璧为表里，千变万状，连远条馆，号"通仙门"。

后贵宠，益思放荡，使人博求术士，求匪安却老之方。时西南北波夷致贡，其使者举茹一饭，昼夜不卧偃。曲属国上其状，屡有光怪。后闻之，问何如术，夷人曰："吾术天地平，生死齐，出入有无，变法万象，而卒不化。"后令樊嫕弟子不周遗千金，夷人曰："学吾术者，要不淫与谩言。"后遂不报。他日樊嫕侍后浴，语甚欢。后为樊嫕道夷言，嫕抵掌曰："忆在江都时，阳华李姑，畜斗鸭水池上，苦獭啮鸭，时下朱里芮姥者，求捕獭狸献。姥谓姑曰：'是狸不他食，当饭以鸭。'姑怒，绞其狸。今夷术，真似此也。"后大笑曰："臭夷何足污吾绞乎？帝尝蚤猎，触雪得疾，阴缓弱不能壮发，每持昭仪足，不胜至欲，辄暴起。昭仪当转侧，帝不能长持其足。"樊嫕谓昭仪曰："上饵方士大丹，求盛大，不能得；得贵人足一持，畅动。此天与贵妃大福，宁转侧俾帝就耶？"昭仪曰："幸转侧不就，尚能留帝欲。亦如姊教帝持，则厌去矣，安能复动乎？"

后骄逸，体微病，辄不自饮食，须帝持匕箸。药有苦口者，非帝为含吐，不下咽。昭仪夜入浴兰室，肤体光发，占灯烛，帝从帏中窃望之。侍儿以白昭仪，昭仪览巾，使彻烛。他日，帝约赐侍儿黄金，使无得言。私婢不豫约中，出帏值帝，即入白昭仪，昭仪遽隐辟。自是帝从兰室帏中窥昭仪，多袖金，逢侍儿私婢，辄牵止赐之。侍儿贪帝金，一出一入不绝。帝使夜从帑益至百余金。

帝病缓弱，大医万方不能救，求奇药，尝得脊（春）恤胶，遗昭仪。昭仪辄进帝，一丸一幸。一夕，昭仪醉，进七丸，帝昏夜拥昭仪，居九成帐，笑吃吃不绝。抵明，帝起御衣，阴精流输不禁，有顷，绝倒。裛衣视帝，馀精出涌，沾污被内。须臾帝崩，宫人以白太后。太后使理昭仪，昭仪曰："吾持人主如婴儿，宠倾天下，安能敛手掖庭，令争帷帐之事乎？"乃拊膺呼曰："帝何往乎？"遂欧血而死。

南风之秘密

《晋书·后妃传》：贾后讳南风，父充。后既立，而废弑杨太后，遂荒淫放恣，与太医令程据等乱，彰内外。洛南有盗尉部小吏，端丽美容止，既给厮役，忽有非常衣服。众咸疑其窃盗，尉嫌而执辩之。贾后疎亲，欲求盗物，往听对辞。小吏云："先行，逢一老妪，说家有疾病，师卜云，宜得城南少年厌之，欲暂相烦，必有重报。于是随去，上车下帷，内簏箱中，可行十余里，过六七门限。开簏箱，忽见楼阙好屋，问此是何处，云是天上。即以香汤见浴，好衣美食。将入，见一妇人，年可三十五六，短形，青黑色，眉后有疵。见留数夕，共寝欢宴，临出赠此众物。"听者闻其形状，知是贾后，惭笑而去，尉亦解意。时他人入者多死，惟此小吏以后爱之，得全而出。

据腹而卒

《王氏见闻》：王蜀吴文宗，以功勋继领名郡。少年富贵，姬仆乐妓十余辈，皆精选也。其妻妬，每怏怏不惬其志。忽一日，鼓动趋朝，已行数坊，忽报云放朝，遂密戒从者，潜入遍幸之，据腹而卒。

罗汉老陪

包汝辑《南中纪闻》：通道县共六里，止二里系汉民被服，与中国同。四里系苗民，不冠不履，男妇俱左衽佩刀。男子头插雉尾，身穿短袄，胸背两臂俱花绣。妇女头髻，偏挽左傍，顶上插一银牌为饰，上衣齐腰，亦俱花绣。男妇下截止穿长裤一条，冬夏跣足。男子娶妇过七日，即送回母家。遇耕获时，暂唤回帮助，平时止在母处。男子年长未娶，号“罗汉”；女子年长未嫁，号“老陪”。其罗汉已娶妻，遇妇人有姿色者，仍托名罗汉，复行娶讨；老陪已嫁夫，遇得意男子，亦自托老陪，又复嫁配。夫妇不恒，自成夷俗。妇人非有孕欲产，不至原夫家，其夫亦不恋本妻。此苗错处中土，编在版籍，其习俗如是。

对　食

《汉书·赵后传》：中宫吏曹宫官婢道房，与宫对食。注：宫人自相与为夫妇，名“对食”。甚相妬忌也。

题联轻薄

《辍耕录》：俞俊，其先嘉兴人，今占籍松江上海县。娶也先普化次兄丑驴女。也先普化长兄观，观死，烝长嫂而妻之；次兄丑驴死，又烝次嫂而娶之，俊妻母也。既而亦死，俊缚彩缯为祭亭，缀银盘十有四于亭两柱，书联盘中云：

清梦断柳营风月；
菲仪表梓里葭莩。

盖柳营暗藏“亚夫”二字，菲仪谓“菲人”，表梓谓“表子”，总贱娼滥妇之称，葭莩“皆是夫”也。郡人莫不多其才，而议其轻薄如此。又尝诣妻父墓所，题于庐壁曰：“柏舟在河，可谓节乎？二嫂治棲，可谓义乎？覆宗绝祀，可谓孝乎？”先刺妻母，中刺也先普化，末刺妻之弟博颜帖木儿也。博颜帖木儿无他兄弟，因利也先之财，愿继其后，竟不恤亲父小宗之祀为重，故云。

羸妇人形体

《宋书·明恭王皇后传》：后讳贞风。上常宫内大集，而羸妇人，观之以为欢笑。后以扇障面，独无所言。帝怒曰：“外舍家寒乞，今共为笑乐，何独不视？”后曰：“为乐之事，其方自多，岂有姑姊妹集聚，而羸妇人形体，以此为乐？外舍之为欢，实与此不同。”帝大怒，遣后令起。后兄扬州刺史景文，以此事语从舅陈郡谢纬曰：“后在家为竹弱妇人，不知今段遂能刚正如此！”

裸妻于男女前

《魏书·安定王休传》：休薨，子愿平，清狂无行。拜通直散骑常侍、前将军，坐裸其妻王氏于男女之前，御史中丞侯刚，案以不道，处死绞刑；会赦，免。

欢喜佛

《敝帚斋馀谈》：春画之起，当始于汉广川王，画男女交接状于屋，召诸父姊妹饮，令仰视画。及齐后废帝，于潘妃诸阁壁，图男女私亵之状。至隋炀帝乌铜屏，白昼与宫人戏，影俱入其中。唐高宗镜殿成，刘仁轨惊下殿，谓一时乃有数天子，至武后时，遂用以宣淫。杨铁崖诗云：“镜殿青春秘戏多，玉肌相照影相摩。六郎酣战明空笑，队队鸳鸯浴锦波。”而秘戏之能事尽矣。后之画者，大抵不出汉广川、齐东昏之模范，惟古墓砖石中画此等状，间有及男色者，差可异耳。

余见内庭有欢喜佛，云自外国进者，又有云故元所遗者。两佛各璎珞严壮，互相抱持，两根凑合，有机可动。凡见数处。大珰云，帝王大婚时，必先导入此殿，礼拜毕，令抚揣隐处，默会交接之法，然后行合卺，盖虑睿禀之纯朴也。今外间市骨董人，亦间有之，制作精巧，非中土所办，价亦不赀，但比内廷殊小耳。京师敕建诸寺，亦有自内赐出此佛者，僧不肯轻示人。此外有琢玉者，多旧制；有绒织者，新旧俱有之。闽人以象牙雕成，红润如生，几遍天下，总不如画之奇淫变幻也。工此技者，前有唐伯虎，后有仇实甫。今伪作纷纷，然雅俗甚易辨。倭画更精，又与唐、仇不同。书扇尤佳，余曾得一扇面，上写两人野合，有奋白刃驰往，又一挽臂阻之者，情状如生，旋失去矣。

养汉耶汉养耶

吴震方《岭南杂记》：琼俗甚淫，外江人客于此，欲谋得妇者，琼人必先问："养汉耶？汉养耶？"如汉养，则女无外交，而平日亲串往来馈送，女之饮食衣服，皆取给于男，所费不赀。如养汉，则受聘之后，男子坐食，其衣膳甚丰，往来馈送诸费，皆出于女，而不得禁其外交。生子则携以归，生女则随母留琼，不肯渡海也。

卷二十六

情中神

金　姬

《隆平纪事》：金姬李氏，名金儿，章丘人李素女，精于卜。士诚起兵，素举家被俘，金儿未及笄，侍太妃曹氏帐中。高邮被围，旦暮将下，金儿卜之，谓“当固守，敌且退”，既而围果解，号“仙姑”。士诚将遣兵渡江，姬卜之吉，果定平江。及议移都平江，姬独言江南不可居，居且不测，隐语托诗以讽士诚，不听。临行召姬同行，问以历数，对曰：“入吴之后，当更为国家深思耳。”姬见士诚日骄奢，每为高论以动之，又不敢犯。士诚称吴王，册为金姬，曰事成当进为妃。姬知不免，乃辞太妃，出拜天，须臾气绝。士诚葬之福山港口，悉以珠玉殉。一日，士诚妻刘氏，梦姬泣曰：“国家举事大错，难为计矣！”他日又梦抚士诚二子曰：“有不测，当阴佑之。”及明兵攻平江，士诚屡败，思姬言，加封仙姬，祠而卜之。今常熟西北有金姬墩，俗讹为“金鸡”。

罗　帕

《诚斋杂记》：贾知微遇会城夫人杜若兰，以秋云罗帕裹丹五十粒与之曰：“此罗帕，是织女采玉茧织成。”后大雷雨，失帕所在。

领巾成桥

《诚斋杂记》：崔生入山，遇仙女为妻，还家得隐形符。潜游宫禁，为术士所知，追捕甚急。生逃还山中，隔洞见其妻，告之。妻掷领巾，成五色虹桥度崔，追者不及。

康王庙女神

孙颜《神女传》：宋刘子卿，徐州人也，居庐山虎溪。少幽闲好学，爱花种树，其江南花木，溪庭无不植者。文帝元嘉三年春，临玩间，忽见双蝶，五彩分明，来游花上，其大如燕，一日中，或三四往复，子卿讶之。

其夜，月朗风清，歌吟之际，忽闻叩扃，有女子语笑之音。子卿异之，谓左右曰："我居此溪五岁，人尚无能知，何有女子而诣我乎？此必有异。"乃出户，见二女，各年十六七，衣服霞焕，容止甚都，谓子卿曰："君常怜花间之物，感君之爱，故来相诣。"子卿延之坐，谓二女曰："居止僻陋，无酒叙情，有惭于此。"一女曰："此来岂求酒耶？况山月已斜，夜将垂晓，君子岂有意乎？"子卿曰："鄙夫惟有茅斋，愿申缱绻。"二女东向坐者，笑谓西向者曰："今宵让姊。"因起送子卿之室，回顾子卿曰："来夜之欢，愿同今夕。"及晓，女乃请去。

及夕，二女又至，宴如前，姊谓妹曰："我且去矣。昨夜之欢，今留与汝，汝勿贪多娱，迷惑刘郎。"言讫大笑，乘风而去。于是同寝。子卿问女姓氏，答曰："但得佳妻，莫问闲事。"临晓，子卿复问之，女曰："我姊妹实非世人，亦非山精物魅。若说与郎，郎必异传，故不敢取笑于人间。今者与郎契合，想是因缘。慎迹藏心，无使人晓。即姊妹每旬更至，以慰郎心。"乃去。常十日一至。

如是数年，会子卿遇乱归乡，二女遂绝。庐山有康王庙，去所居二十里余。子卿一日访之，见庙中泥塑二女神，并壁间画二侍者，容貌依稀，有如前遇，疑此是也。

道人授桃

《藜床渖馀》：戊辰冬杪，偶至灵济宫，遇道人授一桃特大，曰："此与汝有缘，故以相赠。"讶其非常，受而啖之，味甘美而核甚细。旋于襟中捕一虱子，掷地怒目曰："汝负我！汝负我！"惊顾间，遽以器嘘之，大如豕，跨而疾驰，遂烟迷而逝。

汪氏遗鞋

《休宁县志》：良安乡人叶里汪氏女，自幼洁身奉道，不嫁。入金山，岁久成道，莫知其终。时有歙县石主簿者，入山见遗鞵，至今四方祷雨辄应。旁有甘露井，四时不竭，人立庵祀之。

玄天女

《拾遗记》：燕昭王即位二年，广延国来献善舞者二人，一名旋娟，一名提谟，并玉质凝肤，体轻气馥，绰约窈窕，绝古无伦，或行无迹影，或积年不饥。昭王处以单绡华幄，饮以瑶珉之膏，饴以丹泉之粟。王登崇霞台，乃召二人来侧，时香风歘起，徘徊翔舞，殆不自支。正（王）以缨缕拂之，二人皆舞，容冶妖丽，靡于翔鸾，而歌声轻扬。乃使女伶代唱其曲，清响流韵，虽飘梁动尘，不足嘉焉。其舞一名《萦尘》，言其体轻，与尘相乱；次曰《集羽》，言其婉转若羽毛之从风；末曲曰《旋怀》，言其支体缅曼，若入怀袖也。乃设麟文之席，散荃芜之香。香出波弋国，浸地则土石皆香；着朽木腐草，莫不郁茂；以熏枯骨，则肌肉皆生。以屑喷地，厚四五寸，使二女舞其上，弥日无迹，体轻故也。时有白鸾孤翔，衔千茎穗于空中，白（自）生花实，落地则生根叶，一岁百获，一茎满车，故曰"盈车嘉穗"。"麟文"者，错杂宝以饰席也，皆为云霞麟凤之状。王好神仙之术，玄天之女，托形作此二人。昭王之末，莫知所在，或云游于汉江，或伊洛之滨。

洛神龙女

《洛神传》：太和中，处士萧旷，自洛东游至孝义馆，夜憩于双美亭。时月朗风清，旷善琴，遂取琴弹之。夜半，调甚苦，俄闻洛水之上，有长叹者，渐相逼，乃一美人。旷因舍琴而揖之曰："彼何人斯？"女曰："洛浦神女也。昔陈思王有赋，子不忆也耶？"旷曰："然。"旷又问曰："或闻洛神即甄皇后，后谢世，陈思王遇其魄于洛滨，遂为《感甄赋》。后觉事之不正，改为《洛神赋》，寄意于宓妃，有之乎？"女曰："妾即甄后也。为慕陈思王之才调，文帝怒而幽死。后精魄遇王于洛水之上，叙其冤抑，因感而赋之，觉事之不典，易其题，乃不谬矣。"

俄有双鬟，持茵席、具酒殽而至，谓旷曰："妾为袁家新妇时，性好鼓琴，每弹至《悲风》及《三峡流泉》，未尝不尽夕而止。适闻君琴韵清雅，愿一听之。"旷乃弹《别鹄（鹤）操》及《悲风》，神女长叹曰："真蔡中郎之俦也！"问旷曰："陈思王《洛神赋》如何？"旷曰："真体物浏亮，为梁昭明之精选尔。"女微笑曰："状妾之举止，云'翩若惊鸿，婉若游龙'，得无疎矣？"旷曰："陈思王之精魄，今何在？"女曰："见为遮须国王。"旷曰："何为遮须国？"女曰："刘聪子死而复生，语其父曰：'有人告某云，遮须国久无主，待汝父来作主'，即此国是也。"

俄有一青衣引一女曰："织绡娘子至矣。"神女曰："洛浦龙君之爱女，善织绡于水府，适令召之尔。"旷因语织绡曰："近日人世，或传柳毅灵姻之事，有之乎？"女曰："十得其四五尔，馀皆饰词，不可惑也。"旷曰："或闻龙畏铁，有之乎？"女曰："龙之神化，虽铁石金玉，尽可透达，何独畏铁乎？畏者，蛟螭辈也。"旷又曰："雷氏子佩丰城剑，至延平津，跃入水，化为龙，有之乎？"女曰："妄也。龙，木类；剑乃金。金既克木而不相生，焉能变化？

岂同雀入水为蛤，雉入水为蜃哉？但宝剑灵物，金水相生而入水，雷生自不能沉于泉耳。其后搜剑不获，乃妄言为龙。且雷焕只言‘化去’，张司空但言‘终合’，俱不说为龙。任剑之灵异，亦人之鼓铸锻炼，非自然之物，是知终不能为龙明矣。”旷又曰：“梭化为龙，如何？”女曰：“梭，木也。龙本属木，变化归本，又何怪也？”旷又曰：“龙之变化如神，又何病而求马师皇疗之？”女曰：“师皇是上界高真，哀马之引重负远，故为马医，愈其疾者万有余匹。上天降鉴，化其疾于龙唇吻间，欲验师皇之能，龙后负而登天。天假之，非龙真有病也。”旷又曰：“龙之嗜燕血，有之乎？”女曰：“龙之清虚，食饮沆瀣。若食燕血，岂能行藏？盖嗜者，乃蛟蜃辈耳。无信造作，皆梁朝四公诞妄之词耳。”旷又曰：“龙何好？”曰：“好睡，大即千年，小不下数百岁。偃仰于洞穴，鳞甲间聚积沙尘，或有乌衔木实遗弃其上，乃甲坼生树，至于合抱，能（龙）方觉悟，遂振汛修行，脱其体而入虚无，澄其神而归寂灭，自然形之与气，随其化用，散入真空，若未胚腪，若未凝结，如物在恍忽，精奇杳冥。当此之时，虽百骸五体，尽可入于芥子之内，随其举止，无所不之。自得还元返本之术，与造化争功矣。”旷又曰：“龙之修行，向何门而得？”女曰：“高真所修之术何异？上士修之，形神俱达；中士修之，神超而形沉；下士修之，形神俱坠。且当修之时，气爽而神凝，有物出焉，即老子云‘恍恍忽忽，其中有物’也。其于幽微，不敢泄露，恐为上天谴谪尔。”

神女遂命左右传觞叙语，情况昵洽，兰艳动人，若左琼枝而右玉树，绻缱永夕，感畅其怀。旷曰：“遇二仙娥于此，真所谓双美亭也。”忽闻鸡鸣，神女乃留诗曰：

> 玉筋凝腮忆魏宫，朱丝一弄洗清风。
> 明晨追赏应愁寂，沙渚烟销翠羽空。

织绡诗曰：

织绡泉底少欢娱，更劝宋郎尽此壶。
悲见玉琴弹《别鹤》，又将清泪滴真珠。

旷答二女诗曰：

红兰吐艳间夭桃，自喜寻芳数已遭。
珠珮鹊桥从此断，遥天空恨碧云高。

神女遂出明珠、翠羽二物赠旷曰："此乃陈思王赋云'或采明珠，或拾翠羽'，故有斯赠，以成《洛神赋》之咏也。"龙女出轻绡一匹赠旷曰："若有胡人购之，非万金不可。"神女曰："君有奇骨异相，当出世。但澹味薄俗，清襟养真，妾当为阴助。"言讫，超然蹑虚而去，无所睹矣。

后旷保其珠、绡，多游嵩岳。友人尝遇之，备写其事，今遁世不复见焉。

天上玉女

《搜神记》：魏济北郡从事椽（掾）弦超，字义起。以嘉平中夕，独宿，梦有神女来从之，自称天上玉女，东郡人，姓成公，名智琼，早失父母，上帝哀其孤苦，令得下嫁。超觉而钦想，如此三四夕，一旦显来，驾辎軿车，从八婢，服罗绮之衣，状若飞仙。自言年七十，视之，如十五六。车上有异馔醴酒，与超共饮食，谓超曰："宿运宜为夫妇，不能有益，亦不能为损。然出游常可得驾轻车肥马，饮食常可得远味异膳，缯素可得充用不乏。然我神人，不能为君生子，亦无妬忌，不害君婚姻之义。"遂为夫妇。经七八年，父母为超取妇之后，分日而燕，分夕而寝，夜来晨去，倏忽若飞，唯超见之，他人不见也。

超后为济北王柱下椽，文钦作乱，魏明帝东征，诸王见移于邺宫，官属亦从，监国西徙。邺下狭窄，四吏共一小屋，超独卧，智琼常得往来，同室之人，颇疑非常。智琼止能隐形，不能藏声，且芬香达于室宇，遂为判吏所疑。后超常便至京师，空手入市，智琼给其五匣弱绯，五端缃纻，采色尤泽，非邺市所有。同行吏诘问，超性疎拙，遂具言之。吏以白监国，委曲问之，亦恐天下有此妖幻，不咎责也。

后夕返，玉女已求去，曰："我神仙也，不愿人知。今本末已露，不复与君通接。积年恩义，一旦分别，岂不悽恨!"呼侍御发簏，取织成裙衫两挡（裆）遗超，把臂告辞，肃然升车，去若飞仙。超梦感积日，殆至委顿。

后五年，超奉郡使至洛，到济北鱼山下，陌上西行，遥望曲道旁，有一车马，似智琼。驱驰前至，视之果是，遂披帷相见，悲喜交至，授绥同乘至洛，克复旧好。至太康中犹在，但不日月来往，三月三日，五月五日，七月七日，九月九日，月旦十五，每来辄经宿而去。张茂先为之赋《神女》。

张镐妻

杜光庭《神仙感遇传》：张镐，南阳人也，少为业勤苦，隐王房山，未尝释卷。山下有酒家，镐执卷诣之，饮二三杯而归。一日，见美妇人在酒家，揖之与语，命以同饮，欣然无拒色，词旨明辩，容状佳丽。既晚告去，镐深念之，通夕不寐。未明，复往伺之，已在酒家矣。复召与饮，微词调之，妇人曰："君非常人，愿有所托，能终身，即所愿也。"镐许诺，与之归。山居十年，而镐勤于坟典，意渐疎薄，时或忿恚。妇人曰："君情如此，我不可久住。但得鲤鱼脂一斗，合药即足矣。"镐未测所用，力求以授之。妇以鲤鱼脂投井中，身亦随下，须臾乘一鲤，自井跃出，凌空欲去，谓镐曰："吾比待子立功立事，同升太清。今既如斯，固子之薄福也。他日守位不终，悔亦何及?"镐拜谢悔过，于是乘鱼升天而去。镐后出山，历官位至宰辅，为河南都统。常心念"不终"之言，每自咎责。后贬辰州司户，复征用。薨时年方六十。每话于宾友，终身为恨矣。

神药愈疾

《采兰杂志》：一妇病阴中奇痒，苦甚而不敢告人。平日虔奉观世音，见一尼持药一函至曰："煎汤，洗之即愈矣。"尼忽不见。启视之，乃蛇床子、吴茱萸、苦参也。

张女郎

《神女传》：沈警，字玄机，吴兴武康人也。美风调，善吟咏，为梁东宫常侍，名著当时。每公卿宴集，必致骑邀之，语曰："玄机在席，颠倒宾客。"其推重如此。后荆楚陷没，入周为上柱国，奉使秦陇。途遇张女郎庙，旅行多以酒肴祈祷；警独酌水具祝，词曰："酌彼寒泉水，红芳掇崖谷。虽致之非遥，而荐之随俗。丹诚在此，神其感录。"

既暮，宿传含（舍），凭轩望月，作《风将雏含娇曲》，其词曰：

　　命啸无人啸，含娇何处娇？
　　徘徊花上月，空度可怜宵。

又续为歌曰：

　　靡靡春风至，微微春露轻。
　　可惜关山月，还成无用明。

吟毕，闻簾外叹赏之声，复云："闲宵岂虚掷？皓月岂空明？"音旨清婉，颇异于常。忽见一女子，褰簾而入，拜云："张女郎姊妹，见使致意。"警异之，乃具衣冠，未离坐，而二女已入，谓警曰："跋涉山川，因劳动止。"警曰："行役在途，春宵多感，聊因吟咏，稍遣旅愁。岂意偎降仙驾，愿知伯仲。"二女郎因顾而微笑，大女郎谓警曰："妾是女郎妹，适庐山夫人长男。"指小女郎云："适衡山府尹小子，并以生日，同觐大姊，属大姊今朝层城未旋，山中幽寂，良夜多怀，辄欲奉屈，无惮劳也。”遂携警出门，共登一辎軿，车驾六马，驰空而行。

俄至一处，朱楼飞阁，备极焕丽。令警止一水阁，香气自外入内，簾幌多金缕翠羽，间以珠玑，光照满室。须臾，二女郎自阁后冉冉而至，揖警就坐，又具酒肴。于是大女郎弹箜篌，小女郎援琴，为数弄，皆非人世所闻。警欣赏良久，原请琴写之。小女郎笑谓警曰：“此神仙所制，不可传于人间。”警粗记数弄，不复敢访。及酒酣，大女郎歌曰：

人神相合兮后会难，邂逅相遇兮暂为欢。
星汉移兮夜将阑，心未极兮且盘桓。

小女郎歌曰：

洞箫响兮风生流，清夜阑兮管弦遒。
长相思兮衡山曲，心断绝兮秦陇头。

警歌曰：

会别须臾事，相思只梦知。
不如牛共女，尚有来年期。

二女郎相顾流涕，警亦下泪。小女郎谓警曰：“兰香姨，智琼姊，亦尝怀此恨矣。”大女郎顾小女郎曰：“润玉，此人可念也。”

良久，大女郎命履，与小女郎同出。及门，谓小女郎曰：“润玉可便伴沈郎寝。”警欣喜，如不自得，遂携手入门，已见小婢前施卧具。小女郎执警手曰：“吾从二妃游湘川，见君于舜庙，读相王碑，此时想念颇切，不意今宵得谐宿愿。”警亦备记此事，执手款叙，不能自已。小婢丽质前致词曰：“人神路隔，别促会赊。况姮娥妒人，不肯留照；织女无赖，已复斜河。寸阴几时？何劳烦琐。”遂掩户就寝，备极欢昵。将晓，小女郎起谓警曰：“人神事异，无宜卜昼，大姊且至矣。”警于是抱持置膝，共叙衷款。

须臾，大女郎至，复置酒。警又歌曰：

直恁行人心不平，那宜万里阻关情？
只今陇上分流水，更听从来呜咽声。

警乃赠小女郎指环，小女郎赠警金合欢结，歌曰：

结心缠万缕，结缕几千回。
结怨无穷极，结心终不开。

大女郎赠警瑶镜一圆，歌曰：

忆昔窥瑶镜，相望看明月。
彼此俱照人，莫令光彩灭。

赠答极多，不能备记，粗忆数首而已。遂相与出门，复驾辎軿车，送至下庙，乃执手呜咽而别。

及至馆，怀中探得瑶镜、金缕结，良久，乃言于主人，夜而失所在。时同侣咸怪，警夜有异香。警后使回至庙中，于神坐后得一碧笺，乃是小女郎与警书，备叙离恨，书末有篇云：“飞书报沈郎，寻已到衡阳。若存金石契，风月两相忘。”从此遂绝。

东海姑之神

《八朝穷怪录》：齐明帝建武中，有书生萧岳，自毗陵至延陵季子庙前，泊舟望月。忽有一女子，年十六七，从三四侍女，貌皆绝世，以橘掷岳怀中。岳心异之，乃问其姓名，云葛氏。岳因请舟中命酒，与歌宴，及晓请去，岳甚怅然。岳登舟望之，见庙前有五六女相迎笑，一时入庙。岳异之，及明，乃整衣冠至延陵庙中，见东壁上画第三座之女，细观之而笑，果昨夜宿之女也；及左右侍女，亦所从也。画壁题云“东海姑之神”。

云　英

裴铏《传奇》：唐长庆中，有裴航秀才，因不第，游鄂渚。谒故旧崔相回，赠钱二十万，因佣巨舟，载于襄汉。同载有樊夫人，乃国色也，言词间接，帷帐昵洽。航虽亲切，无计会面，因赂侍妾袅烟，求达诗一章曰：

同为胡越犹怀想，况遇天仙隔锦屏。
倘若玉京朝会去，顾随鸾鹤入青云。

诗往，久而无答。航数诘袅烟，烟曰："娘子见诗若不闻，如何？"航无计，因在道，求名酝珍果献之。夫人乃使袅烟召航相识，及褰帷，而玉莹光寒，花明丽景，云低鬟鬓，月淡修眉，举止烟霞外人，不与尘俗为偶。航再拜揖，愕眙良久。夫人曰："妾夫在汉南，将欲弃官，幽栖岩谷，召某一诀耳。喜与郎君同共舟济，无以谐谑为意。"航曰："不敢。"饮讫而归。夫人后使袅烟持诗一章，曰：

一饮琼浆百感生，玄霜捣尽见云英。
蓝桥便是神仙窟，何必崎岖上玉清。

航览之，不能达诗之旨，后更不复见，但使袅烟达寒暄而已。遂抵襄汉，与使婢挈妆奁，不告辞而去。

航遍访之，竟无踪响，遂饰装归辇下。经蓝桥驿，侧近，因渴甚，遂下道求浆而饮。见有茅屋三四间，低而复隘。有老妪绩麻苎，航揖之求浆，妪咄曰："云英，擎一瓯浆来。"航讶之，忆樊诗有"云英"之句，深不自会。俄于苇箔下，出双玉手捧瓷（瓯），航接饮之，真玉液也，但觉异香氤氲，透于户外。因还瓯，遽揭箔，见一女子露裛琼英，春融雪彩，脸欺腻玉，鬓若浓云，掩面蔽身，虽红兰之隐幽谷，不足比其芳丽也。航惊怛，植足而不能去，因白妪曰："某仆马甚饥，愿憩于此，当厚答谢。"妪曰："任郎君自便。”遂饭仆秣马。良久，谢妪曰：“向睹小娘子，艳丽惊人，所以踌躇不舍。愿纳厚礼娶之，可乎？”妪曰：“我今老病，只此女孙。昨有神仙遗灵丹一刀圭，但须玉杵臼，捣之百日，方可就吞，当得后天而老。君约取此女者，得玉杵臼，吾当与之。其余金帛，吾无用处。”航拜谢曰：“愿以百日为期，必携杵臼至，更无他许人。”妪曰：“然。”

航怅怅而去，及至京国，殊不以举事为意，但于坊曲喧衢，高声访玉杵臼，曾无影响。或遇朋友，若不相识，众言为狂人。数月，忽遇一货玉老翁曰：“近得虢州药铺卞老书云，有玉杵臼货之。郎君恳求如此，吾当为书导达。”航媿荷珍重，果获杵臼。卞老曰：“非二百缗不可得。”航乃泻囊，兼货仆马，方及其值，遂步骤独挈而抵蓝桥。至日，妪大笑曰：“有如是信士乎？吾岂爱惜女子，而不酬其劳哉！”女亦微笑曰：“虽然，更为吾捣药百日，方议姻好。”妪于襟带间解药，航即捣之，昼为夜息。夜则媪收药臼于内室，航又闻捣药声，窥之，有玉兔持杵臼，而雪光辉室，可鉴毫芒，于是航之意愈坚。如此日足，妪持而吞之曰：“吾当入洞而告姻戚，为裴郎具帏帐。”遂挈女入山，谓航曰：“但少留此。”

逡巡，车马仆隶，迎航而往。则见一大第连云，珠扉晃日，内有帐幄屏帷，珠翠珍玩，莫不臻至，如贵戚家焉。仙童侍女，引航入帐，就礼讫，航拜妪，悲泣感荷。妪曰：“裴郎自是清冷裴真人子孙，业当出世，不足深媿老妪也。”及引见诸宾，多神仙中人。后有仙女，鬟髻霓衣，云是妻姊。航拜讫，女曰：“裴郎不相识耶？”航曰：“昔非姻好，不省拜侍。”女曰：“不忆鄂渚同舟而抵襄汉乎？”航惊叹，恳悃陈谢。后问左右曰：“是小娘子之姊，云翘夫人，刘纲仙君之妻也。已是高真，为玉皇之女吏。”妪遂遣航将妻入玉峰洞中，饵以绛雪琼英之丹，体性清虚，毛发绀绿，神化自在，超为上仙。

至太和中，友人卢颢，遇之于蓝桥驿之西，因说得道之事，遂赠蓝田美玉十斤，紫府云丹一粒，叙话永日，使达之于亲爱。卢颢稽颡曰："兄既得道，乞一言教授。"航曰："老子曰：'虚其心，实其腹。'今之人，心愈实，何由得道?"卢子懵然。复语之曰："心多妄想，腹漏精液，即虚实可知矣。凡人自有不死之术，但子未便可教，异日言之。"卢子知不可请，但终宴而去。后世莫有遇者。

雁门女子

《大有奇书》：唐开元中，有僧游雁门山。入一石洞，洞中之境，愈行而愈不穷，僧爱而更进，忘出忘疲。见数女子，鬟发飘云，草裳叶袂，见僧讶曰："汝何人斯？髡发刈须，作此异状耶?"曰："我僧也。"女子曰："何谓僧?"曰："僧者佛之徒也。"女子曰："何谓佛?"曰："佛者，西方之圣人。"女子曰："何以昔未之闻?"曰："佛于汉明帝时，始入中国。"女子曰："何谓汉?"曰："汉者，继秦之代也。"女子曰："我皆不知。"曰："尔何皆不知?"女子曰："我秦人也。蒙恬筑城，役及妇人。我等避于此，哺菖蒲，皆不死，亦自忘其年岁也。熟知秦亡而又有所谓汉耶?"僧辞出，后再诉（访）之，但见青霭白云，不知洞之所在矣。

坑三姑

《异苑》：坑三姑之神，姓何名媚，字丽卿，莱阳人。寿阳李景纳为妾，其妻妬之，于正月十五日阴杀之厕中。天帝怜之，封为厕神。俗传是日结草为形，而以祭之，占一年蚕禾之事必验。(《杂五行书》：厕神曰后帝。)

洛阳花神

《坚瓠庚集》：洛阳李中书暎，居郊外，流水溪桥，广植花卉。偶秋雨乍晴，轻凉袭袂，闲步门外，见双鬟冉冉而来，高髻靓妆，色甚殊艳，迎谓暎曰："娘子传语郎君，特来相候。"俄而青衣持茵席帷帐，陈设堂中，珠玉辉映，异香满室，暎愕然。忽绣车一乘，一美人年可十六七，丰姿绰约，降车入门，与暎相见，暎甚疑惧。美人遽命从者设馔，陈杯皿食物，皆非人世所有。酒再行，语稍款洽。暎因问女郎何来，美人笑不答；固请之，曰："吾洛阳花神耳。谒紫宸妃归，见此地多名花，欲与君作半日清翫耳。当此雅叙，何惜一诗？"命双鬟进碧罗笺，暎即赋曰：

花深竹坞傍幽蹊，叶上秋光湿露低。
歌舞留人天半月，玉真何事楚云归？

美人咏曰：

金谯漏尽玉楼开，舞罢霓裳下楚台。
更忆人间秋色好，五云缥缈一重来。

诗毕，美人顾暎叹曰："良会未几，后期无日；人天路殊，睽隔何似？今兹一见，固是夙缘，无烦想念也。"遂命引烛升车。暎送至门，未数十步，车舆人物，恍惚而没。暎玩其诗出以示人，未尝不嗟惋云。

园客妻

《列仙传》：园客者，济阴人也，貌姿好而性良，邑人多以女妻之，客终不取。常种五色香草，积数十年，食其实。一旦有五色蛾，止其香树末，客收而荐之以布，生桑蚕焉。至蚕时，有好女夜至，自称客妻，道蚕状。客与俱收蚕，得百二十头。茧皆如瓮大，缫一茧，六十日始尽，讫则俱去，莫知所在。故济阴人世祠桑蚕，设祠室焉。

贞妇著灵

蔡潮《重修清风庙记》：正德丁丑岁，黄严（岩）结讼者，夜泊清风岭下。内数人妄议贞妇，因诵诗词，以资谤谑。即时风雨暴作，舟覆而死。续有亵冒者，遂有奇祸。

张果老

李复言《续玄怪录》：张老者，扬州六合县园叟也。其邻有韦恕者，梁天监中，自扬州曹椽（掾），秩满而来。有长女，既笄，召里中媒媪，令访良婿。张老闻之喜，而候媒于韦门，媪出，张老固延入，且备酒食。酒阑，谓媪曰："闻韦氏女将适人，某诚衰迈，灌园之业，亦可衣食，幸为求之，事成厚谢。"媪大骂而去。他日又邀媪，媪曰："叟何不自度，岂有衣冠子女，肯嫁园叟耶？"叟固曰："强为吾一言，言不从，即吾命也。"媪不得已，冒责而入言之，韦大怒曰："媪以我贫，轻我乃如是！"媪曰："诚非所宜言，为叟所迫，不得不达其意。"韦曰："为我报之，令日内得五百缗则可。"媪出以告，张老乃曰"诺"，未几，车载纳于韦氏。诸韦大惊曰："前言戏之耳。且此翁为园，何以致此？吾度其必无而言之，今不移时而到，当如之何？"乃使人潜候其女，女亦不恨，乃曰："此固命乎？"遂许焉。

张老既娶韦氏，园业不废，负秽镢地，鬻蔬不辂（辍）；其妻躬执爨濯，了无怍色。亲戚恶之，责怒曰："君家诚贪金，何以女妻园叟？既弃之，何不令远去也！"他日，恕置酒召女及张老，酒酣时，微露其意。张老起曰："所以不即去者，恐有留念。今既相厌，去亦何难？某王屋山下，有一小庄，明旦且归耳。"天将曙，来别韦氏："他岁，相思，可令大兄，往天坛山南相访。"遂令妻骑驴戴笠，张老策杖，相随而去，绝无消息。

后数年，恕念其女，令其男义方者，去到天坛南道。遇一昆仑奴，驾黄牛耕田，问曰："此有张老家庄否？"昆仑投杖拜曰："大郎子何久不来？庄去此甚近，某当前引。"遂与俱东去。初上一山，山下有水，过水连绵凡十余处，景色甚异，不与人间同。忽下一山，水北，朱户甲第，楼阁参差，花木繁茂，烟云鲜媚，鸾鹤孔雀，回翔其间。昆仑指曰："此张老庄也。"韦惊骇不测。

俄而及门，门有紫衣吏引入，厅中铺陈之华，目所未睹，异香氤氲，遍满崖谷。忽闻珮声渐近，二青衣出曰："阿郎来。"次见十数青衣，容色绝代，相对而行，若有所引。俄见一人，戴远游冠，衣朱绡，曳朱履，徐出门。一青衣引韦前拜，仪状伟然，细视之，乃张老也，言曰："世人劳苦，若在火中，无斯须泰时。兄久客寄，何以自娱？贤妹略梳头，即当奉见。"因揖令坐。未几，一青衣来曰："娘子梳毕。"遂引入，见妹于堂前。其堂沉香为梁，玳瑁帖门，碧玉窗，珍珠箔，阶砌皆冷滑碧色，不辨其物。其妹服饰之盛，世间未见，略叙寒暄，问尊长而已，意甚卤莽。有顷进馔，精美芳香，不可名状。食讫，馆韦于内厅。

明日方曙，张老与韦生坐，忽有一青衣附耳而语，张老笑曰："宅中有客，安得暮归？"因曰："小弟暂欲游蓬莱山，贤妹亦当去。然未暮即归，兄但憩此。"张老揖而入。俄而五云起于庭中，鸾凤飞翔，丝竹并作，张老及妹，各乘一凤，余从乘鹤者十数人，渐上空中正东而去，望之已没，犹隐隐闻音乐之声。韦君在庄，小青衣供侍甚谨。迨暮，稍闻笙簧之音，倏忽复到。及下于庭，张老与妻见韦曰："独居大寂寞，然此地神仙之府，非俗人得游。以兄宿命，合得到此，然亦不可久居，明日当奉别耳。"及时，妹复出别兄，殷勤传语父母而已。张老曰："世人遐远，不及作书。"奉金二十镒，并与一故席帽，曰："若无钱，可于扬州北邸卖药王老家，取钱一千钞，持此为信。"遂别，复令昆仑奴送出。却到天坛，昆仑奴拜别去。

韦自荷金而归，其家惊讶，或仙或妖，不知所谓。五六年间金尽，欲取王老钱，复疑其妄，曰："取尔许钱，不持一字，此帽安足信？"既而困极，其家强逼之曰："必不得钱，亦何伤？"乃往扬州，入北邸，而王老者，方当肆陈药。韦前曰："张老令取钱一千万，持此帽为信。"王曰："钱即实有，席帽是乎？"韦曰："叟岂不识耶?”王老未语，有小女出青布帏中曰：“张老常过，令缝帽顶，其时无皂线，以红线缝之，可验。”因取看，果是，遂得钱而归，乃信真神仙也。

其家又思女，复遣义方往天坛南寻之，千山万水，不复有路。时逢樵人，亦无知张老庄者。又寻王老，亦去矣。后数年，义方偶游扬州，闲行北邙前，忽见张老昆仑奴前曰：“大郎家中何如?娘子虽不得归，如日侍左右，家中事无巨细，莫不知之。”因出饼金十斤以奉曰：“娘子令送与大郎君。阿郎与王老会饮于此酒家，大郎且坐，当入报。”义方坐酒旗下，日暮不见出，乃入观之，饮者满坐，坐上并无二老，亦无昆仑奴；取金视之，乃真金也。惊叹而归，又以供数年之食，后不复知张老所在。

厕 神

《灵应录》：台州有民姓王，常祭厕神。一日至其所，见一黄衣女子，民问“何许人”，答云：“非人，厕神也。感君敬我，今来相报。”乃曰：“君闻蝼蚁言否?”民谢之：“非惟鄙人，自古不闻此说。”遂怀中取小合子，以指点少膏如口脂，涂民右耳下，戒之曰：“或见蚁子，侧耳聆之，必有所得。”良久而灭。民明日见柱础下寻（群）蚁纷纭，忆其言，乃听之，果闻相语云“移穴去暖处”，傍有问“何故”，云“其下有宝甚寒，住不安”。民伺蚁出讫，寻之，获白金十锭。即此后，不更闻矣。

广利王女

裴铏《传奇》：长庆中，进士张无颇，居南康。将赴举，游丐番禺，值府帅改移，投诣无所，愁疾卧于逆旅，仆从皆逃。忽有善《易》者袁大娘，来主人舍，瞪视无颇曰：“子岂久穷悴耶！某有玉龙膏一合，子不惟还魂起死，因此亦遇名姝（妹）。但立一表白曰‘能治业疾’，若常人求医，但言不可治；若遇异人请之，必须一往，自能富贵。”无颇拜谢受药。以暖金合盛之，曰：“寒时但出此合，则一室暄热，不假炉炭矣。”

无颇依其言，立表数日，果有黄衣若宦者，扣门甚急，曰：“广利王知君有膏，故使召见。”无颇志大娘之言，遂从使者而往。江畔有画舸，登之，甚轻疾。食顷，忽睹城宇峻极，守卫甚严。宦者引无颇，入数十重门，至殿廷，多列美女，服饰甚鲜，卓然侍立。宦者趋而言曰：“召张无颇至。”遂闻殿上使卷簾，见一丈夫，衣王者之衣，戴远游冠，二紫衣侍女，扶之而临砌，招无颇曰：“请不拜。”王曰：“知秀才非南越人，不相统摄，幸勿展礼。”无颇强拜，王罄折而谢曰：“寡人薄德，远邀大贤，益（盖）缘爱女有疾，一心钟念。知君有神膏，倘获痊平，实所媿戴。”遂令阿监三人，引入贵主院。

无颇又经数重户，至一小殿，廊宇皆缀明玑翠珰，楹楣焕耀，若布金钿，异气氤氲，满其庭户。俄有二女褰帘，召无颇入。睹真珠绣帐中，有一女子，才及笄年，衣翠罗缕金之繻。无颇切其脉，良久曰：“贵主所疾，是心之所苦。”遂出龙膏，以酒吞之，立愈。贵主遂抽翠玉双鸾篦而遗无颇，目成者久之。无颇不敢受，贵主曰：“此不足酬君子，但表其情耳。然王当有献遗。”无颇媿谢，阿监遂引之见王。王出金鸡犀、翡翠盌、丽玉明瑰以赠。无颇拜谢，宦者复引送于画舸，归番禺。

无颇自睹贵主华艳动人，颇思之。月余，忽有青衣扣门而送红笺，有诗二首，莫题姓字。无颇捧之，青衣倏不见。无颇曰：“此必仙女所制也。”词曰：

羞解明珰寻汉渚，但凭春梦访天涯。
红楼日暮莺飞去，愁杀深宫落砌花。

又曰：

燕语春泥堕锦筵，情愁无意整花钿。

寒闺欹枕不成梦，香炷金炉自袅烟。

顷之，前时宦者又至，谓曰："王令复召，贵主有疾如初。"无颇欣然复往，见贵主，复切脉次，左右云："王后至。"无颇降级，闻环珮之声，宫人侍卫罗列，见一女子，可三十许，服饰如后妃。无颇拜之，后曰："再劳贤哲，实所怀惭。然女子所疾，又是何苦?"无颇曰："旧疾耳，心有击触而复作。若再饵药，当去根干。"后曰："药何在?"无颇进药合，后视之默然，色不乐，慰谕贵主而去。后遂白王曰："爱女非疾，其私无颇矣。不然者，何以宫中暖金合，得在斯人处耶?"王愀然良久曰："复为贾充女耶？吾当成之，无使久苦。"

无颇出，王命延之别馆，丰厚宴犒后，王召之曰："寡人窃慕君子为人，辄欲以爱女奉托，如何?"无颇再拜辞谢，心喜不自胜，遂命有司择吉日，具礼待之。王与后敬仰，愈于诸婿，遂止月余，欢宴俱极。王曰："张郎不同诸婿，须归人间。昨梦简于幽府云，当是冥数。番禺地近，恐为时人所怪；南康又远，况别封疆。不如归韶阳甚便。"无颇曰："某意亦欲如此。"遂具舟楫，服饰珍珠，赠携无算；唯侍卫辈，即须自置。王遂与无颇别曰："三年即一到彼，无言于人。"无颇挈家居于韶阳，人罕知者。住月余，忽袁大娘扣门，见无颇。无颇大惊，大娘曰："张郎今日及小娘子，酬媒人可矣。"二人各具珍宝赏之，然后告去。无颇诘妻，妻曰："此袁天纲女，程先生妻也。暖金合，即其宫中宝也。"后再三岁，广利王必夜至张室。后无颇为人疑讶，于是去，不知所适。

智慧菩萨

《四川通志》：四川城周绕（练）师女，生而不荤，好诵经。年十九，或议婚，辄面壁坐，经旬不起，尝绝粒食。成化五年，促其父母送至江村口白马寺楼上自焚，结袈坐灭，历暑不朽，神显灵异。乡人遂炒沙筑其身，装塑成佛，号"智慧菩萨"。梓人多事之，最有灵验。

谷神女

《卢子逸史》：唐元和初，万年县有马士良，犯事，京尹王爽欲杀之，乃亡命入南山。至炭谷湫岸，潜于大柳树下。才晓，见五色云下，一仙女于水滨，有金槌玉版，连扣数下，青莲涌出，每叶舒开，仙女取擘三四枚，食之，乃乘云去。士良见金槌玉版尚在，跃下扣之，少倾复出十数枚，士良尽食之，顿觉身轻，即能飞举，遂扪萝，寻向者五色云所。俄见大殿崇宫，食莲女子，与群仙处于中。睹之大惊，趋下，以竹杖连击，坠于洪崖涧边。

涧水清洁，因惫熟睡。及觉，见双环小女磨刀，谓曰："君盗灵药，奉命来取君命。"士良大惧，俯伏求救，答曰："此应难免，唯有神液，可以救君，君当以我为妻。"遂去。逡巡，持一小碧瓯，内有饭白色，士良尽食，复寝。须臾起，双环曰："药已成矣。"以示之，七颗交莹，如空青色。士良喜欢，看其腹，有似红线处，乃刀痕也。女以药摩之，随手不见，戒曰："但自修学，慎勿语人。倘泄漏，腹疮必烈（裂）。"遂同住于湫侧。又曰："我谷神之女也，守护上仙灵药，故得救君耳。"

至会昌初，往往人见于炭谷湫，捕鱼不获，投一帖子，必随斤两数而得。

亡女显烈

《山斋客谈》：本朝安徽抚院高，讳承爵，旗员。罢官后，一爱女死，嫔于通州别业。守庄奴知其殓厚，盗启之，见女貌如生，将淫之。女忽起，抱奴甚固，奴求脱不得，抱滚二十五里，遇巡员获之，论磔，七日旨下。女，今东浙备兵且园高其佩之妹也。且园善指画，人物、鸟兽、鱼蟹毕肖，殆齐于元人。

蕊宫仙史

《乐宫谱》：乾隆癸卯春，金溪杨孝廉英甫，为扶鸾之戏。有女仙降坛，署曰“蕊宫仙史”，自叙为宋祥符间人，赍愿早逝，游于阆风之苑，获遘上元夫人，命居蕊珠宫，掌玉女名箓云云。为诗词，操笔立就，凄艳绝伦。叩其生时事迹，终日不肯言；固请再三，辄书曰：“噫！”篆［烟］灯穗中，隐隐有弹泪声。继有黄素水者至，亦女仙也，与仙史为中表姊妹，并有文藻。遂杂书仙史闺中轶事数十条，皆隽异可喜。予从兄木虚，手录成帙；惜不尽记忆，今纪其略云。

仙史姓薛氏，名琼枝，湘潭人。年十七，才艳绝世，随父某，守杭州，遂家焉。所居曰“问花楼”，俯临西湖，云树烟波，凭槛可接。性爱兰，手植千百本，衣袖裙钗，皆喜绣之，或画为册卷，花叶左右，题句殆遍。尝语人曰：“此花逸韵幽香，自是我辈后身，当倍加珍护，毋令与群芳伍也。”阁中置书数百函，竟日靓妆，焚香展对。风旦清美，辄命画舫，造万花丛中，吟赏忘倦。既恐有踪迹者，遂于清夜易装，紫衣乌帽，乘白雪驹，侍女数十人，皆绿衣短剑，累骑从行。于时芙蓉秋放，笙管暮停，镜水澄鲜，佳月流素，徙倚湖亭，自制新曲，联袂歌之，声振林樾，鸥鹭惊翔。兴酣，更拔佩剑起舞，陆离顿挫，与歌声相应。于是剑光月光、花光水光，交相映发，湖中一草一木，皆有歌舞之态。万舟如蚁集，观亭外，寂然无哗。翌日，争传以为真仙下临，皆莫知其为太守之女也。

久之，徙湖上，得画一卷，旁有题句云：

> 梦里湖山是也非，向人杨柳自依依。
> 六桥日暮花成雪，肠断碧岫何处归？

惘然神伤，遂不复出。每当疎雨垂簾，落英飘砌，对镜自语，泣下沾襟。疾且笃，强索笔，自写簪花小引，旋即毁去。更为仙装，倒执玉如意一柄，侍儿傍立，捧胆瓶，插未开牡丹一枝，凝视良久，一恸而绝。

著有《问花小稿》四卷，今无传本。降坛诗甚多，余尤爱其绝句，《怀湘君》云：

数行征雁起平沙，暮雨江寒杜若花。
欲发空舲迎帝子，湿云封处竹枝斜。

《答黄素水》云：

归真尤许住蓬莱，回首前尘亦可哀。
莫问问花楼外树，六朝金粉已成灰。

又有“片云同我坠，明月向谁多？春日媚杨柳，野风香菜花”之句。仙乎仙乎？

此篇得于吴君兰雪，余绝爱之，并录于此。

洞庭君女

《异闻录》：唐仪凤中，有儒生柳毅者，应举下第，将还湘滨，念乡人有客于泾阳者，遂往告别。至六七里，鸟起马惊，疾逸道左。又六七里，乃止，见有妇人，牧羊于道畔。毅怪视之，乃殊色也，然而蛾脸不舒，巾袖无光，凝听翔立，若有所伺。毅诘曰：“子何苦而自辱如此？”妇始笑而谢，终泣而对曰：“贱妾不幸，今日见辱问于长者。然而恨贯肌骨，亦何能愧避？幸一闻焉。妾洞庭龙君少女也，父母配嫁泾川次子，而夫婿乐逸，为婢仆所惑，日以厌薄。既而将诉于舅姑，舅姑爱其子，不能御。逮诉频切，又得罪于舅姑，舅姑毁黜，以至此。”言讫，歔欷流涕，悲不自胜。

又曰：“洞庭于兹相远，不知其几多也。长天茫茫，信耗莫通，心目断尽，无所知哀。闻君将还吴，密迩洞庭，欲以尺书寄托侍者，未卜将以为可乎？”毅曰：“吾义夫也。闻子之言，血气俱动，恨无毛羽，不能奋飞，是何可否之谓乎！然而洞庭深水也，吾行尘间，宁可致意耶？子有何术，可以导我？”女悲泣再谢曰：“君不许，何敢言？既许而问，则洞庭之与京邑，不足为异也。”毅请问之，女曰：“洞庭之阴，有大橘树焉，乡人谓之社橘，君当解去兹带，束以他物，然后举树三发，当有应者，因而随之，无有碍矣。倘获回耗，虽死必谢！”毅曰：“敬闻命矣。”女遂于襦间解书，再拜以进，东望愁泣，苦不自胜。毅深为之戚，乃置书囊中，因复问曰：“子之牧羊，何所用哉？神祇岂宰杀乎？”女曰：“非羊也，雨工也。”曰：“何为雨工？”曰：“雷霆之类也。”毅复视之，则皆矫顾怒步，饮龁甚异，而大小毛角，则无别羊焉。毅又曰：“吾为使者，他日归洞庭，慎勿相避。”女曰：“宁止不避，当如亲戚耳。”语竟，引别东去，不数十步，回望女与羊，俱亡所见矣。

其夕至邑，而别其友。月余到家，乃访于洞庭之阴，果有社橘，遂易带向树三叩。俄有武夫出波间，询贵客何自。毅不告其事，曰：“谒大王耳。”武夫揭水引路，引毅以进，谓毅曰：“当闭目，数息可达矣。”毅如言，遂至其宫。始见雪阁相向，门户千万，奇草珍木，无所不有。夫乃指毅，指于大室之隅，毅曰：“此何所也？”夫曰：“此灵虚殿也。”毅视之，则人问（间）珍宝，毕尽于此。柱以白璧，砌以青玉，床以珊瑚，簾以水晶，雕琉璃于翠楣，饰琥珀于虹栋，奇秀深香，不可殚言。然而王久不至，毅谓夫曰：“洞庭君安在哉？”曰：“君方幸玄珠阁，与太阳道士讲火经，少选当毕。”毅曰：“何谓火经？”夫曰：“吾君龙也，龙以水为神，举一滴可包陵谷。道士乃人也，人以火为神，发一炬可燎阿房。然而灵用不同，玄化各异。太阳道士精于人理，吾君邀以听焉。”言毕，而宫门辟，景从云合，见一人披紫衣、执青玉，夫跃曰：“此吾君也。”乃至前以告之。

君望毅而问曰：“岂非人间之人乎？”毅曰：“然。”遂入拜。君亦拜，坐于灵虚之下，请毅曰：“水府幽深，寡人暗昧，夫子不远千里而来，将有为乎？”毅曰：“毅，大王之乡人也，长于楚，游学于秦。昨下第，间驱泾水之上，见大王爱女，牧羊于野，风鬟雨鬓，所不忍视。毅因诘之，谓毅曰：'为夫婿所薄，悲泗淋漓。'遂托书于毅，今以至此。"因取书进之。洞庭君览毕，以袖掩面而泣曰："老父聋瞽，使深闺孺弱，远罹辱害。公乃陌上人也，而能急之，幸披齿发，何敢负德。"词毕，又哀咤良久，左右皆流涕。

时有宦人密侍君者，君自以书授之，令达宫中，须臾宫中皆恸哭。君惊谓左右曰："疾告宫中，无使有声，恐钱塘所知。"毅曰："钱塘何人也?"曰："寡人爱弟也，昔为钱塘长，今则致政矣。"曰："何故不使知?"曰："以其勇过人耳。昔尧遭洪水九年者，乃此子一怒也。近以天将失意，穿于五山，上帝以寡人有薄德于古今，遂宽其同气之罪，然犹縻系于此。故钱塘之人，日来候焉。"词未已，而大声忽发，天坼地裂，宫殿摇簸，云烟拂涌。俄有赤龙长万余尺，电目血舌，朱鳞火须，项掣金锁，锁牵玉柱，千雷万霆，缴绕其身，霰雪雨雹，一瞬皆下，乃擘青天而飞去。毅初恐蹶仆地，君亲起持之曰："无惧，固无害。"毅良久安抑，乃克自定，因告辞曰："愿得生归，以避复来。"君曰："不必如此，其去则然，其来则不尔，幸为少尽缱绻。"因命酌。

俄而祥风庆云，融融怡怡，幢节玲珑，箫韶以随。红妆千万，笑语熙熙。中有一人，自然蛾眉，明珰满身，绡縠参差。迫而视之，前所寄辞者，然若喜若悲，零泪如丝。须臾，红烟蔽其左，紫气舒其右，香凝环旋，入于宫中。君笑谓毅曰："泾水之囚人至矣。"君乃辞入宫，须臾又闻怨叹，久而不已。有顷，君复出，与毅饮。又有一人，披紫裳，执青玉，貌耸神溢，自外而入。左右谓毅曰："此钱塘也。"毅起趋拜之，钱塘亦尽礼相接，且致谢甚恳。既而告兄曰："适者辰发灵虚，已至泾阳，午战于彼，未还于此。中间驰至九天，以告上帝。上帝知其冤而宥其失，前所遣执，因而获免。然而刚肠激发，不遑辞候，惊扰宫中，复忤宾客，愧惕惭惧，不知所失。"因退而再拜。君曰："所杀几何?"曰："六十万。"

“伤稼乎？”曰：“八百里。”“无情郎安在？”曰：“食之矣。”君怃然曰：“顽童诚不可忍，然汝亦太草草。赖上帝灵圣，谅其至冤，不然者，我何辞焉？从此勿复如斯。”钱塘复再拜，坐定。遂宿毅于灵光殿。

明日，又宴毅于凝碧宫，会友戚，张广乐，具以醪醴，罗以甘洁。初笳角鼙鼓、旌旂剑戟，舞万夫于其右，中有一夫前曰：“此钱塘破阵乐。”旌鉴杰气，顾骤悍慄，坐客视之，毛发皆竖。复有金石丝竹、罗绮珠翠，舞千女于其左，中有一女前进曰：“此贵主还宫乐。”清音宛转，如诉如慕，坐客听之，不觉泪下。二舞既毕，龙宫大悦，纨绮颁于舞人，然后密席贯坐，纵酒极娱。酒酣，洞庭君乃接席而歌曰：

大天苍苍兮，大地茫茫；人各有志兮，何可思量？
狐神鼠怪兮，薄社依墙；雷霆一发兮，其孰敢当？
荷贞人兮信义长，令骨肉兮返故乡。
永言惭愧兮何时忘！

洞庭君歌罢，钱塘君再拜而歌曰：

上天配合兮，生死有途；此不当妇兮，彼不当夫。
腹心辛苦兮，泾水之隅；满鬓风霜兮，雨雪罗襦。
赖明公兮引素书，令骨肉兮家如初。
永言珍重兮无时无！

钱塘君歌阕，洞庭君俱奉觞于毅。毅踧踖而受爵，饮讫，复以二觞奉二君，乃歌曰：

碧云悠悠兮，泾水东流；伤嗟美人兮，雨泣花愁。
尺书远达兮，以解君忧；哀冤果雪兮，还处其休。
荷君和雅兮盛甘羞，山家寂寞兮难久留。
欲将辞去兮悲绸缪。

歌罢，皆呼万岁。洞庭君因出碧玉箱，贮以开水犀；钱塘君亦出红珀盘，贮以照夜玑，皆起进毅。毅辞谢而受。既而宫中之人，咸以绡綵珠璧，投于毅侧，重迭焕赫，须臾埋没于前后。毅笑语四顾，媿揖不暇。洎酒阑欢极，毅辞起，复宿于凝光殿。

翌日，又宴毅于清光阁。钱塘君因酒作色，谓毅曰："子不闻猛石可裂不可卷，义士可杀不可羞者耶？愚有衷曲，一陈于公，如可，则俱履云霄；如不可，则皆夷粪壤。足下以为何如哉？"毅曰请闻之。钱塘曰："泾阳之妻，则洞庭君之爱女也，淑性茂质，为九姻所重。不幸见辱匪人，今则绝矣。将欲求托高义，世为亲戚，使受恩者，知其所归；怀爱者，知其所付，岂不为君子始终之道耶？"毅肃然而作，笑曰："毅始以为刚决明直，无如君者。奈何箫管方洽，亲宾正和，不顾其道，以威加人，岂仆之素望乎？若遇公子洪波之内，玄山之中，鼓以鳞须，被以云雨，将迫毅以死，毅则以禽兽视之，亦何恨哉！今体披衣冠，坐谈礼义，尽五常之至性，穷百行之微旨，虽人世贤杰，有不如者，况江湖灵类乎？而欲以蠢然之躯，悍然之性，乘酒假气，将迫于人，岂近直哉？且毅之质，不足以藏王一甲之间；然而敢以不伏之心，胜王强暴之气，唯王筹之耳！"钱塘逡巡致谢曰："寡人生长深宫，不闻正论。近者词述狂妄，唐突高明，退自循顾，戾不容责，幸君子不为此乖间也。"其夕欢宴如故，毅与钱塘君，遂为知心友。

明日，毅辞归，洞庭君夫人，别宴毅于澄景殿，男女仆妾，悉出预会。夫人泣谓毅曰："骨肉受君子深恩，恨不得展媿戴，遂至暌别。"使前泾阳女，当席拜毅以致谢。夫人又曰："此别岂有复相遇之日乎？"毅于此虽不诺钱塘之请，然当此席，殊有叹恨之色。宴罢辞别，满宫悽然。

毅于是复循出途，上岸，见从者十余人，担囊以随，至其家而辞去。毅因适广陵宝肆，鬻其所得，百未发一，财已盈兆，故淮右富族，咸以为莫如。遂娶于张氏，又娶韩氏，数月又亡。徙家金陵，常以鳏旷多感。欲求继，媒氏来曰：“有卢氏女，范阳人也，父曰浩，尝为清流宰，晚岁好道，独游云泉，今则不知所在矣。母曰郑氏。卢氏女，前年适清河张氏，无何而张氏夭亡。今母怜其少艾，欲择德以配焉，尊意可否耶?”毅乃卜日就礼，男女二姓，俱为豪族，法用礼物，极其丰盛，金陵之士，莫不健仰。

居月余，毅视其妻，俄忆类于龙女，而逸艳丰厚，则又过之。因与话昔事，妻曰：“世间岂有是理乎?”经岁余，生一子，端丽奇特，毅益爱重之。逾月，乃笑谓毅曰：“君不忆余之于昔耶?余即洞庭君女也。衔君之恩，誓心求报。洎钱塘季父论亲不从，稍负宿心，怅望成疾。父母欲配嫁于濯锦小儿，妾初心不替，复欲驰白于君。值君累娶不终，卜居于兹，得遂报君之意，今日死无恨矣。”因泣下，复谓毅曰：“始不言者，知君无重色之心；今乃言者，知君有爱子之意。君附书之日，笑谓妾曰：‘他日归洞庭，慎无相避。’诚不知当此之际，君岂有意于今日之事乎?其后季父请于君，君不许，君乃诚为不可耶、抑忿然耶?君其语之。”毅曰：“似有命者。仆始见子于长泾之隅，枉抑憔悴，诚有不平之志，然自约其心，以达子之命，余无及也。初言‘慎勿相避’者，偶然耳，岂有意哉?洎钱塘君逼迫之际，惟理有不可。夫始以行义为志，宁有杀其婿而纳其妻者耶?因率达胸臆，不遑避害。然而将别之日，见子有依然之容，心甚恨之。终以人事扼束，无由报谢。吁!今子卢氏也，又家于人间，则吾始心为未惑矣。从此以往，永奉欢好，心无纤虑也。”妻深感悲喜交至，复曰：“勿以异类，遂为无心，固当知报耳。夫龙寿万年，今与君同之。”

乃相与觐洞庭，既至，而宾主盛礼，不可备纪。复徙居南海，仅四十年，其邸第舆马、珍鲜服玩，虽侯伯之室，无以加也。毅之族，咸遂濡泽。以其春秋积聚，容状不衰，南海之人，靡不惊异。及开元中，上方属意神仙之事，精索道术，毅不安，遂归洞庭，凡十余岁，莫知其迹。

吹笙女

隐夫玉简《疑仙传》：吹笙女者，常游汉水边，容貌美丽。年约十七八，着碧衣，手常捧一笙，或凌晨、薄暮，即自吹之，声调感人。但维一小艇于汉水，人或就之，即遽入小艇而去。在汉水边数年，或去之经岁而返，或月余而复来，水边人呼为“吹笙女”。

天宝初，王懿者，放荡之子也，自长安闻，专往访焉。及至水边，数日不睹，乃帐恨而叹曰：“我于长安中，闻有神仙之女，吹笙于此水，故远来欲觌玉容，少听凤笙。不期水边寂寂，杳无人迹。何今日不出蓬岛，而暂来此耶?”方欲尽兴而回，俄见此女独乘小艇，吹笙自远而至。俄又出小艇，游于水边。懿乃渐进而言曰：“神仙女数年此游，何待也?”吹笙女回顾懿，微笑而言曰：“待君也。”懿因谓之曰：“我常多忧患，不喜人间，欲游物外。又不知尔数年待我也。”吹笙女曰：“人间何足恋？少年乐未极，已老矣，老又有终。争如他仙家？僻在蓬莱，处金银宫阙之内，驾鹤乘鸾，以自嬉游，息芝田，会瑶池，而又本不老，亦无终，何忧患之能关虑也。”懿因戏之曰：“尔能容我为一携笙奴乎?”吹笙女笑曰：“君犹未省为老奴已多年也。”吹笙女即命懿同入小艇去之。后经数日，吹笙女与懿复同来此水边游，水边人有见之者，懿谓人曰：“寄语长安中少年，我今被吹笙女携挈而远游，不复游长安也。”言讫，与吹笙女复共入小艇吹笙而去，自后不复来，故不知所之也。

三村妇

《滦阳续录》：余家水明楼，与外祖张氏家度帆楼，皆俯临卫河。一日，正乙真人舟泊度帆楼下，先祖母与先母姑侄也，适同归宁，闻真人能役鬼神，共登楼，自窗隙窥视。见三人跪岸上，若陈诉者，俄见真人，若持笔判断者。度必邪魅事，遣仆侦之，仆还报曰：“对岸即青县境，青县有三村妇，因拾麦，俱僵于野，以为中暑，舁之归，乃口俱喃喃作谵语，至今不死不生。知为邪魅，闻天师舟至，并来陈诉。天师亦不省何怪，为书一符，钤印其上，使持归焚于拾麦处，云姑召神将勘之。”数日后喧传，三妇为鬼所劫，天师劾治得复生。

久之，乃得其详，曰：三妇魂为众鬼摄去，拥至空林，欲迭为无礼。一妇俛首先受污。一妇初撑拒，鬼揶揄曰：“某日某地，汝与某幽会秫丛内，我辈环视嬉笑，汝不知耳？遽诈为贞妇耶？”妇猝为所中，无可置辩，亦受污。十余鬼以次媟亵，狼藉困顿，殆不可支。次牵拽一妇，妇怒詈曰：“我未曾作无耻事，为汝辈所挟，妖鬼何敢尔！”举手批其颊，其鬼奔仆数步外，众鬼亦皆辟易，相顾曰：“是有正气，不可近，误取之矣。”乃共拥二妇入深林，而弃此妇于田塍，遥语曰：“勿相怨，稍迟，遣阿姥送汝归。”正旁皇寻路，忽一神持戟自天下，直入林中，即闻呼号乞命声，顷刻而寂。神携二妇出曰：“鬼尽诛矣，汝等随我返。”恍惚如梦，已回生矣。往询二妇，皆呻吟不能起。其一本倚市门，叹息而已；其一度此妇必泄其语，数日移家去。

余尝疑妇烈如是，鬼安敢摄？先兄晴湖曰：“是本一庸人妇，未遘患难，无从见其烈也。迨观两妇之贱辱，义愤一激，烈心陡发刚直之气，鬼遂不得不避之。故初误触，而终不敢干也。夫何疑焉！”

马仙娘庙

《春在堂随笔》：余自浙入闽，行经福鼎县境，见一岭上，有马仙娘庙，不知何神也。及检《福宁府志》，乃有二说。《方外志》云：“马真人，温麻里马氏女也，乾符中入昆田山炼丹仙去，今丹井臼尚存。”又《外纪》云：“寿邑有马仙者，相传江南人，女从父官来闽，年甫十八，死于鸬鹚村。乡人庙祀之，祈祷辄应。倭寇寿城，黄昏时，忽见旌帜，仿佛有女将率兵至，倭骇甚遁去。”此二说者，未详孰是。壬甫兄云，是必一人而传者异其词。

卷二十七

情中鬼

赵七使

《夷坚志》：宗室赵子举，字升之。壮年时丧其妻，心恋恋不已，于房中饰小室，事之如生。夜独宿次，觉有从室中启户出者，恐而呼侍婢，婢既应复寝。须臾间已至床前，牵帐低语曰："莫怕莫怕，我来也。"时精爽顿昏，不知死生之隔，遂与共寝，欢如平生。自是日日至，每饮食，必对案。仆妾辈从旁窥之，无所见，但器中物，亦类有人残余者。

缱绻益久，意中愦愦，渐不喜食，行步言气衰劣，然未尝与人言。有道人乞食过门，适见之，叹曰："君甘与鬼游，独不为性命计？吾能行天心正法，今以授君，努力为之，鬼不攻自退矣。"子举洒然悟，即再拜传授，绘六甲六丁像，斋戒奉事唯谨。妻犹如故态，颇亦不乐，时时长吁，如不得志者。有半年，涕泣辞诀曰："久留恐坏君法，吾去矣。"遂绝不至。

子举从此奉法愈力，为人治病辄验。建炎二年，予妻族张氏，避地自京师南下，寓居扬州龙兴寺。先是，有祖姑嫁赵氏，夫为绛州守，未赴，居太原，值虏骑围城，姑陨于炮下。又有八叔者，为贼所得，脔食之。是岁妻祖母田氏病，仿佛见此两人在窗外。子举适同居寺中，外舅以事告之。子举焚香祷请，久而言曰："是一男子，一妇人，皆以非命死。然是公家戚属，不宜加罪，当以酒币善遣之。”如其言，病亦寻愈。

鬼 婚

徐泳《履园丛话》：有洞庭渔人蒋姓者，其妻死，所遗一子，年四五龄，无人照应。时适有渔船吴氏，新丧其夫，生女亦四五龄，于是媒人为之说合，竟再醮于蒋姓。蒋婚未一月，病甚，忽见吴氏故夫鬼来索命，甚急，且大哭曰：“吾与汝无仇，何得占我妻、又占我女？决不汝贷也！”盖两家子女长成，又欲为婚，已有成说矣。蒋大惧，乃答鬼曰：“吾故妻某氏，与君妻年相若，亦与君为妻，可乎？”鬼大喜，跳跃而去。乃写婚书一纸，与楮镪同焚之，不数日而愈，以后寂然。按张华《博物志》、任昉《述异记》，俱载有鬼神婚嫁之事，即近代五胜郎君，又其最可异者也。

鬼头王

《味蔗丛谈》：明正统间，金陵指挥王某，无子。运粮过济宁，买一妾，美而贤，宗姻咸敬爱之。生一子，而夫与正室相继死。妾治家教子，极有法。既而子袭官，部运北上，问外家所在，但言嫁时年幼，都忘之矣。妾之归王氏者，三十余年，晨起必梳沐帏中，子妇立户外，俟其出，乃敢前拜，近侍二婢，亦未尝见梳洗也。一日晨兴颇迟，二婢立榻前，风动帐开，乃见一无头人，持髑髅置膝上，妆饰犹未竟，仓皇加颈不及，身首俱仆。婢惊呼子妇入视，则果一具枯骨也。人因呼其子为“鬼头王”。

你两个好也

《夷坚志》：承信郎叶若谷，洪州人，为铸钱司催纲官。廨舍在虔州，叶不挈家，独处泉司签厅。绍兴甲子岁正月十六日，未晡时，有女子款扉而入，意态闲丽，前与叶语。初意其因观灯误至，未敢酬，恍惚间不觉就睡，女亦至，则并寝。以言挑之，阳为羞避之状，已而遂合，凝然一处子耳。良久欢甚，一老妪自外至，手持钱箧，据胡床箕踞而坐，傍若无人，径趋床揭帐，以两手附席曰："你两个好也。"叶疑女家人，惧甚。女摇手掩叶口，令勿语，妪遂退。女迨夜分方去。自是连日，或隔日一至，至必少留。叶犹以为旁舍女子。往来几两月，渐觉羸悴，继得疾，惙甚。徙居就医，乃绝不至。方初见时，着粉青衫，水红袴襦，既久未尝易衣，然常如新，亦其异也。

章　翰

《鬼董》：章翰，少时有志气，长安交游豪侠，宅新书坊。有爱妾曰裴六郎者，容范旷代，宅于崇仁，翰常悦之。居无何，翰有故，游近畿，数月方回。及至，妾已病死，翰甚悼之。既而日暮，因宿其舍，尚未葬，殡于堂奥。既无家室，翰曰："平生之爱，存没其间。"独宿繐帐中，夜半后，庭月皓然，翰悲叹不寐。忽见门屏间有一物，倾首而窥，进退逡巡，入庭中，长丈许，着豹皮裩，锯牙披发。更有三鬼继进，乃拽朱索舞于月下，相与言曰："床上贵人奈何？"又曰："寝矣。"便升阶入殡所拆发，舁衬（榇）于月中，破而取其尸，麋割肢体，环坐而食之，血流于庭，衣服狼藉。翰恐惧，且痛之，自分曰："向叫我作贵人，我今击之必无苦。"遂潜取帐外竿，忽于暗中掷出，大叫击鬼。鬼大骇走，翰乘势逐之西北隅，逾垣而去。有一鬼最后，不得上，翰击中，流血，乃得去。家人闻变乱，起来救之，翰具道其事。将收余骸，及至堂，殡所俨然如故，而瞰处亦无所见。翰恍惚以为梦中，验其墙有血，其上有迹，竟不知其然。后数年，翰贵达。

十八婆

《夷坚志》：叶审言枢密未第时，与衢州士人马民彝善。民彝素清贫，后再娶峡山徐氏，以资入，因此颇丰赡，称其妻为十八婆。绍兴三十二年，叶公自西府奉祠，归寿昌县故居，曰社坳。时方冬日，有两村夫荷轿，与（舆）一老妇人，自通为马先生妻，来相见。叶公命其女延之中堂，视其容貌，昔肥今瘠，绝与十八婆不类。问其故，答曰："年老多事，形骸消瘠，无足怪者。"皆疑之。扣其仆，仆曰："但见从店中出，指令来此，不知所自也。"叶氏客徐钦邻，观此妪面色枯黑，觉其非人；又从行小奴，携装匣在手，皆纸所为，已故弊，乃送死明器耳。大呼而入曰："此鬼也，逐出之！"妪犹作色曰："谓人为鬼，何无礼如是！"既出门，轿不由正道，而旁入山崦间，遂不见。数日后，民彝至，言其妻盖未尝出也。

殡女惑人

《幽怪录》：宋时有吴生者，寓宿城西兰若。夜半闻扣扉者，启视之，乃一处子，容服雅淡。问其从来，以比邻答之，谓生曰："我旦见子过门，心悦焉，欲谐伉俪，有此私奔。恐家人觉之，姑暂归矣。"生意淫荡，强留入室，遂止宿焉。自庆以为巫山之遇，不是过也。亥至寅去，往复为常。居数月，寺僧视生容止，稍疑之，因诘生。初不肯言，诘问百端，乃以实告。僧惊叹曰："昨一官员有女，才色艳丽，选充内庭，病卒，权殡西廊三年矣。曩尝出蛊行客，汝遇得非是乎？且吾邻并无处女若是者。不亟去，祸且及矣。"生惑于爱，犹未忍。至夜，于窗间得一诗云：

> 西湖着眼事应非，倚槛临流吊落晖。昔日燕莺会共语，今宵鸾凤叹孤飞。死生有分愁侵骨，聚散无缘泪湿衣。寄与吴郎休负我，为君消瘦十分肌。

黑（墨）色惨淡，不类人书。生始惧，翌日遂行。

昭　君

牛僧儒《周秦行记》：余真元中举进士落第，归宛洛间，至伊阙南道鸣皋山下，将宿大安民舍。会暮，不能至。更十余里，一道庄垣，夜月始出，忽闻有异香气，因趋进行。不知近远，见火明，意谓庄家，更前驱。至一大宅，门庭若富豪家，黄衣阍人曰："郎君何至？"余答曰："僧孺姓牛，应进士落第往家。本往大安民舍，误道至此。"黄衣入告，少时出曰："请郎君入。"余问"谁氏宅"，黄衣曰："第进，无须问。"入十余门，至大殿，蔽以珠簾，有朱衣紫衣人数百，立阶陛间，左右唱拜。簾中语曰："妾汉文帝母薄太后。此是庙，郎不当来，何辱至此？"余曰："臣家宛下，将归，失道，恐死豺虎，敢乞托命。"太后遣轴簾，避席曰："妾故汉室老母，君唐朝名士，不相君臣，幸希简敬。"便上殿来，见太后着练衣，状貌瑰伟，不甚年高，劳余曰："行役无苦乎？"

召坐食顷，闻殿内有笑声，太后曰："今夜风月甚佳，偶有二女伴相寻，况又遇嘉宾，不可不成一会。"呼左右："屈两娘子，出见秀才。"良久，有女二人，从中至，从者数百。前立者狭腰长面，多发不妆，衣青衣，仅可二十余，太后曰："高祖戚夫人。"余下拜，夫人亦拜。更一人，柔肌稳身，貌舒态逸，光彩射远，多服花绣，年低于太后，太后曰："此元帝王嫱。"余拜如戚夫人，王嫱答拜，各就坐。坐定，太后使紫衣中贵人曰："迎杨家、潘家来。"久之，空中见五色云下，闻笑语声渐近，太后曰："杨、潘至矣。"忽车音马迹相杂，罗绮焕耀，旁视不给。有二女子从云中下，余起立于侧，见前一人纤腰修眸，容甚丽，衣黄衣，冠玉冠，年三十许，太后曰："此是唐朝太真妃子。"余即伏谒，拜如臣礼。太真曰："妾得罪先帝，皇朝不置妾在后妃数中，设此礼，岂不虚乎？不敢受。"却答拜。更一人，厚肌敏视，小质洁白，齿极卑，被宽博衣，太后曰："齐潘淑妃。"余拜之如妃子。

既而太后命进馔。少时馔至，芳洁万端，皆不得名。余但欲充腹，不能足食，已更具酒，其器用悉如王者。太后语太真曰："何久不来相看？"太真谨容对曰："三郎数幸华清宫，扈从不得至。"太后又谓潘妃曰："子亦不来，何也？"潘妃匿笑不禁，不成对。太真视潘妃而对曰："潘妃向玉奴（太真名）说，懊恼东昏侯疎狂，终日出猎，故不得时谒耳。"太后问余："今天子为谁？"余对曰："今皇帝，先帝长子。"太真笑曰："沈婆儿作天子也，大奇。"太后曰："何如主？"余对曰："小臣不足以知君德。"太后曰："然。无嫌，但言之。"余曰："民间传圣武。"太后首肯三四。

太后命进酒加乐，乐妓皆少女子。酒环行数周，乐亦随止。太后请戚夫人鼓琴，夫人约指以玉环，光照于座，引琴而鼓，声甚怨。太后曰："牛秀才邂逅至此，诸娘子又偶相访，今无以尽平生欢，牛秀才固才士，盍各赋诗言志，不亦善乎？"遂各投与笺笔。逡巡诗成，薄后诗曰：

月寝花宫得奉君，至今犹愧管夫人。
汉家旧是笙歌处，烟草几经秋复春。

王嫱诗曰：

雪里穹庐不见春，汉衣虽旧泪痕新。
如今最恨毛延寿，爱把丹青错画人。

戚夫人曰：

自别汉宫休楚舞，不能妆粉恨君王。
无金岂得迎商叟，吕氏何曾畏木强？

太真诗曰：

金钗堕地别君王，红泪流珠满御床。
云雨马嵬分散后，深宫不复舞霓裳。

潘妃诗曰：

秋月春风几度归，江山犹是汉宫非。
东昏尽作莲花地，空想曾披金缕衣。

再三邀余作诗，余不得辞，遂应命作诗曰：

香风引到大罗天，月地云阶拜洞仙。
尽道人间惆怅事，不知今夕是何年。

别有善笛女子，短发丽服，貌甚美，而目多媚。潘妃偕来，太后以接坐居之，时令吹笛，往往亦及酒。太后顾而问曰："识此否？石家绿珠也。潘妃养作妹，故潘妃与俱来。"太后因曰："绿珠岂能无诗乎？"绿珠乃谢而作诗曰：

此日人非昔日人，笛声空怨赵王伦。
红残翠碎花楼下，金谷千年更不春。

诗毕，酒既止。太后曰："牛秀才远来，今夕谁人为伴？"戚夫人先起辞曰："如意长成，固不可，且不宜如此。"潘妃辞曰："东昏以玉儿身死国除，玉儿不宜负他。"绿珠辞曰："石卫尉严忌，今有死，不可及乱。"太后曰："太真今朝先帝贵妃，不可言其他。"乃顾谓王嫱曰："昭君始嫁呼韩单于，复为殊索若单于妇，固自困，且苦寒地，胡儿何能为？昭君幸无辞！"昭君不对，低眉羞恨。俄各归休，余为左右送入昭君院。会将旦，侍人告起，昭君垂泣持别。忽闻外有太后命，遂出见太后。太后曰："此非郎君久留地，宜亟还。"更索酒。酒再行已，戚夫人、潘妃、绿珠皆泣下，竟辞去。太后使朱衣送往大安，抵西道，旋失使人所在，时始明矣。

余就大安里，问其里人，里人有（言）去此十余里，有薄后庙。余却回望庙宇，荒毁不可入，非向者所见矣。余衣上香，经十余日不歇。

蒋通判女

《夷坚志》：钱符，字合夫。绍兴十三年，为台州签判，往宁海县决狱。七月二十六日，憩于妙相寺，方凭案戏书，有掣其笔者，回顾无所见。是夜睡腥，觉床前仿佛似有物，呼从卒起，张灯作誓念诘问，遂不见。次夜复至，立于故处，符问之：“若果是鬼，可击屏风。”言未既，自上至下凡击数十声。符大惧，命燃两炬于前，便有大飞蛾扑灯灭。物踞坐榻床上，背面不语。审视，盖一妇人，戴圆冠，着淡碧衫，系明黄裾，状绝短小，久之不动。符默诵天蓬咒数遍，遽掀幕而出。宿直者迭相惊呼，问其故，曰：“有妇人自内出，行甚急，践诸人面以过。”说其衣服，乃向所见者。符谓已去，且夜艾，不暇徙，复就枕。梦前人径登床，枕其左肩，体冷如冰石，自言我是蒋通判女，以产终于此，强符与合。符力拒之，遂寤。次日询诸寺中寓居郭元章者，言其详，与符所见无异，设榻处，正死所也。

卫芳华

瞿祐《聚景园记》：延祐初，永嘉滕生名穆，年二十六，美风调，善吟咏，为众所推重。素闻临安山川之胜，思一游焉。甲寅岁，以乡书赴荐，至则侨居涌金门外，无日不往来于南北两山间。七月之望，于曲院赏莲，因宿湖中，泊舟雷峰塔下。是夜月色如昼，荷香满身，时闻大鱼跳掷于波间，宿鸟飞鸣于崖际。生已大醉，寝不能寐，披衣而起，沿堤观望。行至聚景园，信步而入。

时宋亡已四十年，园中亭馆，如会芳殿、清辉阁、翠光亭，皆已颓毁；惟瑶津西轩，岿然独存。生至轩下，凭栏少憩，俄见一美人先行，一侍女随之，自外而入，风鬟云髻，绰约多姿，望之殆若神仙。生于轩下，屏息以观其所为。美人言曰：“湖山如故，风景不殊，但时移世换，令人有回首之悲尔。”行至园北太湖石畔，遂咏诗曰：

湖上园亭好，重来忆昔游。
征歌调《玉树》，阅舞按《梁州》。
径狭花迎辇，池深柳拂舟。
昔人皆已去，谁与话风流？

生放逸者，初见其貌，已不能定情；及闻此作，技痒不可复禁，即于轩下续吟曰：

湖上园亭好，相逢绝代人。
姮娥辞月殿，织女下天津。
未会心中意，浑疑梦里身。
愿吹邹子律，幽谷发《阳春》。

吟已，趋出赴之。美人亦不惊讶，但徐言曰："固知郎君在此，特来寻访耳。"生问其姓名，美人曰："妾弃人间已久，欲自陈叙，诚恐惊动郎君。"生闻此言，审其为鬼，亦无所惧，因问之，乃曰："芳华姓卫，故宋理宗朝宫人，年二十四而殁，殡此园之侧。今晚因往演福堂访贾贵妃，蒙延坐久，不觉归迟，致令郎君于此久待。"即命侍女曰："翘翘，可于舍中取裀席酒果来。今夜月色如此，郎君又至，不可虚度，可便于此赏月也。"

翘翘应命而去。须臾，携紫毡毹铺于中庭，设白玉碾花樽，碧琉璃盏，醪醴馨香，非世所有。与生谈谑笑咏，词旨清婉。复命翘翘歌以侑酒，翘翘请歌柳耆卿《望海潮》辞，美人曰："对新人不宜歌旧曲。"即于座上，自制《木兰花慢》一阕，命翘翘歌之曰：

记前朝旧事，曾此地会神仙。向月地云阶，重携翠袖，来拾花钿。繁华总随流水，叹一场春梦杳难圆。废港芙渠润露，断堤杨柳摇烟。　两峰南北只依然，辇路草芊芊。怅别馆离宫，烟销凤盖，波没龙船。平日银屏金屋，对残灯无焰夜如年。落日牛羊陇上，西风燕雀林边。

歌毕，美人潸然垂泪。生以言慰解，仍微词挑之，即起谢曰："殂谢之人，久为尘土，幸得奉事巾栉，虽死不朽。且郎君适问诗句，固已许之矣。愿吹邹子之律，而一发幽谷之春也。"生曰："向者之诗，率口而出，实本无意，岂料便成谶语！"

良久，月翳西垣，河倾东岭，即命翘翘撤席。夫人曰："敝居僻陋，非郎君之所处，只此西轩可也。"遂携手而入，假寝轩下，交会之际，无异于人。将旦，挥涕而别。至昼往，访于园侧，果有宋宫人卫芳华之墓；墓左一小丘，即翘翘所窆也。生感叹逾时。迨暮又赴西轩，则美人已先至矣，迎谓生曰："日间蒙君相访，然而妾止卜其夜，未卜其昼，故不敢奉见。数日之后，当得无间尔。"自是无夕不会。经旬之后，白昼亦见，生遂携归所寓安焉。

已而生下第东归，美人愿随之去。生问翘翘何以不从，曰："妾既奉侍君子，旧宅无人，留渠看守尔。"生与之同归乡里，见家人，绐之曰："娶于杭郡之良家。"众见其举止温柔，言词慧利，信且悦之。美人处生之室，奉长上以礼，待婢仆以恩，左右邻里，皆得其欢心；且又勤于治家，洁于守己，虽中门之外，未尝轻出，众咸贺生得内助。

荏苒三岁，当丁巳之初秋，生又治装赴浙省乡试，行有日矣。美人请于生曰："临安，妾乡也。从君至此，已阅三秋，今愿得偕行，以视翘翘。"生许诺，遂赁舟同载，直抵钱塘，就（僦）屋以居。至之明日，适值七月之望，美人谓生曰："三年前曾于此夕与君相会，斯适当今日之期。欲与君同赴聚景，再续旧游，可乎？"生如其言，载酒而往。至晚，月上东垣，莲开南浦，露柳烟篁，动摇堤岸，宛然昔时之景。行至园中，则翘翘迎拜于路首曰："娘子倍（陪）侍郎君，遨游城郭，首尾数年，自极人间之欢，独不记念旧居乎？"

三人入园，又至西轩而坐。美人忽垂泪告生曰："感君不弃，得侍房帷，既遂深愿，又当永别。”生曰：“何故？”对曰：“妾本幽阴之质，久践阳明之世，甚非所宜。特以与君有宿世之缘，故相从耳。今缘尽，自当奉辞。”生惊问曰：“然则何时？”对曰：“止在今夕耳。”生悽惋不已。美人曰：“妾非不欲终事君子、久奉欢娱，然程期有恨，不可逾越。若顾迟留，须当护（获）戾，非止有损于妾，亦将不利于君。岂不见越娘之事乎？”生意稍悟，然亦悲伤感凄，彻晓不寐。及山寺钟鸣，水材（村）鸡唱，急起与生为别，解所御玉指环，系于生之衣带曰：“异日见此，无忘旧情。”遂分袂而去，然犹频频回顾，良久始灭。

生大恸而返。异日具酒肴，焚楮镪于墓下，生作文以弔之，从此遂绝。生独居旅邸，如丧配偶，试期既迫，亦无心入院，惆怅而归。亲党问其故，始具述之，众咸叹异。生自是终身不娶，入雁荡山采药，不知所终。

亡妻乳儿

《铁围山丛谈》：河中有姚氏，十三世不析居矣，遭逢累代旌表，号“义门姚家”也。一旦大小死欲尽，独兄弟在；方居忧，而弟妇又卒，弟独与小儿同室处焉。度百许日，其家人忽闻弟室，中夜，若与妇人语笑者。兄弗信也，因自往听之，审。一日，厉其弟曰：“吾家虽骤衰，且世号义门，弟纵丧偶，宁不稍待？方衰绖未除，而召外妇人入舍中耶？惧辱吾门，将奈何？”弟因泣涕而言：“不然也。夜所与言者，乃亡妇尔。”兄瞠愕询其故，则曰：“妇丧逾月，即夜叩门曰：‘我念儿无乳，至此。’因开门纳之，果亡妇，遂径登榻，接取儿乳之。弟甚惧。自是数来，相与语言，大抵不异平时。惧其怪而不敢骇兄也。”兄念家道死丧殆尽，今手足独有二人，此是欲亡吾弟尔；且弟计不忍绝，然吾必杀之。因夜持大刀伏于门左，其弟弗知也。果有排门而入者，兄尽力以刀刺之，其人大呼而去。旦视之，则流血涂地。兄弟因共寻血踪，至于墓所，则弟妇尸横墓外，伤而死矣。会其妇家适至，睹此而讼于官，开墓则空棺耳，官莫能治。俄兄弟咸死狱中，姚氏遂绝。

郑婉娥

《泾林杂记》：洪武初，吴江沈韶，年弱冠，美姿容。诗学萨天锡，字学边伯京，皆为时辈所称许。尝和天锡《过嘉兴》诗韵，题《吴中怀古》。天锡诗云：

七泽三江通甪里，杨柳芙蓉映湖水。
阊门过去是盘门，半卷珠簾画楼里。
蘼芜生遍鸳鸯沙，东风落尽棠梨花。
馆娃香径走麋鹿，清夜鬼灯笼绛纱。
三高祠下东流续，真娘墓上风吹竹。
西施去后屧廊倾，岁岁春深烧痕绿。

韶和云：

东南形胜繁华里，一片笙箫沸江水。
小姬白苎制春衫，桂楫兰桡镜花里。
舞台歌榭临鸥沙，粉墙半出樱桃花。
采香蝴蝶飞不去，扑落轻盈团扇纱。
美歌子夜凭谁续？柳阴吹散柯亭竹。
范蠡扁舟去不回，惟有春波照人绿。

他诗皆类此。

然以家富不欲仕，人知其然，复利其贿，或欲举为孝廉，或欲举为生员，旁午纷纭，殊无宁日。韶虽不吝其财，实厌其扰，乃谋于妻兄张氏，欲远游以避之。拉中表陈生、梁生，乘峨舸，载重资，遨游襄汉。次九江府，爱匡庐之秀，览彭蠡之清，留连郡郭，吊古寻幽。众诮讥之，韶不恤也，因叹曰："吾侪幸家富年少，粗知文墨。兹行盖避人尔，岂能效王戎辈，执牙筹，屑屑计刀锥之利哉！”

偶秋雨新霁，水天一色，韶偕梁、陈二生，同访琵琶亭。吟白司马《芦花》《枫叶》之篇，想京城女银瓶铁骑之韵，引睇四望，徘徊久之。于时月明风细，人静夜深，方取酒共酌，闻月下仿佛有歌声，乍远乍近，或高或低。三人相顾错愕，梁生戏曰：“得非商妇解事乎？”韶曰：“尔时乐天尚须千呼万唤，今日岂得容易呈身哉！”陈生曰：“老大蛾眉，琵琶哀怨，纵使尊前轻拢慢捻，适足以增天涯沦落之感，岂能醉而成欢耶？”韶曰：“且静听之。”良久而寂。酒罢回船，竟莫知其何故。

独韶跌宕，好事多情。翌日往究其实，踌躇之间，了无所见。兴阑体倦，方欲言还，忽奇香馥郁，缥缈而来。韶异之，延竚以俟。茶顷，一丽人宫妆艳饰，貌类天仙，二小姬前导，一持黄金吊炉，一抱紫罗绣褥，冉冉登阶。意必贵家宅眷，临赏于此，隐壁后避之。小姬铺褥庭心，丽人席地而坐，顾姬曰：“何得有生人气？无乃昨夕狂客在是乎？”韶惧其搜索，趋出拜见，且谢唐突。丽人曰：“朝代不同，又无名分，何唐突之有？但诸郎夜来谈笑，以长安娼女、浮梁商妇见目，无亦太过乎？”韶仓卒莫知所对，丽人呼使同裀，辞让再四，固命之，乃就席。固问姓氏，丽人曰：“欲陈本末，惧骇君听。然吾非祸于人者，幸勿见讶。妾伪汉陈王婕好郑婉娥也，年二十而死，殡于近亭。二侍女一名钿蝉，一名金雁，亦当时之殉葬者。”

韶素有胆气，兼重风情，不以为怪也。丽人曰：“妾沉郁独居，无以适意，每于此吟弄，聊遣幽怀。讵意昨宵为诸郎所据，败兴浩歌而返。今幸得此良宵，复遇佳客，足以偿矣。”使钿蝉归取酒肴，饮于亭上，自歌其词，曰：“郎忆之乎？即昨日所讴之《念奴娇》也。”词曰：

> 离离禾黍，叹江山似旧，英雄尘土。石马铜驼荆棘里，阅遍几番寒暑。剑戟灰飞，旌旗鸟散，底处寻楼舻。喑鸣叱咤，

只今犹说西楚。　　憔悴玉帐虞兮，灯前掩面，泪交飞红雨。凤辇羊车行不返，九曲愁肠慢苦。梅瓣凝妆，杨花翻曲，回首成终古。翠螺青黛，绛仙慵画眉妩。

歌竟，劝韶尽饮。

数杯后，韶豪态逸发，谈论风生，与丽人谈元末群雄起灭事，历历如目睹，且询陈王行事之详。丽人凄然泣数行下，泣已，收泪曰："且谈风月，不必深言，徒令人怅抱作恶耳。"因口占一诗曰：

凤槛龙舟事已空，银台金屋梦魂中。
黄芦晚日空残垒，碧草寒烟锁故宫。
隧道鱼灯油欲尽，妆台鸾镜匣长封。
凭君莫话兴亡事，泪湿胭脂损旧容。

诵毕索和，韶即依韵，赓以酬之曰：

结绮临春万户空，几番挥泪夕阳中。
唐环不见新留袜，汉燕犹馀旧守宫。
别苑秋深黄叶坠，寝园春尽碧苔封。
自惭不是牛僧孺，也向云阶拜玉容。

丽人啧啧曰："可谓知音。"于是促席畅饮，共宿于庭，相与媾欢，一如人世。少焉，天上鸟啼，城头鼓歇，两人扶携而起曰："今夕当归舍中，谋为久计，不宜风眠露宿，贻俗子辈哂笑。"

韶颔之，亟返逆旅，则陈、梁二生紧候开舟，乃绐曰："昨得家书，促回甚急，必有他故，不得同行矣。"二生信之，执手而别。韶是晚再去，金雁已先在矣，遂导过亭北，竹阴中半里余，见朱门素壁，灯烛交辉。方及重门，丽人迎笑，出紫玉杯饮韶曰："此吾王所御，今以劝君，意亦不薄矣。"宿留月余，不啻胶漆。

一夕，丽人语韶曰："妾死时，伪汉方盛，主宠复深，故玉匣珠襦殡送，极一时之富贵；幽宫神道境茔，备一品之威仪。是故五体依然，三魂不昧。向者庐君爱女南极夫人，偶此嬉游，援（授）妾以太阴炼形之术，为之既久，不异生人；夜出昼藏，逍遥自在。君宜就市求青羊乳半杯，勤勤滴妾目中，乳尽眼开，白日可起。”韶如言求乳，以滴其两眦，屈指三旬，欻然能步，或同携素手，游行隧中；或并倚香肩，笑歌亭上。韶迷恋情深，乡间念浅，春来秋去，四载于兹。

是年冬初，丽人无故，忽潸然泪下，悲不自胜。怪而问之，初则隐忍弗言，继则举声大恸。韶慰解万方，乃一启齿曰：“与郎冥契，尽在来朝，故不觉悲伤至此耳。”韶闻言，悽惶感愤，欲自缢于隧间，丽人不可，曰：“郎阳数未终，妾阴质未化。倘沉溺世缘，致君非命，冥司必加重谴，兼之定数，举莫能逃，纵曰舍生，亦为徒死。”韶乃止。金雁、钿蝉辈，亦依依不忍舍，咸设饮食，与韶送程。既晚，丽人奉赤金条脱一双，明珠步瑶（摇）一对，与生曰：“表诚寓意，睹物思人。再会无期，愿郎珍重。”亲送至大门之外，掩袂障面而还。韶犹悲不自已，残泪盈眸，顾盼之间，失其所在，乃重寻原店，收拾归家。

数月，梁生至自襄阳，陈生客死房县，方咎韶负约。韶密以告，弗信也；出条脱、步瑶（摇）示之，乃惊曰：“此非尘土间物，奇宝也！诚子之遇仙矣。”知此事者，惟梁生一人，故生有《琵琶佳遇》诗，并附于此，诗云：

忆昔少年日，加冠礼初成，
春衣紫罗带，白马红繁缨。
吴中自昔称繁华，回环十里皆荷花。
窥红问绿谢游冶，与余共泛星河槎。
星槎留连湓浦边，空亭醉访琵琶弦。
银篦击节不堪问，锦袜生尘殊可怜。
庐山月下犹未去，娉婷玉貌湖边遇。
追随钿雁双娇娆，直入金屏最深处。

春风东来绽牡丹，洞庭香雾滃椒兰。
含情惯作云雨梦，旧枕生愁清夜阑。
前朝佳丽夸环燕，图出千人万人羡。
太真颜色赵姬肤，绣帐悬灯几回见？
情缘忽断两分飞，归来如梦又如痴。
缥囊留得万金赠，凄凉忍看徒伤悲。
徒伤悲，难再得。
当初若悟有分离，此生何用逢倾国？

韶从此不复再娶，投礼道士周玄初为师，授五雷斩勘之法，往来两浙间，驱邪治病，祷雨祈晴，多有应验。后失所在，近有人于终南及嵩山见之，疑其得道云。

女鬼举扇

《陶朱新录》：平阳县廨中多鬼。县令郑栎年好饮，一日醉归，一婢掖至中堂坐榻上，因举扇嘱婢扬风。凡数扇，婢忽掷扇于地，曰："无恁地工夫。"言讫不见，栎年始知为鬼。

窦　玉

郑哲《才鬼记》：进士王夷胜，元和中求荐于同州。时宾馆填溢，假郡功曹王翥第以俟试。既而他室皆有客，惟正堂以草绳系门，自牖而窥其室，独床上有褐衾，床北有破灶，此外更无有。问其邻，曰："处士窦三郎玉居也。"二客以西厢为窄，思与同居，甚喜其无姬仆也。及暮，窦处士者，一驴一仆，乘醉而来。夷胜前谒，且曰："胜求解于郡，以宾馆喧，故寓于此。所得西廊，亦甚窄。君子既无姬仆，又是方外之人，愿略同此堂，以俟郡试。"玉固辞，应对之色甚傲。

夜深，将寝，忽闻异香。惊起寻之，则见堂中垂帘帏，喧然笑语。于是夷胜突入其堂中，屏帏四合，奇香扑人，佳肴珍膳，不可名状。有一女，年可十八九，娇丽无比，与窦对食；侍婢十余人，亦皆端妙。银炉煮茗方熟。坐者起，入西厢帷中，侍婢悉入，曰："是何儿郎，冲突人家!"窦面色如土，端坐不语。夷胜无以致辞，啜茗而出。既下阶，闻闭户之声，曰："风狂儿郎，因何共止？古人卜邻，岂虚哉!"窦辞以"非己所有，难拒异客，必虑轻侮，岂无他宅"，因复欢笑。

及明，往窥之，尽复其旧，窦独偃于褐衾中，拭目方起。夷胜诘之，不对。夷胜曰："君昼为布衣，夜会公族，苟非妖幻，何以致丽人？不言其实，当即告郡。"窦曰："此固秘事，言亦无妨。"

"比者，玉薄游太原，晚发冷泉，将宿于孝义县。阴晦失道，夜投入一门，问其主，其仆曰：'汾州崔司马庄也。'令入告焉，出曰：'延入。'崔司马年可五十余，衣绯，仪貌可爱。问窦之先，及伯叔昆弟，诘其中外亲族，乃玉旧亲，知其为表丈也。自幼亦尝闻此丈人，但不知官位。慰问殷勤，情意甚优重。因令报其妻曰：'窦秀才乃是右卫将军七兄之子，是吾之重表侄，夫人亦是丈母，可见之。从宦异方，亲戚离阻，不因行李，岂得相逢？请即见。'

"有顷，一青衣曰：'屈三郎入。'其中陈设之盛，俨若王侯之居，盘馔珍奇，味穷海陆。既食，丈人曰：'君今此游，将何所求?'曰：'求举宾耳。'曰：'家在何郡?'曰：'海内无家。'丈人曰：'君生涯如此，身事落然，逢游无抵，徒劳往复。丈人有女，年近长成，今便令奉事，衣食之给，不求于人，可乎?'玉起拜谢，夫人喜曰：'今夕甚佳，又有牢馔，亲戚中配属，何必广召宾客？吉礼既具，便取今夕。'谢讫复坐，又进食。食毕，揖玉憩于西厅，具沐浴讫，授衣巾，引相者三人来，皆聪明之士。一姓王，称郡法曹；一姓裴，称户曹；一姓韦，称郡督邮，相让而坐。俄而礼与香车皆具，花烛前引，自厅西至中门，展亲御之礼。因又达庄一周，自南门入中堂，堂中帐帷已满。

"成礼讫，初三更，妻告玉曰：'此非人间，乃神道也。所言汾州阴道，汾州非人间也。相者数子，无非冥官。妾与君宿缘，合为夫妇，故得相遇。人神路殊，不可久住，君宜速去。’玉曰：‘人神既殊，安得配属？已为夫妇，便令相从，何为一夕而别也？’妻曰：‘妾身奉君，固无远近。但君生人，不合久居于此。君速命驾！常令君箧中有绢百匹，用尽复满。所到必求静室独居，少有存想，随念即至。十年之外，可以同行，今且昼别宵会耳。’玉乃入辞，崔曰：‘明晦虽殊，人神无二。小女子得奉巾栉，盖是宿缘，勿谓异类，遂猜薄之。亦不可言于人，公法讯问，言亦无妨。’言讫，得绢百匹而别。自是每夜独宿，思之则来，共帐馔具，悉其携也。若此者，五年矣。”

夷胜开其箧，果有绢百匹，因各赠三十匹，求其秘言之。言讫遁去，不知所在。

绣女吟

《处州府志》：一逸士道经蒋家岭，阴雨，吟曰：“山前山后雨蒙蒙，”忽路旁一宅，有女刺绣，簾内续曰：“才入桃源路便通。”士曰：“偶向堂前逢绣女，”女曰：“岂知簾外有诗翁。”士曰：“三春杨柳家家绿，”女曰：“二月桃花处处红。”士曰：“欲问今宵端的事？”女曰：“想来只是梦魂中。”士曰：“尔鬼耶？”遂不见，惟丛棘环孤冢而已。

隋县主

《异闻录》：唐贞元中，河南独孤穆者，客淮南。夜投大仪县宿，未至十里余，见一青衣乘马，颜色颇丽。穆微以词调之，青衣对答，甚有风格。俄有车辂北下，导者引之而去，穆乃谓曰：“向者粗承颜色，谓可以周旋终接，何乃顿相舍乎？”青衣笑曰：“愧耻之意，诚亦不足。但娘子少年独居，性甚严整，难以相许耳。”穆问娘子姓氏，及中外亲族，青衣曰：“姓杨，第六。”不答其他。

既而不觉行数里，俄至一处，门馆甚肃。青衣下马入，久之乃出，延客就馆，秉烛陈榻，衾褥乃毕具。有顷，谓穆曰："君非隋将独孤盛之后乎?"穆乃自陈，是盛八代孙。青衣曰："果如是。娘子与郎君乃有旧。"穆讯其故，青衣曰："某贱人也，不知其由。娘子即当自出申达。"须臾设食，水陆毕备。食讫，青衣数十人前导，曰："县主至。"见一女，年十三四，姿色绝代，拜跪讫，就坐谓穆曰："庄居寂寞，久绝宾客，不意君子惠顾。然而与君有旧，不敢使婢仆言之，幸为勿笑。"穆曰："羁旅之人，馆谷是惠，岂意特赐相见，兼许叙旧。且穆平生未离京洛，是以江淮亲故，多不之识。幸尽言也。"县主曰："欲自陈叙，窃恐惊动长者。妾离人间，已二百年矣，君亦何从而识?"

穆初闻其姓杨，及自称县主，意已疑之；及闻此言，乃知是鬼，亦无所惧。县主曰："以君独孤将军之贵裔，世禀忠烈，故欲奉托，勿以幽冥见疑。"穆曰："穆之先祖，为隋室忠臣，县主必以穆素有祖风，故欲相托。乃生平之乐闻也，有何疑焉。"县主曰："欲自宣泄，实增悲感。妾父齐王，隋帝第二子。隋室倾覆，妾之君父，同时遇害。大臣宿将，无不从逆，惟君先将军力拒逆党。妾时年幼，尚在左右，具见始末。及乱兵入宫，贼党有欲相逼者，妾因骂辱之，遂为所害。"因悲不自胜。穆因问其当时人物，及大业末事，大约多同《隋史》。

久之，命酒对饮，言多悲咽，为诗以赠穆曰：

> 江都昔丧乱，阙下多构兵。豺虎恣吞噬，干戈日纵横。
> 逆徒自外至，半夜开重城。膏血浸宫殿，刀枪倚檐楹。
> 今知从逆者，乃是公与卿。白刃污黄屋，邦家遂因倾。
> 疾风表劲草，世乱识忠臣。哀哀独孤公，临死乃结缨。
> 天地既板荡，云雨时未亨。今者二百载，幽怀犹未平。
> 山河风月古，陵寝露烟青。君子秉恒德，方垂忠烈名。
> 华轩一惠顾，土室以为荣。丈夫立志操，存没感其情。

求义若可托，谁能抱幽贞？

穆深嗟叹，以为班婕好所不及也。因问其平生制作，对曰："妾本无才，但好读古集。尝见谢家姊母，及鲍氏诸女，皆善属文，私怀景慕。帝亦雅好文学，时时被命。当时薛道衡名高海内，妾每见其文，心颇鄙之。何者？情发于中，但直叙事耳，何足称赞！"穆曰："县主才自天授，乃邺中七子之流，道衡安足比拟。"穆遂赋诗以答之曰：

皇天昔降祸，隋室如缀旒。患难在双阙，干戈连九州。
出门皆凶竖，所向多逆谋。白日忽然暮，颓波不可收。
望夷既结衅，宗社亦玷羞。温室兵始合，宫闱血已流。
悯哉吹箫子，悲啼下凤楼。霜刀徒见逼，玉笄不可求。
罗襦遗侍者，粉黛成仇雠。邦国已沦覆，馀生誓不留。
英英将军祖，独以社稷忧。丹血溅黼扆，丰肌染戈矛。
今来见禾黍，尽日悲宗周。玉树深寂寞，泉台千万秋。
感兹一顾重，愿以死节酬。幽显倘不昧，终焉结绸缪。

县主吟讽数四，悲不自胜者久之。逡巡，青衣人皆将乐器而前，有一人白县主曰："言及旧事，但恐使人悲感，且独孤郎新至，岂可终夜啼泣相对乎？某请充使，召来家娘子相伴。"县主许之，既而谓穆曰："此大将军来护儿歌人，亦当时遇害，近在于此。"俄顷即至，甚有姿色，因作乐纵饮甚欢。来氏歌数曲，穆惟记其一云：

平阳县中树，久作广陵尘。
不意何郎至，黄泉重觅春。

良久曰："妾与县主居此二百余年，岂期今日，忽有嘉礼。"县主曰："本以独孤公忠烈之家，愿一相见，欲豁幽愤耳，岂可以尘土之质厚诬君子。"穆因吟县主诗落句云："求义若可托，谁能抱幽贞？”县主微笑曰：“亦大强记。”穆因以歌讽之曰：

金闺久无主，罗袂坐生尘。
愿作吹箫伴，同为骑凤人。

县主亦以歌答曰：

朱轩下长路，青草启孤坟。
犹胜阳台上，空看朝暮云。

来氏曰：“昔者萧皇后，欲以县主配后兄子，正见江都之乱，其事遂寝。独孤冠冕盛族，忠烈之家，今日相对，正为佳耦。”穆问县主所封何邑，县主曰：“儿以仁寿四年，生于京师，时驾幸仁寿宫，因名寿儿。明年，太子即位，封清河县主。上幸江都宫，徙封临安县主。特为皇后所爱，常在宫内。”来曰：“夜已深矣，独孤郎宜早成礼，某当奉候于东阁，俟晓拜贺。”于是群婢戏谑，皆若人间之仪。既入卧内，但其气奄然，其身颇冷。顷之，泣谓穆曰：“殂谢之人，久为尘灰。幸得奉事巾栉，死且不朽。”

于是复召来氏，欢宴如初，因问穆曰：“闻君今适江都，何日当回？有以奉托，可乎？”穆曰：“死且不顾，何有不可！”县主曰：“帝既改葬，妾独居此，今为恶王墓所陵，欲聘妾为姬。妾以帝王之家，义不为凶鬼所辱。本愿相见，正为此耳。君将适江南，路出其墓下，以妾之故，必为所困。道士王善交，书符于淮南市，能制鬼神，君若求之，即免矣。”又曰：“妾居此，亦终不安。君江南回日，能挈我俱去，置我洛阳北坂上，得与君相近，永有依托，生成之惠也。”穆皆许诺，曰：“迁葬之礼，乃穆家事矣。”酒酣，倚穆而歌曰：

露草芊芊，颓茔未迁，自我居此，于今几年？
与君先祖，畴昔恩波；死生契阔，忽此相过。
谁谓佳期？寻当别离。俟君之北，携手同归。

因下泪沾襟。来氏亦泣语穆曰："独孤郎勿负县主厚意。"穆因以歌答曰：

伊彼维扬，在天一方。驱马悠悠，忽来异乡。
情通幽显，得此相见；又感畴昔，言存缱绻。
清江桂舟，可以遨游。惟子之故，不遑淹留。

县主泣谢穆曰："一辱佳贶，永以为好。"

须臾，天将明，县主涕泣，穆亦相对而泣。凡在坐者，皆与辞诀。既出门，回头无所见，地平坦，亦无坟墓之迹。穆意恍惚，良久乃定，因徙柳树一株，以志之。家人索穆颇急。后数日，穆乃入淮南市，果遇王善交于市，遂求一符，既至恶王墓下，为旋风所扑三四，穆因出符示之，乃止。

先是，穆颇不信鬼神之事，及此乃深叹讶，亦私为所亲者言之。次年正月，自江南回，发其地数尺，得骸骨一具，以衣衾敛之。穆以其死时草草，葬必有阙，既至洛阳，大具威仪，亲为祝文以祭之，葬于安喜门外。其后独宿于村墅，县主复至，谓穆曰："迁葬之德，万古不忘。幽滞之人，分不及此者久矣，幸君惠存旧好，使我永得安宅。"穆睹其车骑导从，悉光赫于当时，县主谢曰："此皆君子赐也。岁至己卯，当遂相见。"其夕因宿穆所，至明乃去。穆既为数千里迁葬，复昌言其事，凡穆之故旧亲戚，无不毕知。

贞元十五年，岁在己卯，穆早起将出，忽见数人至其家，谓穆曰："县主有命。"穆曰："岂相见之期耶？"其夕暴卒，遂合葬于杨氏。

陆花冠家女

李绍闻《云间杂志》：上海庠友顾某，嘉靖壬午赴试，泊舟唐家坟。霏雨中，见有女子极娉婷，掠其舟而西，顾凝眸久，女亦回顾。顾扣其何往，曰："将访外大母，少选当至。"晚果来，愿留宿，衣尽解，独留左襦。未明去，曰："幸相访于陆花冠家。"后访陆，见一画像，则其女也。因病左足瘷伤，夫家悔姻，愤死。唐家坟侧，则其外大母茔。顾闻之大骇。

李　陶

常沂《灵鬼志》：天宝中，陇西李陶，寓居新郑。常寝其室，睡中有人摇之，陶惊起，见一婢，袍袴、容色甚美。陶问："那忽得至此？"婢云："郑女郎欲相诣。"顷之，异香芬馥，有美女从西北陬壁中出，至床所再拜。陶知是鬼，初不交语。妇人惭愧却退，婢慢骂数四云："田舍郎，待人故如是耶？令我女郎愧耻！"

亡何，陶悦其美色，亦心讶之，因绐云："女郎何在？吾本未见，可更呼之。"婢云："女郎重君旧缘，且将复至，勿复如初，可以殷勤待之也。"及至，陶下床至敬，延之偶坐，须臾相近。女郎貌既绝代，陶深悦之，留连十余日。陶母躬自窥觇，累使左右呼之，陶恐阻己志，亦终不出。妇云："大家召君，何以不往？得无坐罪于我。"陶乃诣母，母流涕谓曰："汝承人昭穆，乃有鬼妇乎？"陶言其故，自尔半载，留连不去。

其后陶参选之上都，留妇在房。陶后遇疾笃，鬼妇在房，谓其婢云："李郎今疾亟，奈何？当相与往省问。"至潼关，为鬼关司所遏，不得过。会陶堂兄亦赴选入关，鬼妇得随过。夕至陶所，相见忻悦。陶问何得至此，云："知卿疾甚，故此相视。"素所持药，因和以饮陶，陶疾寻愈。其年选得临津尉，与妇同众至舍。数日，当之官，鬼辞不行。问其故，云相与缘尽，不得复去。言别悽怆，自此遂绝。

严楚楚

《异闻总录》：宋时淮昌严楚楚，适盐商吕省幹。泛洲（舟）泗上，吕偶他适，月夜倚篷歌陈后主《后庭花》曲。未终，岸上有妇人抚掌诵曰：

烟笼寒水月笼沙，船泊秦淮近酒家。
商女不知亡国恨，隔江犹唱后庭花。

长嗟入林间不见。明夕，夫归言之，伏人江浒，楚楚复歌前曲。妇人抚掌诵诗如前，伏者逐至林间而没。翌日视，乃一新坟，询知侯将士葬妻裴氏也。侯置一妾，推溺之，自戕于林间，就葬焉。

张云容

《薛昭传》：薛昭者，唐元和末，为平陆尉。以气义自喜，常慕郭代公、李北海之为人。因夜直宿，囚有为母复仇杀人者，与金而逸之。县闻于廉使，廉使奏之，坐谪为民于海康。敕下之日，不问家产，但荷银铛而去。

有客田山叟者，或云数百岁人，平日与昭契洽，乃赍（赍）酒于道而饮饯之，谓昭曰："君义士也！脱人之祸，而自当之，真荆、聂之俦也。吾请从子。"昭不许，固请乃许之。至三乡夜，山叟脱衣易酒，大醉其左右，谓昭曰："可遁矣。"与之携手出东郊，赠药一粒曰："非惟去疾，兼能去食。"又约曰："此去但过道北，有林薮繁翳处，可且匿，不独逃难，当获美姝。"

昭辞行，遇兰昌宫，古木修竹，四合其所。昭逾垣而入，追者但东西奔走，莫能知踪矣。昭匿于古殿之西间，及夜，风清月朗，见阶间有三美女，笑语而至。揖让升于花裀，以犀杯酌酒而进之，居首女子酹之曰："吉利吉利，好人相逢，恶人相避。"其次曰："良宵宴会，虽有好人，岂易逢耶？"昭居牖隙间闻之，又志田山叟之言，遂跃出曰："适闻夫人云，'好人岂易逢耶'，昭虽不才，愿备好人之数。"三女愕然良久，曰："君是何人，而匿于此？"昭遂以实对，乃设座于裀之南。昭询其姓字，长曰云容张氏，次曰凤台萧氏，次曰兰翘刘氏。

饮将酣，兰翘命骰子，谓二女曰："今夜嘉宾相逢，须有匹偶。请掷骰子，遇采强者，得荐枕席。"遍掷，云容采胜，兰翘遂命"薛郎近云容姊坐"，又持双杯而献曰："真所谓合卺矣。"昭拜谢之，遂问："夫人何许人？何以至此？"答曰："某乃开元中杨贵妃之侍儿也。妃甚爱惜，尝令独舞《霓裳》于绣岭宫，妃赠我诗曰：

罗袖熏香香不已，芙蕖袅袅秋烟里。
轻云岭上午摇风，嫩柳池边初拂水。

"诗成，皇帝吟讽久之，亦有继和，但不记耳。遂赐双金扼臂，因兹宠幸，甚于群辈。此时多遇帝与申天师谭道，余独与贵妃得窃听，亦数侍天师茶药，颇护（获）天师悯之。因间处扣头乞药，师云：'吾不惜，但汝无分，不久处世，如何？'我曰：'朝闻道，夕死可矣。'天师乃与绛雪丹一粒，曰：'汝但服之，虽死不坏。但能大其棺，广其穴，含以真玉，疎而有风，使魂不荡空，魄不沉寂，有物拘制，陶穴阴阳，后百年，得遇生人交精之气，或再生，便为地仙耳。'我没昌兰之时，同辈具以白，贵妃怜之，命中贵人陈玄造，受其事，送终之器，皆荷如约。今已百年矣，仙师之兆，莫非今宵良会乎？此乃宿分，非偶然耳。"昭因诘申天师之貌，乃田山叟之魁梧也。昭大惊曰："山叟即天师明矣。不然，何以委曲使余符昔日之事哉？"

又问兰、凤二子，容曰："亦当时宫人有容者，为九仙媛所忌，毒而死之，藏吾穴之侧。与之交游，非一朝一夕矣。"凤台请击席而歌，送昭、容酒，歌曰：

脸花不绽几含幽，今夕阳春独换秋。
我守孤灯无白日，寒云垄上更添愁。

兰翘和曰：

幽谷啼莺整羽翰，犀沉玉冷自长欢。
月华不忍扃泉户，露滴松枝一夜寒。

云容和曰：

韶光不见分成尘，曾饵金丹忽有神。
不意薛生携旧律，独开幽谷二枝春。

昭亦和曰：

悮入宫墙漏网人，月华清洗玉阶尘。
自疑飞到蓬莱顶，琼艳三枝半夜春。

诗毕，旋闻鸡鸣，三人曰："可归室矣。"昭持其衣，超然而去，初觉门户至微，及经阈亦无所妨。兰、凤亦告辞而他往矣。但灯烛荧荧，侍婢林立，帐幄绮绣，如贵戚家焉。遂同寝处，昭甚慰喜。

如此觉数夕，但不知昏晓。容曰："吾体已苏矣，但衣服破故，更得新衣，则可起矣。今有金扼臂，君可持往近县易衣服。"昭惧不敢去，曰："恐为州县所执。"容曰："无惮，可将我衣具去，有急即蒙首，人无能见矣。"昭如言，遂出三乡货之，市其衣服。夜至穴侧，容已迎门而笑，引入曰："但启衬（榇），当自起矣。"昭启之，果见容体已生。及顾回帷帏，惟一大穴，多冥器，服玩金玉，惟取宝器而出。遂与容同归金陵幽栖，至今见在，容鬓不衰，岂非俱饵天师之灵药乎？申生，名元也。

刘子昂

《夷坚志》：绍兴三十二年，刘子昂为和州守，方淮上乱定，独身之官。他日，见好妇人出入郡舍，意惑之，招与合，历数月久。因诣天庆观朝谒，有老［道］士请问曰："使君不挈家，而神色枯頳黧黑，殆有妖气，如何？"刘初讳不答，再三言之，乃以买妾对。道士曰："非人也，将不可治。今以二符相与，逮夜宜悬于户外，渠当不敢入。”刘以符归，夜半，妇人至，怒骂曰：“相得如夫妇，何物道士乃尔！吾去即去，无忆我！”刘不能割爱，亟起取符坏之，终不寤生人何以畏符，复绸缪如初。又数日，道士入府问讯，望见刘，惊惋曰：“弗活矣，奈何奈何！然当令使君见之。”命取水数十担，覆于堂，其一隅方五六尺许，水至即干。掘之，但见巨尸偃然于地，略无棺衾之属，僵而不损。刘审视，盖所偶妇人也，大恶之，不旬日而殂。

卷二十八

情中妖

吴寸趾

《诚斋杂记》：桃源女子吴寸趾，夜恒梦与一书生合，问其姓氏，曰："仆瘦腰郎君也。"女意其为休文、昭略入梦耳，久之若真焉。一日昼寝，书生忽见形入女帐，既合而去，出户渐小，化作蜂，飞入花丛中。女取养之。自后恒引蜜蜂至女家甚众，其家竟以作蜜兴，富甲里中。寸趾以足小得名，天宝中事也。

宣和宫人

《夷坚志》：宣和中，有宫人得病，谵语持刃，纵横不可制。诏宝箓宫法师治之，不效。尽访京城道术者，皆莫能措手。于是闭之空室，不给食，如是数年。

有程道士者，从龙虎山来，或以其名闻，命召之。上曰："切未可启户，彼挟刃将伤人。"道士请以禁卫数百，执兵仗卫其室三匝，隔门与之语，且投符使服。宫人笑曰："我服符多矣，其如子何！"已而稍定，曰："此符也。"道士遂启门。宫人哓哓不已，然既为符所制，不能出。道士以刀划地为穴，四角书"火"字，叱之曰："汝为何鬼所凭，尽以告我。不然，举轮火焚汝矣！"不肯言。取火就四角延烧，始大叫曰："幸稍宽，我将吐实。"道士为灭去两角火，乃言曰："吾亦龙虎山道士，死而为鬼。凡丹咒法箓，皆素所习，故能解之。不意仙师有真符。今不敢留，愿假数日而去。"道士怒曰："宫禁中岂宜久此？必速去！"即入奏曰："此鬼若不诛殛，必贻祸他处，非臣不可治。"遂缚草为人，书牒奏天乞斩之，宫人即苏。

妖　履

《枣林杂俎》：桐乡严简津，读书苕上。深夜独坐，有丽人扣户，入之，诘所自，云宅眷也。严疑其祟，凝坐至漏尽，始去。明日告归，抵舍，夜梦丽人贻以弓履，果得之枕上，双绣红灼，尝出之示客。

莫小孺人

《夷坚志》：绍兴十五年，许子中叔容，自丹阳还乌墩。舟至奔牛，与前广州郑通判柩船，同泊堰下。日且暮，一紫衣吏，自称林提辖，求见曰："某郑氏之隶也。主君嬖妾莫氏，本乌墩莫知录庶女，嫡母不容，方在孕时，逐其母，女生于外舍。既长，遂为人妾。会正室虚位，实主家事，号小孺人。主君死于南方，一子绝幼，不能归，赖平江王侍郎焕有契好，使人致其柩，欲厝诸境内僧舍中。家赀绝丰，莫氏悉有之，将从此归其父。闻君居乌墩，幸为达一书，使来相迎。"许曰："诺。"

行数十里，明日复会，林曰："莫氏愿一见君，祈为先致囊橐。"许恐有他嫌，拒弗受。顷之又至，曰："书不暇作，但致此意于知录君足矣。"许至家，他日诣知录君，告其事，惊云："无有也。"居数月，许与中表高公儒遇，语及之，高惊曰："吾几堕其计中。"乃话所见：

初，泊舟姑苏馆，亦值林生，其词略同，末云：

莫氏欲归其父，自念平生不相闻，且失身于人，必不见礼。欲嫁为人妇，士大夫有所不可，而闾阎市井，又非厥偶，思欲复入大家为姬侍。其人颜色绝美，随身赀财，可直数千万，使君颇有意乎？

高入谋诸妻，妻慕其货，许纳焉。林曰："欲先见之否？"高喜，留饮酒，出立舷外以俟。少时，妇人青衣红裳步堤上，令童子以小青盖障面，腰支绰约，容止闲稚，为之心醉。林笑曰："颇当君意否？然此良家子，难立券，君当稍致币帛，如聘礼，乃可。"即以綵一束授之。及暮而来曰："约定矣。今悉举橐中物置君舟，明日相见于某寺，然后成礼。"话未讫，负十余篋来，皆金珠犀象沉麝之属。

及期，林导高入寺，至一室，户外望簾间，数女子笑语，红裳者在焉。顾见外人，皆反走。林曰："君少止，吾当先告语之。"入半日许，悄无复命。堂下诵经僧，讶高久立，来问故。具以所见言，僧曰："山寺沦落，安得有此？"高犹以为妄，厉声咄之。老僧自室中出，叹曰："必此怪也，比频有所睹。"引入视，则藏院后列殡宫十余所，皆出木牌书主名，有曰"小孺人莫氏"，最后曰"提辖林承信"。方震骇走出，仆人奔报舟且没，继一仆云舟幸无恙，而所寄之物皆非矣。遽视之，犀象香药，尽白黑帋钱灰；所谓金珠器血，盖髑髅、兽骨、马牛粪也。

二人所遇如此，高仅得脱耳。

石洞绣鞋

毛祥麟《对山馀墨》：石洞在终南山秦岭下，孽龙据焉。东西绵亘百八十里，洞口高数丈，横广如之。其中黑暗潮湿，人莫敢入。

相传唐天宝中，某宫主于上林苑作秋千戏，忽为腥风卷去，四觅无踪。时有樵者采薪山下，隐闻云雾中有女子哭声，适当洞口，似不甚高，掣斧掷之，扑下绣鞋一只。事闻于官，据实备奏，鞋即主所履也。元（玄）宗遂命将，将千人，令樵者导至其处伺之。历数日，了无形迹，惟夜间若有灯二盏悬洞，光射彻天。将乃命军人善射者，发矢射之，光忽散。及旦，即募死士百人，明火执械为前锋，千军后随。入洞，见一龙，左目中箭，卧伏不动。其将径前斩之，纵火搜杀洞底余孽，而救宫主出焉。事见唐说部。

至我朝乾隆三十年夏间，有好事士人，欲穷其际，集勇敢士二十余，深入五六里，杳无所得。再进，恰又见绣鞋一只，而火把已灭，乃相顾惘然而返。

毛　女

《枣林杂俎》：袁州萍乡县东五里毛仙山，昔有人过此山，逢一人遍体有毛，言词异常，后不复见。宋朱晦翁尝问驿吏，云狐魁所为，遂题诗云：

人言毛女住青冥，散发吹箫夜夜声。
却有游童解端的，向侬说是野狐精。

陈三姑娘

钱咏《履园丛话》：青浦金泽镇，有淫祠，曰陈三姑娘者，有塑像，附东岳行宫。每年逢三月廿八、九月初九，远近数百里内，男女杂沓，络绎而至者，以数万计，灯花香烛，昼夜不绝。乡中妇女，皆装束，陪侍女神，以祈福佑。或有疾病者，巫辄言触犯三姑，必须虔祷。于是愚夫愚妇，亟具三牲，到庙求免。庙僧拒门不纳，索费无已，亦看其家之贫富，富者至少三十番，然后延入，以为利薮。地方上有庠生杨姓者，为庙中护法，与僧朋比剖分。相传祷祝时，必择美少年，入庙哀求，尤为响应，真可笑也。

三姑娘者，云是吴江之芦墟人，居三白荡边，年十六七，美丽自命，有桑间濮上之行。其父觉之，遂沉诸湖，后为祟，由来已久。道光六年十一月，余友徐既若为青浦少府。先有孝廉倪皋者，禀于臬宪，奉文禁止。又有徐某，与杨姓争利，互控松江府，历年未审。既若抵任后，闻此言凿凿，乃奋然亲往庙中，果有其事。遂锁拿三姑娘下船，其像盛妆纤足，体态宛然。观者数千人，咸以为不可亵渎神明，叩求宽免，恐触祸也。乃载归，置县堂下，纵火焚之，其讼遂结。民之愚惑如此。

其后东岳庙左近，有乡妇，半夜忽然呓语，自言为三姑神，欲求一舟，送其渡河远徙。其夫少迟，则三姑神大哭曰："天既明，恐不及矣，此亦气数也。"言讫寂然。即徐少府锁拿之日也。

童朴斋

《右台仙馆笔记》：邑人童朴斋，居新市镇，家饶于赀，其屋深邃，内楼前后各五间。童因眷口无多，于前楼作卧室，而空后楼以储什物。一夕，闻后楼砰磅有声，犹不之异。次夕，则闻后楼语言嘈杂，达旦不休。天明，童往视之，甫上阶，闻内有人语曰："居停主人来矣。"中扉顿启，一老翁出，颜丹发白，衣冠伟然，延童入内。童素有胆气，知其妖也，而不之惧。入则几案虽童之故物，而陈设一新，几列鼎彝，壁悬字画，架庋书籍；地下厚藉氍毹；棹椅之类，皆覆以锦褥；中悬珠灯四，缨络烂然。

坐定，翁自言姓钟、名紫霞，陕之华阴人，携眷属遍历名区。昨从虎丘来，将游西湖，并穷天台、雁荡之胜，而山妻忽病，暂借君楼停泊行李，必有以相报，幸勿闻之外人。辞气温雅，蔼然可亲。童敬诺之。越一日，复具衣冠通谒，老翁使一童子献茶，余无所见，而楼上则謰謱细语，若有数十人者。翁语童曰："来而不往，诚为非礼。然老夫世外人，习于疏懒，不能报谒，幸勿罪也。"

自后童或无事，辄往钟所，杯茗请（清）谈，常至终日。时亦置酒邀童饮，酒次，纵论今古经史百家，如肉贯弗。每及南宋、元、明之事，历历若亲见；至北宋以上，则言其大概而已。童偶问吉凶祸福，则曰："惠迪吉，从逆凶。理有固然，毋烦推测也。"又善书画，尝写扇面赠童，一面临《兰亭序》，一面仿南宫泼墨山水，童甚宝之。

时当初夏，庭际荼蘼盛开，童之女名颖姑者，年九岁矣，独往采花。见美妇倚阑干立，乌帕裹首，紫衣而素裳，一垂髫婢侍，以手招女。女不肯往，妇自出携女手，遂从之入。见老翁方危坐观书，笑谓女曰："颖姑来，可楼上坐。"及登，楼上陈设，视楼下更胜。诸婢年皆十岁许，呼妇为夫人。夫人寝室在东偏，有一小女，双足纤小，殆无其匹。夫人曰："此吾女也，少于汝一岁，汝宜妹之。"至西偏，则一美少年，坐而读书。夫人曰："此吾子也，汝宜兄之。"有顷，一少妇自后房出，夫人使女呼以嫂，遂命嫂治点心。食毕，又以一篮盛食物，命小婢送至庭中。颖姑携篮归，其母视之，非藤非竹，组织甚工。启而视之，则内盛苹果四枚，西凉紫葡萄数百颗，讶曰："此地此时，安有此物耶？"嗣后每得时物，童辄命颖姑持饷其女，而夫人亦常以异果奇花相报。

一日，颖姑甫缠足已，即至钟所，不良能行。夫人笑曰："汝母不善缠足耳，吾为若缠之，非但不痛，且有捷效。"乃解其双行缠，以口呵气，其热如蒸，足骨柔软，约缣迫袜，了无所苦。一月之后，纤小与钟女不殊。其母窃启裹视之，所渗非矾，乃白糖耳。其少妇则教颖姑以针黹，端午日，制艾虎及彩缕贻之，并极精妙，殆非人工所能为。居半年余，童所见惟翁与一僮；而颖姑则翁之全家，皆能见之。

童父女频如钟所，而翁与夫人，则止庭中而止，未尝一诣前楼也。童虽秘其事，而仆媪辈不能无漏言，里中多有知者。人皆为童危，而童与翁益密。其友徐淳庵以刚直自负，适自山东回，语童曰："子祸必矣！家有妖窟而尚以自安乎？"童不应。徐自与所善贝练师谋，贝闭目默坐，移时，谓徐曰："此狐也，然非祸人者，不久当自去，无烦驱逐也。"

无何，有一道人，黑面而虬须，背负一剑，过童氏之门，语阍者曰："汝家妖气甚盛，吾能除之。无所求于主人，但妖死，我愿得其皮耳。"时童适他出，阍者不告于主母，引道人自小弄而达于内。道人即于庭中，右手仗剑，向空画符，左手持水一杯，吸而喷之。闻楼上语曰："庭中演戏剧矣，盍往观乎？"俄而道人手中之剑自坠，杯亦坠地而碎。道人大惊，若有人以大杖敲其头者，踉跄走出；阍随之奔，蹶于阈，伤其股。楼上大笑。

江阴陈澹山者，童之姻也，素善五雷之法。自苏至杭，道出新市，因诣童。童留之饭，而徐亦至，遂共饭焉。徐向陈述其事，童以目止之，不可。陈乃曰："吾请尝试之。"时夜将半，陈命燃二烛，箧中出五色纸人五，按方位置于案，画符呵气于其上，正目视之不一瞬。有顷，主人忽起立，绕案而行；行稍缓，又呵以气，则行益加疾，其声隐隐如雷。至五更，陈曰："妖已去矣。"以手击案，纸人皆仆，仍藏之箧中。

是夜，童之内人，闻后楼喧阗如初至时。窃从后窗窥之，见后楼上下，皆红光围绕，闻翁与夫人语曰："本欲俟尔病愈而行，今陈翁以真火相偪，不可留矣。惜不及与贤主人一别耳。"至五更，声乃绝。

黎明入视，几榻如旧，地无纤尘，而所陈设，则乌有矣。几上一小箧，启之，则钟翁留别书也，情辞恳挚，微有怨徐之言，童读之黯然。外留定武不损本兰亭一册，郭忠恕山水一幅，以赠童者；又白金五斤，则赁屋之值也。夫人留珊瑚簪一枝，羊脂玉玦二枚，明珠四颗，碧霞宝石八块，赠颖姑为嫁资。澹山入室周视，叹曰："此狐为我真火所偪，尚能从容而去，其道力深矣。幸其大道已成，故其临去，不肯露恶状；不然，吾非其敌也。"乃铸铁牌二面，书朱符其上，一钉于厅事，一钉于后楼，以防复至。后竟寂然。

此事在乾隆初年，邑人徐晦堂先生，曾详记其事，余粗加次序，而著于篇。传记所载，狐居人家者多矣，未有若此之有情有理者也。余尤叹其临去有"君子交绝不出恶声"之意，斯狐也，其狐而仙者欤！

虎　精

《河东记》：申屠澄者，贞元九年，自黄衣调补汉州什邡尉。之官，至贞符县东十里许，遇风雪大寒，马不能进。路傍茅舍中，有烟火甚温，乃往就之。有老父妪及处女，环火而坐。女年方十四五，虽蓬发垢衣，而雪肤花脸，举止妍媚。父、妪见澄来，遽起曰："客冲雪寒甚，请前就火。"澄欣谢之。坐良久，天色已暝，风雪不止。澄曰："西去县尚远，请宿于此，可乎？"父、妪曰："但蓬室为陋耳，敢不承命。"澄随解鞍，施食秣马。其女方修容靓饰，自帷箔间复出，而闲丽之态，尤过昔时。

有顷，妪自外挈酒壶至，于火前暖饮，谓澄曰："以君冒寒，且进一杯，以御凝冽。"澄曰："坐上尚欠小娘子。"父、妪皆笑曰："田舍家所育，岂可备宾主。"女即回眸斜视曰："酒岂足贵，谓人不宜预饮也？"母即牵裙，使坐于侧。澄欲举令，以观女意，执盃曰："请征书语，属目前事。"乃曰："厌厌夜饮，不醉无归。"女低鬟微笑曰："天色如此，归亦何往哉？"俄巡至女，哂曰："风雨如晦，鸡鸣不已。"澄愕然，叹曰："小娘子明慧若此，某幸未婚，敢请媒如何？"翁曰："某寒贱，亦常娇保之。颇有过客，以金帛为问，某惜别未许。不期贵客又欲援拾，岂是分耶？愿以为记。"澄随修子婿礼，祛囊以遗之。妪悉无所受，曰："郎君不嫌寒贱，何事过费？"一日，又谓澄曰："此孤远无邻，又乏妆奁之具，俟略备数事，人便可行矣。"又一日，从容为别，澄乃以所乘马载女而行。

既至官，俸禄甚薄，妻力赞成家，交结宾客，旬月之内，大获名誉，而夫妻情义益洽。至于厚亲族，抚甥侄，及僮仆厮养，无不欢心。后秩满将归，已生一男一女，亦甚明慧。澄尤加敬焉，常作赠内诗曰：

一尉惭梅福，三年愧孟光。此情何所喻？川上有鸳鸯。

共（其）妻终日吟讽，似默有和者，然未尝出口。每谓澄曰："为妇之道，不可不知书。倘更作诗，反似妪妾耳。"

澄罢官，即罄室归秦。过和州，至嘉陵江畔，临泉石，藉草憩息，其妻忽怅然谓澄曰："前日见赠一篇，寻即有和。初不拟奉示，今遇此景物，不能终默。"乃吟曰：

琴瑟情虽重，山林志自深。
常忧时节变，辜负百年心。

吟罢，潸然良久，若有慕焉。澄曰："诗则丽矣，然山林非弱质所思。傥忆贤尊，今则至矣，何忽悲泣乎？"后二十余日，复过妻家，草舍依然，俱不复有人矣。澄与妻俱止其舍，妻思慕之深，尽日泣涕，忽于壁角故衣之下，见一虎皮，尘埃尽满。妻见之，忽大笑曰："不知此物尚在耶！"披之，即化为虎，咆哮拏攫，突门而去。澄惊走避之，携二子寻其路，望林大哭，数日，竟不知所之。

道士欲剖丽女心

《滦阳消夏录》：德州田白岩曰：有额都统者，在滇黔间山行，见道士按一丽女于石，欲剖其心。女哀鸣乞救，额急挥骑驰及，力格道士手，女嘤然一声，化火光飞去。道士顿足曰："公败吾事！此魅也，媚杀百余人，故捕诛之以除害。但取精已多年，久通灵，斩其首，则神遁去，故必剖其心乃死。公今纵之，又贻患无穷矣。释一猛虎之命，放置深山，不知山麋林鹿，膏其牙者，几许命也。"匣其匕首，恨恨渡涧去。

此殆白岩之寓言，即所谓"一家哭，何如一路哭"也。姑容墨吏，自以为阴功，人亦多称为忠厚；而究之，卖儿贴妇，皆未一思，亦安用此长者乎？

海盐吴姓

《右台仙馆笔记》：海盐西门外，有吴姓者，饶于资。一婢名秋华，年二十矣，颇有姿首。光绪己卯岁，四月中，忽有美丈夫据而淫之，既乃谓婢曰："为我告尔主，明日扫除后屋以待，屋中什物，好为陈设。傥有不备，或备而不华美，祸且立至。"婢告其主母，于是一家尽知之。吴翁以为妄，不之信。

次日午后，有肩舆入其门，至中庭而止。舆丁启其帘，则虚无人也，惊曰："吾在东门外，有少年赁吾舆，令舁至尔家，今安在欤？岂其鬼也。"因述其人，年二十余，衣罗衫，手纨扇，丰采丽都。听其语，为冠盖中人，非本地乡音也。翁知有异，入内探问，则婢已失所在。翁室中有床一具，金钩翠幔，颇极富丽，亦转瞬失之。因觇之后屋，则沙石飞击，人不能近。

有顷，婢自内出，传少年之语，属主人唤婢一人，为之上头；又须备盛馔一席，次者两席；又须青蚨四贯，以备赏犒。不从其言，且火尔室。翁惧，如言备之，而家中衣服器皿，其佳者悉被摄去，虽什袭深藏，亦不得免。

明日，婢又传言，须循俗例，餪女三日，酒食之外，宜有杂戏侑觞，一日为十番鼓，二日为口技，三日为盲女弹词。亦曲从之。有好事者，请入视新妇，亦不之拒。但见婢盛饰坐床头，房中纸醉金迷，五色眩目，余无所见。嗣是每日必有所需，间数日，辄一出，出必舆，舆者但闻其语，不见其形也。

吴翁苦之，将欲使人走江西，诉于真人府。一日，少年忽谓婢曰："我今且去矣。室中物具在，汝苟念伉俪情，一月之内，慎勿移动。一月不至，则永诀矣。"言已而去。吴翁即时移其物于他所，呼婢出嫁之，其后竟不复至。

狐　女

《守一斋笔记》：宜兴许姓，行三，人称许三官。幼孤，祖抚育成立。偶随祖出游，过东关桥，见一少女，偕婢行，貌甚韶秀，悦之，女亦相与目成，而其祖未之见也。生暮归斋中，颇涉冥想。女子忽搴簾入，生惊喜错愕，不能置词。女徐曰：“无恐。实告君，我狐也。君生前为宋时宦官，我为宫女，相欢爱，私誓愿来生为夫妇。后各转生，我为狐，修炼数百年，能变化，觅君不相值。今日邂逅，乃夙缘也。”

嗣后女数来，稍露纵（踪）迹，其祖疑而询之，生不能隐，以实对。祖遂与生同卧，女来坐榻上，祖无所睹，意熟眠，而女不与生乱。问之，曰：“长者在前，岂可肆行秽亵耶?”遂去。

越日来，邀生同过山中，女有五婢，常轮侍。有名杨柳青者，尤慧，令负生入山，嘱闭目御风行。良久至，林泉舍宇，供帐饮食，回（迥）非凡境，遂宿焉。次日，仍令婢负归。习以为常，祖不能禁。忧其无后，为议婚，女知而听之。娶后，女来渐疏，不复宿其家，间偕入山中。生所娶妇生子女，在山中亦生一女。

如是五六年，一日，女偕婢负生入山，至中途，忽大惊曰：“关圣将至矣！金光所罩，五百里内，我等皆消灭。行甚驶，我等宜速遁!”言讫，遂去。生觉自云中倏堕，启目视，则在深山，询之土人，已至金华郡矣。身无所携，行乞而返。自后女杳不至。女曾为生更定门向，云汝福薄不能发达，但百余年，可小康耳。

许三官，康熙间人，今孙曾辈尚多，衣食犹自足云。家藏狐女小照，犹奉之。狐女常与人谈论，多名理，惟不见其貌。许生祖手录其言，凡数十卷，藏于家。

象山妖异

《枣林杂俎》：嘉靖三十七年三月，有妖祟六人，一老妪，四为媳，一为女，至邑之梁氏托宿，举家无所见。惟一幼子妇见而迓之，相与叙礼，延入内室问答，唧唧有声。供茶毕，妇启曰：“尊客宅居何处?”老妪答曰：“家居不远。世与宅上有旧戚，今岁各当遣女翁往嘉苏贸物，家乏主，特来相倚。”妇唯唯，备告于姑。姑疑妇为祟所惑，具牲醴赛之。老妪等怒责之曰：“事急依人，吾非鬼祟为祸者，何以生物食我？”令妇热而进之，盘盂尽空。夜邀妇同宿，无异生人。如此者半月余始去。既而人诘其妇，云老妪虽耄而容仪修洁不凡，其妇女数人，则世间所绝见者。竟不知其为何怪云。

狐足作纤纤样

《如是我闻》：宗室瑶华道人，言蒙某额驸，尝射得一狐，其后两足着红鞋弓弯，与女子无异。又沈少宰云椒，言李太仆敬室，少与一狐女往来，其太翁疑为邻女，布灰于所经之路，院中足印作兽迹；至书室门外，则足印作纤纤样矣。某额驸所射之狐，了无他异。敬堂所居之狐，居数载别去。敬堂问何时再晤，曰：“君官至三品，当来迎。”此语人多知之，后来果验。

绿　华

张邦基《墨庄漫录》：处州缙云县簿厅，为武尉司。顷有一妇人，常现形与人接，妍丽闲婉，有殊色。其来也，异香芬馥，非世间之香。自称曰“英华”，或曰“绿华”，前后官此者，多为所惑。

建炎中，一武尉与之配合，如伉俪，同僚皆预其宴集，慧辨可喜，与尉料理家事。自言：“我非妖怪，不害于人。”尉以郡檄部兵至扬州，时车驾驻跸淮右，英华亦随而行。至扬州南门，不肯入，谓尉曰：“天子之所，门有守御之神，我不可入。我从此逝矣。然君之行，若复差往泗上，祸即至矣。”遂惨别而去。尉至御营，果令所部兵往泗州交割，尉乃行。未几，遇北兵至，遂不知存亡。独小吏得脱而归，英华已还至邑久俟矣。

其后有蒋辉远，永嘉人，为邑簿，英华出如平时，其家母、妻不安之而归。辉远独在官，而英华时复出现，其来也香先袭人，辉远不少动心。一日，谓辉远曰：“君索居于此，妾欲侍巾栉，可乎？而君介然不蒙顾盼，亦木心石腹之人也。”辉远曰：“汝宜亟反，毋相接也。”因斋戒具章奏，欲诉于天。是夕复至，曰：“君毋庸诉我。某无所舍，得一芘身之地，不复出矣。”辉远曰：“汝果尔，吾为汝立祠以祀，如何？”英华感激而去，自是不复至。辉远越数日，亦忘之。时家有素丝数束，一旦其丝穿系于窗牖，连绵不可解。辉远因悟曰：“吾许汝立祠而渝约矣。即为汝谋之。”乃于厅事之侧室，塑像以祠香火。明日，其丝悉已成束，若不经手者，其怪遂绝。

予旧闻斯事，后见处州士人所说悉同，意其为草木之妖也。

鬼卒昵妓

《夷坚志》：永康军有娼女，谒灵显王庙，见门外马卒，颀然而长，容状伟硕，两股文绣飞动，谛观慕之，眷恋不能去。至暮，家人强挽以归，如有所失，意忽忽不乐。过一夕，有客至求宿，其仪观与所慕丈夫等。娼喜不胜情，自以为得客晚。其人迟明即去，黄昏复来，留连数宿，忽泣曰：“我实非人，乃庙中厩卒也。以尔悦我故，犯禁相就。屡不赴夜直，为主者所纠得罪，明日当杖脊流配。至时过尔家门，幸多买纸钱赠我。”娼亦许之。如期，此卒荷铁校，血流满体，刺面曰“配某处”，二健卒随之。过辞娼家，娼设奠焚钱，哭而送之。他日诣庙，偶人仆地矣。

鼍　精

《异苑》：永初中，张春为武昌太守。时人有嫁女未及升车者，女忽然作怪，出外殴击人，乃自云，已“不乐嫁俗人”。巫云是邪魅，将女至江际，遂击鼓，以术咒疗。春以为欺惑百姓，刻期须得妖魅。翌日，有一青蛇，来至巫所，即以大钉钉其头。至日中时，复见大龟从江来，伏于巫前，巫以朱书龟背作符，更遣入江。至暮，有大白鼍，从江中出，乍沉乍浮，龟随从推逼。鼍自分必死，冒来，先入幔，与女辞诀。女遂动心，哭云“失其姻好”，于是渐差。或问巫曰："魅者归于一物，今安得有三？"巫云："蛇是传通，龟是媒人，鼍是其对。"所获三物，悉以示春。春始信灵验，皆杀之。

蟾　蜍

陆勋《志怪录》：沈庆校书，言境中有一吏人家，女病邪，饮食无恒，或歌或哭，裸形奔驰，抓毁面目。遂召巫者治之，结坛场，鸣鼓吹。禁咒之次，有一乘航船者，偶驻泊门首，枕篣卧，忽见阴沟中，一蟾蜍，大如盌，朱眼毛足，随鼓声作舞，异之。将篙拨得，缚于舷板下，闻其女叫云："何故缚我婿！"船者乃叩门语其主云："能疗此疾。"主深喜，问其所欲，云只希数千文，别无所求。主曰："某惟此女，遍爱之，前后医疗，已数百缗。如得愈，何惜数千文乎？愿倍酬之。"船者乃将此蟾以油煎之，女翌日愈。

假托虞定国

《搜神记》：余姚虞定国，有好仪容；同县苏氏女，亦有美色，定国常见，悦之。后见定国来，主人留宿，中夜告苏公曰："贤女令色，意甚钦之。此夕能令暂出否？"主人以其乡里贵人，便令女出从之。往来渐数，语苏公云："无以相报，若有官事，某为君任之。"主人喜，自尔后有役召事，往造定国。定国大惊曰："都未尝面命，何由便尔？此必有异。"具说之，定国曰："仆宁肯请人之父，而淫人之女？若复见来，便当斫之。"后果得怪。

焦土妇人

《夷坚志》：泉州僧本称，言其表兄为海贾，欲往三佛齐，法当南行二日而东，否则值焦土，船必糜碎。此人行时，遇风迅，船驶既二日半，意其当转而东，即回柁，然已无及，遂落焦土。一舟尽溺，此人独得一木，浮水三日，漂至一岛畔，度其必死。舍水登岸，行数十步，得一小径，路甚光洁，若常有人行者。久之，有妇人至，举体无片缕，言语啁啾不可解。见外人，甚喜，携手归石室中，至夜与共寝。天明，举大石塞其外，妇人独出。至日晡将归，必赍异果至，味珍甚，皆世所无者。留稍久，始由自便。如是七八年，生三子。一日纵步至海际，适有舟抵岸，亦泉人以风误至者，乃旧相识，急登之。妇人奔走号呼恋恋，度不可回，即归取三子，对此人裂杀之。其岛甚大，然但此一妇人耳。

汝州村人女

《诺皋记》：汝州傍县，有村人失女。数岁忽自归，言初被物寐中牵去，倏至一处，及明，乃在古塔中。见美丈夫，语曰："我天人，分合得汝为妻。自有年暇，勿生疑惧。"且戒其不窥外也。日两返，下取食，有时炙饵犹热。

经年，女伺其去，窃窥之，见其腾空如飞，火发蓝肤灿灿，耳如驴焉，至地，乃复人矣，惊怖汗洽。其物返，觉曰："尔窥固我，我实野叉，与尔有缘，终不害汝。"女素慧，谢曰："既为君妻，岂有恶乎？君既灵异，何不居人间，使我时见父母？"其物言："我辈罪孽，或与人杂处，则疫疠作。今形迹已露，任尔踪观，不久送尔归也。"

其塔去人居止甚近，女常下视。其物在空中，不能化形，至地方与人混。或有白衣尘中者，其物敛手侧避；或见撮其头、唾其面者，行人悉皆不见。及归，女问之："何见君街中，有敬之者，有戏之者，何也?"物笑曰："世有吃牛肉者，予得而欺之。或遇忠直孝养，释道守戒律法缘者，吾误犯之，当为天戮。"

又经年，忽悲泣语女："缘法已尽，候风雨，当送归。"授一青石，大如鸡卵，言至家可磨，比服之，能下毒气。后一夕风雷，其物遽持女曰："可去矣！"如释氏言"屈伸臂顷"，已至其家，堕之庭中。其母因磨石饮之，下物如青泥斗许云。

牝狗伴寝

《异苑》：太原中，吴兴沈伯梦女子来就寝，同伴密察，惟见牝狗，每待伯眠，辄来床所。疑为魅，因杀而食之。伯后梦青衣人责之曰："我本以女与君共事，若不合怀，自可见语，何忽乃加杀？可以骨见还。"明日收骨葬冈上，从是乃平复。

狐　精

《广异记》：唐兖州李参军，拜职赴上。途次新郑逆旅，遇老人，读《汉书》，李因与交言，便及姻事。老人问婚何家，李辞未婚，老人曰："君名家子，当选婚好。今闻陶贞益为彼州都督，若逼以女妻君，君何以辞之？陶李为婚，深骇物听。仆虽庸劣，窃为足下羞之。今去此数里，有萧公，是吏部璿之族，门第亦高。见有数女，容色殊丽。"李闻而悦之，因求老人绍介于萧氏。其人便去，久之方还，言萧公甚欢，谨以待客。

李与仆御偕行，既至，门馆清肃，甲第显焕，高槐修竹，蔓延连亘。初二黄门，惟持金椅床延坐。少时萧出，着紫蜀衫，策鸠杖，雪髯神鉴，举动可观。李望敬之，再三陈谢。萧云："老叟悬车之所，久绝人事，何期君子迂道见过！"延李入厅，寻荐珍膳，海陆交错，多有未名之物。食毕，觞宴，老人乃云："李参军向欲论亲，已蒙许诺。"萧便叙数十句语，深有土风，作书与县官，请卜人择日。须臾，卜人至云："卜吉正在此宵。"萧又作书与县官，借头花钗绢，兼手力等，寻而皆至。其夕亦有县官，来作傧相，欢乐之事，与世不殊。至入青庐，妇人又殊美，李生愈悦。

暨明，萧公乃言："李郎赴上有期，不可久住。"便遣女子随去，宝钿犊车五乘，奴婢人马三十匹，其他服玩，不可胜数。见者谓是王妃公主之流，莫不称羡。

李至任，积二年，奉使入洛，留妇在舍，婢等并妖媚，蛊冶眩感（惑），丈夫往来者，多失志焉。异日，参军王颙，曳狗将猎，李氏群婢，见狗甚骇，多骋而入门。颙素疑其妖媚，尔日心动，径牵狗入其宅，合家拒堂门，不敢喘息，狗亦掣挛号吠。李氏妇门中大诟曰："婢等顷为狗咋，今尚惶惧。王颙何事，牵犬入人家？同官为僚，独不为李参军地乎？"颙意是狐，乃决意排窗放犬，咋杀群狐。唯妻死，身是人，而其尾不变。颙往白贞益，贞益往取验覆，见诸死狐，嗟叹久之。时天寒，乃埋一处。

经十余日，萧使君遂至，入门号哭，莫不惊骇。数日来诣陶，闻诉，言辞确实，容服高贵，陶甚敬待。因收王颙下狱，王固执是狐，取前犬令咋萧。时萧、陶对食，犬至，萧引犬头膝上，以手抚之，然后与食，犬无搏噬之意。后数日，李生亦还，号哭累日，剡然发狂，啮王通身尽肿。萧谓李曰："奴辈皆言死者，悉是野狐，何其苦痛。当日即欲开瘗，恐李郎被眩惑，不见信。今宜开视，以明奸妄也。"命开视，悉是人形。李愈悲泣。

贞益以颙罪重，锢身推勘，颙私自云："已令持十万于东都，取咋狐犬，往来可十余日。"贞益又以公钱累千益之。其犬既至，所繇谒萧对事，陶于正厩立待。萧入府，颜色沮丧，举动惶忧，有异于常。俄犬自外入，萧作老狐，下阶走数步，为犬咋死。贞益使验死者，悉是野狐，颙遂免难。

京师异妇人

《夷坚志》：宣和中，京师士人元夕出游，至美美楼下，观者阗咽不可前。少驻步，见美妇人举措张皇，若有所失。问之，曰："我逐队观灯，适遇人极隘，遂迷失侣，今无所归矣。"以言诱之，欣然曰："我在此稍久，必为他人掠卖，不若与子归。"士人喜，即携手还舍。如是半年，嬖宠殊甚，亦无有人踪迹之者。

一日，召所善友与饮，命妇人侍酒甚款。后数日，友复来曰："前夕所见之人，安从得之？"曰："吾以金买得之。"友曰："不然。

子宜实告我。前夕饮酒时，见每过烛后，色必变，意非人类，不可不察。”士人曰：“相处累月，焉有是事？”友不能强，乃曰：“葆真宫王文卿法师善符箓，试与子谒之。若有祟，渠必能言；不然，亦无伤也。”遂往。王师一见，惊曰：“妖气极浓，将不可治。此祟异绝，非寻常鬼魅比也。”历指坐上它客曰：“异日皆当为左证。”坐者尽恐。

士人已先闻友言，不敢复隐，备告之。王师曰：“此物平时有何嗜好？”曰：“一钱箧，极精巧，常佩于腰间，不以示人。”王即朱书二符授之，曰：“公归，俟其寝，以一寘其首，一置箧中。”士人归，妇人已大骂曰：“托身于君许久，不能见信，乃令道士书符，以鬼待我，何故？”初尚设辞讳，妇人曰：“某仆为我言，一符欲置吾首，一置箧中，何讳也？”

士人不能辨（辩），密访仆，仆初不言，始疑之。迨夜，伺其睡，则张灯制衣，将旦不息。士人愈窘，复走谒王师。师喜曰：“渠不过能忍一夕，今夕必寝，第从吾戒。”是夜果熟睡，如教施符。天明无所见，意谓已去。越二日，开封遣狱吏逮生（王）师下狱，曰：“某家妇人，瘵疾三年，临病革，忽大呼曰：‘葆真宫王法师杀我！’遂死，家人为之沐浴，见首上及腰箧中，皆有符，乃诣府投牒，云王以妖术取其女。”王具述所以，即追士人，并向日坐上诸客证之，皆同，始得免。王师，建昌人。

山　鬼

《搜神后记》：庐陵人郭庆之，有家生婢名采薇，年少，有美色。宋孝建中，忽有一人，自称山灵，如人裸身，形长丈余，胸、臂皆有黄色，肤貌端洁，言音周正，呼为黄父。鬼来通此婢，婢委意事如人，鬼遂数来。常隐其身，时或露形，形变无常，乍大乍小，或似烟气，或为石，或为小鬼，或为妇人，或如鸟兽足迹；或如人，长二尺许；或如鹅迹，掌大如盘。开户闭牖，其入如神；与婢献笑，如人也。

蛇　妻

《履园丛话》：湖州归安县菱湖镇某姓者，以卖碗为业。纳一妻甚美，而持家勤俭，异于常人。一日，谓其夫曰："我见子作此生涯，饥寒如旧，非计也。子如信吾言，自有利益。"其夫听之，遂弃旧业，买卖负贩，一如妻言。不及十年，遂至大富。生二子，俱聪慧，延师上学。惟每年端午辄病，而拒人入房，其夫不觉也。长子方几岁，偶至母所，见大青蛇蟠结于床，遂惊叫反走；回视，则母也。因告于师，师故村学究，以祸福之说，耸动其夫。妻已知之，遂漫骂曰："吾家事，何与先生！"是夕，忽不见。乾隆初年事。

芭蕉女子

《庚巳编》：冯汉，字天章，为吴学士，居阊门石牌巷口一小斋，庭前杂植花木，潇洒可爱。夏月薄晚，浴罢，坐斋中榻上。忽睹一女子，绿衣翠裳，映窗而立。汉叱问之，女子敛袂拜曰："儿焦氏也。"言毕，忽然入户，熟视之，肌体纤妍，举止轻逸，真绝色也。汉惊疑其非人，起挽衣相狎之，女忙迫截衣而去，仅执得一裙角，以置所卧席下。明视之，乃蕉叶耳。先是，汉尝读书邻僧庵中，移一木植于庭，其叶所断裂处，取所藏者合之，不差尺寸，遂伐之，断其根，有血。后问僧，云蕉尝为怪，惑死数僧矣。

葛大哥

《辍耕录》：吾乡临海章安镇，有蔡木匠者，一夕手持斧斤，自外归，道由东山。东山，众所殡葬之处，蔡沉醉中，将谓抵家，扪其棺，曰："是我榻也。"寝其上。夜半酒醒，天且昏黑，不可前，未免坐以待旦。忽闻一人高叫，棺中应云："唤我何事？"彼云：

“某家女病损症，盖其后园葛大哥淫之耳。却请法师捉鬼，我如（与）你同行，一观如何?”棺中云：“我有客至，不可去。”蔡明日诣主人曰：“娘子之病，我能愈之。”主人惊喜，许以厚谢。因问屋后曾种葛否，曰“然”。蔡遍地翻握（掘），内得一根甚巨，斫之且有血。煮啖女子，病即除。

莺莺有夫

《夷坚志》：段宰者，居婺州浦江县僧舍。其妻尝观于门，有妇人行丐，年甚壮。询其姓氏始末，自云无夫，亦无姻戚。段妻云：“既如是，胡不为人妾而乞食？肯从我乎?”曰：“非不欲也，但人以其贫贱，不肯纳耳。若得供执爨之役，实为天幸。”遂呼入，令沐浴，与更衣。遗（遣）庖者教以饮膳，旬日而能。继以乐府训之，不逾月，皆尽善。调习既久，容色殊可观，段名之曰“莺莺”，以为侧室。凡五六年，唯恐其去。

一夕已夜分，段氏皆就寝，有自门外呼阍者：“我莺莺夫也。”仆曰：“不闻莺莺有夫。纵如尔言，俟天明来未晚，何必中夜为?”其人颇怒曰：“若不启门，我当从隙中入。”仆大怒，即叩堂门，以其事语段。莺莺闻之，若有喜色，曰：“他来也。”曰：“亟走出。”段疑其窜，自篝追至厅厢，但闻有声极响，灯即灭。妻遣婢出，视段已死，七窍皆流血，外户扃鐍如故，竟不知何怪。

产儿有尾

《遯斋偶笔》：长子县洗儿媪某氏，居城中。薄暮，忽有人延至乡间洗儿，牵一骑驴以往。见门庭闳敞深邃，意其豪家也。及入户，侍女林立，临蓐者一少艾，色殊绝。按之有尾，媪愕然不敢发声。及产儿，姣好，然亦有尾寸许。少艾者戒勿泄，犒以朱提半锭，且饷之食。媪辞不敢食，及归，朱提果在也。嘱其子依故道物色之，卒不可得。

阁头狸二娘

《广异记》：近世有郑氏子者，寄居吴之重玄寺。暇日登阁，忽于阁上见妇人，容色甚美，因与结欢。妇人初不辞惮，自后恒至房。郑氏由是恶其本妻，不与居止，常自安置者数月，妇人恒在其所。后本妻求高行尼，令至房念诵，妇人遂不复来。郑大怒："何以呼此妖尼，令我家口不至！"尼或还寺，妇人又至，尼来复去。如是数四，后恒骂其妻，令勿用此尼。妻知有效，遂留尼在房，日夜持诵。妇人忽谓郑曰："曩来欲与君毕欢，恨以尼故，使某属厌，今辞君去矣。我只是阁头狸二娘耳。"言讫不见，遂绝。

焦木作祟

《蚓庵琐语》：郡南五环洞塘西里民钟益，妻年少姿美。一日，妇馌于田，遇一少年男子，以语调妇，妇悦之，随至家淫焉。自是日来，家人不睹也。或拥妇向炉灶有火处，则举室焰起，家人救息，略无焦灼处。或家内熟食器皿，忽被摄去，有时邻家摄来。人或道之，空中掷砖瓦，片片中人。夫惧，遣归母家，祟亦随去。如是三四载。

初，妇秘不肯泄。后少年勒妇投缳，妇惧，语其姑曰："彼来时，口衔火炭一块吐我，握之自觉快甚，不知火从室起。嗔我与夫同卧，索我自尽。"姑曰："我闻妖邪惧秽，汝俟其来，以左手执之，推入溺桶中，我同族丁，伏于门外救应。"他日，少年复至，妇依计推入，少年连声叫曰："拉圾拉圾！"外伏拥入，少年渐渐缩小，竟以盖罩定。久之［无］声息，移至空处倾出，乃农具桔槔中一块烧焦柘木鹤膝也。以斧砍破，中有鲜血，举火焚之，祟遂绝。

泥　孩

《夷坚志》：宋时临安，风俗繁华，嬉游湖上者，竞买泥孩等物，回家送人。象院西一民家女，买得压被孩儿，归置于床屏之上，玩弄爱惜。一日午睡，忽闻有人歌诗云："绣被长年劳展转，香帏还许暂相偎。"及觉，不见有人。是夜将半，复闻歌声，月影朦胧，见一童子渐近帐前。女子惊起，童子抚之曰："毋恐。我所居不远，慕子姿色，神魂到此，人无知者。"女亦爱其丰采，遂与合焉。因遗女金钏，女置箱箧中。其后视之，乃土造者，大惊。因见压被孩儿，左臂上金钏不存，知此为妖，碎之而投于江，怪遂绝。

桂淑芳

《物妖志》：仁和狄明善之海盐，舟至瞰浦六七里，天色已瞑(暝)，野无人居。遥见前村灯明，疾趋赴，则一酒肆也。明善径入肆门，惟见一女甚美，问曰："郎君为饮而来耶?"明善然之。女遂引明善至肆后小轩，匾曰"天香毓秀"。女又问曰："郎君何姓?"明善曰："仆姓狄名明善，杭州仁和人也。敢问芳卿尊姓?"女曰："姓桂名淑芳。严君早世，族属凋零，故侨居于此，以货酒为生耳。"遂设席与狄对酌。

明善半醉，乃咏桂一律以挑之，诗曰：

> 玉宇无尘风露凉，连云老翠吐新黄。
> 桂分蟾窟根因异，名自燕山秀出当。
> 缀树妆成金粟子，逼人情味水沉香。
> 今宵欲把高枝折，分付姮娟自主张。

女闻而笑曰："君之诗，其御沟之红叶乎?"乃相与就寝，极其缱绻。越明日辞去，女泣曰："君此去难期，倘因事至此，不吝一见，妾之愿也。"明善亦欷歔而别。明年，秋复往访之，第见丰草乔林，杳无酒肆，惟一老桂夹道而花耳。

卷二十九

情中外

比玉居

《谭概》：有王生行一者，美甚，人多嬖之。沈伯玉过其家，见斋额颜曰“比玉居”，伯玉曰：“此额殊有意。移‘比’字易出‘居’内之‘古’，分明是‘屁古’二字，‘玉’字亦‘王、一’二字。分合言之，乃‘王一屁古’四字也。”王亦不觉失笑。

羽衣人

《晋书·郭璞传》：时暨阳人任谷，因耕，息于树下。忽有一人着羽衣，就淫之，既而不知所在，谷遂有娠。积月将产，羽人复来，以刀穿其阴下，出一蛇子，便去。谷遂成宦者。后诣阙上书，自云有道术，帝留谷宫中。

表弟非表兄表子

《坚瓠乙集》：泰兴令胡瑶，昵一门子。坐堂时，见一吏挑之与偶语，令怒，欲责治之。吏漫云：“渠是小人表弟，叙家常耳。”令遂出对曰：“表弟非表兄表子，汝能对，免责。”吏曰：“丈人是丈母丈夫。”令嘉其善对，笑而释之。

南风五两轻

《履园丛话》：国初某监察，恋一优，接枕者五六夕，赏以五金，其人不悦。闻者曰："此王右丞诗，已说其难矣。"问何诗，曰："恶说南风五两轻。"

叶先生冥缘

《张氏卮言》：松陵叶元礼先生，名舒崇。以迎入学，骑马过彩楼下。有闺秀见而慕之，欲以为夫，单思染病，临绝始告父母，乃召先生永诀，先生亦呜咽不自禁。十六年后，公车计偕至山左，于途中得一俊童，不告父母，随至辇下，欢爱之笃，过于伉俪。后俊童病亡京邸，先生哭之几绝，未及半年，亦殁于都下。一时钟情眷恋，转女成男，尚胶漆相投如此。

元礼先生，本名士，貌如子都，长于古学。登第时，房考官折得其名，向天四拜云："不图叶元礼出在我房内。"而不知其冤业相随，未五十而毕命。死时，人共见其所欢俊童，现形至床前，共握手而逝。

噫！在叶元礼止一世耳，而此闺秀者，已经再世矣。昔为叶死，今叶又为彼死，忽女忽男，冥缘相续，皆此爱心不忍舍割之所致也。普劝世人，戒之哉！为赋绝句六首，其诗云：

未经弱冠已蜚声，潇洒丰姿冰玉清。
偶过翠楼珠箔下，美人含笑订三生。

单思无奈病缠绵，拼得形骸赴九泉。
为告双亲儿不起，叶郎误我已经年。

唤郎呜咽愬前衷，一笑姻缘命已终。
今日迸形心内死，来生端的要相逢。

忽忽年华十六春，公车山左走黄尘。
马前来得人如玉，宛似曩时梦里身。

得捷南宫到处随，同衾同案不相离。
宜教两世婚姻续，昔女今男事更奇。

玉儿病肺喘丝悬，儿殁郎随只半年。
昔死为郎今为我，韩朋箫史语空传。

八股何如两股好

《丹午杂记》：明某公少美貌，颇有隐疾。及为浙江学政，待士子苛刻。诸生贴一联于照墙云："八股何如两股好，前场不比后场通。"

男 妾

《金壶遯墨》：贼掳幼童年十二三以上者，六千余人，尽行阉割，而误去外肾，死者十六七。秀清选其姿色秀丽者，傅粉裹足，着绣花衣，号为男妾。如侯裕宽、李寿春、钟启芳、王俊良等，皆极妍美，有巧思，能以侧媚得诸逆欢。久而出入簾幕，渐与伪妃嫔通，狎亵几不堪言。诸逆纵之以为乐。

法外纵淫

《滦阳续录》：郭石洲言，河南一巨室，宦成归里，年六十余矣，强健如少壮。恒蓄幼妾三四人，至二十岁则治奁具而嫁之，皆宛然完璧，娶者多阴颂其德，人亦多乐以女鬻之。然在其家时，枕衾狎昵，与常人同。或以为但取红铅供药饵；或以为徒悦耳目，实老不能男，莫知其审也。后其家婢媪私泄之，实使女而男淫耳。有老友密叩虚实，殊不自讳，曰："吾血气尚盛，不能绝嗜欲。御女犹可以生子，实惧为身后累。欲渔男子，又惧艾豭之事，为子孙羞。是以出此间道也。”

此事奇创，古所未闻。夫闺房之内，何所不有？床第（笫）事，可勿深论。惟岁岁转易，使良家女得再嫁，名似于人有损，而不稽其婚期，不损其贞体，又似于人有恩。此种公案，竟无以断其是非。戈芥舟前辈曰：“是不难断，直恃其多财，法外纵淫耳。昔窦二东之行劫，必留其御寒之衣衾，还乡之资斧，自以为德。此老之有恩，亦若是而已矣。”

妄念辱身

《池上草堂笔记》：怀亦亭云麾言，其同寅某戚家花园，有狐居之。某尝过戚家饮酒，其仆随往，恒潜于园之隙处默祝，冀仙之一过也。一日，竟见美人翩翩而来，喜出望外。即欲止之于亭，美人意不欲，曰：“亭近外廊，恐有人知。此间后轩极幽僻，人迹所不经，非此，恐乐之不畅也。”僮随之行，三折至一小穿堂，长榻莹然。令僮先解衣而卧，美人襦甫脱，则伟然皓首庞眉一老丈夫也。按其臀而刺之，力挣不得脱，痛声与恨声俱厉，竟不闻于外。迨翻身却坐，但觉股下茸茸然，如坐于新絮间，而老丈夫已不见矣。委顿出园，猝遇宅中人，竟不能掩其事。自此縠道旁有白毛周围一丛，尝以示人，亦不自讳。是可为有妄念者戒也。

种种魔障皆起于心

《滦阳消夏录》：有书生嬖一娈童，相爱如夫妇。童病将殁，凄恋万状，气已绝，犹手把书生腕，擘之乃开。后梦寐见之，灯月下见之，渐至白昼亦见之，相去恒七八尺，问之不语，呼之不前，即之则却退。缘是惘惘成心疾，符箓劾治无验。其父姑令借榻丛林，冀鬼不敢入佛地，至则见如故。

一老僧曰：“种种魔障，皆起于心。果此童耶？是心所招；非此童耶？是心所幻。但空尔心，一切俱灭矣。”

又一老僧曰："师对下等人说上等法，渠无定力，心安得空？正如但说病证，不疏药物耳。"因语生曰："邪念纠结，如草生根。当如物在孔中，出之以楔，楔满孔则物自出。尔当思惟此童殁后，其身渐至僵冷，渐至洪胀，渐至臭秽，渐至腐溃，渐至尸虫蠕动，渐至脏腑碎裂，血肉狼藉，作种种色；其面目渐至变貌，渐至变色，渐至变相，如罗刹，则恐怖之念生矣。再思惟此童如在，日长一日，渐至壮伟，无复媚态，渐至鬑鬑有须，渐至修髯如戟，渐至面苍黧，渐至发斑白，渐至两鬓如雪，渐至头童齿豁，渐至伛偻劳嗽，涕泪涎沫，秽不可近，则厌弃之念生矣。再思惟此童先死，故我念彼；倘我先死，彼貌姣好，定有人诱，利饵势胁，彼未必守贞如寡，女一旦引去荐彼枕席，我在生时，对我种种淫语，种种淫态，俱回向是人，恣其娱乐，从前种种昵爱，如浮云散灭，都无余滓，则愤恚之念生矣。再思惟此童如在，或恃宠跋扈，使我不堪，偶相触忤，反面诟谇；或我财不赡，不餍所求，顿生异心，形色索漠；或彼见富贵，弃我他往，与我相遇，如陌路人，则怨恨之念生矣。以是诸念起伏生灭于心中，则心无余闲；心无余闲，则一切爱根，欲根无处容着，一切魔障，不祛自退矣。"

生如所教，数日或见或不见，又数日竟灭。及病起往访，则寺中无是二僧。或曰：古佛现化；或曰：十方常住，来往如云，萍水偶逢，已飞锡他往云。

南山二老

《滦阳续录》：吉木萨（乌鲁木齐所属也）屯兵张鸣凤，调守卡伦（军营瞭望之名），与一菜园近。灌园叟年六十余，每遇风雨，辄借宿于卡伦。一夕，鸣凤醉以酒而淫之，叟醒大恚，控于营弁，验所创尚未平，申上官，除鸣凤粮。时鸣凤年甫二十，众以为必无此理，或疑叟或曾窃污鸣凤，故此相报。然覆鞫两造，皆不承，咸云怪事。

有官奴玉保，曰："是固有之，不为怪也。曩牧马南山，为射雉者惊，马逸。惧遭责罚，入深山追觅，仓皇失道，愈转愈迷，经一昼夜，不得出。遥见林内屋角，急往投之；又虑是盗巢，或见戕害，且伏草间觇情状。良久，有二老翁携手笑语，出坐盘石上，拥抱偎倚，意殊亵狎。俄左一翁牵右一翁伏石畔，恣为淫媟。我方以窥见阴私，惧杀我灭口，惴惴蜷缩，不敢动。乃彼望见我，了无愧怍，共呼使出，询问何来，取二饼与食，指归路曰：'从某处，见某树转至某处，见深涧，沿之行，一日可至家。'又指最高一峰曰：'此是正南，迷即望此，知方向。'又曰：'空山无草，汝马已饥而自归。此间熊与狼至多，勿再来也。'比归家，马果先返。今张鸣凤爱六十之叟，非此老翁类乎？"

据其所言，天下真有理外事矣。惟二翁不知何许人，遁迹深山，似亦修道之士，何以所为乃如此。《因树屋书影》记仙人马绣头事，称其比及顽童，云中有真阴可采。是容城术，非但御女，兼亦御男。然采及老翁，有何裨益？即修炼果有此法，亦邪师外道而已，上真定无此也。

鸭　嬖

《新齐谐》：江西高安县僮杨贵，年十九，微有姿，性柔和，有狎之者，都无所拒。一日夏间，浴于池中，忽一雄鸭飞起，啮其臀，而以尾扑之，作抽迭状，击之不去。须臾死矣，尾后拖下肉茎一缕，臊水涓涓然。合署人大笑，呼杨为"鸭嬖"。

痴和尚误钻库穴

《敝帚斋馀谈》：己丑岁六月，三吴大旱。吴江令赵瑞明，名梦麟者，命主簿入乡勘荒。至村落，投宿于车溪寺中。寺久名饶裕，因主之。僧中一少年，号传衣者，见门役而悦，诱与为欢，约以丙夜。门役憎其空手来嬲，故绐曰："吾榻设在房之南牖，汝漏下见就可也。"不知此役已先说主簿，谓："后牎虽邃而湿，吾当移彼中。公老人，可卧南牖，以纳凉爽。”

主簿喜从之，比夜饮，潦倒就枕。更深后，传衣者洪醉入室，迫床抚尻，乘锐深捣。主簿秦人，老岁荐也，梦中受创疾呼，其声四彻。此僧狂走去，诸阇黎皆惊起。主簿大怒，谓：“何物铁锥，剚吾肠？”执絷群髡，将诉之令，毁寺治罪。髡震惧乞哀，尽出所蓄，不满数，则以粟足之。主簿满载归县，则赵令已先知情状，迎笑曰：“三长官暮年能以后庭博多金，可贺也。”主簿不禁羞恧，叩首而已。

吴江人因作对曰：“老主簿巧献屯田，荒岁供粮加倍入；痴和尚误钻库穴，祖传衣钵尽情抛。”盖以“屯”为“臀”，以“库”为“裤”也。

小唱即小娼

《言鲭》：《书》曰：“比顽童。”《周书》曰：“美男破老。”《左传》：“公子鲍美而艳。”孔子曰：“宋朝之美，以及弥子瑕。”龙阳君之事，载之书传。古辞曰：“积石如玉，列松如翠，郎艳独绝，世无其二。”又《周小史》，《娈童》《繁华》诸诗。男子之美，自昔有笃好之者矣。《汉书》有籍孺、闳孺、韩嫣、董贤之徒，涂脂傅粉，以媚要宠。史臣赞曰：“柔曼之倾意，非独女德，盖亦有男色焉。”慕容冲姊弟双飞入紫宫，而秦以亡。东都盛时，少年赖此以图衣食。政和中，始立禁行告捕法，犯者杖一百，告者赏钱五十贯。明代律有鸡奸之条，然而有莲子衚衕之承应。今此风愈盛，至有开铺者。京师谓之“小唱”，即小娼也；吴下谓之“小手”。遍天下皆然，非法之所能禁矣。

泣前鱼

《战国策》：魏王与龙阳君共船而钓，龙阳君涕下。王曰：“何为泣？”曰：“为臣之所得鱼也。”王曰：“何泣也？”对曰：“臣之所得鱼也，臣甚喜。后得又益大，臣欲弃前得鱼矣。今以臣之凶恶，而得为王拂枕席。今四海之内，美人亦甚多矣，闻臣之得幸于王也，必褰裳趋王。臣亦曩之所得鱼也，亦将弃矣，臣安能无涕出乎？”魏王于是布令于四海之内，曰：“敢言美人者，族！”

梦鳣胯下

《耳谭》：南京有王祭酒，尝私一监生。其人梦鳣出胯下，以语人，人为谑语曰：“某人一梦最跷蹊，黄鳣钻臀事可疑。想是监中王学士，夜深来访旧相知。”

余桃啖君

《说苑》：祢子名瑕，卫之嬖大夫也。祢子有宠于卫。卫国法：窃驾君车罪，刖。祢子之母病，其人有夜告祢子，祢子矫驾君车以出。灵公闻而贤之曰：“孝哉！为母之故犯刖罪。”异日与灵公游于果园，食桃而甘，以其余献灵公。灵公曰：“爱我哉！忘其口，而啖寡人。”及祢子色衰而爱弛，得罪于君，君曰：“是尝矫驾吾车，又尝食我以余桃者。”

一雌一雄

《晋书·载记》：初，秦主符（苻）坚之灭燕，冲姊为清河公主，年十四，有殊色，坚纳之，宠冠后庭；冲年十二，亦有龙阳之姿，坚又幸之。姊弟专宠，宫人莫进。长安歌之曰：“一雌复一雄，双飞入紫宫。”咸惧为乱，王猛切谏，坚乃出冲长安。又谣曰：“凤凰凤凰止阿房。”坚以凤凰非梧桐不栖，非竹实不食，乃植桐、竹数十万于阿房城以待之。

冲后为寇，止阿房军马，坚使使遗冲锦袍一领，诏曰：“古者兵交，使在其间。卿远来草创，得无劳乎？今送一袍，以明本怀。朕于卿恩分如何，而于一朝忽为此变？”冲命詹事答之，亦称：“皇太后且有令，孤今心在天下，岂顾一袍小惠？苟能知命，君臣束手，早送皇帝玺，当宽贷符（苻）氏，以酬曩好。终不使既往之施，独美于前。”坚大怒曰：“吾不用王景略、阳平公之言，使此虏敢至于此！”

秦　宫

《后汉书·梁统传》：冀爱监奴秦宫，官至太仓令，得出入寿所。寿见宫，辄屏御者，托以言事，因与私焉。宫内外兼宠，威权大震，刺史二千石，皆谒拜之。冀乃大起第舍，而寿亦对街为宅，殚极土木，互相夸竞。

牧　童

《如是我闻》：刘香畹言，沧州近海处，有牧童，年十四五，虽农家子，颇白皙。一日，陂畔午睡醒，觉背上似负一物，然视之无形，扪之无质，问之亦无声。怖而返，以告父母，无如之何。数日后，渐似拥抱，渐似抚摩，既而渐似梦魇，遂为所污。自是媟狎无时，而无形无质无声，则仍如故。时或得钱物果饵，亦不甚多。

邻塾师语其父曰：“此恐是狐，宜藏猎犬，俟闻媚声时，排闼嗾攫之。”父如所教，狐嗷然破窗出，在屋上跳掷，骂童负心。塾师呼与语曰：“君幻化通灵，定知世事。夫男女相悦，感以情也。然朝盟同穴、夕过别船者，尚不知其几。至若娈童，本非女质，抱衾荐枕，不过以色为市耳。当其傅粉熏香，含娇流盼，缠头万锦，买笑千金，非不似碧玉多情，回身就抱。迨富者赀尽，贵者权移，或掉臂长辞，或倒戈反噬，翻云覆雨，自古皆然。萧韶之于庾信，慕容冲之于苻坚，载在史册，其尤著者也。其所施者如彼，其所报者尚如此。然则与此辈论交，如抟沙作饭矣。况君所赠，曾不及五陵豪贵之万一，而欲此童心坚金石，不亦傎乎！”语讫寂然，良久，忽闻顿足曰：“先生休矣！吾今乃始知吾痴。”浩叹数声而去。

安陵君

《战国策》：江乙说安陵君主曰："君无咫尺之功，骨肉之亲，处尊位，受厚禄，一国之众，见君莫不敛衽而拜，抚委而服，何以也？"曰："遇主以色，不然，无以至此。"江乙曰："以财交者，财尽而交绝；以色交者，华落而爱渝。是以嬖色不敝席，宠臣不避轩。今君擅楚国之势，而无以自结于王，窃为君危之。"安陵君曰："然则奈何？"曰："愿君必请从死，以身为殉。如是，必长得重于楚国。"曰："谨受命。"

三年，楚王游于云梦，结驷千乘，旌旗蔽天，野火之起也若云霓，兕犀之声若雷霆。有狂兕跸车衣轮而至，王亲引弓而射，一发而殪。王抽旃旄而抑兕首，仰天而笑曰："乐矣，今日之游也！寡人万岁千秋之后，谁与乐此矣？"安陵君泣数行下，进曰："臣入则编席，出则陪乘。大王万岁千秋之后，愿得以身试黄泉，蓐蝼蚁，又何如得此乐而乐之？"王大悦，封缠为安陵君。

契兄弟

《敝帚斋馀谈》：闽人酷重男色，无论贵贱妍媸，各以其类相结，长者为契兄，少者为契弟。其兄入弟家，弟之父母抚爱之如婿；弟后日生计，及娶妻诸费，俱取办于契兄。其相爱者，年过而立，尚寝处如伉俪，至有他淫而告讦者，名曰"𡜵奸"。"𡜵"字不见韵书，盖闽人所自撰。其昵厚不得遂意者，或至相抱溺波中，亦时时有之。此不过年貌相若者耳。

近有称"儿"者，则壮夫好淫，辄以多赀，聚丰姿韶秀者，与讲衾裯之好，以父自居，列诸少年于子舍，最为逆乱之尤。闻其事肇于海寇，云大海中禁妇人在师中，有之辄遭覆溺，故以男宠代之，而酋豪则遂称契父。因思孙恩在晋，以诸妓妾随军，岂海神好尚，亦随今古变改耶？但契父亦有所本。嘉靖间，广西上冻州土知州赵元恩者，幼而失父，其母尚盛年，与太平陆监生者私通，久之，遂留不去。元恩因呼陆为契父，事之如严君。其尊称与闽寇同，第其称谓之故，大不侔耳。

断袖宠

《汉书·佞幸传》：董贤，字圣卿，云阳人也。父恭，为御史，任贤为太子舍人。哀帝立，贤随太子官为郎，二岁余，贤传漏在殿下，为人美丽自喜。哀帝望见，说其仪貌，识而问之，曰“是舍人董贤邪”，因引上与语，拜为黄门郎，繇是始幸。问其父，即日征为霸陵令，迁光禄大夫。贤宠爱日甚，为驸马都尉侍中，出则参乘，入御左右，旬月间赏赐累巨万，贵震朝廷。常与上起卧，又尝昼寝，偏籍（藉）上袖，上欲起，贤未觉，不欲动贤，乃断袖而起，其恩爱至此。

贤性柔和便辟，善为媚以自固，每赐休沐，不肯出，常留中视医药。上以贤难归，诏令贤妻得以引籍殿中，止贤庐，若吏妻子居官寺舍。又召贤女弟以为昭仪，位次皇后，更名其舍为“椒风”，以配椒房云。昭仪及贤与妻，旦夕上下，并侍左右。赏赐昭仪及贤妻，亦各千万。数迁贤父为少府，赐爵关内侯，食邑，复徙为卫尉。又以贤妻父为将作大匠，弟为执金吾。诏将作大匠，为贤起大第北阙下，重五殿，洞六门，土木之功，穷极技巧，柱槛衣以绨锦。下至贤家僮仆，皆受上赐。及武库禁兵，上方珍玩，尽在董氏，而乘舆所服，乃其副也。及至东园秘器，珠襦玉柙，豫以赐贤，无不备具。又令将作为贤起冢茔义陵旁，内为便房，刚柏题凑；外为徼道，周垣数里，门阙罘罳甚盛。

上欲侯贤而未有缘，会待诏孙宠、息夫躬等，告东平王云祠祭咒诅，下有司治，伏其辜。上于是令躬、宠为因贤告东平事者，乃以其功下诏，封贤为高安侯，躬宜陵侯，食邑各千户。顷之，复益封贤二千户。丞相王嘉，内疑东平事冤甚，恶躬等，数谏诤，以贤为乱国制度，嘉竟坐言事下狱死。

王初即位，祖母傅太后、母丁太后皆在，两家先贵。傅太后从弟喜，先为大司马辅政，数谏失太后指，免官。上以丁明代为大司马，亦任职，颇害贤宠。及丞相王嘉死，明甚怜之。上寖重贤，欲极其位，而恨明不附，遂册免明，以贤代之。册曰："朕承天序，惟稽古建尔于公，以为汉辅。往悉尔心，统辟元戎，折冲绥远，匡王庶事，允执其中。天下之众，受制于朕，以将为命，以兵为威，可不慎欤?"是时贤年二十二，虽为三公，常给事中，领尚书百官，因贤奏事。以父恭不宜在卿位，徙为光禄大夫，秩中二千石。弟宽信，代贤为驸马都尉。董氏亲属，皆侍中诸曹，奉朝请，宠在丁、傅之右矣。

明年，匈奴单于来朝，怪贤少年，以问译。上令译报曰："大司马年少，以大贤居位。"单于乃起拜，贺汉朝得贤臣。初，丞相孔光为御史大夫，时贤父恭为御史，事光。及贤为大司马，与光并为三公，上故令贤私过光。光雅恭谨，知上欲尊宠贤，及闻贤当来也，光警戒衣冠，出门待，望见贤车，乃却入。贤至中门，光入阁，既下车，乃出拜谒，送迎甚谨，不敢以宾客钧敌之礼。贤归，上闻之喜，拜光两兄子为谏大夫常侍。贤由是权与人主侔矣。

是时，成帝外家王氏衰废，唯平阿侯谭子去疾，哀帝为太子时为庶子，得幸。及即位，为侍中骑都尉。上以王氏亡，在位者遂用旧恩，亲近去疾，复进其弟闳为中常侍。闳妻父萧咸，前将军望之子也，夕为郡守，病免为中郎将，兄弟并列。贤父恭慕之，欲与结婚姻。闳为贤弟驸马都尉宽信，求咸女为妇，咸惶恐不敢当，私谓闳曰："董公为大司马，册文言'允执其中'，此乃尧禅舜之文，非三公故事。长老见者，莫不心惧。此岂家人子所能堪邪?"闳性有知略，闻咸言，心亦悟，乃还报恭，深达咸自谦薄之意。恭叹曰："我家何用负天下，而为人所畏如是?"意不说。

后上置酒麒麟殿，贤父子亲属宴饮，王闳兄弟侍中、中常侍皆在侧。上有酒所，从容视贤，笑曰："吾欲法尧禅舜，何如?"闳进曰："天下乃高皇帝天下，非陛下之有也。陛下承宗庙，当传子孙于无穷。统业至重，天子无戏言。"上默然不说，左右皆恐，于是遣闳出，后不得复侍宴。

贤第新成功坚，其外大门，无故自坏，贤心恶之。后数月，哀帝崩，太皇太后召大司马贤，引见东厢，问以丧事调度。贤内忧不能对，免冠谢。太后曰："新都侯莽，前以大司马奉送先帝大行，晓习故事。吾令莽佐君。"贤顿首："幸甚。"太后遣使者召莽，既至，以太后指使尚书，劾贤帝病不亲医药，禁止贤不得入宫殿门中。大司马贤不知所为，诣阙免冠徒跣谢。莽使谒者，以太后诏，即阙下册贤曰："间者以来，阴阳不调，灾害并臻，元元蒙辜。夫三公，鼎足之辅也。高安侯贤，未更事理，为大司马，不合众心，非所以折重绥远也。其收司马印绶，罢归第。"即日，贤与妻皆自杀，家惶恐夜葬。莽疑其诈，有司奏请发贤棺，至狱诊视。

莽复讽大司徒光，奏贤质性巧佞，翼奸以获封侯，父子专朝，兄弟并宠，多受赐，治第宅，造冢圹，放效无极，不异王制，费以万万计，国为空虚；父子骄蹇，至不为使者礼，受赐不拜。罪恶暴著，贤自杀伏辜。死后，父恭不悔过，乃复以沙画棺四时之色，左苍龙，右白虎，上著金银日月，玉衣珠璧，至尊无以加。恭等幸免于诛，不宜在中土。臣请收没入财物县官；诸以贤为官者，皆免。父恭、弟宽信，与家属徙合浦，母别归故郡。县官斥卖董氏财，凡四十三万万。贤既见发，臝殄（臝诊）其尸，因埋狱中。贤所厚沛吏朱诩，自劾去大司马府，买棺衣服，收贤尸葬之。王莽闻之，大怒，以他罪击杀诩。诩子浮，建武中贵显，至大司马、司空，封侯。

老儿当

《暖姝由笔》：明正德初，内臣最宠狎者，入老儿当，犹等辈也，皆选年少俊秀小内臣为之。

万　生

龙子犹《万生传》：万生者，楚黄之诸生也，所善郑生曰孟哥。始遇郑于观优处，垂髫，未同与言。后进以雪梨，不却，万喜甚，期明日更会于此，将深挑之，而郑不果来。访其耗，则已奉父命从学中州矣，惘然者久之。凡岁余，复遇诸途，则风霜盈面，殊不似故吾。万心怜乃更甚，数从周旋，遂缔密好。

邑少年以为是鬼子者，而亦狭（狡）童耶，欲相与谪郑，以耻万生。万不顾也，匿郑他所，饮食焉。久之，郑色泽如故，稍行都市中。前邑少年更相与夸郑生美，争调之，郑亦不顾。盖万与郑出入比目者数年，而郑齿长矣。万固贫士，而郑尤贫。万乃为郑择婚，且分割其舍三之一舍之，而迎其父母养焉。万行则郑从若爱弟，行远则郑为经理家事若干仆，病则侍汤药若孝子。斋中设别榻，十日而五宿。两家之人，皆以为固然，不之讶。叩其门，登其堂，亦复忘其为两家者。

子犹曰：天下之人于情，有如万、郑二生者乎？或言郑生庸庸耳，非有安陵、龙阳之资，而承绣被金丸之嬖，万生误矣。虽然，使安陵、龙阳而后嬖，是以色重耳，乌乎情？且夫颜如桃李，亦安能久而不萎者哉！万惑日者言，法当客死，乃预属其内戚田公子皮、其友杨也，万一如日者言，二君为政，必令我与郑同穴。吁！情痴若此，虽有美百倍，吾知万生亦不与易矣。郑生恂恂寡言，绝与浮薄子不类，而躯殊渺小，或称之，才得六十觔，亦异人也。

梦尻带后穿

《前汉书·佞幸传》：邓通，蜀郡南安人也，以濯船为黄头郎。文帝尝梦欲上天不能，有一黄头郎推上天，顾见其衣，尻带后穿。觉而之渐台，以梦中阴自求推者，即见邓通，其衣后穿，梦中所见也。召问其名姓，姓邓名通，邓犹登也，文帝甚说，尊幸之日日异。通亦愿谨，不好外交，虽赐洗沐，不欲出。于是文帝赏赐通巨万以十数，官至上大夫。文帝时间至通家游戏，然通无他伎能，不能有所荐达，独自谨身以媚上而已。

上使善相人者相通，曰："当贫饿死。"上曰："能富通者我也。"于是赐通蜀严道铜山，得自铸钱，邓氏钱布天下。文帝尝病痈，邓通常为上嗽吮之。上不乐，从容问曰："天下谁最爱我者乎？"通曰："宜莫若太子。"太子入问疾，上使太子齰痈，太子齰而色难之。已而闻通尝为上齰之，太子惭，繇是心恨通。及文帝崩，景帝立，邓通免，家居。居亡何，人有告通盗出徼外铸钱，下吏验问，颇有遂，竟案尽没入之。通家尚负责数巨万，长公主赐邓通，吏辄［随］没入之，一簪不得著身。于是长公主乃令假衣食，竟不得名一钱，寄死人家。

官今日形容大异

《南史·长沙宣武王传》：王韶，字德茂，少美丽，善姿容。初袭父封都乡侯，为太子舍人，累迁郢州刺史。韶昔为幼童，庾开府信爱之，有断袖之欢，衣食所资，皆信所给；遇客，韶亦为信侍酒。后为郢州，信西上江陵，途经江夏，韶接信甚薄，坐青油幕下引信入宴，坐信别榻，有自矜色。信稍不堪，因酒酣，乃径上韶床，践踼肴馔，直视韶面，谓曰："官今日形容，大异畴昔。"宾客满座，韶甚惭耻。

龙山真圣人

《敝帚斋馀谈》：周用斋汝砺，吴之昆山人，文名藉甚。举南畿解元，久未第，馆于湖州南浔董宗伯家。赋性朴茂，幼无二色，在塾稍久，辄告归。主人知其不堪寂寞，又不敢强留，微及龙阳、子都之说，即恚怒变色，谓此禽兽盗丐所为，益（盖）生平未解男色也。主人素稔其憨，乃令童子善淫者，乘醉纳其茎，梦中不觉欢洽；惊醒，其童愈嬲之不休，益畅适称快。密问童子，知出主人意，乃大呼曰："龙山真圣人！"数十声不绝。明日其事传布，远近怪笑。龙山为主人别号。自是遂溺于男宠，不问妍媸老少，必求通体。其后举丁丑进士，竟以暮年好外，羸惫而没。

韩　嫣

《汉书·佞幸传》：韩嫣，字王孙，弓高侯颓当之孙也。武帝为胶东王时，嫣与上学书相爱；及上为太子，愈益亲焉。嫣善骑射，聪慧，上即位，欲事伐胡，而嫣先习兵，以故益尊贵，官至上大夫，赏赐拟邓通。始时常与上共卧起，江都王入朝，从上至上林中，天子车驾未行，先使嫣乘副车，从数十百骑，驰视兽。江都王望见，以为天子，辟从者，伏谒道旁，嫣驱不见。既过，江都王怒，为皇太后泣，请归国，入宿卫，比韩嫣。太后由此衔嫣。嫣时出入永巷不禁，以奸闻。皇太后怒，使使赐嫣死。上为谢，终不得，嫣遂死。嫣弟说亦爱幸，以军功封案道侯，巫蛊时，为戾太子所杀。

兵　子

《耳谭》：一市儿，色慕兵子，而无地与狎。兵子夜司直通州仓，凡司直出入门者，必籍记之甚严。市儿因代未到者名，入与狎。其夜月明，复有一美者翫月，市儿语兵子曰："吾姑往调之。"兵子曰："可。"往而美者大怒，盖百夫长胤子也。语斗不已，市儿遂殴美者死，弃尸井中。兵子曰："君为我至，义不可忘。我当代君死，君可应我名出矣。但囹圄中，愿相顾也。"市儿遂出，而兵子自称杀人坐死。兵子囚囹圄二年，食皆自市儿所馈。后忽不继，为私期招之，又不至，恚恨久之，诉于司刑者。司刑出兵子，入市儿。逾年行刑，兵子复曰："渠虽负义，非我初心。我终不令渠死，我独生耳。”亦触木死尸傍。

作坑诱杀

《南史·王弘传》：王僧达为吴郡太守，族子确，少美姿容，僧达与之私款甚昵。确叔父休，永嘉太守，当将确之郡。僧达欲逼留之，确知其意，避不往。僧达潜于所往后，作大坑，欲诱确来，别杀埋之。从弟僧虔知其谋，禁诃乃止。

男色之靡

秀水沈德符《敝帚斋馀谈》：宇内男色，有出不得已者数家。按院之身辞闺阁，阇黎之律禁奸通，塾师之客羁馆舍，皆系托物比兴，见景生情，理势所不免。又如罪囚久系狴犴，稍给朝夕者，必求一人作耦。亦有同类为之讲好，送入监房，与偕卧起。其有他淫者，必相殴讦告，提牢官亦为分剖曲直。尝见西署郎吏，谈之甚详，但不知外方狱中，亦有此风否？至西北戍卒，贫无夜合之资，每于队伍中，自相配合。其老而无匹者，往往以两足凹代之。孤苦无聊，计遂出此，虽可笑、亦可悯矣。至于习尚成俗，如京师小唱、闽中契弟之外，则得志士人，致娈童为厮役；钟情年少，狎丽竖若友昆，盛于江南而渐染于中原。乃若金陵坊曲，有时名者，竞以此道博游婿爱宠，女伴中相夸相谑，以为佳事。独北妓尚有不深嗜者。

妹弟并宠

《汉书·佞幸传》：李延年，中山人，身及父母兄弟，皆故倡也。延年坐法腐刑，给事狗监中，善歌为新变声。是时方兴天地诸祠，令司马相如等作诗颂，延年辄承意弦歌，所造诗为之声曲。而女弟李夫人得幸，产昌邑，李延年由是贵为协律都尉，佩二千石印绶，而与上卧起，其爱幸埒韩嫣。久之，延年弟季，与中人乱。及李夫人卒后，其爱弛，上遂诛延年兄弟宗族。是后宠臣，大底外戚之家也。卫青、霍去病皆爱幸，然亦以功能自进。

狎童与横陈女迴殊

《槐西杂志》：某公眷一娈童，性柔婉，无市井态，亦无恃宠骄纵意。忽涕泣数日，目尽肿。怪诘其故，慨然曰："吾日日荐枕席，殊不自觉。昨寓中某与某童狎，吾穴隙窃窥，丑难言状，与横陈之女迴殊。因自思：吾一男子，而受污如是，悔不可追，故愧愤欲死耳！"某公譬解百方，终怏怏不释，后竟逃去。或曰已改易名姓，读书游泮矣。梅禹金有《青泥莲花记》，若此童者，亦近于青泥莲欤？

东乡太岁狎邻童

《如是我闻》：里胥宋某，所谓东乡太岁者也。爱邻童秀丽，百计诱与狎，为童父所觉，迫童自缢。其事隐密，竟无人知。一夕，梦被拘至冥府，云为童所诉。宋辨曰："本出相怜，无相害意。死由尔父，实出不虞。"童言："尔不诱我，缘何受淫？我不受淫，何缘得死？推原祸本，非尔其谁！"宋又辩曰："诱虽由我，从则由尔。回眸一笑，纵体相从者谁乎？本未强干，理难归过。"冥官怒叱曰："稚子无知，陷尔机穽。饵鱼充馔，乃反罪鱼耶？"拍案一呼，栗然惊悟。后官以贿败。

宋名丽案中，祸且不测，自知业报，因以梦备告所亲逮。及狱成，乃仅拟城旦，窃谓梦境无凭也。比三载释归，则邻叟恨子之被污，乘其妇独居，饵以重币，已见金夫，不有躬矣。宋畏人多言，竟惭而自缢。然则前之幸免，岂非留以有待示？所作所受，如影随形哉！

男子生子

《池北偶谈》：衡建总兵官杨富，有嬖童，生二子，杨子之，名曰“天舍、地舍”。魏维度宪亲见之。杨历官江西提督。近乐陵男子范文仁，亦生子，内兄张宾公实居亲见之。

金　凤

《渔矶漫钞》：海盐有优童金凤，少以色幸于分宜严东楼。东楼昼非金不食，夜非金不寝。金既色衰，食贫里居。比东楼败，王凤州《鸣凤记》行，而金复涂粉墨，身扮东楼，以其熟习，举动酷肖(肖)，复名噪一时。向日恩情，置勿问也。

男娼补

《猥谈》：《癸辛杂识》载男娼事未尽，暇日阅史，略得数端，漫笔于此。如卫灵之弥子瑕，楚襄王之龙阳、建信、鄢陵、寿陵君，汉高帝之闳藉，文帝之邓通，武帝之韩嫣，哀帝之董贤，胶西王常之侯得，梁冀之秦宫，符（苻）坚之慕容冲，谢惠运之杜德灵，石虎、石宣之申扁，唐太子承乾之乐童，马希萼之谢彦颙，闽王璘之归守，明曦之李仁遇，皆载于信史，明著其事。又魏汝南王悦与崔延夏，以左道同游绝房中，而更好男色。又晋自咸宁、太康之后，男宠太兴，甚于女色，士大夫莫不尚之，天下皆相仿效，或至有夫妇离绝、怨旷妬忌者。男女气乱而妖形，尤正史所列也。

又如荀息引《周书》云：“美女破舌，美男破老。”《战国策》：“少男破国，少女破家”，及“男爱不蔽轩，女爱不蔽席”等语，亦明。若昌邑王贺之驺奴宰人，董卓之吕布，齐魏王芳之郭怀、袁信，宋始兴王浚之、杨承先，隋炀帝之王蒙，唐明皇之黄颀儿，汉隐帝之嬖宠，以及诸史所列佞幸及诸传记，凡称嬖之臣，其类尤繁，不可殚举而论悉矣。其见于赋咏，若《玉台》所载刘孝绰之采菱儿，昭明之五鬲娈童，失名氏之少年，又至岑嘉州赵歌儿之属，亦不能悉录。

宁作子都妾

《随园诗话》：春江公子，貌如美妇人，而与妇不睦。好与少俊游，或同卧起，不知乌之雌雄。尝赋诗云：

人各有性情，树各有枝叶。
与为无盐夫，宁作子都妾。

其父中丞公见而怒之，公子又赋诗云：

周公所制礼，立意何深妙。
但有烈女祠，而无贞童庙。

中丞笑曰："贱子强词夺理至此耶！"乙丑入翰林，尝观剧于天禄庙，有参领某，误以为伶人而调之，人为不平。公子曰："夫狎我者，爱我也。子不见《晏子春秋》诛圉人事乎？惜彼非吾偶耳，怒之则俗矣。"可谓善于解嘲。

韵　兰

《两般秋雨盦随笔》：韵兰者，京师春台部中名旦也，色艺冠绝一时，顾性傲睨，少所青眼。孝廉某君极眷恋之，形与色授，颇见妒于同侪。而促月盟言，誓同枯菀，盖不仅被中之鄂、花底之秦焉。年十九，以瘵卒，某君哭之恸，赋《惜兰词》二十章，征同人哀诔而属余为之序云：

桃开千岁，人间为短命之花；昙现刹那，天上乃长生之树。从来朝露，本苦无多；况属彩云，尤其易散。然而水莲泡幻，达观久付虚空；泥絮沾濡，情种能无抑郁也乎？如春台部兰郎者，泥巢乳燕，花苑灵狸。家住玉钩斜，骑鹤下翩翩之影；善歌《金缕曲》，啭莺闻呖呖之声。芳名则雅爱兰香，绝调已盛传杨叛，固已蜚声乐籍、驰誉燕台矣。

爰有浙西名士，久噪雕龙；日下寓公，新来鸣鹤。偶顾《绿么》之曲，顿生红豆之思。于是众里目成，暗中心许。赭白马城头蹀躞，公子相逢；金错刀袖底铿锵，美人赠我。每见潘车掷果，携手相将，保毋鄂被熏香，销魂真个。妒之者以为失身之凤，爱之者以为比冀之鹣。而乃长乐难期，短缘已促，杏林深处，难探及第之花；芍药开时，原是将离之草。于是数声杜宇，一阕阳关，方期玉玦之分，以冀金环之合；孰意杨花命薄，桐树生孤。莲药依心，菖蒲郎面，此也秋雨卧相如之病，彼也春风作王粲之游。

既而长剑归时，大刀唱后，不惜黄金似土，来作缠头。岂知紫玉成烟，已伤委骨，用是怆怀珠璧，堕泪琼瑰。犹思人约黄昏，去年元夜；依旧斗临碧水，今日桃花，早已平量恨海之波、待涸爱河之水矣。

然而空谁非色、短岂殊修？使问天果属有情，得知已死不可恨。向使郎果金台终老，落拓梨园，玉籍长留，沉浮菊部，将春残杨柳，飘零京兆之眉；秋后莲花，憔悴昌宗之面。未必鬑鬑潘貌，能销黯黯江魂，则与为弥子瑕之色衰，毋宁作卫叔宝之看杀。而况樱桃一曲，芳名总在人间；霓羽千秋，旧谱已归天上。以视桃笙秋老，断袖先凉，萧瑟风悲，买丝谁绣者，一则名花似草，一则弱絮留萍。如彼如斯，孰得孰失？

乃我友怜香情重，破璧神伤，缠绵则玉藕牵丝，惆怅而金荃赋什。顾或者谓终宵角枕，空生秋士之悲；一集《香奁》，究损冬郎之德。既蜂腰之中断，何雀脑之思深？岂知钗挂臣冠，宋玉原非好色；酒黏郎袖，欧公亦自多情。而况书剑漂零，檀槽知遇，岂有生前倚玉，曾留春帐之情；殁后沉珠，不弔秋坟之魄者乎？由是数陈丽藻，抒写哀思；乞我弁言，题之卷首。化笔墨烟云而如画，请看北苑春山；悟迷离扑朔之非真，试读《南华》秋水。

絮　铁

《渔矶漫钞》：林铁崖嗣环使君，口吃。有小史名絮铁，尝共患难，绝怜爱之，不使轻见一人。一日，宋观察琬在坐，呼之不至，观察戏为《西江月》词云：

阅尽古今侠女，肝肠谁得如他？儿家郎罢太心多，金屋何须重锁。　羞说馀桃往事，怜卿勇过庞娥。千呼万唤出来么，君曰期期不可。

卷三十

情中通

传书燕

《开元天宝遗事》：长安豪民郭行先，有女子绍兰，适巨商任宗，为贾于湘中，数年不归，复音书不达。绍兰目睹堂中有双燕，戏于梁间，长吁而语于燕曰："我闻燕子自海东来，往复必径由于湘中。我婿离家不归，数岁蔑有音耗，生死存亡，弗可知也。欲凭尔附书投于我婿。"言讫泪下。燕子飞鸣上下，似有所诺，绍兰复问曰："尔若相允，当泊我怀中。"燕遂飞于膝上。遂吟诗一首云：

我婿去重湖，临窗泣血书。
殷勲凭燕翼，寄与薄情夫。

兰遂小书其字，系于足上，燕遂飞鸣而去。任宗时在荆州，忽见一燕飞鸣于头上。宗讶视之，燕遂泊于肩上，见有一小封书，系在足上。宗解而视之，乃妻所寄之诗。宗感而泣下，燕复飞鸣而去。次年归，首出诗示兰。后文士张说传其事，而好事者写之。

鲽　砚

《春在堂随笔》：沈仲复观察，与严少蓝夫人，伉俪均能诗。仲复在京师，得一异石，文理自然成鱼形，剖而琢之为二砚，砚各一鱼，夫妇分用之，名曰鲽砚，其名颇新。

相连草相离草痴汉药

《枣林杂俎》：贵州青浪卫山间，产相连草，苗妇于高山长歌连日，歌淫心荡，有草飞来入怀，置衣袂间，令人相思欲死。相离草，投饮食中，令夫妇参商。又草名痴汉药，淫妇以食其夫，如醉梦，绝无妬心。

女　鸟

《诚斋杂记》：阳县地多女鸟，新阳男子，于水次得之，遂与共居，生二女，悉衣羽而去。

黄昏散

《琅嬛记》：孙真人有黄昏散，夫妻反目，服之必和，又名“合欢”。叔良制以为丸，赠窈窕，窈窕不服，佩之裙裾，香气异常。

美人鱼人面猪

《新齐谐》：崇明打起美人鱼，貌一女子也，身与海船同大。舵工问，云失路耶。点其头，乃放之，洋洋而去。云栖放生处有人面猪，平湖张九丹先生见之。猪羞与人见，以头低下，拉之才见。

女珊瑚

《述异记》：光武时，南海献珊瑚妇人，帝命植于殿前，谓之“女珊瑚”。一旦柯叶甚茂，至灵帝时树死。

合欢榆树

《册府元龟》：开平元年八月壬申，密州进嘉禾，又有合欢榆树，并图形以献。

合蒂迎辇花

《获楼杂钞》：炀帝时，洛阳献合蒂迎辇花，帝令袁宝儿持之，号“司花女”。

砂俘为媚药

陈藏用（器）《本草［拾遗］》：砂俘，即倒行蚼子也，蜀人号曰俘郁。旋穴干土为孔，常睡不动。取致枕中，今夫妻相悦，媚药中多用之。

比翼凤

《琅嬛记》：南方有比翼凤，飞正（止）饮啄，不相分离。雄曰“野君”，雌曰“观讳”，言常想离着也。此鸟能通宿命，死而复生，必在一处。纣时集于长桐之上，人以为火头乌，不祥。及文、武兴，始悟曰：“此并配之瑞也。”

孀妇草

《述异记》：秦赵间有相思草，状如石竹，而节节相续，名曰“断肠草”，又名“愁妇草”，亦名“孀妇草”，人呼为“寡妇莎”，盖相思之流也。

鹤草蔓

《［南方］草木状》：鹤草蔓，当夏开花，形如飞鹤，嘴翅尾足，无所不备。出南海，云是媚草。上有虫，老脱为蝶，赤黄色，女子藏之，谓之“媚蝶”，能致其人怜爱。

薄荷油

《馀墨偶谈续集》：古者妓女送行，含辛为泣，事常有之。不然，终日送迎，那有此副急泪也。两粤间，多以薄荷油藏帕内，揾目立致潸然。故张修斋别驾《梧州竹枝》有云："三株树下系行舟，对烛相看双泪流。侬把鲛消拭郎面，要知不是薄荷油。"即谓此也。

躲破鼓

《两般秋雨盦随笔》：昔人有养二猿，牝者甚淫，一日失牡，叫号不已，主人遍觅不得。翌日乃出自破鼓中，故今号人之避内差者曰"躲破鼓"。

更生花

《琅嬛记》：古有女子，与人约曰："秋以为期。"至上冬，犹未相从，其人使谓之曰："菊花枯矣，秋期若何？"女戏曰："畴曰上冬，政素节也。是花虽枯，要当更生。"明日菊更生蕊，其人异之，因名曰"更生花"。

莲子不去心

《谢氏诗源》：汉有女子舒襟，为人聪慧，事事有意。与元群通，尝寄群以莲子曰："吾怜子也。"群曰："何以不去心？"使婢答曰："正欲知汝心内苦。"故后世《子夜歌》，有"见莲不分明"等语，皆祖其意。

素馨花

《十国春秋》：南汉后主时，有宫人素馨，以殊色进。性喜插白花，遂名其花曰"素馨花"。

驻色酒

《元氏说林》：立夏日俗尚啖李，时人语曰："立夏得食李，能令颜色美。"故是日妇人作李会，取李汁和酒饮之，谓之"驻色酒”。

宜爱香

《珍珠船》：意可香，初名宜爱。或云此江南宫中香，有美人字曰“宜爱”，此香故名宜爱。

金茎花

《杜阳杂编》：有金茎花，其花如蝼，每微风至，则摇荡如飞。妇人竞采之，以为首饰，且有语曰：“不戴金茎花，不得在仙家。”

为梨花洗妆

《唐馀录》：洛阳梨花时，人多携酒其下，曰“为梨花洗妆”，或至买树。

雌雄树

《金銮密记》：九仙殿银井，有梨二树，枝叶交结，宫中呼为“雌雄树”。

挼花浸酒

《三堂往事》：杨恂遇花时，就花下取蕊，粘缀于妇人衣上，微用密蜡，兼挼花浸酒，以快一时之意。

怀梦草

《洞冥记》：钟火山有香草，武帝思李夫人，东方朔献帝，怀之即梦见，名“怀梦草”。

杜鹃唤归

《金台录》：石谊未娶，闻杜鹃唤归，叹曰：“此物催人使归，使我何所归耶？”

桃花丝

《青州杂记》：青齐间，有一种桃李，盛开时，垂丝至三四尺。采之，练以松脂，递相缠结，织成鞋履，寄往都下，人皆不辨何物。

紫风流

《清异录》：庐山僧舍有麝囊花一蕠，色正紫，类丁香，号“紫风流”。江南后主，诏取数十根，植于移风殿，赐名“蓬莱紫”。

相念药

《投荒录》：有在番禺，逢端午，闻衙中喧然卖“相念药”声，讶笑召之。乃蛮媪荷揭山中异草，鬻于富妇人，为媚男药用，此日采取如神。

石　母

《普宁县志》：在洪山之麓，有石嵬然，即纱帽石也。三月三日，妇女踏青出游，艰于嗣者，携酒肴祀之，以手摩石，乞其砾以归，谓宜子云，时有验者。

睡　香

《清异录》：庐山瑞香花，始缘一比丘昼寝盘石上，梦中闻花香酷然，不可名。既觉，寻香求之，因名“睡香”。四方奇之，谓为花中祥瑞，遂以“瑞”易“睡”。

虞美人草

《碧鸡漫志》：雅州名山县出虞美人草，唱《虞美人》曲，应拍而舞，他曲则否。

消恨桃

《明皇杂录》：禁中千叶桃花盛开，帝与妃子日夕宴花下，曰：“不独萱草忘忧，此花亦能消恨。”

夜合石

《方物志》：夜合石，在新昌东北洞山寺水口，有石高丈余，土人谓二石夜间，常合为一。

媒　竹

《两般秋雨盦随笔》：赌妇潭，在广东龙门县蓼溪口。相传有二童男女戏赌，各持竹一片，从上流掷下，云两竹相合，即成夫妇。俄而果合，遂谐伉俪，故名潭曰“赌妇潭”，潭上竹曰“媒竹”。翁山有诗云：“两边生竹合无痕，生竹能成夫妇恩。潭上至今媒竹美，枝枝慈孝更多孙。”“媒竹”二字甚新。

鸾睹影

《异苑》：罽宾国王，买得一鸾，欲其鸣，不可致。饰金樊，飨珍羞，对之愈戚，三年不鸣。夫人曰：“尝闻鸾见类则鸣，何不悬镜照之？”王从其言，鸾睹影悲鸣，冲霄一奋而绝。

孤飞燕

《贤奕》：宋末姚玉京，嫁襄州小吏卫敬瑜。卫溺水死，玉京孀居，有双燕巢梁间，一为鸷鸟击死，一孤飞徘徊。至秋，止玉京臂，俨如告别。玉京以红缕系足曰：“新春复来，为吾侣也。”明年果至，因赠诗曰：

昔年无偶去，今年还独归。

故人恩义重，不忍更双飞。

自尔秋归春来，凡六七年。玉京死，明年遂来，周章哀鸣。家人请曰："玉京坟在东郭。"燕遂飞至坟所，亦死。每风清月明，襄人见玉京与燕同游汉水之滨。

燕嫉前雏

《墨庄漫录》：广陵牛氏家堂燕，方育雏，而雌为猫所毙，雄啁哳久之，翻然而逝。少选，一雌偕来，共哺其子。明日，有雏坠地，至晚群雏毕死。取视之，满吭皆卷耳实，盖为雌者所毒。嗟乎！禽鸟嫉其前雏，一至于此。

鹤　书

《内观日疏》：晁采畜一白鹤，名素素。一日雨中，忽忆其夫，试谓鹤曰："昔王母青鸾，绍兰燕子，皆能寄书，汝独不能乎？"鹤延颈向采，若受命状。采援笔直书二绝，系于其足，竟致其夫，寻即归矣。

若非我陈州侣耶

《扬州府志》：卢守常倅陈州日，蓄二鹤甚驯，一创死，一哀鸣不食，卢勉饲之，乃就食。一旦鸣绕卢侧，卢曰："尔欲去也，有天可飞，有林可栖，不尔羁也。"鹤振翮云际，数四徊翔乃去。卢老病无子，后三年，归卧黄蒲溪上。晚秋萧索，曳杖林间，忽有一鹤盘空，声鸣凄断。卢仰视曰："若非我陈州侣耶？果尔，即当下。"鹤竟投入怀中，以喙牵衣，旋舞不释。卢抚之而泣曰："我老无嗣，形影相弔。尔幸留此，当如孤山逋老，共此残年。"遂引之归。卢殁，鹤亦不食死。家人瘗之，墓在丁堰。

断肠花

《采兰杂志》：昔有妇人，思所欢不见，辄涕泣，恒洒泪于北墙之下。后洒处生草，其花甚媚，色如妇面，其叶正绿反红，秋开，名曰“断肠花”，又名“八月春”，即今秋海棠也。

凤抱女飞

《洞玄木行经》：西方卫罗国王有女，字曰配瑛，与凤同处，于是灵凤常以羽翼扇女面。后十二年中，女忽有胎。王意怪之，因斩凤头埋着长林丘中。后生女名曰皇妃。王女思灵凤之游，好驾而临之长林丘中，歌曰：“杳杳灵凤，绵绵长归。悠悠我思，永与愿违。万劫无期，何时来飞？”是凤郁然而生，抱女俱飞，竟入云中。

莺肠寸断

《玉堂闲话》：有人取得黄莺雏，养于竹笼中。其雌雄接翼，晓夜哀鸣于笼外，绝不饮啄。乃取雏置于笼外，则更来哺之，人或在前，略无所畏。忽一日不放出笼，其雌雄缭绕飞鸣，无从而入，一投火中，一触笼而死。剖腹视之，其肠寸断。

马诉主冤

《嘉定县志》：真如有姚生者，素心险异，常构怨于母弟陆某。某充粮长，乘马自本都夜归，姚侦其四顾无人，候至中途，操刀伏于桥下。马亦觉之，至桥下踯躅不已，陆鞭之始进，而陆已杀桥下矣。是夜月暗，幽寂无知者。马逸归，对陆妻惊嘶不已，若有诉状。妻知其夫必死非命，持灯随马至桥，夫果死焉。哀谓马曰：“吾夫虽死，然正犯未获，何以雪耻？”马即前行，首鼓姚门，姚出，啮之、蹴之。其妻执以赴官，取马状情实，乃弃姚市。

寡女丝

《贾子说林》：蚕最巧作茧，往往遇物成形。有寡女独宿，倚枕不寐，私傍壁孔中，视邻家蚕上箔。明日，茧都类之，虽眉目不甚悉，而望去隐然一愁女。蔡邕见之，厚价市归，缫丝作弦，弹之有忧愁哀怨之声。问琰，琰曰："此寡女丝也。"闻者莫不堕泪。

合欢莲

《宋史》：兴国九年，出玉津园瑞莲一盆，示辅臣，花与叶悉合欢而生。

雁四则

《定兴县志》：万历初，北郭有崔伯通者，好鸟，蓄一雁，逾岁颇驯。乃有一鹰（雁），解群而下，交颈哀鸣，如泣如诉，观者狎至不惊，饮食之不顾，相持两昼夜，竟俱毙。观者欷歔泣下。

《梅磵诗话》：元裕之赴试并州，道逢捕雁者，获一雁，杀之矣。其脱网者，悲鸣不能去，竟自投于地而死。予因买得之，葬于汾水之上，累石为志，号曰"雁丘"。与同行者，杨正卿、李仁卿，俱为赋《摸鱼儿》。

《长治县志》：宗室振庵，市得一雁，羽毛摧落，而声甚哀。悯而饲之，逾时羽毛全矣。忽云中雁过，与此雁相应而鸣，声渐急渐哀。知其雌雄也，纵之，比翼和鸣，徘徊良久而后去。越岁二，雁复来，环振庵舍飞鸣，若报主人，使相知也。是可愧世之弃故而背德者。

《续文献通考》：应小有字雁媒者，宿媒沙中，诸群雁闻其声而至，则掩取之，三年矣。一日中，匹雁哀鸣而下，与媒交其项弗释，并死之。字者遂不复弋。

女　树

《五色线》：海中有银山生树，名“女树”，天明时皆生婴儿，日出能行，至食时皆成少年，日中盛壮年，日晚老年，日没死，日出复然。

寄书鱼

《琅嬛记》：昔宗羡思桑娣不见，候月徘徜（徊）于川上，见一大鱼浮于水面，戏嘱曰：“汝能为某通一问于桑氏乎？”鱼遂仰首奋鳞，开口作人语曰：“诺。”宗羡出袖中诗一首，纳其口中，鱼若吞状，即跃去。是夜桑娣闻叩阒声，从门隙视之，见一小龙据其户，惊而入，不寝。达旦，开户视之，惟见地上彤霞笺一幅，诗曰：

飘飘云中鹤，遥遥慕其俦；萧萧独处客，惙惙思好逑。
愁心何当已？愁病何当瘳？谁谓数武地，化作万里修；
谁谓长河水，化作纤纤流；谁谓比翼鸟，化作各飞鸥！
悲伤出门望，川广无方舟。无由竭余款，驰想托云浮。

由此观之，则鱼能寄书，实有是事；纨制素、鱼盛书，更是一事。

女香树

《华夷草木考》：影娥池有女香树，细枝叶，妇人戴之，香终身不减；男子戴之，则不香。

待女花

《琅嬛记》：兰，待女子同种则香，故名“待女花”。宜男草，是绝对也。

有情树

《琅嬛记》：逊顿国有淫树，花如牡丹而香。种有雌雄，必二种并种乃生。花去根尺余，有男女阴淫，以别雌雄。种必相去勿远，二形昼开夜合，故又以“夜合”为名，又谓之“有情树”。

相思鸟

《闽小记》：予过浦城，得相思鸟，合雌雄一笼。初闭一纵一，一即远去，久之必觅道归，宛转自求速入；居者于其初归，亦鸣跃喜接。三数纵之，则归者、居者，意只寻常。若田间夫妇，有出入，皆可数迹而至；不似闺人望远、荡子思归也。宿则以首互没翼中，各屈其中距立。予常夜视之，惊失其一。久之，觉距故二，而羽则加纵。笑语人曰：“视此增伉俪之重。”或有言：独闭雌则雄不去，得雄则雌远徙矣。

孤鹳移情

陈尚古《簪云楼杂说》：诸生钱元觉，客寓一楼，北窗古柏蓊然，有鹳巢其上，昕夕往来饲子，殊不畏人。已而失其一，孤雌匝树哀鸣，声甚凄断。若是者数日，忽一鹳骤至，潜飞入窠中，孤雌屏逐之去。未几，群鹳毕来，翔噪而散。回视孤雌，已双栖若逑，不复相逐矣。君子曰：“贞，天性也，往往移于情。鸟尚尔，况于人乎?”

鸳　鸯

《圣师录》：成化六年十月间，盐城天纵湖渔父见鸳鸯甚多，一日弋其雄者烹之，其雌者随棹飞鸣不去，渔父方启釜，即投沸水中死。

队　队

清赵学敏《本草拾遗》：云南有小虫，名曰“队队”，状如虱，出必雌雄相随。人得之以卖于富贵家，价至四五金，盛以银匣置枕中，则夫妻和好。

相思子

《觚賸》：红头（豆）名相思子，其树之叶如槐，盛夏子熟，破荚而出，色胜珊瑚。粤中闺阁，多杂珠翠以饰首，经年不坏。相传有怨妇望夫树下，血泪染枝，旋结为子，斯名所由昉也。维扬吴薗次，为吴兴太守，有词云："把酒祝东风，种出双红豆。"梁溪顾氏女，见而悦之，日夕讽咏，四壁皆书二语。时目薗次为"红豆词人"。

驴驹媚

《池北偶谈》：座客偶举唐小说《霍小玉传》中有驴媚，不知何物。按：僧赞宁《物类相感志》云："凡驴驹初生，未堕地，口中有一物如肉，名媚，妇人带之能媚。"

龙　虱

周亮工《闽小记》：龙虱，漳州海口，每八月十三日，至十五日，三日飞堕，余日绝无。食之，除面上黝鼾赤气；妇人貌美，能媚男子。

绿衣使者

《开元天宝遗事》：长安城中，有豪民杨崇义者，家富数世，服玩之属，僭于王公。崇义妻刘氏，有国色，与邻舍儿李弇私通，情甚于夫，遂有意欲害崇义。忽一日醉归，寝于室中，刘氏与李弇同谋而害之，埋于枯井中。其时仆妾辈并无所觉，惟有鹦鹉一只，在堂前架上。洎杀崇义之后，其妻却令童仆四散，寻觅其夫。遂经府陈词，言其夫不归，窃虑为人所害。府县官吏日夜捕贼，涉疑之人，及童仆辈，经拷捶者百数人，莫究其弊。其后县官等再诣崇义家检校，而架上鹦鹉，忽然声屈。县官遂取于臂上，因问其故，鹦鹉曰："杀家主者，刘氏、李弇也。"官遂执缚刘氏，及捕李弇下狱，备招情款。府君具事案奏闻，明皇叹讶久之，其刘氏、李弇依刑处死，封鹦鹉为"绿衣使者"，付后宫养喂。张说后为《绿衣使者传》，好事者传之。

卷三十一

情中迹

七姑尖

《徽州府志》：绩溪县以巃嵸山为最，县东三十里，曰七姑尖，七峰如栉，石阁参差，云物封护。俗传仙女群栖其上，上有石碁盘。明汪溥诗：

一簇云峰号七姑，七姑曾此往来无？
东风吹上风头看，不见遗踪见绿芜。

瞒公桥送婆岭

《春在堂随笔》：吾邑西门外，有瞒公桥，云昔有妇人出私赀建桥，不欲使其翁知之，故有"瞒公"之名矣。余每岁上先大夫冢，必乘小舟过此桥下。今年镇海县修志书，属余审定其山川，中有名"送婆岭"者，旧志云：明嘉靖间，有严乐氏早寡，为其姑改嫁于城中，有女十岁随之往。而乐氏至孝，凡遇时物，必遣女蹑岭馈其姑。夏日，女度岭中暑死，即葬山侧，岭由是名。送婆岭与瞒公桥，可云绝对矣。

小娘坟

吴雷发《香天谈薮》：丁巳春杪，游灵芝庵。庵后土丘，呼曰

“小娘坟”，俗传沈万三葬其女，穿冢甚多，欲后世莫辨真葬处，此乃其一冢耳。古树斜阳，令人不胜凭吊之感。因赋二绝：

点点栖鸦树影寒，钟声聊醒断魂酸。
玉鱼珠凤藏何巧，疑冢累累似阿瞒。

金谷无人吊季伦，兰堂绣户久飘尘。
荒坟有女招提畔，谁解寻芳独怆神。

乌夜斋

《宁化县志》：诸生阴继善夭，妻雷氏年二十九，孤子长三岁，次方四月，哺雏翼卵，茕茕独劳。旋值变乱，冠虎弁狼，交跖城市，喘息虑其声扬，守节尤为至险。二孤既长，遂额其斋曰“乌夜”，想见霜霄（宵）寒月，哑哑之声，悽痛犹在耳也。雷年八十卒。

贞女井

《临安县志》：贞女井，在白沙村。贞女者，童氏婢也，遗其名。遭乱为兵所掠，捆载马上以行，经井边，女奋身跃入井中死。尸沉于淖，井水腥臭三日，不可食。里人为设醮，水复清。事在康熙十一年。

戚家江

《明外史·戚家妇传》：妇宝应人，甫合卺而夫暴殁，妇哭之哀，投门外江中死。留诗一首云：

画虎虽成未点睛，百年夫妇一宵情。
欢声方举哀声动，贺者才临吊者并。
孔雀屏前灯隐隐，鸳鸯枕上泪盈盈。

从来不识儿郎面，独抱冰心照水清。

后人名其死所为“戚家江”云。

虞姬墓

《临淮县志》：虞姬墓，在清流门外西一里许。按：楚项羽败垓下，走灵壁镇，姬自刎，葬于其地。至今灵壁有姬墓，墓侧生虞美人草；不知临淮亦有姬墓也。或云，姬自刎时，羽不忍舍，系姬首于马上，至钟离郡，葬其首而去。而定远嵯虞墩，亦云葬虞姬首处，未审孰是。

剩园题壁

《枣林杂俎》：甲申九月，友人赵昌龄出杭之涌金门，至剩园，见题壁云：

芙蓉花发满堤红，尽道芙蓉胜妾容。
昨日妾从湖上过，行人何不看芙蓉？

兄妹为夫妇

《独异志》：昔宇宙初开之时，只有女娲兄妹二人在昆仑山，而天下未有人民。议以为夫妻，又自羞耻。兄即与妹上昆仑山，祝曰：“天若遣我兄妹二人为夫妻，当使烟悉合，不使烟散。”于是烟即合，其妹即来就兄，乃结草为扇，以障其面。今人娶妇执扇，象其事也。

武则天墓

《张氏卮言》：武则天墓，在陕西乾州。其地有峻岭崇山可以登览，有古刹可以休憩。但不可言其生前罪恶，稍不知戒，则盲风怪雨，走石飞沙，顷刻毕至，有性命之忧矣。马麒雍以乾州幕客游集于此，一时作诗纪事者，俱盛称其任狄相、复中宗，与他数事，为须眉丈夫所难得。余谓之曰：“与其强作违心之论，媚兹淫鬼，何如不作诗之为愈乎？”麒雄曰：“是又不可。若无几句颂美之词，则晴日变为阴风。我第欲适我游兴耳，遑问其他。”张献忠墓，有黑虎守之，人陟其上者，蒺藜刺之而死。此二人者，生前既大肆其淫杀，冢中枯骨，尚能张其余焰，布毒于人，天之生是使恶也，有由来矣。

妒女祠

《枣林杂俎》：平定州东九十里承天镇，俗传妒女，介之推妹也。旧经云：介山氏之庙，唐武后幸河东，道出祠下，惧致风雨，欲开道以避之。狄仁杰曰：“一人行幸，风伯清尘，雨师洒道，何妒女之避。”遂止其役，驻跸祠下，风停雨息。

露筋女

《高邮州志》：女不知何许人，亦不详其姓氏，或曰“郑荷花”，又曰“萧氏”，又曰“全节娥”，盖好事者，窃近似以名之也。或以永叔之诗、元章之赞味之，似乎其有祠矣。记者亦谓建祠在宋绍圣前，又曰“祀古真女”。盖其世远名湮，说者皆影响焉耳。考高邮旧志传，烈女与其嫂行郭外，三十里，天色昏暮。嫂顾湖边田舍，挽女投宿；女不从，乃独露坐草中。时秋蚊方殷，弱质不胜，嗣旦，血竭筋露而女死矣。后人因号“露筋烈女”，为立祠以敬祀之。祠之兴废相续，而烈女之影响，赖以不绝者，实有欧、米二公之诗在故也。

小娘墩

《温州府志》：嫆娘、婉娘，乐清人，鲍君任二女，皆有殊色。兵至，走匿山中，为元将所得，欲污之，女从百仞高崖自投死。人哀之，葬大田墩，今名“小娘墩”云。

残苦庙

《枣林杂俎》：介之推从重耳出亡，追者甚急之，推以其子林代死。重耳入晋，之推妻及林妻寻推，闻焚死于绵山，俱投井死。乡人即其地立庙，祀之曰“残苦庙”，在曲沃西关外。

妹资潭

《上犹县志》：甘氏名妹资，甘思孔孙女，适北里何用。年二十，夫死姑老，甘竭力事之。姑悯其少艾，令改节，甘曰：“姑能容妾侍养，于我愿足，否则一死而已。”姑惧，遂不复强。己卯，元兵屠城，寨陷，姑死之。兵以甘姿美，执以归统帅。至溪，见潭水深沉，甘喜曰：“得死所矣。”守者失防，遂赴水死。兵愕然曰：“贞妇也！”后主簿黄桂开闻其节，立祀溪上，春秋命社长一人主祭。后人称其潭曰“妹资潭”。

双女冢

《莱州府志》：王氏姊妹，胶州人。靖康中，姊妹从母避乱，为兵所获。兵悦其色，欲挟以行，女绐曰：“放母还，当从汝。”即纵母去，二女义不受辱，相谓曰：“我阀阅家女，岂为贼所污！”俱投海而死。里人壮其烈，收其尸埋之，曰“双女冢”。

花香如莲

《枣林杂俎》：泉州张守化赠君妇陈安人卒，棺之前忽发白花，重楼数朵，高大可半尺，香如莲。

贞女峡

《搜神后记》：中宿县有贞女峡，峡西岸水际，有石如人形，状如女子，是曰“贞女”。父老相传，秦世有女数人，取螺于此，遇风雨，昼昏，而一女化为此石。

冰　房

《济南府志》：胡氏，淄川人，诸生刘应蛟妻，廪生振元母。年十九，夫亡，振元甫三月。蛟性孝友，有文名。氏姑高氏，从祀乡贤高捷妹，读书知大义，赋哭儿诗十首示妇。氏苦守，衣食不给，严冬无炉火，姑尝名其室曰“冰房”。岁歉，高就养女家，会大雪，遥望涕泣曰：“冰房中寡妇孤儿，奈此夕何?”使人探之，则以揄（榆）皮和粃而食。振元就外傅，晡时归，啼饥，氏掇野荠啖之。甲申寇至，氏潜率女婢凿一洞，炉其洞口而人不知察。寇至，匿姑及子女其中，举家得全。振元长，能读书食饩。氏年七十六，邑令表其门。

梅花冷铁之墓

《程乡县志》：李氏，郭大顺妻，郑钧人。幼读书，识大义，尤熟《孝经》。年十七，大顺得痘证，氏方有身，顺与诀曰：“生男，幸为我计门户；生女，毋悞若芳年。”氏答曰：“生男如命，生女即促随君后。”于腊月雪夜，举一女。氏大哭七日夜不休，咽井水七碗，对夫灵，绕三匝，一跃而死。作绝命词一首，末云：“岁寒始见天地心，梅花今夜冷如铁。”里人每指其冢曰：“梅花冷铁之墓也。”

夫人潭

《明外史·列女传》：唐方妻，浙新昌丁氏女，名锦（孥）。洪武中，方为山东佥事，坐法死，妻子当没为官婢。有司按籍取之，监护者见丁色美，借梳掠发，丁以梳掷地；其人取掠之，持还丁，丁骂不受。窃谓家人曰：“此辈无礼，必途辱我。不若预死以全节。”肩舆上山，径至阴泽，崖峭水深，跃出赴水。衣厚不能沉，从容以手敛裙，随流而没，年二十八。时称其处为“夫人潭”。

双燕窝

《广东通志》：殷氏，从化殷朝辂女。年十六，受聘于钟。钟亡讣至，女默然，即更衣自尽。两姓父母，以二棺合葬，呼其冢为“双燕窝”。

义娘义井

《同安县志》：义娘系鹭人，失其姓氏。甫及笄，遭乱被掳，以头触地几死。行至东岳道旁，投井死。其后天寒月白，每见一女子往来井畔。康熙十二年，乡人苏贵，梦见女子曰：“吾尸陷井中，子能出而瘗之，吾厚报子。”于是乡人掘井，果见白骨，以素练合裹之。及葬，素练俱化为水。乡人惊异，为立祠于坟上，号曰“义娘”，井曰“义井”。

烈女崖

《山西通志》：要氏二女，父要聚刚。嘉靖间，北兵至境，二女为兵所获，欲污之。长女绐之曰：“我更有物在彼，可急往取。缓之，必为他人所有。”遂导行。行至巅崖，即投而死，次女继之。至今名其崖曰“烈女崖”。

风流阵

《开元天宝遗事》：明皇与贵妃，每至酒酣，使妃子统宫妓百余人，帝统小中贵百余人，排两阵于掖庭中，目为“风流阵”。以霞帔锦被张之为旗帜，攻击相斗，败者罚以巨觥，以为戏笑。

一夫多妻

周去非《岭外代答》：南方盛热，不宜男子，特宜妇人。盖阳与阳俱则相害，阳与阴相求而相养也。余观深广之女，何其多且盛也。男子身形卑小，颜色黯惨；妇人则黑理充肥，少疾多力。城郭廛市，负贩逐利，率妇人也。而钦之小民，皆一夫而数妻，妻各自负贩逐市，以赡一夫，徒得有夫之名，则人不谓之无所归耳。为之夫者，终日抱子而游，无子则袖手安居。群妇各结茅散处，任夫往来，曾不之较。至于溪峒之首，例有十妻，生子莫辨嫡庶，至雠杀云。

剉角媒人

《清异录》：开元中，后宫繁众，侍御寝者，难于取舍，为彩局儿以定之。集宫嫔，用骰子掷，最胜一人，乃得专夜。宫珰私号骰子为“剉角媒人”。

扬州瘦马

张岱《陶庵梦忆》：扬州人日饮食于瘦马之身者，数十百人。娶妾者切勿露意，稍透消息，牙婆驵侩，咸集其门，如蝇附膻，撩扑不去。黎明即促之出门，媒人先到者，先挟之去，其余尾其后，接踵伺之。至瘦马家坐定，进茶，牙婆扶瘦马出，曰：“姑娘拜客。”下拜；曰：“姑娘往上走。”走。曰：“姑娘转身。”转身向明立，面出；曰：“姑娘借手睄睄。”尽褫其袂，手出，臂出，肤亦出。曰：“姑娘睄相公。”转眼偷觑，眼出。曰：“姑娘几岁了？”曰几岁，声出。曰：“姑娘再走走。”以手拉其裙，趾出。然看趾有法，凡出门裙幅先响者，必大；高系其裙，人未出而趾先出者，必小。曰：“姑娘请回。”一人进，一人又出，看一家，必五六人，咸如之。看中者，用金簪或钗一股插其鬓，曰“插带”。看不中，出钱数百文赏牙婆，或赏其家侍婢，又去看。牙婆倦，又有数牙婆踵伺之。一日、二日至四五日不倦，亦不尽。然看至五六十人，白面红衫，千篇一律，如学字者，一字写至百至千，连此字亦不认得矣。心与目谋，毫无把柄，不得不聊且迁就，定其一人插带。

后本家出一红单，上写彩缎若干，金花若干，财礼若干，布疋若干，用笔蘸墨，送客点阅。客批财礼及缎疋如其意，则肃客归。归未抵廨，而鼓乐盘担、红绿羊酒在其门久矣。不一刻而礼币糕果俱齐，鼓乐导之去。去未半里，而花轿花灯、擎燎火把、乐人傧相、纸烛、供果牲醴之属，门前环侍；厨子挑一担至，则蔬果、肴馔汤点、花棚糖饼、桌围坐褥、酒壶杯箸、龙虎审星、撒帐牵红、小唱弦索之类，又毕备矣。不待复命，亦不待主人命，而花轿及亲送小轿，一齐往迎；鼓乐灯燎，新人轿与亲送轿一时俱到矣。新人拜堂，亲送上席，小唱鼓吹，喧填热闹。未午而讨赏遽去，急往他家，又复如是。

红　冰

《开元天宝遗事》：杨贵妃初承恩，召与父母相别，泣涕登车，时天寒，泪结为红冰。

烈女潭

《歙县志》：项氏女，名奇弟，父项宣，小溪人。嘉靖中，开化矿贼犯歙路，经小溪，获女，将逼之。女不受辱，投潭死，至今名其潭曰“烈女潭”。

獠　妇

赵璘《因话录》：南方有獠妇，生子便起。其夫卧床褥、饮食，皆如乳妇，稍不卫护，疾病生焉。其妻无所苦，炊爨樵苏自若。又云，越俗其妻或诞子，经三日，便澡身于溪河，返具糜以饷婿。婿拥衾抱雏，坐于寝榻，称为“产翁”。其颠倒有如此。

节娥渡

李昌龄《乐善录》：节娥，洪州贫倡郝氏女也。生数岁，鬻于赵氏为养女。既长而艳，郝复夺之。女曰：“愿业蚕织，以奉甘旨，誓无污我。”俄有少年某，厚利授郝，郝百计诱娥，娥不许。一日出郊，饮以酒，欲强之。娥悲泣，终不辱，会过桥，投河而死。郡将吕公义之，因以“节娥”名其渡。噫！娥生长倡家，乃能坚白自守，死而不悔；人非倡女而不能以礼自防者，视娥，得无愧耻？

卷　伴

周去非《岭外代答》：深广俗多女，嫁娶多不以礼。商人之至南州，窃诱北归，谓之卷伴。其土人亦是卷伴，惟不能如商之径去，为稍异耳。始也，既有桑中之约，即暗置礼聘书于父母床中，乃相与宵遁。父母乍失女，必知有书也，索之衽席间，果得之，乃声言讼之，而迄不发也。岁月之后，女既生子，乃与婿备礼归宁。预知父母初必不纳，先以醨酒入门，父母佯怒击碎之，婿因请托邻里祈恳，父母始需索聘财，而后讲翁婿之礼。凡此，皆大姓之家然也。若乃小民有女，惟恐人不诱去耳。往诱而不去，其父母必勒女归夫家。且其俗如此，不以为异也。

烈妇墩

《广德州志》：原丰都杨邯桥，烈妇某氏，父必传，失其姓氏。年二十，夫亡，家贫守节，奉姑恭谨。为姑求虀于越溪，行桥上，无赖少年戏之，泣曰：“天何穷我如此？不能备一虀，至受外侮！”投溪而死。乡人哀之，以葬于溪上，因名其冢曰“烈妇墩”。

二十四桥风月

张岱《陶庵梦忆》：广陵二十四桥风月，邗沟尚存其意。渡钞关，横亘半里许，为巷者九条。巷故九，凡周旋折旋于巷之左右前后者，什百之。巷口狭而肠曲，寸寸节节，有精房密户，名妓歪妓杂处之。名妓匿不见人，非向道莫得入。歪妓多可五六百人，每日傍晚，膏沐熏烧，出巷口，倚徙盘礴于茶馆酒肆之前，谓之“站关”。茶馆酒肆，岸上，纱灯百盏，诸妓掩映闪灭于其间，疤盭者簾，雄趾者阈。灯前月下，人无正色，所谓“一白能遮百丑”者，粉之力也。游子过客，往来如梭，摩睛相觑，有当意，逼前牵之去。而是妓忽出身分，肃客先行，自缓步尾之。至巷口，有侦伺者，向巷门呼曰：“某姐有客了!”内应声如雷，火燎即出。一一俱去，剩者不过二三十人。

沉沉二漏，灯烛将烬，茶馆黑魆无人声，茶博士不好请出，惟作呵欠，而诸妓醵钱向茶博士买烛寸许，以待迟客。或发娇声唱《劈破玉》等小词，或自相谑浪嘻笑，故作热闹以乱时候。然言笑哑哑声中，渐带凄楚。夜分，不得不去，悄然暗摸如鬼。见老鸨，受饿受笞，俱不可知矣。余族弟卓如，美须髯，有情痴，善笑，到钞关，必狎妓。向余噱曰：“弟今日之乐，不减王公。”余曰：“何谓也?”曰：“王公大人，侍妾数百，到晚耽耽望幸，当御者亦不过一人。弟过钞关，美人数百人，目挑心招，视我如潘安。弟颐指气使，任意拣择，亦必得一当意者，呼而侍我。王公大人，岂遂过我哉!”复大噱，余亦大噱。

利市婆

《谈撰》：江浙间多事一姥曰“利市婆”。或曰“利市波”，乃神所居地名，非“婆”也。或谓鄞县令死而为神，又不知缘何得此名耶。

八卦轿

《馀墨偶谈》：粤西地瘠民贫，乡村妇女，率多大足，肩挑负贩，如男无异。柳州来宾一带，时有舁肩舆为生者，如坐客为男，二女肩舆为坎；坐客为女，前女后男肩舆为震也。余仿此。

情尽桥

《唐诗纪事》：折柳桥，在简县，初名情尽桥。雍陶典雅州日，送客至其地，问左右，曰："送迎之地止此，故名。"陶命笔题其柱曰"折柳"，因赋诗曰：

从来只说情无尽，何事名为情尽桥？
自此改名为折柳，任他离恨一条条。

自后送别，必吟是诗。

瓶　鞍

《馀墨偶谈续集》：京都娶妇家，新人入门，则以五谷宝瓶授之，使其抱以出轿；又备小鞍，以红毡覆之，令新人跨过，意取"步步平安"之兆。《苏氏演义》谓，国初昏姻坐于马鞍之侧，此塞外乘鞍马之义也。《酉阳杂俎》：今娶妇新人入门，跨马鞍。郑馀庆《书仪》，亦有跨鞍之说。是五代前已然矣。惟抱瓶则未见于他书。

杀尼姑衖

《池上草堂笔记》：嘉善县北门内，有杀尼姑衖，莫知其所由名。相传衖中向有尼庵，一尼先与屠者私，复有他好，屑（屠）妒奸，乘夜入室杀之。希灭迹，支解其尸，纳诸袋，负而出北门，将沉之河。时尚五更也，门者诘之，以婚家供神所宰对。至吊桥，瞥睹黑而胡者，持刀立桥上，惧不敢过，往返踯躅数次。天渐明，乡人入市者，见袋口血漉漉下，询之，如对门者言。顾神色慌张，类有异，强解所负视之，则一光圆女首，四支分截。骇为尼尸也，号执赴官，鞫实按律，而毁其庵，人遂以“杀尼姑”名衖云。

花怜水

《馀墨偶谈》：花怜水，粤西瑶山中江名也，三字颇雅。古藤苏琴舫舍人游瑶日记，有诗纪之。

密蔷薇

《两般秋雨盦随笔》：嫁女送亲，所在皆然，广东顺德县为尤甚。凡来者，环立门外，主不迎送，亦不供茶酒，名之曰“密蔷薇”，其名色甚新。

碧云阑

《馀墨偶谈续集》：都门儿女初蓄额发，鬅松下垂，不便作事。每以彩绳作结，勒于额端，名“碧云阑”。或即昔人角妓双螺之遗制欤？

澡　浴

《真腊风土记》：地苦炎热，每日非数次澡洗则不可过，入夜亦不免一二次。初无浴室、盂桶之类，但每家须有一池，否则二三家合一池，不分男女，皆裸形入池。惟父母尊年在池，则子女卑幼不敢入；或卑幼先在池，则尊长亦回避之。如行辈，则无拘也，但以左手遮其牝门，入水而已。或三四日，或五六日，城中妇女，三三五五，咸至城外河中漾洗。至河边，脱去所缠之布，而入水。会聚于河者，动以千数，虽府第妇女亦预焉，略不以为耻，自踵至顶，皆得而见之。城外大河，无日无之。唐人暇日，颇以此为游观之乐，闻亦有就水中偷期者。水常温如汤，惟五更则微凉，至日出则复温矣。

嬉　妇

《馀墨偶谈续集》：粤西纳妇，每邀同辈闹房，其间调笑，雅俗不同。友人王君某，报登孝廉科，其德配为临川某氏女，颇娴文字。合卺夕，陈象九、秦寿芝、吴月农诸人，邀余同往，各有谑词，以次及余。余戏拈瓶花一枝，递伴婆曰："新郎今岁登科，来年琼林宴中，何可不簪花一枝耶?"伴婆以花授之新娘，又欣然为郎插于帽檐。同人又欲观裙下，坚不允，正窘甚，余曰："他日翰林供奉，仿东坡、歧公故事，撤金莲炬送归翰苑，亦佳兆。"新郎狂喜，乃秉烛促移莲步，露纤趾焉。按：今闹房，即《抱朴子》之所谓"嬉妇"也。究伤雅道，不足为训。

香水溪

《述异记》：吴故宫有香水溪，俗云西施浴处，人呼为"脂粉塘"。吴王宫人，濯妆于此。溪上源，至今馨香。古诗云："安得香水泉，濯郎衣上尘。"

双投桥

《西湖竹枝集》：元富春冯土颐，有词曰："与郎情重得郎容，南北相离只两峰。请看双投桥下水，新开双朵玉芙蓉。"注云："常有情人双投于水，故俗名'双投'。"

九夫坟

《新齐谐》：句容门外有九夫坟。相传昔有妇人甚美，夫死，止一幼子，家资甚厚，乃招一夫；生一子，夫又死，即葬于前夫之侧；而又赘一夫，复死如前。凡嫁九夫，生九子，环立九坟。妇人死，葬于九坟之中。每日落时，其地即起阴风，夜有呼啸争斗之声，若相娼而夺此妇者。行路不敢过，邻村为之不安。相率诉于邑令赵天爵，随至其地排衙，呼皂隶于各坟头，持大杖，重责三十，自此寂然。

绿郎红娘

《两般秋雨盦随笔》：广东女子多有犯绿郎以死，男子多有犯红娘以死者。谚曰："女忌绿男，郎忌红娘。"翁山屈氏解之曰："《咸》之象，'二少憧憧'，则明从其思。少女之思往，即绿郎之朋来；少男之思往，则红娘之朋来。皆婚姻不及其时，情欲之感所致也。"

独妇山

《坚瓠续集》：《越绝书》载，独妇山去会稽四十里，勾践将伐吴，徙寡妇至独山者，以为死土（士），示得专一也。《吴越春秋》作独女山，云句践以诸寡妇淫泆过犯，皆输山上，士有忧思者，令游山上，以喜其意。此说近是。

京中新婚

《续新齐谐》：北京婚礼，与南方不同。邵又房娶妻，南方诸同年贺之，意欲闹房拜见新人也。不料花轿一到，直进内房，新郎弯弓而出，向轿帘三发响箭，然后抱新人出轿，则乱鬓蓬松，红绸裹首。新郎以秤杆挑下红巾，不行交拜之礼，便对坐床上。伴婆二人，持红毡，将四面窗楞通身遮蔽，进大饺一，剖之，中藏小饺百余。两新人饮酒啖饺毕，脱衣交颈而睡。次日鸡鸣，公公秉烛早起，礼拜天地、灶神、祖庙。过五日后，方才宴客。本日贺者，全无茶酒，饥渴而退。或嘲之曰：

京里新婚大不同，轿儿抬进洞房中。
硬弓对脸先三箭，大饺蒸来再一钟。

秤幹一挑休作揖，红毡四裹不通风。
明朝天地祖宗灶，拜得腰疼是阿公。

捣衣山

《述异记》：捣衣山，一名灵山，在琅琊郡。山南绝险，岩有方石，昔有神女于此捣衣，其石明莹，谓之“玉女捣练砧”。

风流薮泽

《开元天宝遗事》：长安有平康坊，妓女所居之地。京都侠少，萃集于此，兼每年新进士，以红笺名纸谒其中，时人谓此坊为“风流薮泽”。

买愁村

《坚瓠壬集》：买愁村，在琼州府临高县。南宋胡邦衡，有“北望常思闻喜县，南来怕入买愁村”。

三娘庙

《楚庭耆旧集》：河南有三娘庙，妓女伤迟暮者，祈之辄应。潘有为诗云：

弃捐纨扇古多嗟，纵受吹嘘计已差。
何处游魂享淫祀，耳边哀怨拨琵琶。

文公帕

《潮阳县志》：礼曰：女子出门，必拥蔽其面。我潮风俗之厚，必盖丝巾，俗谓之“文公帕”。

暖房饭

《龙门县志》：龙门县婚礼，花烛之夕，夫妇同牢食，曰“暖房饭”。明日拜舅姑，行庙见礼，献舅姑亲属币帛帨履，名曰“荷惠”。

男女湖

《陆丰县志》：男女湖，在陆丰县东南。湖一大一小，深不可测，故名。

皇后水

《武安县志》：后西八十里，太行山中有池，夏凉冬温。世传宋太祖下河东，将引皇后入晋阳，后病疮，掬此水浴之，遂愈。至今人称“皇后水”。

肉吐壶

《耳新》：严世蕃以美女受吐，方咳嗽，美女以口受，谓之“肉吐壶”。又王天华媚世蕃，织成地衣，令美女三十二人，红素各半，斗掷点，应移某位，则趋位待，谓之“肉双陆”。

高唐馆

《鉴戒录》：濠州西有高唐馆，俯近准（淮）水。御史阎钦据宿此馆，题诗曰：

借问襄王安在哉？山川此地胜阳台。
今朝寓宿高唐馆，神女何曾入梦来？

有李和风者至此，又作诗曰：

高唐不是这高唐，淮上江南各异方。
若向此中求荐枕，参差笑杀楚襄王。

肉记室

袁郊《甘泽谣》：红线，潞州节度使薛嵩家青衣，善弹阮咸，又通经史，嵩遣掌笺表，号曰“肉记室”。

娘子桥

《闽小记》：泉州洛阳桥之前，有娘子桥，桥比洛阳虽低，而长过之。云先是，有人入番舶，舶坏，其人得岛，见巨蟒夜出，有光如昼。因插刀穴口，蟒出为刀伤，性急直奔，胸破腹裂，遗下明月珠累累。其人既归，遂得巨富，邻初未知。后欲得富家女为妇，富家翁怪其妄诞，因绐之曰：“余女畏渡海风波，能作桥，又金布与桥满，即嫁女与之。”其人即作桥布金，俗因呼为“娘子桥”。

苏州有苏小小墓

明周婴《危（卮）林补遗》：杜牧《悲吴王城》诗：“吴王宫殿柳含翠，苏小宅房花正开。”则苏小家似在苏州。李商隐《送李郢之苏州》诗：“苏小小坟今在否？紫兰香径与招魂。”黄滔《寄蒋先辈苏州》诗：“冢上题诗苏小见，江头酹酒伍员来。”则其墓又在苏州也。

躲婆石

明李日华《紫桃轩又缀》：右军为蕺老姥书扇，今绍兴郡城有题扇桥，戒珠寺有躲婆石。谓此姥既得厚值，数来求书，羲之厌苦，避于此石之后也。

女儿节

《日下旧闻考》引《宛署杂志（记）》云：燕都自五月一日，至五日，饰小闺女，尽态极妍；已出嫁之女，亦各归宁，俗呼是日为“女儿节”。又引《析津志》云：都中人民七夕，邀请女流作巧节会，称曰“女孩儿节”，饮宴尽欢，次日馈送还家。又引《帝京景物略》云：九月九日，父母家必迎其女来，亦曰“女儿节”。按此，一岁中，女儿节有三也。

三新妇山

《徽州府志》：祁门县以大共山为最，县北三十里，曰“石新妇山”，一名“三新妇山”。高四十一仞，周二十五里，接黟县武亭岭界。有三石峰，类人形，每春雨初霁，朝阳辉映，霞翠明媚，则若彩服艳妆，故名。

杨妃粉

清赵学敏《本草拾遗》：杨妃粉，产马嵬坡上，取之者必先祭，然后掘之。去浮土三尺，有土如粉，腻滑光洁，于女子最宜，泽肌有效。

欢喜地

宋袁发《枫窗小牍》：武肃王还临安，与父老饮。有三节还乡之歌，父老多不解，王乃高揭吴音以歌曰：“你辈见侬底欢喜，别是一般滋味子，长在我侬心子里。”至今狂童游女，借为奔期问答之歌，呼其宴处为“欢喜地”。

荔枝红

《渔矶漫钞》：闽俗，女子将嫁，男家先一年送荔枝红，犹粤中以槟榔行聘也。曹能始学佺赋诗云：

> 娇羞十五闭房栊，风雨无端妬守宫。
> 玉镜台前倚惆怅，郎家不送荔枝红。

百花冢

《两般秋雨盦随笔》：广东番禺白云山，有百花冢。明季有彭梦阳者，眷一妓，曰张乔乔。殁后埋香于此，名士各执一花，环植其墓，因谓之曰“百花冢”。今已颓圮，有钟君者，纠同志重修之。

绣花坡

《锄金（助耕）书舍零墨》：我里自东街迤逦东行里许，有地名绣花坡，古木萧疏，茅屋三两，一小邨落也。相传顾绣实始于此，坡因以名。予尝寻秋至此，漫题一绝云：

鸳鸯绣出色丝工，自昔传闻歇浦东。
今日绣花坡上过，胭脂零落野花红。

后见《墨馀录》云：顾绣出自上海露香园，明尚宝司丞顾应夫后人所为。其法得自内院，故选色配丝，独臻精妙。检《上海县志》，亦然。始知坡非因是得名，然究不知其何以有此名也。

艺香山

陈锡路《黄奶馀话》：艺香山在长兴县北十五里，西施种香之所，见乐史《寰宇记》。

娉婷市

陆友仁《研北杂志》：洪州娉婷市，五代钟传（傅）侍儿所居，复以名市。毕少董谓可对“温柔乡”。

盒子会

《渔矶漫钞》：南京旧院，有色艺俱优者，或二十、三十姓，结为手帕姊妹。每上［元］节，以春檠巧具殽核相赛，名“盒子会”。凡得奇品为胜，输者罚酒酌胜者。中有所私，亦来挟金助会，厌厌夜饮，弥月而止。

梳妆台

《西乡县志》：梳妆台，在子午山下，汉高祖戚为夫人筑。

婿　乡

《城固县志》：婿乡，在县东北六里。原名智乡，唐公昉升仙之日，知其婿未还，不获同偕云路，约以此川为居，言无繁霜蛟虎之患。俗以为然，因号“婿乡”。

药妇山

《平利县志》：药妇山，在县东南八十里。旧传有夫妇同猎，夫坠崖下，其妇捣药救之，皆化为石。石臼尚存。

相思亭

《绥德州志》：相思亭，在州东三十里太山之麓，二水所交平皋上。司马光有诗。

石　妇

《成都府志》：石妇在府城西十五里。昔有妇守节，孝于舅姑，后人刻石像之。唐白居易诗：

至今为妇者，见此孝心生。
不比山头石，空有望夫名。

薛涛井

《成都府志》：薛涛井，旧名玉女津，在锦江南岸。水极清，石栏周环，为蜀藩制笺处。

杨妃池

《灌县志》：杨妃池，在县东。《太真外传》：妃父元琰，为蜀州司户。妃生于蜀，误堕此池中，故名“杨妃池”。

郁姑台

《四川总志》：郁姑台，在叙州府治北师来山。宋杨仙遇郁姑于此台，故名。

响屧廊

《苏州府志》：相传吴王建廊，以楩梓藉地而虚其下，令西施与宫人步屧之则响。今灵严寺圆照塔前，西上小斜廊，即其址。

金姬墩

《常熟县志》：金姬墩，在县西北二十五里。世传伪吴张氏渡江，姬死，厝于此，讹呼“金鸡墩”。

三女冈

《松江府志》：三女冈，旧《图经》县东门八十里，吴王葬三女于此。《桅（枢）要》云吴王葬妃于此。未知孰是。《明行寺（院）记》云：寺近三女冈，今南桥镇北三里，有高冈，是其处。

莲花双冢

《兴化县志》：莲花双冢，在安仁乡。旧传有姑（姑）嫂共刈稻，姑堕深沟中，嫂急救之，俱溺死。二尸葬于沟旁，忽生莲花数朵。里人惊异，启棺视之，莲花皆从口出，人称为“莲花垛”。今双冢尚存。

双玉冢

《广德州志》：双玉冢，在州北七十里。赵氏女未嫁，闻夫涉溉死，女亦死，因合葬焉。知州朱麟，题其墓曰“双玉”。

七娘山

《浏阳县志》：七娘山在北乡，其山峻削参天。相传昔有七女修行于此得道，因为立庙。土人有疾者祷之。

三娘子台

《南乐县志》：三娘子台，在县西二十里。故老相传，宋时沿河堤上，设官守堤，溃则以死罪之。河决其处，筑之不塞，守堤官季女痛其父非命，自投河，河道塞。后人于投河处筑台，立庙以祀之，因得名，遗址尚存。

梨花妆

《无锡县志》：梨花妆（庄），沈万三别圃，在北里。广五十亩，中有天绘楼，最胜。其妾名贞香者居此，性爱梨花，遍植焉，故以为名。

风节井

《安庆府志》：风节井，在府治前卫西，即余忠宣夫人子女尽节处，亦名“烈夫人井”。

乔家故井

《潜山县志》：乔家故井，在彰法山。汉乔公居此，二女皆国色，孙策克皖娶大乔，周瑜娶小乔。二女以残脂粉投井中，至今井水有脂粉色。

二姑岭

《徽州府志》：二姑岭，在郡城南二十五里，亦曰“义姑岭”。孝女庙在焉，祀唐章氏二女也。其地若桥、若村、若里，皆以“孝女”得名。

四娘坞

《绩溪县志》：四娘坞，在城北。相传宋程濠妻守志，女三人终养，同日从死。土人义其节烈，因名焉。

九女墩

《宁国府志》：九女墩，在城北一百一十里，楚王城侧。昔有九女遭水难，其尸抱结，逆流而上，至此不动，里人冢之。

十女墓

《芜湖县志》：元女十墓，在县东四十里德政乡。贞烈丁月娥，率其家诸妇女死难，不为寇辱者。

小乔冢

《庐江县志》：小乔冢，在真武观西百步，周瑜之妻乔氏也，俗称“瑜婆墩”。冢上多古砖，人不敢窃，动辄有咎。

学绣堰

《嘉兴府志》：学绣堰，在城西九通运河塘上。旧传西子学绣于此，故名，上有学绣塔。

十香亭

《海宁县志》：十香亭，马节妇许氏，构斗室于阁，拈香为十祝：一天，二地，三日月水土，四君王，五父母，六舅姑，七八亡夫，九孤儿，十后嗣，因名其居曰“十香亭”。

卷三十二

情中案

妇人何独知为夫

《续墨客挥犀》：张杲卿丞相知润州日，有妇人，夫出经数日不归。忽有人报菜园井中有死人，妇惊往视之，号哭曰："吾夫也！"遂以闻官。公命属官，集邻里，就井验是其夫与非。众皆以井深不可辨，请出尸验之。公曰："众皆不能辨，妇人独何以知其夫？"收付所司鞫问，果奸人杀夫，妇人与其谋。

王氏判

《新会县志》：黄氏年十八，归石头村儒士劳大进。七载进殁，嫂虑其无子，阴受彭氏聘。黄觉，哭曰："再嫁甚于死。所不即自裁者，欲俟叔生子为嗣，以妥先翁姑及吾亡夫灵也。"彭觊黄厚奁，遂速之狱。县令王命璿判曰："黄氏丧其所天，而能以礼自闲，孀居十余年，矢死靡他。彭利人之有，而欲夺其节，无良甚焉。若谓黄有嫁志，则尔聘我往，欣然相从，何俟速讼？谋出不轨，姑拟杖惩。"遂止。自是与嫂绝不往来。居无何，叔生二子，卜以次为氏子。氏抚爱若己出，守志终身。

咒妻抵法

《桐阴旧话》：职方公讳绎，字仲连，从晏元献公辟为永兴倅。

有富家子，悦娼女柳，约为夫妇，而父母强为子娶。乃谋之市卜，教以厌蛊，期妻必死、可娶娼，则厚酬之。既而妻果病垂死，妻之父母闻而告官。晏公醇儒，不信曰："世顾有是邪?"职方固请鞫之，遂得实。发地藏木偶人，书其妻名氏、生时，与咒诅之词。晏公大惊，乃奏抵法。

乘氏疑狱

《夷坚志》：兴仁府乘氏县，豪家傅氏子，岁贩罗绮于棣州，因与一倡狎，累年矣。妪独不乐，禁止之，倡忿怨自绞死，傅子不知也。一旦遇之于乘氏曰："我为养母所虐，不可活。讼于官，得为良人，脱身来相就，君能纳我乎?"傅子喜，虑妻妬不容，为筑室于外。明年，复往棣州，询旧游息耗，闻其死，甚骇。然牵于爱，溺于色，迷不省。

口语藉藉，妻始得知之，惧其夫以鬼死也。傅有弟，颇壮勇，与嫂谋，刻日欲杀之。具酒殽，使夜饮而伺于外，傅坐室中东偏，妇人居西。坐已定，弟挟刃径趋西边，且至，手误触灯灭，暗中剚刃而出。暨烛至，则傅子流血洞腋死矣，妇人无所见。县捕两人下狱，劾以杀夫及兄，且鞫奸状，期年不得情。任信孺古，与诸傅往来，亲见其事。府以为疑狱，上诸朝，时宣和七年矣。会京师多故，不暇报，竟不知为如何也。

断　足

《宋史·元绛传》：绛调江南推官，摄上元令。民有甲与乙，被酒相殴击。甲归卧，夜为盗断足，妻称乙，告里长，执乙诣县，而甲已死。绛敕其妻曰："归治而夫丧，乙已伏矣。"阴使信谨吏，迹其后。望一僧迎笑，切切私语。绛命取僧絷庑下，诘妻奸状，即吐实。人问其故，绛曰："吾见妻哭不哀，且与伤者共席而襦无血污，是以知之。"

咏　械

《坚瓠集》：昔一女有诗才，因奸见郡守。守闻其名，将械示之，指械为题，命作一词，佳则宥汝。女赋《黄莺儿》云：

> 奴命木星临，霎时间上下分，松杉裁就为圆领。交颈怎生，画眉不成，眼睛儿盼不见弓鞋影。为多情，风流太守，持赠与佳人（一作“独桌宴红裙”）。

守大称赏，即释之。

孙　秀

《山斋客谭》：孙秀者，杭人杨文龙待年妇，年十四，尚未婚。夏日浴于房中，邻有恶少吴起龙，探手槛下，持其足，秀怒骂之。吴有狎交严畲子者，北方人，一方之巨魁，聚恶少为与而肆恶焉，里人以其凶德，讹称“严太师”。是日为吴面，秀之姑以解之，且持杯茗送秀，以请吴罪，而面有调色，不恭。秀耻，遽掷杯怒骂之，严亦大骂，与吴备辱甚至。秀姑，戆妪也，居平慑于严势，且虑得奇祸以累子，亦大骂之。秀内外交戕，无生之气矣，乃服杯卤而死。通体上下，衣皆手针，密纫无间。盛暑停尸信宿，以俟官殓，迥无秽息。邻众不平，群号于县，严几漏网。大中丞张公，访闻案实，特题斩之，吴幸先毙于狱云。

判妓九尾狐

《坚瓠丙集》：东坡摄署钱塘，有妓号九尾狐者，一日下状解籍，坡遂判云：“五日京兆，判断自由；九尾野狐，从良任便。”又一名妓，亦援例求落籍，坡判云：“敦召南之化，此意可嘉；空冀北之群，所请不允。”闻者大笑。

河南农家子

《右台仙馆笔记》：河南有一县，谈者忘其县名。其俗喜为少子娶长妇，欲以操井臼、持门户也。有农家子，甫十三四，而所娶妇，年长以倍矣。新婚之次日，贺者毕集，而寝门未辟，日且旰矣。舅姑呼于门外，闻其子应声，而不见其出，穴窗视之，则纍缚于床足。惊而问其故，其子曰："昨暮人定后，有男子自床下出，缚我于此，而拥新妇睡。"问："何故不言？"曰："言则杀我。"

语未竟，男女二人，皆启帐出，男子抗声曰："吾与尔新妇，自幼有交，昨乘人乱，入此室处，当容我尽欢而去。如敢破扉而入者……"袖中出白刃，指其子曰："吾剸刃尔子之腹矣！"举家惊异，罔知所措。而男子在室中，索酒肉，索饭、索汤饼，曰："不我与者，杀而子；与我而不丰美，亦杀而子。"其家不得已，一一与之。男子使自窗中置案上，而以长绳系其子，使就窗间取之，先命其子品尝食，然后食，以所余食其子。食毕，置虚命撤。

于是观者云集，皆恐伤之，计无所出，相持三日。闻之于官，官诣视之，信。官问新妇有父母乎，曰"有"，乃逮之至，使呼其女，女不应。官命隶笞其父臀，批其母颊，父母呼謈哀号甚惨，复使呼其女，仍不虑。如是，母颊批至百，父臀笞至二百，流血漉漉，父母跪窗外，哀其女使开门，若罔闻知。官无如何，令人逻守之，絷其父母去。

是时狱中有一贼，善穴人壁。官命之至其家，先伏人于门外，而使此贼伺男女皆睡熟，从屋后穴而进，潜以刀断其子之绳，曳之走，而门外伏者，破扉突入，男女皆就缚。

天命（明）送之官。其事轰动一邑，观者自大门至大堂，皆满。官坐堂皇鞫之，男子乃屠者，面麻有须髯，黑丑可憎；女则娟娟白晳，纤腰弓足，颇有风致。官呼女至前，戟手厉声大骂之曰："吾见人多矣，未见无耻如尔、不孝如尔者！犬彘之不若，非人类也！律载妇女犯奸，去衣受杖，况尔，岂可以人理论乎?”命左右尽去其上下衣，不留寸缕，先批颊如其母数，再笞臀如其父数，然后科以奸罪，决大杖四十，命其父母领去，而归聘礼于夫家。父母扶裸女出县门，各脱衣衣其女，而观者无虑数千人，争前褫夺，竟不得衣而归。屠者笞二千不死，次日又笞二千，未毕，死。女父母羞且愤，相继死。

女杖创寻愈，无恙。后数岁，有人于逆旅中见此女为人行酒，风致如故，而颊则有批痕矣。或指以问女，女缕述前情，不稍讳；至公堂受辱情状，犹言之历历如绘。人多乐听之，藉博缠头以糊口焉。

释母拘妻

《青箱杂记》：乖崖张公咏，尹益都日，值李顺兵火之后，群政未举。顺党中，有杀耕牛避罪亡逸者，公许其首身，拘母十日不出，释之；复拘其妻，一宿而来。断云：“禁母十夜，留妻一宵。倚门之望何疎，结发之情何厚！旧为恶党，因又逃亡，许令首身，犹尚顾望。就命斩之。”于是首身者继至，并遗归业，蜀民由此安居。

清涧疑案

《守一斋笔记》：陕西清涧县某乡，有父，归宁经旬，其父送女还。中途历山径，风骤起，女衣袴尽失，裸体而立。父无奈，脱衣裹之，掖以行。暮抵夫家，婿怪问之，告以故，婿咤且怒曰：“是何妖魅，晨当持枪往杀之！”各就寝。黎明女惊呼，则婿已无头矣。其家乃讼之官。

县令戴君提鞫，疑女之有所私而杀夫也，拶之，坚不承。父匍匐泣诉其事，令遂躬率丁役，命导至失衣所，遍加搜觅，见山侧有一穴，深黑不可测。募有能入探者，犒钱若干，一健夫诺，乃束炬入。行数十丈，忽有天光，见一僧，貌狞恶，卧土榻，瞑目熟寐。健夫惧而返，白诸令，更遣壮役数人，持贯索随之。入穴，则僧已醒矣，共向前，遽缚之，拥而出见。令再诘之，不答；批其颊，卒无一言。无如之何，乃加练数围，督众役环押，将下狱，姑禁之也。去城渐近，忽狂飙大作，众仓皇目眯，少顷则僧及解役，俱杳然矣。不得已，遂寝其事。

戴君名树屏，宜兴人也。其幕中戚友回，述以告人。此乾隆癸丑年事。

杀人者此

《青州府志》：某氏，益都人张孝妻。孝与恶少曾东友善，孝偶出往县，东窥氏独居，黑夜持刀入其家。氏方明灯抱儿嬉，见东惊曰："尔夜至何为？"东曰："吾来所为，汝不知耶？"氏怒曰："汝为禽兽行，何以见张孝！"东遂逼之，不从，杀其儿。氏愈忿骂，遂杀氏，破其腹，胎出而死。东入时，一婢在室，东斫之，佯死仆地，东去乃苏。

明日，官捕杀人者，问婢，婢曰："吾熟其人，但不知姓名耳。"官乃令一街人皆赴县，后至者刑。东夜杀氏，欲远窜，至城门，迷不能出，回乃大明，如是数次，乃还待死。闻官令，遂至县。官令婢伏案下，已呼名至东，趋而过，婢曰："杀人者此也！"官捕审之，犹抵讳，出婢与对，遂服曰："天令我偿命，我何辞为。"东既伏大辟，氏亦官为旌葬。事在嘉靖初年。

夺　节

《宿迁县志》：曹氏，小字宣姬，邑庠增生曹濂女，端淑寡言笑。年十八，适陈献琉。归四载，琉殁，宣姬以死自誓。因二女俱在襁褓，姑又防之密，得不死。缟衣椎髻，饮水啜菽，晏如也。其伯献瑾，酗赌无赖，屡有夺志之谋。宣姬窃知之，佩利刀以自防。

一日，伯姒绐之至场，分豆粒。甫出户，见舆马在门，似迎亲者。方惊疑未定，众已强扶登车矣。宣姬力弱不胜，披发破面，号泣痛骂，坠车屡扶，鞭棰交下，体无完肤。日暮抵其家，宣姬骂益厉，众殴益毒，杖棰之余，气奄奄欲绝。其家见将死，稍有惊避状。姬卧地睨视，灯暗人远，勉力跃起奔出，即邳州城河，遂投水。水浅，宣姬复自埋其首，急切不能遽死。河旁，乃邳州同知苏某衙置（署）后门也，逻卒见之，强救以报苏。随传进，备讯（诉）其伯夺节强嫁之由。苏即批州判王振先严刑细讯，各正厥辜。批给执照，守节终身。

为珠钿死

《深泽县志》：孤庄村孙氏，县民孙常绪女。年十四，嫁杨得保之子克新。归二载而新亡，矢志守节，茹蘗饮冰，历二十三年。常绪忽以逼死节妇情状控令，谓其女见逼于翁得保，与小叔永新，以致伏毒身死。令恻然悯之，为鞫讯，乃有克新之外祖征仕郎刘公名志伸者，偕同里诸生及耆老数人，面陈孙氏节孝，并致死之由，率两造求息讼。其言曰："氏少而静默，早嫁，年未笄而寡，守死无二，一门和顺，翁姑视若亲生。其致死之由，则为失一结发时珠钿所致。常绪以女无端忽死，故控于官。"

虽然，一珠钿之微，何足致氏于死？或曰：以孤灯织纴，生活惟艰，念其得之难而伤心以死。或曰：是必翁姑妯娌间，以氏亡一重货，交相讥责，愤恚觅死。令曰："此庸妇之常，不足以论节妇。诗曰：'髧彼两髦，实维我仪，之死矢靡他。'盖物在如人存，见髦如见共伯焉。故《诗序》以共姜为怨而慕也。今氏之死于珠钿，犹共姜之志也。"

张氏狱

《安阳县志》：张氏，徐滚妻。滚早亡，遗孤甫数月，或劝改适，氏誓死守节。勤纺绩，事孀姑甚谨。姑亡，殡殓如礼。非有故，足未尝逾阈。向居天池村，因父在城，年八十余，只身无依，遂入城同居，事父尽孝。康熙己卯春，氏昏夜为人所杀，并及一小女，疑狱久不决。县令忽感异梦，遂得凶人冯三鞫讯，一一吐实，云："本欲求合，不从；利诱威胁，不动。怒骂不已，故杀之以冀灭口。谁知天网难逃，愿伏死罪。"狱成，冯论抵，张建坊旌表。

红绣鞋

《湿（泾）林续记》：富室子张荩，日事游冶。偶见临街楼上，有少女殊丽，凝眸流盼，不能定情，遂时往来其下，故留连以挑之，女亦心动。一夕月明，女方倚窗远眺，生用汗巾结同心方胜投之，女报以红绣鞋。两情甚浓，奈上下悬绝，无繇聚晤。生遍访熟于女家者，得卖花粉陆妪，诉以衷情，并致重赂。妪许为传达，遂怀鞋至女室，微露其意。女面发赤，初讳无有，妪备道生怀想真切，且出鞋示之。女弗能隐，因就妪求计，妪令将布联接，长可至地，俟生至，咳嗽为号，开窗垂布，令缘之而登，因订期令（今）夕。女许诺，妪即诣生复命，会他出。

妪归至门，其子方操刃欲屠豕，呼母共缚之。宛转间，袖中鞋不觉堕地。子诘其故，妪弗能隐。子曰："审尔，慎不可为！倘事泄，其祸非小。"妪曰："业已期今夜矣。"子发怒曰："不听我言，当执此闻官，免累及我。"因取鞋藏之。妪无如之何，适张令人问讯，妪因失鞋，无所藉手，漫以缓言复之，令其徐图。张闻言，意亦懈。屠遂乘夜潜往，果见楼窗半启，女倚阑凝睇，若有所俟。屠微嗽，女即用布垂下，援之登楼，暗中以为张也。携手入寝，屠出鞋授之，缕述情款，女益无疑。将晓，复垂而下。

绸缪无间，将及半年，父母颇觉，切责其女，欲加棰楚。女惧，是夜屠至，为道父母严谴，今后姑勿来，俟亲意稍回，更图再聚。屠口唯唯，而心发恶，俟女睡浓，潜下楼，取厨刀殪其父母，候晓遁去，女不知也。日高而户尚扃，邻人大呼不应，女惊下楼，谛视，则父母身首已离矣。惶骇启门，邻人共执女赴官，一加拷讯，女即吐露。亟逮张至，称并未知情。女怒骂，细陈其详。官严加拷掠，不胜楚毒，遂自诬服，与女皆论斩下狱。

张谓狱卒曰："吾实不杀人，亦未与女私通，而一旦罹大辟，命也！第女言缕缕，真若有因者。今愿以十金赠君，幸引我至女所，细质其详，死亦瞑目。"卒利其贿，许之，女一见生，痛恨大恸，曰："我一时迷惑失身，于汝有何相负？而杀我父母，致害妾命！"张曰："始事虽有因，然妪谓事不谐，我遂绝望，何曾一登汝楼？"女曰："妪定策用布为梯，汝是夜即至，仍出鞋示信，嗣后每夕必来，奈何抵讳？"张曰："此必奸人得鞋，携来诳汝。我若果至，则往来半载，声音形体，岂不识熟？尔试审视，曾相类否？"女闻言踌躇，注目良久，似有所疑。生因复问之，女曰："声口颇不似，形躯亦肥瘦弗等。向来暗中，无繇详察。止记腰间有疮痕肿起，如钱大，验视有无，则真伪辨矣。"张遂解衣，众持烛共视，无有。知为奸徒冒害，咸为称冤。明旦，张具以闻官，且言曾以鞋授妪状。逮妪刑鞫，具道子语。拘子至，裸而验，疮痕俨然，乃置屠于理而张得释。

碎尸投水

《宜兴县志》：陈氏，尹佐妻。佐训蒙于外，因逋粮，县役沈湘，执氏应比，欲污氏，氏乘间自刎死，与党碎其尸，投诸水以脱逃。氏婿潘朗疑之，倩生员王某、路某往觇，湘计穷，取其嫠抱中儿掷死，又驱嫠投河，遂执二生以杀命告县令。吴一鲲鞫，坐二生威逼致死，并坐尹佐匿妻抗粮。狱具，邑绅史夏隆谒推官田俊民，极言此狱冤，俊民颔之。比覆审刑讯，湘党张二，乃供陈氏尸处，于是逐一讯实，漉尸结案，诸凶咸服其辜。

柳鸾英

《异政录》：莱州阎澜与柳某善，有腹婚之约。及诞，阎得男子曰自珍，柳得女曰鸾英，遂结夙契。柳登进士，仕至布政，而澜止由贡得教职以死，家贫不能娶，欲背盟。鸾英泣告其母曰："身虽未往，心已相诺。他图之事，有死而已。"母白于父，父佯应之而未许。鸾英度父终渝此盟，乃密恳邻媪往告自珍曰："有私蓄，请君以某日至后圃挟归，姻事可成，迟则为他人先矣。"自珍闻之，喜不自抑，遂与其师之子刘江、刘海，具言其故。江、海密计，设酒贺珍，醉之于学舍，兄弟如期诣柳氏。鸾英倚圃门而望，时天将暮，便以付之，而小婢识非阎生，曰："此刘氏子也。"鸾英亦觉其异，骂之曰："狗奴！何以诈取我财？速还则已，不然，当告官治汝。"江、海恐事泄，遂杀鸾英及婢而去。

自珍夜半醉醒，自悔失约，急起走诣柳氏圃门。时月色黑，直入圃中，践血尸而蹶，嗅之腥气，惧而归，衣皆沾血，不敢以告家人。达曙，柳氏觉女被杀，而不知主名。官为遍讯及邻媪，遂首女结约事，逮自珍至，血衣尚在，一词不容辨，论死。会御史许公进巡至，夜梦一无首女子泣曰："妾柳鸾英也，身为刘江、刘海所杀，反坐吾夫。幸公哀辨此狱，妾死不朽矣。"因忽惊觉。达曙，召自珍密问之，自珍具述江、海留饮事。公伪为见鬼自诉之状，即捕二凶讯之，叩头款服，诛于市。遂释自珍，为女建坊曰"贞节"以表之。珍后登乡荐，时人为之作传记。

铅山妇

《理浔暇笔》：成化间，铅山有人悦一美妇，挑之不从，乘其夫病，时天大雨，昼晦，乃着花衣为两翼如雷神状，至其家，奋铁椎椎杀之，即飞出。其家以为真遭雷诛也。又经若干时，乃使人说其妇，求为妻，妇许焉。伉俪甚笃，出一子，已周岁矣。一日雷雨如初，因燕语漫及前事，曰："吾不为此，焉得妻汝？"妇佯笑，因问衣与两翼何在，曰："在某箱中。"妇俟其人出，启得之，赴诉县。时张公昺为县令，擒其人至，伏罪论死。

哭　声

《酉阳杂俎》：韩滉在润州，夜与从事登万岁楼，方酣，置杯不悦，语左右曰："汝听妇人哭乎？当近何所？"或对在某桥某街。诘朝，命吏捕哭者讯之，信宿，狱不具。吏惧罪，守于尸侧，忽有大青蝇集其首，因发髻验之，果妇私于邻，醉其夫而钉杀之。吏以为神，因问晋公，云："吾察其哭声，疾而不惮，若强而惧者。"王充《论衡》云："郑子产晨出，闻妇人之哭，拊仆之手而听，有间，使吏执而问之，即手杀其夫也。"异日，其仆问曰："夫子何以知之？"子产曰："死于其所亲爱，知病而忧，临死而惧，已死而哀。今哭以死而惧，知其奸也。"

妖僧自号大比丘

《宁波府志》：余塈，字自新，号三泉，万历戊子廷试第一，历任海宁教谕、绍兴教谕。闭户著书，延四方知名士，朝夕课肄。出其俸金，助修学宫。悯经学久荒，朔望讲五经于明伦堂，多所开发。补四川新宁学正，署新宁州事。值岁饥，设法赈救，全活者众。有妖僧诈为尼，托处梵刹，自号大比丘，鼓动妇女，烧香惑众。塈猝遣人捕之，僧一时皇遽失措，尽露其奸状，立杖毙之。焚其居，得所匿妇女于暗阁上，妖风遂息，境内为之肃清。

卢　生

黎士宏《仁恕堂笔记》：永定县一少妇，夜行为强暴所匿，其家缉之急，强暴知不能隐，遂转而置之卢生日新读书之外舍。少妇抱愧自经，官司收其婢拷之，遂厚诬卢生。生年少能文，当事咸欲直之，无能也。适有一少年恤刑，阅案，泚笔大书其牍曰："女子宵行，岂无桑间之约？书生夜遇，难免柳下之怀。"承问者益不敢翻成案，卢生坐犴狴，几二十年。

后有司理李公，心疑是狱，令听审于城隍庙。先系卢生与婢两犯于神座下，传令不许一役得近，而李公先已隐入于神帐中，听所语。卢一见婢，极骂曰："我与若何仇？致我死地！"婢曰："不得已也。前已招承，今何敢改口？"李公得其情，一鞫而白。问官乘兴，一时批牍之词，遂使无辜滞二十年之冤狱，可不慎哉！可不慎哉！卢生晚犹得贡，出仕为教官。

断离婚

《苏州府志》：薛铸，吴县木渎镇老人。坐申明亭，听断一离婚事，铸叱其妇翁曰："何故议离？"云婿流落，贫甚不堪也。铸曰："若既欲离，罚出十金。"翁欣然取十金来，曰："求一休婚书。"铸曰："且未。"即时令人至家更取十金，共付婿曰："速择日成亲。"妇翁顿足曰："曷为罚吾金而复婚之？"铸曰："若嫌婿贫耳。今有二十金，可成礼生业。"妇翁语塞，其婿叩谢去。

是汝杀少夫

《北牕炙輠》：魏公应为徽州司理。有二人，约以五更，乙会甲家，如期往。甲至鸡鸣，往乙家，呼乙妻曰："既相期五更，今鸡鸣尚未至，何也？"其妻惊曰："去已久矣。"复回甲家，乙不至，遂至晓。遍寻踪迹，于一竹丛中获一尸，即乙也。随身有轻赍物，皆不见。妻号恸谓甲曰："汝杀吾夫也！"遂以甲诉于官，狱久不成。有一吏问曰："乙与汝期，乙不至，汝过乙家，只合呼乙。汝舍乙不呼，乃呼其妻，是汝杀其夫也。"其人遂无语。一言之间，狱遂具。

黟县二案

《池上草堂笔记》：乾隆间，徽州黟县，有男子娶妇后，父母俱亡，弟幼，兄嫂育之。兄营生于外。后弟年长，兄自外归，嫂置酒慰劳之，呼叔同饮，席间先敬叔，后敬其夫。兄惑焉，终一宿，凌晨即起，顾谓妻曰："我贮货他处，须往发，必半月始归。"言已而去。嫂谓叔曰："尔兄向日归，温言絮语，家人契阔，固应尔尔。昨归夜，神气索然，剧可疑。今我还家，视我父母，必尔兄归而后归也。箱箧皆封键，叔为我谨守房户可矣。"叔诺之，而送于门。

夜卧更余，闻叩门声甚急，起出讯之，不辨何人，启户则裸妇也。急欲闭户，而妇涕泣跪槛前，云有急难，非君嫂莫救。曰："嫂已归宁，家中只我一男子，不可留也。"妇紧持户，乞怜不已。无奈，解衣遥掷之，令衣而入，宿嫂空房。已乃喟然曰："我一男子，而深夜纳一妇人，何以自解？且渠无衣，天明又将何以遣之？"于是锁重门而出。嫂父家不远，夤夜往告之使归，与之衣而遣之。嫂曰："夜已半，我不可以归。"时嫂父在堂，曰："若然，叔亦暂留吾家，晨当同归，善遣之。"叔遂归钥于嫂，而自寝别室。

嫂之弟闻而生心焉，遂窃其钥而往，仓忙入户，不及键，与抱卧。适兄夜归，推门已启，侧身潜进，历重门，伏于房外。闻秽亵声，怒甚，操刀而入，尽杀之，而奔告于妻家曰："尔女与叔通，我皆杀之矣！"妻父曰："尔何言？女与叔，咸在是。"悉呼至，兄愕然曰："然则妇何人？"嫂与叔齐述夜间事，兄憬然曰："误矣！然则男何人？"嫂环顾一家，不见弟，急索钥，不可得，曰："是必弟不肖，已为刀下鬼矣！"群奔至家验之，良是，而不知妇所从来。无何，有杀奸而逸其妻者，喧传遍索。导之使验，曰："嘻，是也。幸代歼之矣。"乃共闻于官，令各掩埋而释之。

黟县又有姊妹二人，所适夫家相去不远，每归宁，妹常便道至姊所，邀与俱归，暮则宿姊所，习以为常。一日，将祝父寿，约同往，姊置馔候之。日脯不来，谓其叔曰："此去涉岭路艰，势难久待。我先往，妹至，留宿我空房中，待旦而行可矣。"良久妹至，叔迎门述嫂意止之，款而宿焉。

薄暮未瞑（暝），叔不耐卧，反扃其门而游于市。过日间沽酒肆，呼与语，问："何客来，须置酒？"叔告之故，肆人曰："然则子不便归，留此共酌可乎？"叔诺之，于是列佳肴，斟美酝，长谈畅饮。叔沉醉，隐柜而卧，肆人窃其钥，悄然往。入门瞰空房户牡，以锥剔之。妹闻户有声，曰："叔向端谨，何忽有此举？"计床后有板扉，潜启而逸，匿于柴室丛中。

肆人入户，登其床，虚无人也，曰："从他遁，我且伏而伺之。"月微明，见屋间有妇匍匐而下，拥而纳诸床。事已询妇，曰："吾某邻妇也，乘间思窃其物。尔音非叔，果何人乎？"肆人述其由，妇曰："素识也，可频来。"肆人患其扰，恶而贼之，潜归，叔犹然酣卧也。纳钥呼之起，曰："天将明矣。"

黎明，仓皇返，适妹自柴中出，嚷叔曰："汝何遽无良，剔我户牡？"叔力辨其无，妹举脱牡为证，叔讶而入，见尸于床曰："此邻妇也，何自来哉？抑孰贼之？"乃鸣之官。官验讫，详讯夜来情状，曰："是必有异。"立拘肆人严鞫之，吐其实，乃定罪案，而叔之无辜以雪；妹亦免于难，以保其身。

神鹊鸣冤

《馀墨偶谈》：何香伯大令，作京县时，一日出衙，鹊随肩舆，喧噪不已。何驻舆，指鹊曰："有冤可前飞，当为尔白之。"随出郊，至新冢侧，鹊噪不去。何亟传地主追讯，据云：冢系新成，葬系亡父，无他异也。何令地主具其事状，邑绅亦逼县书据，乃呼土人启视，绝无所异。何因独下圹中，旋走周匝，觉一隅土松，急呼掘之，得女尸一具，众大惊。严诘营圹之人，始得其实。盖起土日，薄暮有女子过侧，数人奸毙，恐事露泄，掩尸于此。即将凶恶置诸法，都人称神宰焉。友人祝香舲，为赋《神鹊行》，以纪其事。

不婿汝子将奈何

《宋史·朱寿昌传》：寿昌知阆州，大姓雍子良屡杀人，挟财势得不死。至是又杀人，而赂其里民出就吏，狱具。寿昌觉其奸，引囚诘之曰："吾闻子良与汝钱十万，许纳汝女为妇，且婿汝子，故汝代其命，有之乎？"囚色动，则又擿之曰："汝且死，书券抑汝女为婢，指钱为顾直，又不婿汝子，将奈何？"囚悟，泣涕覆面曰："囚几悮死。"以实对，立取子良正诸法。郡称为神，蜀人至今传之。

银钏狱

《馀墨偶谈续集》：《石琴诗钞》，为宜宾李香雪都转所著。都转以名进士，服官楚北，当戎马仓皇之际，枕戈磨盾，恒吟咏不衰。集中新乐府诸篇，激越苍凉，尤有裨于风化。其《银钏狱》一篇，序为（谓）枣阳富室，吴姓女，年十七，幼字史氏。史子长无赖，为其家所摈逐，女父母怜之，赠以衣裹，女暗脱腕上双银钏纳裹中，其父母不知，其婿更不知也。以衣质典库，库人疑之，鸣于官，官以为真盗也，不致详诘，毙诸杖下。越日，女闻之大哭，投缳死。事在咸丰二年。今枣阳官数易，而烈女旌典无闻，枣人每道之，有泣下者。都转哀其志，为赋《银钏狱》一篇，纪其实。诗云：

> 郎无行，妾薄命，父母诫郎郎不应，妾身未嫁泪流尽。堂前父母赠郎衣，暗脱银钏为衣縢。妾心苦，郎性痴，钏藏衣中郎不知，以衣质库库疑之。官恶盗贼，不容置辞，血肉狼藉千杖施，不愁打折鸳鸯枝。郎尸僵，妾眉锁，父母慰儿儿计果：我不杀伯仁，伯仁死由我。断送梁间花一朵，生不同衾，死同穴可。吁嗟乎！女之生，心何深，牛衣风冷愁藁砧；女之死，

气何烈，镜台惨淡鹃啼血。化石磨笄风并古，箜篌徒唱奈何语。地下逢郎却羞郎，哭说银钏侬误汝。当时县官伊何人？噫嘻尔亦有儿女！枣阳三年天不雨。

呜呼！此人此诗，虽欲勿传，毋得而不传也。录之以俟采风者。

是乃死于阴淫寒疾也

《冷庐杂识》：朱竹君学士文正公，负天下重望。有二兄，亦皆服官著闻于时，长名堂，官大荔县丞；次名垣，以进士历官济阳、长清县令，长于断狱，遗事详见学士文集，节录之为司民牧者龟鉴焉。

济阳少妇周，新嫁王巧一月，妇归宁而归，明日，巧死。翁媪及邻人，以巧食妇所煮粥，而遽腹痛呕泄死也，谓妇毒夫死，讼于官。朱命以粥及所呕者饲狗，狗不死。又召吏审巧之死无毒状，独齿噤坚不可启，视其私，则入腹中。乃趣召妇曰："死者口不启，汝罪而冤不能明也。汝能启其口，当为汝辨之。"妇泣而前，跪启焉，观者皆骇。吏持银匕入死者喉验毒，出以示众，皆曰中毒非是。朱固问妇以巧死时状，始知其一夕三御，蚤起即饮水三器，已而食粥，遂死。朱太息久之，谓翁媪及邻众曰："是乃死于阴淫寒疾也，顾欲坐妇毒死夫乎？"皆再拜谢，扶妇去。后妇竟为巧守节。

总赖东君主

《齐东野语》：天台营妓严蕊，字幼芳，善琴弈，歌舞、丝竹、书画，色艺冠一时。间作诗词，有新语；颇通古今，善逢迎。四方闻其名，有不远千里而登门者。唐与正守台日，酒边常命赋红白桃花，即成《如梦令》云：

道是梨花不是，道是杏花不是。白白与红红，别是东风情味。曾记曾记，人在武陵微醉。

与正赏之双缣。又七夕郡斋开宴，坐有谢元卿者，豪士也，夙闻其名，因命之赋词，以己之姓为韵。酒方行而已成《鹊桥仙》，云：

碧梧初出，桂花才吐，池上水光微谢。穿针人在合欢楼，正月露玉盘高泻。　　蛛忙鹊懒，耕慵织倦，空做古今佳话。人间刚道来年期，指天上方才隔夜。

元卿为之心醉，留其家半载，尽客囊橐馈赠之而归。

其后，朱晦庵以使节行部至台，欲摭与正之罪，遂指其常与蘂为滥。系狱月余，蘂虽被棰楚，而一语不及唐，然犹不免受杖。移籍绍兴，且复就越，置狱鞫之。久不得其情，狱吏因好言诱之曰："汝何不早认？亦不过杖罪。况已经断，罪不重科，何为受此辛苦邪？"蘂答云："身为贱妓，纵是与太守有滥，科亦不至死罪。然是非真伪，岂可妄言以污士大夫？虽死不可诬也！"其辞既坚，于是再痛杖之，仍系于狱。两月之间，一再受杖，委顿几死，然声价愈腾，至彻阜陵之听。

未几，朱公改除，而岳霖商卿为宪。因贺朔之际，怜其无罪，乃命之作词自陈。蘂略不构思，即口占《卜算子》云：

不是爱风尘，似被前缘误。花落花开自有时，总赖东君主。　　去也终须去，住也如何住？若得山花插满头，莫问奴归处。

即日判令从良。继而宗室近属，纳为小妇，以终身焉。《夷坚志》亦尝略载其事而不能详，余盖得之天台故家云。

煮人冤狱

《冷庐杂志》：霍丘范二之，为某媪赘婿，逾年忽不见。范父讼于官，县令王某，雇乳妇为媪，同村人问以媪婿事，曰："闻之邻家，知以奸被害。”王信之，严刑拷讯，范某氏供与义兄韩三有奸，恐败露，共杀范二之，剉碎其骨，煮化其肉，以灭迹。韩三与媪供皆同。旋于其房后检得碎骨定案。达府，犯供翻异。府以碎骨为证，犯谓是牛骨，非人骨也。府不听，遂达臬司。

时秉者为夏邑李书年少保，鞫之供如前，惟犯无戚容，供词太熟。疑有冤，反复阅牍，得间曰：“死者肉煮骨剉，固已；肺胃肝肠等物，何在耶？”复以是讯之，犯皆愕然，供各异词。公曰：“是真有冤矣。”遂停鞫以待。越半载，突有人至臬司，大堂哭喊。问之，即范二之也，因负［人］博进他遁，探知家难，特来前。冤狱因是得解。

使因犯无翻供，定案申详，立杀三命，则院司得重咎，府县且拟实抵。一时无不服公之识，并谓有盛德者必有厚报。是时公年五十余，尚未有嗣。次年举一子，名曰“铭皖”，以地志也。后又连举数子。公中乾隆庚子进士，铭皖中道光庚子进士。公年八十余，重遇恩荣宴。父子相隔六十年作同年，为熙朝之盛事，殆天佑之以彰平反之巨德也乎？公从弟检斋大令道融《疆恕堂文稿》，记此事甚详，因节其略，为世之司狱者告。

黠仆污主

《齐东野语》：黄子由尚书夫人胡氏，与可元功尚书之女也。俊敏强记，经史诸书，略能成诵。善笔札，时作诗文，亦可观；于琴弈写竹等艺，尤精。自号惠斋居士，时人比之李易安云。

时赵师睪从善知临安府，立放生池碑于湖上。高文虎柄（炳）如内翰，为之作记，误书“鸟兽鱼鳖，咸若商历以兴”。既以镂石，分送朝行，胡夫人一诵即知其误。会炳如以藏头策题得罪多士，而从善又以学舍张盖殴人等，尝断其仆。诸士既闻其事，遂作小词讥诋之。他日胡氏殂，其婢窃物以逃，捕得之，送临安府。从善衔之，遂鞫其婢，指言主母平日与弈者郑日新通，所失物乃主母与之耳，因逮郑系狱黥之。未几，子由以帷薄不修去，国事之有无，固不可知，而从善之用心亦薄矣。

后十余年，从善死，其子希苍亦死，其妇钱氏惸处，独任一仆干主家事。有老仆知其私，颇持之。钱氏与幹者欲灭其口，遂以他事系官，竟毙于狱，且擅焚之。未几，仆家声其冤于宪台。时林介持宪节，方振风采，遂逮钱氏于庭，经营巨援，仅尔获免，而幹者遂从黥籍。信人之存心不可以不近厚，而报复之昭昭不容揜也如此。

郴连秀才

《墨客挥犀》：湖南之俗，好事妖神，杀人以祭之，凡得儒生为上祀，僧为次，余人为下。

有儒生行郴连道中，日将暮，遇耕者，问秀才欲何往，生告之故，耕者曰："前有猛兽为暴，不宜夜行。此村下有民居，可以托宿。"生信之，趋而前，始入一荒径，诘屈，行者甚多。忽见高门大第，主人出见客，甚喜，延入一室，供帐赫然，肴馔丰美。既夕，有妇人出问生所，窥其色甚妍，生戏一言挑之，所（欣）然而就。

生由是留连数日，妇人亦比夜而至，情意款昵，乃私谓生曰："是家将谋杀子以祭鬼，宜早自为计。我良家子，为其所劫至此。所以遣妾侍君者，欲以缀君留耳。"生闻大骇，乃夜穴壁与妇人同出。比明，行四十里，投近县。县遣吏卒捕之，尽得奸状，前后被杀者数十人。前所见指途耕者，亦其党也。于是一家尽抵极法。生用赏得官，遂与妇人偕老焉。

耿　愚

《异闻总录》：大观中，京师医官耿愚，买一侍婢，丽而黠，逾年矣。尝立于门外，小儿过焉，认以为母，眷恋不忍去，婢亦拊怜之。儿归，告其父曰："吾母乃在某家。"时其母死，既祥矣。父未以为信，试往殡所视之，似为盗所发，不见尸。还家，携儿谒耿氏之邻，密访婢姓氏，真厥妻也。即佯为贩鬻者，徘徊道上，伺其出而见之。妻呼使前，与叙别意，继以泣，语人曰："此为吾夫，小者吾子也。"

耿闻之怒，诟责之，曰："去年买汝时，汝本无夫，有契约牙侩可验，何敢尔？"夫诉诸开封，迹所从来，婢昏然不省忆，但云行至一桥，迷路，为牙媪引去，迫于饥馁，故自鬻；牙媪亦言实遇之于广备桥，求归就食，遂鬻以偿欠。京尹不暇究始末，命夫以余直价偿耿氏，而娶其妻。耿氏不伏，夫又诉于御史台，整会未竟，复失妇人，讼乃已。不一年，耿愚死，家亦衰替。

连蕙兰

《簪云楼杂说》：妓连蕙兰，因事系狱，会（曾）以书干岳石帆，有云："含羞羞妇亭前，独语语儿溪畔。"岳为致当路释之，一时传为佳句。

唐公谳狱

徐昆《遯斋偶笔》：唐大司马蓟门先生，令德清时，代鞫仁和县某案。某为赘婿，女之母继娶，与僧通，女知之，母乃逼女与通，冀灭其口。女逃，私语其夫某，某欲侦而杀之，女泣劝，某阳诺。一夕翁外出，昧旦，某见窗外有人影，知为僧，跃起开窗裸逐之，遂不返，遍觅不获。某家讼于官，意女有私，谋杀之也。官固疑之矣，其母复坚证之。毒刑严鞫，女不知为何寺，僧无可指，乃曰："夫死，愿与俱死，遂自诬服。"而尸卒无有，且不得杀者主名。

案三月不决，大府檄先生代讯。女具以告，至其家，见窗外皆隙地，旁有竹园，园外短垣临断港，偏（遍）视之，无所得。忽旋风起，园内积箨，飞起如舞。讶之，乃尽去其箨，见有新土数尺。命掘之，尸见，刀痕宛在。女伏尸大恸，绝而复醒。先生知其冤，而凶究不可得。忽见对港有庵，临小桥，庵门一少年僧窥伺，立逮至，一讯而服，女得出。

杀猪验罪

《册府元龟》：吴张举，字子清，为句章令。有妇杀夫者，因焚屋，言烧死。其弟疑而讼之，举案尸开口，视无灰。令人取猪二头，杀一生一，而俱焚之。开视其口，所杀者无灰，生者有灰。乃明夫死，妇遂首服焉。

道士内棺

《唐书·李杰传》：杰改河南尹，精听断，虽行坐食饮，省治不少废。由是府无淹事，人吏爱之。寡妇有告其子不孝者，杰物色非是，谓妇曰："子法当死，无悔乎？"答曰："子无状，宁其悔？"乃命市棺还敛之，使人迹。妇出，与一道士语。顷持棺至，杰令捕道士按问，乃以妇私不得逞。杰杀道士，内于棺。

杀婢函首

《图书编》：有妻为人杀而失其首，妻族以为其婿杀之也，告之，严讯诬服。从事疑之，请缓狱，乃遍告封内仵作毕之官，诘之。一人曰："近某豪家，言死一婢子，召瘗之。五更时于墙头过棺，棺轻似无物，瘗某处。"发之，但获一女人首，示其夫，夫曰："非妻也。"收豪家鞫之，则故与是妻通稔，乃杀婢函其首以葬，而以尸为其尸购焉。豪民弃市。

借蛙陷夫

《行营杂录》：马裕斋知处州，禁民捕蛙。有一村民犯禁，乃将冬瓜切作盖，刳空其腹，实蛙于中，黎明持入城，为门卒所捕，械至于庭。公心怪之，问曰："汝何时捕此蛙?"答曰："夜半。""有知者否?"曰："惟妻知。"公追其妻诘之，乃妻与人通，俾妻教夫如此，又先往语门卒以收捕，意欲陷夫于罪而据其妻也。公穷究其罪，遂置妻并奸夫于法。

独正宋娥奸罪

《元史·赡思传》：赡思历官台宪，所至以理冤泽物为己任，平反大辟之狱，先后甚众；然未尝故出人罪，以市私恩。常与五府官决狱咸宁，有妇宋娥者，与邻人通，邻人谓娥曰："我将杀而夫。"娥曰："张子文行且杀之。"明日，夫果死。迹盗数日，娥始以张子文告其姑。五府官以为非共杀，且既经赦宥，宜释之。赡思曰："张子文以为娥固许之矣，且娥夫死及旬，乃始言之，是娥与张同谋，度不能终隐，故发之也，岂赦可释哉!"枢判官曰："平反活人阴德也，御史勿执常法。"赡思曰："是谓故出人罪，非平反也。且公欲种阴德于生者，奈死者何?"乃独上议刑部，卒成娥罪。其审刑当罪，多类此。

移妻同宿狱中

《后汉书·吴佑传》：佑以光禄四行迁胶东侯相。佑政唯仁简，以身率物。民有争诉者，辄闭阁自责，然后断其讼，以道譬之；或身到闾里，重相和解。自是之后，争隙省息。

又安丘男子毋丘长，与母俱行市，道遇醉客辱其母，长杀之而亡。安丘追踪于胶东，得之，佑呼长谓曰："子母见辱，人情所耻。然孝子忿必虑难，动不累亲。今若背亲逞怒，白日杀人，赦若非义，刑若不忍，将如之何?"长以械自系曰："国家制法，囚身犯之，明府虽加哀矜，恩无所施。"佑问长："有妻子乎?"对曰："有妻，未有子也。"即移安丘逮长妻，妻到，解其桎梏，使同宿狱中，妻遂怀孕。至冬尽行刑。长泣谓母曰："负母应死，当何以报吴君乎？"乃啮指而吞之，含血言曰："妻若生子，名之吴生，吞指为誓，属儿以报吴君。"因投缳而死。

平山僧

《遯斋偶笔》：康熙间，直隶平山县有村妇归母家，数日不返。其婿迓之，母家曰："未返也。"婿具告以时日，疑其嫌贫改适，母家亦疑婿杀之。讼于官，不能决。婿与母家相距五六里，无村庄，中途有一庵，师徒二人忽不见，乃命役侦伺之，逾月不得。一日，其徒贸贸然来，执之。胠其怀中，有妇人足一只，鞋履宛然，及一乳。鸣诸官，乃云：是日其师出，见妇憩门外，诱之入，欲强污之，不从，杀而断其尸，埋庵后。师归知之，先逃。其徒亦逃，至河南倏返，若阴有使之者。问其匿足及乳何故，曰："我爱之不忍舍耳。"掘地得尸，乃眼（服）辜。

乌程狱

《遯斋偶笔》：湖州城南逸老堂左侧，有路死者，身首斧痕五处。验后数日，长兴民妇某氏，认属其夫姚兆祥，且控数日前小马二诱之出，其死必知情。捕得小马二，实王文龙，供与氏有奸，杀之而谋其妇，妇不知其杀也。词连周姓、钟姓皆同谋，前令刑求，周与某皆诬服，止钟姓不承。

余摄县事，心疑之：岂有奸止一人，而众乃助之杀者？且周姓年六十余，须发尽白，其非图奸可知。固诘周姓，乃曰："文龙许我同杀兆祥，养我老耳。"语更不情。因严鞫，文龙始吐实。盖文龙与兆祥伙窃，食宿其家，与氏通久矣。杀兆祥之次日，复至家，诱其妇云："汝夫犯夜，须汝保领。"妇以其偕出而独归也，穷诘之。文龙遁，妇心疑，闻郡有路死事，乃来视，始知夫被杀也。文龙去投故贼伴，周姓与某留之，后知其事，逐之，乃被获。钟住逸老堂侧，是晚文龙投宿，见其身有血迹，不留，故皆衔之，欲与牵连俱死耳。狱乃定，文龙抵死，某氏律应绞，念其出首，始得获凶，有不死其夫之心，请止科奸罪；余释放，竟如所请。

陈丙杀妻判

《资治新书》：达州刺史毛南薰赓南，判陈丙杀妻案曰："审得草管（菅）人命，败绝人伦，未有如陈丙杀妻一案者也。丙访革不悛，因前妻物故，断弦未续，窥郑氏居孀，慕色思娶，而郑氏不许，狂且旦夕婪谋，必欲得之而后已，又甘认抚孤。众议退还礼金，为三岁子衣食之费。讵料给妇入门，既屏绝孤儿不许见。又以再醮相诋，动加污辱，少不当意，即私用官刑，解裩痛责。

"某年月日，适丙以纳吏赴东瓯，郑氏潜召其子，留之一宿。不意丙骤归，见则怒逐。自此朴责拳殴，无虚日矣。甚至以竹刑为轻，易以铁尺。窗户俱键，解纷者欲入无门。郑氏鳞伤遍体，痛极难支，遂于某日雉经。

"嗟乎！夫妇人伦，母子天性，母朝入而子暮出，情何以堪！乃侦俟年余，始获一面，斯时也，犊舐□□堪怜，猿肠寸寸欲断。岂意以抱麑之悲，流连一乳，遂至化肉为糜，碎骨为粉。生无三日之完肤，死作千年之怨鬼，伤哉郑氏！本弃其身以活子，今反以子而伤其身。死而无知则已，死而有知，岂肯以血疏肉绽、断指折胁之躯，为凶徒稍宽其业报乎？

"夫在丙，不过以财力自雄，谬谓杀妻无碍，况系缢死，三尺之法可以幸逃。不知郑氏虽死于缢，实死于殴。缢固死，不缢亦死。今检头颅额角，两太阳，及胸膛、肋骨诸伤，皆由铁尺，何一是投缳之左验乎？且临验时，万众齐呼'天理'。查其生平积案，难擢发数。县审一十二款，只就其有据者言之，未足穷其虐焰之所至也。国人皆曰'可杀'，杀之何疑！但虑以不速耳。"

王探花判

《醒睡编》：探花王刚中为御史，出巡福建。尤溪张松茂，与邻女金媚兰私通，被获到官。王见檐前蛛网悬蝶，指谓张曰：“汝能赋此，免罪。”张即曰：

只因赋性太颠狂，游遍花丛觅异香。
今日悮投罗网里，脱身还藉探花郎。

王又指竹簾，命金赋之，遂吟曰：

绿�劈破条条直，红线相连眼眼奇。
只为如花成片段，遂令失节致参差。

王称赏，见二人供状俱未议婚，即判云：“佳人才子两相宜，致福端由祸所基。判作夫妻永谐老，不劳钻穴隙相窥。”人目为“王方便”云。

嫁嫁嫁

《露书》：莆田一寡妇，求批改嫁。太守易某问嫁谁，妇答嫁东邻裱褙陈二官。易戏批曰：“批改嫁，批改嫁，嫁与东邻陈二官。春色恼人眠不得，月移花影上阑干，嫁嫁嫁。”

潜　死

《元史·张桢传》：桢除高邮县尹。守城千户狗儿妻崔氏，为其小妇潜所虐死，其鬼凭七岁女，诣县诉桢，备言死状，尸见瘗舍后。桢率吏卒，即其所发土得尸，拘狗儿及小妇鞫之，皆伏辜。人以为神明焉。

片言折狱

《枝山前闻》：国初某县民，将出商。既装载，民在舟待一仆，久不至。舟人忽念商辎货如此，而孑然一身，仆又不至，地又僻寂，图之易耳，遂急挤之水中，携其赀归。乃更诣商家击门，问官人何以不下船。商妻使人视之，无有也；问诸仆，仆言适至船，则主人不见，不知之所也，乃姑以报地里。地里闻之县，逮舟人及邻，比讯之，反复卒无状。凡历几政，莫决。

至此令，遂屏人，独问商妻：舟人初来问时，情状语言何如也。商妻曰："夫去良久，船家来扣门，门未开，遽呼曰：'娘子，如何官人久不下船来？'言止此耳。"令屏妇，复召舟人问之，舟人语同。令笑曰："是矣，杀人者汝。汝已自服，不须他证矣。"舟人哗曰："何服耶？"令曰："明知官人不在家，所以扣门称'娘子'。岂有见人不来，而即知其不在，乃不呼之者乎？"舟人骇服，遂正其法。此亦神明之政也。

妇人能一掌致人死乎

《宋史·徐谊传》：谊知徽州歙县，有妻杀夫系狱，以五岁女为证。谊疑曰："妇人能一掌致人死乎？"缓之未覆也。会郡究实税于庭，死者父母及弟在焉，乃言我子欠租久系，饥而大叫，役者批之，堕水死矣。然后冤者得释，吏皆坐罪，阖郡以为神。

争葬亡母判

《雪涛谈丛》：成化间，华亭县民某，其母再醮，生一子。及母死，二子争葬，质之官。县官判其词曰："生前再醮，殊无怜子之心；死后归坟，难见先夫之面。"令后子收葬。

汝妻父智人也

《宋史·张咏传》：咏知杭州，有民家子与姊婿讼家财，婿言妻父临终，此子才三岁，故见命掌赀产，且有遗书，令异日以十之三与子，余七与婿。咏览之，索酒酹地曰："汝妻父智人也！以子幼，故托汝。苟以七与子，则子死汝手矣。”亟命以七给其子，余三给婿。人皆服其明断。

麻城狱

《小仓山房文集》：麻城涂如松，娶杨氏不相中，归辄不返，如松嗛之而未发也。亡何，涂母病，杨又归，如松复殴之，杨亡，不知所往。两家讼于官。杨弟五荣，疑如松杀之，访于九口塘。有赵当儿者，素狡狯，谩曰："固闻之。"盖戏五荣也。五荣骇，即拉当儿赴县为证，而诉如松与所狎陈文等共杀妻。知县汤应求讯无据，狱不能具。当儿父，首其儿，故无赖妄言，请无随坐。汤访唆五荣者，生员杨同范，虎而冠也。乃请褫同范，缉杨氏。

先是，杨氏为王祖儿养媳，祖儿死，与其侄冯大奸，避如松殴，匿大家月余。大母虑祸，欲告官，大惧，告五荣。五荣告同范，同范利其色，曰："我生员也，藏之，谁敢篡取者？"遂藏杨氏复壁中，而讼如松如故。逾年，乡民黄某墐其僮，河滩浅，为犬爬瞰。地保请应求往验，会雨，雷电以风，中途还。同范闻之大喜，循其衣衿笑曰："此物可保。"与五荣谋，伪认杨氏，贿仵作李荣，使报女尸，李不可。越二日，汤往，尸朽不可辨，殓而置榻焉。同范、五荣，率其党数十人，哄于场。

事闻总督迈柱，委广济今（令）高仁杰重验。高试用令也，觊觎汤缺，所用仵作薛某，又受同范金，竟报女尸肋有重伤，五荣等遂诬如松杀妻，应求受贿，刑书李献宗舞文，仵作李荣妄报。总督信之，劾应求，专委高鞫。京（高）掠如松等，两踝骨见，犹无辞。乃烙铁索，使跽，内烟起，焦灼有声，虽应求不免，皆不胜其毒，皆诬服，李荣死于杖下。然尸故男也，无发，无脚指骨，无血裙裤。逼如松取呈，如松瞀乱，妄指认抵拦，初掘一冢，得朽木数十片；再掘，并木无有，或长髯巨靴，不知是何男子。最后得尸，足弓鞋，官吏大喜，再视，髅髑上鬖鬖白发，又惊弃之。麻城无主之墓，发露者以百数，每不得，又炙如松。如松母许氏，哀其子之求死不得也，乃翦己发，摘去星星者为一束；李献宗妻，刓臂血染一袴一裙，斧其亡儿棺取脚指骨。凑聚诸色，自瘗河滩而引役往，掘果得。

狱具，署黄州府蒋嘉年，廉得其诈，不肯转。召他县仵作再验，皆曰男也。高仁杰大惧，诡详尸骨被换，求再讯。俄而山水暴发，并尸冲没，不复验。总督迈柱，竟以如松杀妻，官吏受赃，拟斩绞奏。麻城民咸知其冤，道路汹然，卒不得杨氏，事无由明。

居亡何，同范邻妪早起，见李荣血模糊，奔同范家。方惊疑，同范婢突至，曰："娘子未至期，遽产，非妪莫助举儿者。"妪奋臂往，儿头拗，胞不得下，须多人搯腰乃下。妻窘，呼："三姑救我！"杨氏闯然从壁间出，见妪大悔，欲避而面已露，乃跪妪前，戒勿泄。同范自外入，手十金纳妪袖，手摇不止。妪出，语其子曰："天乎，犹有鬼神！吾不可以不雪此冤。"即属其子，持金诉县。

县令陈鼎，海宁孝廉也，久知此［狱］冤，若（苦）不得间。闻即日巡抚吴应棻，吴命白总督。总督故迈柱，闻之以为大愚，色忿然，无所发怒，姑令拘杨氏。陈阴念，拘杨氏稍缓或漏泄，必匿他处，且杀之灭口，狱仍不具也。乃为访同范家畜娼，而身率快手直入，毁其壁，果得杨氏。麻城人数万，欢呼随之至公堂。召如松认妻，妻不意其夫状焦烂如此，直前抱如松颈大恸曰："吾累汝！吾累汝！"堂下民皆雨泣。五荣、同范等，叩头乞命无一言。时雍正十三年七月二十四也。

吴应棻以状奏，越十日，而原奏勾决之旨下。迈柱不得已，奏"案有他故，请缓决"。杨同范揣知总督意护前，乃诱杨氏具状，称身本娼，非如松妻，且自伏窝娼罪，迈复据情奏。天子召吴、迈二人俱内用，特简户部尚书史贻直督湖广，委两省官会讯，一切皆如陈鼎议。乃复应求官，诛同范、五荣等。

袁子曰：“折狱之难也，三代而下，民之谲觚甚矣！居官者又气矜之，隆刑何幻（由）[平]？彼枉滥者何辜焉？麻城一事，与元人宋诚夫所书《工狱》相同，虽事久卒白，而轇轕变幻，危乎艰哉！虑天下之类是而竟无平反者，正多也。然知其难而慎焉，其于折狱也庶矣。此吾所以书麻城狱之本意也夫。”

整理后记

人类的情感，注定将是永恒的话题。这话题，自然会有种种表现，汇集情感故事就是其中之一，《情史类略》《古今情海》，均是其中显著的著作。

《古今笔记故事》，原名《古今情海》，曹绣君编，民国二十六年（1915）进步书局出版。书中分类汇集历代有关情感的文字，总计1200余则，可谓洋洋大观。不过，这里的“情感”，基于历代社会的情形，更多是指婚姻、家庭关系，范围很是宽广。

可以想见的是，上千则情感资料，重点来源必然不是正史，而是笔记小说之类。数百种笔记的专题汇编，决定了本书的参差不齐：篇幅长短不一，长的有数千字，短的不过二三十字；文字及叙述风格不一，有的着意纪实，有的纯属虚构；有的正统说教，有的剑走偏锋……

此书刊行以来，晚近曾有影印本。此次整理，则简体横排，方便时下的读者。原书仅有断句，整理时予以新式标点。内容上，基本一仍其旧，对于明显重复的（比如关于绿珠），亦均予保留；此外，删除了三数条内容未尽合适（比如兽交之类）且三言两语的文字，总计不过两三百字。另外，个别正文与标题用字不同，整理时按文意择优归一，不另注出。至于书中某些故事所体现的伦理道德的时代局限性，读者自能判别取舍。

原书的突出问题，是文字误植极多。好在每条资料，书中均注出了明确来源，大部分书籍又并非难觅，故而绝大多数做了校正——随文以（ ）注出正字（个别属于异文），有的则予以经改；丢字的，则用［ ］随文补出。极少数的几条，因为资料一时不便

（多为地方志），只好暂时存疑。至于编选者节略、改写（很少）的，不影响阅读，则未作处理。

未尽得当之处，还请读者批评指正。

2019年9月

整理者